U0455762

上

怯喜 著

北京燕山出版社

目录

Contents

第一章 ／ 山风与海风 001

第二章 ／ 打铁与打鱼 044

第三章 ／ 孤刀与钢铁 086

第四章 ／ 公主与保镖 131

第五章 ／ 灯塔与船只 172

第六章 ／ 招儿与小狗 221

第七章 ／ 家主与船长

258

第九章 ／ 山岚与盛霈

343

第八章 ／ 深山与海域

301

番外一 ／ 盛霈的工作日志

389

番外二 ／ 另一个世界的她与他

427

海风吹起白色裙摆，
夏日傍晚两个人的沙滩，
就这样，一起走到尽头吧。

——桔喜——

第一章 山风与海风

盛霈的小臂紧实、滚烫，和南海的烈日一般。

像铁一样，打出来的刀，性能一定很强悍。

"妈妈，书上说我们国家的国土面积有 960 万平方千米，960 万平方千米有多大？比我去过的所有地方都要大吗？"

高耸的椰树下，小少年指着大海，好奇地询问母亲。

女人攥着儿子的小手，看向海面。此时天色尚早，太阳刚从海面冒了个头，被切割成两半，天与海融成烟雾般的云霞，似燃了一片星火。

"或许就和大海一样大……"她迟疑地说。

"和大海一样大？"小少年眼带困惑地问，"那大海有多大呢？海看不到尽头，海洋的面积也算在我们的国土面积里面吗？"

女人久久未出声，像是被这个问题困扰。

海的面积在 960 万平方千米的国土面积里吗？

寂静之中，左侧倏地响起一道声音——

"我们国家除了 960 万平方千米的陆地面积，还有 300 万平方千米的海洋面积，这是蓝色的国土。"

温暖又柔软的嗓音，像是粘了糯米糍，乍一听以为到了江南。

母子两人一同看向左侧。

不远处立着个人，一身雪白的中式套装，丝质的料子轻易地被海风吹动，勾勒出纤弱的身形。晨光下，她的轮廓清晰，瞧着二十岁出头，黑发高高束起，眼神沉静清透，和那柔软的嗓音相比，莫名生出一股不协调之感。

几分钟前，趁着晨曦未放，山岚迎着咸湿的海风走出酒店，刚靠近海岸线，便看见沙滩上的一对正在看日出的母子，那小少年指着碧汪汪的海面，问他的母亲。

她放慢脚步，视线落在这对母子身上，听到小少年的困惑，忍不住开了口。

山岚说完，不等那两人开口，迈开步子，不徐不疾地往前走。她只是偶然经过这里，听到这对话，并不为这偶然停留。

小少年呆呆地望着那背影，缓缓睁大眼睛，待人走远，他攥紧母亲的手，急忙问："妈妈，她手里握着什么东西？是一把刀，还是一把剑？她是什么人？"

女人神情古怪，这可是 8 月，南渚最热的时候，怎么会有人穿着长衣、长裤？瞧她去的方向，似乎是要去边上的观海崖，等太阳出来，照在崖顶，人怎么受得了？

或许是个怪人。

"……"

她是什么人？

出生至今，整二十三年，山岚无法准确形容自己是个什么样的人。从小到大，她有很多称号——"山家铸刀第九代唯一的女孩儿""山家的继承人"，等等，这些称号都和山家脱不了干系。

那她自己是什么人呢？

山岚没有答案。

早上 8 点，海岸酒店。

寂静的茶餐厅逐渐热闹起来。山崇刚走进大门，一群人便围了过来，叽叽喳喳地发问，问题无一不围绕着山岚。

"这次交流会小师妹来了吗？"

"她带那把新刀了吗？"

"来了，昨儿我见着她了，还是那副安安静静的模样，这山家日后交到她手上，指不定会被人欺负。"

说这话的人没心没肺，边上的人给他使了个眼色，示意他别在这当口提事儿。哪有当着另一个候选继承人的面说这话的？多让人尴尬。

山崇是出了名的好性子，挨个儿回答问题，听见别人这么说也不生气，温声应道："她不会让人欺负的，我们都会护着她。"

那人直接翻了个白眼，说："你俩早晚得为那位子打起来。我要是你，要不就退出，要不就光明正大地跟人争，你现在这样算什么？"

到这年代还玩冷兵器的，就这么一点儿人，圈子就这么大，彼此都认得，每年8月还得选个地方开交流会。

山家这辈的这点儿破事，他们都知道。

山家铸刀一业八代单传，每一代除了继承人，山家还会收养一些无家可归的孩子，和嫡系一脉一样，他们都姓山，以兄弟姐妹相称，相互帮衬，代代相传，家族逐渐壮大。到了这一代，出了个小女孩，山家人第一反应是欣喜，第二反应是忧愁。这小姑娘，软胳膊软腿的，怎么能去炼铁铸刀？就算能去，他们也舍不得。

山家人一合计，再生一个不就行了。

可现在什么年代了，山岚的父母不愿意再生，被逼得紧了，两人居然就这么跑了，留下小山岚一个人。于是，准备退休颐养天年的山桁出关亲自带山岚，顺带着从旁系里收了几个孩子一起教导。

等山岚长到五岁，山桁想出了解决之法。

那天，他将一大家子都喊到祠堂，说起山家铸刀一业的由来，原先他们祖先不干这个，而是玩刀的，一手刀法出神入化，后来遇了意外，才改行干了这个，所以家里头还有本秘传刀法藏着。

整整十八年过去了，山崇仍记得那一天。

肃穆的祠堂里，山桁对着那粉雕玉琢的小女孩招了招手，郑重地对她说："招儿，山家铸刀一业不能丢了，但你是个小姑娘，长辈们都舍不得你干这个，师傅这儿还有一本刀法，让你师兄、师姐们和你一块儿练，也算重新捡了祖辈的活计。你想一想，愿不愿意？"

山岚问："师傅，我去练了刀法，山家日后交到谁手上？"

山桁沉默片刻，应："从你的师兄们中挑选一个继承人，继承山家铸刀一业。山家刀法就由你继承。"

那时，所有人都看着山岚。她是怎么说的？她说——

"师傅，我都要。

"山家铸刀，山家刀法，我都能做好。"

山岚从小就是安静、不爱说话的性子，偶尔说几句话，也是慢慢吞吞的。可这会儿，小姑娘站在祠堂中心，睁着乌黑的眼，盯着山桁，又不紧不慢地扫了一圈她的长辈、同门们，丢下这么掷地有声的两句话，可把他们都惊着了。

……

山崇在一众议论声中缓过神来，说："她应该是去练刀了，我去找找她。"说完，不管那些若有若无的视线，他径直走出了茶餐厅。

直到走出酒店，山崇才松了口气。

再过一个月，就是山桁宣布山家继承人的日子。其实，他们师兄妹之间和外人想的全然不同，谁都知道，山家家主的位置是山岚的，论天赋，她最高；论努力，他们这几个师兄、师姐，谁也比不过她。

从很早开始，山崇就知道，他争不过山岚，更何况，他也不想争。

出了酒店，经过宽阔的海滩，最边上有个观海崖。这崖像是天公落了雷，只劈了一道，正落中央，山成半片，壁立千仞，山间郁郁葱葱，到了崖顶，露出光秃秃的奇石来，边上有个凉亭，是观海的最佳位置。

山崇脚步不停，径直往山上走，他走得快，不过 20 分钟便到了半山腰，停下来歇了口气，往山顶一眺望，远远地，瞥见一道雪白的身影迎风而动。那身影的动作较往常慢了一点儿，似乎在适应那把新刀。

烈日炎炎，山崇想看得仔细一些，刺眼的阳光透过树叶间的缝隙照射在他脸上，他眯起眼，收回视线，继续往上爬。约莫过了 10 分钟，山路变得狭窄，通往崖顶的路是一条仅容一人通过的小路，偶有杂石，不仔细看还容易绊倒，山崇一时没注意，一个打绊儿，差点儿摔了一跤，惊得林间的鸟儿扑棱着飞走了。

受惊的鸟儿比山崇快一步到达崖顶，自顾自地找了块石头歇脚，没管身后那茫然四顾的男人，低头梳理着羽毛。

山崇到了崖顶，没来得及喘口气，下意识地去寻山岚的身影，前后左右找了一圈，他望着空荡荡的山顶发起怔来。

招儿呢？

明明刚刚还在这儿。

"招儿？"山崇围着崖顶走了个遍，边走边喊，没找到人，可崖顶往下就那么一条路，这顶上也没多大，她人能去哪儿？他提高声音，大喊："山岚！

"山岚——"

海风将男人微微失了冷静的声音传到崖下。

此时，观海崖边。

海浪被狂烈的海风吹起，又顺着险峻的石壁一路落下，崖边陡峭起伏，寸草不生，可就是这样坚硬的崖壁上，竟然坠着个人！

那人紧贴着崖壁，在狂风中摇摇晃晃，似乎风再暴烈一些就要掉入波涛汹涌的大海。

半小时前。

山岚立于崖顶，迎风而站，纤手握刀，锋利的刀刃在烈日下翻转，银光一闪，刀面映出一双冷沉漆黑的眼，柳条般自如的身躯蕴含着风一般的力量。风动的时候，她也动了，凌厉的刀破空而出，那身体也随之飘动起来，瞧着明明是轻飘飘的把势，可每一次出刀都令周围的飞鸟退避三舍。

一套刀法结束。

山岚微绷着的神经缓慢放松下来，还没来得及喘口气，余光忽而瞥见一道白影。这身影猛地扑近，一只极有力道的手重重一推，身后便是悬崖，避无可避、无力可借，她失去重心，身体骤然悬空，直直朝着崖下掉落。

这一切发生在电光石火间。

山岚来不及思考，下意识地抽出刀，下坠过程中数次向崖壁刺去，刀尖滑过石面，发出"锵——"的声响，断断续续，连番几次滑落，她越来越冷静，在烈风中努力睁大眼，眼角被风激出泪水，她全然不顾，快速查看眼前的情况。崖壁陡峭，壁面粗糙，她耐心等待着，终于，瞥见一处裂缝凹槽，她倏地出刀，狠狠地将其刺进石壁之中。

下降的身躯猛然止住。

刀身泛着冷光，冰裂纹路蔓延而下，握着刀柄的手紧紧绷住，指骨泛白，似是不堪承受这重量，刀身微微下沉。

时间一分一秒地过去，约莫过了半个小时，崖顶忽然传来喊声——

"山岚！"

是山崇的声音！

山岚微蹙着眉，咬牙提了点儿力，高喊："师兄！"

海风无情地席卷着山岚的喊声，没有惊动顶上的人分毫。崖顶渐渐没了动静，她体力不支，微吸了口气，耷拉下眼，看向翻滚的海面。她坠在这儿太久了，照这样下去，没人会发现。她不能把体力都耗在这里。

这个高度距离海面已经不远。

山岚微微平复了呼吸，随即深吸一口气，忽而屈腿踢向山壁，用力抽刀，放任自己重重地坠入大海。

"招儿——"山崇的喊声反复回荡在山间。

无人应答。

两日后，南海。

宽阔无际的海面上，一艘渔船慢悠悠地在海上晃荡，甲板上站了一群人，个个光着膀子。船尾陆陆续续放下几只舢板，渔民们在暴风雨中憋了大半天，这会儿可算放了晴，都迫不及待地要下海捞鱼去。

船头甲板，一个身穿"工"字背心的年轻男人正扶着栏杆极目远眺，他皮肤黝黑，眼神明亮，咬着根烟，和身边的人笑着说道："休渔期一结束，这海上可算热闹点儿了，茫茫大海上，除了补给船，我都没见着船，更别说人了，多无聊啊。二哥，休渔期过了，你可得上工了吧？别总捣鼓你那艘……咦，那是什么？"

他忽然站直身体，正色朝起伏的海面看去。晶莹剔透的海面如巨大的玻璃体，能见度极高。不远处，一块木板起起伏伏，朝着他们漂来，奇怪的是，那上头似乎伏着什么，白晃晃的一片，瞧着像条大鱼翻起的肚子。

可是，有这么傻的鱼吗？自己往木板上跳？

再定睛一看，那居然是个人！

黑发散落着，那人的手臂紧紧地抓着木板边缘，看不清楚面目，看那皮肤的泡发情况，在水里可得有些时间了。

男人睁大眼睛，咽了口唾液，吐出烟头，指着那人喊："二哥，你快看那海面上，那有个人，不知道是死的还是活的！"

被他称为"二哥"的男人睁开眼，黑沉的眸子里睡意未消，起身懒散地活动了下手脚，颀长的身躯在甲板上落下一道长影。

盛霈走近一步，眸光微顿。那确实是个人，看那身形，还是个女人。

他微蹙了下眉，忽而伸手，单手脱下短袖，紧实的肌肉微微起伏，没了衣物的遮挡，露出底下线条分明的小腹来，阳光似在上面抹了一层焦油，泛着细腻的光泽。

"让驾驶员摆开船尾，让人放艘小艇下来，你去拿急救包，再拿一条毯子。"

低沉的男声落下，他上前握住栏杆，修长的指节轻轻用力，翻越栏杆，像飞鱼一般跃入海中。南海水体清晰，能见度可达十米以上。正逢晴日，海面像一颗巨大的碧蓝色的玻璃球，折射出炫目的光彩。

倏地，这颗玻璃球被打碎。飞鱼一般矫健的身影跃入水里，如箭一般直直朝着那木板而去，甲板上零星地站着几个人，瞧着底下。

年轻男人伸着脖子瞧着，嘀咕道："动作还挺快。"

留在渔船上的人问他："小徐，二哥的船呢？早上我们看见你们搭船，还寻思着这盛二也有求人的一天？"

徐玉樵翻了个白眼说："搭个顺风船回岛，就算是求人了？我们还帮着你们干活怎么不说？下网的地方还是二哥找的呢。"

"这不说着玩的吗？说正经的，你们的船呢？"

船员一边说着话，一边瞄着底下，心想盛霈这男人，也不知道他的手脚怎么长的，这游速，都能和鱼比上一比了。

徐玉樵说到这个就来气："借人了！"

船员纳闷：好家伙，这休渔期结束第一天船就借人了？不过转念一想，盛霈也不靠这个吃饭，这人向来随心所欲，命也不要，能干出这种事来也不奇怪。

"哎，二哥碰着人了！"

徐玉樵看完热闹，老实地进船舱拿东西去了。

水下，盛霈靠近木板，微眯了眯眼睛，清透的阳光穿过海面，带起粼粼的波光，晃动的水间，一抹白直往他眼睛里晃。他在南海三年，见了太多的白，珊瑚岛礁和白沙，飞鸟和鱼腹，甚至风暴带起的巨浪，最尖端的白也比不上眼前这一截。

盛霈展开手臂，牢牢地将那一截腰揽入臂弯中，出水转身想往回游，甫一动，原本失了力气的人忽然有了反应，在底下挣扎起来，还挺有劲。

他微挑了挑眉，侧头在那看不清面目的女人耳边说了句话。很快，她安静下来，手攀住他的小臂，彻底没了动静。凉凉的小手贴着他，一手的腻滑，极致的白映着几抹阳光，覆在他铜色的肌肤上，强烈的对比令人口干舌燥。这的的确确，是女人的手。

盛霈移开眼，一口气将人带回船上。刚放到甲板上，几个船员就凑了过来，探着头，打量着捞上来的人。女人头一歪，脸上的黑发散开，露出那一张桃花似的面庞来。

徐玉樵瞪大了眼，耳边有人吸了口凉气。

略显清冷的面容，眸子安静地垂落着，睫毛耷拉在一块儿，瞧着还有些可怜。干燥的唇上没了血色，像是被雨打过的花儿，蔫了吧唧的。小巧的下巴上就没点儿肉。

盛霈甩去满头的水，一抬眼，就见这些人都快凑到人家姑娘的脸上去了，他轻"啧"一声，不耐烦地说了句："让开！"

徐玉樵回过神，忙伸手把那些人推开，喊："看你们的船去，看看能打上来多少鱼，都围在这儿干什么？"

这些人不怕徐玉樵，却怕盛霈，没敢再看一眼，讪讪地走了。余下他们两人，跟看什么稀有物种似的，看着这女人。

"这穿的什么？"徐玉樵嘀咕道，去看这一身软塌塌的料子，"吸了水也不重，轻飘飘的。这人是从哪儿漂来的？"

盛霈俯身，单膝跪地，把人放平，探了探呼吸，说："去拿瓶矿泉水来，拿我的，加点儿盐。再让人煮碗鱼汤，除了盐，什么都别放。"

徐玉樵"哎"了声，跑去忙活了。

盛霈垂眼，隔着衣服按压着女人的胃部。女人喝了点儿水，生命体征还算平稳。他还挺诧异，瞧着手上皮肤皱巴巴的模样，这人在海上至少有一天了，前天这海上到处是风暴和雷鸣，居然能活下来，还存有体力。出海多年的人都不一定能在这样的情况下逃生，更何况是瞧着海都没出过的人。

盛霈用了点儿力气，使了巧劲，暗自数着数。果然，没一会儿，女人蹙起眉，头一歪，将水都吐了出来。

山岚虽然失了大部分体力，但还留有一丝神志，知道刚才有人把她救了上来，这会儿那双有力的手在她小腹上摁来摁去，她下意识地去摸腰间的刀，才触到刀柄，胃内一阵翻涌，将喝下去的海水都吐了出来。

正在这时，徐玉樵也把水拿来了，递给了盛霈。

"喝口水。"山岚耳畔响起微低的男声，和着海风，像钢块被锤打的声音，低而沉。

瓶嘴递到唇边，山岚硬生生按捺下脑中的求生意识，忍住渴意，睁开眼皮，迎着刺眼又热辣的光，虚虚的，看到一片阴影。他搂着她，手避开了腰部，放在肩上的手指虚握着，她用力去看，终于有了焦点。

她看见了他的眼睛，像一片深蓝色的海，平静深远，更深处似乎蛰伏着什么。

盛霈瞥见她半睁半闭的眼，唇都干成这样了，也不知道愣着干什么。他耐不住性子，用了点儿力，加重声音，斥她："喝水！"

山岚紧握着刀柄，抬起下巴，唇触到瓶嘴，盐水源源不断地灌入口中，过了喉，灼烧感渐渐减弱，身体开始放松。饮下沁凉的水，凉意才过了肚，疲惫感和无力感便随之涌来，在彻底晕过去前，她伸手，握住了盛霈的小臂——紧实、滚烫，和南海的烈日一般。像铁一样，打出来的刀，性能一定很强悍，山岚想。

南渚，海岸酒店。

搜救队队长正在和山桁讨论后续搜救方案："搜寻范围会继续扩大，除了衣服，暂时没发现她的踪迹，但南海这么大，希望渺茫……"

"活要见人，死要见尸。"山桁原本矍铄的眼眸显出灰败之色，手紧紧地握着拐杖，说，"不用考虑费用问题。"

搜救队队长点点头，看了眼身边的刑警。两人对视一眼，他先出去

了，不去管案件进展，得先把注意力都放在找人上。

负责案件的刑警赵队长见人走了，如实说："目前的调查结果，嫌疑最大的是山崇，当然不排除山岚自己跌落山崖的可能，崖顶天气变化大，我们还在继续搜索取证。据我们了解，山家下一任继承人会在山岚和山崇之间产生。那天案发时间内，只有山崇离开了酒店，大部分人都在酒店茶餐厅内，监控都拍到了，没拍到的那些人的行踪我们还在调查。"

山桁沉着一张脸，斩钉截铁地说："山岚不可能自己跌落山崖！我是看着她长大的，她十岁出头就敢一个人去崖上练刀，十年下来，一次都没有出过问题，偏偏在这个时候。但凶手不会是山崇，他同样是我看着长大的，我了解他是什么样的人。"

赵队长颇有些无奈，说："我们调查过，下个月是您宣布继承人的日子，和山岚有利益冲突、有作案动机的，目前只有山家人。既然您说是看着他们长大的，那在您看来，谁的嫌疑最大？"

山桁别开头，不说话了。半晌，他才道："如果凶手是山崇，他为什么要说在山腰时看到了山岚？这根本就是增加了自己的嫌疑。"

赵队长皱着眉，这确实是一个疑点，他们暂时也没有头绪。他又说了几句："在调查结果出来前，你们最好留在南渚。"

山桁捏紧拐杖，说："我们就在这里，哪里都不去，直到找到山岚为止。你们要找人问话，有人不配合的，尽管来找我。"

赵队长点点头，说完出去了。

门口等着的小警察见他出来，问："队长，怎么样？"

赵队长微微摇了摇头说："继续调查，着重查和山岚有过矛盾或是和山家结仇的人。如果是失足，这时机过于巧合，我也不信是个意外。"

小警察和他一块儿往下走，嘀咕道："这山家还挺古怪，除了山岚，那些人居然都和山桁没血缘关系，听说他们祖辈都是山家收养的孩子，说山岚是最小的徒弟，山桁的亲孙女。这怪不怪，管自己爷爷喊师傅，现在这样的家族模式可不常见……"

"找山崇去。"赵队长打断他，加快了脚步。

小警察"哎"了声："来了！"

炎日下，海面泛起银波，风鼓起帆，渔船随着海波晃动。不远处，舢板逐渐靠近大船，带着满载的货物归来。

山岚在这晃动中醒来，她睁开眼，只迷茫了一瞬便恢复清明，乌黑的眼珠转动，习惯性地去摸腰间的刀，待摸到了，才缓慢起身，打量着狭窄的舱房——五六平方米的模样，塞着两张单人床，中间是容一人通过的过道，其间夹了张桌子，墙上挂了台电风扇，没有窗。她的视线停在桌子上，上面放了本《渔业资源生物学》，看了一半，书页折叠着。

片刻后，山岚下床，赤脚踏出了舱房。

一推开房门，海风呼呼地灌进来，带着点点凉意，脚下的木板是烫的。出了统舱，爬上楼梯便是甲板，她还没走到楼梯，便撞上了一个人。

那人见着她惊了一下，喃喃道："这么快就醒了？"

山岚不动声色地打量他，黝黑的皮肤，明亮的眼睛，四肢肌肉发达，壮实有力，走着鸭子步，看起来长期生活在船上。

"救我的人在哪里？"她轻声问。

徐玉樵本就觉得她生得清丽脱俗，她这么一开口，更觉得这姑娘是棉花堆里养大的，温温软软的，应该没受过一点儿苦。对着清亮漆黑的眼珠子，他难得磕巴了一下，道："是、是我二哥，这会儿在上头呢。哎，你没穿鞋，姑娘，喝了鱼汤再上去吧？"

说话间，山岚径直上了楼梯。

徐玉樵看着她脚步轻快的模样，直觉得稀奇，这下瞧着不像是人了，像是哪里来的精怪。走动间，她的上衣下摆微动，他定眼去瞄她的腰部，那儿果然挂了把长刀，先前他没看错，果然是个古怪的姑娘。

进了船舱，山岚呆了一下。

上头热闹得不像话，板上堆满了鱼虾，满满的一船舱，鱼儿活蹦乱跳的，八爪鱼舒展着身躯，她像是进了什么海鲜市场。大家伙儿个个光着膀子，坐在小矮凳上，用方言交谈着，挑虾的挑虾，挑螃蟹的挑螃蟹，随手丢进水产箱里，箱子满了就送到冰库里，活的价钱高。

此时正逢落日西沉，橘红色的光束变得暗沉，照在她的白衣上，衣服上的纹路映出浅金色的光泽，黑发被海风吹得半干，盈盈地散落在肩头。

山岚轻嗅了嗅，潮湿的味道里混着腥味。在满鼻子的咸湿味中，顶上

忽而响起一道低沉的男声，还带着点儿懒意："醒了？刀借我看一眼？"

海风中，似有低低的音符落下来，令她想起他手臂的硬度，是她看中的那块铁。这样的铁，能铸成什么样的刀？

山岚顿了顿，慢吞吞地仰头。

她又看见了那片深蓝色的大海。

剃着寸头的男人屈着腿，随意地坐在顶上的驾驶舱外，棱角分明的面庞和他的身躯一样，被晒成铜色，眉眼懒懒散散的，丝毫没有坚毅、深邃的意味，不像是个渔民，像是从哪儿溜出来躲祸的纨绔子弟。

别人都穿着"工"字背心，或者直接不穿，可他一身白色短袖、黑色短裤，穿着整齐。

她仰着头，认真看他。眉形很锋利，像她打过的一把小刀，虽然没用，但好看；底下的眼睛狭长，眼皮子薄薄的，双眼皮的褶皱很浅；眼睫浓密，像铜门上的两个铺首，似乎拎着敲一敲，就能打开这扇深蓝色的大门。他的眼睛像南海的水，是深蓝色的玻璃体，清透而明亮。

盛霈任由她打量，眸光掠过她，从头到脚。海风一吹，她的长发和衣服都干了，脸色不似刚才那么苍白，有了点儿血色，上衣领口的扣子扣至从上往下数第二颗，第一颗扣子丢了，像是被扯坏的。

半晌，他敛眸，淡淡地问："看够了？"

盛霈随手按住钢板，长腿伸展，轻松往下一跃，停在山岚面前。许是两人的距离过近，他似乎有些诧异，多看了她的发顶一眼。

山岚微仰起头，和他对视一眼。半晌，她迟缓地说："你很高。"

盛霈挑了挑眉，往后退了一步，和她拉开距离，视线在她雪白的足上停留一瞬，说："你比我想的矮一点儿。"

山岚也不介意他的话，解下腰间的带子，拿了刀递给他道："你救了我，刀送给你。"

随着她的动作，宽大的衣袖往下滑落，露出一截纤细的小臂，像夏日的莲藕，白生生的一截，往下指尖却握着一柄长刀。

盛霈提了点儿兴致。他接过刀，比他想的沉一点儿，乌黑的刀鞘，在海里泡了这么久，看起来却完好无损，握住刀柄，定睛一看，是用珍珠鱼皮包裹着的，暗色间泛着玉一般的光泽，内敛又低调。他抬手握住刀鞘。

光从外表看，这刀不足以吸引到盛霈。只是之前他跃入海中，在底下瞥见了一小截光泽，不似普通的光亮，在海底，那刀身有珍珠一般的颜色。

"锵"的一声脆响，他抽出了刀。

盛霈看刀这会儿，山岚又看向渔民，看他们拉网，处理海货，整个舱内都是鲜活的味道，又咸又腥，和厂房里铁锈的味道不一样。

忽然，楼梯口传来响动。

"二哥！"徐玉樵的声音从底下传来，他从楼梯上来，手里还端了碗鱼汤，见着山岚便递给她，道，"白水煮鱼汤，特别简单，葱、姜、蒜都没放，只放了一点儿盐，特别鲜。离吃饭还有段时间，你先喝点儿汤补补。"

山岚垂下眼，瞧了眼白花花的鱼汤，默不作声地接过来，双手捧着，慢吞吞地喝了一口，鲜香的味道抵达味蕾，没有腥味，温温热热的，很好喝。她舔了舔唇，埋首专心地喝起汤来，"咕嘟咕嘟"，没一会儿就喝完了。

徐玉樵原本还担心她喝不惯，这会儿见她喜欢，忍不住咧开嘴，笑问："现杀现做的鱼汤，味道不错吧？"

山岚抹了抹唇角，问他："这里离南渚远吗？"

徐玉樵本就好奇山岚的来路，听这话，忍不住问："你是途中出了什么意外吗？从南渚那边过来的？"

山岚想起崖边的那道身影，平静地说："嗯，出了点儿意外。从这儿回南渚要多久？你们的船回去吗？"

正说着话，船上又起了一张网，海风带来咸湿的腥味。

徐玉樵不乐意在舱里闻这味道，在自家船上就没少闻，搭别人船就算了。他对山岚说："我们去外头说，现在太阳下去了，凉快得很，你顺便看看海，这风景在南渚可看不见。对了，我叫徐玉樵，喊我小徐、大樵和小樵都行，别见外。"他又问盛霈："二哥，你去吗？"

盛霈收起刀，没应声，也没把刀还给山岚，只抬了抬下巴，示意他们先走，他跟在后头。

上了甲板，视线开阔起来。桅杆上的五星红旗迎风飘扬，鲜艳的红在海面上格外耀眼。

茫茫的海上，偶尔可见经过的渔船，最常见的是海鸟，其中的一只，洁白的身躯轻盈地掠过海面，纤瘦的身形和尾巴与家燕似，一路低空飞行，偶尔点起水波，尖嘴如一支锋利的箭，瞄准猎物，一头扎进水里，精准地叼起一条细细的鱼。但它还没来得及品尝自己的美食，一侧忽然飞快地射出一条巨大的鱼，银白色的身体扁而宽，无斑纹，鱼嘴一张，一口将这只海鸟吞了下去，然后瞬间下沉，钻入海底，甩着尾巴扬长而去。

不远处，海鸟们散开，远离水面，避开猎手。山岚只隐隐看见它们的背部是蓝绿色的，在阳光下泛着宝石似的光华。她迎风看了片刻，抬手指向那燕子似的鸟问："它们和我们同路吗？"

徐玉樵黝黑的面庞泛出点儿笑来，说起海事，他可是如数家珍："这是燕鸥，瞧着和燕子像不像？它的名字也是这么来的，刚刚捕食它的那条鱼是珍鲹，不光吃鱼吃虾，还吃小型鸟类。至于和我们同路，是因为海鸟的作息和人差不多，日出而作，日落而息，这个点，它们得回岛去了，和我们的船一个方向，所以一路围着我们。以前，渔民们管海鸟叫'领航员'，见着它们就知道要到地方了。"

山岚抿着唇，轻声应道："原来是这样，我只知道以前没有卫星定位系统，你们渔民凭着经验航海，经常由于天气、环境、海流这些原因迷失路线。原来，看到海鸟，就近岛了。"

徐玉樵诧异地问："你还知道这些？"

不怪徐玉樵诧异，知道渔民们会因为天气迷航很正常，还知道会因为海流迷航的，这个不常见。他心生好奇，又问："你知道那会儿我们怎么测海流吗？"

山岚的视线仍落在燕鸥身上，她说："会用湿炉灰，将灰团丢进水里，缓慢溶解下沉，就是正常的；如果一下海，很快溶解或是随着海浪消失不见，说明海流有异常。"

话音落下，一直倚在栏杆边没出声的盛需抬眸看了山岚一眼，他重新打量起这个女人，浑身上下，一点儿都看不出来她出过海，这一身雪白的肌肤哪儿受得了晒？可她说出的话，分明又是了解以前渔民是怎样航海的。

徐玉樵渐渐睁大了眼，嘀咕道："我也是听我爷爷说才知道的，你是怎么知道的？你家里以前有人闯海吗？"

山岚侧头，绾住飞起的长发说："在南渚听人提起过。"

徐玉樵的心像是被人挠了痒痒，他对这姑娘可太好奇了，瞥了眼盛需的神色，忍住没多问，回答先前山岚的问题："从这儿到南渚需要十几个小时，但休渔期刚结束，这船头天出海，得持续在海上作业几天，捞到足够斤两的鱼才回去。明天可能有小艇来，把海鲜运回南渚，或许你能跟他们一起回去。"

山岚敏锐地从徐玉樵的话中捕捉到关键词，问："这不是你们的船？"

徐玉樵说："我们搭个顺风船，回岛上去。这船晚上还得去一个鱼点，做一两批网，得要二哥带着，我们下不了船，明早才走。"

山岚问："今天是几号？"

徐玉樵答："8 月 16 号。"

山岚听完，没再说话，只是安静地看着海面。

徐玉樵能看出来，山岚是个不爱说话的性子，刚才在舱内，明明好奇地盯着他们挑选海鲜，愣是一个字没问。到了甲板，只剩他们，也只问了句燕鸥。他想了想，说回舱里看一眼，转身走了。

徐玉樵走后，甲板上只剩盛霈和山岚两人。

盛霈拎着刀没说话，山岚无声地望向大海，仿佛她不是在海上漂了两天，而是来这儿观光的。

"刀还你。"沉寂之中，盛霈开了口。

山岚微微侧头，看向盛霈，目光中微微透出些疑惑，她问："你不要这把刀，它做得不好吗？"

她对上男人色泽沉郁的眼睛，凝视片刻，心想他很不同，和这船上的任何一个人都不一样，可具体怎么不同，她暂时说不上来。

盛霈握着刀，拇指微动，推开护手，抵着刀颚，在薄而坚硬的刀身上轻弹了一下，说："环首刀，开了刃，百炼钢，覆土烧刃工艺，容易折断。这把却不会，用了'夹钢'法，锐利又兼有柔韧性，冰裂纹打得很漂亮，做这刀的，是个有水准的老师傅。这刀难得，用来收藏已经是上品，实战还是差了点儿意思，但现在，也没有需要实战的情况……"

盛霈说着，忽而顿住。

刚刚某一瞬，山岚乌黑的眼眸似乎亮了一下，但这会儿又沉下来。他顿了顿，递过刀说："这刀已经很完美，保护得很好，应该是你的心爱之物。救你不过是顺手，用不着答谢，拿回去吧。"

山岚垂眼，看了眼乌黑的刀鞘，却不接。许久，她问："哪里差了点儿意思？你很了解锻造工艺？"

盛霈随口应道："说不上了解，只懂点儿皮毛。"

山岚听出来了，他不想多说。她耷拉着眼睛看了好一会儿，忽而转身走了，没有去接盛霈手里的刀，看背影，还比来时走得快一点儿。

盛霈眉梢微扬，黑眸里多了丝兴味，没拦她，而是收回手，再次抽出了这把刀，从上至下，仔细地看了一遍，最后在刀颚处停下。第一遍，他以为只是普通的纹路，这一遍，将正反两面结合起来看，是小篆体的单字——"招"。

招。

盛霈在嘴里过了一遍，轻扯了扯唇，还挺巧。

船舱内一批筛选结束，船员拿着皮管子放水清理地板，角落里还有些漏网之鱼，都被拎起来扔回海里。

山岚找了处角落，盘腿坐着，静静地看着船员们，有的年轻男人没被姑娘直勾勾地这么看过，尤其是身上只穿了条短裤的，脸一红就跑走了；剩下的，也没人来和她搭话，有一两人操着一口方言聊天，她听不懂。

直到有个年轻船员问起盛霈来："今天上我们船的那个男人，领头的，你们都认识他？"

这下相对安静的船舱内热闹起来。

"盛二嘛，没人不认识他，是个怪人。"

"这人打渔看心情，偶尔来了兴致，捞几网子鱼，都给底下人，自己不挣钱。平时那船就借给别人，也不耽误船上其他人。"

"那他靠什么挣钱？"

"哪有钱挣？啧，这还算好的。他还是疯的！"

"怎么疯的？"

"这人专挑暴风雨天出海，你说疯不疯？不要命似的，但心肠不错，这几年在海上救过不少人。"

"……"

山岚安静地听他们谈论盛霈，不知道说到哪儿，这个话题转眼就过去，又说起别的来。

盛霈上驾驶舱和船长商量完鱼点的事，下来一瞧，她倒是自得，雪白的一团，乖乖巧巧地坐在那儿，眼珠子一动不动地盯着人看，可吓跑了不少年轻小伙子，剩下的都是些老船员，脸皮够厚，也不怵这么一个看起来娇滴滴的姑娘。

他立在那儿，扫了一圈，待扫到某处，视线停住。

船舱角落里蹲了个男人，光着脚蹲在那儿，一身腱子肉，脖子到肩膀处，横下一道粗粝的伤疤，细长的眼睛眯着，咬着烟打量着山岚，鼻翼微微放大，鼻息很重。

盛霈抬手，瞧了瞧驾驶舱的玻璃，低声问："肩上有疤的那个，刚来的？证件和资料都齐全吗？"

船长想了一会儿，说："亲戚介绍的，不怎么说话，以前出过海，说肩上的疤是抓鱼伤的，看资料没什么问题。怎么了，看着眼熟？"

盛霈笑了笑，没接这话，穿过甲板，进了船舱，没看山岚，径直下了楼梯。片刻后，他又从底下上来，手里拎着东西，在山岚面前站定。

"啪嗒"一声轻响。

山岚收回视线，抬头看向面前高大的身影，他正垂眸盯着她，双手环胸，那把刀不见了踪影。

她视线下移，落在地板上，一双男款的黑色拖鞋放在她雪白的足前。

太阳已完全沉下去了，光线陡然变暗，海面昏黄一片，远看像是沙漠，起伏的水波便是由风吹动的沙堆，变幻莫测。

收了这批网，船上到了饭点。

海上生活条件有限，船员们吃饭也简单。因为量大，厨师炒上几个菜，直接用脸盆装，他们找个空地往那儿一蹲，捧着饭碗就直接吃起饭来。

这会儿一群人蹲成一圈，本该热闹的场景却安安静静的，大家伙埋头吃饭，盛饭也悄无声息的，不知道的，还以为遇见什么大事了。

徐玉樵咬着筷子，憋得慌，余光悄悄去看边上的山岚。她蹲在他和盛霈中间，捧着比她脸还大的饭碗，拿着筷子吃得认真。她也一点儿不害怕，就和他们一块儿蹲着，时不时看看人，又看看船。

他前头问过山岚，问她要不要单独吃，怕一个姑娘在他们一群大男人中间不自在。但山岚一点儿异样都没有，不脸红，不怕人，跟没事人似的。他真怀疑她在海上生活过，但看这肤色，又确实不像。

徐玉樵小心翼翼地伸手，绕过山岚，小幅度地推了推盛霈，朝他挤眉弄眼，用唇语说：她吃得完吗？

盛霈懒懒地抬眸，轻飘飘地瞥他一眼。

徐玉樵不动了，老实蹲着扒饭。不一会儿，他听见盛霈问山岚："还要吗？"

徐玉樵："……"这么一碗下去，他都能吃饱。

山岚现在用的碗是盛霈自个儿带的，上船前刚买，还没用过。盛霈食量大，用的碗也比一般人的大，徐玉樵见山岚这样吃饭提心吊胆的，生怕晚上起了风浪，船会晃得太厉害，这姑娘晕船都给吐了。哪知道盛霈还问人家还要不要，是人吗？

山岚看了一眼碗，认真回答道："能吃饱。"

盛霈点了点头，不再去管她，自顾自地吃起饭来，完全不管目瞪口呆的徐玉樵。等吃完，他把碗筷一洗，也不走，就坐在这儿。

船上各个部门都需要人值班，二十四小时轮着来，这批人吃完去轮班，那批人就下来吃饭。新下来的几个年纪大点儿的，和盛霈也熟，亲热地喊了几声"二哥"，聊了几句才找了位置坐下吃饭。

徐玉樵见人多了，赶紧大口吃完，空出位置来，顺带问山岚："我给你夹点儿菜，我们出去吃，这里挤。"

山岚摇摇头，说够了，依言起身，和他们一块儿出去了。

这三人刚走，舱内立即响起交谈声，操着一口南渚方言，叽里呱啦地谈论起来。除了鱼，居然还能在海里捞到活人！

走到近甲板处，徐玉樵停下来，给山岚找了个安静风小的角落，然后凑到盛霈边上，和他说闲话去了。

"二哥，"他忍着没去看山岚，压低声音道，"这姑娘，我看着怎么有点儿怪怪的，不慌乱，不紧张，要不是我亲眼看见，可不相信她是从海里被捞上来的。"

盛霈睁开眼睛，无声地扫过那蹲着的女人，视线在她的领口滑过，掠过那截雪白的肌肤，随即敛眸，用微不可闻的声音说："她是第二次被人救上来。"

徐玉樵呆住，反应了好一会儿，磕磕巴巴道："前头有人救过她？那她怎么……出了意外？"

一个水灵灵的姑娘，被救上船，却又再次掉入大海。他脑海中浮现一个不太好的猜测，脸色顿时难看起来。

盛霈低声说："我救她的时候，她刀不离身。而且她在海上被人救上来，不问这是哪里，只问离南渚有多远，体力比我想的好，估摸先前在船上吃过东西。再有……她应该是自己跳下来的。"他止住话，没继续说。

再有，山岚领口的扣子不像是在海里丢的，更像是被蛮力扯坏的，很容易猜到发生了什么。

但幸好，只有那一颗扣子。

纵使盛霈不说，徐玉樵也懂对方的言下之意，他骂了句脏话，叹气道："好好的人，丢海里了，也不知道在海上漂了多久，还好没受什么伤。明天等快艇一到，就让人把她送回去，在海上过什么苦日子。"

说完，徐玉樵去看山岚。她低头捧着碗，吃得专心，慢慢吞吞的，可算把一整碗饭都吃完了。徐玉樵探头一瞧，好家伙，碗里干干净净的，一粒米都没剩下。

"碗给我吧。"徐玉樵本就是个热心肠，听盛霈一说这姑娘的遭遇，更心疼了，也不想再让她去人堆里走一遭，把碗筷都拿走了。

山岚缓慢起身，仔细感受了一下船的摇晃，不难受，她便扶着栏杆去看海，偶尔侧头，鼻翼轻动，闻闻自己的长发。从侧面看，她的鼻梁极高，从眉眼到唇，一路往下，像是极川的冰雪缓缓融化，清冷却柔软，似乎天将逢春。

盛霈盯着她看了半晌，忽而直起身，下了舱房，而后又大步迈上来，径直去了驾驶室。其间，山岚好奇地看了他几眼，只是安静地看，不说话。

到了驾驶室，船长正跷着脚听广播，见盛霈来，随口问："无聊了？我看你也是无聊了，破天荒的，还救了个人上来，我还没见着，听底下小子说，天仙似的。你不能是瞧见了人家的模样，才救她的吧？"

盛霈一滞，难得接不上话来。可他接下来的话就坐实了人家的猜想，但都来了，话总得说。

"借你几桶矿泉水，过两天还你三千斤鱼。"

船长一听，广播也不听了，把设备一关，惊异地问："三千斤？那姑娘是长得有多好看？我得去瞧瞧。"

盛霈轻"啧"一声，把人拦了，道："明儿人就回南渚去了，可不得给她留个好印象嘛，让人感受到我们三沙的渔民是多么热情、淳朴。"

船长摆摆手道："拿去用，随便用，用六千斤的量都行。"

半小时后，山岚蹲在甲板上捧着自己的长发，轻抿着唇，唇边露出小小的弧度，眉眼间冷色消散，竟透出一股娇憨来。

徐玉樵蹲在边上，看不到她这难得天真的一面。他握着水瓢，耐心地等着她揉出泡沫，等她停下来，不需要出声，便自觉舀起水顺着这头长发浇下。

盛霈倚着栏杆，长臂懒懒地搭着，耷拉着眼，盯了她片刻后，移开视线，看向黑沉沉的海面。

不过萍水相逢，过了今晚就是陌路人。

他深吸一口气，慢慢吐出去，闭上眼听海风。今夜的海风，与以往海上任何一晚的海风都不同，咸湿的味道里，带着香。

山岚长发到腰，洗干净头发用了整整三桶矿泉水。她拿过毛巾，不紧不慢地擦干，顺了顺发，问徐玉樵："我要给你们什么？"

她知道淡水在海上很珍贵，徐玉樵刚刚找她说这件事的时候，她先是拒绝了，但他说，这船过两天就回去，船上带的水够用，不会影响船员们的生活。她没说话，没想出个结果来，盛霈却提起桶，毫不犹豫地往盆里倒，边上连热水都烧好了。

她和他们是陌生人，他们本不需要做这么多。可他们却做了，她还能做些什么呢？手里的刀已经给了盛霈，在这海上，她什么都做不了。

徐玉樵咧嘴一笑，说："不用给，这都是……"

"小樵。"盛霈忽然出声，打断他的话，"把东西收拾了，和你说几句话。你下去吹风，别进船舱，等两分钟。"

最后一句话是对山岚说的。他们至今未通姓名。

山岚仰起脸看他，黑沉沉的眸里，透着几分安静。盛霈和她对视几秒，忽而觉得她知道他在想什么。

果然，下一秒，她先起身下去了。

盛霈眉心微跳，对徐玉樵道："等她头发干了，去拿件干净的衣服给她，带她回我们那间房，晚上下网的时候你守着。"

徐玉樵愣了一下，问："守着？也对，这船上那么多男人，说不定她会害怕。行，放心，二哥。"他没多想，准备带着空桶和盆回去。

刚转身，盛霈又喊住了他，说："衣服，拿我的。"

徐玉樵："……"

约莫过了十分钟，山岚摸了摸长发，回舱房去了，徐玉樵跟在她身边。两人走后，盛霈仍站在甲板上，看着暗里的一道身影。片刻后，他收回视线，再一次看向海面。

时间到了凌晨，船上热闹起来，船尾放下舢板，各个舢板上亮着灯，提前去探鱼。

盛霈和船长站在驾驶室里，瞧着底下准备冰桶、下网，各个部门一同忙活起来，桨声和着猛烈的海风，吹动这热闹的夜晚。

船长每下达一道指令，底下便快速有序地行动起来。他偶尔和盛霈说句话，确认后通知下网，指令一下，缆绳急速转动，巨大的围网无声地进入海底，底下的鱼群敏锐地察觉到异样，却逃无可逃，这天罗地网将它们围捕。

第一网捞上来，底下一阵欢呼，似乎连带着船都震动起来。

船长露出笑来，拍拍盛霈的肩说："盛二，真有你的。"

盛霈没应声，只漫不经心地笑了一下，拿起水喝了一口，就这么几秒的时间，一口水还没咽下去，他的视线忽然顿住。

原本该在底下守着的徐玉樵不知怎么出现在了甲板上，而他盯着的那个刀疤男人在这短短几秒，便不见了身影。

"咔嚓"一声响，盛霈手里的矿泉水瓶被捏扁了。

船长转头时，只看见盛霈握着栏杆，双腿微动，直接跳下了船舱，在灯光下，那手背上的青筋隐隐凸起。他一愣，这是怎么了？忙探出脑袋往底下看，看了半天没看出情况来。

这人是干什么去了？

底下，盛霈飞速地进入昏暗的船舱，没时间走楼梯，直接跳了下去，

推开住宿区的舱门，穿过大通铺，掀开帘子，奔向他和徐玉樵的那间房，才一走近，就看见那门前的人影正在晃动，似乎还没来得及闯进去。

盛霈来不及仔细感受这瞬间的情绪，大步走过去，一手捂住那人的嘴，铁一样的力道落在他的肩上，随即屈腿撞上他的腰腹，把人丢在地上，俯身用膝盖压着他的脖子，听他跟狗一样狼狈地喘息着。

盛霈压着声，嗓音里带着懒意，听起来甚至挺客气："这是你能进的地方？"

暗色中，他收着下颌，在虚弱的哀求声中，眼底的情绪缓慢松下来，松了手上的力道，拎着烂泥般的人起身，没什么情绪地说："海巡队的人会过来。"

"别……"男人嘶哑着嗓子认错道，"我……我不敢了，我想留在船上，你要什么，嗞——我有的都能给你。"

他的体格在寻常男人间都是优异的，更何况面对一个纤弱的女人，但在盛霈面前，他竟毫无反抗之力，但恐慌和后悔救不了他。

盛霈把人拽到甲板的时候，徐玉樵正急忙想回去，他在底下听到上头的欢呼声，实在好奇，忍不住上来瞄了一眼，没承想撞上这一幕。

"二哥?！"徐玉樵见盛霈拖了个人上来，惊呼出声。

不等细问，他忽然瞥见盛霈的神色，认识这个男人三年，这是他第一次见到盛霈这副神情。明明眉眼间平静，却分明压抑着什么，听见他的声音，耷拉着的眼抬起，冷不丁看过来，漆黑的眼珠子里毫无情绪，令人心头发怵。

盛霈是什么人？是黑风暴来临时，他都能懒懒地说一句"有我在，怕什么"的人。他从来都是云淡风轻的模样，世间事、世间物如浪潮翻涌而过，却从不在他身上留下痕迹。

徐玉樵一直觉得，没人真正了解盛霈。

"徐玉樵。"盛霈叫了他的全名。

徐玉樵猛地回过神，再看盛霈拽着的人，想到了什么，脸色顿时一片煞白。原来二哥说的是这个意思，他……

"二哥，我……我昏了头了！那姑娘，她怎么样？"他满目羞愧。

盛霈丢下一句："去门口站着。"随即拖着人上甲板去了。

徐玉樵不敢再看，埋着头冲到底下，往门口一坐，脑袋一片空白，心想，他还能再跟着盛霈吗？或许不能了。他一抹脸，有点儿想哭。怎么偏偏这个时候犯了浑？

房门外，徐玉樵压抑的呼吸声极其明显，而这房门，不过是一张薄薄的木板罢了。

房间内，山岚坐在床上，屈腿而坐，手抱着膝盖，眉眼安静地垂落，方才外面发生的事她都听见了。从那男人来，再到盛霈，然后是现在，徐玉樵在外头抹眼泪。

山岚静坐了片刻，慢慢起身，抬手轻轻敲了敲门，小声喊："小樵。"

门外的徐玉樵一个激灵，"哎"了声，嗓子有点儿哑。他清了清嗓子，起身靠在门上，说："你醒了？还是刚才吵到你了？"

里面静了一阵儿，她说："我叫山岚。"那嗓音轻淡，还在继续："小樵，我做错过一件事。小时候，我的哥哥们不爱和我玩，他们说我是女孩子，不应该和他们一起玩，我可以不在意他们的，但我想在意。于是，夏天最热的时候，我把他们骗去锅炉房，他们被关在蒸笼一样的铜墙铁壁内，我和平时一样去爷爷那儿上课，想着下课再把他们放出来。"

徐玉樵的心提到了嗓子眼儿，他忍不住问："然后呢？"

山岚说："然后，那节课比以往的每节都长。"

徐玉樵噎住，不敢问后面发生了什么，只愣愣地睁大眼，听她说："于是，在原本该下课的时间，我告诉爷爷，我把哥哥们关起来了。我说得早，没出什么事，爷爷罚我在祠堂跪了一夜，让我向哥哥们道歉。他们却说，'妹妹一定不是故意的'。"

承认错误，对当时的山岚来说，不是一件容易的事。那时的她，第一次意识到，有些事的后果，不是她可以承受的。

"小樵，我知道你不是故意的。

"谢谢你守着我。"

山岚轻声说完，又重新坐回了床上。门外一直没有动静。直到另一道脚步声响起，她才听见徐玉樵低低地说："对不起。"

这句"对不起"，或许是对她说，又或许是对盛霈说。

门外，徐玉樵垂着头，不敢抬头看面前的人。

半晌，盛霈说："人绑在甲板上，你去看着，别让人松开。"

徐玉樵一听这话，愣愣地抬头，吸了吸鼻子，小心翼翼地问："二哥，我是不是还能跟着你？"

盛霈轻嗤一声道："劳务合同都签了，怎么着，要我赔钱？"

徐玉樵红着眼，忽然抬手用力抱了一下盛霈，不等他推开，自己松开手，一溜烟儿飞快地跑了。

徐玉樵走了，舱内只剩呼呼的风声，头顶的灯泡随着海波晃动，晃出光怪陆离的影。

"二哥？"

寂静中，女人轻轻柔柔的声音像水，又像云，但更像大海。大海暴烈，却也温柔，这时盛霈听见的，是温柔的海。

山岚不知道盛霈的名字，就和他们一样，喊他一声"二哥"。

盛霈立在门前，盯着门板上陈旧的褶皱和纵横的划痕，而后侧身背对着她，轻倚在门上，没头没尾地问："接下来，你做了什么？"

里面的人愣了一下，然后慢吞吞地说："我把自己关在了锅炉房里，比哥哥们待了更长的时间。最后，爷爷找到我，把我带了出去。"

盛霈抬眼，看向微晃的灯，缓慢地舒了口气，提起刀，用刀鞘轻叩了叩门，说："你不该把刀给我。"

山岚说："你说过的，我刀不离身。"

盛霈微怔，她听见了。傍晚那会儿他和徐玉樵的说话声音极小，加上海上风大，按理说她是听不见的。但她的听力比常人好。

他很快反应过来，她身上还有刀。

盛霈直起身，低低地说："明天我和你一起上小艇，送你回南渚。"说完，他自己都诧异，他不知发的什么善心，明明对这女人一无所知，三番五次管起她的事来。不仅徐玉樵昏了头，他也是。

山岚没说话。听他倚墙坐下，又把玩起那把刀来。她本就没有睡意，在这样的环境里，她不相信任何一个人，包括盛霈和徐玉樵。

没过一会儿，山岚轻声问："二哥，我能上甲板去看捕鱼吗？"

盛霈停住动作，耳畔是她下床、换上拖鞋后轻轻的踢踏声，而后"吱呀"一声响，门从里面打开，光亮照出来。

唯独没有开灯的声音。说明这里头的灯一直亮着，她一晚上都醒着，没有入睡。

盛霈合上刀，微仰起头，看向山岚，她身上是他的短袖，下摆一直到大腿根，黑发柔软地披在肩头，干净无瑕的面庞对着他，像砗磲里长出的珍珠。

"你的名字，是哪个字？"

盛霈听见自己的声音，像海水在这狭小的船舱里漾开。

山岚沉静的眸光落在他的脸上，半明半暗的舱内，他坐在那儿，仰着头，寸头带来的痞味散去，眉眼退去懒散，黑眸很亮。

她蹲下身，和他平视，认真道："你听过一句词吗？'海水连天凝望远，山风吹雨征衫薄'，山和风，就是我的名字。"

山岚。

她叫山岚。

甲板上热闹非常，第一网捞上来的鱼送去了厨房煮鱼汤，剩下的被装进冰桶里，机械运作的围网节省人力，起网至船中央，松开口子，银白色的鱼群被丢入冰桶里，称完重送去冰库，换新的桶上来。

山岚站在角落，安静地看他们忙活，反复几次，然后收网。她看见船长下来，问船员："晚上捕了多少斤？"

那人笑着应道："不错，有将近两千斤。"

船长美滋滋地看那些鱼儿去了，还不忘朝盛霈比了个手势。

盛霈懒懒地抬了下手，瞥了一眼满眼好奇的山岚，解释道："这几年渔民收成不好，因为过度捕捞，过量电鱼、炸鱼（违法捕鱼的方法）等，海里的鱼少得很快。"

山岚明白了，说："今晚的收成不错。"

盛霈眉梢微扬，回答得矜持："不算特别好。"

山岚轻揉了下唇，没忍住，露出个浅浅的笑来。

甲板上，船员们交头接耳，眉眼带笑，正热闹着，忽而有人停下来喊："拿个望远镜来！"船内静了一阵，人群聚到一起，朝着一个方向望去。

船长匆匆回到驾驶室，脸色微凝，拿起对讲机说了几句话，往远处望去。

徐玉樵从船头跑过来，手里也拎了个望远镜，对盛霈说："二哥，有其他船往这个方向来，不止一艘。"

盛霈伸出手问："有国旗吗？"

徐玉樵说："看不清。"

盛霈走至最前，看向灰暗的海面，远处有两艘船正在靠近，船身信号灯闪烁，渐渐地，桨声近了，两面五星红旗挂在最高的桅杆上，正迎风飘扬。他看了一阵，看见船身上的船号，是熟悉的牌照，松下心神。

"熟人。"盛霈放下望远镜道。

上头的船长也看见船号了，往底下喊了声，又冲盛霈嚷嚷道："盛二，哪儿来的这么多人？你喊过来的？"

盛霈往上瞥了一眼，没搭理他，转而对徐玉樵道："符世熙的船，可能出了事，我去看一眼。"说完，他微顿，看向山岚。

她本就纤瘦，宽大的短袖被海风鼓起，腰间的黑发卷起，似乎下一秒就要乘风而去。那双乌黑的眼眸里映着光亮，像是海面盈盈的一轮月影。

徐玉樵琢磨着盛霈的神色，抢先道："二哥，你去吧，我带山岚上驾驶室参观参观，底下风大。"

盛霈"嗯"了声，几步跨上船头。船长和驾驶员说了几句话，船速减缓，他们停在原处，等着另外两艘船过来。徐玉樵带着山岚到了驾驶室。

海上天气无常，三艘船逐渐靠近，天上的云层也聚集起来，仿佛也要凑这个热闹，很快，风里夹杂了湿热的雨滴。

山岚站在驾驶舱内，耳边是徐玉樵叽叽喳喳的介绍声："这是雷达，这个是卫星导航仪、卫星定位仪，还有无线电话、海底声呐……"

她走至窗前，垂着眼，往下看去。那两艘船上过来几个人，正站在船尾的甲板上，船顶的大灯亮起，明晃晃的灯光将几人的面容照得一清二楚。

她看见了一个人。

山岚微俯下身，握住贴着脚踝的刀。刀面冰冷，充满肃杀之气。

驾驶室内，徐玉樵自顾自地说得起劲："不瞒你说，我十几岁就跟着我爸闯海，到现在也快十年了。这海啊，我可太熟了……"

"人都走了。"驾驶员没好气地翻了个白眼，都多少年了，这人怎么还是这么絮叨？要他是那姑娘，也没耐心听。

徐玉樵一愣，回过神来，跑出去一看，山岚已经下了楼梯，正往船尾的甲板走，手里似乎还握着什么东西。他连忙下去追人，人要是丢了，盛霈可得发脾气。

船尾甲板处，围着一群人。盛霈嘴角漾起笑容，抬手和其中一个年轻男人碰了下拳，侧过身用肩撞向他的肩，就当是打招呼了，也不管自己用了多大的劲。

符世熙被他撞得往后退了一步，揉了揉肩，无奈道："你还是这么大劲，怎么就是学不会收着点儿？"

盛霈挑了挑眉，懒声道："你还是这么'文质彬彬'。"

符世熙眉眼温和，弯着唇笑着说："就知道你在这里，中午怎么不搭我的船？我不能送你回猫注岛吗？"

盛霈说："就近找的船，也是熟人。"

说到符世熙，绝对是海上的一个异类。他原先是学艺术的，家庭富裕，也不知道为什么，想不开到这海上来受苦。盛霈今年二十七岁，他比盛霈还大上两岁，在这海上七八年了，对这片海域极为熟悉，三年前曾救过盛霈一命，两人的交情就是在那时候结下的。

两人在叙旧，旁人也没打扰他们。

船长喊人去厨房，让厨师多煮几盆鱼，作业时间没法儿喝酒，只拿了几罐可乐出来，和同行们聊聊天，谈谈收成。另一艘船的船长姓陈，是多年的海员了，四十岁上下，和这船上的人一个肤色，他是带着二副来的。

"陈船长，这开渔第一天，我们还能在这儿凑桌麻将。我和你、小符，再加上盛二，四个船长都在一艘渔船上，这是什么日子？哟，你手还伤着了？"

船长指了指他手臂上缠着的绷带。

陈船长笑了笑，没回答这个问题，给边上的二副使了个眼色。二副会意，自然地和船长攀谈起来，说起晚上船上发生的事。

陈船长往外围走了两步，退出人群中心，轻松的神色霎时卸了下来，一副心事重重的模样。他盯着暗沉的海面，忍不住想，找了一路都没见着人，那女人最好是死了，别再出来碍他的事。

这个想法才冒出来，他的后腰忽然就被什么冰凉的物件抵住了。

陈船长纳闷，刚想转身，那海妖般柔软的气息像一阵凉风，阴而冷，慢悠悠地从耳后冒了出来，他顿时起了一身鸡皮疙瘩，头皮发麻。

山岚不紧不慢地提醒他道："别动，刀剑无眼，你试过的。"

陈船长瞳孔微缩，她居然没死！还被人救上了船！

此时此刻，船尾正热闹，船舱内人来人往，没人注意到侧楼边悄无声息地走过两个人。一前一后，两人一直到了船头。

空旷的船头风声呼啸。

山岚侧头看向驾驶室，驾驶员正低头调试着什么，没注意前面的动静。她收回视线，轻飘飘地扫向栏杆处。除了她和陈船长，这里还有第三个人。

刀疤男被五花大绑地绑在栏杆边，嘴被塞住了，他得费劲地握着栏杆，才不至于在海浪中被甩下船。看见山岚，他的眼神有了变化。这女人纤细的手里握着一把刀，刀尖几乎要戳进那人的皮肤里，她却是那副安静的模样，冷冷清清的，像是来吹风的。

"跪下。"她温声说。

"……"

除了海浪翻滚的声音，只剩陈船长"吭哧吭哧"的喘息声。

海风狂卷，一个浪头过来，船剧烈地摇晃了一下，两个男人身体歪斜，山岚却稳稳地站在那儿，但手却"一不小心"，随着这个浪头，锋利的刀尖划破了陈船长的衣服。

陈船长倒吸一口凉气，咽了口唾液，颤着声音说："姑娘，是我鬼迷心窍……但我一开始，是真的想救你，海上什么都看不清，你说……"话音戛然而止。

山岚不言不语，刀尖却已抵到了肉。

陈船长额间冒出冷汗，缓慢举起双手，膝盖微弯，"砰"的一声，重重跪了下去，连连哀声求饶，见她始终没反应，便又放起狠话来："这船上都是人，你不能这样对我！"

山岚安静地垂着眼，轻声问："你是自己往下跳，还是要我动手？"

陈船长听了这话，知道这是个心狠手辣的女人，一思索，缓缓变换自己的姿势，想迅速转身去抢她手里的刀。可才一动，腰间被狠狠地撞了一下，他瞬间失去力道，一声惨叫，头晕眼花地扑在甲板上，还没睁开眼，就被人拽起来，推到栏杆处，底下便是暗流汹涌的大海，黑沉沉的不见底，他冷汗直流，瞬间清醒了。

"我认错，我是个畜生，我……啊——"

又一个浪头打来。山岚缓缓地松开手，没推他，没用力，陈船长却因满心恐惧，脚下一个打滑，失去重心翻出栏杆，眼看就要掉入海底。千钧一发之际，他猛地抓住了栏杆，小臂上的伤口顿时破裂，鲜血直流。

陈船长惊惶地盯着山岚，面容可怖，大喊："救命！救我——"

山岚微微退后一步，打量了一眼他狰狞的神情，转而看向被绑住的刀疤男，刀疤男早已缩成一团，把头埋进膝盖里，一副"我什么都没看见"的模样。她慢条斯理地收起刀，转身往回走，经过刀疤男时，落下一句话，带着微不可察的笑意："人都是要上岸的，下次见。"

刀疤男在心里骂了一万句脏话，他是瞎了眼才去招惹这女人。

驾驶室内，驾驶员打着哈欠，抬头看了一眼船头，这一眼让他顿时坐直了身体，揉了揉眼睛，他是眼花还是怎么着，刚才还看见船头甲板上站着两个人，这会儿又没了？他起身，探头往外看去，凝神仔细一听，居然有人在喊救命，底下喧闹拥挤，竟没有一个人发现。

驾驶员立即打开船上的广播喊道："去几个人到船头看看！"

10分钟后，陈船长被两个船员拉了上来，周围凑了一圈人，嘀嘀咕咕的，问他怎么这么不小心，多少年的海员了，还能掉下船去？还有看热闹的，不客气地哈哈大笑，这大晚上，怎么能有这么多乐子？

只有徐玉樵，面色古怪，憋了一肚子的话，一个字都不能往外说。

盛霈瞥他一眼，问："干什么？"

徐玉樵身体僵硬，山岚就在他边上站着，安安静静的模样，瞧着依旧纤弱、美丽，可他总觉得心里发怵。

"没事。"徐玉樵轻咳一声，眼神闪烁，不敢看他。

符世熙站在盛霈身侧，没往人群看，他清澈的目光无声地扫过山岚，听说是盛霈在海上救起的女人，疑惑从心头一闪而过。倏地，他看向受伤的陈船长，陈船长脸色煞白，低着头，不敢往这个方向看。他恍然，难怪陈船长莫名偏离了航线，原来是因为这个。

甲板上正热闹着，厨房里也不甘落后，几个海员前后端出几大盆海鲜，香味扑鼻，引人食指大动，于是围着陈船长的人群渐渐散了，都闻着味儿去找吃的了。

"去吃点儿？"盛霈拍了拍符世熙的肩问。

符世熙正不动声色地打量着山岚，听盛霈这么问，想起船上那个不吃不喝的孩子来，说："我去带他过来，有女人在，他的状态或许会好点儿。"

盛霈微顿，还没开口，符世熙已经走了。他问山岚："去船舱休息，还是想留在上面？"

山岚迈开步子，就那么小小的一步，向他身边靠近，表达的意思不言而喻——你在哪儿，我就在哪儿。

盛霈垂着眼，视线落在她的脚上。

她仍穿着自己那条丝质的长裤，宽大的裤腿盖住脚面，只露出一小截不合脚的拖鞋，她那丁点儿大的脚只占了拖鞋一半的空间，脚趾不似她的身量般纤长，瞧着圆嘟嘟的，泛着点点红，分外可爱。

海风吹不散心头的燥意。

盛霈看向徐玉樵，找碴儿道："这么大的热闹都不凑，还在反省？"

徐玉樵："……"

他僵着四肢，目光也直愣愣的，看哪儿都行，就是不敢往山岚的方向看，指了指海面上的另外两艘船，问："他们怎么都过来了？"

盛霈歪着身子，没个正形地靠在一边。他对这件事没什么兴趣，只大概提了一嘴儿："那姓陈的，船上偷跑上一个半大的孩子，没证件，没人认识，也不知道是从哪儿来的。他们寻思着把人送回岸上，那孩子不肯，见人就咬。这半路上遇见符世熙的船，你知道，符世熙那人心软，见不得人受苦，要把孩子带回自己船上，可带回去了，那孩子还是一声不吭，符世熙怕出什么事，联系了海警，海警让他们在这儿等，就遇见我们了。"

徐玉樵纳闷地问："这么巧？"

盛霈懒懒地扫了一眼，没应声，转而看向山岚，说："海警能送你回南渚，你可以跟他们一起回去。"

山岚侧头，如水的眼眸盯着他。半晌，她说："你说送我回去的。"

030

盛霈挑眉问："非要我送？"

山岚不说话，只是用那双乌黑的眼看他。没说要，也没说不要。

盛霈注视着她，明明连他的名字都不知道，却愿意信他。这个认知让他喉间发干，片刻后，他移开视线说："知道了，送你回去。"

话音落下，本该在驾驶室的驾驶员忽然走到外头，冲着船长喊："哥，我在上头明明看见站着两个人的！"

徐玉樵神色一僵，暗骂这话说得不是时候。

盛霈微眯了眯眼，视线落在徐玉樵身上，直把他看得汗毛直立。

两个人？

船长纳闷地看了一眼陈船长，问："还有一个人？"

午夜时分，狂烈的海风渐渐小了，渔船也随之平静下来。甲板上，人群退去，只剩下这么几个人。陈船长瘫坐在地，他的二副在给他处理伤口。

"还有一个人？"船长走至船头，探头瞧底下黑乎乎的海面，嘀咕着，"不会掉下去了吧？你和谁一起过来的？老陈，问你话呢，怎么不吱声？"

陈船长擦了擦脸上的汗，勉强笑了一下说："没人。我一个人在这里吹风，可能太累了，脚底打滑，没注意就翻了下去。肯定是你的驾驶员看错了。"

船长拉下脸，扭头朝驾驶员喊："你困昏头了，赶紧去换个人值班！"

驾驶员有点儿委屈，明明还有个人的，他真没看错，于是问那刀疤男："喂，新来的，你说说，是不是有两个人？"

刀疤男嘴被堵着，摇了摇头，示意自己没看见。他是有多想不开，去招惹那女人第二回？

船长朝上大吼道："听见没？！没人！"

驾驶员郁闷地下值了，嘴里还念叨着"我真没看错"。

闹剧结束散场。陈船长被扶着进了船舱，船长和盛霈说了两句话，招呼山岚一起去吃夜宵，几个人一起进了舱内。

甲板上只剩下刀疤男。他见人走了，喘了口气，颓丧地抵着冰凉的栏杆，又开始骂自己上什么头，就算今天晚上没有盛霈，他也讨不了好。

正反省着，甲板上又响起脚步声。刀疤男浑身一凛，下意识地抬头，待看见来人是盛霈时，他竟莫名地松了口气，身体也放松下来——至少自己不会被丢进海里。

这前后眼神的变化，盛霈看得一清二楚。他挑了挑眉，蹲下身问："你以为是谁？"

刀疤男别开头，就当没听到，下一秒，嘴里的布团被抽出去，他刚想说自己什么都没看见，就听到盛霈慢悠悠地说："都说海产是自然的馈赠，我们是不是也得给自然回馈点儿什么？"

刀疤男："……"你不如直接说要扔我下去。

刚才那男人的惨样他都看见了，不想这种事在自己身上重演一次。他深觉自己倒霉，三言两语，飞快地把事情说了，说完，还想和盛霈打个商量。

"能不能别……唔唔唔——"嘴又被堵上了。

盛霈的神情没什么变化，他盯着海面看了半晌，扯了扯唇，有多巧，一艘渔船上，居然有两个欺负她的男人。

船舱内，船员们挤在一块儿，船长另搬了张桌子，用来招待客人们。陈船长本不想多留，硬是被船长留下了。

"多难得！吃个饭能碍着你什么事？"船长拽着他没受伤的胳膊，一把把人摁下了，说着又去找盛霈，"盛二人呢，又上哪儿去了？"

盛霈人没到，符世熙先带着一个少年进来了，看模样十六七岁，皮肤偏黄，个子看着挺高，四肢却瘦条条得像竹竿，穿着还算整齐，低着头，站在那儿不出声。

符世熙微俯下身，温声对那少年说："那里有个姐姐，她和你一样，刚到这海上。她边上还有个位置，得吃饱才能做想做的事，对不对？"

徐玉樵心想这位置是留给盛霈的，但转念一想，和小孩计较什么？一晚上的事，等天亮两人都得走。

说来，今年的开渔日倒是比前头几年有趣多了。事情一出接一出，大晚上的可真热闹。

低着头的少年沉默半晌，抬头往符世熙指的方向看去，坐在那儿的女人正好看过来，他怔了一瞬，呆呆地看着她的眼睛。这双眼睛干净、清透，像海上月亮的倒影一样。

符世熙摸摸他的头说："去吧，都是最新鲜的海产。"

山岚注视少年片刻，缓缓收回视线，认真挑起鱼刺来，不一会儿，边上多了一道身影，他在她身边坐下了。

盛霈回来的时候，只剩符世熙边上一个空位。他多看了一眼山岚边上的男孩儿，顶多十五六岁，干干瘦瘦的，看这肤色没出过海，不知道怎么跑船上来了。

盛霈没坐，踢了踢符世熙的椅子脚，问："天亮了就把人送回去？"

符世熙往他碗里丢了只螃蟹，难得和他打趣，意有所指道："我送一个，你送一个，正好，赶一块儿了。行了，坐下吃饭。"

盛霈正打算坐下，"啪嗒"一声响，那少年忽然把碗筷一放，绷着脸，一副"我要开口"的模样，这倒让他站也不是，坐也不是。盛霈干脆往边上一靠，双手环胸，盯着少年边上的女人看。

除了山岚，桌上的人都停了下来。

少年憋了一阵，忽然说："我不回岸上，我什么都能做，就想留在海上。你们别把我送回岸上。"

符世熙神情温和，好言相劝道："你这个年纪该回去上学。有句古话说，天下行业有三苦，撑船、打铁、磨豆腐。海上条件艰苦，成天风吹日晒的，哪有地面上的日子好过？"

"我不怕苦。"男孩绷着脸说完这句话，眼眶忽然红了。

这里除了这少年，都是成年人了，哪能见一个孩子这么哭，纷纷劝慰起来，几个人一人一句，轮番问话，总算把他的身世问出来了——爸妈很早就去世了，跟着爷爷过，爷爷年轻时是闯海的，后来伤了一条腿，就一直在家。祖孙俩相依为命，就前几个月，爷爷也生病走了，只剩他一个人，亲戚们跟踢皮球似的把他踢来踢去。他曾向往爷爷的经历，这才挑着日子，溜上了船。

船长听了直叹气，道："这送上岸，能上哪儿去？还不如留在海上，苦是苦点儿，也算是个出路，至少心里头舒坦。"

徐玉樵问："多大年纪了？年龄不够不让上船。"

少年揉了揉眼睛，闷声应道："十六了。"

船长一拍大腿说："够年龄了，你要真想干，先回岸上考个证，回头再来找我们。你看看，这里四个船长，你想跟哪个？"

听了这话，男孩的眼睛顿时亮了："我都有！"说着，他从裤兜里掏出几本证书来。

船长比他还激动地说："那你现在就挑！"

徐玉樵纳闷，这也没喝酒啊，怎么就说上胡话了？又斜眼去瞧盛霈，二哥最讨厌这些半大的小子，冲动，不听管教。

可偏偏，这少年睁着大眼珠子瞧了一圈，最后停在盛霈身上。

盛霈："？"

盛霈神情没什么变化，当下就要拒绝，话还没说出口，少年就踌躇地问山岚："姐姐，你和这个哥哥是一起的吗？"

盛霈一挑眉，把拒绝的话咽了下去，转而看向山岚，等着她的反应。

山岚安静地坐在那儿，面前的碗已经空了，边上整齐的一整条鱼骨躺在那儿，完美得像是艺术品。听见少年问她，她没看盛霈，只是摇了摇头。

盛霈："……"

"哐当"一声轻响，盛霈扯开椅子，往符世熙边上一坐，懒洋洋地对那少年说："我船上不收小孩儿，选我只能和你边上的姐姐一起被送回岸上。"

山岚乌溜溜的眼珠子看过来。盛霈不闪不避，迎上她的视线，似乎在问：我说错了？

山岚看了他片刻，忽然转头，对边上的徐玉樵说："小樵，我想睡觉了，去外面等你，你吃完再出来。"

徐玉樵："……"他硬着头皮点头应了，没敢看盛霈。

山岚一走，坐在她身边的少年也跟了出去。

盛霈用力砸开了螃蟹，都懒得用手剥，惹得符世熙多看了他一眼，而后摇头笑笑，都几年了，还是这模样。

船舱外，山岚扶着栏杆，迎风而立，近两天的海上漂流令她的身体、神经陷入了高度紧绷状态，在被盛霈救上来后，她也未曾放松过。直到盛霈把那个男人摁在地上。

他的动作很快，比快更难的，是轻。如果不是她醒着，这个插曲不会被察觉。这感觉对山岚来说很新奇，除师兄、师姐外，她也可以对外人产生信任。

但山岚知道，这信任是暂时的。因为海上环境特殊，可能是吊桥效应产生的反应。

不等山岚想明白，一直跟在她身后的人说话了——

"姐姐，我叫小风。"那少年说。

他沉默了一会儿，压低声音说："我看见了。"

山岚转头看他，他低垂着头，眉眼垂落，手紧握成拳，似乎有些愧疚。她轻声地说："我知道，你躲在柜子里。"

那间小小的舱房内，不只有山岚和陈船长，还有一直躲在船上的小风。他亲眼看见那男人脸上恶心的表情，也看到了山岚是怎么抽刀逼退他的，为了躲避那男人的追赶，她毫不犹豫地翻出船舱，跳入了大海。而他，一直躲在那儿，没出声，没动作，只是看着。

小风攥紧手，闷声说："对不起。"

山岚不在意，只顺了顺长发，道："你做不了什么。回去吃饭吧，饿肚子的感觉很难受，吃饱睡一觉，忘记这件事。"说完，她重新看向海面。

小风在原地站了一会儿，闷头往里走。进入船舱口，小风停住脚步，两只脚堵在他眼前，抬头一看，那懒散的男人正看着他，眸光浅淡。

须臾，男人说："打个商量。"

小风问："什么？"

盛需奋拉着眼，嗓音微凉道："明天早上，把你在船上看见的一切告诉海警。你愿意说，就跟我走，以后跟着我的船。"

第二天是晴天，山岚在轻微的摇晃里醒来，随即陷入长久的愣怔。她居然在陌生的环境中睡过去了，看床头桌上的小立钟——早上 7 点整。

早上 7 点，这个时间点对她来说很陌生。山岚记不清自己多久没在这个时间点起床了，自五岁过后，她不曾偷过一天懒，日日天不亮就起来，练完刀，和刚起来的师兄、师姐吃完早饭，再去上课。再往后长大了，除去上学的日子，她每天至少要在高温炉边待上八个小时，连晚上睡觉耳边都是叮叮当当的锤打声。

这样日复一日，她二十三岁了。

山岚轻舒一口气，起身下床，刚一开门，入眼便是在地上睡得歪七扭八的徐玉樵，呼噜打得比昨天的浪声还要响。

"醒了？"

一夜未睡的声音有点儿哑。

山岚抿了抿唇，朝左侧看去，剃着寸头的男人坐在那儿，姿势随意地倚着墙，一双大长腿有些委屈地弯曲着，凌厉的下颌线往下，下巴上长了点儿胡楂，浅淡的青灰色，看起来很扎人。男人黑眸半睁，懒懒地看着她。

山岚问："你一晚上都在这里？"

她记起凌晨自己睡过去的那一瞬。徐玉樵嘀咕着海上的事，她闭着眼，像是被裹在泡泡里，听他的声音咕嘟咕嘟响，然后，又响起一道脚步声，轻而不缓，她记得这个声音，是盛霈。

再然后，泡泡破了，她睡着了。

盛霈起身，还被乱睡的徐玉樵挡了一下，抬脚轻轻踢了踢他的腿，睡着的人自觉地换了个姿势，让出路来。盛霈伸了个懒腰，掀开帘子往外走，边走边道："吃个早饭，海警很快就到。"往外走了几步，后头安安静静的，她没跟上来。他顿了顿，补充道："我和你一起上船。"

不一会儿，那轻轻的脚步跟了上来。

船上的早饭很简单，花样却不少，馒头、鸡蛋，还有面条，样样都有。山岚吃了碗面条，又拿了一个鸡蛋，去甲板上吹风。

盛霈眼皮一抬，扫过偷偷盯着山岚看的人。但凡在海上有些年头的人都知道盛霈不好惹，平时看起来就不是什么正经生意人，偶尔还要发疯，被他这一瞧，那些视线都收了回去，除了——

"姐姐！"小风咬着块馒头，风一样地跟了出去。

盛霈轻"啧"一声，这小孩儿，船上那么多人，怎么就跟着山岚跑？干脆还是一块儿送走算了，省得他心烦。

这边船上还算悠闲，停在边上的船上的人可就不好受了。陈船长一大早就起来了，焦躁不安地待了一阵，左思右想，去符世熙船上找他，想打个商量先走。

"小符，你看那孩子也有了着落。我看剩下的事就交给你，昨天这事弄得我船上都没下网，少不得在海上得多待两天。"

陈船长搓着手，难掩不安。他辗转反侧一整夜，梦里一会儿是海警，一会儿是山岚拿刀抵着他，转眼他又跌落滚滚的海流中。

符世熙温声应道："不差这一个小时，毕竟是在你船上出的事。要是检查不合格，或许会让你回岸上，过阵子才能下海。这会儿走了，更耽误事。"

陈船长啐了声，怎么就那么晦气？好端端的，船上跑上来个小孩。

晴日的海是湛蓝色的，天边的云偶尔是白的，偶尔泛着点儿碧绿，眼前时不时有海鸟掠过，伴随着婴儿啼哭般尖锐的鸟鸣声。

山岚坐在甲板上，仰着脸看天，丝毫不惧阳光。小风站在边上，一改昨晚的沉闷，露出少年人的活泼来。

"姐姐，你是掉下海的吗？前两天海上一直下雨，你是怎么漂到这里的？在海里有没有遇到危险？你的那把刀怎么不见了？你在岸上是做什么的？"五六七八个问题，连番丢下来。

小风好奇地盯着山岚看，这是他长这么大，见过的最好看的人。

盛霈走过来这会儿，正好听到小风的这一连串问话，他没走过去，倚在边上看着山岚，她换回了自己的衣服，一身流水似的白穿在身上，黑发散落，莹白的侧脸在阳光下泛出一轮金色的勾边。

这样一个不可方物、充满谜团的女人，是做什么的？

盛霈猜测过她的职业。胆大心细，刀不离身，手上有茧子，一身练功服，许是练武的，也不知是从哪个山头跑出来的，还能掉到海里。

半晌，他听山岚说："我是打铁的。"

盛霈："？"

昨儿符世熙才说，这世间行业有三苦。他是撑船的，她是打铁的？

盛霈的视线晃过她被风勾勒得纤瘦的身躯，丁点儿都看不出来底下的身体是什么模样，他一时难以判断她话里的真假。

小风听得目瞪口呆地问："打铁的？"

山岚"嗯"了声，又拿手去绾自己的长发，她的发带丢了，海风总是将顺好的长发勾乱，她顺了一次又一次，不厌其烦。

山岚就回答了最后一个问题，但这个答案却激起了少年人无穷尽的好奇心，也不管自己前面问什么了，一门心思想问她打铁的事。

不等小风丢出问题来，远处忽然传来"嗡嗡"的马达声。抬眼望去，几艘小艇乘着浪，飞快地掠过海面，朝三艘船的方向疾驰而来，小艇上坐着三四个人，细看边上还放着几个桶。

"收海货的来了！"小风跑至最前，大喊道。

这么一喊，原本悠闲的渔船又热闹起来，搬海产的、称重的、处理生鲜的，各个部分像是机械零件，自如地运转起来。

山岚第一次见这样的场景，也起身跟着小风一块儿去看热闹，两颗脑袋都往边上看，看小艇缓缓停下，一个人从小艇跳上船，和船长叽里呱啦地说了几句话，开始往下面搬称过重的水产箱，那小艇上还坐了个五十岁上下的女人，腰间揣了个包，帮着一块儿搬箱子。

盛霈盯着船上的女人看了一会儿，忽而俯身，探出头去，指了指她的头发，用南渚的方言问了句话。不一会儿，那女人从包里拿出一根红艳艳的物件来。

小风回头看了一眼山岚。

山岚凝眸，问："为什么看我？"

小风闭上了嘴巴，没说话。没一会儿，盛霈过来了，小风自觉地跑到边上，一副"我什么也不看"的模样。

山岚垂眸，看着眼前这一截有力的小臂。他的肌肉紧实，纹理细腻，青筋若隐若现，小臂上像是抹了一层焦油，藏着几道划痕，往下腕骨凸起一截，瘦削，线条利落，再往下，他掌心摊开。

一支血红的珊瑚簪子，静静地躺在他的掌心。

"头发。"盛霈言简意赅道，视线滑过她的一头长发。

山岚盯着这支簪子，迟缓地意识到，这是给她的礼物。

"给我的？"她慢吞吞地问。

盛霈微顿，仔细看了一眼她的神色，心头浮起一个古怪的念头，问："没人给你送过东西吗？"

山岚摇摇头，安静地看着他的掌心。

盛霈哑然。

蹲在边上的小风这下也不装听不见了，惊异地回头，就跟听了天方夜谭似的，觉得不可思议。怎么可能呢？

不管他们信与不信，这确实是山岚第一次收到礼物。山家不兴逢年过节给小孩儿们准备礼物、红包，这些节日往往是他们祭祖、开刀的时刻，更不说平时，能从师兄、师姐那儿骗来几块铁都算是好的，他们压根儿没有送礼的意识。

得了支珊瑚簪子，山岚的心情显而易见地在变好。连小风都感受到了，他和盛霈蹲在那儿，眼睁睁地看她绾好长发，又拆了，重新绾一个发型，来回几次，乐此不疲。

小风干巴巴地和盛霈聊天："她耐心真好。"

盛霈随口应了声，视线落在她的唇角上，那里又弯起了一点儿弧度，像海波勾起的小卷，勾得他心痒痒。

徐玉樵起来的时候，来运货的小艇已经开走了，走到甲板一看，盛霈和小风蹲在那儿看山岚梳头发，心里纳闷。他想起昨晚在船头看到的那一幕，咽了咽口水，刚想说话，就听上面的人喊："船来了！"

甲板上的人一同朝海面望去。洁白的轮船在晴光中熠熠生辉，桅杆上五星红旗迎风飘扬，硕大的船身上印着四个字：中国海警。

盛霈看向小风，问："想好了？"

小风用力点头。

半个小时后，陈船长和刀疤男一同被铐上手铐，带回轮船上，陈船长还在激动地大喊："她昨晚想杀了我！你看见了，对不对？你一定看见了！"

海警看向耷拉着脑袋的刀疤男，问："你看见了？"

刀疤男摇头。

一个年轻海警下来，和盛霈交涉完留下小风的事宜，便看向山岚，朝她敬了个礼，郑重道："女士，我们会将您安全送达南渚。"

说完，他再次看向盛霈。这张俊朗面孔上的严肃忽然退去，咧嘴笑起来道："二哥，我昨天听他们联系我，又一听你在海上，找人问了你的位置，看着航线也对，就让他们过来，有你看着我放心。"

盛霈拍拍他的肩道："还在工作，严肃点儿。"

年轻海警收了笑，说："知道。二哥，你跟我们一起上岸吗？有什么不放心的，有我在，你还不放心？我一定把人全须全尾地带到岸上，再送回家去。"

盛霈勾了勾唇，应："不费事。"

"行，那咱走吧。"说着，年轻海警往边上退了一步，让山岚先上船。

盛霈注视着山岚纤细的身影，有一瞬的恍惚。

这一夜，像梦一样。

盛霈清楚地知道，上了这船，再到送她上岸，日后他们或许不会再有交集。他继续在海上讨生活，而她……也会忘记他，继续自己的生活。他们之间，似乎到这儿就结束了。

盛霈不再是意气用事的少年人了，可这一次，他却控制不住地伸出手去，倏地扣住她的手腕，那总是懒懒的眉眼变得沉静，黑眸里有灼灼的光。

他直直地望进她的眼睛里，问："这海底下有一种铁矿石，只有我们岛附近有，用它打出的刀，锋利非常，你……要不要去看看？"

"你盛二哥和那个海警认识，说来也是凑巧。"徐玉樵搭上小风的肩膀，回忆起以前的事来，"这海上啊，经常有黑船进来，国外的船只得注册登记了，才能进入我国海域，不然就算非法入侵。有一次，我们遇见一艘渔船，没挂国旗，甲板上的人看着不是我们这边的，喊话也不回，就直接向海警报告了。二哥还帮了人不少忙呢，他以前……"

他止住话，想了想，跳过这段。

盛霈不爱和人提自己以前在岸上的事，徐玉樵知道得也不多，他避过这些，只简单提了几句那段往事。

这会儿，他们都在符世熙的船上。海警不但带走了那两人和陈船长的船，还把盛霈他们所在这艘船的船长，连人带船一块儿带回去了，原因是没有好好审查船上工作人员的背景。

这么一折腾，就只剩了符世熙的船，只能由他送他们回猫注岛。

山岚和盛霈上船后就待在船头，不知在说些什么。他们也不自讨没趣，就自顾自地聊起天来。说完，徐玉樵便带着小风参观渔船去了，毕竟这孩子以后得在渔船上生活。

此时，船头甲板，山岚仰着脸问盛霈："是什么样的铁？"

盛霈眉眼松散，神情轻松地说："涌动的海水偶尔会将深海里的矿石带上来。这种铁矿，找个厉害的师傅，打出来的刀，能砍断你手里这把。'削铁如泥'四个字用来形容它，最合适不过。它有个美丽的名字，叫'七星'。"

山岚微怔，下意识地说："不可能。"

盛霈一挑眉，反问道："试试？"

山岚沉默，做完这样一把刀，至少要二十天。不论是否有铸刀的环境，她都不可能在岛上待二十天。从 14 号落水至今，她已经失踪三天了，她要赶在一个月后的祭祖大典前回去，那天是山家宣布继承人的日子。

盛霂说完后，立即意识到了这个问题。他顿了顿，说："猫注岛的补给船一周来一次，这周补给船今天到港，下周我送你回去。这几天，我去岛上给你找铁矿。"

山岚点头，又问："为什么叫七星铁？"

盛霂转过身，手肘撑着栏杆，面朝碧绿的海面。他淡声说："猫注岛的西南方，有一排小岛，俯瞰这排小岛，像七颗连在一起的星星，我们也叫'七星连屿'，所以那底下发现的铁矿石，渔民叫它'七星铁'。"

盛霂说完，久久没听到山岚的应声。他侧头去看，她仍仰着头看他。她似乎不怕光照，长发绾起，整张小脸都露在太阳底下，晒得久了，脸颊上已微微泛了红，乌黑的眼珠子一眨不眨地盯着他，不知道在琢磨些什么。

"想问什么？"盛霂姿态放松，两臂打开，撑在栏杆上，语气显得格外大方，似乎问什么都能回答。

山岚问："它叫七星铁，你叫什么？"

她想，她要知道自己看中的这块铁，叫什么。

盛霂微怔，在海上那么久，比他年纪大的喊他"盛二"，比他年纪小的喊他"二哥"，关系没有那么近的喊他"盛船长"。细细想来，哪儿还有喊他全名的人？可她问他，用比问铁时还要专注的神情，问他的名字。

于是，他移开视线，低声说："盛霂，我叫盛霂。"

山岚无声地念了这两个字，想了想说："我知道，是'名因霂泽随天眷，分与浓霜保岁寒'里的'霂'。这个字很适合你。"

盛霂听到这儿，忍不住挑起唇，调笑道："你是山里出来的小尼姑吗？说自己的名字念词，说别人的名字念诗，文绉绉的模样，穿着练功服，带着刀，看着就像从深山里出来的，还没收过礼物。小尼姑，说说，你是从哪座山头来的？"

盛霂本是说笑，可山岚却认认真真地回答他——

"云山，洛京云山。

"你知道这个地方吗？"

盛霂一怔，洛京人？

正想再问，绵长震耳的汽笛声响起，船速减缓，徐玉樵在船尾放下一艘小船，朝船头喊："二哥！到了！"

猫注岛到了。

猫注岛是一座珊瑚岛，由白色珊瑚、贝壳沙堆积在礁平台上形成的。岛周围的珊瑚礁属于保护区，符世熙的船吃水太深，又逢补给船到港，进不了码头，他们就在这儿分别，船员用小船将他们送上岸。

盛霈和符世熙撞了下拳，约了下次见面一块儿喝酒。

上了小船，盛霈伸手去扶山岚。他胳膊刚伸出去，就见这女人一撩衣摆，轻轻一跃，稳稳地落在小船上，没有丁点儿晃动，连落地都无声，然后自觉地找了个位置坐好，俯身去拨弄那凉滋滋的海水，哪儿看得见她面前的"扶手"。

徐玉樵早就见识过了，这会儿老老实实地拿他和盛霈的行李箱，顺便把发愣的小风拎下来，说："上岛要审核，一会儿到了，二哥会带你们去派出所。"

小风好奇地问："岛上还有派出所？"

徐玉樵嘿嘿一笑道："岛上什么都有，不光有派出所，还有商业一条街，理发店、酒店什么的都有。但我们岛暂时不对游客开放，所以上岛需要审核，批准了才让你进。补给船一周来一次，运送生活物资过来，米啊、面啊，还有肉，什么都有，青菜和水果也是运来的，还有饮用水，等等，反正大多数是生活用品。"

山岚认真听了，心想和他们在山上的生活方式有点儿像。徐玉樵继续说起岛上的事儿来，她有一搭没一搭地听着，视线扫过海面。

远看猫注岛，岛上林木茂密，岛屿边缘的白沙在阳光下泛着刺眼的光。透明的绿漾满了整个海面，玻璃体下的海底世界清晰可见，小鱼摆弄着尾巴，螃蟹耀武扬威地举着爪子，各种花纹的螺静静地躺在那儿，似乎等着人去拾。

山岚被一只深色斑纹的螺吸引了注意。它躺在浅滩里，花纹在水体折射的阳光中泛着梦幻一般的紫色，小船速度不慢，她的视线随之而动，眼看就要与它擦肩，边上忽然横出一只手，没入海水，准确地将那只螺捞了上来。山岚一怔，下意识地去抓他的手腕，想把他掌心的螺丢回海里，却被男人的力道挡住。

他笑问："干什么？想丢我的东西？"

"可能有毒。"山岚抿着唇，手上还在使劲。

盛霈轻"啐"一声，这女人的力气怎么这么大？他就着她的力道，掂了掂掌心的螺，说："很轻，是空壳，没毒。"

山岚卸了力道，看向被她捏过的手腕。焦色的皮肤上泛出点儿白印子，她好像用太大劲了。

山岚老实道歉："弄疼你没有？"

盛霈眉心一跳，边上的徐玉樵和小风听到这动静早看过来了，这会儿听山岚这问都在忍笑。他故作不在意地说："不疼，一点儿感觉都没有。"

山岚呆了一下，看向自己的手。她的身体坏了吗？怎么会没力气？她还得回去打铁呢。

盛霈和山岚相处的时间太短，甚至不到二十四小时，但就这么点儿时间，他能感觉到这女人时不时就会冒出一股迷糊劲儿。

他哂笑一声，果真是山里来的，说这么一句就上当受骗了。

"手伸过来。"盛霈自然地发号施令。

山岚想要那只螺，于是她伸出手。小小的掌心往盛霈面前一凑，他宽厚的手掌一翻，那只小螺便到了她手心。

盛霈说："这是郁金香芋螺，芋螺科，确实有毒。过两天等潮落了，带你去赶海，什么都有，由着你捡。"

山岚垂着眸，拢起掌心，将这只小螺凑到眼前。它不只有紫色，更确切地说，是蓝紫色，还有浅浅的粉红色调，这是空壳，壳内空荡荡的，不知道原本的住客去了哪里。

这是她收到的第二件礼物。

也是盛霈给她的。

第二章  打铁与打鱼

"招儿，以前有人喊你'公主'吗？"

"为什么这么喊我？"

"就该这么喊你。"

碧波翻涌间，小船靠岸。一身绿色的守岛官兵笔直地站在热辣的阳光下，像一棵笔挺的抗风桐，沉默长久地立在码头边，日日夜夜地守卫着这座岛。

小战士瞧见他们，先是笑着喊了声"二哥"，和徐玉樵打了声招呼，而后视线停在山岚和小风两个人身上，神情变得严肃起来。

"二哥，得要通行证才能上岛。"

"我知道，这是两份说明书，我现在带他们去派出所，不给你添麻烦。他们的身份海警审查过，签字也在上面。"

"嘿，那就好。我找人陪你们一起去。"

小战士确认完说明书，看向山岚两人，咧嘴笑了一下说："欢迎你们到猫注，有事需要帮忙，可以随时找我们。"

盛霈替他正了正帽子，带着山岚和小风径直去了派出所。徐玉樵拖着行李箱走了，走前还嚷着中午上他家吃饭去。

走过成片的椰林，盛霈带着两人穿过岛上唯一的商业街，拖着语调，慢悠悠地介绍道："市政府、法院、医院都在这儿，左边是银行、超市，还

有公交车站，公交车是免费的，右边是海洋所、理发店、咖啡馆，还有水果店，岛上水果统一每斤 13 元。那儿有快递点，能寄收快递。"

小风满脸惊叹："和我想的差别好大。"

山岚安静地跟在盛霈身后，偶尔看看街道，偶尔看看岛上的居民和他打招呼，他们彼此都认识，也会有好奇的人，往山岚身上瞧两眼。

经过超市门口，盛霈停下来，他看向山岚问："要不要打电话？"

山岚垂眸，思索几秒，摇头。盛霈顿住，没问为什么，只说："在这儿等我一会儿。小风，你看着她，别让人乱跑。我很快回来。"

山岚困惑地看向盛霈，她为什么会乱跑？

小风一副想笑又不敢笑的模样，一把拉住山岚的手，跑向阴凉处说："姐，我们在这里等。"

山岚跟着小风一块儿蹲下。两人都小小的一团，像是迷了路，等着家长回来领走的小孩儿。

"姐，我可以叫你'姐'吗？"

小风面对盛霈和徐玉樵时，都能做到面不改色，但是对山岚，他总是小心翼翼的，似乎还在因船上的事内疚。山岚看向少年大而亮的眼睛，点点头。小风忍不住笑起来，露出一口白牙。

盛霈回来的时候，就见两人蹲在那儿，挨着脑袋，嘀嘀咕咕的，不知道在说些什么。小风混惯了市井，又在南渚长大，见识得比寻常孩子多，说起街头巷尾的事来，一套一套的，都是山岚没听过的故事。

盛霈听了一耳朵，深觉山岚好骗。他扯了扯唇，懒声喊："走了。"

小风一见盛霈就往他手里瞧，左手提着个塑料袋子，右手拽着一把竹条，不知道用来干什么。

"二哥，我晚上住哪儿？跟你住还是跟樵哥住？"他跑到盛霈身边问。

盛霈漫不经心地应："我那儿就一张床，没地儿给你睡。"

"那山岚姐呢？"

盛霈："……"

到了派出所附近，小风还在和盛霈商讨山岚的去处："不能让我姐住酒店吧？一点儿都不亲切，一个人多孤单。"

"你姐？"盛霈嗤笑道。

小风一昂下巴，嘀咕道："我可是问过的，人家都没意见。反正我就这么喊，能喊几天是几天。"

到了门口，盛霈不耐烦和这小孩儿说话，拎着人进去，想再去拎另一个，触到她乌溜溜的眼，手又收了回来，说："别怕，例行问话。"

整个猫注岛就这么点儿大，岛上居民不过几百人，成日低头不见抬头见的，派出所的人盛霈都认识，到地方大致把事情一说，他们查个背景，问完话就能回去。

向山岚问话的是个五十岁上下的民警，态度温和，见是个小姑娘，语气都放得轻轻的。两人一问一答，起先问的人还算轻松，答的也是。可到后来，问的人神情渐渐古怪起来，答的人却依旧一脸淡定。

"姑娘，多大了？"

"二十三，属虎。"

"哪儿人？从小在哪儿上的学？"

"洛京人，在……"

"二十三，大学快毕业了吧？"

"毕业了，在工作。"

"工作啦，是干什么的？"

"打铁的。"

"哦，打铁的，打铁……打铁的？"

老民警纳闷地看了一眼盛霈，见他懒懒地靠着墙不说话，只能一头雾水地问山岚："姑娘，这打铁的是干什么活儿？"

山岚早已习惯别人的反应，慢吞吞地解释道："我是铸刀的，就是你们知道的刀，单刃冷兵器，十八般兵器之一。"

正说着，里头又跑出一个民警。他看了眼山岚，又对比手里的资料，神情古怪，最后问她："你是洛京的刀剑非物质文化遗产继承人？"

老民警一愣，问："还有证？"

山岚轻声应了。盛霈眸光一顿，原本耷拉着的眼皮也睁开了，看向山岚，回想起昨晚她说把刀送他时的场景。他是怎么说的？他说——

"这刀难得，用来收藏已经是上品，实战还是差了点儿意思。"

他揉了揉眉心，心想人家都是国家认定的继承人了，他还去指点人家，不行这继承人还能给他当？这话真不好听，就差没直说"中看不中用"了。回头得给她道个歉，盛霈想。

派出所就这么点儿人，一听说有个铸刀的姑娘，都跑来看热闹，还没见着呢，就被老民警赶了回去。他问得差不多了，说没问题明天批准就能下来，让盛霈把人都领回去。

盛霈带着人一走，有人忍不住嘀咕道："盛二这都是上哪儿找来的人？小的那个是孤儿，后来被领养了，到现在也没多少年头；大的这个……这我倒是真没见过，姑娘还能打铁？以后在我们这儿常住吗？"

老民警一拍他帽子，说："瞎嘀咕什么？值班去！"

岛内渔民多居住在海边，一排排房屋面朝大海，屋前椰树林立，遮去那紫外线极强的阳光，放眼望去，居民屋前摆着八仙桌，一群人围在那儿吃饭，男男女女，穿着拖鞋、短袖，还有不少光膀子的。

他们走到后头一间矮房前，正碰见拎着行李箱回来的徐玉樵。他招手喊："二哥！行李给你放门口了！"

盛霈懒懒地抬了抬手，示意自己听到了。

小风探出脑袋问："小樵哥怎么那么慢？"

盛霈解释道："他家里世代闯海的。渔民老传统了，上岛第一件事，先去一百零八兄弟庙祭拜。"

小风"啊"了声，凑到山岚边上去了，说："姐，这个我知道，说很久以前，南渚有一百零八位渔民到西沙，途中遭遇暴风雨遇难了。之后又有渔民来西沙捕鱼，又遇见暴风雨，就祈求那一百零八位渔民显灵保佑，没想到真得救了。为了纪念他们，就在猫注岛上立了庙。"

山岚看向盛霈问："你没有去？"

盛霈回头，定定地看她一眼，淡声道："我不信这个。"

"过来吃饭。"他指了个阴影盖得最严实的地方，扯开塑料椅子说，"大多是海鲜，肉和蔬菜少，先喝点儿水。"

这话明显是和山岚说的，小风识趣地进去帮忙端菜去了。

山岚坐下，看向四周，静静地打量了一圈，收回视线，问盛霈："我在岛上住哪儿？这里有卖衣服的地方吗？"

"住我那儿。"盛霈说完，眸子盯着山岚。

山岚第一次在这样平稳的环境里看盛霈。上了岸，他的眸色在阳光下覆上了一层淡淡的浅色，没有了那样深得近乎黑色的蓝。

她抿了口水，慢吞吞地说："你说只有一张床。"

盛霈说："可以有两张。"

沉寂半晌，赶在徐玉樵一家坐下前，山岚轻轻地应了声："知道了。"说完，她端起碗，敛眸认真吃饭。

"二哥，你高兴什么呢？"徐玉樵坐下就问，直往他脸上瞧。

盛霈反问道："我高兴？"

徐玉樵说："是啊，牙都露出来了。"

盛霈："……"

吃过午饭，盛霈带着山岚离开，小风一脸郁闷，想跟上去看看，却被徐玉樵一把逮住，说要给他好好讲讲盛霈船上的规矩，他只好老实待着。

午后正是太阳光射最强的时刻，山岚躲在盛霈身后走，摸了摸自己的两颊，不仅烫，还有点儿疼。这里的高温和锅炉边的高温不太一样，像带了一把把小刀子似的，戳得她脸蛋疼。盛霈回头看了一眼，加快脚步往回走。

他住的地方不远，绕过三四排房屋，远远地能看见两间独立的小矮房，边上没其他住户，周围是一片田地，种着瓜果，后头一排椰树，门前也立着两棵，树间挂着一张吊床。

山岚指着那矮房问："是那里吗？屋顶的管子是什么？"

盛霈"嗯"了声道："收集雨水的，雨水顺着管子流到塑料桶里，平时我用来浇菜。现在岛上有海水淡化工厂，生活用水都从那儿来，饮用水是从南渚运来的，一周一次。如果遇见台风、暴雨等恶劣天气，补给船就来不了，每家每户都得存着水。"

山岚听懂了，一周一次的补给船对他们来说至关重要。

走近矮房，盛霈停住脚步，他看了一圈周围的菜地，又往屋顶处看了一眼，忽然出声喊："招儿！"

山岚怔住。这是……在喊她吗？

不一会儿，田地里响起窸窸窣窣的动静，不知道从哪块地里钻出一只三花猫，背部的花纹是黑色和橘色，肚皮和四肢雪白，眼珠浑圆，昂着脑袋看向他们，脑袋上还沾了点儿土。

"过来。"盛霈朝它招手。

那猫儿停在原地瞧了一会儿，飞快地跑到盛霈脚边，躺下露出肚子来，可那手却没如愿地落下来，它不满地"喵喵"叫。

盛霈看向山岚，问："怕猫吗？"

山岚还有点儿愣怔，后知后觉地摇头。

盛霈低声说："它叫招儿，脾气还算好，不咬人。你洗把脸，去树下坐会儿，我很快就好。"

山岚："……"她缓缓地垂下头，和地上摊着肚皮的猫儿对视一眼，喃喃地道："你也叫招儿。"

盛霈几步走到门前，拿钥匙开了门，提着行李箱进去，第一件事就是烧水，然后通风。通完风，他收拾了自己的房间，翻出一张行军床放到客厅角落，做完这些水正好烧开，倒出来凉着，出去找人。

说是找，其实一出门就见着了。

山岚闭着眼躺在吊床上，长发散落，那支珊瑚簪子被她握在手心，偶尔伸出去戳一下树干，那吊床便又慢悠悠地晃起来。那只三花猫也不和人见外，就躺在她肚子上，耷拉着眼，甩着尾巴，瞧着惬意得很。

盛霈站在门口，静静看了片刻，歇了喊她的心思，进门拿出那把竹条，在门前的矮凳上坐下。他垂着眼，修长的手指穿过竹条，柔韧的竹条在他手里一条比一条听话，一转眼便有了形状，每根竹条间严丝合缝，做完大致的形状，他翻出几根彩色编织带，穿过竹条，很快，竹条在他手里成了形。最后，他拿出工具，开始进行最后的修整。

吊床上很舒服，山岚闭着眼，整个人都轻飘飘的，她太久、太久没有过这样的时刻了。什么都不用想，什么都不用做，躲在阴影里，耳边是轻柔的海风，树叶过滤阳光，只有一层薄薄的光落下来，眼皮热热的。

忽然，她眼前一黑，有什么东西盖在她脸上。

"出门带着。"男人低懒的声音，又是从上面落下来的。

山岚睁开眼，抬手拿下盖在她脸上的东西，是一顶篾帽。圆圆的脑袋顶，边上还有两朵亮色的小花，饱满的花骨朵儿，戴上去，大小正合适。竹条光洁，不会卡住她的头发，脸颊也藏进阴影里，那刺痛的阳光被遮挡在外，小脸被遮得严严实实的。

"也是给我的？"她抬眼，轻声问他。

盛霈挑起眉，黑眸微亮，唇角小幅勾起，说笑似的反问道："难不成还能给招儿？"

山岚抿唇，取下帽子，长长的眼睫垂落，仔细地看了一圈，将它抱到胸前，小声说："是给招儿的。"

天将将亮，山岚睡到自然醒。细碎的光亮落进来，门外有轻微的动静，屋顶发出"噜噜"几声声响，猫儿飞快地掠过，软软的肉垫借着树干一用力，便落了地。

她坐起来发了会儿呆。盛霈和小猫儿都醒了，她怎么才醒？

这里没有海面上的摇摇晃晃，也没有逼仄的舱房。他的房间宽敞、干净，味道清爽，床单上还带着清洁剂的味道，是那种很淡的海盐味，闻起来像夏天。

昨晚睡下时，明明没有摇晃的感觉，她却总觉得自己在船上，神经未曾松懈，身体仍旧紧绷着。直到盛霈敲了敲她的门，问她早上吃什么。他问完，她那颗摇晃的心就停了下来。

吃什么？她说想吃卤粉。

一说到卤粉，鼻尖似乎有了味道。

山岚看向床侧的那个塑料袋子，里面是盛霈问别人借的衣服。昨天晚上她打开看过，颜色鲜艳的吊带裙、清透的防晒衣、短袖热裤，内衣裤都是成套的，多是今年的流行款，里面还有整套的护肤品，看起来是个年轻漂亮的女孩儿的。她起身，换上内衣裤，重新穿上在船上盛霈给她找的短袖和长裤。

山岚推门出来的时候，盛霈正准备出门。那只三花猫跟在他脚边，听到动静，这一人一猫都停下来瞧她。

"醒了？"盛霈的视线在她清落落的脸上停了一下，两颊睡得红红的，像个小孩儿，"衣服不合身？"

盛霈指了指她身上的短袖，她没换昨天拿的新衣服，还穿着他的衣服。说起不合身，其实是他的衣服更不合身，又宽又大，像是穿了条裙子在身上，下头还有挽起好几截的长裤。

山岚摇头道："我不喜欢。"

盛霈一顿，说："那就穿我的，晚上我拿两件新的给你改改。早饭放在

050

桌上，是昨晚说的卤粉。"

山岚问："你要去哪儿？"

盛霈把脚步一收，回来在餐桌前坐下说："去修船，本来想修完回来，带你去看铁矿石，顺便在岛上逛逛。"

山岚听着他说，慢吞吞地刷牙、洗脸，再抹上他拿来的那些瓶瓶罐罐，最后涂上防晒霜，那脸上的红晕退去，又恢复成清冷的模样。

山岚在桌边坐下，掀开用碗盖着的卤粉。清清淡淡的，却鲜香诱人，粉条饱满有劲，青菜浮在汁水间，绿油油的，边上还铺了颗蛋。徐玉樵说过，岛上没青菜。这里的青菜都是靠补给船运的，补给船到不了，就没青菜吃。

山岚垂眼看了片刻，拿起筷子，半晌，忽然抬眸看他，轻声说："我会都吃完的。"

盛霈就坐在她对面，她认真专注的模样，他看得一清二楚，凌凌的目光像水一样，不再温柔，而是像暴烈的海水翻涌，搅得他心脏直跳。

"不够我再去做。"

盛霈喉间发干，一连喝了两杯水才觉得好点儿。

山岚鼓着腮帮子，照顾到每一根粉，嚼得细细的，咽下去了，问他："修船，我能去看吗？"

盛霈说："能。"

山岚一听，也不和他说话了，认真吃粉，把汤汁都喝得干干净净，想拿着空碗去洗时被拦住。他拿过碗和筷子说："晚上一块儿洗，省水。"

"走了。"盛霈提着工具箱，"中午在外头吃。"

山岚说了句"等一下"，就匆匆地跑回房间里，用珊瑚簪子绾住长发，再戴上那顶篾帽，那雪白清丽的脸被遮挡，除了露出的胳膊还是雪白一片，和他们岛上的人也没差到哪儿去。

盛霈瞥了眼脚边的猫儿，支使它道："把人看住了。"

这只三花猫灵性得很，迈着脚步就往山岚边上凑，山岚瞧瞧它，它也瞧瞧山岚，一人一猫一块儿跟着盛霈往前走。

"这岛平均海拔 5 米，最高的地方在石岛，也只有近 16 米。"盛霈一边和路上的人打招呼，一边有一搭没一搭地和她说几句，"明天看看潮水涨落，就带你去那儿赶海。不过你这身份或许还能派上点儿用场。"

山岚戴着篾帽，听他说话像隔了一层什么，一个个音随着海风钻到耳朵里，顺着耳郭滑了一圈，像是在荡秋千。

盛霈穿过居民区，往海岸边走，随手指了指边上的椰子树说："岛上都是盐碱地、珊瑚石和珊瑚砂，长满了椰树和抗风桐。有的岛上椰子不能随便摘，一旦没了补给船，椰子也是重要的战略物资。那株就是抗风桐。"

山岚顺着他指的方向看去，翠绿的枝叶大片大片地展开，层层叠叠地靠在一块儿，迎风而立。最边上，还有一株抗风桐新苗，矮矮的一截，扎在珊瑚砂里，顶上嫩白的叶片映着嫩绿色，像花儿一样。她在书上看到过，抗风桐喜阳，抗旱，耐盐，对需要固沙、防风的珊瑚岛来说，是植被恢复的重要物种。

他们一路往海边走，还没走到海滩，便听到了熟悉的喊声。

"二哥！"

"姐！"

徐玉樵和小风已经在那儿了。

山岚抬头看去，他们身后的浅滩上停着一艘木制风帆船，高耸的桅杆矗立，耀眼的阳光下，帆篷正迎风而动。体积不大，瞧着是艘小船。

盛霈眸光微动，问："想上去看看？"

山岚毫不犹豫地点头。

从外面看是艘小船，上了船才发现里面空间极大，和古时的风帆船不太一样，这艘是改造过的，船舱高高的，甲板宽敞干净，东西排列整齐，驾驶舱在船尾，底下的船舱是生活起居的地方和储藏室，没看见渔网。

山岚晃悠了一圈，问："这是风帆船？"

盛霈"嗯"了声，说："没有机动力。"

如今的航海，早已告别风帆时代。风帆时代，渔民航海没有精密的海图和现代化的航海设备。风帆船，顾名思义，以风为动力驱使船在海上航行，这样的船，一旦没了帆，便只能在海上漂流。自 20 世纪 50 年代中期后，海上便陆续改风帆船为机帆船。

徐玉樵听到山岚的话，"嘿"了声，道："一般人看到二哥这艘船，都是这个反应。没有卫星导航仪和定位仪，这船怎么开？"他神色自豪地说："不是我吹牛，除了一些老渔民，就二哥能不用任何航海设备在海上航行。只要有罗盘，这片海域，二哥想去哪儿都成。"

山岚微怔，问："你有'更路簿'？"

话音落下，船上的三个人都停下动作，朝她看来。徐玉樵在船上的那点儿好奇心又冒出来了，他光着脚，也不穿鞋，往山岚边上一凑，问："你之前在船上说的那些，说是听人说的，这也是那人告诉你的？"

山岚说："是我师兄。我们去过南渚的博物馆，那里介绍了在风帆时代，南渚渔民是怎么捕鱼的，更路簿就是他们的航海、捕鱼指南。"

更路簿也叫航海针经，是渔民们祖辈相传的传抄本，记载了航线、岛屿命名以及航海经验。如今发现现存的更路簿有30余本。其中"更"是指里程；"路"是罗盘的针路，指示航向；"簿"即为册子，即渔民们在南海航海的海道针经。说得再简单一点儿，更路簿就是那时他们的海图。

"师兄？"徐玉樵用余光瞥了眼盛霈，也顾不上问这事儿，问起山岚的师兄来，"你们还有师门？能往外说吗？"

盛霈已经拿出了工具箱，小风正在问东问西。听到这话，他一把捂住小风的嘴，比了个噤声的姿势。小风还怪不情愿的。他姐没几天就走了，这人还惦记着呢。

山岚摘了帽子，坐在阴凉处，边上放了冰水和水果，都是徐玉樵准备的，此时听他这么问，便道："能说，你想知道什么？"

徐玉樵挠挠头说："就说说你的同门？"

山岚语调轻缓道："我们山家，从明时开始铸刀，传到我这一代，正好是第九代。凡是山姓，学铸刀一业的，都得留在山家。我有三个师兄、一个师姐，跟着同一个师傅学本事，从小我就和他们在一起。"

还有三个师兄？徐玉樵拿眼偷瞧盛霈。他手里明明拿着工具，却不用，假装在那儿找一些根本不存在的东西。

"那你们师门五个，谁继承家业？"徐玉樵问。

山岚的神情瞬间变得沉静，她望向碧波荡漾的海面。云山世世代代立在那儿，山家世世代代留在那儿，这里却无边无际，似乎每一条航道都通往不同的岛屿。山家信仰历史和古法，她却更愿意相信未知，未知即未来。

片刻后，她说："我。"

以后山家的山，是山岚的"山"。

徐玉樵一愣，这以后还是个大家族的继承人，而他二哥，日日在海上漂流，连个定处都没有，不管怎么算，这两人都是不能成的。

"那……那这么大个家族，你们有婚姻自由吗？"徐玉樵忍不住问了。

山岚有阵子没想起这件事来了。按理说，她大学毕业后，山家和盛家的婚事就该提上日程。可山桁几次联系盛家，那边都含糊过去了，直到前几个月，实在瞒不住，盛家老爷子亲自上山来道歉，说他们家那个臭小子不知道跑哪儿去了，找不见了。这是好听的说法，说难听点儿就是——

"盛家那臭小子逃婚了！"

那天，山桁气得跳脚，连刀都拿出来了，恨不得亲自出去找人，拎回来恶狠狠地教训一顿。

山岚对她这个未婚夫可是丁点儿都不熟悉，小时候那边每年都寄照片过来，她也就第一年看了，小孩儿生得白白净净的，往后那照片都不知道被她丢哪儿去了，他具体长什么样，叫什么，她早忘了。

男人而已，不值一提。

得知这个消息，山岚第一反应就是想笑。但碍于山桁那气急败坏的模样，她绷起小脸，和师兄师姐们一起谴责他："太过分了！应该抓回来祭刀！"

想到这儿，山岚又有点儿想笑。

盛霈一直注意着山岚，听到这个问题后，他不错眼珠儿地盯着她，眼看她的眼眸中显出一丝愣怔，而后变成浅淡的欣喜。

他心口一松，心想这家族还挺有人情味儿。然而，下一秒，她抿唇笑起来说："我有未婚夫。"

烈阳下，浅滩边的小船上一片沉寂。自从山岚那句"我有未婚夫"落下，这船上都是"叮零哐啷"的敲打声，声音越敲越大，越敲越令人心烦。徐玉樵大气不敢出，也没敢和盛霈说话。只有小风，偶尔和山岚说几句话。

而山岚，对这一切毫无所觉。她捧着果盘，吹着海风，偶尔看一眼盛霈。

许是要出门修船，他穿了一件无袖背心，露出赤条条的胳膊，纹理细腻的肌肉微微鼓起，他一动，那紧实的三角肌便像海水翻涌起来，沾了汗水，像覆了一层焦色的油，无端让人想起铁房的温度。

山岚瞧了好一会儿，又想：是块好铁，有点儿想要。

时间一分一秒地过去，中途徐玉樵接了个电话，说山岚和小风的通行证批下来了，山岚的那张还是军区特批，让他去拿。徐玉樵早就不想在这儿待了，可差点儿没闷死他，一接电话就跑了，也不管小风。

临近中午，烈日当头，盛霈打算停下，带人去吃饭。还没开口，沙滩上先传来了喊声："二哥，我妈让我给你送饭来！"声音脆生生的，像夏日里的桃，饱满多汁。

山岚和小风一块儿趴在船舷上，往下看。是个年轻女孩儿，看着二十岁出头，肤色和这儿的人一样，眼睛晶亮，脸上漾着笑容，长发扎成一条辫子，辫子乌黑油亮，也戴了顶篾帽，瞧着活泼又好看。

下面的女孩儿也注意到了探出来的两颗脑袋。她停下来，仰头看他们，热情地问："你们就是二哥带上岛的朋友吧？衣服还合身吗？我叫齐芙，昨天二哥来我们家的时候说了，我妈特地多做了几个菜，下来吃吧？"

山岚还没应声，盛霈先一步应了。他微顿了顿，问："你哥人呢？"

齐芙这下不笑了，抿着唇不说话。盛霈没在这样的情况下多问。大热天，总不能让人家姑娘一直站着。

没一会儿，一行人下船。盛霈去海岸边找了处阴凉地，又去人家家里借了张小桌、几把椅子，就坐在这岸边吃饭了。

"炒了几个菜，炖了锅肉，还有刺鲀汤、海水煮红口螺，没什么新鲜花样，也不知道合不合你们胃口。"齐芙边说边摆了碗筷，自己面前却是空的。

山岚安静地看了她一眼。

自从坐下，齐芙显得有些不安，这样的状态是看到盛霈之后才出现的，看起来，她似乎有点怕他。

这么想着，山岚看向盛霈。

脑袋才一动，视线正对上盛霈的，他眸光淡淡地看着她，似乎知道她在想些什么，她默默收回视线。

盛霈可不想无端让人误会，直接问齐芙："你哥昨天说有事找我帮忙，人呢？故意叫你过来？"

齐芙面子薄，这事她都觉得说不出口，更何况是面对盛霈。她涨红了脸，小声说："二哥，我爸人不见了。"

盛霈闻言，眼皮一抬，问："人不见了？这话说得不清不楚，人不见了该去派出所，找我做什么？"

人不见，能来找盛霈的，多数不是什么好事儿。

果然，齐芙瞥了一眼山岚和小风，没出声。

小风在市井混惯了，惯会看人眼色，这么一个眼神瞟过来，他夹了几筷子菜，捧着饭碗一溜烟儿地跑远了，随便找了棵椰子树蹲下，埋头吃饭。

而山岚呢，她是山家嫡系，打小就被当成继承人来养，又是同门里最小的，谁敢给她使眼色？有事要说也是别人避开，没有她走开的道理。

于是，她安静地坐在那儿，自顾自地吃饭，似乎没看见齐芙这一眼。

齐芙正为难，却听盛霈说："不碍事，有话就说。"

齐芙一怔，又仔细看了眼山岚。女人戴着篓帽，遮得严实，又低着头，看不清面容。她想起家里的叮嘱，没多看，压低了声音，支支吾吾地说："我爸……我爸他不知道从哪儿听说月光礁附近有沉船，底下有……他找了个朋友，两人开船就出去了。"

盛霈听了这话也没什么反应，眉眼瞧着懒洋洋的，筷子还挑着螺。他是最不耐烦管这些事的，但偏偏来找他的是齐芙一家。

"出去多久了？"他随口问。

齐芙皱着眉，苦恼道："有两周了，一开始我和我妈不知道，以为他上哪里见朋友去了，海上联系不上是常有的事。后来我哥喝酒说漏嘴，这才没瞒住，说我爸前阵子在岛上和人喝酒，见了个宝贝，那人也喝多了，透出消息，说是在海底下翻见的，但没说是什么地方，也不知道我爸去哪儿找了。"

盛霈把筷子一搁，问："你哥为什么没来？"

齐芙闷声应道："他让我跟着你一块儿出海去，说他不能去，要是找见了，就得和爸坐一艘船回来，他说什么'父子不同船'……"

盛霈闻言，嗤笑一声道："那是人家潭门的规矩，他早前出海怎么没记起来？你回去吃饭，让他来见我。"

齐芙顿时松了口气，她又弯唇笑起来说："谢谢二哥！"

女孩儿飞快地跑走了，辫子高高扬起，像一只即将起飞的风筝，哪儿还有刚刚垂头丧气的模样。

山岚瞧着她的背影看了一会儿，问盛霈："父子不同船，是因为他们害怕遇上坏天气翻船吗？"

盛霈"嗯"了一声说："为了保证一家人香火延续不断，还有就是南沙那地方，大冬天的，天也热得很，那时他们去海里捕鱼的，为了省裤子，经常脱光了下海，渔民传统，父亲的生殖部位不能让儿子看见，所以有这规矩。"

山岚呆了一下，虽然她不明白为什么，但觉得似乎也有点儿道理……

"想什么呢？"盛霈似笑非笑地瞧她一眼，道，"吃饭。"

说完，他又喊小风："过来吃。"

这一顿饭吃完，也没等到齐芙的哥哥来。盛霈神情淡淡的，看不出喜怒，拎着食盒起身说："你们回去休息会儿，这段时间热，等过了下午5点，带你去看铁矿。小风，你送她回去。"

小风一口应了。

这一日，盛霈直到傍晚6点才回来。

椰子树下的吊床上没人，家里的门关着。进门一看，他房间的门开着，空荡荡的，床上没有午睡过的痕迹，不见那女人的身影。

"招儿。"盛霈出声喊。

不一会儿，屋顶上响起点儿动静，那只三花猫灵活地跳下来，舔舔嘴边的毛，瞧他一眼，甩着尾巴往后头走。盛霈跟着往后头走了几步，瞧见了要找的人。田间蹲着个小小的身影，戴着那顶篾帽，手里拿着把铲子，正在那儿除杂草，瞧着姿势熟练自然，不是头两回干这样的活儿。

盛霈站在那儿，没出声。

从初见时，这女人身上就充满了矛盾。明明看起来十指不沾阳春水，却能蹲在一群光着膀子的男人间吃饭；明明安静不爱说话，却时刻带着刀，还能吓住一个航行多年的老船长，差点儿没把人丢到海里去。今天又成了公主。别人的衣服穿不得，半点儿差使不得。没有她让步的道理。

现在呢，又蹲地里除草去了。

盛霈盯着她看了片刻，眼底透出点儿兴味来。从见她的第一眼时，他就觉得心痒痒的。这会儿更了不得，想把人里里外外都了解个透。

有未婚夫？未婚夫算个屁。

"盛霈。"

软和的云一样的声音又飘了过来。她没回头，却喊了他的名字。

盛霈几步走过去，敲了敲她的帽子顶说："大热天的，在外头玩什么？带你吃饭去，那老渔民家里有块铁矿，放着好几年了，捞上来就在那儿待着。走，带你去骗来。"

山岚侧过身，仰头看他，黑眸里映着光，脸颊因热意泛着酡红。她问："是对别人很重要的吗？"

盛霈说："算不上，没了也是一点儿小事。那块铁待在角落没了用处才伤心，是吧？你过去掌掌眼，说不定下回再见就是把好刀了。"

盛霈自觉这话说得够恭维了，不能像前头那样瞎话，再把人惹不高兴了。

但这女人一听，微抿了下唇，又别过脸去说："你不用说假话哄我，刀不是捧起来的，它该是什么样儿，就什么样儿。不是刀不行，是我不行。"

盛霈哂笑，这人多固执，这么点儿年纪，就把自己逼得那么紧。

他蹲下身，抬了抬她的帽檐，笑问："去不去？"

男人的脸近在咫尺。深色的眸静静地看着她，鼻梁上沾了点儿汗，微热的鼻息沉下来，眨眼间就融化在暑气里，薄唇勾起些许弧度，带着点儿调笑，有了几分纨绔子弟的味道。

山岚见过很多人。其中不乏洛京那些公子哥，说是求刀，实则对刀一窍不通。听说她的未婚夫也是在这样的环境里长大的，或许和他们一样。

但不管是什么模样，不会和盛霈一样。他这样的人，经历过千锤百炼。山岚想，一定能铸成一把好刀。

于是，她问："你有没有想过换个行业？"

盛霈面上的笑意淡下来，说："为什么这么问？"

山岚注视他片刻，缓慢地摇了摇头，说："就是好奇，你不像是这儿的人，和他们不太一样。"

盛霈笑了一下，又变成那懒洋洋的模样。他站起身，随口应："都是人，哪儿那么大差别。走了。"

山岚微吸了口气，有些遗憾。

他或许能铸成一把好刀，但她不是铸刀人，他也不会是她的刀。

这个点，猫注岛仍如白昼。路上的人比中午那会儿多了不少，慢悠悠地走在路上，迎面是清凉的海风，还挺惬意。

吃过饭，山岚捧着盛霈给她的椰子，嘬一口，舔舔唇，问："这个岛为什么叫猫注？听起来像音译，岛上有很多猫吗？"

"是南渚方言的音译。"盛霈瞥了眼她唇侧沾上的椰汁，拇指和食指轻轻捻动两下，忍着没动，"以前，这儿是海上丝绸之路的必经之路，各国的人都到这儿来过，尤其是商人，他们在地图上把这座岛标记为'Paxo'，南渚方言里，'吧注'是树木茂盛的小岛的意思，'吧'是树林，'注'是岛屿。之所以叫猫注，有两个说法。

"第一个说是因为渔船的到来，将老鼠带到了这座岛上，于是为了捕鼠，又去运来了猫，可猫捉完鼠，没人养，没人管，就成了野猫，自然繁育，时间一久，岛上的猫越来越多。

"另一个说法是，旧时，这岛树林茂密，与世隔绝，有些亡命之徒罪案在身，为了逃避追捕，就漂洋过海来这岛上躲。南渚人呢，把藏在深山里头的土匪叫作'山猫'，这岛上躲着的人，就跟山猫一样，渔民就给这岛取了个名字，叫'猫驻'，驻扎的'驻'。因为各地方言发音不同，也叫'猫注'或'吧注'。"

山岚凝神听着，缓缓看向盛霈。他语调轻松，像是随口说的。可这几天的所见，她从中得知了一个信息——这个男人对这片海域了如指掌，且这里的人很信任他。

盛霈绕过商业街，到了一处偏僻的住宅时，放慢了脚步，指着这些房子说："一些渔民在树下搭个棚子就能住，吃饭、睡觉都在一块儿。现在渔民捕捞多是住岛作业和流动作业相结合，大船把他们运到这儿放下，继续去前头的岛，等一两个月，到南沙的船回来接他们就回去了，不在这儿常住。"

"在外头站着。"他丢下一句话，径直踏进了黑漆漆的棚子。

和盛霈家干净的住房不一样，这儿的棚是就地搭的，地面就是底下的沙土，踩上去软软的，走几步鞋子里就是一堆沙。

不一会儿，门口忽然探出一颗脑袋，和那门板差不多黑的肤色，头发半白，脸上覆着皱巴巴的褶子，还留着长胡子，看起来年过半百，体格健壮。

山岚立在原地，老头上下打量她一圈，问："姑娘，就是你要那矿石啊？来得不巧，前阵子刚让人要走了。"不等山岚反应，他又回过头去喊："真没骗你，就这么点儿犄角旮旯的地方，你要找到什么时候去？真没有！"

盛霈在里头翻箱倒柜找了个遍，终于舍得出来了，也不走，就这么堵在门口，双手环胸，下巴微抬，问："谁要走了？"

那老头眼神微闪，可耐不住盛霈这么盯着他，只要是这男人想做的，就没有做不成的。他支吾了半天，还是说："齐容他爸要走的！"

盛霈微眯了眯眼，问："多久了？"

老头答："也就一个多月前吧，没多久。哎，你这么看着我干什么，多少年的朋友了，人家要我还能不给？"

盛霈继续问："除了要铁矿，他还说了什么？"

老头一听，摸了摸脑门，来回走了两圈。最后，他在门口的小板凳上坐下，埋头不看盛霈，说："先说好，这事不赖我，和我没关系。他就是问我是在哪个地方发现的，说这铁不是七星铁，是岸上带过来的。我说在月光礁附近，可岸上的铁矿怎么会在海里？我问他，他也不说话，要了铁就急匆匆地走了，也不知道是去找谁。"

盛霈问："没了？"

老头吹胡子瞪眼道："真没了！你当审犯人呢，盛二？"

山岚静静听了片刻，问盛霈："齐容是谁？"

盛霈看她一眼，她难得有这样主动问某一个人的时刻，从上船到现在，她可没主动问过谁。他说："齐芙的哥哥。"

山岚想了想，又问："有铁屑吗？我想看看。"

盛霈挑了挑眉，这女人，比他想的还要聪明。

他拍了拍还在愣神的老头，问："那铁矿以前放在哪儿？去找找有没有铁屑、碎块，就你这么不爱收拾，几个月前的痕迹都能找到。"

老头啐了声，说："让我干活儿还那么多话！"

老头动作很快，不过一两分钟就抓着几块小小的碎铁块出来了，嘀咕着："这能看出什么门道来？"

"姑娘，给你。"他才伸出手去，就被盛霈截住了。

盛霈挑了两块不同大小的，吹干净上面的铁屑，才往山岚眼前递。这动作让老头恍然大悟：我说呢，怎么非要这铁矿，原来是心上人要。

山岚走到太阳底下，仔细观察了这铁块的亮度和截面。半晌，她看向盛霈，眸光安静，什么都没说，他却能看懂。

盛霈和老头打了声招呼，说完就带着山岚走了，也不去管老头满眼的好奇和喊声，眨眼就走出了居民区。

"看出什么了？"盛霈问。

山岚在手里掂了掂这铁块的重量，轻声说："你要找的那个人说得不错，这不是七星铁。这是高原地区独有的铁。我进过那里的山，采过矿，见过一次。"

盛霈盯着她看了半晌，问："什么时候去的？"

山岚微怔，眼底有一瞬的困惑。而后，她迟缓地应道："记不清了，十六岁还是十七岁。那里的藏刀很有名，当地人铸刀都是进山采铁，用多少采多少，山里的铁纯度很高。"

"我要去趟齐容家。"盛霈没再继续往下问，"你去徐玉樵那儿等我，还是和我一块儿去？"

山岚问："你要出海去找他父亲吗？"

盛霈微顿，难得正经说话："我刚到岛上那一年，他母亲很照顾我。至于七星铁的事，我说到做到，岛上留它的人不多，但每两个月，就会有人发现。如果你愿意，留个地址，我让人带去给你。接下来几天，你可以继续住我那儿，补给船一到，徐玉樵会送你回南渚，那船上很安全。"

山岚侧眸问："你一个人去？"

盛霈懒懒地笑了一下说："说不好，心情不好就捎上齐容，让他也去海上吃吃苦头。有事儿就推妹妹出来，算什么男人。"

"我和你一起去。"山岚说。

盛霈怔住，好半晌才反应过来山岚说的是和他一起去齐容家。那一瞬间，他还以为她要和他一起出海。

这个点，齐家刚吃过晚饭。

一进院门，齐芙先看见盛霈，扭头就往里头喊："妈，哥！二哥来了！"

不一会儿，里面走出两个人，一男一女，一高一矮。盛霈向长辈问了声好，等人一走，一把揪着齐容的领子，将人拎出去了，又瞥了眼想跟上来的齐芙。被这么一看，齐芙止住脚步，撇撇嘴，老实坐下了。

"二哥轻点儿！痛痛痛！"齐容吱哇大喊，拖鞋差点儿都被拽丢了。

盛霈一直拎着人到角落里，把人一推，居高临下地问："你爸抱回来那么大块铁你不知道？下午问你，你怎么说的？"

齐容揉了揉胳膊，嘀咕道："铁？啊，想起来了，知道，知道！二哥，我没多想，真不是故意的。怎么，还和那块铁有关系？说到铁，不对，我想想，好像真听我爸说过……他说那船可能是人出海逃难，船上除了金银财宝，还有不少兵器，听说还有把名刀，不知道真的假的，反正我是不信。但我爸那人，死心眼儿。"

不远处，蹲在地上的山岚慢慢抬起头，看向那个角落。

盛霈正看着她，男人沉沉的眸光一眨不眨地落在她身上，许久才移开。

"我去找船，最晚后天早上走。"

盛霈问完想问的，把人塞回院门，顺道带上了门。

回去的路上，两人都没说话，安安静静的，似乎要这样一路走回家。直到走到岸边，盛霈瞥见什么，忽然改了道。

山岚跟上去问："不回家吗？"

盛霈长臂一展，飞快地摘下山岚的帽子。她一时不防，竟被得了手，只慢吞吞地捂住自己的脑袋，又开始顺这头长发。看模样有点儿呆，怪可爱的。

盛霈好心情地勾了勾唇角，懒声道："带你摘樱桃去。"

猫注岛上有一片葱郁的针叶樱桃林，每人都能摘半斤免费的樱桃，口味酸酸甜甜的，在黏糊糊的夏日里吃起来很清爽。山岚打小儿住在山里，对这样的活动不是很感兴趣，盛霈却显得饶有兴致，趁着夜色，不紧不慢地摘了半斤装在她帽子里，兜着回家去了。

山岚安静地跟在后面，心里却在想，明明是他想吃。

等回到家，天色暗下来。山岚又往吊床上躺，慢慢悠悠地晃着，透过树叶间隙看夜空的星星，耳边是细细的水流声，他在洗樱桃。

夜空下，海风清凉，星空浪漫。山岚不知怎的，生出股聊天的欲望来。

她思考片刻，温暾地问："盛霈，你有几艘船？小樵说你的船借人了，那艘木帆船也是你的，这次出海开什么船？"

"没数过，加起来可能有一百多艘。"

男人应得漫不经心，眼见那儿摇晃的吊床停住。山岚昂起脑袋来，睁着圆溜溜的眼睛看他。

他哂笑一声说："说笑的。就两艘，一艘灯光诱捕渔船，借人了，平时挣钱的家伙；还有一艘就是你早上见的。这次出海的船是借的，一艘小船，

类似于快艇，一个人就能开。"

山岚又躺回去，不知道从哪儿冒出来的三花猫跳上她的肚子，甩着尾巴和她一起晃荡，听她继续问："你说过的，带我去赶海，还去吗？"

水声停住，盛霈端着那盘樱桃，定在原地看向山岚。

她这次没看他，只是仰头看看天，语气中似乎没有什么期望，可盛霈却分明觉得，如果他不应，公主该生气了。

半晌，他端着樱桃过去，在吊床边上蹲下，看她缓慢地侧过头，黑眸静静地看着他，眸光里映着盈盈的水光。

盛霈喉结滚动，低声应道："去，明天就带你去。"

隔天，猫注岛依旧是晴日。

山岚醒来时，第一眼便是去看窗外的天，灰蒙蒙的，太阳还没升起来。醒来的时间在原本的生物钟内，她松了口气。

这两天太懈怠了。山岚抿了抿唇，心里发闷。

洗漱完，她用布条扎起长发，视线落在客厅墙上的那把刀上，这是她刚打的新刀，但已经送给盛霈，她借来练一会儿应该……可以吧？

这个念头刚冒出来，脚边忽然粘上一个软塌塌的小东西。三花猫瘫着肚皮，倒在她的鞋上，四肢伸展，舔舔唇边的毛，"喵喵"轻叫了两声，眼珠子滴溜溜地瞧着她。

山岚蹲下身，揉了揉它的肚子，一本正经地小声和它商量："招儿……叫起来有点儿奇怪，我叫你小招好吗？小招也很可爱。小招，你和盛霈说一声，我借他刀一用，用完就还回去。"

小招"喵喵"两声，似乎是听明白了，被揉了个舒服，甩着尾巴进了盛霈临时睡的小房间。

山岚看了眼脚下的鞋，她的鞋丢在海里了，从上船到现在，一直穿的是拖鞋。不一会儿，拖鞋被山岚轻轻地放在门前，她赤脚走到平坦的空地上，仔细感受了一下，碎石子有那么一点儿硌，但不疼。

山岚闭上眼，凝神吐气，静立十秒，她睁开眼，抽出了雪光一般的刀。凌厉的风声拂过，雪光雾时碎成无数道银光，纷纷而下。

盛霈是被小招一屁股坐醒的。十几斤的小东西就这么从天而降，直往

他脸上招呼，他眉头都没皱一下，拎起它往边上一丢，再拿被子一罩，就任由它在里头扑腾。

"闹什么？"盛霈刚睡醒，嗓音发哑，低沉沉的。

盛霈似乎听到什么动静，眼皮一动，一撩被子，把嗷嗷叫的小猫咪放出来，起身走到窗前。

这一眼，让他的困意顿时消散了。

昏暗的晨光下，纤细的身形迎着猎猎海风，不似在平地，似在船头，迎接最为暴烈的海浪。银刀闪过，那柄只够用作收藏的刀到了她手里，竟活了过来，贴合她的心意，每一次出刀，都带着最凛冽的光影。

盛霈定在那儿。她说的竟是对的，不是刀不行。

半晌，窗外安静下来。她收了刀。盛霈压下翻涌的情绪，喉结滚了滚，压下嗓间的哑意，推门出去，刚到客厅，正遇见走到门口的山岚。

她见了他，似是呆了一下，若不是那眸光里还带着光影，发丝还粘在脸上，盛霈会以为刚才那一幕是他没睡醒做的梦。

"怎么了？"他微顿，视线落在她雪白的脚上。

山岚悄悄看了眼刀，抿抿唇，轻声说："我……想问你借刀，你没醒，我就让小招和你说一声。"

盛霈："？"

他忍不住想笑，这呆头呆脑的模样，哪儿还有半点儿先前威风凛凛的影子，但她说得认真，一本正经的，他不能笑她。

盛霈清了清嗓子说："我同意了，这几天都归你用。"

山岚闻言，松了口气，刚想穿上拖鞋，盛霈忽然走近几步。她抬眸看去，还没问，男人的手倏地横上她的腰，丢下一句："别动。"

山岚整个人僵在那儿，贴在她腰间的手臂像烧到1200度的火，能烧化刀身。

盛霈下颌微绷，手里那截紧实细腻的腰腹甚至比他的腰腹还紧绷，几乎僵成了一块铁，可即便如此，也不过盈盈一握。

他径直把人提溜到水槽边说："洗脚。"说着，又返回去把拖鞋拿过来，接过刀，头也不回地进了厨房。

山岚见过太多男人。在山家，除了她和师姐，铸刀的几乎都是男性，

肢体接触是避不过的，可没有一次像这一次。

为什么不一样呢？山岚缩了缩脚趾，她想不明白。

早饭是海鲜粥，温度适宜。边上的瓷碗里装着红艳艳的樱桃，夹杂着几颗青黄的小果儿，薄薄的皮子，透出饱满的果肉来，令人胃口大开。山岚想起昨晚的那盘樱桃。他一颗都没吃，都进了她的肚子。

餐桌上很安静，昨天早上两人至少说了几句话，这会儿一个埋头喝粥，一个慢吞吞地拿着勺子，偶尔拈一颗樱桃，不看对方，一点儿不交流。

徐玉樵过来找人的时候，一跨进大门，就见这两个人跟木头似的，就这么埋头吃饭，气氛沉寂，又弥漫着一股尴尬。他愣了一下，纳闷地问："你们起这么早？"

盛霈几口喝完粥，放下碗，舒了口气，随口问："那小子呢？"

徐玉樵摆摆手说："别提了，昨天晚上非要跟我们去抓鱼，就一网子的事，在底下让八爪鱼扒住了，差点儿没吓哭，给我们乐得啊……他夜宵都没吃。现在还睡着，年轻人嘛，缺觉。等到了我们这年纪，想睡都睡不着。"

盛霈嗤笑，船上呼噜声最大的就是他。

"一大早来干什么？"

徐玉樵一拍脑袋，想起正事，说："昨天晚上碰见齐容了，他说你要出海，你上哪儿去？船不是还没还回来吗？"

盛霈说："有点儿事，最多一周就回来。"

徐玉樵知道盛霈的行事作风，没多问，只问："要是一周没回来，我去找你？那山老师呢，船可还有几天才到。"

盛霈"嗯"了声，说："她就住这里。想干什么，就让她干什么。去赶海记得看清楚了，我可不想回来的时候你把人给我弄牢里去了。"

徐玉樵抖着肩，忍着笑说："一定。"

山岚不知道他们在笑什么，抬眸看一眼，直勾勾的，也不移开视线，把人盯得双颊泛红。尤其是徐玉樵，没憋住，解释道："海里头多的是国家二级保护动物，有的人不认识，一不小心就得牢底坐穿。"

这一大早的，就出这么多汗。徐玉樵问清楚事，一抹汗，跑了。

山岚问："他怎么了？"

盛霈瞥她一眼，心想徐玉樵长这么大就没见过她这样天仙似的人，睫

065

毛又长又翘，眼珠子黑黑亮亮的，一双眸别提多勾人了，更别说这一大早还被她盯着看。

"人有三急。"他言简意赅道。

山岚这下不好奇了，老实吃早饭。

这一天早上，盛霈带着山岚在岛上转了一圈，能逛的都去逛了，回去做了顿饭，吃完饭后想赶她回去睡个午觉，但——

"我不睡午觉。"

山岚蹲在地上，捏着小招的爪子和它玩，一点儿困意都没有。

盛霈耐着性子哄道："睡醒带你去个好地方。一大早就起来捣鼓你的刀，这么久就不累？"

山岚抬眼看他说："你看见了？"

盛霈摸了摸鼻尖道："那会儿正好醒了。船上的话，我给你道个歉，不是刀的问题，是我的问题，那刀到了你手里，就是把好刀。"

他顿了顿，问："怎么会练刀？"

山岚垂下眼，和小招握了握手。这只小猫咪不识人间愁苦，成天睡眼蒙眬的，睡饱了就出去野，野完了就回来躺着，还有人和它玩，什么都不操心。她静静地看着它澄澈的眼睛，半晌，轻声说："盛霈，我以前有过一只猫。"

盛霈没应声，只是看着她。

"小时候，我们上学，回家都要下山，上山，除了雪天，家里人不会接送我们。我记得……是七岁多一点儿的时候，那天下了雨，上山的路上，我看见一只小猫，很小，看着脏兮兮的。"

山岚用手比了个大小，又回去捏小招那软乎乎的爪子。

盛霈看她低着头，用他已经听惯了的语调，不轻不重地说："我问师兄，可不可以抱回家，师兄迟疑了，但他见我喜欢，就接过猫，想装作是他抱回去的，说我们试试。等到了家，师傅看见师兄怀里的猫，对我说，人不能什么都要。既然我都要，就要付出代价，没人会帮我照顾它。于是，我把它送走了。盛霈，在山家，从来都是男人打铁，师傅让我去练刀，我不肯，我能做到最好。"

想起小时候的自己握紧刀柄，又松开的每一次，山岚轻轻地叹了口气

说："但那把刀，好重啊。"

盛霈敛着眸，眼看她抬起眼，眸光沉静，望向他，而后一字一顿地说："无论什么刀，到了我手里，都得听我的。"

对于手里的每一把刀，山岚拥有绝对的掌控力。

她需要拥有，她必须拥有。

屋子里开着冷气，盛霈却像是被烫到了。他说不清这一瞬间的感受，被她这样看着，他感觉自己也变成了一把刀，即将被她握进手里。

盛霈凝视她片刻，忽然扯了扯唇，问："就是不想睡午觉，是不是？"

山岚："……"

她慢吞吞地低下头，刚刚的嚣张劲儿一股脑儿地散了，又变成那安静无害的模样。好半天，她小声说："我睡不着。"

盛霈起身说："出去坐会儿。"

说着，他去拿插座，拉着长线出去，再回来拎着电风扇和小板凳出去。她看了一会儿，抱起猫儿跟了出去，就停在电风扇前。

山岚坐在小板凳上，看盛霈进厨房拿了个盆，进了房间再出来。乍一看，盆里白花花的一片。等走近了，才看得分明——盆里都是各色的贝壳和海螺。每个看起来都闪着梦幻般的色彩，热热闹闹地挤在一起，最上面还趴了一只海星，干巴巴的，白沙一样的颜色。

山岚缓缓睁大眼问："都给我？"

盛霈闻言，轻挑了挑眉说："胃口可真不小。选点儿你喜欢的，教你穿风铃，挂在窗边，风一吹就响，叮叮当当的，好听。"

山岚盯着盆看了一会儿，放下猫儿，开始选宝贝。

盛霈见她挑得认真，一转身就上了吊床躺着。这么几天下来，他也明白了，这女人，除了和刀有关的事，其余干什么都慢吞吞的，细致又有条理，自己怎么舒服怎么来，全然不管别人。

他闭上眼想：还真是个公主。

盛霈这一眯眼，就是半个小时。再睁开，转身一瞧，她还维持着原来的动作，纤纤的手指这儿翻一下，那儿翻一下。一看边上，猫儿躺在那儿，四脚朝天，雪白的肚皮成了她的台子，挑好的全放那儿了，一排排的，还挺整齐。

它竟这么老实。盛霈觉得稀奇，这小东西野惯了，在岛上称霸王不

算，上了船也要称霸王，每每网上来的鱼，它都要第一条，不给就凶人。船上的人都不爱招惹它。

这回山岚来了，它也算给面子。但到这份儿上，可不是给面子说得过去的。难道这猫儿也喜欢美人？盛霈看向山岚。

她没戴篾帽，只绾了发，一头长发像是绸缎一样。白皙的侧脸染上了粉调的红，鼻尖刚冒出点儿汗，就被风扇吹跑了，花瓣一样的唇轻抿着，唇肉饱满，和初见时那苍白的模样完全不同。

盛霈瞧了一会儿，懒着声喊："招儿。"

山岚和那猫儿一起转头看他。一双眼，眼尾上翘，似是长了钩子；另一双，圆滚滚的，是个傻的。

盛霈见她黑眸间认真的模样，忽而想起她刀上那个小篆体来，那分明也写着"招"，于是他问："那把刀上，刀颚上为什么写个'招'字？"

他眼看着山岚怔住，那清亮的眸子里显出些不情不愿来。

盛霈眸间多了点儿兴致，随口一猜："你也叫招儿？"

"……"她顿在那儿，移过头去，不说话了。

盛霈："……"

他霎时坐起身，从吊床上翻下来，几步走到她跟前，看到她微绷的小脸，鬼迷心窍一般，低声喊："招儿？"

山岚抿唇，抬眸看他道："不能喊我小名。"

盛霈舔了舔唇角，倏地笑了，往边上一坐，说："你先挑着，我来打孔，一会儿拿几根玻璃绳穿起来。"

山岚静了一会儿，闷声说："那颗郁金香芋螺，也要穿上去。"

盛霈一口应下："你挑位置，想放哪儿，咱们就放哪儿。"

山岚选了半天，选出几十颗漂亮的贝壳和海螺，每一个花纹都很漂亮。盛霈再往那盆里一看，好看的都让她挑完了，倒真是不客气。

山岚挑的速度比不过盛霈钻孔的速度。她才选了几颗，那一堆他都打完了，见她看过来，盛霈问："想自己穿？"

山岚点头。

于是，盛霈又躺回吊床上，侧头看她。

这样小的事情，她却做得那么认真，甚至还有点儿兴奋。好几次，他瞧见她的眼神变得亮晶晶的，让他心头发软。

山岚仔细选了每颗漂亮宝贝该在的位置，选完进了屋子，拿出那颗她日日放在床头的郁金香芋螺，这是她最喜欢的一颗。

和挑选的时间比起来，穿风铃不过几分钟。盛霈看得津津有味，那尖而柔软的指腹捻着玻璃绳，灵活地穿过贝壳、海螺，穿过一颗，就打一个小小的结，以免滑落。

海星有五个角，风铃便有五串，拎起来，那五条长串如冰晶垂落，在阳光下闪着奇异的光辉。在空中久置，海风吹过来，便叮叮当当地响起来，声音很脆，却不吵闹。

山岚弯起唇角，浅浅地笑起来。她提着风铃看，看那颗郁金香芋螺在风中晃荡，好一会儿，拿起它往屋里走。盛霈跟过去看了一眼。她推开窗，仰起头，露出半边侧脸，左右仔细看了个遍，最后将这串风铃挂在了左边。

他倚在门口，眸光淡淡。今天过后，他或许再看不到她，也看不到这串风铃。

"招儿，该去海里玩了。"盛霈收敛情绪，带上点儿漫不经心的模样，还非得招她。

山岚听见自己的小名，回头看他一眼，没应声，只拿起篾帽往自己脑袋上一戴，问："退潮了吗？"

盛霈抬手，帮她把小花儿摆正位置，笑了一下说："今儿不赶海，带你浮潜去。本来岛上不让浮潜，但你有称号，上面特批的。那天你上岸见到的小战士会带我们去，到了底下跟着我，下面有蛇。"

山岚越过他往外走，应得认真："它没有我的刀快。我们山里一到夏天，到处都能见到这些东西，主动攻击人的不多，不小心踩了，非得咬人，那我就只能拔刀了。我师兄就踩到过，我手快，没让他受伤。"

盛霈微微眯了眯眼问："你之前说，有三个师兄。你一直提的，是哪个师兄？"

山岚说："是我三师兄。大师兄和二师兄喊完，就剩了一个，不喊三师兄也可以，他们知道我在喊谁。"

盛霈点到为止，没往下问。

走到商业街，盛霈带着山岚上了岛上的免费公交车，从这儿到机场不

过 10 分钟的路程，车子开得慢慢悠悠的，如果不是阳光过盛，还挺惬意。

两人到时，那小战士已经等在那儿了。见到他们，他一改前几日的严肃，笑眯眯地和他们打招呼："二哥，山老师。"说着，要和山岚握手。

山岚刚抬起手，盛霈忽然搂上那小战士，硬生生地把人带到另一边，说："都到这儿了，给山老师介绍介绍。"

山老师。

在别人嘴里很正经的称呼，到了盛霈这儿，似乎变得不是那么正经了。

小战士应了声"行"，转眼把握手的事忘了："这里是猫洼岛的机场，属于军事重地，不让拍照。机场边上有岛上最好的沙滩，除了领导批准，别人进不来。那儿有一片特别好的海草床，嘿，一会儿见到就知道了。"

到了海边，山岚抬起帽檐，远远望去。近处海滩看着黑乎乎的一片，粼粼的波光在翠绿的海水上闪烁，本以为是阳光，走近一瞧，是雪白的礁盘。茂盛的海草床看起来像是一片海底的草原，风一吹，海波晃动，海草也跟着起舞。

盛霈拿出下海的装备，说："只有海草能在海底生长、开花，其他植物不行。这里有礁盘，有的硬，有的软，软的底下会有空洞，你得跟着我。"

山岚点头，想接过装备他却不松手。她抬眼看他，对上那深色的眼眸。他定定地盯着她，低声重复了一遍："招儿，你得跟着我，记住了。"

"我不乱跑。"山岚轻声说。

盛霈和她对视两眼，松开手，让她去树底下换衣服。

边上的小战士纳闷地问："二哥，山老师看起来挺稳重一人，你怎么跟带小孩子似的？哪儿哪儿都操心。"

盛霈想起她在船上差点儿把人丢下去的事，轻哼道："她有前科。"

十六七岁的年纪，就敢一个人往高原地区的矿山跑。胆子大成这样，他要是不把人看住了，指不定她能变成小鱼游回岸上去。

换了潜水衣，戴上潜水镜，他们便下了海。

海底和岸上是两个世界，战士们把这里称为海底的热带雨林。绵延不绝的海草带来绿色的盛宴，各色的珊瑚如最华美的宝石闪着漂亮的色泽，礁盘间，偶有小鱼探出脑袋，好奇地和他们对视一眼，然后"咻"的一下跑了。

山岚沉浮在海底，身体像是坠在凉滋滋、沉甸甸的玻璃缸内。她隔着玻璃，和海底五彩斑斓的鱼儿对视，鱼群们甩着尾巴，穿梭在各色的珊瑚间，柔软的贝类躲在珊瑚洞里，这里的珊瑚生命力旺盛，枝头饱满，映出缤纷的颜色。她的身体在漂浮，心却和海水一样，变得清透、安静。

和山里沉默生长的树群不一样，这里的每一寸变化都如此鲜活、自由。她从深山中坠落，跳入了另一个绮丽的梦境。

山岚正出神，手腕被人握住。她侧头看，男人在海底的面容有微微的变化，眸色比在岸上时更深，他比了个动作，带着她去了另一处。他们穿越海底，掠过海草，停在一片紫色的枝状珊瑚前。它静静地立在那儿，像海底盛开的花。

山岚屏住呼吸，耳边有"咕嘟咕嘟"的气泡声，手腕上感受到的是他平稳而坚固的力道，她的心跳似乎变得有些不对劲，一下又一下，像打铁时，有些吵闹。

她再一次，想要这块铁。

这一天晚上，山岚早早洗了澡，捧着一头湿热的长发坐到吊床上，吹着海风，等它自然干。

夜空清透，布满星辰。山岚却没看天，她在看盛霈。

盛霈在听徐玉樵说话，神色懒洋洋的，偶尔一扬眉，勾起唇，显出少年般的张扬意气，搭着寸头，那点儿痞痞的意味又冒出来了。

徐玉樵说："小风说他想跟你出海去，不敢跟你开口，打发我来问问。这小子，在船上不是挺敢的吗？被八爪鱼一咬，倒是蔫巴了，他啊，也就嘴上逞能，平时都不好意思和我们一起洗澡，就这还想往船上跑。"

盛霈嗤笑道："小孩儿懂什么，头脑一热就想去海上，多少人没命回。和他说，让他老实待着，让他上渔船就不错了。"

徐玉樵就知道是这个结果，说："船上给你准备了一周的物资，中途去其他岛上补给也方便。齐容去不去？"

"见着他就烦心。"盛霈不耐烦提他。

说着，徐玉樵看了眼山岚，低声说了几句话，最后让盛霈一脚踹走了。盛霈再一回头，对上山岚乌溜溜的眼。

盛霈轻咳一声，问："想不想吃樱桃？"

山岚摇头，纤纤手指梳理着长发，夜风不甚温柔，吹得枝叶乱晃。她

趁着这风，轻声问："盛霈，我们以后还会再见面吗？"

盛霈顿在原地，一时间说不上话来。

能吗？

他在这海上孤身漂泊三年，往后还有多少年，他自己都说不清，什么保证、什么承诺，都是虚的。

"我不知道。"他哑声说。

山岚神情宁静，听了他的回答没再说话，只是坐在那儿，等那一头长发吹干，便起身对他说："一路顺风。晚安，盛霈。"

盛霈盯着她的背影，攥紧了拳。

屋内没开灯，山岚抱膝坐在床脚，静静地看着那串摇晃的风铃，夜色下，贝壳上闪过浅浅的光华。

清晨，天光熹微。盛霈背着包，沉默地站在他的房门前，静立半晌，眼看脚边的猫儿要去挠门，他俯身一把将其拎起，转身拿了挂在墙上的长刀，头也不回地离开了他的住所。

港口，昏暗的天色被潮水带走，云层渐散，露出大半的光亮来。

盛霈轻吐了口气。忽地，他听见少年清脆的喊声自港口传来："二哥，你好慢！"

他抬眼，忽然停住脚步。那道纤细的身影就在不远处，她绾着长发，手里拿着篓帽，黑眸清亮，安安静静地注视着他。

盛霈不自觉地屏住了呼吸。等回过神，他已站在山岚面前。晨光中，她仰着脸看过来，乌溜溜的眸子像浸了雾似的海水，面庞像是海底盛放的珊瑚，静谧而美丽。

他动了动唇，低声问："你来送我？"

山岚眨了眨眼睛说："我想出海。"

盛霈顿住，直勾勾地盯着她问："为什么？"

山岚垂眼，看向他握着的长刀，轻声说："我们山家铸刀一业传了九代，但山家却不止九代，再往前，山家祖先是一位刀客，她和我一样，是个女人。她爱刀成痴，自创的刀法打遍天下没有敌手。有一年，她受友人委托，护送一艘货船出海，但途中遇见了海贼，海贼在她手里讨不了好，双方在海上僵持了两天，待到海贼准备撤退时，突遇暴风雨。后来，她活了下来，但刀却跟着船沉到了海底，再也找不到了。她的后半生，致力于锻造出一把更好的刀，可惜未能如愿。所以山家自那以后改了行业，开始铸刀。"

山岚看向盛霈。

"盛霈，那个人说，船上有一把名刀。我想去看看。你能带我去吗？"

盛霈喉间干涩，好半晌，忽然笑了，问："什么时候决定的？"

山岚温声应道："昨晚。"

昨晚，山岚看着那串风铃，看它迎风而动，听它在风中吟诵。她想起午后，盛霈坐在细碎的热光下，神情专注地给每一颗贝壳、海螺打孔，风扇那点儿凉风都给了她。她想起那顶篾帽、郁金香芋螺，想起他那支剔透美丽的珊瑚簪子，想起他掌心的纹路，最后想起初遇时，他在海里抱住她的那一瞬，他说——

"这片海域，我说了算。"

山岚知道，盛霈和她，是同一种人。

"走了。"盛霈抬手，第一次揉乱了山岚的发，他唇边挂着笑说，"带你扬帆起航，去看这片大海。"

山岚尴尬地理顺自己的头发。

小风跟在后面大喊："二哥！还有我！"

盛霈现在心情好，这会儿人家提什么要求他都能答应，当即摆了摆手，示意小风跟上。小风咧开嘴，迈着步子跟了上去。

万顷碧波之上，风鼓起洁白的帆，渺小的渔船疾驰向前，风顺着云和水汽落到甲板上，企图偷听甲板上的喁喁私语。

"姐，你真是打铁的呀？"小风撑了把伞遮住烈阳，一脸惊叹，"我还以为你就是随口说的。那你们家丢的那把刀，是不是特别厉害？"

山岚没戴帽子，躲在阴影下。她想了想，说："应该是，我没见过它，只在书上见过它的样子。"

小风叽叽喳喳的，充满了探究欲："刀客是不是特别酷？她是怎么活下来的？船上有什么东西？"

山岚盯着他好奇的眼睛说："书上没写。"

小风正想问是什么书，在里面和驾驶员交代完事的盛霈出来了。他一把拎起小风，往驾驶室一塞，道："你一个小孩儿问题怎么这么多？船舷边放着四五根鱼竿，动了就收线，拎不动就喊人，去里头盯着，今天算你第一天上工，不许偷懒。"

小风"嗷嗷"叫着企图挣扎，但被无情镇压。

人一走，盛霈低头看向山岚。她也在看他，就这么一点儿时间，她的脸颊被海上的炎日晒得很红，眼珠子倒还是黑漆漆的，点着光彩。

盛霈问："去船舱里躲躲太阳？"

山岚把伞往他跟前一递，等着他接过去。

盛霈轻"哑"一声，舔舔唇，没忍住笑了，蹲下身，就这么让她高举着手，脑袋往下一钻，凑到她眼前问："招儿，以前有人喊你'公主'吗？"

山岚面带困惑地问："为什么这么喊我？"

一把不大不小的伞，正好把两人拢在底下。山岚微垂着眸，清晰地看到他眼中的点点笑意，他眉眼疏朗，眼睛是夜晚的海湾，鼻梁是渔船上最高的桅杆，张合的唇是薄薄的云层。男人湿热的气息像海波，一层层向外漾开。

盛霈盯着阴影里的女人，视线晃过她玫瑰色的唇，颈间的凸起上下滑动了一下，低声说："就该这么喊你。"

趁着山岚还发着呆，盛霈接过伞，起身看她，懒着声道："起来了，招儿。猫都比你聪明，知道去船舱里躲着。"

山岚闷声应："别喊我小名。"

在山家，能喊山岚小名的都是和她极为亲近的人，剩下的哪敢这么喊她？只有盛霈，从不知道的时候就开始喊。

山岚有点儿郁闷，怎么就和小猫撞名字了呢？怪傻的。

等进了船舱，山岚深觉现代化船舶的进步。比起盛霈的那艘风帆船，这艘快艇的舒适度可谓天差地别，宽敞的空间、柔软的沙发、透明的玻璃窗、干净的卫生间，以及舱房。热腾腾的阳光照进来，从甲板上灌进来的海风吹散热意，风扇慢悠悠地晃着脑袋，不算很热。

山岚四处晃了一圈，问盛霈："只有两张单人床，沙发可以睡人，还有一个人睡哪儿？"

盛霈把睡得正香的小招拎起来，往地上一丢，自个儿在沙发上坐下，两条大长腿往桌上一放，闭上眼，随口应："晚上有中转站，我们上岛住。"

山岚学着盛霈坐下，可坐下又觉得无聊，只好说："盛霈，我想看书。"

盛霈的眼睛睁开一道缝，瞧着她认真的小脸问："你还想干什么？多说几个，指不定就能多实现几个。"

山岚凝神想了想，还真开始说："我想打铁，想去山里采矿，想看这次刀剑交流会的新技术，想捡一点儿海螺带回家，想找到那把刀。"

盛霈听了半天。这一开口就离不开打铁，真是一刻都闲不得。他起身去包里拿了本小册子，往山岚面前一丢，重新躺下，又抢了她的帽子往自己脸上一盖说："除了前两样，都好办。"

山岚睁大眼，身体前倾，问："真的？"

盛霈躺在那儿一动不动，只从鼻间挤出点儿气声来，拖着长调悠悠道："我说过，这片海域，我说了算。"

山岚又坐回去，慢吞吞地说："你是不是漫画看多了？这种话听起来像小风那个年纪的男孩子说的。"

盛霈："？"他不和她计较。

这样阳光灿烂的好日子，她又在边上坐着，这时候不睡觉，什么时候睡？他闭上眼，唇却翘起来。

山岚拿起眼前的小册子，翻开一看，居然是盛霈的船长日志，记载的是他驾驶那艘灯光诱捕围网渔船的航海过程，除去一些重大事项记录，剩下的都是他的捕鱼日常。盛霈的渔船不属于公司体系，相对比较自由，在记载上也宽松很多，往后一翻，是他的涂鸦。

今天想吃大龙虾，抓几只上来。

下面用简单的线条画着一只长触角的大龙虾，长着一张凶神恶煞的脸，摇头摆尾的，尾巴像扇子一样展开。

最底下一行小字：锦绣龙虾，国家二级保护动物，别想了。

山岚心里暗笑：真是幼稚鬼。

这一天，他们是在船上过的。中午煮了海鲜粥，炖了刚钓上来的鱼，下午小风和小招一块儿睡得呼呼响，等到了傍晚，盛霈和驾驶员换班，准备靠岸。

海上的夜，和岸上不同。没了热烈的阳光，海水显得不再清澈，如同无底深渊，令人目眩。小风迎着风，仰头看天上的星，片刻后，对山岚说：

"姐，你听过南海的一个传说吗？传说每当遭遇恶劣天气时，桅杆顶上就会出现一颗星。"

山岚转身看向桅杆遥遥相指的地方。夜空中不止一星，而是有无数颗闪烁的星子。

小风轻声说："渔民们说这颗星星是女神的化身。传说古时候有个女人要往南洋去，但船上规定不能带女人，说载了女人就会运气不好，会有全船覆没的危险。后来，那个女人苦苦哀求，船长心慈，把她关在箱子里藏起来，偷偷送饭给她吃。但在一次送饭时被船主发现，船主就把那个女人推下了海。女人死后化为神，专门给人指点凶兆，于是，每当天气不好时，桅顶就有一颗星，渔民会将饭团投入海中，以保平安。"*

少年的眼眸里泛着点点光泽。

山岚看着他，抿起唇，缓缓攥起拳说："我不喜欢这个传说。"

小风笑起来说："我是听爷爷说的，我也不喜欢这个传说。如果我是那个女人，我一定要把这海搅得天翻地覆，让所有船都给我陪葬。"说完，船头那儿静了好一阵。小风垂着头，不知在想什么，或许是想家了。

山岚轻吸一口气，嗅到咸湿的海风的味道。远看，寥落暗沉的海面生出荒凉孤寂的感觉，海浪翻涌，遮掩底下沉沉的海底世界。

她向下望，不由得抓紧了栏杆。这种感觉，像又一次从悬崖坠落。

盛霈站在黑沉沉的驾驶室内，眼皮一抬就能看见山岚，冷月的光华打下来，落在她身上。

他定眼看了片刻，忽然探出头去喊："招儿！"

没一会儿，两个招儿都过来了。

盛霈忍着笑，看山岚神情奇异地和小猫咪对视，三花猫一脸蒙，不知道发生了什么，又往盛霈身边蹭了蹭。

山岚抿起唇问："你找谁？"

盛霈一抬腿，扯开小猫咪说："找你。"

山岚闻言，心情缓和些许，自己找了位置坐下，再抱起被甩开的三花猫放在腿上问："干什么？"

---

* 渔民王安庆口述的传说。

盛霈下巴微抬，让她看右前侧："看见了吗？"

山岚探头，静静地瞧了片刻，刚想摇头，忽而见这无垠的海面上出现一点儿光亮，忽明忽暗，像星星一样闪烁。

夜里，海上起了风。船随着海浪起起伏伏，那远处的光亮却始终屹立不动，像海面上的启明星。

山岚轻声说："是灯塔。"

盛霈转过方向盘，说："那是个小岛，上面只有几户渔民。除了灯塔，岛上还有主权碑，代表着那座岛是我国的领域。"

岛上只有几户渔民，基本上意味着与世隔绝，除了偶尔到这儿中转的人，他们几乎见不到别人。

渐渐地，灯塔近了，他们即将到达今晚的岛。船靠岸后，盛霈带着山岚下船，手里还拎了几个袋子，留驾驶员和小风在船上。

小风还不乐意，嚷着："我要和我姐在一起。"

盛霈睨他一眼，示意他老实待着。

这是一座小岛，树木零零散散的几棵，正中间立着几幢二层小楼，在夜里发着莹莹的光亮，极为明显。

盛霈指了楼的方向说："边上有几个棚子，给过路人用的，有在里头搭帐篷的，也有直接睡的，这个天不冷。他们去月光礁一定会经过这里，或许上过岛，岛上的人见过他们，我去问两句，问完就回岸边吃晚饭。"

他又补充道："附近都是礁石，小心点儿。"

刚说完，身后的女人极轻地"呀"了一声，声音听上去有些惊异，却没有显出害怕的意味来。他倏地停住脚步，回头看去。山岚贴在一块半人高的礁石上。昏暗中，他看不清她的状况和神情，偏偏她不说话。

盛霈蹙了蹙眉，两步迈到她边上，问："怎么了？"

山岚仔细地感受了一下，动了动脚，没用力挣扎，只诧异地说："我被吸住了。盛霈，这礁石里有磁石吗？"

盛霈蹲下身，在她脚上打量一圈，忽然问："你刀藏哪儿了？这里的不少暗礁、浅滩含有磁石，应该是刀被吸住了。"

山岚指了指左脚。

盛霈低下头，撩开她的裤脚，瞥见她雪白的脚踝。那一截纤细的脚踝上绑着一圈黑色的束带，左侧贴着一把极短的刀，刀鞘薄如蝉翼，刀身却不轻。他微顿，那日看她练刀，分明用的右手，平日里她也是用右手，刀怎么会放在左边？明明极不趁手。

山岚似乎知道他在想什么，轻声说："我更擅长左手刀。当时，我们同门五个人，一起学刀法、打铁，在刀法上，师兄们只学了几天就没了兴趣，只有师姐和我坚持了下来。师姐天赋很好，比我更聪明，学得很快，我赶不上她，所以又练了左手刀。"

盛霈握紧刀柄，小臂肌肉紧绷，一用力，将这刀从她脚踝上取下来，而后仰头注视她，说："招儿，你更聪明。"

山岚怔住，半响才问："为什么？"

盛霈起身，瞧着她有点儿呆的小脸，一把揉上她的脑袋，直把她的头发揉得乱糟糟的，才道："你能想到练左手刀，并且能练成，所以你更聪明。"

他停顿片刻，低声说："也更刻苦。"

山岚缓慢直起身，静了许久，才小声说："盛霈，爷爷……不是，师傅从来没夸过我。"

盛霈手指微蜷，忍住想去牵她的冲动。他敛起懒散的神情，一字一顿道："你是最好的。"

山岚抿着唇，慢吞吞地整理自己的头发，而后很轻很轻地应了一声。她说："我知道，我是最好的。"

此时天色已晚，居民们早早吃过饭，已经躺下看起电视来，路过矮楼时，能听到模糊不清的交谈声。

盛霈绕过其中两幢，径直往另一幢走去。屋内亮着灯，他直接敲门喊人，说的是南渚方言，山岚听不懂。

山岚站在一边，透过磨砂玻璃往里瞧，昏黄的光晕透出些许暖色，海风"呜呜"地叫，细听能听到海浪拍打礁石发出的声音，除此之外，再没有其他了。

这样的生活，显得有些孤寂。

可盛霈也是这么过的。山岚侧过身，眸光轻轻地落在他的脸上。

盛霈有所觉，侧头看过来，眉峰微扬，笑着问："怎么了？这儿也能把你吸住？"

"人来了。"山岚提醒他。

"咔嚓"一声响，里头的人一开门就骂骂咧咧："盛二，你个没出息的，开渔期来我这里干什么？一天到晚不挣钱，有哪个女人愿意跟你，你……"

胖乎乎的光头男人止住话。他的眼睛顿时粘在山岚身上，又朝盛霈挤眉弄眼，转眼换了个语气，温和地说："妹子，你是盛霈的朋友？来来来，快请进。"

盛霈嗤笑一声，对山岚说："别理他，进去坐会儿。我和他说点儿事，很快就完。无聊也只能在屋里待着。"

山岚神色清冷，没应声，抬脚跨了进去。她不想在别人面前生闷气，这男人每次都觉得她会乱跑。

光头男顾不上问别的，悄声问："你想明白了？上哪儿找的女人，看这相貌，不是三沙的人吧，人家能跟你？"

盛霈笑着说："就一朋友，别扯这些。"

"呸！"光头男骂他，"就你现在笑成这样，还一朋友？我懂了，你有这个意思，人家妹子没有，是吧？"

盛霈扯开话题道："说正事儿。"

"我就知道。"光头男嘀嘀咕咕的，上前热情地招呼人，"妹子，你随便坐，我去拿西瓜，今天邻居刚送来的，还有半个，可甜了。"

山岚看向盛霈。盛霈没反应，她便又收回视线，等着吃西瓜。

光头男切了西瓜，倒完水，笑着说了几句话，就去一边和盛霈说话："又给我带什么了？我这里不缺东西，每个月都有船送东西来，回回不落下。又要到台风天了，东西比之前都多，你不用替我费心。"

盛霈不提这些，直接形容了那个人的模样，问："大概两周前，他到过这儿吗？应该是和另一个男人一起来的。"

光头男摸摸脑袋说："我想想，这来来往往的人也挺多，但只有两个人一起的，少，我应该记得。两周前……白天没什么人，晚上经过的船倒是有，不过大晚上的，我也看不清人长什么样子。他们去干什么的？哟，说起来，我倒是见过两个怪人，那两人吧，睡到大半夜，在外头吵了一架。我起床听了一下，其中一人说要回去，不找了，另一个人说没骗你。两人推操了一阵，其余我没听清，吼了句安静点儿，就上床睡觉了。是不是你要找的？"

盛霈说："估摸着是。"

光头男说着，从兜里拿出包烟来，刚递过去，盛霈压下他的手，低声说："不抽，你也忍忍。"

光头男一听，龇牙咧嘴地捂住腮帮子。可酸死他了。

盛霈回桌前摸了把花生。山岚正捧着西瓜，一口一口地咬，咬下的每一块大小都一样，还得比着来，他一看就忍不住笑了。

她看过来，黑溜溜的眼珠里写着困惑。

盛霈没忍住，轻拍了拍她的脑袋说："慢点儿吃，还要一会儿，也别吃太多，回去还得煮面条吃。"

山岚眨了眨眼睛，示意自己知道了。

两个男人就这么坐在角落里，开始剥花生。

盛霈问："这阵子往月光礁附近去的船多吗？"

光头男纳闷地问："往那儿去干什么？那么多暗流，想不开才去。我没听说有什么船过去，那里也没什么鱼点。"

盛霈又问："别的怪事有吗？比如在海底看到什么，或者打捞上什么老物件，什么都行。"

"捞上什么？"光头男拧着眉，仔细回忆了，"你要说捞上什么，还真有，可那儿都是老一套了，说什么元青花，都是骗人的。前阵子，有个小哥路过，原本是在远洋货轮上跑海的，家里有急事，临时回来了，和我说起……什么地方来着，好像就是月光礁附近，说那边有船在晃悠，捞上一些瓷器，我也就听那么一下，不当真。海上异闻太多了，真有沉船，早就上报文物所了，私自打捞可是违法的！"

盛霈剥了最后一颗花生，往嘴里一丢，几下嚼碎了，拍拍他的肩说："今晚谢了，改日找你去南渚喝酒，我请客。"

光头男翻了个白眼道："你这一穷二白的，从来不存钱，这什么破习惯？现在情况不一样了，你不想想以后？"

盛霈挑了挑眉说："我从不想以后，以后……招儿？"

正说着话，山岚忽然起身，几步走到门口，倒是没往外跑，只探头往外瞧了一眼。

他轻"咝"一声，又瞎跑。

"看见什么了？"他跟过来，扫过黑漆漆的沙滩，没见着人。

山岚凝神听了片刻，摇头道："没有，只有海风的声音。"

盛霈盯着她认真的小脸，忽而笑了一下，揉了揉她的头说："说完了。走，回去吃晚饭。今晚想住船上还是岛上？我带帐篷了。"

山岚想了想说："住岛上。"

告别光头男，盛霈和山岚沿着来时的路往回走。再路过礁石滩时，盛霈停下来，凑到山岚眼前，微微倾身问："我抱你过去？"

山岚用奇异的眼神看他一眼，随后俯身将脚踝处的刀取了出来，往掌心一放，似乎在说：你是不是傻的？

盛霈轻"啧"一声。这女人，不懂情趣。

山岚握紧小刀，慢吞吞地说："盛霈，你要把心思放在工作上。"

盛霈闻言，眯了眯眼，双手环胸，懒声道："说吧，听别人说我什么了？"

山岚老实回答道："你不正经打鱼。"

盛霈："？"

他轻哼一声，一点儿不客气地伸手捏了捏她软乎乎的腮帮子，不过才捏了一下，手就被人打开了。

山岚没收着劲儿，"啪"的一声脆响。她慢慢绷起脸说："以后不可以抱我，不可以捏我，不可以敲我的头。再有下一次，我会——啊！"

又被捏了一下。

盛霈就这么挑眉笑着，黑眸里映着灯塔澄亮的光，散漫道："你想怎么着？拿刀砍我吗？真要砍也不是不行，下回试试。但我……"

他停顿片刻，声音低下去，像海风一样飘过来。

"以后不会了，再有，我会问你。"他凝视着她说道，字字清晰。

山岚盯着他眼里的光亮，想捂住自己的胸口，里面热热的，心脏一下一下地蹦跶着，鼓震着她的胸腔。

"我们该吃饭了，盛霈。"她慢吞吞地说，移开了视线。

盛霈的喉结微微滚动，半响，从嗓子眼儿里挤出个"嗯"来。

两人回去时，驾驶员正在杀鱼，看见他们，打了声招呼，指了指黑乎乎的礁石滩说："那小子翻螃蟹去了，一会儿就回来。"

话音刚落，小风拿着一个盆从后面冒出来。少年大声喊："我捡了很多生蚝和螃蟹，还在石头下面翻到鲍鱼了，好几个！"

岛上条件简陋，盛霈找了处平地起了口锅，先煮处理过的海鲜，煮熟了放一边，然后开始炒辣椒和其他调料，等爆了油，香味四溢，再把海鲜丢回去，加水，等锅里开始冒泡泡，拆四包面往下放，煮到汤汁红艳艳的，冒出香气来，熄了火，准备拿碗盛。

小风咽了口口水，眼睛都要掉锅里了。

盛霈第一碗盛给山岚，再给驾驶员，然后是小风，最后才到自己。几个人都蹲在地上，大口吃完面，最后只剩山岚，一个人慢吞吞地在那儿啃螃蟹。

趁着他们收拾，盛霈多看了一眼。咬下来这点儿壳，每一片都干干净净的，一点儿肉都不剩下，像是拿什么工具掏的，但她分明只有一口牙。

等驾驶员和小风去边上洗碗，他忍不住问："招儿，在家吃饭你最慢？"

山岚摇头说："我拿筷子，他们才能拿筷子，我没吃完，他们都得在那儿等我。最先放下筷子的是我。"

盛霈："……"他心想这哪儿是公主，都快赶上皇帝了。

盛霈挑了挑眉问："你们家这个家族，是套什么体系？"

山岚说："我们家只有嫡系一脉，没有旁支，其余的山家人都是祖辈收养的，每一代都有。山家家主的位置只由嫡系继承，往前八代，我们家八代单传，从没出过女孩儿，我是头一个。爷爷本来要退休了，把位置让给爸爸，爸爸对刀没兴趣，找机会跑了，家里就剩下我。长辈们都说，姑娘怎么能打铁，要从山姓里重新找继承人。爷爷不可能让嫡系一脉没落，于是想出了练刀一说，所以我会有师兄、师姐。我的未婚夫也是那时定下的。"

盛霈眸光顿住，停了片刻，问："他是一个什么样的人？"

一个什么样的人？

山岚的记忆里关于未婚夫的信息很少，只知道盛家做船运已有百年，他是盛家这一辈第一个孩子，听说他不爱读书，后来去了军校，长相应该和小时候一样，白净英俊。

她想了想，从这些年的只言片语中拼凑出一个模糊的形象："没有文化，但长得不错，白白净净的，家里有钱。"

盛霈："？"不就是个纨绔子弟？这样的人，洛京遍地都是。

盛霈挑眉问道："你喜欢这样的？"他不信山岚能看上这样的男人。

山岚看向他，认真地说："爷爷说了，男子无才便是德，他只要能让我高兴，其他都不重要。"

盛霈："……"这话听起来，居然有几分道理。她一个山家未来的家主，整座山头的人都归她管，丈夫是什么样的人还真不重要，只要老实待着，哄她高兴，生个孩子，作用似乎也仅限于此。

盛霈沉默一瞬，低声问："你会和他结婚吗？"

山岚没应声，只是看了他一眼。

这样的眼神，盛霈刚刚见过。刚才她说"你要把心思放在工作上"，说这句话的时候，她也是这样的眼神，安静而清醒，冷冷清清，又变成了海底的月，怎么捞都捞不上来。

盛霈收回视线，眼底的热意散了干净。是啊，她怎么会不知道？别人都能看出来的事，她再傻都懂了。只是，她是这样认真而清醒地活着。他明白，山岚如今拥有的，付出了比旁人多千倍、万倍的努力，情爱在她看来是随时可以舍弃的玩具，可有可无。

他也一样，是她不能带回家的猫。

海上风大，帐篷搭在木棚下，没怎么晃动。这一夜还算安稳，山岚听惯了这猎猎风声，一早就睁开了眼，拉开帐篷往外探头一瞧，有点儿新奇。

今日的海上大雾笼罩，天上云雾阴沉，半点儿阳光不见，似要下雨。

这是她来海上一周，遇见的第一个雨日。但这样大雾弥漫、能见度极低的天气，对海上航行来说不是好事。

山岚吹了会儿风，照旧去练了刀。再回来时，两个帐篷已经收好了，盛霈不知从哪儿打来一桶水，边上放了条干净的毛巾，见她回来，下巴微抬，示意她先用。

山岚探身看向木桶，问："岛上有淡水吗？"

盛霈"嗯"了声，指了指那几幢房屋说："岛上有口井，淡水不多，达不到饮用标准，平时只用来洗洗涮涮，几口人用足够了。岛上的生活一般以水井为中心，房屋和石头庙的建造，都是围着井来的。"

山岚问："猫注岛上怎么没有井？"

"猫注岛上的淡水是保护状态，岛上人口多，淡水不能过度开采，会引起海水回灌。岛下的淡水经过千年、万年才形成，有的是岩层本身含有淡水，有的是积攒的雨水，需要一定的条件。"盛霈懒着声解释完，没再开口。

顾长的身躯倚在木棚边，视线落在雾气弥漫的海面上，耳边是她轻细的动静，他没有再往她身上看一眼。

两人沉默地洗漱完，回到了船上。早饭是驾驶员准备的，馒头和苹果，还有牛奶。小风怕山岚吃不惯，凑到她边上小声说："姐，我带零食了，之前在岛上买的，你要吃点儿吗？"

山岚摇了摇头。

这两人之间的沉默气氛，连小风都看出来了。他纳闷地瞧了眼盛霈，这人一句话都没有，也不往他们这边看，自顾自地干自己的事，和前几日截然不同。他姐看起来倒是和以前一样，安安静静，不急不躁。

盛霈几口吃完早饭，叮嘱驾驶员："用雷达持续观测，注意航道上的来船，听到雾号及时停船。"

今日天气不好，盛霈和驾驶员都待在驾驶室内。驾驶室内寂静无声，盛霈打开驾驶室的门窗，听着海浪拍打礁石的方位，鸣放雾号出港，船速稍有减缓。

山岚坐在船尾吹风。小风在边上叽叽喳喳的，大多数时间她就看着雾蒙蒙的海，偶尔才给两句回应，他也不介意，照旧问得起劲。

两人在后头坐了没一会儿，驾驶员探头出来喊："船尾浪大，坐前面来！"

小风翻了个白眼。这话一听就知道是盛霈说的。

驾驶室正对船头，把他们喊到前面去，不就是要看着人吗？才一会儿工夫，就巴巴地把人喊回去，看来那男人也不会别扭太久。

"姐，我们坐前面去？"

"上面风太大，我去下面看书。"

小风一愣，就这么眼睁睁地看着山岚进了船舱，他几步跑到驾驶室，探头问："二哥，你惹我姐不高兴了？"

084

盛霈瞥他一眼问："怎么就是我惹她？"

小风说："我姐平时连话都不怎么说，难不成还能是她惹你？"

"……"盛霈懒得理他了。

小风扒着窗盯着盛霈看了一眼，忽然恍然大悟道："你失恋了？但我姐本来就有未婚夫，没几天就回去了，你就别多想了。"

盛霈眉心一跳，问："你很闲？"

小风做了个鬼脸，跑底下船舱找山岚玩去了。一下去，他松了口气，山岚好好儿地在看书，也没发呆，看起来没什么事。

"姐，你看什么呢？"他在对面坐下，探头过去看。

山岚轻声应："盛霈的船长日志。"

小风嘀咕道："这东西好无聊。姐，你和我说说那把刀的事吧？我一直以为刀客只有武侠小说里才有。"

山岚抬眸看他，忽然问："你很喜欢我？"

小风一怔，慢慢安静下来，好半晌，他小声说："姐，在派出所的时候，你可能听到了。我其实是爷爷一家收养的，那时候我虽然小，但记得我有个姐姐。她和你差不多大……不知道她现在在哪里，是不是还活着。"

山岚问："你们的爸爸妈妈呢？"

小风闻言，垂下眼，攥紧了拳，说："不记得了。"

山岚注视他片刻，道："等我回了岸上，我可以替你找姐姐，如果她还活着，我一定能找到她。"

小风眼睛一亮，问："真的？"

山岚温声应："真的。"

低落的少年又活泼起来，开始叽叽喳喳，偶尔跑上去看钓竿有没有鱼儿上钩，偶尔去驾驶室看一眼，再往下跑，往往复复，仿佛不知道疲倦。

第三章 孤刀与钢铁

短短几天，
他像是海里的鱼群，被她诱捕。
他越挣扎，网上的刺便扎得越深。

　　这一日，到了下午四五点，海上的大雾渐渐散了。小风跑到船舱喊了一声："姐，月光礁快到了！"

　　山岚上了甲板，立在船头遥遥看向小风指的方向。海面雾气朦胧，隐约可见远处的礁石，看起来不像是有人住的模样，附近也没有船只经过。

　　他们这一路过来遇见的渔船很少，上午还能偶尔在航道上听见几声雾号，每当那时，盛霈都会停船避让，等那船过去了，再继续前行。到了下午，越靠近月光礁，附近的船就越少，底下的浪逐渐汹涌，船身摇晃，越来越不稳。

　　昨天，山岚听盛霈的那个光头朋友说过，月光礁附近多暗礁、暗流，这里水流湍急，没有鱼点，少有渔船经过。从另一个方向来思考，这里确实容易发生沉船事故。

　　"这里为什么叫月光礁？"山岚问。

　　小风挠挠头，关于这个问题他也不清楚，刚想进去问盛霈，这男人不知道什么时候出来了，倚在舷侧，淡声说："俯瞰这块礁盘，像一轮明月，晚上退潮的时候，整块礁盘露出来，月光洒在上面，很美。渔民们便叫它月光礁。"

山岚回眸，目光落在他脸上。

盛霈看过来，她散着发，长发被风吹乱，面容也模糊起来，唯有那双清透的眼，像海面上的灯塔，一眼就能捕捉到。

整整一天，他们没怎么说过话。

"簪子呢？"盛霈低声问。

山岚从口袋里拿出那支血红的珊瑚簪子，玉一样清透的指腹握着它，递到盛霈眼前。

他垂眸，仔细看她的手。这双手，打过铁，练过刀。和公主的手不同，她的指腹、掌心有薄薄的茧子，还有细小的划痕，再仔细看，手背上还有一道浅浅的伤痕，还没完全消去。

山岚见他一直盯着那道伤痕，轻声说："烫伤的。打铁的时候铁屑会飞溅出来，温度很高，因为次数频繁，再小心也会受伤。"

"我帮你绾发。"他抬眼说道，嗓音微哑。

这一次，山岚没有拒绝。她知道，盛霈在道歉。

盛霈小心翼翼地收拢她这一头长发，这样的长度必然影响她打铁、练刀，可她却将它留了下来，他想不到她需要为此付出什么代价。

掌心的发柔软、滑腻，为她绾发，比让他处理鱼都难，盛霈不自觉地拧起眉，学着她平时的模样，试了一次又一次，始终不得要领，动作却不见急躁。

"盛霈。"山岚轻柔地喊他的名字。

盛霈一顿，下意识地问："弄疼你了？"

山岚说没有："你别急，不会弄疼我。你放下来，再试一次，在我指着的位置停下，别收得太紧，手往后放一点儿，对，左边绕一圈，前面留……"

她耐心地重复了两次，盛霈终于绾好了发。他轻舒一口气，深觉打鱼实在是件简单事。

山岚摸了摸自己后脑勺的发髻，又晃了晃脑袋，稳稳的，绾得还挺好。她抿起唇，浅浅地笑了一下。

盛霈克制地移开视线，说："快到月光礁了。船会绕着附近的礁盘开

一圈，没找到人我们再往岛上去找。你和小风拿两个望远镜，看到异样就喊我。"

"知道了。"

山岚喜欢做这样的事，她细致又有耐心。

月光礁附近水文情况复杂，由盛霈驾驶着船，剩下三人都拿着望远镜，站在不同的位置，望向雾气散开的海面，看向不同的礁盘。

时间一分一秒地过去，盛霈绕着月光礁附近开始开第二圈。近处的雾气虽然散了，但远处的雾仍朦朦胧胧，直到海风骤起，吹散大雾，山岚不再专注于礁盘，转而看向雾蒙蒙的海面。

不多时，她视线停住，凝聚在船的右后方。

"盛霈，慢一点儿！"她回头喊了一句，船速立即减缓。

盛霈从驾驶室探出头，问："看见了什么？"

山岚没应声，只专注地盯着那块区域，直到雾气散开，露出漂在海面上的那艘船来。她看了片刻，有些不确定地说："海上好像有一艘船在漂。"

船在漂，不是在航行，显然是出了什么意外。

盛霈立即掉转方向，沿着山岚指的方向开。离得近了，他们都看见了那艘船，是艘渔船，孤零零地漂在海面上，甲板上乱糟糟的一片，驾驶室是空的，船上看起来没人。

就在这时，那船上忽然有了动静。船舱口忽然爬上来一个人，用力挥舞着手，大喊："救命！我在这里！"

盛霈减缓船速，拿起一旁的望远镜看了一眼，是个陌生的中年男人，蓬头垢面的，不是齐容他爸。

驾驶员提高声音问："船上有几个人？"

"一个！就我一个！"中年男人终于看见有船经过，松了口气，又哭又笑的，卸了力气瘫在甲板上感叹道，"我命真大。"

半个小时后，中年男人蹲在甲板上大口地啃着馒头，说："我和兄弟出海打鱼，遇见暴风雨，船翻了，还好船舱里还有吃的。设备都坏了，开不了船，也不能发求救信号，本来以为会死在这里，多亏遇见你们了。"

盛霈上下打量他一眼，问："你兄弟呢？"

男人动作不停，随口应道："不知道，我们在海里失散了。"

"你说你的船是漂到这附近的？"盛霈双手环胸，居高临下地盯着他问。

男人咀嚼的速度慢了一下，眼神闪烁，他的船当然不是漂到这里来的。两周前，他落水后没离船太远，费劲游回了船上，一路过礁盘就抛锚，这才在这里停了两周。茫茫大海，他不知道自己会漂向何处，留在原地或许还有知道他们行踪的人来找。

今天风一大，那锚居然松了。船漂在一片雾气的海上，他以为自己会死在这里。

"对，我们是往南沙去的。"男人含混不清地说，"打算等海参的夏眠期过了，捞点儿海参回去卖。"

盛霈说："夏眠期10月结束，你们去得这么早？"

男人勉强笑了一下说："挣钱嘛，就是得不怕辛苦。"

盛霈没了耐心，瞥了眼小风。小风顿时明白了他的意思，拉着山岚往船舱走，边走边说："姐，我们去船舱里，外面太晃了。"

山岚正听得认真，这么被拉走还有点儿愣。

"我不晕船。"她茫然地解释道。

小风一听，把眼睛一闭，捂上脑袋装虚弱，说："我好像有点儿晕船，头昏沉沉的，姐，你给我找点儿药，舱里肯定有。"

山岚就这么被骗走了。

等人一走，盛霈蹲下身，轻飘飘地看那人一眼，说："我呢，受人之托，出来找人的。你们是来干什么的，我管不着。"

中年男人闻言，把碗往桌上一放，别过头道："我不知道你在说什么，我兄弟……啊——"

盛霈一手拧过他的手腕，扣住他的肩，把人往船舷上一抵，另一只手捏住他的下巴，冷冷道："嘘，别叫，再叫一声就得掉下去了。"

他用了点儿力，语气轻松，跟人聊天似的："按理说，你在海上漂了那么久，再过几天，船上的东西得见底了，这时候得救，可谓命大。但错就错在，你遇上我了，今儿正好我心情不好，总想往海里丢点儿什么东西。"

盛霈懒懒地笑了声，继续说："不像你们，还能从海里带回来点儿什么，你说是不是？"他这话意有所指。

中年男人一听就知道盛霈就是冲他们来的，早知道他们到月光礁来是干什么。他龇牙咧嘴地说："船是在月光礁翻的，当时是晚上，海流很急，我真不知道他被冲哪里去了，船坏了，也不能去找他，哟——我真没说谎！"

盛霈问："消息从哪儿传出来的？具体时间是什么时候？"

"前阵子我在南渚的一个夜摊喝酒，听了边上那桌人说的，说不光有瓷器，还有珠宝。还说好几年前，就有猫注岛的人从那里捞上来一块铁矿石，不是海里的东西。"

"那夜摊，你常去？"

"啊？对，只要去南渚，我回回都去那里，老板是我老乡。"

盛霈也不知道这些人是怎么想的，这话一听就有猫儿腻，这种违法的事哪有人天天挂在嘴边，还正好让他们听见了？

盛霈又问了一遍："具体什么时间？"

男人闷头想了一阵，说："一个月前了，也可能一个半月前。我记不清了，反正不超过两个月。"

盛霈松开人说："你来指路，当时在哪儿翻的船，日期、天气、水文情况，都给我说清楚了。"

"我……我尽量。"男人苦巴巴地应道。

这一找，又是三个小时，海上始终没有齐容父亲的踪影。此时天色已暗，盛霈看了眼时间，已是晚上9点。一船人还没吃饭，他就近找了座有人居住的小岛停下，打算让他们歇一晚上。

驾驶员叹了口气，说："两周了，附近岛上都没救上来过人，过路的渔船要是救着人，岸上不可能没消息，怕是凶多吉少。"

茫茫大海，要找到一个人谈何容易。更何况，这都过去了整整两周。

中年男人闷头没说话，大口扒着饭，也不参与他们的谈话，生怕盛霈又来找他麻烦。他胳膊现在还痛。

盛霈丢了只剥好的皮皮虾到山岚碗里，自然地拿走她碗里的螃蟹，几口咬了，说："你们在岛上休息，晚上我继续去找人。"

山岚还发着蒙，刚刚盛霈抢走了她的螃蟹。

盛霈见她一脸无辜，不知道自己做错了什么的呆呆模样，忍不住想敲她的脑袋，手刚伸出去，在碰到她之前又硬生生止住。他轻轻地摸了摸她的

前额，低声说："你吃螃蟹太慢了，明儿再给你抓，今天将就一下，晚上你还有事。"

山岚问："晚上还有什么事？"

盛霈注视着她，补充道："晚上你不留在岛上，跟着我。"

晚上10点整，船重新起航。驾驶室内，盛霈掌控着方向盘，大脑内推演着那日的风向和水流速度。这附近大大小小的岛礁很多，短时间不可能都找遍，尤其现在是夜里，他只能先往可能性最大的方向去找。

不知道过了多久，门口忽然有了动静。山岚推门进来，拿了条毛巾，自然地在一旁的椅子上坐下，湿润的水汽混进海风里，香气若有若无。

这是第一次，船上只剩他们。另一只叫招儿的小猫咪被留在了岛上。

盛霈侧头看了一眼黑沉沉的海，压下莫名的情绪，继续调整航线，随口道："明天给你抓三只螃蟹。"

山岚擦拭着长发，慢吞吞地应："还要生蚝。"

"行。"盛霈一口应下。

夜里海风清凉，山岚的长发顺着海风往左边倾斜，带着湿意的发梢划过盛霈的小臂，痒痒的，有些凉。

"盛霈，夜间航行不能开灯吗？"山岚扫过顶上的夜航灯和背光仪表盘，好奇地问，"两个晚上，船上都没有灯光。"

盛霈"嗯"了声道："晚上能见度有限，需要观察其他船只的信号灯，从而判断他们的方向和位置，开灯会影响判断。"

山岚点点头，脱下拖鞋，抬起腿抱起膝盖，静静地看了会儿海面，轻声说："盛霈，其实我不光听他们说你不认真工作，还听到了其他的。他们说，你常在暴雨天出海，海面状况很不好，是开那艘木帆船出去的吗？"

盛霈盯着前方无尽的黑，沉寂半晌，他从喉间挤出一个字来："是。"

山岚转身对着他说："你知道很危险，为什么还要在那时候出海？"

盛霈来海上三年，从未对他人吐露过，他究竟到海上来干什么。可今晚，或许是因为问的人是山岚，又或许是因为这一段短暂的心动。

她会离开这里，然后忘记他，忘记盛霈这个人。

盛霈张了张唇，忽而扯出一个笑，说："我是来找人的。我的一个战友在任务中出了意外，最后留给我的话是帮他找到弟弟。"

山岚微怔，问道："你找多久了？"

"三年。"

盛霈轻舒了口气，这三年一直压在他心头的包袱缓缓松动了。这件事，连他自己都不知道结局。

山岚问："找得到吗？"

盛霈转头看她，扬唇笑了一下，眉眼间又带上少年的轻狂和冲动。他说："不知道，找不到我就一直找。"

山岚盯着他黑亮的眸。许久，她说："盛霈，我们还会再见面的。"

盛霈唇边的笑缓慢消失，她的黑发又一次拂过来，轻轻柔柔的，他伸出手，握住那一缕发，片刻后，又松开。

"希望是在岸上。"他低声说。

这一夜，盛霈开了多久的船，山岚就在边上坐了多久，不曾合过眼，偶尔两人会聊起大海，或是说到她孤身一人进矿山。世人皆说，撑船、打铁是苦事。这一个晚上，他们将自己的苦说给了另一个人听。

苦吗？或许此刻不苦。

隔日，天正破晓。海风卷进驾驶室，带来暑天的热意，海面初红，一轮圆日自海平面升起，映下一道粼粼的光，深蓝夹杂灰白的海水渐渐清晰。

日出了。

这是山岚第二次在海上看日出。两次，她身边都是这个男人。

山岚抱着膝盖，下巴自然地搁在上面，稍显困倦。昨晚，他们将附近能待人的岛礁都寻了个遍，没看到人，再往前就是居民们居住的小岛。

"饿不饿？"盛霈问。

一夜未睡，男人嗓音发哑，细看下巴上长出了点儿青灰色的胡楂，深色的眸淡淡地移过来，落在她身上，眉眼间不见憔悴。

山岚摇头，想了想，她说："我会做面。"

盛霈一顿，来了兴趣，笑问："公主还会做面？你们那么大一家子，怎么会让你进厨房？"

山岚说："读高中的时候，学校里办过社团，我报的家政班，教过怎么做点心，还有面，也是在那里学的。"

"家政班？"盛霈一时没从中理出什么逻辑来。

山岚乌溜溜的眼看着他，如实道："我们打铁，对火的把控至关重要，我对此更是驾轻就熟。那年爷爷过寿，我想给他做碗面，虽然没下过厨，但隐隐地，我总觉得我精通这一行，就和我精通打铁一样。"

盛霈眉心一跳，有一种不太好的预感。

"然后呢？"

山岚一脸无辜地说："那天云山冒出的烟招来了消防队，他们以为山里起火了，所以我去报了家政班。"

盛霈："……"

盛霈忍着笑，像回到了学校里。那时，烈日下，教官神情严肃地在他们周围打转，边上的兄弟总是逗乐，趁着教练走开挤眉弄眼，他们便强忍着，极高的忍耐力就是在那时练就的。

他轻咳一声，握拳挡住唇角的笑意。半晌，他说："快靠岸了，我们上岛吃。"

山岚又问："你今天是不是不休息？"

盛霈抬手，轻轻揉了揉她的发说："休息，吃过饭我们回去，你去船舱里睡。天气预报说下午有雨，正好船快没油了，下午我们歇歇。"

山岚没躲开，只是垂下眼。她感受着发顶的力道，轻轻的，没弄乱她的发。

盛霈宽厚的掌心温热，和爷爷那双力道总是很重的手不一样。爷爷拍她的脑袋时，其实也是轻轻的。但他说的话、每一次动作，里面的力道都含着很重的意味，他多数时候不是爷爷，是师傅，是山家的一家之主，这样沉重的力道似乎会转移，已经慢慢到了她的身上。

"知道啦！"山岚应道。

盛霈微怔，视线在她带着雀跃的眼角停留一瞬，随即想起她家里那点儿事，有些烦，这都什么年代了，还包办婚姻，换作他，早就跑了。这么一想，盛霈忽然想起自己似乎也有那么一桩事，家里的老爷子提过几嘴，这种违背意愿的口头约定，在他这儿压根儿不算数。这婚，谁爱结谁结。

"靠岸了，坐好。"

盛霈减缓速度，鸣笛靠岸。

这座岛在南沙算得上土地肥沃，因而在这儿的居民也相对较多。才靠近岸边，山岚便注意到了路边那一排排的果树，长势茂盛。

"盛霈，这里有香蕉和木瓜。"山岚睁着眼，有些新奇。

盛霈停下船，随口道："这里土地好，能长青菜，只要能种的，什么都种，地瓜、冬瓜、南瓜、葫芦、花生，这两年能种的更多。走，带你去吃点儿。"

到了岛上，盛霈熟门熟路地带着山岚钻进一户小院。

山岚有时候会觉得惊奇，那么大的海，那么多个岛，似乎每个岛上都有盛霈认识的人。她想起在渔船上听到的话，船上的人说盛霈在海上救了不少人，那些都是三沙市的居民吗？

"婶。"

盛霈进了院子，先是扫了一圈周围的蔬菜瓜果，才站在门口喊了一句，喊完便自顾自地倒了水。

那院子里放着张石桌，上面有凉水，小小的一壶。盛霈倒满一杯子，问山岚："喝吗？"

山岚摇头，然后她眼看着盛霈仰起头，喉结滚动，眨眼就把整壶水都喝完了，看神情还有点儿意犹未尽。

没一会儿，屋内匆匆走出来一个妇人，看见盛霈，露出惊喜的笑来。她不会说普通话，叽里呱啦地说了几句，又朝山岚笑，说了句什么，进门又倒了壶水，拿出新鲜瓜果来，又进门去了。

盛霈拿了颗梨，在外头水槽洗了，递给山岚说："前两年我在海上帮过她儿子，她儿子现在跑远洋货轮，长年不在家，她家现在就她一个，我偶尔路过会来看看。你在这儿坐着，我出去问问。"

盛霈说完就要走，走到门前又停下来，转头定定地看着她说："别瞎跑，记着了？"

山岚拿着脆梨，慢吞吞地啃，清透的眼往他脸上看一眼，又移开，就是不出声，也不知道是记着了还是没记着。

盛霈轻哂一声。气性真大，半点儿说不得。

盛霈在岛上的熟人不少，就近找了户常出海的打听月光礁附近的事，本没抱希望，哪知道一问，真问出点儿东西来。

"有段日子没见了，怎么愁眉苦脸的？"

盛霈递了根烟过去，自己没抽。

那人默不作声地点了烟，又说："家里丢东西了，也不是什么值钱东西，现在人都用不上，怎么就丢了？"

盛霈微眯了眯眼问："丢什么了？"

那人叹气道："我们家世代闯海的，前几辈住在南渚，前头传下过一本更路簿，本来说好给南渚博物馆。可就前两个月，人家来拿，东西却找不着了，也不知道什么时候丢的。唉，我还找了好一阵，可就上个月，我回家路过月光礁，看见附近徘徊着好几艘船，看不清船号，不断有人往下跳，像是去捞什么东西。我又一想，那本册子记过几起在月光礁附近触礁沉没的船，这么巧就有人来找。肯定是被人偷了！现在的人，心都是黑的！"

盛霈不动声色，笑着安慰了几句，把提前备好的酒递给人家，又聊了几句别的。他又去别处问最近有没有救上来人，答案无一例外，都是没有。

盛霈回去时，山岚已经吃上饭。妇人坐在对面，和她说着话，她理解得异常艰难，微蹙着眉，半猜半蒙，交流可谓鸡同鸭讲。

盛霈没见过她被难住的模样。哪怕在船上说自己差点儿把家里烧了，那小模样都正经得很，哪像是在说自己的错事，那神情简直是在夸自己干了件惊天动地的大事。

他倚在门口，懒懒地瞧了会儿。好半天，可算出声了。

山岚一听到熟悉的声音，顿时松了口气，继续安静地坐在那儿，认真吃饭，不说话，眼珠子却盯着人家瞧。

不知妇人笑着说了什么，盛霈往山岚脸上看了一眼，眉梢带着笑，转而也说了句话，那妇人笑眯眯地看过来，又往山岚边上放了颗鸡蛋。

山岚轻声道谢，问盛霈："你们在说我吗？"

盛霈挑了挑眉说："夸你生得好看。"

山岚闻言，居然停下筷子，摸了摸自己的脸说："我是很好看，这两天晒黑了，但也好看。"

"……"

盛霈盯着她看了好半晌，问："上回说想要的，除了刀剑交流会的新成果，捡海螺，找到刀，还有别的吗？"

山岚摇摇头。

盛霈点点头，而后埋头几口吃完早餐，去边上洗了把脸，进屋给徐玉樵打了个电话。电话响了一会儿，那头响起一个困倦的声音。

"小樵，两件事。第一件，你托人去南渚问今年在那儿办的刀剑交流会有没有什么新成果；第二件，去岛上找几个小孩儿，退潮的时候去捡点儿海螺、贝壳，颜色和花纹越漂亮越好，等我回去，让他们到我这儿换东西，想要什么都成。"

"二哥？"徐玉樵顿时清醒了，"你慢点儿说，行，记下了。你事办得怎么样，大约还要几天能回来？"

"还得过两天，最晚三天。"

盛霈挂了电话，仔细琢磨了下这事。从那个中年男人在南渚听见有沉船开始，再到男人去找齐容父亲，两人遭遇意外，齐容来找他，似乎这一切都是为了让他出海，去找那艘沉船。绕了半天圈子，是为他来的。

盛霈扯唇笑了一下，在海上三年，还越待越有意思了。

正想着，那云一样轻软的声音又响了起来——

"盛霈。"山岚喊他。

盛霈几步走出去，问："怎么了？"

山岚指了指大亮的天光，仰着张雪白的小脸，闷声说："帽子没带下来，在船舱里。昨天是阴天，我偷懒了。"

盛霈失笑道："没戴帽子而已，不算偷懒。我们回去了，上了船你就睡觉去，没别人。喷，你等会儿。"见她闷着一张脸，他也发起闷来。

盛霈又进了屋子，借了把伞。他撑开伞，心甘情愿地站在边上，懒声道："这下晒不着公主了。偶尔偷懒也没关系，我给你打伞。"

山岚抿抿唇，往伞下走了一步。她想，她不是公主，但在盛霈身边，她短暂地成为公主。等过了这几天，她会回山家去，继续当她的"王"。

两人回到昨晚停留的小岛时，天正热。远远地，看见码头跑过来一个人，朝他们招手，大喊："姐！二哥！"

小风在岸上看了半天，没看见山岚。不等船停下，他又高声喊："二哥，我姐呢？"

盛霈往后指了指，然后示意他闭嘴。

小风恍然，他姐在船舱里睡着呢。等盛霈一下来，他叽叽喳喳地问："二哥，你们找得怎么样？找到人了吗？真有沉船啊？"

连番问了几个问题，小风忽然停下来，眼神闪烁，看了他好儿眼，支吾着问："那个……二哥，你没欺负我姐吧？这一晚上，你们……啊！"

盛霈一拍他脑袋，嗤笑道："未成年就想点儿未成年该想的事。"

小风郁闷地抱着头，又往船上看了一眼说："我们不喊我姐吗？"

盛霈说："让她睡会儿，做了饭回来喊她。"

小风一呆，问："她咋晚没睡？"

盛霈："？"

小风忙捂住嘴，说起那中年男人来："他还挺老实的，我们去哪里，他就跟到哪里，应该是害怕我们把他丢下。刚刚他们还下海抓鱼去了。"

盛霈漫不经心地点点头。

两人走过海岸，刚走近木棚，远处忽然传来慌乱的喊声："他让水母蜇了！"

抬头一看，是那中年男人，他正扶着驾驶员大喊。

盛霈几步跑过去，蹲下身，上下扫一眼，问："蜇哪儿了？什么水母？现在什么感觉？"

驾驶员额头直冒冷汗，喘了口气，回答盛霈："背上，没看清，毒性应该不大，发麻，发痒，痛还可以忍。"

盛霈把钥匙丢给小风道："去船上拿瓶醋，把医药箱也拿来。"

中年男人忙说："我去吧，我跑得快。"

小风才不理他，拿着钥匙一溜烟儿就跑了。

盛霈看了他一眼，说："你去别人家里借瓶醋来。"

男人忙不迭地点头，眼珠子转了两圈，跑了一段路，改道朝码头跑，就那么个半大的小子，他还收拾不了吗？

过了五六分钟，盛霈没等到两人回来，只远远地听到小风焦急的喊声："二哥！他抢了我的钥匙，把船开走了！"

船开走了？

盛霈顿住，眸色霎时暗下来。他攥紧了拳，这是第二次，又没看住她。

山岚是被船晃醒的，她透过窗看了眼外面的天气，天气晴朗，风也不大，怎么船这么晃？这么想着，她走出船舱，靠近驾驶室。

"盛霈？"山岚轻声喊。

驾驶室里的男人慌忙转过头来，呆呆地看着她。

是一双陌生的眼睛，惊慌又错愕。山岚和他对视一眼，微俯下身，不着痕迹地握住了她的刀。

五分钟后，山岚颇有些懊恼，那男人软软地瘫在地上，居然吓晕过去了。她只好默默地收回刚出鞘的刀，它才刚出来透了口气。她想了想，干脆先把他绑起来。

绑完人，山岚垂下眸，盯着操控台陷入沉思。片刻后，她学着盛霈的模样握住舵轮，小心翼翼地试了试边上的车钟。

昨晚，他们两人在这儿坐了一夜。盛霈简单和她介绍过，车钟是用来控制速度的，停船、加速都由它控制。她试完基本操作，看了眼卫星导航仪，试图找到他们来时的位置，确认完位置，尝试着给自己掉了个头。

盛霈说过，这里暗流多，过路的渔船少，所以这会儿山岚还挺平静。当船在她的操控下成功掉头后，她舒了口气。

她一只手握着舵轮，另一只手去翻边上的《船舶船艺与操纵》，不紧不慢的模样，任谁都看不出来这人连车都不会开。

山岚翻着书，偶尔抬眼。茫茫的海面永远是一个模样，也不知道盛霈是怎么区分出不同来的。她摸了摸肚子，还有点儿饿了。

不知翻了多久，山岚忽然停在"救助落水人员"一节上，上面写着："发现者应投下就近的救生圈、自发烟雾信号……"她恍然，原来还有烟雾信号。

山岚试着停下船，去船上找了找，还真让她找到了。橙色的小圆筒和救生设备放在一起，上面写着使用方法，按照方法一扯，橙色的烟雾立即飘散开来。浓浓的橙烟在雾蒙蒙的海上很显眼。她看了一会儿，决定去船舱找点儿吃的，再回驾驶室待着。

另一边，盛霈直接往盛家船运打了个电话，让他们发来实时定位，自己借了艘小渔船出海去了。驾驶员和小风，他一个都没带上。

时间一分一秒地过去，海面上早已失去他们的踪迹。船上，盛霈压着火气，他不知道自己是怎么想的，居然又一次把她一个人留在船舱里，上次的教训还没让他长记性，以至于这次又犯了严重的错误。

这破船的速度远小于那艘小艇。盛霈将船速开到最快，盯着那边发送

的实时定位，急速前行，联络员每隔一分钟就会向他报告方位。

"船掉头了！"联络员说。

盛霈一顿，问："还是联系不上？"

"船上的通信设备应该被人为关闭了，我们会继续尝试联系。"

盛霈紧绷的神经未曾松弛，联络员忽然诧异地喊了一声："船停住了！距离您现在的位置已经不远，再有半个小时就能看到那艘船。"

盛霈脑内的弦瞬间绷直。船为什么停下？是油耗尽还是出了什么意外？无数个问题和设想出现在盛霈脑海中。

盛霈心里的那股郁气再也压抑不住，即将往外翻涌时，他忽然看见了前方飘起的烟雾，大片的橙色像日出时浓郁的光，渐渐没入云烟。

他定定地看了片刻，那口气忽然下去了。

"挂了，卫星电话费钱。"盛霈淡淡地说，一点儿不留恋地挂了电话。

他径直朝着烟雾的方向而去。这机动船没多少马力，出不了远海，只是岛上渔民在附近捕鱼用的，可在盛霈手里，硬生生被他开出了小艇的气势。他迅速靠近那艘船，抛锚钩住船舷，握住绳索，猛地用力，缓慢拉近后，一个跳跃便翻上了船。

"招儿！"

盛霈像风一样掠过驾驶室，一推开门，对上山岚清透、微呆的眼睛。他视线下移，她手里拿着颗还冒着热气的白煮蛋，刚剥了壳，露出白生生的蛋白，顶上被咬了一小口，腿上的《船舶船艺与操纵》摊开，看样子还快看完了。

盛霈的心跳放缓，那口气松得彻底。

"你来了。"山岚慢吞吞地说。

盛霈舔了舔唇，急促的呼吸缓和了点儿。他走近山岚，视线上下扫视一圈，蹲下身，仰头看她，低声问："怕不怕？"

山岚注视着他灼灼的眸。这双眼睛里带着不同于往日的色彩，像她在海上看见的日出。大片光束冲破云层，散落在海平面上，像打翻了的颜料盘，色块晕染，波光粼粼。

山岚又咬了口蛋，等咽下去了，才说："不怕，我知道你会来。盛霈，我饿了。啊，他怎么办？"她指向角落里面露惊恐的中年男人。中年男人的嘴被堵住，正"呜呜"着摇头，神情激动。

盛霈的视线跟着移过去，盯着男人看了一会儿，把他嘴里的毛巾扯出来，语气还算平静，问："叫什么？"

男人紧闭上嘴，不敢看他。

盛霈压着的那点儿火又冒了上来，一边拎起男人往外拖，一边安抚山岚道："你坐会儿，我们换一艘船回去。"

山岚疑惑道："嗯？"

盛霈瞥了一眼油量表说："快没油了，这小艇回不去，就丢这儿。"

山岚仔细打量了盛霈的神情，点点头，继续吃她的鸡蛋，顺便把没看完的书看完。反正这话不是说给她听的。

五分钟后。

"走了，我们回去。"盛霈启动渔船。

山岚坐在矮矮的木渔船上，看看这儿，看看那儿，满眼新奇。

她第一次坐这么小的船，浅浅的船舱，狭窄的甲板，除了马达和几张渔网，这船上似乎没别的东西了，就是有点儿吵，打扰她看船了。

不远处，小艇的船尾绑着个人，凄厉的喊声响彻海面："我错了！放过我，别丢下我，兄弟，兄弟——"

吵闹的声音渐渐远去。

山岚看向盛霈问："你不找人了？"

之前盛霈在船上说的那句话是说给这个男人听的，让他以为他们会把他丢在海上。显然，盛霈不是这样意气用事的人，一定事先联系海巡队报告了船的位置。但这样，他们出来找人的事就瞒不住了。

盛霈瞥她一眼，心想哪儿还有心思找人，没把船砸了都是他克制力好。

他看向海面说："招儿，你知道海有多大吗？现在的状况，齐容的父亲需要更专业的救援，我们人力和资源有限，而且……如果我没猜错，这底下确实有沉船，要上报文物所。至于你想看的那把刀，我会找到它。"

山岚微怔，问道："刀不在船里吗？"

盛霈说："这两个出海的人，他们得知的信息恐怕是别人故意透露的。除了瓷器、珠宝以外，一把刀的出现未免过于刻意，像是故意说给我听的。我和你说过，我到这海上是来找人的。前些年，也不知道从哪儿兴起的爱好，年轻人组队探险寻宝，去哪里的人都有，我要找的人，就失踪在海上。他来这海上找沉船，那船上同样有一把刀。"

盛霈不明白，那艘沉船有什么特殊的地方，值得背后的人费这么大的心力，甚至不惜找个船点试探他。

山岚听了片刻，说："现在发现的这艘，不是你要找的那艘。"

盛霈侧头瞧她，定定地看了片刻，忽地笑道："对，招儿真聪明。我想想，这会儿你的脸是不是想被捏一下？"

"……"山岚抿抿唇，摇头。

盛霈轻"啧"一声，幽幽叹气道："那我猜错了。"

此时，距离盛霈追出来已有近两个小时。在海上不知时间流逝，山岚仍在看那本操纵指南，这书上不仅有小艇的操作方式，还有大型渔船的，她看得很专心。

直到船开始摇晃，她一抬头，才发现天色竟瞬间变了。

海上起风了。云层聚集，碧蓝的天蒙上一层灰雾，清透的海水逐渐浑浊。

"盛霈，是不是要下雨了？"山岚合上书，往盛霈身边靠。

盛霈神情自然，轻轻"嗯"了声，说："去船舱里躲着，扶稳了。这船太低，浪头打上来别怕，一会儿就好。"

山岚依言躲进船舱里。说是船舱，不过是几块木板搭成的，坐在里面一回头，就能看见船尾的盛霈，他偶尔会抬头看天，眉眼间不见轻松。

又是一个浪头打过来，船剧烈地晃了一下。

"扶稳！"沉沉的男声响起。

话音刚落，山岚视线霎时旋转晃动，身体失去重心。天旋地转间，山岚闭上眼，稳稳地扶着木板，翻腾的海水灌进来，重重地砸在身上，转眼她就湿透了，在这炎夏倒是挺凉快。这下她能理解为什么以前渔民下海作业都不穿衣服了。

等船又平稳下来，山岚一抹脸上咸咸的海水，看向盛霈。他的模样倒是依旧俊朗，寸头上沾了水，一晃就洒落，短袖贴着的肌肉线条若隐若现，倒是显得有点儿勾人，她没往下看。

"盛霈，你为什么总是看天？"

这样危险的境地下，山岚也不掩她的好奇。

盛霈只敢看她一眼，视线停在她颈部往上，耐着性子解释道："南海水体清澈，群岛由白沙和珊瑚礁构成，光线好的时候，云层会映出闪光点，那些闪光点在的方向就是岛屿或珊瑚礁。上次带那个船长去的鱼点是我偶然遇见的，大批量鱼群游过的时候，云层上不但有闪光点，还有鳞波。我找更路簿的这三年，见过很多老渔民，这些都是他们祖上流传下来的经验。"

山岚凝神思索片刻，又问："现在没有阳光，你在看什么？"

盛霈眸光微顿，看她片刻，忽然说："你坐到我身边来。不管发生什么，记得抓住我，把我当成你那两天在海上抓住的木板。"

暴风雨就要来临了。来得极突然，在天气预报之外。

山岚探身刚出船舱，暴雨便兜头而下。她迎着暴雨，垂眸看向横在眼前的这一截手臂，雨滴滑过的臂肌，瞧着紧实有力，和脆弱易散的木板完全不同。她探手，如握刀一般，握住了这一截钢铁。

暴烈的海风中夹杂着热腾腾的雨。山岚躲在帽子下，觉得自己有点儿傻，在船舱里待得好好的，偏偏出来淋雨，也不知道帽子会不会被雨淋坏。这么想着，她拔下簪子，湿淋淋的长发散落，霎时被卷入风里，她也不管，把簪子塞进了脚踝处。

暴雨中，海水像玻璃球坠在地上。噼里啪啦，玻璃碎了一地。

盛霈掌着船在海面上翻涌，黑眸却晶亮，像是少年时在暴雨中狂奔在跑道上，黑发飞扬，昂着头，高挺着胸膛，飞速去迎接那未知的世界，从来都无所畏惧。

这样澎湃的心情中，他喊她："招儿。"隔着雨声，他的声音略显低沉。

山岚微仰起脑袋，抬起帽檐看他，视线中，男人的轮廓在雾蒙蒙的海面上清晰而锋利，像一柄刚开了刃的刀。

"嗯？"她轻声问。

盛霈牵唇笑起来说："和我说说话，说什么都行。"

山岚不是会聊天的性格，她认真想了想，说："我和你说说一把刀是怎么铸成的吧，你想听吗？"

盛霈侧头，黑眸对上她清亮的眼。山岚大抵是他见过的最不通世俗的人，她的一生似乎都系于刀上，铸就它，把控它，七情六欲都因它而起。别人囿于这尘世，陷于爱恨嗔痴。只有她，立于顶峰，山止川行。

她是一柄孤刀。盛霈想。

"想听。"他笑着移开视线道。

雨声狂烈，渔船摇晃。山岚怕盛霈听不清，俯身凑近，一字一句说得缓慢："我们铸刀，从选材料开始，各种铁料混在一起，选完将它们加入钢炉内加热。铁房总是很热，我习惯了，总是穿长袖，不过这里比铁房还热。盛霈，你也适合打铁。

"然后将滚烫的钢块夹出来，锤打开，再折叠成你想要的形状，反复锻叠，刀身会逐渐变得细腻，均匀。锻打方式不同，打出来的花纹也不同。我和你说过，我去高原看过藏刀，那把刀是彩虹纹的，亮澄澄的，特别漂亮。还有其他的纹路，比如我那把刀上的冰裂纹，还有流水、松针等纹理……"

"盛霈，你知道最重要的工序是什么吗？"山岚问。

她清楚盛霈知道，但还是想问。

盛霈熟悉锻造工艺，似乎特地钻研过，或许是在学校里学的。

盛霈这会儿还真不太清醒，她攀着他的手臂，温温热热的气息若有若无，每晃一下，她微凉的下巴就擦过他的肩膀。

半晌，他说："淬火。"

这一步在锻造过程中至关重要，对温度的把控完全由火的颜色来判断，稍有迟疑，刀或许就废了。

山岚抿唇笑了一下说："我们家，但凡姓山的，在这一步上没有一个比得过我。盛霈，我是最好的。"

盛霈笑道："对，招儿是——抓紧我！"

辽阔无际的海面上，无依的小船随浪翻涌，几次巨浪都险些将它吞噬，它却仍破出海面，牢牢地立在那儿，但这只是暂时的。木船易裂，一旦船体破碎，船就会沉没。更不说这些碎片可能带来的潜在伤害。

忽地，盛霈听到一道熟悉的破裂声。他立即侧身，伸手紧紧抱住山岚，另一只手拿了个救生圈，急促地说："深呼吸。"说完，他毫不犹豫地抱着山岚弃船，跳入了大海。

又一个猛烈的浪头涌来，船体瞬间破裂，无力反抗。船被翻涌的海浪裹挟着，断成两截，逐渐消失在海面。

此时，南渚海岸酒店。

赵队长拿着笔录，对山桁道："人失踪一周了，附近能找的地方，沿海的城市、村庄，我们都派人去找了，仍没有山岚的踪迹。如果你们坚持要继续寻找，我们会向上级请示，联系海警，或许海面上会有情况，但这概率不大。"

他们的调查持续了一周。山岚坠崖的时间段，除了山崇，几乎所有人的不在场证明都成立，他成了唯一的嫌疑人，动机成立，只是苦于没有证据。

但山家，似乎没人相信山崇会害山岚，包括山岚的亲爷爷。

山桁握着拐杖，盯着窗外的狂风骤雨。半响，他缓慢开口，嗓音嘶哑道："我的招儿，自小聪慧，比男子还要刚强。这山家，上上下下那么多人，没一个比得上她，她是山家的希望。小小的一个人儿，那么小就开始握刀，拿锤子，觉也不舍得睡。有一次，她累得很了，却倔强地不肯停，一边掉眼泪，一边继续练，我看着这个孩子心想，这是山家的孩子。

"这样一个孩子，会轻易死在这里吗？这里是异乡，就算死了，我也要把她的尸体带回去！"

说到激动处，山桁涨红了脸。

赵队长叹了口气说："我们理解家属的心情，但……"

突如其来的敲门声打断了赵队长的话。小警察几步走到他身边，低声说："山崇来了，说想起了那天的一些异样状况。他想私下和您说。"

赵队长安慰了山桁几句，离开了房间。

另一间房内，山崇神色微凝，懊恼自己当时为什么没发现异样，如果他发现了，说不定就能找到招儿。

赵队长一进门，就见山崇一副心事重重的模样。这些天他和山崇打了不少交道，这个男人温和有礼，心思缜密，不管什么问题都如实回答，似乎没有半句谎话。这样的人如果是凶手，那就太可怕了。

"你想起什么了？"赵队长合上门问。

山崇立即起身，没有其他多的言语，快速道："那天我上山的时候，曾远远地看过招儿一眼。她练刀的速度比以往差了不少，我以为是她在适应新刀，没有多想，但现在想起来很古怪，如果那时山上的人根本不是她呢？"

赵队长一愣，问："你确定？"

山崇点头道："我确定，还有……还有一件事我不确定，快走到崖顶的时候，我被绊了一下，似乎是绊到了什么东西，可能是石头，也可能是别的，林间的鸟都受到惊吓飞走了。这林间或许有什么东西。"

赵队长沉下眼问："你们事后都去山上找过山岚，是不是？"

山崇说："对，我们很多人都去了。"

赵队长继续问："你记得都有哪些人吗？"

山崇作回忆状，说："大概记得，如果有遗漏的，同行的人也记得。山上的路不好走，我们都是结伴而行，没有人落单。"

赵队长立即叫来小警察，吩咐了几句话。等人一离开，他看向这个掩饰不住焦急的男人。

他说的，是真话还是假话？

这一场暴风雨持续了整整三个小时。风雨停歇时，海面又恢复了往日的平静。云层消散，天际呈现澄澈之感，尽头出现一道彩虹，美丽而清透。

无人的小岛上，沙滩边，躺着一道纤细的身影。山岚还未睁眼，胃里的水翻涌上来，她重重地咳了几下，吐出水，昏沉沉的脑袋还不清醒。

过了好一会儿，她起身向空荡荡的四周望去，下意识地喊："盛需！"

喊声回荡在海岸边，始终无人回应。

山岚停下来，眼前是湛蓝的海，耳边是海浪浅浅的拍打声，她有一瞬的茫然：她该去哪里找盛需？

刚才的暴风雨中，暗沉的水下，盛需始终稳稳地托着她，又将救生圈套在她身上。他就那么无所依凭地待在海里。

在浪头将他们分开前，山岚把她的刀塞给了盛需。现在她被冲到了岛上，盛需去哪儿了？

在海上，昼与夜的交际不过一瞬。上一秒天际还挂着彩虹，下一秒沉沉的云便压下来，清透的天瞬间黑透了，半点儿星光都不见。

岛的东侧，一众礁石间，在海浪的拍打声中，倏地一只手伸出海面，稳稳地抓住礁石，小臂的肌肉瞬间紧绷，男人像飞鱼一样跃出海面。

盛霈破水而出，随意甩了甩发上的水，一抹脸，看了眼表，晚上8点，随即抬眼扫向这座陌生的小岛。

月光礁附近多的是无人的小岛，这里是远近闻名的危险区。他头两年来过这里数次，附近的岛礁无一处不认得，可这座岛他却是头一回见，岛中树木林立，无光无烟，似乎无人居住。

盛霈下意识地摸向腰间，却摸了个空。他轻舒一口气，有点儿不可思议，出海三年，他什么时候落下过腰包？中午那会儿他满脑子只有山岚，压根儿没想起来。

短短几天，他像是海里的鱼群，被她诱捕。他越挣扎，网上的刺便扎得越深。

盛霈攥紧了手里的短刀。她说，她刀不离身，可如今这刀在他手里。那柄长刀已经随着船沉入海底。

半晌，他理了理思绪，开始找人。

救生圈上绑着绳子。他在水下将绳子的另一头拽在手里，没用力，只是怕弄丢她的方向，后来在翻涌的浪潮中，眼看他们要被吞噬了，他才松开了手。

按理说，他们是被冲往了同一个方向。

盛霈没往岛内走，他径直走入夜色，沿着礁石群和沙滩，绕着岛找人，一边找，一边喊山岚的名字。

岛西，山岚刚生起火。她抱着膝盖怔怔出神，望着眼前跳跃的火苗，难得想起小时候的事来。

山桁为了锻炼他们，曾把他们弟子五人丢到荒山里头去。他们手牵着手，排成一列，大师兄在最前面，师姐牵着她的手，师兄在后面，没让她落在最后。

在夜晚来临前，他们叽叽喳喳，讨论怎么生火。

对他们来说，生火实在是件简单的事。但师兄们总是有一些不合时宜的想法，在太阳即将落山之际，还在那儿讨论哪种方法最便捷、最安全，最后师姐拉着她，用镁棒生了火。等他们讨论完，她和师姐烤的土豆都已经飘出了香味，他们回过神来，还有点儿脸红。

这里没有镁棒、打火机等工具，山岚选择的是最原始的生火办法——

钻木取火。搬了几块石头围成防风圈，挖出一个凹坑来，再去林边捡了干树枝，点燃后她的衣服也干透了，又去礁石附近捡了几只螃蟹和生蚝，烤起海鲜来。

"啪嗒"一声响，枯枝爆裂的声音将山岚的思绪拉了回来。

螃蟹熟了，她想起盛霈。他刚答应过她，会多抓几只螃蟹给她吃，可惜现在还是要自己抓。

不知道为什么，她的直觉认为盛霈不会有事。或许是因为他面对大海时的张狂，又或许是因为他是盛霈。

山岚摸摸肚子，探头瞧了一眼熟透的螃蟹，刚想探手去拿，身后忽然有了声响。一道身影掠过，有人先她一步拿起螃蟹，懒声问："不知道烫吗？"

山岚倏地回头，正对上盛霈垂下的眼眸。他自身后俯下身，定定地看着她，眸子里火光跳动，海水从他脸侧滑落，途经凌厉的下颌线，落在她的肩膀上。

"盛霈。"她轻声喊他。

盛霈低声应道："嗯。"

山岚盯着他，抬起手慢吞吞地拂去他脸上的水滴，从额头到眉间。他没眨眼，黑眸定定地看着她，眼睫上的水坠落在她的手背上，她浑然不觉，仔细擦过他的眼角、侧脸、下巴，最后对上他的眼眸。

他正在看她。两人在猎猎海风中对视着，顶上是无垠的天。

盛霈注视着她盈盈的眸，喉结上下滚了滚。此时此刻，他想吻她，想什么都不顾，想把她留在身边。但这里不是终点，孤岛之外，她还有更广阔的世界。

"受伤了吗？"最后，他只是这样问。

山岚摇摇头，收回手，问他："我们现在在哪儿？"

盛霈坐下，将火堆里烤熟的螃蟹和生蚝拣了上来，说："暂时不确定。凉一会儿再吃，我去林子边捡几根树枝，你在这儿待着不要动。"

说完，他顿了顿，又道："算了，你和我一起去。"

山岚抬了抬自己的脚说："鞋子被冲走了，走起来疼。"

雪白的一截小腿映着火光，脚背、脚踝上都有细小的划痕。

盛霈直接握住她的脚踝，往脚底仔细看了一眼，在沙滩上走得久了，

上面印满了红印子，还没消，看起来有点儿肿。

"瞎跑什么？"他蹙着眉问。

山岚平静地看着他，温声道："找你。"

盛霈一滞，喉间顿时火烧火燎的，好半晌说不出话来。这话听得他现在就想回洛京去，把她的未婚夫找出来丢海里。

"我不走远，有事就喊我。"盛霈低声说完，快步跑了。

山岚瞧着他匆匆而逃的背影，抿唇笑了一下，转而开始捣鼓螃蟹吃。

盛霈没有离开太久，没一会儿就捧着一堆木头和几张渔网回来了。他把木头往地上一丢，也不吃东西，拿起小刀开始削，边削边说："林子里的树比我想象的多，有草海棠树、牛棚树，这些树可以做木屋，还能当船木。我从东侧过来，看见那边长了椰子树。这岛以前应该有人登过，你看我还捡到几张渔网和麻绳，你先吃，吃完我们去岛中心看看。"

"咝，你这刀还真是锋利。"盛霈还没用过这么顺手的刀，一不小心手就会被削到。

山岚说："这是师姐送给我的成年礼物，我每天都带着。"

盛霈看了她一眼，除了她那个师兄，这还是头一次听她提起师姐，不由得多问了一句："你们师兄妹的感情很好？"

山岚点头道："山家每年都会收养几个孩子，除了我和师兄、大师兄、二师兄，还有师姐都是这辈收养的。这辈收养的孩子很多，看起来我们是一起长大的，读一样的学校，用一样的东西，但只有我们五个人的师傅是家主，在家上的课不一样，学的东西不一样。所以我们五个人几乎每天都在一起。

"我和你说过，刀法一脉是为了继续让我当继承人而开创的，家里人都知道是什么意思，所以师兄们没把时间浪费在这上面。到了最后，只有我和师姐坚持了下来，我们两个人每一样都学，她和我一样，比师兄们学得都要好。"

盛霈明白，她们的处境和别人不同。他停下来，对她亮了一下刀上的标记，问："这是你师姐的标记？你那把刀上的是个'招'字，这是个什么？"

借着火光，能看到刀上有隐隐的纹路，看起来像个人捧着酒樽。

山岚说："我们每个人都有，用来区分彼此的作品。师姐这个是小时候随便画的，样子看起来好看，就一直用这个了。"

盛霈削完一块方方正正的木板，凑到山岚脚边比了个大小，问："你的小名，为什么叫招儿？"

山岚看他一眼，反问道："你的猫为什么叫这个？"

盛霈一挑眉，道："这还不好猜？这猫儿是别人送的。我在海上顺手帮了一个人的忙，他家里正好有一窝小猫，说这只叫招财，特地抱来送给我，好让我年年多捞点儿鱼，多挣点儿钱。可惜啊，我不正经打鱼。"

"……"山岚不想说话，默默又拿起一只螃蟹。

盛霈："？"

他眯了眯眼问："怎么着，自己问完就能跑了？"

山岚不情不愿地闷声说："是妈妈给我取的小名。她说，小时候她看我站在男人堆里，粉雕玉琢的，在人群中特别显眼。"

盛霈轻"啐"一声。可不是吗？天仙似的，俏生生地往那儿一站，得多招人。

盛霈眉梢微扬，说："这小名取得好。"

他和山岚闲聊的同时手里也没闲着，几下就做了两块鞋子形状的木板出来，在前面和后面打了两个洞，磨干净了，从捡来的渔网上割了两段下来，往洞里一穿，就成了鞋带的模样，又起身去沙滩上过了过水。

"试试，穿进去绑脚上，就跟穿凉鞋一样。"盛霈将这双鞋放到山岚脚边。

山岚垂下眼，伸出脚好奇地往里探，试了试大小，手里还拿着螃蟹腿，一点儿都没有要自己绑的意思。

盛霈微顿，在她身前蹲下身，凝视着面前这抹雪白。在暗色里，白更偏于冷色，可周围有火光跳跃，又给这点儿不似人间的白增添了一丝烟火气息。似乎她从高山走下，来到了他的面前。

盛霈伸手将带子绑在她的脚背和脚踝上，随口问："招儿，你是怎么长的？在海上晒了几天，也就黑了那么一点儿，这多不像话。"

山岚认真应道："不知道，从小就这样。"

盛霈叹气。你说气不气人？

盛霈也没想着给自己做一双，几口吃完她剩下的海鲜，两人便出发去

岛东摘椰子，他们需要补充水分。

山岚第一次穿这样的鞋子。略显厚重的木板踩在石子路上，发出"啪嗒啪嗒"的响声，走得急了还不稳，她便又慢下来，一会儿快，一会儿慢，一个人玩得不亦乐乎。

盛霈举着火把，不紧不慢地跟在她身后，有点儿想笑。得了双破鞋子就高兴，和小孩儿似的。可转念一想，她的儿时时光连只猫都留不下，遑论其他自由。她和他全然不同，她这柄孤刀藏在刀鞘之中，不见锋芒；而他自幼无拘无束，天底下没有牢笼能困住他。

盛霈跟了一阵，忽然出声喊："招儿。"

山岚停下来，回头看他，轻轻地应："嗯？"

"要不要背？"

山岚凝视他片刻，视线下移，落在他宽厚的肩膀上，诚恳道："我想坐你肩上，很早就想坐了。"

盛霈："……"公主就是公主，真是一点儿不客气。

盛霈几步走过去，微屈下腿，左肩靠近她，侧开头，将火把拿远，说："坐上来，别收着力。"

山岚低眄，看向盛霈。从她的角度往下看，盛霈的一头短发比前几日长了一点儿，耳朵干干净净的，没有耳洞。耳后往下，颈部线条像一柄挺立的刀，其中有一道很细的血痕，看起来刚干涸，隐在他麦色的肌肤中，并不显眼。她伸手，指腹轻触上他的颈侧，一瞬间，手下的肌肉绷紧了。

"招儿。"盛霈低声喊她。

山岚移开手，试探着往他肩上一坐，手刚攀住他的脖子，身体骤然悬空，她凌空而起，居高临下地俯视海平面。

山岚说："盛霈，我看见整片大海了。"

盛霈稳稳地抱住她，带着笑意说道："这我得坐火箭上天，等飞出大气层，再把你抱起来看。"

"我好高。"

山岚觉得上面的风都凉快一些。

盛霈带着她前行，听她欢欣的声音，明明是流落荒岛的处境，他的心情却越来越明朗，似乎自己变成了一只气球，从海面遥遥往上飘。

他说："你本来就很高。"

山岚抿抿唇，说："你说我矮。"

"我什么时候说的？"

山岚悄悄探手，揪了一把他短短的发，有点儿扎手，根本揪不住，又假装他没发现，回答他："我醒来第一次见你，你说我矮。"

盛霈一挑眉，说："什么时候说你矮了？说你比我想的矮，就是说你矮？"

山岚点点头说："嗯。"

盛霈弯起唇笑了一下，问："你那个师兄，他背过你吗？或者你那个未婚夫，有没有这样背过你？"

山岚遥遥地眺望远方，闭着眼吹了会儿风。半晌，她说："我不需要他们背。"

身下的步伐忽然停住。盛霈的臂弯抱着她的小腿，指尖蜷缩，握拳虚揽着她，极其克制。半晌，男人修长的手指伸展，微烫的指腹隔着单薄的布料，牢牢握住那截柔韧的小腿。

"你会记得我。"盛霈笃定地说。

许久，山岚轻轻地"嗯"了一声。

岛东的椰树长势茂盛，数一数竟有数十棵，高耸的树在夜里随风摇摆，底下干干净净，没有掉落的椰子。

山岚和盛霈一同仰头看。好高啊，不像猫注岛的椰树，手一伸就能摘到椰子，看起来是不同的品种。

"盛霈，我们能摘到吗？"山岚问。

盛霈用眼睛丈量了一下树的高度，估算上去需要的时间，说了句"能"，俯身小心翼翼地放下山岚，将火把交给她。

山岚举着火把，看着他挑了棵高度相对适中的椰树，先试了试，一个助跑，飞快地爬上树，爬了几步再下来，将绳子的一头绑在腰上，另一头在树干上绕了几圈，系个结，咬住刀，没回头看她，两手抱住树干，腰腹用力，双腿紧跟上。那没有落点的树干对他来说，似乎是一条笔直的大路，只听得"沙沙"几声，他已到了树顶。

盛霈单手抱着树干，拿下刀，往下喊："招儿，离远点儿！"

山岚正仰头看他。

无人的岛上，盛霈独自悬于孤高的树顶，俯视海面，高亮的喊声顺风而下，字字清晰地传到她耳朵里。

她忍不住想，似乎从见到他开始就是这样，带着徐玉樵，帮同行找鱼点，跳海救她，保护她，再到把无家可归的小风带上岛，到了岸上也有人求助于他，只是一句话，他便丢下所有事出海找人。

他似乎无所不能。

山岚举着火把往后退。不一会儿，"砰"的一声闷响，一颗椰子重重地掉了下来，接下来又接连几声，一共六颗，散落在四周。很快，暗中的那道影子开始往下滑，她忍不住上前，站在树底下等他。

盛霈接近地面，余光瞥见晃动的火光，侧头往下看，山岚仰着一张小脸，没什么表情，眼睛盯着他，瞧着还想伸手来接。

他忍不住笑着说："没事儿，不高。"

这点儿高度对盛霈来说，确实不是难事。以前的野外训练里，他们爬过更高、更危险的树和悬崖，蹚过冰冷的雪水，越过覆满霜雪的山峰。那时的难，如今怀念起来竟也有滋有味。

盛霈加快速度，解开绳子，往地面一跳，三两下开了一个椰子递给山岚，然后再开一颗自己喝，等喝完了，抱着其余四颗往回走。

等回到原地，火变得小了点儿。盛霈捡了树枝和枯叶，临时又做了双鞋。他们要进入林子，林子里有什么他无法确定，只知道肯定不比外面安全。

趁着盛霈做鞋子这会儿，山岚又"啪嗒啪嗒"地拖着鞋，去石头底下翻螃蟹、生蚝，运气好还翻到了海参，翻到的家伙们都丢在空椰子壳里，再拿回来，往火堆里一丢。

"没吃饱？"盛霈看她一眼问。

山岚摇头，意思是吃饱了，现在烤的都是给他吃的。

盛霈停住手里的动作，眉梢却悄悄上扬。他说："明天给你抓鱼吃。"

静了一阵，他提起离开的事："我想过了，如果我们仍在月光礁，海巡队和小樵他们两天内就会找到我们，当然这是理想状态，但我不认为会这么容易。我对月光礁附近了如指掌，这座小岛远离月光礁，我也不能确定我们在哪儿，更差的可能是我们被迫留在这里，等待救援或是自己离开。"

山岚微怔，问："最晚多久？"

盛霈抬眸看她，暖光中，她的神情怔忪，眼神中第一次出现了犹疑。片刻后，他听见她说："盛霈，我要回去，回洛京去。"

"有急事？"盛霈蹙起眉问。

山岚抿着唇，没应声。

有一件事，从山岚被救上来到现在，盛霈从不曾问过，但他一直在意。不论是上船后，还是到猫注岛，山岚没有一次想联系山家人，似乎不想让他们知道她还活着，可她分明想回去。

盛霈顿了顿，问："招儿，是不是和你……"

山岚轻舒一口气，将心底的燥意压下，问："你想问我为什么坠海吗？"

"能说吗？"

山岚轻轻地"嗯"了声，说："我们到南渚，是为了参加今年的刀剑锻造工艺交流会。我有练刀的习惯，交流会开始前，我去距离酒店不远的崖顶练刀，和往常一样，练习那套刀法三次，一次半小时。最后一次我停下的时候，忽然有人从后面推我，我来不及反应，就这样掉下了海。"

她说："我没看清人。"

盛霈眼中晦涩不明，直问："这样的活动通常是主办方订的酒店，住的都是你们那圈的人？"

山岚缓慢地回忆着说："都是，除了酒店内部的人，没有陌生人。我鲜少和山家以外的人接触，都是师兄们出面，知道我每天会去崖顶练刀的，也只有山家人。"

盛霈明白了她的言下之意。她怀疑凶手是山家人，所以至今没有联系山家。

他定定地看着她问："期限内有什么重要的事？"

山岚敛着眸，用树枝去翻螃蟹，嗓音低低的："下个月的祭祖大典，师傅会宣布山家的继承人。如果我不出现，等于放弃了这个位置。"

半晌，她静静地看过来，眸中火光跳跃，轻声说："盛霈，我要这个位置。"

"几号？"

"9 月 14 日，那天是八月初八，宜祭祀。"

盛霈微松了口气说："今天是 22 日，还有 23 天。招儿，我保证，最迟两周，一定带你离开这儿。"

盛霈看见她盈润的眼，看见她唇边浅浅的笑。

山岚应道："好。"夜色中，风卷起她的长发，黑发缠绕，像海妖的魔法困住了他的心。

盛霈心头微跳，强迫自己移开视线，加快了手里的动作。几次刀都险些擦过他的手指，惹得山岚直往他脸上瞧。他压下心底涌上来的冲动，快速做好鞋，再将她捡来的那些海鲜吃完，多燃了一个火把，准备往林间靠近。

进入林子前，盛霈挑了根最长的麻绳，从头至尾捋过，将火把朝地里一插，喊："招儿，过来。"

山岚扫了一眼他手里的绳子，问："要做什么？"

盛霈倏地拉直麻绳，绳子瞬间紧绷，微微震颤。他挑唇笑了一下，语气略显轻佻："把你绑起来，你说做什么？"

山岚静立在他身前，仰头看他。半晌，她用那又轻又柔的嗓音问："盛霈，你几岁了？"

盛霈自讨没趣，上前一步，靠近她单薄的身躯，呼吸淡淡地扑在她额间，低声说："绳子绑你腰上，另一头我拽着，你别乱跑。"

他手臂一展，眼看就要绑住她。山岚忽然伸手，稳稳地扣住他劲瘦的小臂，挡在腕骨处，不许他再往前一步。她温声道："我们换一换。"

一分钟后，山岚饶有兴致地拽着绳子，一会儿松一会儿紧，稍稍用力一点儿，身后的男人便离她近一点儿，再微微放松，快走几步，再拉近，反反复复，像是得了什么新玩具。

她抿唇笑，回头看他，双眸晶亮地说："好玩儿。"

盛霈："……"

可不是吗？多有意思。

岛上边缘处树木疏朗，视野开阔，越往里走，越见茂密的灌木丛，路逐渐变得狭窄，周围树影重重，风声狂烈。

盛霈蹲下身，捧了一把泥土，轻捻了捻。这里的土表层和底下都是干的，然而月光礁附近分明下了暴雨，这时他能确定——这里远离月光礁。暗流将他们冲向了未知的方向。

他们走了近一个小时，路上散落着鸟骨、螺壳，还有一些七零八碎的生活痕迹，中途还见到一座小庙，曾经有人在这岛上住过。经验告诉盛霈，这座陌生的岛屿，看起来似乎没有那么简单。

　　盛霈丢下土，淡声说："这岛上有庙，说明岛上有人居住，应该有井，也就有淡水。这里土地肥沃，我猜测我们到了南沙，今晚我们不进去。"

　　山岚高举着火把，看向一片黑沉的岛中央。这座岛比她想的更大，草木更深，往里不知道会有些什么。

　　"招儿，我们回去。"盛霈转身指着来时的方向说，"沿途看见的树叶和席草都捡上，我来捡木头，晚上搭个简易的草木棚，明早我们再进来。"

　　对盛霈来说，夜晚不是阻碍，甚至利于他在其中观测，但他不可能再丢下山岚一个人，有些意外，不能再有第三次。

　　火光中，山岚侧头看他，问："晚上你会休息吗？"

　　盛霈晃了晃绳子，挑起眉，似笑非笑地说："人都在你手里握着，我不休息能去哪儿？要是走远了，你一拽绳子，我就回来。"

　　山岚点头，当即便拽了绳子。盛霈一个不防，差点儿被她拽得摔个跟头。

　　他轻"啧"一声，问："招儿，你这身力气是哪儿来的？浑身上下，我也没见你长多少肉，从小就不长肉？"

　　山岚走在前面，漫不经心地应："你没见过，怎么知道我不长肉？"

　　"……"

　　盛霈眸光顿住，一口气就这么堵在嗓子眼儿里，下不去上不来。他舔了舔唇，压着声说："你别招我。"

　　山岚停下脚步，回眸看他。

　　盛霈就落后她两步，她这么一停，他也跟着停下。男人紧紧地盯着她，漆黑的眸里映着点点火光和难以压制的热意，像一块淬火的铁，温度再往上升，似乎就要熔了。

　　山岚看了他片刻，慢吞吞地回应："我招你，你会怎么样？"

　　盛霈静立半晌，心底生出的那股痒按捺不住，决了堤似的一股脑儿地往上涌，耳后一片热意。

　　他倏地上前，直直抵住她的脚尖，胸膛压过去，垂下眼，盯着她近在咫尺的脸，微哑的嗓音落下来："你想我怎么样？"

山岚微微抬头，视线落在他唇上，停留一瞬，抬眸看他。她顿了顿，说："盛霈，其实我未婚夫他……"逃婚了。

山岚忽然止住话。

男人极轻地嗤了一声，退后一步，和她拉开距离，举高火把，照向前侧。他神情很淡地说："先出去。"

山岚微怔，攥紧了绳子。片刻的沉默后，她转身往前走，他仍跟在身后。

两人一路走，一路捡树叶和席草。盛霈用藤条绑了一捆木头，单手抱着，视线落在山岚身上，她做事很细致，慢条斯理的，和她人一样，明明那么轻、那么淡，却总让人移不开眼。

视线停留得久了，她回头看过来。盛霈在她看过来之前移开眼，让她扑了个空。

待走出林子，带着海水味道的海风自后涌来。盛霈没重新选地方，就在山岚选的这一侧搭木棚。她很聪明，火堆生的位置也正好，位于背风处，不用灭了重燃。

"盛霈，绳子。"山岚见他直接开始搭木棚，不由得提醒他。

眼前的男人埋头搭木棚，使着她的小刀倒是称手，就是没搭理她。山岚想了想，也不恼，在一边坐下。

盛霈起先没作声，噼里啪啦自顾自地干了一阵，回头一瞧，不理她她也乐得自在，又去看刚才捡来的那海螺了。他心底的那股气还未消。一时觉得自己太较真，后悔刚才没亲下去。不过是海上的一段风月，上了岸两人便没了关系，她都不在意，他又在意些什么？但是，堵着的那口气就是下不去。

盛霈心头燥意更胜，一腔火没处泄，都发作在了可怜巴巴的木棚上。等搭完再看表，已是凌晨。

山岚正抱膝坐在那儿，垂着眼，神情认真。刚刚她不但捡了海螺和贝壳，连鸟骨都捡回来了，像是瞧见了什么稀罕的宝贝，这会儿正在那儿研究。

盛霈出了一身汗，海风一吹，燥意倒是散了。

"我去海里冲个澡。"他丢下一句话，解了绳子。

山岚无声地注视着他往海边走，他步子向来迈得大，刚刚却不紧不慢地跟在她身后，不知道生了多大的气。

原来他介意这个。

山岚收回视线，心想回去后，解除婚约的事得正式登个报。既然他介意，那她需要给出一个态度，负起责任。

礁石后，盛霈单手扯下短袖，往石头上一丢，露出紧实的腰腹，水滴滑过起伏的腹股沟往下，到底给自己留了条短裤，一跃下了海。

微冷的海水从四面八方灌来，世界霎时寂静无声。

盛霈合上眼，放松身体，任由自己渐渐沉入海底，气泡声咕嘟咕嘟地响，腿边有鱼在逃，刮擦过他的小腿，让人觉得有些痒，疲惫感涌上来，像海水一样将他包围。

在海上三年，盛霈从没有过这样的状态。他该继续留在这里，兑现对战友的承诺。可是三年了，三年没找到人，往后又有多少个三年等着他？如果找不到人，他是不是要一直留在这里？想要的人没法儿留，想做的事做不了，想去地方永远遥不可及。他的一生，该这样度过吗？

盛霈蜷起指尖，攥紧了拳，睁开眼，隔着粼粼的海水，恍惚间瞥见山岚的脸，她安静地站在那儿。

她立于峰顶，面对风雪，从不退缩，也从不犹豫。可今晚，比谁都清醒、认真的她，居然迈出步子向他靠近。因为他是盛霈，他说过的话、做过的事，让他成为了盛霈。

盛霈陡然清醒过来，现在最要紧的事是离开这里。其余任何事，全都以后再说。她说过，他们会再见的。

盛霈倏地向上游去，破水而出。一甩头，还没稳住身子，忽然瞥见一抹身影，俏生生地立在那儿，盯着他瞧。盛霈一滞，这下上也不是，下也不是。

他问："怎么了？"

火把立在石头边，浅浅地照亮一隅，在水面上洒下点点昏黄的光亮，男人线条分明的小腹在水波中若隐若现。

山岚静静地瞧了一会儿，说："来捡石头。"

盛霈眉心微跳，她就这么直勾勾地盯着他看，才跟她说的话又忘了。

他一顿，就这么走出海面，赤着身体上岸。"哗啦"一声响，他的步伐带起水花。

山岚趁着这点儿光，打量起盛霈的身体。半晌，她诚恳地说："盛霈，你的身体很漂亮，在我看到过的身体里，可以排前三。"

盛霈轻舒一口气，心想不和公主计较。他耐着性子问："你们山里那些打铁的师傅干活儿都不穿衣服？"

山岚摇头道："铁房里温度很高，热得厉害了才会脱。但我在的地方，没人敢脱衣服，是我偶尔撞见的。"

盛霈挑了块石头坐上去吹风，问："谁排第一？"

山岚蹲下身，开始认真挑石头，挑选大小适中、重量足够又足够锋利的，一边选，一边回答："应该是你。"

盛霈挑眉问："为什么？"

山岚掂着掌心里这块石头的重量，慢吞吞地应："别人的我没看仔细。"

"……"

一晚上，三次了，盛霈甚至都怀疑自己是不是男人，他做了个深呼吸，回头就挑了块最高的石头站上去，"扑通"一声，一头扎下了海。

山岚困惑地看向漾着水花的海面。

他又生气了？

等两人再回到草木棚处已是半小时后。盛霈在软沙上铺了干净的席草，厚厚的一层，每一处都按平整。做完这些，他又去外面给火堆加了几块厚木板。

"你去躺下试试，哪儿不舒服就说。"他指了指那留了个小门的草木棚说。

山岚矮身一钻，里头又窄又黑，只有最上面映了一点儿外面的火光，顶上铺得很严实，底下很软，像在海绵上爬。她找了个位置躺下，闭上眼感受片刻，喊："盛霈，这里很舒服，适合睡觉。"

盛霈垂眼看着燃烧着的火堆，忽然笑了一下。说她是公主，可哪有公主流落到这荒岛连叫唤一声都不会？还说草上睡得舒服，适合睡觉，分明是个呆子。

和呆子生什么气？盛霈觉得自己也变成了呆子。

"盛霈，进来休息。"不一会儿，她又用云朵般柔软的嗓音喊他。

盛霈应了一声，起身仔细扫了一眼周围，拿着小刀进了草木棚。一进去就见角落里那道身影，她躺得平平整整，两手置于小腹之上，瞧着还挺安逸。

"招儿，刀还你，放好了。"盛霈微微加重了声音。

山岚轻轻地"嗯"了声，说："明早我要用，你放在一边就好。你别坐着，坐着不舒服，躺下来。"

盛霈人高马大的，要说躺，还真躺不下。他算着距离在山岚身侧躺下，弯着腿，双手交叠垫着后脑勺，耳侧除了海风和海浪声，便只剩她的呼吸，世界又安静下来。

盛霈闭上了眼。

海平面出现第一缕曙光时，到了海鸟劳作的时间。

山岚是被"啾唧啾唧"的声音吵醒的，树梢的鸟儿似乎是饿了，商量着去哪儿觅食。她睁开眼，去摸左侧的刀。

清醒一瞬，她坐起身，看向右侧的男人。

盛霈还睡着，呼吸均匀，面容安静，难得不见他眉眼间的那丝松散，凌厉的五官显露出来，长而浓密的睫毛夸张得过分，像燕鸥的尾巴，底下的长腿委委屈屈地缩着，似乎一整夜都保持着这个姿势。

山岚静静地看了一会儿，小心翼翼地翻身越过盛霈，松垮的裤腿轻飘飘地掠过男人的小腿，她没注意底下那一瞬的紧绷，艰难地钻出了小门。

她一走，盛霈就睁开了眼。他躺着没动，耐着性子听着外头的动静。她似乎拿了堆石子玩，摆弄了一阵后，响起"啪嗒啪嗒"的声音来，似乎人是往远处去了。

盛霈轻"啧"一声，说她不老实，还真是，一大早就瞎跑。

他等了一阵，没急着出去，等那声音渐渐听不到了，才迅速起身走出木棚，舒了舒筋骨，瞥到她在地上摆的东西——是用石子摆的箭头符号，指向岛东。岛东他们昨晚去过，椰子树长在那侧。

盛霈算着她走路的速度，几分钟后，悄无声息地跟了上去。他倒要瞧瞧，这一大早的，她上东边干什么去。

清晨的海风带着点点凉意，一个人走在海边还挺舒服，山岚听着阵阵海潮声，有点儿手痒，想练刀了。

　　没一会儿，她就到了岛东。山岚站在椰子林前，仰头认真挑了一会儿，选了个高度略低的树。椰子树叶柄粗壮，果实缀在下面，一串上面有四五颗，颜色发青。

　　她倒出昨晚捡的那些壳类、鸟骨、石头。在原始社会，人们需要工具劳作，常用的制作刀剑的材料不过那么几种，石头、蚌壳、兽骨，石头类多选用石英石、砂岩或者燧石等，这些石头质坚棱利，是用来制作石刀的好材料。

　　山岚挑了一块掌心大小的石头，看了眼那一串椰子的位置，退后几步，拉开距离，而后抬手对准方向，手臂一展，倏地用力，锋利的石头迅速朝着椰子上的花序飞去。"啪嗒"一声闷响，石头直直地撞在她瞄准的地方，无一丝差错，但没打磨过的石头不够锋利，树上坠着的椰子纹丝不动。

　　她如法炮制，试了几次，几乎没有落空，只是那椰子就是没有动静。

　　山岚蹲下身瞧了一会儿，鸟骨虽锋利，但太轻。她想了想，脱下鞋，用渔网将石头和鸟骨绑在一起，又试了一次，同样，鸟骨稳稳地劈向刚才的位置。这一次，那花序摇晃了一下，发出一些细微的声响，似乎有了点儿裂痕。

　　山岚微微睁大眼。真的可以。

　　这下山岚来劲了，拿出自己的小刀来。起先她担心准头不够，不敢用刀，万一小刀卡在树上面，她可拿不下来。她轻吸了一口气，拿起小刀，认真瞄准半天，手臂微微紧绷，下一瞬，刀化作一道影，急速朝高处飞去。

　　下一秒，听得一声清脆的断裂声。那串椰子重重地落下，发出了一连串闷响，她的刀也紧跟着掉了下来。

　　山岚抿唇笑了一下，跑过去捡起自己的刀和临时制作的骨刀，拆了渔网重新给自己穿上鞋。刚想去拿椰子，边上忽然横过一截手臂，将她稳稳地从地上扶了起来。

　　"又乱跑？"

　　男人低哑的声音飘过来，听起来和以前不太一样。

　　山岚这会儿心情不错，指着地上那串椰子，唇边还挂着笑意，带着几

分雀跃地说："盛霈，我可以用刀，你不用再爬树了。"

盛霈低垂着眼，凝视她片刻，忽而抬手拂过她鬓边的发，问："昨晚一路不说话，就是在想这个？"

山岚仰头看他，眸光清透，应得认真："爬树很危险。"

盛霈静静地看着她，眼神晦涩不明。他难以言说此时心头的那股温热是什么。他人都当他无所不能，可她想展开羽翼，替他遮风挡雨。刚才，他站在不远处，眼看着山岚试了一次又一次，从不懊恼，从不迟疑，一如做出的每一个选择。

有时候他总觉得她呆，这柄锋利孤傲的刀，也有笨拙的时刻。可有时又很柔软，比水更软。

男人喉间滚动，半晌，他俯身拎起那串椰子，问："在家里还练过飞刀？你的准头很好，练枪法一定很准。"

山岚说："练刀的时候顺手练的，短刀也很厉害，适合近战。"

盛霈侧眸看她，问："练过格斗吗？"

山岚点头说："偶尔会和师兄们练一练，或者和师姐切磋刀法。现在，其余人练刀多是强身健体用的，毕竟时代不一样了。"

冷兵器时代早已过去，他们也即将被遗忘在历史里。

盛霈和山岚并肩往前走，走了一阵，他开口道："招儿，现在多的是追寻历史的人，历史也藏着未来。"

山岚微抿着唇，轻声说："你也是吗？现在没人用更路簿了，它们躺在展馆里，已成了历史。"

盛霈微顿，应道："当年，我战友的弟弟加入的那个探险队，他们号称有一张古地图，那地图上记载了明朝时期的一个沉船地点。更路簿在明初形成，在南海来往的渔民们将所知的航线记载其中，且世代传承，某种意义上，它也是一张地图。起初我找了一年，一点儿线索都没有，后来我船上来了个厨师，是个老头，一把年纪了，偶尔一次聊天说起更路簿，我才想到从中去找那张古地图的线索。"

山岚恍然道："你驾驶那艘风帆船，是为了模拟古时渔民们的航线。"

盛霈闻言，一挑眉，没忍住揉了揉她的头发，说："我怎么说的，我们招儿最聪明。这次就有机会，带你体验一下风帆时代的感觉。"

山岚怔了一瞬，看向盛霈，眼神奇异地问："我们要造船吗？"

"说什么造船，就是做一艘简易的木船。"她又呆又可爱，盛霈忍不住笑，"去附近看看海况，或许会有其他的岛。"

他笑了一会儿，正经道："本该是我自己去，你留在岛上。但昨天那事过后，今后在海上，你在哪儿，我就在哪儿。"

山岚说："嗯，应该这样。"

盛霈轻"啐"一声，想敲她脑门，硬生生忍住了，伸手点点她的眉心，跟训那只三花猫似的说："自己都说'应该这样'，那早上还乱跑？"

"没有，我告诉你了。"

山岚忍着没躲开。额间温温热热的，他的指腹上带着薄薄的茧子，力道轻轻的，一下一下，明明在教训人，动作却这样亲昵。

没人敢这样对她。盛霈是第一个。

山岚想起昨晚他生闷气的模样，心想是她把人惹生气的，这次就暂且忍了，再有下次……下次再说。

两人闹了一路，回了草木棚。

盛霈开了个椰子给山岚喝，生了火，又坐在那儿削起木头来。这次他选了一根细而长的树枝，顶端削成尖锐的箭头模样。

山岚捧着椰子坐在一边，好奇道："盛霈，我们今天干什么？"

盛霈修整着木箭，瞥她一眼，问："以前渔民们的住岛生活是什么样的，你那个师兄没和你说过？"

山岚眼带困惑地说："为什么这么问？"

盛霈在心里轻哼一声。为什么，能有为什么？是谁天天把师兄挂嘴上的？

"那看来你师兄也不是什么都知道。"盛霈懒懒地说了句，提起这事，"以前渔民们登岛，先看岛上有没有淡水和树，如果有，那就适宜居住。登岛后，他们先建房子，就和我们一样，搭草木棚住，搭完棚子再种树，他们自己带着种子，再就地挖井取水。做完这些生存必备的，就开始考虑仓储问题，把捞上来的海产品晒干，然后存放起来，生活得久了，还会在岛上养些家禽。

"南渚渔民还有个习惯，但凡居住过的岛上都会建庙，这是他们当地的信仰。如果住岛期间有人死了，就用石头垒个坟地。"

"因为生病？"

"原因很多，那时海上几乎没有医疗条件，出海最缺的就是淡水和药。南海气候炎热，因为中暑死去的人不少，还有吃海产中毒的，生病、风浪、海底作业等这些原因都有。徐玉樵的爷爷就是在捕海龟的过程中去世的，在底下被网网住了，就死在海里了。当然，现在不能捕海龟了，1989年国家发布保护动物名录，把海龟列入国家二级保护动物，捕捞犯法。"

山岚听了半晌没说话。

盛霈自然地岔开话题："今天我们去找水，找木头做船，再大致将岛走一圈，看看有没有什么能用的。不过这些晚点儿再说，先给你抓鱼吃。"

"用这个？"山岚指着他手里的木箭头问。

盛霈"嗯"了声，说："这儿，先用线缠起来，打个结，等扎到鱼，箭头会卡住它，要是鱼逃走了，一拉线它就回来。一会儿吃完我们进岛，如果能找到工具，晚上教你钓鱼。"

"走了，给招儿抓鱼吃。"盛霈语带笑意。

山岚慢吞吞地跟在他身后走，不应他的话，抬眼去看眼前辽阔无际的大海。一整晚，这里没有任何一艘船只经过，这岛上似乎也只有他们。正这么想着，盛霈忽然停下脚步，倏地回头，目光扫向那茂密的林子。

他蹙了下眉，朝山岚伸手道："到我身边来。"

他分明感觉到了，有东西在窥视他们。

山岚只怔了一瞬，抬手握住他宽厚的掌心，指腹才触到他温热的手指，他便收紧手，用力将她带到身边。

山岚第一次这样被人紧攥着手，有些不自在，他很用力，根根指节紧箍着她，但她不疼。

她忍着心底异样的感觉，往葱郁茂盛的林间看去，仔细扫过一圈，轻声问："怎么了？有动物还是有人？"

盛霈朝着某个方向定定地看了片刻。他眯了眯眼，收回视线看向山岚，又开始训人："那林子里有东西，可能是人，可能是动物。你收好刀，不能再一个人走远了。"

山岚抿唇道："知道了。"

"不管是什么，先抓鱼，我……"

盛霈止住话，忽然怔住。他慢慢低头，顺着自己的小臂往下，瞥见那玉一样的肌肤。这团轻柔的云被他紧紧圈在掌心，这样纤细的手能打铁，能使刀，今早还用飞刀给他摘椰子。想到这里，胸膛间又生出柔软，似有云轻飘飘地飘过，抚得他心里又甜又涩。

盛霈喉间干涩，拇指微微一动，刮擦过她的手背。他松开手，移开眼，低声道："你待在这片礁石区，我很快上来。"

与昏暗的夜晚不同，白日里山岚看得更清晰。盛霈脱了衣服，露出结实的身体来，无一丝赘肉。他纵身一跃，沉入海中。

她坐在礁石上，难得发起呆来。

在山岚仅有的几年童年时光中，她很少有想要却不能要的东西。家里长辈、父母、师姐和师兄们都由着她，她过着人人艳羡的日子。直到那一日，她在祠堂里当着山家所有长辈们的面告诉他们，山家她要定了。

从那之后，她的生活天翻地覆。

遗落在山间的湿漉漉的小猫，下课后和同伴们玩耍的时间，任性时想大声哭泣的时刻，做错事时耍赖、撒娇的权力，这些她都失去了。

山岚不做没把握的事。

她长成如今的模样，舍弃了太多会影响她的人和事，也再没有像小时候那样，有想把那只小猫抱回家的心情。

可如今，她又有了这样的心情。她想要盛霈，想要一开始就看中的这块铁，想铸造他，想将他打成最锋利的刀。那样，她便不再是一柄孤刀。

山岚怔怔地看着清透的水体，他灵活地在其中穿梭，下去大半天都不用上来换气。许是看见了什么，他忽然往下沉，水底似是有了些波动。

盛霈抓到鱼了。水面泛起一串泡泡，然后迅速破裂，消散。山岚忽然回神，他们还身处荒岛，岛周无船，无人，没人来救他们。

这荒岛像是一个警告，警告她但凡晚回去一天，她的人生就会发生偏离。她清楚地知道，自己不该再出海来，这次回去，该回南渚去，回到洛京，去取她的囊中之物。他们之间的事，不该在这时候考虑。

山岚合眸，片刻后睁开，她又变成了崖顶的雪。

"哗啦"一声响，一只手臂抓着一条巨大的鱼伸出海面。这鱼乍一看有三四十斤，正甩着尾巴挣扎着，男人钻出水面，水滴似乎给他的面容镶上了闪耀的钻石。他扬起眉，唇角翘起，黑眸带着灼灼的光亮，问："招儿，这鱼大不大？"

海风里藏着他的声音。他在对她笑。

山岚安静地凝视他，慢吞吞地应道："大，我帮你杀。"

盛霈甩了甩身上的水，一石头把鱼拍晕了。等海风一吹，身上干了，他便换上衣服，教山岚怎么处理鱼。

他蹲在一边，问："以前杀过吗？"

山岚盯着白肚皮的鱼，摇摇头。

她平时话就不多，盛霈没多想，饶有兴致地教她怎么处理鱼，弄干净了该怎么烤，说到后来两人都饿了。

等山岚处理完，盛霈拿根树枝串了鱼，熟练地翻烤起来，随口问："招儿，你们在山上会抓动物吗？"

山岚托着腮，有些心不在焉地答道："小时候会，那时我们都好奇树林里都有什么，总想着把它们引出来。"

"用什么引？"

山岚认真回忆道："食物、陷阱……啊，还会模仿动物的叫声，用雌性动物的叫声把雄性动物骗出来。"

盛霈闻言，一挑眉，心想这儿没有食物，没有陷阱，倒有个美人。他弯唇一笑，低声说："招儿，过来。"

山岚微顿，清凌凌的眸子看过去。她不怎么情愿地问："干什么？"

盛霈轻"啧"一声，把鱼往她手里一塞，趁着她接，把人拎过来点儿，侧头在她耳边低声说了几句话，温热的气息扑在那白玉似的耳垂上，没一会儿，那白玉变成了粉色。

"……"

山岚忍着耳后痒痒的感觉，仔细听盛霈的话，听着听着，她的思绪又开始飘散，像是被毛茸茸的小动物扒拉了几下，软软的，有点儿热。

盛霈说完，问："记住了？"

山岚绷着小脸点头。

等两人吃完鱼，熄了火，热辣的太阳已爬上半空。所见之处，海水染上一层粼粼的金光，气温迅速开始上升。

盛霈看了眼时间，说："我们进林子。"

说着，他拿起昨晚那根绳子往自己腰腹上绑，再把绳子的另一头交到山岚手上，见她呆着没反应，不由得笑着问："不想拽着了？"

山岚垂着眼，盯着绳子看了片刻，缓缓伸手，将这一头牢牢攥进掌心。她俯身抽出脚踝处的刀，递给他说："你拿着，我还有一把小石刀。"

"自个儿藏着，走了。"

盛霈不接，自然地伸手摸了摸她的脑袋，转身往林子去。

海风掠过这座孤岛，枝叶沙沙作响，海鸟展开翅膀凌空而去，光束缓慢侵占海岸，晃过林间。两道身影一前一后，朝着岛中前进。

新的一天开始了。

盛霈和山岚沿着昨晚的路往里走，近一个小时后，停在昨晚停下的地方。盛霈开了一颗带着的椰子，递给山岚，而后仰头打量起林子里的树。他看了片刻，解开腰间的绳子，说："我上去看看。"

山岚拦住他，把椰子往他面前一递，道："你先喝。"

盛霈额间出了一层汗，再看山岚，鼻尖被汗水润湿，白皙的脸侧红晕一片，瞧着似乎再晒下去就得晒疼了，他更能肯定这儿是南沙。除了南沙，没地方有这样毒辣的阳光。

他笑了一下，没拒绝，喝了几口，舒了口气说："你找个阴凉地方坐着休息会儿，等下我用树叶给你编顶帽子。"

说到帽子，山岚微微有些遗憾。她轻声说："你给我做的帽子，我弄丢了。"

那顶篾帽丢在了海里，再也找不回来了。在猫注岛时，渔民们都戴着这样的帽子，只有她的不一样，因为上面有盛霈编的小花。

盛霈瞧着她蔫头耷脑的模样，微俯下身，眼眸对上她清亮的眼，哄道："没事，回去给你做顶一模一样的。"

山岚轻轻地"嗯"了声。

盛霈哄完人，见她老实坐下，便脱了鞋，灵活地爬上树，林子里的树比椰树好爬。他挑了处树叶稀疏的地方，往岛中看去。

遥遥一望，岛内树木林立，一派原始的自然模样。再仔细掠过，盛霈轻易地在其中发现一处地方不对劲，那地方绿得太集中，太显眼。

他确认了位置，低头去看山岚。她乖乖地坐在那儿，整个人躲在阴影里，只脱了鞋，把脚往太阳底下一放，这会儿正捧着椰子喝，喝完了晃一晃，确认里面都没了，便往边上一放，又磨起她的那把小石刀来，一刻都闲不下来。

盛霈没急着下去，闭上眼，凝神听耳边的风声。半晌，他确认周围没有人跟着，迅速下了树，往地面一跳，走到山岚面前。

"脚不收进去？"

盛霈瞥了一眼她白得发光的脚，细细的脚踝上绑着的黑绳露出来一点儿，将这抹白衬得更为晃眼。

山岚煞有介事地解释道："晒太阳补充维生素 D。"

盛霈哼笑一声，懒声道："都晒一个小时了，再晒下去脸也要晒红了。给你做帽子了。"

山岚后知后觉地摸了摸自己的脸，似乎有点儿烫。

盛霈在周围绕了一圈，摘了一堆长条树叶回来，往她边上一坐，问："是不是在铁房热习惯了，不知道躲？"

山岚说："我在铁房里还能穿长袖。"

盛霈瞥她一眼，想起她那身薄而凉的衣服，穿着倒也行，不至于热出问题来。他加快手里的动作，说："一会儿带你洗澡去。"

山岚一怔，问道："去哪儿洗？"

盛霈往某个方向一指，戏谑道："有人太紧张，动作太明显，反而省了我们大半时间。那儿有淡水。"

山岚听懂了，岛上有人。

盛霈道："看样子这个人在岛上待了不少时间了，可能会躲起来。我们呢，这会儿就像是占了别人地方的恶霸，他不会轻易出现。"

盛霈没多说，手上的帽子已有了形状，加固一层，将边边角角都藏起来，长臂一展，往山岚脑袋上一盖，完工。

山岚抬眼，眼珠转了一圈，仔细感受了一下，大小合适，颜色倒也……特别纯天然，凉凉的，很舒服。植物特有的气息扑面而来。

盛霈看着戴着绿帽子的山岚，忍笑道："将就用几天。"

山岚不明白他在笑什么，乌溜溜的眼珠子瞧他一眼，也不问，只拽了拽手里的绳子，示意他老实套上。他们要出发了。

"知道了，听公主的。"盛霈低低地叹了口气，熟练地把自己绑上，再交到她手里。

有了方向，他们前进的速度明显加快。盛霈仔细观察周围的环境，繁枝杂叶被人清理过，这条路比他们进来时走的那条好走太多，明显是人走出来的。许是为了迷惑他们，路上堆了一些杂草，想遮盖这条路。

约莫过了半个小时，他们到了岛上海拔较高的区域。周围树木疏朗，遮风又遮阳，是个造房子的好地方。

正走着，盛霈忽然停下脚步，凝神听了片刻，神情显出一丝古怪，低声问山岚："招儿，听到什么声音没？"

山岚侧耳听了一会儿，微微睁大了眼，看向盛霈说："有鸡。"

在云山，山岚几乎每天都是在鸡鸣和鸟叫中醒来的，这会儿乍一听鸡叫，还生出点儿亲切感来。

盛霈压着声音说："这个人在岛上的时间比我想的更久。路上虽然暂时只发现一个人的脚印，但不排除他有同伴，你就在我身边待着。"

此时他们已经离得很近，再走几步就能进入那人的生活区，盛霈变得更为谨慎，他微俯下身，随手捡了块石头，往正前方一丢。

"啪嗒"一声闷响，石头滚出去几米，没有脚步声，没有其他声音。只有那只母鸡在那儿"咯咯"地叫，声音嘹亮，迈着小步子，这儿啄一下，那儿啄一下，还挺悠闲。

盛霈耐心等了片刻，轻扯了扯绳子，往更里面走去。身后的脚步声微不可闻，却一直跟在他身后。

两人悄无声息地靠近生活区的最边缘，同时朝里看去。平坦的方地上建着两间木屋、一间石头屋，还有个凉棚。盛霈要找的水井就在正中央，屋子后面种着些农作物，那只母鸡悠悠地散了会儿步，往石头屋里一钻，又扑棱着翅膀带出另一只母鸡来。木屋上盖着大片大片的绿叶，这里的主人仿佛是要将这片地藏起来。

盛霈正是因此发现了这里。

藏完了房子，又去藏什么了？他心念一动，忽然有了个想法。

"盛霈，好像没人。"山岚扫过一圈，用气音在他的耳根后说话。

盛霈微微动了动，耳后那一小片肌肤升起痒意，他一顿，说："我们直接出去，先借人的桶用用。"

片刻后，他率先走出林子，环视一圈，也没装模作样地出声问一句，而是光明正大地晃了一圈，这儿确实没人。他也没擅自推开人家的门去看，只看向那口井。

"招儿，躲树荫底下去看。"

盛霈见山岚探着脑袋东看西看，真是一点儿不怕晒。

山岚看他一眼，没应声，也不知道听见了没，依旧不紧不慢地晃去屋后看了一圈，才回来找了棵树蹲下。她慢吞吞地说："后面种了一些菜和瓜果。盛霈，这个人是带着种子来的，他是自己上岛来的，还是和我们一样？"

盛霈指着井边的水桶说："这些都是岸上带来的，没有物资他住不了那么久。有两个可能，一个是他上岛时有足够的物资供他生活，但这么多物资，他不可能是一个人来的；另一个可能，定时有船送物资过来。"

"啧，我瞧瞧。"

盛霈忽然瞥见了木屋边的石板下的东西。那是两瓶使用过的洗漱用品。他拿起来看了眼日期，生产日期是今年，但这里的生活环境和屋后的农作物显示，这个人在这里住了绝对超过一年。

盛霈侧头，看向那树下小小的一团，晃了晃手里的瓶子说："定期有船送物资来，这倒是稀奇，没被困在这儿，也不像打算在这儿长住，这屋子修得可不算好。这是想不开，还是出来散心，或是在岛上找东西？"

山岚认真思索道："他可能被关在这里了。"

盛霈一挑眉，道："这个可能性倒是比我想的那些更大，把人丢在这儿，又不让人活下去，什么仇什么怨，这么和人过不去？算了，不猜了，先把你收拾好。"

他往屋后走，勉强找了三块木板，在木屋后一搭，再去井边打水，打上来的水还算清澈，用手掬了一把，唇凑近喝了一口，道："这里确实是南沙，南沙的水比西沙的好喝，西沙的水太涩。"

"招儿，去那儿洗。"盛霈说着，生出点儿想法来，"桶都借了，洗发水和沐浴露也借点儿，到时候还人家。"

"来了。"山岚轻声应。

这样简陋的环境，盛霈也没见山岚脸上露出不情愿来，她只是安安静静地走过来，他说什么，她便做什么。

木屋后是一片阴影。盛霈倚在墙侧，视线往左。右耳发着热，耳侧是细小的水流声，淅淅沥沥的，她站在和他一墙之隔的地方，男士洗发液的香味渐渐散开，他莫名有点儿不爽。

这是别人的味道。她身上的味道会和其他男人的一样。

这个认知又让盛霈开始烦，正烦着，他忽然发现今天早上的山岚比平时安静很多，虽然她不爱说话，但这两天比前些天爱说，喜欢问一些古怪的问题，仿佛什么都想知道。

"招儿？"他下意识地喊。

薄薄的木板一侧水声未停，那如雾如烟的声音飘出来，像海上的大雾弥漫，将他困在其中。

她轻声应："嗯？"

盛霈想问什么，又无从问起。半晌，他低声问："因为回去的事着急？"

山岚闭着眼，轻舒了一口气，安静许久，温声回答他："是，也不是。你答应过我，会按时送我回去的，我相信你。"

盛霈又问："那你今天早上在想什么？"

"我任性做了一些错事。"山岚停下动作，隔着木板看向左侧，盛霈就在木板的那一侧，她轻声说，"一些让我高兴的错事。"

盛霈合上眼，微微攥紧了拳，问："你后悔吗？"

山岚应他："不后悔。"

盛霈沉默一瞬，一字一句道："我会送你回去，别担心，答应你的事，我都会做到。招儿，别怕。"

山岚无声地弯了弯唇。

其实他知道，她从没怕过任何事、任何人。太多她从未说出口的话，盛霈都知道，他知道她想要什么，知道他们此时该做什么。

"盛霈，我们来日方长。"山岚听见自己轻声承诺。

第四章 ⚓ 公主与保镖

高低不平的礁石向轻软的沙滩延展，

星空下，有两道沉默的身影，

他们紧紧依偎。

盛霈打算离开这里。他们留在这里只会让那个人不敢回来，不如按照原计划进行。他道："招儿，我们回去。"

山岚拢着长发应道："去砍树吗？"

盛霈挑唇笑了一下说："不用砍树了，有现成的船。这人发现我们之后，立即回来将这些木屋盖起来，现在人不在这里，显然他还有更重要的东西要藏，我们也不用费心思去找了。"

山岚想了想，面露困惑地问："那我们去干什么？"

盛霈斜眼瞧她，眼珠子乌溜溜的，透着点儿呆，透白的小脸上沾着水，看起来水嫩嫩的。他盯着瞧了一会儿，挑眉问："偷懒会吗？偷懒不会，休息会不会？"

山岚慢吞吞地"啊"了一声，拽着绳子走在盛霈后面。他换了另一条道走，杂草不多，也有一条小路，不知道通往哪里。

一路上很安静，盛霈偶尔说几句话，山岚应一声。一个照旧散漫，另一个也如常般安静，看起来似乎和以前没有变化，但他们都知道，有些事不一样了。

走了近一个小时，他们停了下来，这里草木疏朗，是背光处。盛霈像昨天那样，用石头和小刀劈砍了几株矮树，在阴凉处搭了一个简易的木棚，顶上和底下都铺上席草。收拾整齐了，他看向山岚说："你在这儿坐一会儿，我去生火。"

海风带着热意拂过，山岚在松软的席草间坐下，半干的长发散落，抱着膝盖，安静地看着盛霈。她躲在阴影里乘凉，他站在斑驳的阳光下堆石头，生火，额间覆满薄汗，清晰凌厉的下颌处有点点青灰色，短袖被撩至肩膀处，三角肌缓慢起伏，带着一层滑腻的桐油色，耳后那道细长的划痕已不甚明显。

"招儿。"忽然，蹲在石堆前忙碌的男人出声喊她。

山岚微怔，她摘下帽子，想将他的声音听得更清晰。她问："要我帮忙吗？"

盛霈懒懒地睁开眼皮，瞥她一眼，用一副商量的口吻说："天已经热成这样了，你再这么盯着我看，我中暑了怎么办？你往边上看看。"

"哦。"

山岚干脆拿出她的石头刀来磨，打算修个漂亮的刀尖出来。

盛霈挑的地方靠近岛东，他们在这里一直待到夜空冒出星子，才灭火走出林子，沿着长长的海岸线，迎着海风，一前一后，从岛东绕回岛西，回到他们的草木棚。

刚走近，山岚忽然停住脚步。

盛霈正抬着头望星空，一见边上的人停下，随口问："怎么了？看——啧，胆子真大，用了岛上一点儿水，就闹这么大的脾气。"

不远处，木头七零八碎地躺了一地，席草被海风吹乱，到处飞散，剩下的椰子也被砸碎，汁水早已干涸，像是被什么野兽踩踏过。

哪儿还有他们的草木棚。

山岚无声地盯着那堆废墟，说不出是什么感觉。这是昨天盛霈花了近两个小时给她搭的小屋子，还铺了软软的垫子，没有风，没有光。他一直守在身边，她休息得很好，可是现在什么都没有了。

盛霈一侧头，就见山岚闷着脸，瞧着像是不高兴了。他微微眯了眯眼，心里本就压着火，从船被那中年男人抢走开出海，再到和山岚流落至此，这火冲哪儿发都不对，这下偏偏有人往枪口上撞。

"不等了，让他自己出来。招儿，你坐那儿去。"

盛霈淡声道，把早上和山岚说的计划都丢了。这会儿他没那么好的耐心再去布置那些，扫了一圈周围，指着一块海岸边的礁石，让山岚离草木棚远点儿。山岚微抿了下唇，默不作声地去那儿坐下。

这下盛霈没了顾忌，将那些散落的树叶和席草都捡回来，在靠近林子的边缘砌了高台，再生火，为避免火势过大，没丢木柴进去，只是往里丢树叶。火星点点，滚滚的烟源源不断地往外冒，眨眼间林口便是一片烟雾缭绕的模样。

盛霈耐着性子等了一会儿。林间一片寂静，除了细微的风声，没什么动静。他也不嫌累，又去边上砌了个一模一样的高台，继续点火，等它冒烟，很快，呛鼻的烟雾开始缓慢地往林间弥漫。

不知过了多久，那林子里终于有了动静。

盛霈往后退了一步，用一副和人商量的口吻道："我呢，早上去了一趟你住的地方，在井边洗了个澡，除了用了一点儿洗漱用品，不该动的东西一样没动。我和你讲讲道理，这岛上的井不是你挖的，这岛也不归你所有，一码归一码，你要是气我用了你的东西，那你也拿点儿东西回去，我没什么意见。"他一顿，语气里甚至带了点儿笑意："但你出来看看，现在外面是什么模样？你自己干的事，总得认吧？"

片刻后，林间静悄悄的。那人似在犹豫要不要出来。

盛霈叹气道："反正在这林子里住的人不是我，要是点着了也碍不着我的事。哟，这火是不是不够大？"

话音刚落，烟雾缭绕的林间忽然跑出个人来，捂着口鼻，眯着眼，一副狼狈的模样，仔细看，是个年轻男人，三十岁上下，皮肤黝黑，穿着整齐，看起来甚至不像渔民，倒像是个没受过苦的人。

盛霈上下打量他一眼说："自己去灭火。"

那男人松开手，重重地咳了几声，眼角沁出点儿眼泪来，顾不上说话，忙不迭地去把那两个台子里的火灭了。

海风一吹，烟雾渐渐散了。男人离林子口远远的，坐在沙滩上喘气，打量着盛霈，眼神警惕。半晌，他哑着嗓子问："你们不是他的人？"

盛霈没搭理他，朝左侧招手道："招儿，过来。"

那男人顺着盛霈指的方向看去，是他早上在林子口遥遥一望看见的女人。

渐渐地，那道纤细的身影走近，面容逐渐清晰，他揉了揉眼睛，再睁大看，瞳孔微缩，失声喊："小……小师妹？"

盛霈和山岚皆是一怔。这与世隔绝的孤岛上，居然还有认识山岚的人？

盛霈神色微凝，问："你认识她？"

男人连滚带爬，几乎要扑到山岚面前去。他的神情略显癫狂，确认地问："你是山崇的小师妹，对吧？是山崇让你来救我的？山崇、山崇……他是你师兄，你认识我吗？我是赵行，去过云山好几次，你应该见过我的！你肯定见过我！"

盛霈蹙着眉把人拎开，沉声说："你冷静一点儿。"他侧眸看山岚，问："你认识他？"

山岚仔细地看了自称为赵行的男人一眼，迟缓地从记忆中找出和他有关的片段，慢吞吞地说："你长得和以前不太一样。"

赵行见山岚认出他来，忽然松了口气，像是见到了救星似的，大口喘着气，忽然捂着眼在地上躺下了，难掩激动的情绪。

山岚看向盛霈说："是我师兄的大学同学，几年前我在山家见过他一面。"

盛霈挑眉，觉得稀奇："我们被暗浪冲到南沙，到了一座孤岛，这孤岛上还有个人，但偏偏这人还认得你这山里来的小公主，你说巧不巧？"

盛霈从不信巧合，更何况他知道山岚是被人从崖顶推下来的。他俯身拎住赵行的领口，把人搋起来，盯着他的眼睛问："你是怎么到这儿来的？又是谁在给你送东西？最好一字一句交代清楚了。"

赵行缓过神，点点头说："我都告诉你们。"

半个小时后，三人围坐在火堆边。盛霈翻着火堆里的螃蟹和虾；山岚拿了串鱼在那儿小口小口地咬；赵行坐在他们对面，低声说着话。

"三年前，我和山崇大学毕业，我为了工作的事焦头烂额，那时我家里又出了一点儿事，心情不好了一阵，正好那天同学聚会，我和山崇关系好，结束后又去外头喝酒。他喝多了，不小心和我说了点儿你们山家的秘事。"赵行挠了挠头，当着山岚的面说山家的秘事，有点儿尴尬。

山岚停下动作，眼神有一瞬的变化。她抬眼，眸光平静地问："山家秘事？"

在山家能称得上秘事的，只有两件。这两件事都记载在山家祖训里，完整的版本只有候选继承人能看。她和山崇都是候选继承人，他们两人都看过那本祖训。祖训上记载了两件秘事，一件是山家祖先在明朝时出海的过程，另一件是他们山家铸刀一业能够传承九代的原因——他们拥有独特的配方。

山岚了解山崇，他肯定不会傻到把第二件事往外说。那剩下的，只有第一件。

赵行轻咳一声，余光瞥了眼盛霈，支支吾吾地问："我在这儿说没事吧？"

山岚轻声应："没事。"

"那什么，他那时候也有压力，为了继承人的事吧，就和我聊了几句。也是喝多了就没管住嘴，说你们山家继承人不单是只传嫡系一脉，还有另外一个几乎没人知道的继承条件。"

赵行显得有些紧张，舔了舔唇说："山崇不是想故意和你争，他知道自己争不过，但他爸妈给他很大的压力，所以和我提了一嘴儿，说你们山家祖先护船出海时，遇见海盗和风暴，丢了一把刀在船上，但是船沉了，没人知道那把刀在哪儿。"

"找到那把刀，就可以继承山家？"一道低沉的男声忽然响起，打断了赵行。

盛霈听了那么久，一直没出声，直到听到这里。他想起山岚曾说过，山家祖先爱刀如命，这个条件未免太好猜。他瞥了眼山岚，难怪这次她会坚持出海来。找到那把刀，不仅是继承条件，更是她祖先生前的夙愿。

山岚神色沉静，没有过多的情绪波动，她轻声道："没错，找到那把刀，就可以继承山家。"

"那把刀，它叫什么？"盛霈对这把刀起了点儿兴致，问道。

山岚微微侧头，看向近在咫尺的盛霈，盈盈如水的眸落在他脸上。她温声道："它叫垂虹，'肯随白鸟过垂虹'是它的名字由来。我练的这套刀法，和它相伴而生，祖训上说，只有垂虹刀才能发挥出这套刀法的威力。同样，

也是这套刀法，让它成为垂虹刀。"

盛霈盯着她的眸问："你练的刀法，有名字吗？"

"这套刀法叫'明虹收雨'，我练的是收雨六式，祖训上说，刀光所至，明虹收雨。盛霈，我很想找到它。"她目光灼灼，丝毫不掩饰对这把刀的渴望。

盛霈难以形容这一刻山岚的眼神，她本就立于峰顶，此时她眼里的光像阳光下的雪一样耀眼，似是要凌空而去，去往更高、更远，去他再也看不见的地方。

这就是他为之心动的人。

盛霈的心剧烈地跳动起来，难以抑制。他眸光微动，半晌，哑着声说："我会帮你找到它。"

赵行看看山岚，又看看盛霈，欲言又止。半晌，他张了张唇，试探着出声道："我要说重点了，你们还听吗？"

话音落下，那长相不善的男人瞥了他一眼，目光里带着显而易见的不爽。赵行不想管他，对着山岚说："当时我听了，只是过了一耳朵，我对什么刀不刀的没什么兴趣，我真正有兴趣的是那艘船。听山崇说，那艘船上有数不清的财宝，我鬼迷心窍……"

听听，这都是什么事？盛霈略显不耐，怎么净是这些破事，有没有一点儿法律意识？

赵行苦笑一声，接着说："那时候不是流行组什么探险寻宝队吗？我琢磨着也去组了一个，都是这方面的爱好者，人不多，加上我一共就五个。我们分头去找这艘船的线索。后来，关键线索我们还是从山崇那里知道的。"

山岚怔了一瞬，下意识地看向盛霈。盛霈神色微凝，眸光沉沉地看着对面的赵行。

赵行深吸了一口气，再次回忆这件事："我们是三年前的春天出海的，租了一艘船，沿着地图上的航线，一路都很顺，但到了地图上记载的地方，我们却没有发现任何沉船的线索。我们不肯轻易放弃，就这样在岸边和海上来回往返，持续了三个月，一直到夏天。"他的神情难掩失落。

忽然，他的眼睛里又出现一丝光彩。

"那时我们都想放弃了。我永远都不会忘记，回航那天下了暴雨，半

路上，卫星定位系统却忽然失灵，我们迷失了航线，在暴雨中，隔着雾蒙蒙的一片，我们看见一座从来没有见过的岛，地图上也没有那座岛的位置，但我们五个人都看见了，那岛上停着一艘船，是一艘五桅帆船！

"可是，没等我们靠近那座岛，船就翻了。我醒来的时候就在现在这座小岛上，身边除了当时乘坐的那艘船，一个人都没有，我不知道他们去哪儿了。就靠着船上剩的那点儿物资，勉强在岛上生活了一两个月，具体时间我记不太清。只知道时间一天天地过，我越来越绝望。终于，有渔船经过了这里。"

盛霈问："就是那个定期给你送物资的人？"

赵行稍稍平复心情道："起初，我以为得救了，后来才知道，那艘船其实一直跟着我们，也是为了找到那艘沉船。因为我看见了那座岛，那人就不停地让我回忆，在海上转了一年，我们都没再看到那座岛。我能说的都说了，他不信，又把我丢回这里，定时送物资来，说什么时候想起来，什么时候带我上岸。"

三年时光，无数苦闷、丧气，短短几分钟就说完了。就如山岚所说，赵行是被关在了这座岛上。

盛霈定定地看着赵行，问出了今晚他最想问的问题："你们一行五个人，其余四个人的名字，你还记得吗？"

赵行一愣，有些恍惚。他太久没有想起他们了，在他看来，他们当年就死在了海上。

"我想想。"赵行抹了把脸，情绪有些波动，"一个姓林，一个姓……还有一个，他年纪最小，家里还有哥哥，姓什么来着，姓……"

"姓陈，他叫陈海，他哥哥叫陈山。"盛霈沉沉的嗓音接上，替他说完了剩下的话。

赵行茫然地看了盛霈一眼，喃喃自语道："对，没错，他叫陈海。你认识他？"

盛霈神情很淡，眸间映着火光。他不知道自己该做什么反应。

世间事就是这样诡谲，一场突如其来的暴风雨将当年的知情人带到了他眼前，他找了三年都没有线索，却在这里遇见了，甚至——

他看向山岚。

甚至这件事源于山家。

山岚眼睫颤动一瞬，问赵行："山崇他和你说了什么？"

"山崇他给了我一张地图。"赵行咽了口口水，说了实话。

话音落下，他们都陷入了沉默。三个人心思各异，谁都不知道他人在想什么。倏地，盛霈把树枝一丢，去拿火堆里烤着的螃蟹和虾，照旧敲碎了放在山岚眼前，再自个儿吃，至于赵行，他懒得管。

赵行倒了一晚上的苦水，这会儿倒是缓过来了，试探着问："我种了番薯、玉米什么的，里面还有米，还有间屋子空着，要不我进去给你们做顿饭吃？其他的，我们明天再说。"

他在这岛上待了一年半，已经被磨得没了脾气。以后的事，不着急在这一时半会儿。

盛霈头也没抬，说："你先进去。"

赵行点头，起身起了一半，又回过头来，确认似的问他："你们不会走吧？啊，你们没船，我差点忘了。我先进去给你们做饭，我手艺还不错。"

赵行说完，匆匆进了林子。看他的背影，脚步还挺轻快。

人一走，盛霈看向山岚，她安静地咬着早已凉透的鱼，侧脸在火光中只显温柔，不见清冷，可他却觉得，她在难过。

"招儿，你看看我。"盛霈低声喊她。

山岚停下动作，怔怔地看着火堆，火星带来的热意在海风里消散了。她忆起那年年岁岁和山崇相处的时光，又想起崖顶他清朗的喊声。

这样的师兄，会把她推下海吗？山岚不知道。

半晌，山岚侧过头，用如水的眸看盛霈，云雾似的声音落下来："盛霈，你是不是想抱我？"

盛霈喉间干涩，听她用轻而软的声音问是不是想抱她。这一路来，她从不示弱，甚至连讨要拥抱都显得笨拙而骄傲。山岚这柄刀，该傲雪凌霜、百折不摧，她应该一直是这么对自己说的。

盛霈凝视她片刻，忽而灭了火。当海岸上唯一的光源消失，沙滩上一片昏暗，唯有星辉洒落，灰沉的海面上落满点点光辉。

他在微弱的光线中看她，忽然挑唇笑了一下，朝她张开双臂，声音慵懒道："过来，我在这儿。"

盛霈要她过去，要她知道，她可以示弱。

山岚眼睫微动，身影却停在原处不动。半晌，风中有人低低地叹了口气。

盛霈半是无奈，半是心疼，他站起身，长腿一迈，径直在她身侧跪坐下。一片阴影落下，高大的身躯遮盖坐着的山岚。

盛霈再次伸出手，低声问："我能抱你吗？"

不一会儿，那道身影缓缓靠过来，她纤细、笔挺的背脊贴近他温热的胸膛，柔软的气息如围网一般无声蔓延开。

盛霈垂眸，手臂横上她的腰。修长的指节扣住腰腹处的软肉，手下的身躯有一瞬的紧绷。他一顿，松了力道，用臂弯一环，轻而沉的鼻息贴近她的长发。

咸湿的海风退去热意，卷浪拍向礁石。高低不平的礁石向轻软的沙滩延展，星空下，有两道沉默的身影，他们紧紧依偎。不知过了多久，男人低下了头。

盛霈垂头，下巴贴近她的颈侧。他深吸一口气，再吐出来，胸前被她填满，他的心也鼓起来，像海里的刺鲀，只是他退去粗棘，将所有柔软的部分都献给她。

"盛霈，我不怕他和我争。"

山岚靠在他宽阔的胸膛里，半仰着脸，安静地望着星空，语气里甚至有一丝困惑，似乎被这个问题困扰多年，不得其解。

"他应该和我争的，和我争不是什么丢人的事，对不对？师姐从来不掩饰她的野心，所以她和我一起练刀、铸刀。师兄天赋出众，谦逊温和，有问题也会找我探讨，可每每说到继承人的事，他却显得为难。"

盛霈轻哂一声，不知是笑她傻，还是笑为了那点儿体面的山崇。

盛霈这会儿心神放松，胸膛贴着她柔软的长发，手指也轻佻地绕上去，笑说："不丢人，能和招山争是他的荣幸，但有的人……"他琢磨了一下山崇的心理："他能被推上和你竞争的位置，自然有他的本事。可有的人不知道，当你达到某个专业领域的顶峰，那不是尽头，往外还有无穷无尽延展的空间。山崇知道，所以只有他清楚，你们之间有巨大的鸿沟。"

在天才面前，山崇那点儿天赋不值一提。可其他人不知道，他们将山崇和山岚相提并论，将他们送到一样的高度，久而久之，山崇上不去也下不来。

"他的为难，是做给别人看的。"盛霈嗤笑道，"连他父母都不知道他在想什么，我猜他想要那把刀，是在别人的期待和凝视里生出了希望，他或许也可以。但三年过去，早就冷下来了。他推你的可能性不大，你们之间的利益冲突太明显。要我说，背后还有个人，把你推下海，山崇又正好去找你，顺势把他推上嫌疑人的位置。你们两个继承人没了，往下谁继承山家？"

山岚眸光平静，轻声应道："在两个师兄和师姐里选。"

盛霈挑眉道："那嫌疑人可不止一个，但不排除警察将这件事定性为意外。凶手没算到你还能活下来。"

许久，山岚心间起的那点儿波澜归于平静，她放松身体，在男人有些扎人的寸头上蹭了蹭，说："盛霈，我们要找的船，是同一艘船。"

盛霈轻"嗯"了声，说："你别多想，这件事和山家没关系。没有这艘沉船，他们也会去找其他的，或许不只是沉船，还有墓葬，人的心是个无底洞。"

山岚侧过头问："你的心也是吗？"

盛霈微顿，垂眸去看她的眼睛。初见时，她也是用这样一双眼睛看着他，比水软，比刀锋利。再往后，她盈盈的眸像是铺天盖地的围网，悄无声息地将他诱捕。他越挣扎，网上的刺扎得越深。

半晌，盛霈视线下移，掠过她的眉眼、鼻子、脸颊，再到嘴唇，他盯着她柔软的唇角，嗓音喑哑道："我的心也是。"

他的心被网住，刺越扎越深。贪念也从深处冒了出来，一点一点，正在蚕食他。

山岚安静地看着他，暗色里他的轮廓是开了刃的刀，线条锋利而清晰，点点星光落在他凌厉的眉眼间，他的目光比南海的烈日还要烫。

"我们该进去了。"

不等山岚说话，盛霈移开了视线。

盛霈想，快了，他已经接近当年发生的事，过不了多久，陈海是死是活都会有个答案。他会离开这里，去追逐她的脚步。

他希望他的公主，永远不要低头。他会去她的身边。

山岚等了一会儿，看向腰间一动不动的手，想了想，说："你不松开我，我们没法儿进去。盛霈，你想再抱一会儿吗？"

"……"

盛霈有点儿烦，他何止想抱一会儿，他还想抱一晚上。

"走了。"

他不情愿地松开了手。

岛中生活区域。

赵行难得见到活人，更别说还是认识的人，心情前所未有地轻松。他炒了菜，煮了粥，还把藏着的饮用水拿了一点儿出来。他有一种预感，他很快就会离开这个鬼地方了。

赵行咧嘴笑了一下，兴冲冲地炒完菜开始等人。可左等右等，等到粥都滚得在冒泡了，那两个人还没来。好心情荡然无存。他忍不住想，不会走了吧？他们没有船，怎么可能离开这里？总不会是他在岛上待疯了，产生幻觉了？

赵行有些焦躁，正当他忍不住想出去找人的时候，那小路口传来窸窸窣窣的动静，他松口了气，提着煤油灯迎上去。

"饭都做好了。"赵行指着正中间高高架起的锅炉说，"把我丢这儿的人没想让我过好日子，这里没电，你们将就一下。"

锅炉下，木柴正在燃烧，爆裂的声音令人觉得回到了洛京的冬天。可现在是夏天，这里是南海，夜晚也充满热意的地方。

山岚看着火光，有点儿想念云山了。山里的夜和海边的夜不同，想到这里，她看向盛霈。她不知道他的家在哪里，也不知道他是怎么长大的，可短短几天，他们像过了那么长那么长的时光。

盛霈和赵行说着话，偶尔看山岚一眼。起初她还正常，可不一会儿她竟捧着碗发起呆来，平时吃饭那么认真的人居然还会走神。

"招儿，想什么呢？"盛霈伸手在她眼前打了个响指。

山岚不为所动，依旧认真地发着呆，一点儿都没被他影响。

盛霈瞥她一眼，没再继续问，继续和赵行聊天："把你关在这岛上的人是什么来头？"

赵行说："和我联系的一直是同一个人。年纪比我大，三十五岁左右，

141

是个渔民。听船上的人叫他章哥，姓章，名字不清楚，开的是拖网渔船。但我觉得他不是能做主的人，有时候我们说着话，他会忽然离开。我起先以为做主的那个人在船上，后来偷偷找了一次，发现没有，我想他们应该是电话联系。"

"多久来一次？下一次来是什么时候？"

"夏天一个月，冬天两个月。大概还有一个星期船会来。"

盛霈静了片刻，忽然问道："那沉船与山家有关，这事你和那人说了吗？"

赵行迟疑地看了眼山岚，小声说："说了，但他们从来没问过山家的事。我感觉……感觉他们早就知道，因为那时我交出地图，他们似乎不是很感兴趣。"

盛霈垂着眼没应声，好一会儿，抬头看赵行，又问："早上你藏完房子，又藏什么去了？这里有船？"

赵行呆了一下。他本来以为这里不会被他们找到，可不但被人发现了，地上还留了句话，说"借你洗发水用用"。他又惊又惧，心一慌，就出去把人家的棚拆了。

赵行睁大眼，面上显出一丝惊慌地问："你……你怎么知道我……有船，你看见了？"

盛霈跳过这个问题不答，又问："什么船？当年你的船不可能被留在岛上，况且你一个人，藏不了那么大的船。"

赵行面带犹豫，不肯说。他看向山岚，问："小师妹，你怎么会流落到这里来？"

山岚稍稍回过神，眸光掠过他们的脸，看向赵行，轻声说："你可以相信他。"

盛霈和赵行皆是一怔。

盛霈克制着自己，盯着燃烧的火堆不去看她。他的黑眸比这火还要亮、还要烫，某种难以言说的情绪充满他的胸腔。他似乎又变成了十八岁的盛霈，冲动，意气风发，什么都不管不顾。

"哥们儿，你怎么称呼？哪儿的人？"赵行思虑再三，打算先打听打听盛霈的来头。

盛霈瞥他一眼，随口应："海上的人都喊我一声盛二，洛京人。"

142

赵行诧异道："你也是洛京人？"

山岚慢吞吞地看向盛霈，男人的侧脸对着她，神情寡淡，看不出情绪。他从来没说过，他是洛京人。

赵行瞧瞧山岚，又瞧瞧盛霈，幽幽地叹了口气说："我们洛京人这是倒了什么霉？一个两个也就算了，居然沦落到一窝都在这岛上窝着。"

"既然小师妹这么说了，我们又都是洛京人，"赵行决定牢牢抓住这次机会，"我藏起来的那船是我捡的。去年夏天刮台风，不知道从哪儿漂来一艘木质机帆船，不大，坐我们三个人足够。但是……"

盛霈问："坏了？"

赵行愤愤地咬了口螃蟹腿，深觉自己倒霉："没有机动力，没有导航和地图。有一回，趁着风大我偷偷试了一次，还没开多远就偏航了，我可不想死在这海上，你说现在这海上哪儿有人会开这样的船？"

他不由得感叹道："也不知道古时候那些渔民怎么认得路。"

山岚和盛霈对视一眼。盛霈眼底浮上笑意，这不是巧了吗？

"明儿带我去看看。"他懒懒地应了声，又伸手一点山岚的眉心，她就这么瞧着他，不知道发什么愣。

盛霈训猫咪小招似的训她："你，认真吃饭。"

"哦。"山岚轻声应了，认真扒起饭来。

这一夜，赵行的话格外多。他心防一松，嘀嘀咕咕地恨不得把这几年的苦都说给他们听。说完已是深夜，火已熄灭，海风正凉。

赵行提着煤油灯，将他们带到另一间木屋，把门一推，照亮里面窄小、干净的空间。他说："我在岛上闲着没事，又新搭的，前前后后改了好几次，这间还算通风、阴凉。再给小师妹拿条毯子来，你们……哎，你们……"

赵行后知后觉，看向这一男一女。他们是能同住一屋的关系吗？

盛霈无视他的视线，接过煤油灯，朝他点点头说："谢了，草木棚的事就到此为止。明天看了船，再商量走的事。"

"……"原来这人还记着草木棚的仇。

赵行来回走了几趟，把空屋都拾掇好了，让山岚先洗澡，洗完了他们两人再洗。洗澡这会儿，他还惦记着刚刚想的问题。

木屋后，水声哗哗作响。赵行压低声音问："盛二，你和小师妹……你们俩是什么关系？”

盛霈随手把衣服一扯，露出精赤的上身，拎起半桶水，昂起头，冰冷的井水兜头而下，淌过他凌厉的五官。

半晌，他睁开眼，甩了甩头，对赵行笑道："她是公主，我伺候她。"

赵行一愣，仔细琢磨了一下他话里的意思，小心翼翼地问："你，你是保镖啊？不但负责保护，还负责陪吃陪喝陪……"难不成还负责陪睡？他可听说过，小师妹是有未婚夫的。

盛霈轻"啐"道："一会儿给我找把椅子，我就坐在门口，给她守门。"

赵行闻言松了口气，悄声说："你和我睡也行，小师妹本事大着呢，不会出什么事。那你也知道吧，她那个未婚夫的事？"

盛霈一顿，不动声色地问："家里有钱那个？"

赵行点头，一边搓着澡，一边和盛霈八卦道："我也是听山家人说的，山家好像对她那个未婚夫不怎么满意，家里有钱归有钱，但人不行。我还没出海那会儿，还听说了一个小道消息，说那男的外头有不少人，不干不净的。洛京那些有钱公子哥，你知道的，哪个外面没点儿花边新闻。"

盛霈眯了眯眼问："外头还有人？"

"可不是吗！"赵行说起这件事也有点儿不爽，"你不知道，山家人多宝贝小师妹，这些消息半点儿没往她耳朵里传。也不知道她那个爷爷是怎么想的，刀剑一行虽然渐渐没落，但也不能跌份儿，你说是不是这个理？"

"他家里什么背景？"盛霈压着声问。

赵行一拧毛巾，回忆道："家里好像是做船运的，做得还挺大，不出意外应该是他继承家业。"

船运？

盛霈眯了眯眼。他把那些在船运方面稍稍有点儿名气的公司过了一遍，小白脸、纨绔子弟、外头有不少女人，这么一遍过下来，名单竟有十多人。

盛霈压着火，又兜头倒了一桶冰冷的水。这样的男人，给她提鞋都不配。

赵行没察觉盛霈的情绪，自顾自地说："听山崇说，小师妹对这方面无知无觉，她心里只有刀。也是，他都暗恋那么多年了，小师妹都不知道。"

盛霈差点儿气笑，心想这些人也配？

赵行叨叨地和盛霈说完，朝他摆摆手，随口道："我先进去了，给你找把椅子，你要是累了就进来睡会儿。"

夜空清透，林间枝叶簌簌而动，海风拂过，带下几缕星辉。海上的孤岛像是一片荒地，放眼望去，皆是旷野。盛霈扯了把椅子，在山岚屋前坐下。椅子边点了盘蚊香，蚊香的味道很熟悉，是三沙渔民常用的那种。

盛霈闭着眼，思索着背后人的身份，姓章的船长身份不难查，倒是背后的人隐藏得太深，至今盛霈只窥见冰山一角。唯一可以确认的是，背后人的目的是找到沉船，且尚未找到。至于沉船的来由……

盛霈瞥了眼木屋，除了山家人之外，有别人知道也不足为奇。这三年下来，连他都能把沉船时间确定在明朝时期，何况那背后的人。剩下的信息隐藏在史书和故事传说里，还有山家的祖训中。

山家的祖训记载，这大概是最快捷的路。为什么背后的人不选这条？

这个念头刚冒出来，木屋里忽然有了点儿动静。

盛霈起身，抵在门前，轻叩了下门，低声喊："招儿？"

"盛霈，我睡不着。"山岚说话轻轻柔柔的，显得乖巧又无辜。

盛霈瞥了眼时间，已是凌晨。他问："那我陪你说说话？出来还是在里面？"

屋内静了一阵，门从里面打开。他抬眸，正对上她水盈盈的眼睛，无声地望着他。盛霈眸光微暗，喉结滚动。半晌，他移开视线，侧开身说："外面凉快，出来吹吹风。扇子呢，也带出来。"

山岚依言把那把蒲扇带出来，这是刚才赵行塞给她的，说热就扇扇风。

盛霈把椅子让给山岚，提着煤油灯挂在门口，自己随手扯了条小板凳，坐下给山岚扇起风来。

"热不热？"他问。

山岚摇摇头，她慢吞吞地顺着长发，静了一阵，看向身侧的男人问："盛霈，你是不是想问古地图的事？"

盛霈极其克制，也在意边界感，哪怕这件事和他切身相关，他也能忍着不问她。他眉眼松散，淡淡地和她解释道："地图大概率没什么用，不然那船早让人找到了。记载这事呢，和传说一样，有真有假。"

颈侧是清清凉凉的风，他就坐在身边。

山岚注视着落满星子的夜空，温声道："地图是真的，但是我们看的那本祖训，只记载了一半。山家除了祖训，还有一册只有山家家主才能翻阅的手札，是当年我的祖先留下来的一封信。信上记载了那次航行和意外发生的全过程，你可以理解成现在的船长日志。它能帮你找到那艘船，对吗？"

盛霈顿了顿，应道："或许。"

山岚抿唇笑起来，唇角微弯，像海面落满光辉，点点的星汇成无数条银河，朝他汹涌而来。这是盛霈生平所见，最为猛烈的暴风雨。

她说："盛霈，我会把它交到你手上。"

他的人生，远不应局限在这 300 万平方千米的海疆。山岚想让他从这里走出去，去看河流，看山谷，看最高的峰顶，看广袤无垠的土地，他本就长着翅膀，不该被困在这里。

盛霈的动作停住。他定定地看着山岚，迎着心头汹涌的情绪，这两晚一直在胸腔间鼓着的那口气终于将他的理智撑破。此时此刻，他只想和她做最亲密的事。

"砰"的一声闷响，椅子倒地，扇子轻飘飘地落在地上。

盛霈扣着山岚，将她抵在薄薄的木板上，视线紧盯着她的眸，但凡她有一丝抗拒、一丝迟疑，他都会松开。

可她只是顺着他的力道，仰着光洁的面颊，注视着他。

"怎么了？"隔壁的赵行含糊地咕哝了声。

盛霈压着声，说了句"没事"，小臂下滑，扣住那截紧致的腰肢，长腿一屈，膝盖推开门，人影一闪，外面顿时空荡荡一片，唯有煤油灯颤巍巍地摇晃着。

门内光线昏暗，狭窄、幽闭的空间里生出一片热意。盛霈紧紧地箍着山岚，小臂的肌肉绷着，随着呼吸缓慢起伏，他像蛰伏后即将苏醒的兽。他低着头，眼睫垂落，唇落在她脸侧，滚烫的气息若有若无地拂过，嗓音克制道："我要吻你了，你可以躲。"

柔软的躯体被强韧的铁焊住。

山岚微微一动，他的腿紧跟着压上来。她触上他的小臂，有些无奈地开口道："你……唔——"

盛霈几近凶恶地吻下来，狠狠地咬上她的唇。男人的牙像犬齿，尖锐的部分半点儿不留情地覆过她的唇。刺痛和酥麻同时席卷山岚，耳侧是他细密的喘息，腰间的手一紧，起伏的胸膛贴上她的心口。

急促的呼吸中，山岚敏锐地察觉到他顿了片刻。这停顿似乎是行军前的短暂休整，短促的鼓响之后，摁着她头发的手前移，刮擦过软腮，而后捏住她的下颌。热意散落下来，他的呼吸又重了。

山岚微微一蹙眉，不太适应这样的姿势，抬手反扣住他的手腕，腰腹微转，用力一翻身，将他抵在门上。黑沉沉的屋里，他忽而轻笑一声，松了力道，由她做主。

"小公主，会接吻吗？"盛霈启唇道，嗓子哑不成调，尽是调侃。

山岚抬眸，直直望向他垂落的眸，抬手去摸他的下巴，刺刺的，有点儿扎，停留片刻，她踮起脚尖。

鱼一样的滑腻感钻入盛霈的口中。和他凶恶的力道不同，她像一场春雨，细细密密。轻而缓的力道探过所有航道，他这艘船却逐渐迷失方向，摇曳在汪洋大海中，任由暴烈的海浪将他吞噬。

盛霈放松背脊，紧贴着木板，配合着山岚的动作，只单手贴着她的腰。

忽然，她又变成了山里那只湿漉漉的小猫咪，缺了氧，别开头躲在他颈侧轻喘，轻细的呼吸声拉紧了盛霈脑海中紧绷的线。他垂眸，下颌微微收紧，贴着细腰的手往上，压着声："还要不要亲？我教你。"

他的唇移过她的耳畔，鼻梁贴着侧脸，一下一下地蹭，低哑的嗓音不紧不慢道："在海里，鱼用鳃呼吸，鲸用肺呼吸。"男人的唇移到她的鼻尖，他低声问："招儿，你用什么呼吸？"

山岚指尖蜷缩，耳根发软。她抿着唇不说话，只知道轻声喘气，他似乎笑了一下，大掌倏地收紧。

狂暴的浪潮来临之际——

"砰"的一声响，隔壁门开了。赵行困倦的声音传来，他嘀嘀咕咕道："盛二，你人呢？椅子还翻了，哪儿去了。"

说着，他朝山岚这间房走来，拖鞋摩擦过地面，"啪嗒啪嗒"的声响越来越近。眼看就要敲响门，忽然，听到一声怪响，像是鸟叫，尖锐刺耳。听不太清楚那叫声是从哪儿传来的，但赵行寻思着屋里应该不会有鸟。

赵行一个激灵，随手拿起锄子，小心翼翼地往屋后探去。

屋内，盛霈耐着想把人丢下海的冲动，轻轻抚了抚山岚的长发，低声说："我出去一会儿。你该睡了，招儿。"

山岚退开身，闷声应了。

盛霈一挑眉，怎么着，这是没亲够还不高兴了？他没再停留，悄无声息地从窗户翻了出去，进了林子，又学了声鸟叫。

赵行听见声音，匆匆跑过来，正好撞见刚从林子里出来的盛霈，他纳闷地问："大晚上的，你干什么去了？"

盛霈往自己身下瞥了一眼。

赵行恍然，方便去了，又拧着眉问他："你刚才听见什么奇怪的声音没有？在这岛上这么久，我从来没听见过这样的叫声。"

盛霈随口道："没听见，你做梦了吧？"

赵行摸了摸脑门，心想这也有可能。他放下锄子，打了个哈欠问："你睡了没？去屋里睡会儿吧，这儿没野兽，我都住了一年多了，从来没见过。"

"没事儿，你睡你的。"

盛霈走至井边，用桶里的冷水洗了把脸，小腹的燥意稍稍降了点儿。

赵行瞧了眼盛霈肌肉线条分明的胳膊，再看看自己的，觉得还是自己睡觉比较重要，又"啪嗒啪嗒"地进屋去了。

人一走，四周安静下来，只剩林间的海风和海岸边的浪潮声。盛霈深吸一口气，扶起椅子，重新在山岚屋门口坐下，仰头看向夜空。周围林立的树木像是围城，将他们困在这里，可头顶之上仍有星子闪烁。

他捻了捻指腹，有点儿想抽烟。自从山岚上岛，他就没碰过烟，算起来也有一阵子了。他没烟瘾，只偶尔情绪上来，烦了就抽一根。这会儿的心情却不太一样。浩渺星空下，沙砾般的孤岛上，他抬头就是夜空，身后是她，心像被小钩子钩着，发着痒，时间久了，便变得麻，得来根烟压一压。

这一夜，盛霈一直睁着眼。星空流淌，海浪声声，直到他看见了日出。

清晨，赵行打开门，伸了个长长的懒腰，哈欠打到一半，忽然愣在那儿，回过神，往盛霈跟前走。

"你昨晚睡了吗？怎么一大早就开始忙活了？"他蹲下身问。

锅炉下生了火，盛霈搬了把矮凳坐在跟前，用木铲搅着锅里的地瓜粥，甜糯的香气散开，见赵行醒了，指了指边上的石砌台，懒声道："自己拿，玉米熟了。"

赵行蹲着不动，一年多了，头一回他起床还能看见人。这人还贴心地给他做了早饭，看着脾气差，性格却那么体贴。他感叹道："盛二，这保镖工资不好拿吧？有句话怎么说来着，心有猛虎，细嗅蔷薇，说的就是你这样的。"说着，他还竖了个大拇指。

"……"盛霈眉心直跳，他昨天晚上就看赵行不顺眼了，这会儿压根儿就不想搭理，继续煮他的粥，等着山岚醒过来。

赵行看了一会儿，去井边刷牙。他蹲在木桶边，含糊着问："小师妹还没醒？不应该啊，我记得她自律得可怕，我当时听说都吓着了。"

盛霈这才舍得看他一眼，问："怎么说？"

赵行说："我不是去过山家吗，当时好奇心强，想知道山崇在山里是怎么生活的，他性子好，国庆放假就带我们上山去了。这也不是什么秘密，山家人人都知道。小师妹每天早上5点不到就起来了，拿着把长刀，到云山的最高峰练刀，练完下来太阳才刚升起来，再到食堂吃早饭。我和你说啊，我们是被起床铃喊醒吃早饭的，多吓人啊，都什么年代了，这家里居然还有起床铃，整座院子都是'嗡嗡'的铃声，想不起来都难。"说到这儿，赵行忽然变得神秘兮兮的："还有更吓人的，你想不想知道？"

盛霈："……"他又想把人丢海里去了。

"喀，等到了食堂，齐刷刷地坐满了人，我们当时就被吓清醒了，再到坐下准备吃饭，我刚拿起筷子，山崇说不行，让我放下。我问怎么？他说小师妹还没到，不能动筷子。"

赵行想起这件事还是充满震惊。

"虽然这事和小师妹没关系，但他们家规就是这样。吃完早饭，我们就去铁房参观。小师妹比我们忙多了，除了抢锤子，还得去检查刚做完的刀，还得教小孩儿，还有数不清的师兄弟去向她问题。不管她走到哪儿，身边都跟着一群人，她从早忙到晚，我当时就有一种感觉，却怎么都说不上来。"

赵行连牙都顾不上刷，继续说："直到我看古装剧，皇帝坐在龙椅上，底下乌泱泱地跪了一群大臣。你能明白我的心情吗？"

盛霈沉默半晌，忽而笑了。多有意思，他把山家的小皇帝骗到海上来了。

赵行洗漱完，刚在盛需对面坐下，屋里有了动静。门打开，他们话题的中心出现了。

晨光透亮，海风已带了热意。山岚将长发别至耳后，视线静静地扫向屋外，穿过风，对上盛需的眼眸，他也在看她。

"早上好。"她轻声说。

盛需的眉眼微带困倦，眸光间的侵略性退去，他懒着嗓子开口道："醒了？去洗漱，洗完过来喝粥。"

早饭期间，赵行没觉出这两人之间的不对劲来，依旧嘀嘀咕咕地说着话。偶尔问一嘴安静的山岚，山岚有时候应，有时候不想应，便自顾自地喝粥。

吃过早饭，三人准备出发去看船。说是准备，不过是——

赵行戴着顶篾帽坐在阴凉底下，抬着头，一脸困惑：这两个人干什么呢？一个戴着顶绿帽子；一个拿着绳子往自己腰上套，再把绳子递过去。

"走了。"盛需随口通知他。

赵行难掩疑惑，想问又不知道怎么问出口，说不定这是盛需特殊的保护方式，毕竟"皇家"的事他不懂，能离开这里就好。

路程不远，赵行走在最前面。山岚搜着绳子，盛需跟在最后。赵行脖子上挂了条毛巾，时而擦一擦汗，说："这岛上要是没那么多树，我早晒死在这里了。唉，我做梦都想回洛京看一眼。"

他问："盛二，现在洛京是什么样？"

隔着几步路，身后传来的男声漫不经心："我这三年都在海上。"

赵行一想也是，盛需就是到这海上来找他们的。他回头看了眼山岚，她戴着那顶帽子，手里搜着绳，一会儿扯扯后面的人，一会儿又松开，瞧着心情还不错。

"咳，小师妹，山崇还好吗？"赵行大着胆子问。

山岚应道："他和以前一样，忙山家的事，偶尔去交流会，在铁房的时间少了点儿。家里人催他找女朋友。"

赵行一愣，山崇到现在还没放弃？他试探着说："小师妹，那你的婚礼在什么时候？"

话音刚落，最后头忽然发出"啪啦"一声响。盛霈踩断了一截树枝。

赵行探头看了一眼，那男人神情淡淡的，耷拉着眼，没什么不对劲，他收回视线，继续等着山岚回答。

山岚微顿，难得生出一股心虚来。她拽紧手里的绳子，将盛霈往身边带了点儿，轻声应道："不会有婚礼了。"

赵行"啊"了声，神色讪讪，老实地没再多问，心里却为她高兴，那些二世祖根本配不上他们小师妹。

盛霈撩起眼皮，看她散落在腰间的发尾。昨晚，他的手指没入长发，把控着那截紧实的腰，去闻她耳后淡淡的清香，最后听她细细密密的呼吸声。想到这儿，他又热起来。

盛霈想，会有婚礼的。

朝阳初升，海风徐徐。林间枝叶婆娑，三个人安静地走了一阵。

在这寂静中，山岚忽然轻声说："我日日去崖顶练刀，那里能看到整个洛京。晴日时，能望见昆羔山下的沙丘，沙丘和海潮一样，如云起伏；沙尘天，整个洛京灰蒙蒙的一片，风里带着沙粒，空气很干，让人鼻子很不舒服，只有等到那雨落下来，才能舒一口气。

"洛京的春比别处来得晚。江南的花儿都谢了，洛京的胡同口的墙上才爬满花，地上落满叶子和花瓣；夏天阳光很烫，晚上我们师兄妹会下山去，去山脚的小摊吃烧烤，喝啤酒，那里没有山家的辈分，他们不用等我先动筷子。摊位上冒着熏人的烟，辣椒面像雨一样往下落，街上有人骑着自行车，车铃叮叮当当地响，有上了年纪的老人家三三两两的，拿着扇子摇晃着，有时候散步，有时候下棋。

"等入了秋，洛京就变成了黄色……"山岚微怔，忽然止住话。

赵行不知怎的，不往前走了，就这么在地上坐下，手背捂着眼睛，背脊抽动，他竭力克制着，但终是没忍住，放声大哭起来。

"我想回家……我想我妈。

"我想回洛京去，我后悔了，再也不想待在这个鬼地方了！"

山岚微微有些无措，下意识地看向盛霈。盛霈朝她轻轻摇头，没出声，就让赵行哭了个痛快，等哭声收得差不多了，过去拍了拍他的肩。盛霈顿了顿，说："我会带你离开这里的。"

赵行哭完心里畅快不少，随手擦了擦眼泪，也不怕人笑话。他道："先带你们看船去，这船当时破了，我修修补补，修得差不多了。我怕被他们发现，一直把船藏在林子里，怕木头烂了，就用布罩上藏在浅坑里。为了显得自然，还移了几株树过去，再放点儿杂草什么的，不仔细看完全看不出异样。"

盛霈挑眉道："你比我想的聪明。"

赵行也不和他计较，熟练地拐过几个弯，走了近10分钟，在一处草木茂盛的地方停下，指着正中间说："到了。"

盛霈和赵行合力将这些树木移开，扯开满是泥土的布，露出那艘近两米高的木帆船来，如赵行所说，陈旧而狭小。它停泊在地面，桅杆下，帆布静静地躺在甲板上。

不起航的船，就像废弃的刀。长久地停在那儿，它便渐渐失去了生命。

盛霈钻入船舱，仔细打量了一眼，又出来检查外围修补的地方。半晌，他瞥了眼赵行，说："10分钟就得沉。"

赵行："……"

"那怎么办？哎，盛二，我有个想法。"赵行不知哪儿来的勇气，悄声说，"过几天他们来送物资，我们把船给截了，怎么样？这样我们就能直接回岸上去了！"他一脸兴奋。

盛霈盯着船体，随口应："船上那么多人，你打算怎么截？你知道启动一艘大型渔船需要多少人吗？"

赵行蔫下来。

也是，他们这儿就三个人，再怎么厉害，也无法控制船上那么多人，但凡有一个不配合，他们就可能把自己赔进去。

盛霈看了一阵，淡声说："重新补，能修好。但我需要你做一件事。"

赵行一愣，问："什么事？"

"上他们的船，到驾驶室把罗盘偷来。"盛霈神色淡淡地说，"别人的船上不一定会有罗盘，但他们的船一定有。你拿到了，我们当即就离开，两天送你到南渚。"

"……"

赵行瞪大了眼，顿时紧张起来。

盛霈轻飘飘地说完方案，也不管赵行内心的纠结和挣扎，继续指使他："把能用的工具都拿过来，再去砍树，修个三四天就能用。"

赵行反应了一会儿，冷静下来，说了句"行"，就匆匆离开去拿日常工具。

一时间，林子里只剩山岚和盛霈。山岚摘下帽子，露出干净的面容来，右手轻晃，以帽为扇，丝丝清风拂过她鬓边的湿发，乌黑的眼珠一眨不眨地看着他。

"你们修船，我做什么？"她问。

盛霈定定地看她一眼，问："你想做什么？"

山岚慢悠悠地扇着风，还真凝神想了想，这岛上没什么可玩的，天又热，想来想去，只能下水玩。

她抿着唇，轻声问："我可以自己去玩吗？"

盛霈想都没想便说："不可以。"

山岚听了也不恼，退而求其次道："想看书。"

盛霈点头说："行，让他去给你拿。"

两人像平时一样说完话，又安静下来。林中风声簌簌，只有彼此的视线偶尔交缠。

岛上的时光静谧而缓慢，这几日盛霈和赵行忙着修船时，山岚便捧着书坐在一侧，偶尔磨她的石头刀，或是在把玩岸边捡的贝壳。

渔船来的前一晚，岛上下了雨。赵行最后一次检查完藏着的船，迎着略显狂烈的海风匆匆跑回来喊："都准备好了，就等明天我去偷罗盘。"

山岚和盛霈坐在凉棚下，躲着雨，瞧着安安静静的，似乎没有交谈。

赵行瞧他们一眼，抖落身上的雨，问："盛二，你怎么知道他们船上一定有罗盘？万一没有怎么办？总得给我一个备用方案。"

盛霈垂着眼，指尖转着一只空螺，嗓音低沉道："他们找船和我找船，用的是同一个方法，不依赖现代的海图，用旧时的罗盘把握航向，用漏刻或焚香计时，完全按照旧时航线记载行驶。要是没有罗盘，你就看一眼卫星显示的海图，记住形状，回来告诉我。其余的还是按我们说好的来。"

赵行知道盛霈费这么大的劲是为了找人，那把自己关在这里的人呢？

他问盛霈："你说，那些人找这艘船也是为了那些财宝吗？但我总觉得有点儿不对劲，怎么偏偏是这艘？"

盛霈说："或许这船上有别的东西。"

赵行一愣，冒出一个念头来，说："不会是为了山家的那把刀吧？"说着，他看向山岚。

山岚坐在煤油灯下，腿上摊了本书，却没看。她先前坐下才看了两眼，盛霈便作势要将书抢走，说会看坏眼睛。

她倒也老实，说不看就不看了。

"可能性不大。"山岚温温暾暾地说，"制作垂虹刀的铁纯度极高，虽然做了防锈处理，但在海里近百年，大概率是生锈了。假使不生锈，这刀对别人来说最大的价值就是用来收藏，费这样长的时间和这样大的精力，不值得。"

赵行嘀咕道："那船上还会有什么呢？当年我们从各个渠道找这艘沉船的信息，知道得也不多。只知道当时他们出海遇见了海贼，船沉了，其余的零碎信息没什么用，更多的我们也没能查到。"

山岚道："可能只有看到那份手札，才能知道当时都发生了什么。"

盛霈眸光微顿，没应声。

赵行摆摆手道："不想了，我还是准备明天的行动。别说，还怪紧张的，我很久没有这么紧张过了。我先洗澡去了，你们聊。"说完，他一扭头，去了屋后。

雨滴似珠散落，发出"叮叮咚咚"的响声，恼人得很，同时隔绝了屋前屋后的声音。

山岚看向盛霈问："怎么了？"

盛霈侧过身，凑近她，低声说："或许沉没的不只是那一艘船，既然他们遇到了海贼，经历了暴风雨，海贼的船可能也沉没在那里。"

山岚微微睁大眼，眼睫轻动，对上他的视线。

盛霈直直地看着她的眼睛，继续说："这背后的人和把我们引到月光礁的人是同一个，他想引开我，或者试探我。"

"会有危险吗？"山岚下意识地问。

她的呼吸很轻，煤油灯散落的光将她笼罩，映出她温柔的眸。自那晚后，他们没有再亲近，似乎发生了什么，又似乎什么都没发生。

盛霈视线下移，落在她的嘴唇上，颈间的凸起滚了滚，压着声道："暂时没有，我们的目标并不冲突。从某种意义上来说，甚至是合作关系。"

他在靠近她。轮廓渐深，气息发烫。

山岚抿唇，轻声说："我们……"回屋亲吧。

"我洗完了！"赵行"啪嗒啪嗒"地绕过屋子，躲过雨，用毛巾擦着发问，"你们洗了吗？盛二，你今晚总得回屋睡吧？外面下那么大的雨。"

无人回应。

赵行纳闷地去瞧。盛霈正盯着他，神色晦涩不明，眼睛像两把刀子，看得人心里止不住地发慌。他咽了口唾液，莫名紧张。

"怎……怎么了？我衣服没穿好？"赵行扫了眼自己，又摸了摸脸，好好的啊。

半晌，他听盛霈冷不丁地问："你会游泳吗？"

赵行："？"

物资船靠岸的这一天，是9月1日，距离山家的祭祖大典还有13天。

天微微亮，木屋里有了动静。赵行紧张了大半宿才睡着，起来一瞧，天居然还在下雨，阴沉沉的，云层翻涌聚集，看起来一时半会儿停不下来。

他嘀咕道："不会要刮台风了吧？"说完，他看向院子。

雨棚下，盛霈已生了火，熬了海鲜粥，神色不如前两日轻松，偶尔抬眼一望阴沉沉的天，猜不出心思来。

"盛二，他们通常下午到。"赵行洗漱完，往盛霈边上一坐，"一般情况下，他们不会上岸，卸了东西就走。为安全起见，你和小师妹先躲起来。"

说到小师妹，赵行看了眼山岚睡的木屋。门开着，空荡荡的，里面似乎没人。

"小师妹呢？"他昂头找人，到处都没看见。

盛霈没出声，只抬眼往左侧看。赵行顺着他的视线一看，呆了一下，山岚正坐在一棵矮树上吹风淋雨。

说是淋雨，倒也没怎么淋到，雨势还不大，茂密的林子再一挡，只有雨丝飘在她身上。

山岚不明白盛霈的担心。她坐在树枝间，靠着树干，轻晃着脚，望着雨蒙蒙的林子。雨雾笼罩树群，散去南海火热的暑气，竟有点儿在山里的感觉。她在云山时，时常能看到山林间大雾弥漫。这会儿在海岛上看见，心情渐渐阔朗，她很快就能回洛京去了。

想到这里，山岚低头看向盛霈。

几日没剪头，他的寸头比先前长了不少，这会儿软塌塌地伏在他脑袋上，压下他眉眼间藏着的锐利，看起来竟有点儿乖。

她想，处理完山家的事，该回来给他一个交代。

"盛霈。"她轻声喊他。

盛霈闻言，把勺一丢，起身到树下，靠近她晃动的脚，问："怎么了？想下来了还是饿了？"

山岚低垂着眼问："你会送我上岸吗？"

盛霈仰头注视着她，没有犹豫地回道："会的。"

山岚静静看了他片刻，忽然松开手，纵身一跳。盛霈轻"啧"一声，上前张开双臂，稳稳地将她接住，颇有些无奈地说："在岛上待了几天，怎么跟小孩儿似的？"

山岚坐在盛霈铁一样的手臂上，抿着唇笑了，长发晃过他的脖子、肩膀，带起火燎般的痒意。她想，盛霈也是一棵树，坐在这棵树上更舒服一些。

赵行捧着碗喝粥，左看右看。不知怎的，福至心灵一般，一下子全明白了！

难怪山岚说没有婚礼了，原来是看上这保镖了！说起来，这两人居然还有点儿落难大小姐和贴身保镖的意思了。

盛霈把人放下，居高临下地看她一眼问："下午也想藏树上？"

山岚微微颔首，补充道："我们藏一棵。"

"……"

盛霈看着她因高兴脸颊上泛出的点点红晕，想起昨晚的荒唐来。雨雾间，他们相拥在狭小的椅子上，唇齿相触，所有的喘息都藏入雨里。

原本赵行那么一打岔，他歇了心思。可山岚睡到半夜，忽然开门出来，水一样的眸像海潮将他淹没。她在他耳边轻声说："盛霈，我想学接吻。"

盛霈在雨声中回神，喉结滚了滚，给山岚盛了碗粥，说："如果路上一切顺利，后天我们就能到西沙，去猫注岛坐飞机回南渚。"

山岚应了声，安静地喝起粥，喝完后在雨声中继续看书。

这样的静谧时光只持续到中午。

吃过午饭，赵行和盛霈忙碌起来，两人将计划过了一遍，赵行便戴了顶帽子，匆匆赶到岸边。

海岸边浪潮涌动，细雨纷纷，风算不上大。赵行随便找了块礁石坐下，明明心里紧张得不行，还要装出一副淡定的模样来，望着无边无际的海面看了一会儿，忍不住回头看。

那林间树叶摇晃，雨幕遮掩，看不到半个人影，这岛上似乎又只剩他一个人。

赵行发起慌来，克制着自己别频繁转头，正心烦意乱的时候，忽然听得那林间响起一声清透尖锐的鸟叫。他一愣，这鸟叫好耳熟。

没间隔多久，又是一声脆响，是盛霈在学鸟叫。

赵行后知后觉，忽然就镇定下来了，但他又忍不住想，那晚听到的叫声难不成也是盛霈叫的？大晚上的不睡觉，学鸟叫？想不通。

赵行决定老实等船。

约莫过了一个小时，他忽然瞥见那遥遥海面上出现了一个黑点，起身眺望，渐渐地，渔船显出身影，五星红旗迎着风雨，离他越来越近。

不久后，鸣笛声响起，渔船靠岸了。船尾处显出几个身影来，扛着两个箱子，在岸边放下就回去了。只有章船长，拿着包烟朝赵行走来。

赵行深呼吸一口气，上前一步。

"章哥。"他如常般打了声招呼，面露苦色地问，"我到底还要在这里待多久？你看我，每次想起来一点儿，就告诉你一点儿，能说的都说了。"

章船长瞥他一眼，递了根烟过来，问："抽一根？"

两人就这么望着茫茫大海，坐在岸边抽起烟来。

过了好一会儿，章船长操着一口别扭的普通话说："我劝你把没说的都说了，说完就能回岸上去。"

章船长在海上多少年了，了解这些人。他道："我知道你在担心什么，是怕我得了消息就翻脸不认人吧？我和你说句真心话，你老实说了，我放你

157

回去，我当晚就会出境，你报警也无济于事。"

长久的沉默后，赵行用力吸了口烟，吐出烟圈，道："我可以说，但我不和你说，要单独和你背后的人说。"

章船长顿了一会儿，看他一眼，片刻后，丢下两个字："等着。"

说完，章船长回到船上，约莫5分钟后，他走至船尾，朝赵行摆了摆手。赵行不动声色地松了口气，上了船。

渔船上的座式卫星电话在驾驶室，赵行被人带到驾驶室时，里面只有章船长一个人。章船长看了他一眼，把电话给他，说："一分钟，我就在门口，你别耍什么花样。"

赵行用余光打量着驾驶室，卫星海图居然关着。他紧张起来，一口气提到嗓子眼儿。当视线扫过一个角落，居然真的看见了罗盘！他赶紧背过身，压下狂烈的心跳，接电话。

他攥了攥发凉的手心，说："喂？"

电话那头是一道模糊的嗓音，难辨性别，语气却很温和："下午好，赵行。想要和我说什么？"

赵行咽了咽口水，瞥了眼驾驶室外盯着他的人，说："我不确定有没有用，但我只记起来这个，你应该注意到过。"

"你说。"

"我们回航的前几天……"赵行微微侧过身，用身体挡住自己的手，一点点朝着角落挪去，嘴上说着话，"回航前几天，海上刮过超级台风！"

"赵行，你在和我开玩笑？"对面的人不温不火地打断他。

三年前的那场超级台风，南海没有渔民不知道。等了一年多就等来这么一句话，令人恼火。

赵行摸到那块罗盘时，豆大的汗水冒出，又去推边上的仪器，挡住那个角落。他忙应道："我是认真的，你……"

"叫他进来。"对面的人已不欲和他多说。

赵行攥紧罗盘，走到门前去敲玻璃窗，章船长开门进来，他立即让开路，趁着两人错身的时刻，把罗盘塞进了裤子里。

章船长低声应了几句话，然后看了他一眼。

赵行问："怎……怎么了？"

不多时，章船长挂了电话，说："下个月的物资没有了，具体什么时间再给你送，之后再议。你自己下去，还是我帮你？"

"……"

赵行就这么被赶下了船。

雨渐渐大了，渔船驶离岛屿，苍茫的海面暗淡下来，变成失落的灰白色。

赵行一抹脸上的雨水，搬起物资，转身慢吞吞地往回走，背影看起来寂寥又可怜。他担心船上有人拿望远镜看他，不敢露出半点儿不对劲。

等一进林子，赵行把箱子一丢，摘了帽子喊人："小师妹！盛二！我拿到手了！"

不一会儿，树上跳下来一个人。他悄无声息地落地。

盛霈站稳，转身一伸手，不用开口，山岚便跃入了他怀里。盛霈稳稳地把人抱住，再往地上一放，两人一起朝赵行走去，一连串配合行云流水。

赵行轻咳一声，问："我们现在怎么办？"

盛霈说："罗盘。"

赵行手忙脚乱地往裤子里掏，掏了一阵，最后伸出手，朝着盛霈笑道："找到了，给！"

盛霈："……"

许是他久久没反应，山岚好奇地往他脸上瞧。

盛霈接过罗盘，走到林子边缘看了一阵，道："我算了时间，再等半个小时，我们就出发。有没有重要的东西要带走？"

赵行摇头道："没有。"对这个破岛，他没有半点儿留恋，只恨不得立马插上翅膀飞走。

盛霈看了眼物资箱，拿出他们这两天需要的水和食物，其余的必备物品已经提前备好，剩下的便是把船拉到岸边。

要拉一艘船不是容易事，赵行那会儿费了九牛二虎之力才将它藏起来。花了将近20分钟，他们合力将船推到岸边，让它成功到了海面上。

盛霈微微喘了口气，去看山岚。她似乎许久没这样用力气了，这会儿脸上泛着红晕，双眸水盈盈的，还做了几个拉伸，瞧着还挺舒服。

他挑了挑眉，问："累不累？"

山岚弯唇笑了一下说："不累。"

盛霈手心发痒，想摸摸她的脑袋，但公主不随便让人摸，他只好忍着，抓紧时间和赵行去升帆。

这是山岚第一次见到木质船扬帆。她仰着头，看那陈旧发白的帆布一点点升高，最后稳稳地停在桅杆上，像半边洁白的羽翼在空中展开。慢慢地，风将它鼓起来，风力推动渔船，船慢慢往外漂去。

盛霈朝她伸手，黑眸看过来，说："招儿，上来！"

山岚上前几步，扶住他的掌心，被他攥住，轻轻一跃便上了船，甫一落地，盛霈便去掌尾舵。

狂烈的海风推动他们前行。船渐渐驶离孤岛，山岚不由得回头看去。摇晃中，他们离海岸越来越远，海波荡漾间，沉默的树群和小岛一起变成了一个点，然后再也看不见了。

赵行怔怔地看着茫茫的海面，环顾四周，辽阔无际，浪潮间再也没什么能困得住他，他忽然仰头，大喊："啊——"

男人激荡的喊声回荡在海面上。远远地，深海似乎有鲸在回应，叫声沉而旷远。

从白日到夜幕，盛霈顺着航线，沿着罗盘所指，顺风开出去很远。到了晚上，风雨渐渐大了，木船在海浪中晃荡，船尾挂了一盏煤油灯，昏黄的灯光下，山岚拿着块饼，啃得认真，眼睛却直勾勾地看着盛霈：问："盛霈，我能开吗？"

盛霈瞥她一眼道："想学？"

山岚点头说："还想看罗盘。"

盛霈说了声行，接着往船舱里喊："赵行，过来掌舵。"

"我？"赵行正捧着早上烤的地瓜吃得开心，这么冷不丁地被一点名，心里发慌，"我……我不会开，万一迷航了怎么办？"

盛霈说："过来。"

"……"

赵行几口吃完，不情不愿地过去了。

盛霈指着尾舵说："你握着，让你往哪边打，就往哪边打，动作要快，别发呆，就看前面，注意看海上的信号灯。"

赵行苦着一张脸，双手发颤，被迫握紧了尾舵。

盛霈支使完赵行，便拿过罗盘，饶有兴致地和山岚说："这条，正中间的是指南针，圆周用四维、八干、十二支分成的、二十四等份，相对的字分成组，代表不同的方向……"

摇晃的雨幕中，他的声音轻轻落下来。山岚安静地吃完饼，闭上了眼，听他一字一句地说，说子午线要对准这艘船的中轴线，说要听风、看云，再观海，看这渺渺的宇宙。

她觉得困了，想睡一会儿。思绪迷蒙间，山岚想，原来她已经能够完全信任盛霈。

缓慢涌动的海潮将睡意卷起的泡泡戳破，她顺着盛霈的声音，缓慢地沉入海底，和那一日坠海时不同，她感受到了温暖。

"罗盘有很多种，这一种……"

肩膀一沉，盛霈忽地止住话。他指尖蜷缩，不自觉地攥紧罗盘，不敢往左边看，好半晌才微微侧头，垂眸看向肩头的那张脸。

她睡着了，睫毛也觉得辛苦，蔫蔫地耷拉着。颊侧的发散落，轻飘飘的一缕，却叫他一动不敢动。

盛霈僵着身体没动，赵行也僵着身体。他一会儿看看雾沉沉的海，一会儿看看发着愣的盛霈，嗓音莫名发颤，问："盛二，你看看我，你看看我啊，是这么开吗？

"盛二？"

"嘘。"

"？"

山岚是在暴雨声中醒来的。

天光微亮，船身摇晃，她身上盖了一条薄毯，随着动作滑落，睁眼去看——赵行在舱内睡得正香，盛霈独自戴着篾帽坐在船尾，背对着她。

除雨声和浪潮声外，世界别无他声。这雾茫茫的海面，似乎只有他们被海浪裹挟。咸湿的海风夹杂着温热的雨滴，令人陡然清醒过来。

山岚轻放下毯子，戴上帽子去船舱外找盛霈。她才一动，船尾那沉默的"石像"便转过头来看她。

"醒了？"嗓音像隔了一层朦胧的雨幕，听得不甚清晰。

帽檐下，男人看过来，眼里温温暖暖的，雨水急速地滑过他凌厉的五官，他整个人几乎都湿透了。

山岚抬眸看了眼云海翻涌的天，不畏大雨，坐到他身侧，轻声问："我们是不是运气不好？"

盛霈看她一眼，抬手用拇指轻捻去落到她脸侧的雨滴，说："这两天的云层变化不好，昨晚我用布条测试了风向，吹的是东南风。招儿，要起风了，渔船要回港了。"

山岚微怔，问道："要刮台风了？"

这些天他们被困在岛上，断绝了和世界的联系，隔日是晴是雨向来是盛霈说了算，他从来没出过错。而这一路上他们都没看见船，想来是渔船已经收到通知，都回港避风去了。

山岚轻抿着唇，想起那时徐玉樵说的话。他说若是遇见台风，补给船来不了，岛上的人需要靠着余下的物资生活，这意味着渔船都要归港，航班要停飞，他们会被留在岛上。

"明天我们到不了南渚，对吗？"山岚眼神平静地问。

盛霈低声应道："中午我们去最近的岛。这里离猫注岛已经不远，我们先借船回岛，回南渚的事我来想办法。"

山岚轻舒一口气说："盛霈，你别急。来得及。"

盛霈当然知道来得及，可每延迟一日，他就紧张一分。这海上的天气变幻莫测，谁也不知道下一次意外什么时候来临。

许是因为台风即将到来，这一日他们格外沉默，赵行都有点儿蔫蔫的。

"盛二，真要刮台风了？"赵行望着暗沉沉的天，有些心慌地说，"也不知道这次台风有多大，三年前那场超强台风我到现在都忘不了。"

盛霈忽而一顿，隔着雨幕问赵行："你们失踪前几天的那场台风？"

他当时为了调查他们失踪的事，查过他们出海时所有的天气情况，同样对那场台风印象深刻。此时听赵行提起，盛霈竟有一种恍惚之感。他们失踪前几天，海上有过一次超强台风，这在海上实在是件再正常不过的事，谁也没有把这件事放在心上。

赵行点头道："因为当时的超强台风，海上的船都被喊回去了，我们当时就留在岛上。我印象特别深，大风大雨地吹了好几天，岛都差点儿被淹了，结果一问，风力居然有十五级。近一周吧，我们才又回到海上，找了没两天，回航就遇见那场暴风雨了。"

当时船上的卫星导航失灵，赵行也不知道他们被风刮去了哪里，只记得雨雾中，那座如传说中的蓬莱仙岛一般的岛上停着一艘船。

"岛上没有树？"盛霈问。

赵行拧着眉，仔细回忆道："树？那时刚下过大雨，海上都是雾，不止我一个人，我们都看见了。那岛上真的停着一艘船，桅杆都断了！但是我们能看清岛上的船吗……你说得对，岛上没有树！看起来像光秃秃的岛礁。"说完，他去看盛霈。

盛霈神情淡淡的，看不出在想什么。

赵行继续嘀咕道："当时我不是被他们逮住，在海上到处找吗？按理说，我们要找的岛礁离我不远，但我们几乎把周围的海域绕遍了，都没有看见岛礁，所以他们一直觉得我在说谎。我真没有！"

盛霈没再继续这个话题，他往舱内看了一眼，说："扶好，风越来越大了。"

山岚冲他眨了眨眼睛。那没什么神情的男人淡淡地看着她，看了一会儿，忽然弯唇笑了一下。她抿唇，也跟着笑。

渺渺天地间，一艘孤船上，隔着第三个人。他们静静地对视了几秒，而后各自移开视线，去面对风雨。

临近中午，雨势减小。

赵行啃着干巴巴的饼，嘀咕道："怎么还没看见岛？我们没迷路吧，这海上这么大，盛二真知道往哪儿开吗？"

山岚抬眸，安静地看了一眼他，明明眼神是清清冷冷的，却让人心头一紧。

赵行轻咳一声，忙移开话题道："小师妹，你别生气，我就随口一说。这不是都漂了一天了嘛，我们……船！"

"盛二，有船！"赵行手里的饼早就掉了，他顾不上去捡，扑到船头，指着不远处大喊，"真的是船！你们听见声音没？"

海雾中，低沉绵长的鸣笛声响起。他们的前方确实有一艘渔船，或许正要进港避风。

盛霈打住舵，起身往远处看了一眼。隔着若有若无的雾，他望见桅杆上飘动的红旗，视线下移，再往船身看，硕大的船号越来越清晰。

他忽地顿住，这居然是他的船，被借出去的那艘灯光诱捕渔船居然出现在了这里。

盛霈停滞半晌，对赵行道："进来，先别出声。"

赵行一愣，他正准备喊救命呢，呆了一下，喃喃道："不会是章船长的船吧？他发现我们不见了？不可能啊，一定是他发现罗盘没了！"

盛霈说："闭嘴。"

赵行忙捂住嘴，这下连大气都不敢出，慌忙躲进了船舱里。

盛霈等鸣笛声停止后，双手合拢凑在唇边，发出了那晚赵行听到的一模一样的鸟鸣声，整整持续了一分钟。他眯眼望去，那船减缓了速度。

甲板上出现几道人影，雨雾中，有人大喊："二哥！是你吗，二哥！"

盛霈松了口气，是徐玉樵。

10分钟后，船尾。盛霈让山岚先上了船，再是赵行。等他自己上去，还没站稳，徐玉樵就扑过来，嗷嗷叫："吓死我了，二哥！你们哪儿去了，没事吧？"

"多大了？"盛霈不耐地推开他，"丢人。"

徐玉樵嘿嘿一笑说："我就知道你没事。当时小风都急哭了，说得模模糊糊的，可把我吓死了。对了，二哥，齐容他爸找着了，那个和他一起出海的男人也没事，海警把那两人都带回去了。"

盛霈挑眉问："哪儿找着的？"

徐玉樵说："别提了，让远洋货轮救走了，语言不通，又找不着人，就这么一直在船上。上岸后他找到地方打电话过来，还是海警去接回来的。"

盛霈耳朵听着徐玉樵说话，余光却在看山岚，她正和小风轻声地说着话，那小子眼睛红红的，似乎在道歉，眼看要抱上去哭，他一步上前，拦住了。

"手往哪儿伸呢？"男人嗓音懒懒散散的，一手把小风拎到一边。

小风挣扎了一下，没挣扎成功，只好蔫蔫地看着山岚问："姐，你是不是受了很多苦？看起来都瘦了。"

盛霈轻"啧"一声道："瘦什么，没瘦。"他今天刚抱过，一点儿肉没让她掉。

盛霈说这话的时候，视线落在山岚身上，她认真地打理那顶绿油油的帽子，歪了就弄平整，雨滴都要抖落，听到他们的话，乌溜溜的眼珠便看过来。

他一挑眉，问："瘦了？"

山岚移开脸，不理他。

盛霈松开小风，懒声道："她不归你管。"

小风瞪他："难道归你管？不要脸。"

盛霈轻哼一声，心想自己哪管得了她？

徐玉樵没管他们在闹什么，瞥了眼坐在甲板上黑不溜秋的家伙，问盛霈："二哥，你们出海一趟，还捡回来一个人？"他啧啧称奇："怎么黑成这样？这也太黑了。"

赵行："……"

盛霈这才想起还有赵行，说："先进去。海上发通知了吗？"

"昨天就发了，晚上6点前都回航。"徐玉樵一边往船舱走，一边说，"对了，二哥。这次多亏了符哥。我找他帮的忙，他二话不说就过来了，陪我们在海上找了好几天。"

盛霈一顿，问："符世熙？船是他去要回来的？"难怪他的船会出现在这里。

徐玉樵这个性子，盛霈不开口，他不会主动去把借出去的船要回来。至于符世熙，自己的船可不是说罢工就能罢工的。

盛霈问："人呢？我去谢谢他。"

徐玉樵一指甲板后头说："在驾驶室呢，那头在催了，催我们回航。"

盛霈微顿，回头看了眼山岚，她又被小风黏上了，两人不知在说些什么。他对徐玉樵说："我上去说点儿事，你看好她。"

徐玉樵道："知道了。"他哪还敢不看好？

于是，等盛霈一走，徐玉樵就领着他们进了船舱，先吃点儿东西，再坐下来慢慢说，总归他们要回猫注岛去。

驾驶室内，符世熙正在和岛上的人沟通，他脾气好，那边说什么他都

165

应是。眼看盛霈来了，他抬了下手，道："知道了，马上返航。人找到了，都没事，知道，我都带回去。"

挂了电话，符世熙上下看盛霈一眼，调侃道："你也有在海上翻船的一天？小樵来找我的时候，我还以为他在说笑呢。"

盛霈说："出了一点儿意外。"

"回来了就行。"符世熙拍了拍他的肩，温声道，"岛上让我们回去，现在直接回猫注岛。时间正好，再晚一点儿可就接不到你们了。这次的超强台风威力极强，管控很严。"

盛霈一顿，问："超强台风？"

符世熙点头说："嗯，刚有预报就让我们回去了。本来昨天就该回去，可我想再找找，运气好，真让我们找到了。"

符世熙说完，不见盛霈应声。他仔细看对方脸色，迟疑一瞬，问："你想干什么？"

要说海上能有略微了解盛霈的人，符世熙绝对算一个。他一看盛霈这副神情，就知道有什么让人为难的事要发生。

果然，盛霈说："我们不回猫注岛，直接去南渚。"

符世熙脸上的温和渐渐退去，认真问："你是在和我商量，还是在通知我？如果是和我商量，那我明确告诉你，我不同意。如果是在通知我，大可不必，这是你的船。"

盛霈微微攥了下拳，走至驾驶台前，沉沉的视线望向茫茫的海。

这片海域他看了三年，晴时雨时，阴时或起风时，它总是不同的模样，摇摇晃晃，使他的心也始终在海上漂荡。

盛霈从未想过，在某一天，他会有避风港。

可现在，他的心有了停处。

盛霈舔了舔唇，说："我有急事。除了必要的人手，余下的人我会送你们到最近、最安全的岛，再联系猫注岛那边的人来接你们。至于我，我要回南渚。"

符世熙拧眉，难得来了火。他向来温和的面容此时一派严肃，指着底下问："这船上有多少人你知道吗？我们为了找你，费了多大的劲你知道吗？马上要禁止出港了，你不要命，别人也不要命吗？盛霈，你是一个船长，要对你船上的每一个人负责！话我放在这里，就算是天大的事，你也给我等着！"

话音落下，驾驶室内一片沉寂。盛霈不应声，抵在驾驶台上的手已紧握成拳。他心头有一股无名火在烧，不冲别人，只冲自己。

最开始，是他用七星铁做借口把山岚带到猫注岛上，也是他由着性子把她带出了海，又遭遇了这样的意外。时间一天一天地过，他们却离南渚，离洛京越来越远。她要赶在祭祖大典之前回去，孤身去面对未卜的前路。盛霈一清二楚，这件事对她至关重要。

可今天早上，她依旧安静地看着他，没有生气，没有怪他，还轻轻柔柔地告诉他，你别急。

"我要回去。"盛霈咬了下牙，第一次失了理智。

驾驶员是盛霈的人，跟了他三年，知道他的牛脾气，也不劝，就在这儿认真开船。盛霈说去哪儿，他们就去哪儿。这船上的人大多数是盛霈捡的，有的人无家可归，有的人找不到工作，有的人被他所救。这些年，向来是盛霈说什么，他们做什么。

符世熙静了一刻，说："我知道你心里不舒服，出来，我们打一架。等你什么时候清醒了，我们再谈。"

底下船舱，徐玉樵正在说这几天他们找人的事。他说到兴头上，忽然听外面有人喊："小樵！二哥和符哥打起来了！"

徐玉樵一愣，不可置信道："打起来了？你没说错吧，符哥这个性格能和人打架吗？不是，他们俩好好的打什么？"

那人急得很："真的！"

山岚微怔，沉静的眼眸中出现些许慌乱，快徐玉樵一步，轻盈地离开船舱，快步走向甲板，还未走近，便听到了碰撞间的沉闷声。

甲板上，没人敢靠近，也没交谈声。大家就这么沉默无声地看着。

猎猎风雨中，两个男人就这么毫无形象地缠斗在一起，不用技巧，不用招数，就你来我往，拳头对拳头。

盛霈神情微微压抑，挥拳时没收着力道，狠狠地砸向符世熙，腰腹间的力量运用到极致，脊背弓起，像一座即将坍塌的山峰。

符世熙身手不差，侧身一躲，屈腿往盛霈腰间撞去。

167

眼看就要撞上，边上忽然横出一只手，明明轻飘飘的力量，落到他腿上时却分外沉，沉得像铁。

　　就这么轻轻一下，盛霈和符世熙被分开。

　　符世熙抬眸，对上女人乌黑清冷的眼，她只看了他一眼，眼神毫无波动，随即朝着盛霈走去。徐玉樵赶紧过来把人拉走了。符世熙没拒绝。

　　一时间，甲板上只剩下山岚和盛霈。

　　雨仍在下，雾气越来越重。盛霈早已浑身湿透，他重重地喘了口气，暗沉压抑的眸落在山岚脸上。片刻后，他忽然伸手，扣住她的手腕，越过船舱，往他的房间走。

　　山岚任由他拉着，覆满雨水的手温而凉，他心跳很快。

　　盛霈的房间是单人间，就算船借出去了，也没人住。房间的门锁着，他抬手往某个地方摸了一下，拿出一把钥匙来。门锁刚开，他抬腿一撞，闪身把人带进了房间。

　　"啪嗒"一声，门被重重关上。

　　山岚被困在盛霈和门中间，身前是他宽阔紧实的胸膛，耳侧是他急促的呼吸。

　　她在暗中仰起脸，去摸他湿漉漉的脸，慢吞吞地擦去那点儿雨水，抚过他有点儿扎人的胡楂，轻声问："怎么不高兴了？"

　　盛霈的情绪就这么一下，绷不住了。他紧紧抱住怀里的人，埋首在她柔软而脆弱的颈侧，温热的呼吸尽数扑在她身上，雨水也擦了她一身。

　　半响，他嘶哑着嗓子说："招儿，我送你回去。"

　　山岚垂眼，抬手用力抱住他的头，低头在他额间落下一个吻，温声说："要刮台风了，海上很危险。盛霈，我们回猫注岛去。"

　　盛霈不说话。

　　山岚轻轻地弯了下唇说："我和你说过那套刀法的名字，它叫'明虹收雨'。传说，垂虹刀的刀光闪过时，风和雨都会停止，天边会出现彩虹。

　　"盛霈，我练刀法有十八年了。

　　"我从中学到的最重要的事，是我还拥有漫长的岁月。往前的几步走不好没关系，我还有无数步，往哪里走，终点有什么，谁也不知道。

　　"你不知道，我也不知道。

"或许没有终点。"

山岚低声哄道："你别为我难过。你说过，我是最好的。"

盛霈收紧手，几乎将她嵌入自己的身体，他几乎是用气音一字一顿地重复道："招儿是最好的。"

这一刻的盛霈，停在他柔软的避风港里。他想，这个世界再没有人比他更知道山岚的好。

他闭上眼，喊他的招儿。

一声又一声，喊了无数次。

船舱内，徐玉樵放下医药箱，纳闷地问："符哥，你和二哥怎么打起来了？"

符世熙叹了口气，抬手碰了碰唇角，轻"咝"一声，说："他不知道发什么疯，非要去南渚，不肯上岛。"

徐玉樵呆住，反问道："现在？"

符世熙轻"嗯"了声，说："说是有急事。"

徐玉樵嘀咕道："有急事？在海上漂了那么久，能有什么急事？"

唯一的知情人赵行紧闭着嘴巴，不打算掺和这件事。离山家祭祖大典只剩十二天，小师妹也不知道能不能按时赶回去。

赵行犹豫了一会儿，问："台风什么时候走？"

徐玉樵瞥他一眼，说："最多一周吧，怎么，你也有急事？"

"没，我没急事。"赵行讪笑一下，继续拿耳朵偷听他们说话。

徐玉樵给符世熙处理完伤口，又笑着说了几句好话，让他别生气。符世熙也不在意，拿了根钓竿就去甲板上站着了。

徐玉樵和小风咬耳朵："你去看看你姐和二哥？"

小风刚被盛霈教训过，不情不愿地问："你怎么不去？要去你去，刚刚他们打架多凶你没看见？我打不过二哥。"

就在两人嘀嘀咕咕的时候，盛霈进来了。他们齐齐朝盛霈看去。

男人眉眼淡淡，看不出喜怒，脖子上挂了条毛巾，正随手擦拭着，对他们的眼神视若无睹。

小风往他身后瞧了一眼，问："我姐呢？"

盛霈找了个地儿坐下，随口应："累了，让她休息会儿。"

小风"哦"了声，又和徐玉樵挤眉弄眼起来。

徐玉樵憋了一会儿，憋不住了，急问："二哥，我们真要去南渚？现在是蓝色预警，要去也不是不能，但你这要是上了岸，指不定船要被拖走。"

盛霈动作不停，说："回猫注岛。"

徐玉樵闻言松了口气，和小风对视一眼。

小风悄声说："我去和符哥说一声，他看起来也不怎么高兴。"说完，一溜烟儿跑了。

这一场闹剧就在盛霈的"回猫注岛"四个字里结束。

船到猫注岛时，将近下午5点。海浪已有两米高，猫注岛沿岸被浪潮反复击打。战士们正在码头催促渔船尽快回港，暴雨中每个人都在狂奔。

盛霈站在船头，定定地看了眼忙碌的小岛。他抹去眼睫上的雨水，对徐玉樵道："你们下去帮忙，我回趟家，马上回来。招儿，过来！"

山岚正抱着三花猫站在船舷处往下看。

浪潮比他们那日遇到的暴风雨强劲了数倍，整艘渔船都在海上摇晃，顶着这样的风回南渚风险太大。

听见盛霈喊她，她几步走到他身侧。

盛霈让山岚先下船，自己紧跟着下去，撑开伞，对山岚道："我去搬沙袋，回家用沙袋把窗户顶上。你先回去，去工具间拿木板和锤子，先用木板把窗户钉起来。至于钥匙，这猫知道放在哪儿。"

山岚轻应了声，没有过多的言语，记住盛霈的话便带着猫离开了。

这场台风来势汹汹，猫注岛平均海拔5米，要面对这样猛烈的台风并不容易。南渚早已下达通知，保护居民的人身安全是第一要则。岛上的居民们个个都在忙碌，有的拆卸高空构筑物，有的挨家挨户上门检查安全工作，有的在码头加固渔船……每个人都争分夺秒地做着防护工作，准备迎接这场战役。

山岚抱着猫回到家，在门口停下。

三花猫灵活地跳上屋顶，窸窸窣窣地在上面扒拉几下，"叮"的一声响，掉下一把钥匙来，正好落在她脚边。

小猫咪昂着脑袋，舔了舔毛，一副等着夸奖的模样。山岚抿唇一笑，蹲下身摸摸它的脑袋，随即进了家门。

盛霈扛着沙袋回来，一进门便听到"叮叮咚咚"的敲打声，一下又一下，整齐又规律，似乎每一下力道都是一样的。他进厨房看了眼，里面的窗户已经固定好了，仔细看，每一颗钉子都是正的，间隔相同，木板严丝合缝，没有半点儿漏缺，像是机器干的活。

盛霈瞧了片刻，忽然笑了一下。正好他不想把她一个人丢在家里，干脆把她带上干活。

盛霈卸下沙袋，几下顶住窗户，往里面喊了声："招儿！"

"嗯？"她在回应他，"这里也固定好了。"

盛霈快步走到门口，看向坐在床上的那道身影，问："想和我出去帮忙，还是想待在家里？"

山岚回头看他。她攥紧了锤子，眼睛里似乎泛着点点光亮，问："可以去吗？"

盛霈微微挑了挑唇，指着钉好的木板说："当然可以，招儿做什么都能干。"

山岚拎着锤子起身，微微颔首，看了眼自己的作品，神情颇有些骄傲，轻声应："嗯，我的活儿很好。"

盛霈眉心一跳，想说什么但又忍住了。他找了件雨衣递给山岚，说："穿上，我们去办公楼帮忙。"

山岚点头道："嗯。"她又可以拎锤子了，就是锤子有点儿小。

出门前，雨势又大了，雨水噼里啪啦地砸下来，一片嘈杂之音。

盛霈瞥了眼蹲在脚边的人。她蹲在那儿，摸了摸小猫咪的下巴，轻声叮嘱道："小招，你乖乖在家里，别去屋顶玩，听见了吗？"

三花猫冲她"喵喵"叫。

它蹲在门口，静静地看着那两道身影匆匆离开，不一会儿，甩着尾巴钻进了门缝里。

海岸边，狂风卷起海浪，岛上的树群像一道坚固的防风墙，沉默地屹立在原地，从不退缩。

第五章 灯塔与船只

只要她一个吻、一个眼神、一句话，
他便熔化了，
熔成最滚烫的水，
去往他的大海。

这一日，他们忙到晚上9点。从办公楼离开时，天已黑沉沉的一片。

小战士冲着盛霈喊："二哥，这几天你们在家待着别出来，东西不够就打电话。如果通信断了，我们会上门来。"

盛霈看他一眼，道："注意安全。"

小战士笑了一下说："我知道！你们快回去吧！"

路边灯光暗淡，盛霈看向山岚。她躲在雨衣里，正抬眼望着簌簌摇晃的树群。灯光下，她眉眼清透，安静地看着大自然带来的这场风暴。她似乎一直都是这样，永远新奇，从不畏惧。

"招儿，走了。"盛霈朝她伸出手。

山岚收回视线，按住即将被风吹落的帽子，另一只手自然地握上他的手心，两人几乎是贴着肩离开的。

小战士昂着脑袋，满眼八卦，心想回去就告诉他们，二哥要开花了！

无边无际的夜幕下，盛霈牵着山岚，两人奔跑在弯弯绕绕的居民区里。风雨迎面吹来，头上像是罩了一个玻璃罩子，鼓风机呼呼地往里吹，世界顿时嘈杂无比。

山岚睁大眼，看着眼前不断蔓延的黑。偶尔路过房屋，窗口露出点儿光来，是因为木板没有钉严实。微凉的雨扑洒到脸上，她微喘着气，心也随着这风飘起来，她似乎从来没有跑得这样快过，这样轻，这样自由。

疾跑中，盛霈侧头看了山岚一眼，他掌心里的那只手忽然将他攥紧。

"怎么了？"盛霈微微减慢速度，问山岚。

山岚却不停，回眸看向他，乌溜溜的眼眸里都是细碎的光，她加快速度，用力拽着他大步朝前跑去。

许久许久，盛霈忽然听她喊："盛霈！"语调上扬，声音又脆又亮，透过海风，直直往他耳朵里钻。

盛霈从没听她这么大声说过话，她从来都是慢吞吞、轻轻柔柔，像流云缱绻而过。他一顿，应："我在。"

"盛霈！"她又喊。

盛霈不知怎的有点儿想笑，怎么又变成这呆呆的样子？怪可爱的。他只好配合她，她喊一声，他就应一声。这一呼一喊乘着风，越过岛屿上空，跨过海域，飘向更远的地方。

不知过了多久，盛霈看见了他的屋子，灯光微微从门缝里透出来。他一想，就知道徐玉樵来了。可这个想法才转过一瞬，便听停下来躲在屋檐下的人问他："盛霈，现在可以接吻吗？想在外面。"

暗中，女人白皙的脸似覆上一层暗蓝色的纱，滑腻的脸颊上缀满雨滴，像是盛霈生平所见最亮、最有光泽的珍珠。

她仰着脸，用那双诱网一样的眼睛蛊惑着他。盛霈垂眸，颈间的凸起上下滚动。他攥着她柔软的手，用后背挡住那狂风暴雨，如山一样站在她面前。

山岚不动，只是盯着他，盈盈的目光对着他暗沉沉的眸。

"盛霈，我还没学会。"她轻声说着，宛如最虔诚的学徒。

盛霈定定地盯着她，喉间的干渴蔓延至每一根神经末梢。他倏地上前，抵住她的脚尖，视线落下，气息缓缓下沉，去寻她最柔软的地方，还未触到，忽听得一声喊——

"二哥，你们回来了？"

是徐玉樵的声音。

盛霈轻"咝"一声，停在那儿。他退开一步，低声说："晚一点儿，行吗？"

山岚瞧了他一眼，慢吞吞地摇头道："不行。"

说着，她矮身一钻，眼看就要从盛霈的臂弯里逃出来了，手臂上忽然袭来一阵不容抵抗的力道，狠狠将她拽了回去。

一声响，徐玉樵打开门。他眯着眼去躲风雨，扫了一圈，嘀咕道："哪有人啊，不是说有人吗？人呢？看吧，没人。别叫了，乖乖的。"

三花猫探出脑袋，又往外"喵"了一声。它还想继续"喵喵"叫，被人一把抱起来。

徐玉樵有模有样地教训它："这不是在船上，这个天气你还发脾气，下回要不要吃第一条鱼了？"

三花猫无辜地舔了舔毛。

屋的侧边，狂风暴雨中，盛霈单手抱着山岚，扣住腰，往下一沉，将她藏在他和墙之间，低下头，用力舔舐着她柔软的唇瓣，每一滴落到她唇上的雨都进了他的口中。利齿肆虐过这片繁茂之地。

山岚微仰着头，承受这比浪潮还要凶猛的搅动。

猎猎风声中，他是滚烫的海潮，是这孤岛中唯一屹立的树，是船上最高的桅杆，是鼓满风的白帆。

不知过了多久，风雨都停了下来。盛霈微微松开她，眼眸深沉。他抬手，拇指拂去她唇边的水渍，嗓音哑不成调，低声问："学会了吗？"

山家这辈最聪慧、最刻苦且最有天赋的孩子摇了摇头，而后用力抱住他，气息缓慢缠住他，捆绑他。

她温声说："下次再学。"

"吱呀"一声响，门从外面被推开，两个湿漉漉的人一前一后进门。

徐玉樵起身问："你们回来了？二哥，我妈说你们一定没吃饭，让我带了饭菜过来，饿了吧？"

盛霈自然地应了声，手不自觉地接过山岚脱下来的雨衣，再把自己的雨衣脱了，抖落了一地的雨水。

徐玉樵愣了一下，看看平静的山岚，再看看自然的盛霈。怎么感觉哪里不太对呢？他一时半会儿说不上来。

徐玉樵没多想，摆了饭菜和碗筷，一边摆，一边说："二哥，符哥和赵行他们都住酒店去了。那里环境好，其他人也都安排好了，你放心。"

说到赵行，盛霈微蹙了下眉。他道："明天一早，趁着风小，你带他过来。这几天他住在我这里，你回去后就别出门了。"

徐玉樵点头道："知道了。对了，二哥，今晚我住这儿。"

盛霈闻言，瞥了眼正慢吞吞擦拭着长发的山岚，对徐玉樵说："嗯，你和我住。你睡行军床上，我睡地上。"

话音落下，那双乌溜溜的眼果然看了过来。盛霈就当没看见，自顾自地干自己的事。

徐玉樵摆完菜，一拍脑门说："我说呢，差点儿忘了。二哥，你之前给我打电话说的事，我都办完了，都在这里。"说着，他拿了背包过来。

盛霈接过来看了眼，递给山岚。

山岚缓慢地眨了眨眼，看向背包里装着的东西，里面有几份报纸，以及将背包撑得鼓鼓囊囊的海螺和贝壳，每一个都漂亮精致。

她一怔，手里的动作停住。

之前出海时，盛霈问她有什么想要的，她告诉他想打铁，想去山里采矿，想看刀剑交流会的新技术，想捡海螺回家，还想找到那把刀。

那时盛霈说，后面三件都能实现。如今，他已替她达成了两件，只余下最后一件——找到那把刀。

不仅山岚想到了这件事，盛霈也想到了。他问徐玉樵："月光礁的沉船，上头怎么说？"

徐玉樵说："已经在组专家组了，过一阵就来捞。"

盛霈想起赵行，换了个念头，说："小樵，明早你直接带赵行去军区，我到那边和你们会合。"

"你们俩，在家待着。"盛霈扫了眼两个招儿，一个看着背包出神，另一个正在咬自己的尾巴，都怪傻的。

山岚低着头，纤长浓密的眼睫安静地垂落着，她取出报纸，第一页就是有关这次刀剑交流会的报道。

警方通报了她失踪的事并发布了寻人启事。除此之外，这次交流会没能顺利进行，山家喊了暂停，交流会择期举办，他们仍留在南渚。

爷爷一直在找她。

山岚静静地看了片刻，对盛霈说："我想打个电话。"

盛霈眸光微顿，说了句"行"，随即进房找了半天，找出个没电的手机来，还得当场充电，也不知道能不能用。

徐玉樵想吐槽这件事很久了。他对山岚说："这都 21 世纪了，还有不爱玩手机的人。在海上那是条件不够，没信号玩不了。可二哥这人，在岛上都不爱用手机，经常打不通电话，找人还得上门来，我都想给他装个座机。就那手机，里面什么都没有。平时记账、转账都得从我这里走，你说怎么会有对工作这么不上心的人？"

盛霈瞥他一眼，继续捣鼓手机，懒得和他计较。

他不计较，反而有人好奇。山岚问："他在船上，通常都做什么？"

徐玉樵哼笑一声说："看书、学习，自己和自己下棋，用的是捡的螺和贝壳，没花纹的算白子，有花纹的算黑子，能下一晚上。这人也太无聊了。"他刻意提高声音："捞鱼比谁都不积极，还得要人催。成天就和招儿在船舱里厮混，一点儿都不正经！"

"……"

山岚呆了一下，白玉似的面皮忽然红了，在光下透出一股粉釉似的晕染，似烟似雾。如天际粉紫色的晚霞，令人着迷。

徐玉樵还在叨叨，没注意山岚的变化。

盛霈饶有兴致地抬眸，瞧着她难得脸红的模样，上下扫视一圈，无声地勾了下唇，对徐玉樵说："这猫改名了，以后不叫这个。"

徐玉樵问："叫什么？"

盛霈懒懒地应："招财。"

徐玉樵嘀咕了一下，仔细品味了一下这个名字，和边上一脸蒙的小猫咪对视一眼，说："招财，还真不错。你喜欢不？"

三花猫歪着脑袋，一脸凝重，瞧着不是那么乐意，冲着盛霈凶狠地"喵喵"叫。

盛霈笑道："那行吧，改叫小招。"

待手机充好电后，盛霈开机，给自己交了话费，一收到短信，便递给山岚，说："进去打。"

山岚进了房间。

盛霈的手机款式陈旧，看起来是花了几百块随手在街边买的，但好歹是个智能机，将就着能用。山岚握着手机想了片刻，拨通了一个电话。

山岚走后，徐玉樵忍不住八卦起来。他压低声音问："二哥，那个什么……你们在海上几天，没出什么事吧？"

盛霈正在剥虾，闻言头也没抬，随口应："能出什么事？老实吃你的饭，怎么这么多问题？别总和那小孩儿待一块儿。"

徐玉樵面色一凝，说："你不对劲！"

盛霈："？"

徐玉樵一本正经地分析起来："你说说，你们失踪一周，我问一问是不是人之常情？你反而嫌我问题多，回避我的问题，说明你心虚了！"

盛霈一挑眉，反问道："怎么着？"

徐玉樵："……"也不能怎么着。

徐玉樵不死心，继续道："二哥，我和你说认真的。等台风一过，山老师肯定要走了吧？要管一个山头可不容易，你又在海上，打个电话都难，更别说见一面了。况且……你不是那什么，你不是有前车之鉴吗？"

盛霈看他一眼说："什么和什么，话都说不清楚？"

徐玉樵先是一瞧屋里头，嘀嘀咕咕道："你虽然不说，但我们都知道。你那手机相册里不是有好几张照片吗？你时不时地就看那个，瞧着也是个大美女，不是你前头那个女朋友吗？"

屋内，山岚停下往外走的脚步，她低下头，看向手里的手机。

盛霈有过其他女人？

岛外海潮翻涌，岛内簌簌的风声拍打着小屋的窗户。屋内灯光摇晃，丝毫不影响餐桌前的两人。

徐玉樵朝盛霈挤眉弄眼道："二哥，那是你前女友吧？"

盛霈不耐烦，轻"啧"一声，抬手敲他脑门，说："吃你的饭，再多说一句我把你拎回家去。待会儿别乱说话。"

"知道了，知道了。"徐玉樵没打听出八卦来，有点儿遗憾。

没一会儿，山岚出来了。盛霈转头，看着她从门口走到桌前坐下。她神色清冷，眸光平静，拿起筷子认真吃饭，和之前没什么区别。

"打完了？"他问，仔细看她神色。

山岚轻声应了。桌上摆着一只白瓷碟子，剥好的虾排列成一个圈，整整齐齐的，她静静地看了一眼，如常般吃了。

一顿饭吃下来，只有徐玉樵叽叽喳喳的，问他们这几天过得怎么样，盛霈有一搭没一搭地回，顺手往山岚碗里丢几筷子海鲜。吃完饭，山岚先去洗澡，留下的两个男人收拾家里。

折腾完已近凌晨，小屋内灯光熄灭，安静下来。房间内，徐玉樵躺在行军床上，翻来覆去，就是睡不着，干脆翻身朝着盛霈，往底下瞄了一眼，喊："二哥。"

地上那道身影没动静，呼吸均匀，似乎是睡着了。

徐玉樵又喊："二哥。"

盛霈静了一阵，但耐不住他左一句"二哥"，右一句"二哥"，就差没把脖子伸下来了，也不知道什么事憋不住。

盛霈叹气，懒懒地出声道："干什么？"

徐玉樵得了回应，翻身回去，看着黑漆漆的屋顶，问："你找到想找的人，是不是就会回岸上去了？"

盛霈一顿，问："怎么忽然问这个？"

许是此时外面凄风苦雨，徐玉樵莫名也有点儿忧郁，他挠挠头，说："我就是一种感觉，感觉你要离开这片大海了。二哥，你喜欢在海上吗？"

盛霈闭着眼"嗯"了声，缓缓道："这片海域很美。我长在洛京，那里有山，有海，也有沙漠。边上的海和沙漠是一样的颜色，南海不一样。"

对盛霈来说，洛京并不是牢笼，而是一片宽阔无际的自由地，他在那片富贵地野蛮生长，从没什么限制过他。直到他离开洛京去读军校，执行任务时他看过山川河流，看过高原峡谷，最后来到这片海域，美丽而神秘的地方。但他被困在了这里，日复一日，看海潮，听海风。

可这里不只有海域，还有共同守卫着这片疆域的军民，他们也同样日复一日，重复着同样的生活。盛霈想，他本来也该是个军人。这三年来，他和他们一样，守卫着这片海域。

"小樵，我动摇过。"盛霈低声说。

徐玉樵叹气道："谁不是？我们都一样。海上的日子多难过啊，岸上是舒服，但没舒服两天又想海上了。南海的水，南海的鸟，我能看一辈子。"

盛霈说："那就看一辈子。等我回岸上，船交给你，以后你带着兄弟们出去，有事随时找我。"

徐玉樵闻言，"噌"的一下坐起身。

"二哥，你真要回去？"

盛霈睁开眼，静静地听了会儿雨声，忽而笑了一下说："不回去怎么登山？那么高的山，说不准要登一辈子。"

她立于峰顶，不登山，怎么去她身边？

她每往上一步，他便跟一步。

"……"徐玉樵听了一阵，心想：奇奇怪怪的，听不懂。

他又躺下，也不知道想明白没，困意泛上来，含糊着说："二哥，我睡了，明天还要去找赵行，希望风能小点儿。"说话声越来越小。

盛霈耐着性子等了片刻，等徐玉樵完全入睡后，他悄无声息地离开房间，穿过客厅，敲响对面的房门。风雨中，敲门声微不可闻。

过了片刻，门后忽然有了点儿动静，爪子在门板上挠了两下，是三花猫在门后招呼他。盛霈一顿，握上门把手一转，门竟然开了——她没锁门。一声轻响，他闪身进了房间。

整座岛上，猎猎风声中，只有小猫咪看见了男人进了这间房，它歪着脑袋瞧了一会儿，灵活地跳上床尾。

"招儿？"盛霈没靠近床，只在门口喊山岚的名字。

床上一道身影侧躺着，她面对墙，背对着他，一头柔软的长发散在他的枕头上。暴烈的风雨中，他在屋内嗅到了她的香。

寂静中，三花猫轻轻"喵"了一声，似乎甩着尾巴想往床头去。盛霈快速接近床脚，一把捞起这猫儿，他低头看它，轻轻地"嘘"一声，随后看向山岚，她一动不动，静静地睡着。

想起暴雨中的那个吻，盛霈不由得舔了舔唇。他食髓知味，刚才躺在地上一闭上眼，满是她柔软的气息，耳侧轻如柳絮的话语还在，她攀着他的肩，贴着他的耳，轻声说："下次再学。"

下次，可不就是今晚？但要上课的人反而睡着了。

盛霈在暗中抬手，拇指抹过唇角，笑了一下，转身准备离开。刚走到门口，忽然听到身后有些轻微的动静。

这黑沉沉的夜里，飘下一朵云来。

“盛霈，你之前有过女人？”她轻声问他，语调平静。

黑暗中，她柔软轻缓的声音像一张巨大的网，自海底悄无声息地向他扑来，极其缓慢又用力地缠住他。

盛霈几乎没有思索地回答道：“没有。”

他轻“嗞”一声，她一定是听到徐玉樵说的话了，想把那小子拎起来丢出去，成天说一些有的没的。

微低的男声落下，山岚久久没有反应。盛霈放下猫，任由它灵活一蹿，蹿到山岚怀里。一人一猫在黑暗里沉默着，他顿了顿，竟生出一股愉悦来。

啧，还是人吗？盛霈在心里骂自己。

半晌，他低声说：“招儿，我能过去吗？”

山岚在黑暗中坐起身看着盛霈的轮廓，没有应声，只是抱着猫往墙侧坐了点儿。不一会儿，那道人影在床侧坐下，两人隔着黑暗，无声对视。

“招儿，那是我……”盛霈开口。

话没说完，山岚忽然打断了他，她在黑暗中盯着他的脸说：“我不需要知道，但我需要你忘记她。”

盛霈轻“啧”一声，这女人，话都不让人说完。他把小心翼翼的心情一抛，翻身上床，探手准确地拎起她怀里的猫，往床下一放，命令道：“下去待着。”

三花猫委屈地舔舔唇，甩着尾巴躺下了。

它不是盛霈最爱的小猫咪了。

盛霈跪坐在床上，往山岚身前一挤，刚凑近了点儿，之前搂着的手这会儿一把推开他，不让他碰。

“不需要知道？”盛霈微微挑眉，问。

山岚抿了抿唇，她说不清自己心里是什么感觉。以前的事都过去了，往后他再也不能有别人，除非她开口说结束。

“盛霈。”山岚轻声喊他的名字，一字一顿道，“我们之间一旦开始，你没有说走的权力，一切我说了算。但现在我给你选择的机会，你可以走。”

说话间，她的视线始终落在他的脸上。

盛霈认真听完，再一次朝她靠近。一只手撑着墙，微微俯身，视线和她齐平，低笑一声，问："这么霸道？"

山岚说："我说过，你可以——嗯！"

盛霈低头，飞快地在她唇上碰了一下。

"招儿，那是我妹妹。"他低低地叹了口气，抬手抚上她鬓边的发，"平时那么好的耐心哪儿去了？让我说完。"

山岚一怔，慢吞吞地重复道："妹妹？"

盛霈"嗯"了声，说："我有两个妹妹，一个是小木头，一个是小可怜，反正都不怎么聪明。以后带你见见她们。"

他顿了顿，又说："招儿，我的人生，是在十八岁那年改变的。"

盛霈不知多久没想起这段往事。他微微往后退了点儿，转身往墙上一靠，和山岚并肩坐在床上，说："我一直以为自己的家庭幸福美满，十岁的时候，外公忽然从外面带回来一个小女孩，说是我们的小妹妹，因为身体不好，一直养在外面。"

那是盛霈第一次知道，他原来有两个妹妹。可一向温和可亲的父母却并不喜欢这个小妹妹，看她的眼神从来不像看女儿，像是在看一个陌生人。这样的日子日复一日，所有人都被折磨着。

"我一直不懂为什么。"盛霈说到这里，忽然扯了扯唇，嘲讽一笑道，"结果真相是什么？真相是我父母听人哄骗，说妹妹和他们亲缘单薄。所以，他们这些年一直当她是陌生人，无视她，厌恶她。这理由多可笑。"

盛霈自以为美满的家庭和生活，忽然破碎了。那时他只想离开这个家，离开洛京。

山岚倾身，伸手环住他，轻声说："所以你离开洛京，去读了军校。"

盛霈低声道："招儿，我逃走了。我丢下妹妹，从洛京逃走了，逃去很远、很苦的地方，再到海上，没有回过家。"

山岚环抱着高大的男人，心里却生起一个奇异的念头来。

为什么听起来那么耳熟？

她的未婚夫上的也是军校，听爷爷说他家里是做船运的，有两个妹妹，他是家里最大的孩子。

山岚回忆着照片上的那个小男孩，忽然想起第一次收到他照片的场景来。当时她六岁，那天一早起床，正蹲在铁房里看着叔叔们打铁，爷爷忽然来了，喊了声招儿，神神秘秘地把她叫了出去。

　　只有他们两个人的时候，山岚喜欢喊山桁"爷爷"。

　　于是，小山岚仰着雪白的小脸，乌黑的眼珠像黑曜石，一本正经地问："爷爷找招儿有什么事吗？"

　　山桁蹲下身，摸了摸她的脑袋。他欲言又止，最后拿出一张照片来，小声对她说："招儿，爷爷给你骗了个小男孩儿，看模样还行，将就能看，你瞧瞧？"

　　山岚圆溜溜的眼珠子看着山桁问："骗来干什么？"

　　山桁轻咳一声，道："给你做丈夫。"

　　山岚伸出小手，问爷爷要照片。山桁掏出那张被他捏坏了的、皱巴巴的照片，交到她的手上。

　　她垂着脑袋，认真看照片上的人。是个小哥哥，模样白净，眼睛很亮。他皱着眉眼，看手里的船模型，看起来不怎么聪明的样子。

　　山岚眨了眨眼睛，慢吞吞地问："能换吗？"

　　山桁沉痛道："不能。"

　　山岚又看了眼照片上的小男孩，蹲下身，托着小脸，学着大人们忧愁的模样，老气横秋地叹气道："也罢！"

　　回想至此，山岚想起那个男孩的眉眼，又仔细对比盛霈的轮廓，越想越觉得古怪。

　　山岚安慰似的摸了摸他的头，却忍不住问："盛霈，你之前和我说你有一百多艘船，是真的吗？"

　　盛霈闭上眼，蹭了蹭她的下巴，想起那会儿他开玩笑似的那句话，低声应："说笑的，是我家里的船，和我没关系。我……"

　　"砰"的一声闷响，盛霈毫无防备，就这么被山岚踢下了床。

　　山岚起身，赤脚踩在地面上，拎起那只一脸蒙的小猫咪，塞到盛霈的怀里，温声说："你们都给我出去。"

　　盛霈一怔，喊："招儿。"

　　"最后一遍，出去。"

"……"

盛需和小猫咪就这么被赶出了房门，一人一猫在黑暗中你看看我，我看看你，一时间不知道是谁的错。

隔日清晨，徐玉樵一起床就见盛需在房门前徘徊，神色微凝，边上那只猫也甩着尾巴，跟着他走来走去。

他瞧了一会儿，纳闷道："二哥，你干什么呢？"

盛需没搭理徐玉樵，低着头踱步。半晌，他抬脚碰了碰三花猫的肚子，和它商量道："你去敲个门试试。"

小猫舔了舔唇，灵活一跳，转眼就在柜子上蹲好了，甩着尾巴，一副"我不去"的模样。

盛需不耐烦，和圆溜溜的猫眼对视一瞬，忽然道："做饭去。"说完，上厨房去了，也不管徐玉樵。

半个小时后，狂烈的风短暂地消停下来，徐玉樵和盛需准备趁这会儿出门办事。盛需一步三回头，就差没把眼睛丢在屋里，磨蹭了一会儿，可算出门了。

出门后，两人分了两路，徐玉樵去酒店接赵行，盛需去军区上报这件事。等再回来时，已是中午。

风吹得人歪歪倒倒，小战士眯眼躲着雨，把他们送到家门口，喊："二哥，你们好好待着，人我们肯定看好了，别担心。等风一停，直接去机场，我把他们送到南渚。"

盛需应："知道了。"说完，他看向徐玉樵，指指边上的小风："这小孩儿怎么在这儿？"

徐玉樵也头疼："非要跟来，说要来看山老师。二哥，就一小孩儿，不占地方，住几天就住几天。我先回去了啊。"

小风冲盛需做了个鬼脸，一溜烟儿进了屋子，他进门就喊："姐！"

盛需本想把小风丢出去，又一想到昨晚山岚忽然不理他了，到底没把人赶出去。只要能让她露出个笑来，这小子就算有点儿作用。

山岚正坐在客厅里看海螺。门忽然被推开，一阵狂风袭来，她的黑发顿时散了，"啪嗒"一声轻响，珊瑚簪子落在地上，碎成了两截。

船翻的时候她都没弄丢它，今天却断在了这里。山岚怔怔地看着地上的簪子，顾不上散落下来的被吹乱的发，似乎也没听到小风那声"姐"，只是坐在原地。

盛霈跟着小风进门，反手关上门，一转身便看到山岚发愣的模样。他微顿，问："怎么了？"

小风无措地挠了挠头，有些懊恼，耷拉着脑袋走到一边，小声说："二哥，我开门太急，姐的簪子被吹下来了，断了。"

盛霈顺着山岚的视线往下。地上躺着两截簪子，一左一右，被她小心翼翼地捡起放在掌心。

盛霈看了眼小风，说："先去房间待会儿，别出来。"

小风说了声"对不起"，反复回头看山岚，直到进了屋子才恋恋不舍地关上门，看背影还有点儿可怜。

盛霈走到她身前蹲下，抬手试探着向她发侧靠近，见她没躲，轻轻地顺着这头她无比珍惜的长发，将吹乱的发丝都抚平整，露出整张脸来。

她耷拉着眼，看着自己的掌心，神情看不出异常，太安静了，安静得让他心口发闷。

"招儿，我能修好它。"盛霈盯着她垂落的眼，低声说。

山岚回过神，缓慢攥紧拳，抬眸看向盛霈，轻声问："你有没有话想和我说，除了妹妹以外的事？"

盛霈蹙了下眉，盯着她的眼，一字一顿地说："我没有其他女人。"

山岚扫过他的面容，这个男人还是她初见时的模样，带着痞气的寸头和眉眼，俊朗的面容，不可一世的狂妄，以及他的笃定。

他说，他没别的女人，甚至不记得自己有个未婚妻。

山家重诺，这两个字写在祖训里。和盛氏没达成联姻前，他们一直在等，等对方给出一个说法，可最后等来的说法是她的未婚夫逃婚了。

逃去哪儿了？

在这里，在她面前。

但她的未婚夫并不是逃婚，他根本不记得自己有婚约在身，怎么会是逃婚？他只是去做想做的事。她曾想，他有勇气逃婚，去追寻自己的人生，那至少在这桩婚事里，有人能拥有自由和幸福。毕竟她的一生被"山"字绑住，哪儿都去不了。

可到头来，她困在山里，他陷于海上。她有她的诺，他也有他的。

山岚心底的那口气散了，抿唇浅浅笑了一下，说："盛霈，近日山家会正式登报，刊登我解除婚约的事。以后，我没有未婚夫了。"

盛霈一顿，微微眯了眯眼，她唇边的这个笑似乎别有含义。他问："昨晚打电话就为了说这个？"

山岚摊开掌心，将簪子递到他眼前说："我不要新的，你把它修好，修不好也没关系，我自己来。"

盛霈轻"啧"一声，这是瞧不起谁呢？

山岚交代完簪子，又提起昨晚的事："我给爷爷打了个电话，他把案情进展告诉我了，目前警方怀疑的对象是我的师兄们，还有师姐。为了继承人的事。"

盛霈都能猜到的事，警方不可能查不到。

他瞧了她一会儿，问："你师兄把古地图给别人这件事，是不是没说？"

山岚微呆，乌溜溜的眼里写着点儿困惑："你怎么知道？"

盛霈手痒痒，没忍住点了点她的眉心，说："就你这个倔脾气，知道这事一说，你师兄一定会被当成嫌疑人。"他慢悠悠地叹气道："我们招儿呢，说聪明也是真聪明。余下的，该说你傻还是说你倔，都不要紧，反正我都喜欢。"

山岚一把抓住他的手指，攥紧了，好半晌，才慢吞吞地说："我不管你喜不喜欢。"

盛霈哼笑一声，不和她计较，问："案情什么情况，能说吗？"

山岚"嗯"了声，说："警方一开始怀疑是师兄，他说上山的时候看见我了，到了顶上发现没人。但他们不知道，师兄上山不可能看见我，在他上山半小时前，我就被人推下去了。

"除非，他是第二次上山。把我推下去之后，隔了半个小时，又一次上了山。"

盛霈判断道："他没有这样做的理由。"

山岚点头道："我和爷爷说了。爷爷告诉我，师兄说他看见的'我'行动比平时慢很多，快到峰顶的时候，他被什么东西绊了一下，差点儿摔倒。

山家除了我，练刀的人只有师姐，但师姐出刀的速度不可能那么慢。"

盛霈静了一阵，忽而抬眸看她，问："你师兄有没有说，他绊倒之后林子里有没有什么动静？"

山岚微微睁大眼，思索一阵道："他说鸟都飞走了。"

盛霈舒了口气，告诉山岚："招儿，那可能是个假人。把你推下去的人为了制造不在场证明，在峰顶放了假人。你穿的那一身衣服，风一吹就像在动。既然这样，怎么把假人推下山崖？我猜那个人早已布置好了机关，把连着假人的线放在必经之路上，当你师兄被线绊倒，触动机关，崖顶的假人被扯到了林子里，所以鸟都被吓走了。我以前出任务，曾经遇到过这样的情况。"

山岚补充道："他需要再次上山消灭证据。我不见之后，他们都上山找我了，没必要把假人带回去，只要丢进海里就好，什么证据都找不到。"

她垂下眼，轻声说："这个人很聪明。"

盛霈顿了顿，没说话，反手将她的手攥进掌心。

山家这五个兄弟姐妹一起长大，互相再了解不过，能做出这样的事来的人，山岚一定清楚是谁。他确定，她一定知道了，只是想不明白为什么。

盛霈低头，亲了亲她的指尖，低声问："昨天我惹招儿不高兴了？"

说起昨天，山岚缓缓抽出手，不让他再亲，又挑起海螺来，问："章船长的身份，查到了吗？"

今早盛霈带着赵行去军区，显然是为了这件事。只是此时正逢台风天，不知道岛上和岸上信息传递是否正常。

"没有，当时他遮了船号。我把船形和当天渔船可能经过的路线告诉他们了，又让赵行画了模拟画像，估计得找一阵，这海上不知道多少船。找到那艘船，才能知道船上那通电话打去了哪儿。"

山岚安静听完，说："我饿了。"

盛霈挑了挑眉，这显然是不想说昨天为什么不高兴了。他也没执着，公主怎么能只气那么一会儿？气上十天半个月都成。

"给你做饭去。"盛霈起身，往屋里喊，"小风，出来。"

小风探出头，往山岚的方向看，试探着喊了声："姐。"

山岚看过来，温声道："他会修好的。"

小风松了口气，这才跑去厨房帮忙了。

三个人吃顿便饭很简单，难的是吃完之后做什么。外面狂风暴雨，哪儿都去不了，屋内左看看右看看，也没什么娱乐活动，怎么看都只适合睡觉。可这三个人，都没有睡意。

小风想了想，说："我们玩斗地主吧，二哥，你一定有牌吧？"

常年在海上漂的人，怎么可能没有牌？

果然，盛霈指着其中一个柜子说："都在里面。"

小风来了劲，去柜子里翻了会儿，不仅翻出牌来，还找出一副海螺和贝壳做的黑白棋，索性都拿出来了。

地上铺了张凉席，他们都坐在上面，边上还放着几碟坚果、果干，解闷用。

"赌点儿什么？"小风坐下，兴冲冲地说。

盛霈屈腿坐着，姿势闲散，懒声问："赌什么？"

小风看看盛霈，又看看山岚，眼珠子滴溜溜地转着，说："反正我们都在海上，输的人说点儿和海有关的事吧？"

盛霈瞥他一眼道："我说了不算。"

小风闻言，眼巴巴地去看山岚。

山岚抱着那只懒洋洋的三花猫，勾着它的下巴，慢吞吞地应："我可以。说不上来的人，怎么惩罚？"

盛霈眉梢微扬，听这语气，果然是公主，从来不考虑自己会输，也可能被惩罚。

小风思索片刻，提议道："最简单的，真心话吧。我们就三个人，也没什么大冒险可以做。"

盛霈和山岚都没意见。

游戏开始，最简单的斗地主。

第一把，盛霈是地主。他拿到牌，舔唇笑了一下，左右看他们一眼，满脸嚣张，直把人看得心里发怵，问："这牌，要不要我放放水？"

山岚自顾自地理着牌，没理他。

小风瞥了一眼手里的牌，牌面还行，又去看山岚的表情，什么都看不出来，又被盛霈看得心里直打鼓，说："你这种战术太老土了！"

盛霈："？"

小风昂起脖子道："我在电视上看到过，专家说，灵长类会避免和对方的目光接触，人类也是，所以你故意用视线来让我害怕，不敢轻易出牌。"

盛霈挑眉道："行。"他手一伸，开始出牌："四带二。"

小风嘀咕道："你有病吧？"

盛霈轻哼，轻佻的视线又往山岚身上看，问："公主，要不要？"

山岚神情平静道："不要。"

"顺子，带到 A。要不要？"

"……"

"三连对。要不要？"

"我要！"

小风可算逮到了机会，等利索地把牌压下去，仔细一看，盛霈手里只剩了两张牌，他去看山岚，悄声问："姐，你有王吗？"

山岚没眨眼。

小风："……"

盛霈轻飘飘地丢出最后两张王炸，懒声道："来吧，谁先说？先说好，那些平常人都知道的不算，这要是算，能说到明年去。"

小风不满地问："那我姐岂不是很吃亏，你故意的？"

盛霈不出声，耷拉着肩，支着脑袋，找了个舒服的姿势躺着，就这么明晃晃地盯着山岚瞧，一点儿也不顾及别人。山岚抬眸，和他对视一眼，男人深色的眸里藏着笑意，眉眼松散，瞧着心情不错。

"我可以的。"山岚出声道。

小风说："我先说，我想想啊。姐，你听说过采珠儿吗，深入海底采捞珍珠的人就叫采珠儿，但还有个说法，《博物志》里那句话怎么说来着，很有名的……"

山岚轻声应："南海外有鲛人，水居如鱼，不废织绩，其眼能泣珠。"*

"对，鲛指的是鲨鱼，因为鲨鱼是海洋霸主，所以那时能在深海来去自如的采珠儿就被称作鲛人。不过传说嘛，什么说法都有，虽然有神化的部

---

* 出自张华《博物志·卷九》。

分，但说不定真有眼能泣珠的鲛人呢？"

盛霈听了一耳朵，心想这小子满肚子的传说，在船上说，在岸上也说。他点头道："勉强算。公主，到你了。"

山岚乌溜溜的眼看过来，水雾一般，她不紧不慢地说："风帆时代，船长掌舵多用罗盘，子午线对准船的中轴线……"

一字一句，是那晚他教她的。只不过她没学完，就靠着他睡着了。

盛霈微眯了眯眼，听着柔软的唇里冒出来的话语，想起茫茫海上的那个夜晚，他心口发烫，又想把人压着好好亲一会儿。

他瞥了眼小风，小孩儿就是烦。

"你什么时候回去？"

小风瞪眼道："干什么？解放军哥哥说了，让我们好好在家里待着，不要出门。有危险你知道吗？超强台风，猪都被吹上天了！我还没猪胖。"

盛霈有点儿烦，也不知道今晚她让不让他进房间。

"继续继续！"

小风洗牌，非要找回场子来。

连着玩了几轮，有输有赢。小风抢了几次地主，回回都被盛霈打下去，这把时来运转，牌面极好，即使对面是大罗神仙也赢不了他。

小风颇有些得意地说："你们说吧。"

几轮下来，能说的都说了。山岚和小风都有说不上来的时候，只有盛霈是例外，左一句右一句，不知道哪儿来的这么多他们不知道的事。

盛霈随口就来："西沙有个岛，岛上的土都是战士们从自己的家乡带来的，全国各地的土混在一起种菜，但种的菜只开花不结果，你们猜为什么？"

小风拧着眉，嘀咕道："能开花就说明土没问题，那为什么不结果呢？"

山岚揉着三花猫的肚子，依旧是温温暾暾的语调："他们缺了蜜蜂。没有蜜蜂传花授粉，所以不结果。"

盛霈轻哂道："对，后来有个战士带回来一箱蜂，这个问题就迎刃而解了。"

小风恍然大悟，看向山岚说："姐，到你了。"

"……"

山岚闷头想了一阵。半晌，她说："你问吧。"

小风咧嘴一笑，想了想，问："姐，你这么厉害，那从小到大有没有你怕的东西？我感觉你什么都不怕。"

盛霈一顿，看向山岚。

山岚抿抿唇，轻声应："我怕狗。"

从小深入山林，虫蛇都不怕的小山岚，最怕的就是狗。因此山家再也没养过狗，连带着客人的狗也不能带进山家。

"怕狗？"小风诧异道，"姐，你被狗咬过吗？"

山岚摇头道："没有。小的时候，云山下面有很多住户，有的狗很凶、很健壮，见到人就叫。那时我还很小，也不能带刀去上课，我不想在师兄们面前露怯，每次我都藏住了害怕。只有爷爷知道，所以山家从来不养狗。别人以为是爷爷不喜欢，其实是我。"

盛霈眼睛一眨不眨地盯着山岚，听她三言两语说自己藏起害怕，看她神情依旧清冷、平静，似乎永远没有脆弱、退缩的时刻。

"累了，不玩儿了。"

盛霈随手把牌一丢，闭着眼在凉席上躺平。

小风仔细品了一下这个氛围，小声说："二哥，姐，我去睡会儿午觉。"说完，一溜烟儿跑了。

小风一走，气氛安静下来。山岚收好了牌和那套没来得及玩的棋，把它们放回柜子里。再转身时，闭上眼的男人正睁着眼在看她。

他盯着她看了片刻，指节微微弯曲，轻拍了拍边上的席子，说："躺会儿。"

山岚垂眸扫他一眼，慢吞吞地移开眼，语气骄矜："我不睡地上。"

盛霈："？"之前在岛上还能露天睡，现在连地上都没法儿睡了？

山岚不管盛霈，转身进了房。原本躺在凉席上舔毛的三花猫一看，立刻起身，迈着猫步轻盈地往里跟，才走到门口，身后忽然伸出一只大手，毫不留情地将它丢在外面，大手的主人自己关门进了房。

盛霈反手上锁，视线跟着房里的人。她在床侧坐下，黑发散落，雪玉似的足把鞋子一踢，屈腿躺上了床，动作间，自然地拿过床头放着的书，认真看起来。

这副模样，就当他不存在似的。

盛霈昨晚想了一宿，都没想出来到底哪儿惹了她不痛快，把他赶出房就算了，今天一整天都没给他好脸色看。

"招儿，我……"

"去修簪子。"

她没抬眼看他，只轻轻柔柔地说了句话，就把他的话都堵住，让他连步子都没法儿往前迈。

盛霈轻"啧"一声，刚想说话，又听她说："修好我们来上课。"

"……"这小姑娘，接吻就接吻，非得说上课。

他在原地静了半晌，舔了舔唇角，双手环胸往墙边一倚，忽而笑了，企图讨价还价："上多久的课？"

山岚抬眸看他，温声提醒道："3——"

"什么？"

"2——"

"……"

"砰"的一声轻响，盛霈立刻关门走人，去修簪子。

山岚慢慢地翻过书页，唇角慢慢翘起来，眉眼间带着点点愉悦之意。这台风天，日子也算有趣。

翻涌的云层宛如浪潮，沉沉地压在猫注岛的上空。海岸边清透的海水被搅乱，像染料自空中倾倒，巨大的声响令人不安。

连着过了几日，风渐渐小了，虽然岸边的浪潮仍未平息，但至少玻璃颤颤发抖的声音停了。

小屋内，正在播放广播："此次超强台风席卷已持续整整六日，预计将向东北方移动，中心风级10级，中心气压……"

盛霈耷拉着眼，倚靠在柜子前听了一阵，摁下开关，屋内顿时安静下来。一时间，屋内只剩山岚和小风的交谈声。

他们正坐在凉席上玩五子棋。

小风小声嘀咕道："姐，你说都什么年代了，二哥屋里居然连电视都没有，还听广播，也太古怪了。"

山岚眸光微顿，说："我家也没有电视。"

"姐，你也听广播？"

"不听。"

小风呆了一下，问："姐，那你平时用手机吗？连二哥这两天都时不时地看一眼手机，你怎么什么都不玩？"

山岚点头肯定道："手机很好玩。"

话音落下，盛霈睁开眼，视线静静地落在她身上。

小风小嘴叭叭地问："姐，你都玩什么？"

山岚如实应道："看社会新闻，找资料，看社交软件里他们聊天。很好玩，有很多有意思的事。"

"……"这哪是玩？

盛霈无声地弯了弯唇，拎起雨衣，说："我去趟机场，问问航线什么时候恢复，说不准明儿就能回去。"

山岚眨了眨眼，看向盛霈问："我能去吗？"

"想去？"

盛霈挑眉，手已经伸向另一件雨衣。

在屋里闷了几天，长刀还丢在了海上，只能握着小刀比画比画，可把山岚闷坏了。好在台风快结束了。

小风郁闷地瞧着两人，竟没闹着要跟去。

盛霈瞥他一眼，心想这小孩儿今天挺上道，说了句"看好家门"，带着山岚出门去了，家里便只剩小风一人。

小风跑到窗前，盯着两人离开的背影。片刻后，他转身回了房。

岛上风雨停歇，家家户户开了门窗。潮湿的海风里带着热意，海岸边树枝凌乱，椰子树似乎不满自己乱糟糟的形象，正在缓慢梳理。天空澄净，清透的蓝色里偶尔落几滴雨。

山岚仰头望了眼天，摘下帽子，散落一头长发，重新用簪子绾了发。她的簪子修好了，裂缝被仔细修补，缠上金色的线，看不出断裂痕迹。

"盛霈，我该怎么找你？"山岚侧头看他，透净的面颊上，眼眸如曜石明亮。

她这句话问得没头没尾，盛霈却听懂了她在问什么，她在问离开南渚后，再想找他，该怎么联系他。这是她第一次提及以后。

盛霈眉眼轻松，不见丝毫不舍。他挑唇笑了一下，语气懒散道："哪有公主出海找人的？只要你想见我，一条短信，我就会飞去见你。"

山岚静静地看着他，问："你不想我来找你？"

盛霈极少回避她的问题，他话里的意思更多的是不想她来海上找他，不是不想和她见面。

"海上不安全。"

他在海上多年，能应对各种突发的状况。但这一次，在期限内她要回岸上的情况下，频发的意外让他不安。

山岚一怔，她停下脚步，抚上盛霈的侧脸。

"你在害怕？"

她捧着男人温温热热的脸，凌厉的下颌依偎在她掌心，那在海浪间永远高昂的旗帜在她面前降下。

盛霈轻吐一口气，覆上她柔软的手。他将她的手攥进掌心，沿着海岸往前走。

"招儿。"男人的嗓音低低的，轻喊她的名字，"我也有害怕和不确定的事。今天 8 号，离山家大典还有六天，不到一周。其余的，等你回去，我们再谈。"

山岚抿唇笑了一下。他比她还要着急，怪傻的。

"知道了。"她轻且乖巧地应道。

盛霈眉梢微扬，加快脚步朝机场走去。他轻车熟路，七弯八拐，带着山岚进了办公楼，到了二楼，径直走向外侧的办公室，随手敲了敲门，也不等里面的人回应就往里进。

"盛二，怎么这时候过来了？"负责人诧异地问。

盛霈直接说："我和军区提过，送两个人回南渚。他们说航线开放就能直接回去，明天能飞吗？"

负责人点头道："来得巧，刚开完会。我们收到通知了，如果没有意外，明天一早就能起航，具体时间早上通知你。"

盛霈道了声谢，没多留，和山岚离开机场去了军区。赵行在那儿待了几天，也不知道日子过得怎么样。和盛霈相熟的小战士等在门口，一看见他们，朝他们挥了挥手，从门卫办公室喊出个人来。

山岚安静了会儿，忽然有点儿想笑。黑黢黢的赵行在几个战士间，居然是最黑的。如果说其他人是棕色的巧克力，那他就是纯黑的，整张脸只剩眼珠子有点儿白色。

赵行见到山岚就喊："小师妹！"露出一口雪白的牙，显得他更黑了。

山岚弯唇笑了一下，只是弧度才刚起来，脸颊上忽然多了点儿触感，轻轻点了两下，指腹滑过她的唇角，把这点儿弧度扯平。

她呆了一下。这是干什么？

"这才几天没见？"

盛霈双手环胸，懒懒散散地看了赵行一眼。

赵行翻了个白眼，一个保镖怎么还那么大脾气，小师妹对他笑一下都不成？但转念一想，这人都能勾得小师妹连婚事都不要了，显然道行不浅。他不和盛霈计较，说："小师妹，我听这边的长官说了，明儿就能回南渚。明早我们在哪里碰头？"

山岚看向盛霈。

盛霈说："直接在机场碰面。"

赵行点头道："行，你们说你们的，我去边上待着。"

盛霈来这里不光是来看赵行，他还一直想着章船长的事。小战士也知道，低声和他说了两句话，让他进去。

"招儿，在这儿待会儿。"

盛霈淡淡地看过去，眼神里的意思很明显：老实待着。

山岚和他对视一眼，慢吞吞地走到一边，看海去了。赵行等人一走，也凑到山岚边上，问："小师妹，你赶得及吗？"

"嗯，还有六天。"

赵行感叹道："这次祭祖大典估计热闹得很。小师妹，你说我能去吗？三年没见山崇了，还怪想他的。"

山岚说："能去，就说是我的朋友。"

赵行愣了一下，问："报你的名字啊？这会不会不方便，嘿，我这出海一趟再去云山，感觉辈分都高了。"

山岚温声应道："方便的。"轻轻柔柔的嗓音落下来。

赵行原本笑着，听她这一句话，没忍住揉了揉眼睛，他想洛京了，想回家，想见他爸妈，哪儿都不想去了。

不远处，小战士和盛霈大步朝楼上走，边走边说："二哥，前几天我们联系南渚警方调查了。因为台风影响，调查延迟了，有的公司没联系上，已经传过来的信息里有几个符合的，让赵行认了，说都不是，估计还得要几天。"

盛霈蹙眉道："上楼仔细说说。"

此时，南渚海岸酒店。

山桁望着窗外，慢悠悠地喝了口茶，神色轻松，和之前苍老憔悴的模样完全不同，整个人都容光焕发。

忽地，房门被敲响。山桁手疾眼快，把茶水一倒，倒了杯冷水，扯了扯眼皮，垮下脸，嗓音沙哑道："进来。"

山崇和山岁一前一后进门，在山桁面前站定，喊了声"师傅"。

山桁没看他们，只是沉沉地叹了口气，说："昨天警方通知我，调查中止。在新的证据出现前，暂时将这件事定性为意外。你们通知下去，让他们准备准备，下午我们回云山。这次因为招儿的意外，交流会没能办成，下次由山家择期再办。"

"意外？"山崇忍不住上前一步说，"师傅，招儿不可能自己摔下悬崖。"

山岁也是同样的反应，她拧着眉问："招儿前一天去山里看过地形和崖顶的状况，怎么可能是意外？"

山桁缓声道："我知道你们两个人和招儿关系好，但事已至此。云山还在筹备祭祖大典，这时候山家不能没人。好了，都别说了，回去吧。"

山岁和山崇对视一眼，应了声"是"，一起离开了房间。

人一走，关门声响起，山桁等了一会儿，拿出手机给那天联系他的号码打电话。很快，电话接通，他张嘴就喊："乖宝。"

"……"

没人理他。

另一头，小战士瞧了眼神色有异的盛霈，问："二哥，怎么了？"

盛霈顿了顿，低声说："我出去接个电话。"

"乖宝？乖宝？招儿，是爷爷。"电话那头苍老的男声着急地喊。

走廊上，海风吹来，盛霈清醒了点儿，听着那头的声音，竟有些紧张："您好，山岚她现在不方便接电话。"

山桁一噎，又看了眼电话，问："是你救了山岚？"

盛霈舔了舔唇道："正好遇见了，您不用放在心上。"

"本来我应该亲自过去感谢你的。"山桁诚恳地道了谢，"但招儿和我说，她邀请你到云山来。既然这样，你什么时间过来都可以，你永远是山家的贵客。"

"⋯⋯"恐怕以后贵不起来。

盛霈正经应道："我忙完立即让她联系您。"

山桁又说了几句，不怎么情愿地挂了电话。

盛霈捏着手机，独自在走廊上站了一阵。半晌，他无奈地弯了弯唇，公主怎么什么话都往外说，这就要把他往家里带了？

"回去了。"

盛霈打了声招呼，离开去找山岚。

距离大门还有几步，远远地，他望见山岚的身影。她静立在海岸边，海风抚过绸缎般的发，正侧耳听赵行说着话，神情沉静，眉眼清冷，一如初见时。

盛霈停下脚步，隔着距离看她。从救她上岸到现在，整整二十四天。那么漫长，也那么短暂，长得像是他们过完了一生，却又短得像刚相识就要分离。

他比谁都希望她回洛京。她所得便是他所求。

盛霈凝视她片刻，想起件事来。当时答应她的三件事还没能都做到，找不到章船长，也就找不到那把用来当作诱饵的刀。虽然不是山家那把，但拿来给她玩两天，她应该会高兴。

盛霈有点儿烦，好端端的遇上台风。

他抬脚往那边走，手机忽然开始振动，看了眼来电显示，是陌生号码。

盛霈接起电话，随口应道："哪位？"

对面的人笑了一下，说："中午好，盛霈。"

两分钟后，盛霈又一次进了军区。

"小师妹，你那保镖不行啊，这都进去快一个小时了。"

赵行蹲在地上，和山岚嘀嘀咕咕。说了一阵，又仰头看天，说起洛京来，什么海啊岛啊，他短时间内可不想看见了。

山岚思索片刻，重复他的话："不行？"

"……"赵行面色古怪，不知道该怎么解释。

正纠结着，盛霈来了，刚看见人，山岚就问——

"盛霈，你哪儿不行？"

山岚神色认真，乌黑的眼盯着盛霈，似乎真的在担心他哪里是不是不行，这真挚诚恳的眸光让人一口气堵着上不来。

赵行："……"他愿意跳海，就现在。

盛霈轻"啧"一声，抬手点点她的眉心说："瞎问什么呢？别人说什么就信什么，傻不傻？回去了。"说着，他冷冷地瞥了眼赵行。

赵行避开这杀人似的视线，蹲在地上像一朵蘑菇。

山岚呆了一下，捂住自己的额头继续问："你没有不行吗？"

盛霈差点儿气笑，他知道她不懂这话的言外之意。山家人在她面前先拿筷子都不敢，更何况说这些荤话。

他随手指了指地上蹲着的人，问："知道他为什么叫赵行吗？"

山岚慢吞吞地看向赵行，盯着他看了半天，恍然道："他不行，所以叫赵行。"

赵行："？"

盛霈扬眉，往山岚眼前一站，说："我哪儿不行了，你说说，哪里让公主不满意，只要你说，我一定改。"

山岚眨了眨眼说："你亲我——啊！"

盛霈眉心微跳，捂住她的嘴，顺势把人往臂弯里一带，教训道："这种事回家再说，你说几句，我听几句。"

"哦。"山岚应得不怎么情愿。

赵行捂着耳朵，心想不如跳海算了，在这岛上都要看人家腻来腻去，偏偏对象还是小师妹。这回去他是告诉山崇呢，还是不告诉呢？

这一天如常般过去。夜幕降临，清爽的海风带着暴风雨后的凉意，聚拢的云层散开，露出干净的天空来，角落里躲着几颗星子。

盛霈和小风洗完澡，坐在门前，有一搭没一搭地聊着天。

"二哥，船上的生活好玩吗？"小风问，他跟着盛霈上岛那么久，还没正经捕过鱼。

盛霈随口应道："好不好玩你不知道？忘了你刚到岛上那晚吐得死去活来的样子了？"

小风板起脸说："那是意外！我现在不晕船了！"

盛霈哼笑道："就你？连澡都不好意思和人一起洗，以后上了船把别人眼睛都蒙起来才能活？破讲究。"

先前徐玉樵来的时候和他说，小风害臊，不好意思和他们一块儿洗澡，他没当回事。这几天一瞧，小孩儿把自己捂得严严实实的，生怕让人看见了。

小风哼哼唧唧的，眼睛又往盛霈的腰上瞄。他小声问："二哥，我听小樵哥说你有个腰包，里面什么都有，你都在里面装什么了？我能看吗？"

盛霈瞥他一眼，问："你这小孩儿好奇心怎么那么重？"

小风咧嘴笑了一下说："我就问问。"

两人聊了几句，又安静下来，不约而同地看向不远处的山岚。

不远处，椰子树间的吊床轻轻地摇晃着，山岚躺在上面，长发散落，肚子上还蹲着只猫，猫咪幽幽的瞳孔在暗处还有点儿吓人。

小风托腮盯着山岚，微微出神，问道："二哥，明天我姐就走了。你会送她回去吧？"

盛霈没应声，只是静静地看着山岚。

半晌，他垂眸扫了眼表，对小风说："我有事出去一趟，今晚可能不回来了。明早会有人来接她，你看好门。作为奖励，柜子里还有个一模一样的腰包，送你了，一样什么都有。"

小风一愣，问："二哥，你去哪儿？"

盛霈没应声，起身径直朝山岚走去。

山岚闭着眼，听耳侧稍显温柔的海风，思绪和身体都变得很轻。忽然，身侧落下一道影子，和风一样轻的影子落在她身上。她喊："盛霈。"

盛霈轻"嗯"了声，蹲下身，嗓音低低的，对她说："招儿，我临时要去办点事，明早可能来不及送你回南渚。"

摇晃的吊床停下来。山岚睁开眼，对上他微暗的眸。

"是急事？"她问。

盛霈一滞，她的反应让他一时说不出话来。

她是得不到回应就毫不留恋离开的公主，是从不曾低下头颅、弯下腰的公主，谁都不能惹她不高兴。从认识的第一天起，他就答应要送她回南渚，没想到在最后一天食了言。

盛霈盯着她，眼睫极其缓慢地动了一下，开口时嗓音干涩："有急事，不知道一晚上能不能办好。"

山岚凝视他半晌，忽然倾身，长发如海潮一般漫过他的身躯，柔软的唇贴上他的唇角，一触即离。

她退开，用澄澈如水的眸看他。

"盛霈，你可以去做任何你想做的事。

"你知道的，你可以。"

她眉眼清冷像潮汐涌动，温柔的浪潮拍打着他。她轻柔地说："去吧，不要担心我，那是我的事。"

盛霈难以言喻此时的感受。他本是经由反复敲打、烈火翻烤铸就的刀身，可只要她一个吻、一个眼神、一句话，他便熔化了，熔成最滚烫的水，去往他的大海。

盛霈想，海无边际，天无尽头，他一个人的流亡在此刻终结。

9月9日，航班起飞当天。

此时距离山家祭祖大典还有五天。

凌晨，猫注岛码头。

岛内寂静，海浪拍打着海岸，一艘渔船亮着幽幽的灯光，静立在码头边，似乎在等待着谁的到来。

小战士带了一个小队潜伏在周围，他们注视着走向码头的盛霈，同时注意着周边的动静，观察是否有可疑人员出没。

前一日上午，盛霈去而复返，他详细说了电话的内容，电话那头的人问他是否想得知章船长的身份，又提到了那把刀，告诉他，凌晨在猫注岛码头，有人会等他。

199

寥寥几句便挂了电话。

盛霈没有天真到独自赴约，在这海上一旦失了踪迹，再想找到人难于上青天。可到此时此刻，到了码头，他却看到了一个熟人。

本该在岛上的光头男竟出现在这里。他神情紧张，几乎把忐忑不安写在脸上，一见盛霈，他的面上浮现出愧疚之色。

"盛二，我的孩子在他们手上，不得已才来求你。"

光头男和妻子离异，两人有个女儿。他们关系不差，光头男时常去岸上看她们。

盛霈微蹙了下眉，瞥了眼渔船问："你租的船？"

光头男抹了把汗，说："对，盛二，算我……"

"要我做什么？"盛霈打断他的话。

光头男闻言，松了口气，低声说了几句话。

五分钟后，小战士眼睁睁地看着盛霈比了个任务暂停的手势，跟着光头男上了船。不一会儿渔船离港，缓慢地消失在汪洋大海中。

天光熹微，海风如浪潮般涌动，猫注岛渐渐有了人声和烟火气。三花猫蹲在屋顶，圆溜溜的眼扫过周围，尾巴一甩，熟练地跳下屋顶，钻进屋。

屋内，山岚和小风正在吃早餐。

小风拿着筷子没动，神情不安，不住地往门口看，问山岚："姐，二哥一晚上没回来，他真不来送你了吗？"

山岚温声应道："他有事要忙。"

小风小声嘀咕道："哪有事比你重要？二哥说过他要送你回去的，怎么偏偏今天有事？姐，不会出事了吧？"

山岚垂着眼，没应声。

小风还想再说，门口忽然站了个人影，定睛一看，是和盛霈相熟的小战士。他瞧了一眼屋内，冲山岚笑了一下，喊："山老师，二哥嘱咐我送你上飞机。赵行已经在机场了，等你吃完，我们坐车过去。"

山岚放下碗，问："他好吗？"

小战士的神情有一瞬的变化，随即应道："好，二哥帮我们执行紧急任务去了，上面有规定，不能透露任务内容。"

小风偷偷瞄了一眼山岚，她安安静静的，什么都没问。

吃过饭，山岚进房收拾行李。跨进房门前，她听见小风问："哥，二哥什么时候回来？"

小战士悄声说："不能透露。"

小风嘀嘀咕咕了几句，她没再听。

山岚站在房内，安静地环视一圈。他的房间从她上岛就归她用了。他的生活痕迹被掩盖，换成了她的，床头摊着两本书，小桌上放着几把石刀，海螺、贝壳到处可见，衣帽架上挂着她的衣服和那顶绿色的草帽，草已干枯，失去了生命。

窗沿下，风铃叮当摇晃。那颗郁金香芋螺在晨光下闪出粉紫色的光，她还记得这颗螺躺在他掌心的模样，记得他掌心的温度。

片刻后，山岚戴上草帽，拎着包走出房门。身后，那串风铃摇摇晃晃，被她留在屋内。

猫注机场。

赵行早已等在安检口，久不见山岚还有点儿着急，这会儿见到她来了，忙朝她挥手，喊道："小师妹！这里！"

赵行喊完，下意识地去看山岚的身后，空无一人。

他愣了一下，小师妹一个人来的？

等山岚走近，赵行试探着问："小师妹，那什么，你那个保镖呢？不是说还有个小孩一块儿住，都没来送你啊？"说着，他自己闭上了嘴巴。

山岚转身，看了眼空荡荡的身后。不知道为什么，她生出一股异样的感觉来。

小战士对山岚道："山老师，二哥和我交代过，你身上带着刀，得去那边办个手续，还要证明。"

山岚点头说："都带了。"

昨晚盛需走前就将这些琐碎的杂事安排好了，在她耳边絮絮叨叨了半天，这儿要注意，那儿要注意，连行李都想亲自给她装。

手续过程冗长，办完已是半个小时后。

赵行丝毫不着急，瞧瞧窗外碧蓝的天，又走到风口吹吹海风，分外惬意。他回洛京的日子是个晴日，风雨都停歇了，多好啊！

一见山岚好了，他扬眉笑起来说："小师妹，走咯，回家去！"

山岚微微颔首，脸上始终没有笑容。

赵行挠挠头，欲言又止，终是没说什么。两人排队过安检，和他们一起回南渚的还有一队来猫注岛的科研队，队员们正交头接耳，讨论岛上的淡水问题。

过了几分钟，到了他们。

山岚放下拎包，身后忽然响起一阵急促的脚步声，来人大声喊她："山老师！你等等！"

山岚和赵行顿住，回头看去，是徐玉樵和小风。

徐玉樵满头大汗，面带惊慌，喘着气道："二哥不见了！"

山岚微怔，问："不见了？"她立刻去看那小战士。

小战士神情严肃，隔开徐玉樵，对山岚道："盛霈同志配合我们执行紧急任务，他的行踪在我们的掌控中。"

徐玉樵心急如焚，无法判断真假，只能紧紧地盯着山岚，快速道："我不管任务，我只知道二哥是为了给你找刀才不见的。山老师，你不能走！"

山岚眸光微动，缓慢蜷起手指。这是他在船上答应过她的第三件事。

山岚微微抿了抿唇，轻声说："他答应过我，会亲自送我回南渚，这件事比找那把刀更重要，他没做到。小樵，他有比送我回去更重要的事。"

小战士猛地抬手，抵在徐玉樵胸前，盯着他，一字一顿地说："二哥要我亲眼看她上飞机。他想要什么，你知道？"

徐玉樵当然知道盛霈要什么。他咬咬牙，和小风对视一眼，隐隐有了动摇。

赵行听了半天，可算听明白了，这人不让小师妹走。他上前一步，挡在山岚身前，问："就算盛霈不见了，山岚留下来，你想让她做什么？"

"我……"徐玉樵欲言又止，只是焦急地看着山岚。

小战士把人一拦，对他们说："你们进去，这里我来处理。"

赵行大着胆子把山岚往安检口拽，过几天就是祭祖大典，小师妹一定得赶回去才行。

"小师妹，你都听军人同志说了，不会有事的。我们现在的任务就是赶紧回去。"

徐玉樵急得上火，推搡间，他挣扎着昂起头大喊："山岚！你能找到二哥！只有你能找到二哥！"

山岚闻言，脚步一顿，回眸看向徐玉樵。

赵行手疾眼快，一把把山岚推进安检线内，回头狠狠瞪了一眼那个大声嚷嚷的男人，天王老子来了都比不上祭祖大典，小师妹可是要回去继承"皇位"！

"小师妹，赶不上吉时可就完了！"

赵行絮絮叨叨的，虽然他和山崇是朋友，但他现在和小师妹可有过命的交情，顾不上和山崇的关系。

山岚从来都是理智而冷静的。她的前二十三年每一步都走得极小心极稳，直到遇见盛霈，人生开始偏航。她掉转回南渚的航线，来了猫注岛，又向更远的地方航行，看过更广阔、更冒险的世界。

兜兜转转二十多天，又回到了猫注岛。

她该回洛京去了，云山屹立千年，山在等她，山家人在等她。她不仅是山岚，也是山家的孩子，更是山家未来的家主。

这是她多年所求。

山岚攥紧拳，头也不回地进了候机厅。

"山岚——"

徐玉樵的声音渐渐远去，几个工作人员把他带离机场。小战士确认山岚进去后，把小风也带了出去。

登机口，山岚独自坐在角落里，静静地看着跑道。今日是晴日，澄蓝的天被西沙的水映成清透的绿，白云沾染上这两股颜色，呈现出淡淡的青。

烈阳回到了南海，前几日的飘摇风雨，像是一场漫长的梦境。

那些日夜，她和盛霈被困在小屋里。每一晚小风入睡后，他都来见她，有时只是和她说说话，有时撑着床沿和她接吻。除了亲吻，他从未越过界。

她有时候想，为什么不呢？

山岚望着广阔的天，无际的海。跑道上，飞机洁白的羽翼显露一角，只要她上了那架飞机，她就能回到山家，得到想要的一切。昨天电话里，爷爷反复叮嘱她："招儿，要按时回家，爷爷在等你，整个山家都在等你，务必要赶回来。"

在岛上的日子，隔绝了世界。她不再是山家第九代唯一的女孩儿，更不是山家的候选继承人，她终于成为山岚，成为自己，与这些称号再无关系。

那时的山岚想不明白自己是什么人，现在她知道了。

山家的祖先是个女人，她有个美丽的名字——山栀。

那年，山栀十六岁，孤身带着垂虹刀，走遍了大江南北，结交朋友无数。山家之所以重诺，是因为山栀有一颗强大而宽容的心脏，她一生将"侠"这一字贯穿始终，并教导后人，握着山家的刀，便要守山家的诺。

盛霈自海中将她救起，这是她承的恩，她要报。

山岚感受着逐渐蔓延整座岛屿的海风，忽然弯唇笑了一下。她并不是什么人，她只是山岚，是山，是风。

"小师妹？！"赵行见山岚忽然起身，忍不住惊呼出声。

山岚垂眸，淡淡地看了他一眼，轻声道："赵行，或许我来不及赶回云山，能否托你做一件事？"

赵行神色微变，问："你不走了？你……可是……"

"能吗？"山岚打断他。

赵行绷着脸半晌，顿时泄了气，他叹道："我的命是盛霈救的，我也欠他。你说，是什么事，我一定帮你办好。"

山岚俯身，在他耳边说了两句话。

赵行重重点头，把这一字一句刻进心里。

机场口，徐玉樵蹲在地上，仰头看着飞机划过长空，只留下一道淡淡的痕迹，风一吹就散了。

二哥生死未卜，山岚却离开了。他红着眼，替盛霈感到不值。

"你说的是真的？"徐玉樵盯着小风问，"为什么山岚能救二哥？"

半个小时前，小风看着山岚离开，没去送她，转而去找了徐玉樵，告诉他盛霈一夜未归的消息，说盛霈是为了给山岚找刀才出去的，而且只有山岚能找到他。

此时，小风听徐玉樵问，忙拿出了那封信道："这封信放在二哥家门口。"

徐玉樵忙不迭地拆开信，还未展开，一只白皙的手忽然从他手里抽走了信，纤纤的手指轻飘飘地夹着信纸。

他呆住，愣愣地抬头看去。

小风也呆了一下。

山岚垂着眼，快速扫过这封信。上面写着，中午 12 点，她需要准时登上码头的船，并不许和任何人联系，否则盛需会有生命危险。

"什么时候送来的？"山岚问。

小风攥紧拳，应道："你走了之后。"

山岚和他对视片刻，转头对徐玉樵说："小樵，这件事你就当不知道，我会把盛需带回来的。"她顿了顿，看向比她高出一个头的少年，问："小风，能麻烦你帮我回家取一样东西吗？"

小风迟疑一瞬，说："能！"

山岚道："房间里的那串风铃，你把它拿来给我。还有，你带上自己的行李，这几天住在小樵哥哥家里。"

小风一口应下，飞快地跑了。

山岚注视着小风离开的背影，半晌，她收回视线，低声问徐玉樵："小樵，我们从南沙回猫注岛的那晚，如果不回来，能顺利到南渚吗？"

徐玉樵一怔，喃喃道："能。那天只是大风蓝色预警，平均风力六至七级，二哥那艘船能抵抗八级以下大风，他经验丰富，船一定能顺利到港。"

山岚攥着信纸，沉默一瞬，说："他们不是冲盛需去的，一直都是冲我来的。他们千方百计，只是想阻止我回到洛京。"

徐玉樵不明白山岚在说什么。

山岚轻舒一口气，对他说："想找到沉船的人，他们阻止我回去继承山家，是为了阻止我拿到山家的手札。那手札里，有沉船的信息。"

她顿了顿，轻声道："小风是他们的人。"

"什么？！"徐玉樵顿时起身，惊异地喊。

山岚晃了晃手中的信纸，说："这封信是送给我的，却在我离开后送来。这很不合理，小风说谎了。"

徐玉樵不敢相信，小风怎么会是他们的人？

这个孩子是他们在海上无意间捡回来的，茫茫大海中，怎么能确定小风会和他们遇见？他满腹疑惑。

山岚回忆着那晚："三艘船在同一个地点相遇，你不觉得太巧了吗？地点虽然是海警通知的，但当时那两艘已经在向鱼点靠近。小风是故意躲在那船上的，所以……那时他没有出来，是因为他暂时不能被发现，要撑到接近地点才能出现。当时他的目的是接近盛霈，因为盛霈在找沉船。在猫注岛上得知我的身份后，他的目标换成了我。"

在船上，小风因没能出来阻止陈船长曾对她认真道过歉。他也曾说过他有个姐姐，他那时的愧疚是真心的，为了让计划顺利进行，他不能提前暴露自己的行踪。

同样地，他一路上对山家、山家的刀充满了好奇，以及在中转站那晚，她和盛霈去岛上的光头男家，那晚她瞥到的窗外的影子或许不是风，不是树影，而是小风。

山岚微叹了口气说："他早上一直提起盛霈的事，还去找了你。他想把我留在这里。"

徐玉樵怔怔的，问："那他怎么没直接把信给你？那我……我是不是又做错事了？二哥想让你回去，我知道的，我明明知道的。"

"不是你的错，就算我今天到了南渚，也会有人来阻拦我。"山岚道，"至于信，他或许犹豫了。"

徐玉樵问："他是陈船长的人？"

山岚放轻声音说："那个男人想不出这样的计谋，背后的人或许只是提前将鱼点透露给他，他自然会来。"

徐玉樵看向山岚，她眸光安静，不知想到了什么。他不由得想起山岚问他的第一句话——从南沙回猫注岛的那晚，如果不回来，能顺利到南渚吗？

徐玉樵难以相信："是那天二哥船上的人？不可能，一定是岸上通知的环节出了问题，又或许只是巧合而已。"

这其中做了什么手脚，他们都无法确定。或许如徐玉樵所说，真的是巧合而已。

山岚认真地说："小樵，你听我说，接下来小风会寸步不离地跟着我，只有这段时间能支开他。我一个人救不出盛霈，我们需要帮助。"

小风回来时，山岚和徐玉樵还在原地站着。他紧张地舔了舔唇，去看他们。两人正轻声说着话，神情凝重，看起来没什么异样，身边也没有别人。

小风喘了口气，把风铃递给山岚，说："姐，风铃在这里。"

山岚垂眼，接过缠绕在一起的风铃，轻声道："小风，信的事希望你能暂时保密，不要对任何人提起。"

小风用力点头，他揪着衣角擦去手心的汗，问："姐，你真一个人去吗？"

"他们找上我只是想威胁盛霈，我不会有事。而且军人同志说了，他们掌握了盛霈的行踪，别担心。"

小风抿了下唇，没再开口。

徐玉樵接过他手上的行李，低声说："这两天你就在哥家里待着，我出去打听打听，二哥不会有事的。"

转眼，到了中午12点，徐玉樵亲眼看着山岚上了船，他用余光看了眼边上的小风，说："我们回去吧，我去找人打听打听。"

"小樵哥，我想在这里再看看我姐。"

徐玉樵叹了口气道："看完就回家去，别瞎跑。记住了？"说完，他匆匆离开。

山岚神情自然地登上渔船。船舱前站着个女人，三十岁上下，戴着口罩，看不全面容，上下扫了她一眼，把人拦住，说了句南渚方言。

山岚停在原地，任由她抽走簪子，检查散落的长发，再往下，从头至脚，又拿走自己脚踝处的小刀。检查完，女人往她脸上戴了个眼罩，接着往里面喊了声。

眼前一片黑，山岚侧耳听动静，船舱里响起一阵脚步声，是个男人，普通话不标准，说："只要你老实待着，你和那男人都能平安回家。"

说完，他拿绳子把她双手绑上，准备将她绑在船舱角落。这个天气，底下热得待不住人。

"等等。"山岚转身看向那女人站着的方向，轻声说，"我的簪子能还给我吗？我的手被绑住了，拿不到的。"

女人和男人对视一眼。男人摇了摇头，刚想说话，就见登上船的少年

盯着他，悄声地说了几个字。

山岚静静等了片刻，女人重新替她绾了发。她轻声道谢，而后跟着男人往舱内走。

山岚在角落里坐下，双手被束在身后。海风拂过，她似有所感，直直地往左前方看去，静静地和来人对视着。

小风盯着她，有一股奇异的感觉。明明她戴着眼罩，那双清透的眼被遮住，看不到他，可他却莫名觉得她能看见自己，知道站在这里的人是谁。

片刻后，山岚移开了视线。

南渚，某建筑内。

"砰"的一声响，盛霈被光头男推进一间房。他轻"咝"一声，看向被关上的门说："你这人，都为了你上船了，不能轻点儿？"

门口，光头男低声道歉："我对不住你。"

盛霈揉了揉胳膊，问："能回去了？孩子呢？"

光头男应："已经接到她妈打来的电话了，回家去了。盛二，等这事结束，你要我做什么，我就做什么。"

盛霈再没搭理他，转身扫了一圈这黑漆漆的房间。

空旷，昏暗，四周都是围墙。仔细看，一面墙似乎是玻璃做的，隔壁似乎有什么东西。

扫到最后一个角落，盛霈忽地顿住，那黑沉沉的一团似乎是个人。

他屏住呼吸，悄无声息地朝黑影对角挪去，才迈了一步，忽而听到一道熟悉的嗓音："盛二？"

盛霈微怔，疑惑道："符哥？"

符世熙静了一瞬，笑起来说："你盛二也会上这种当，被人抓到这里？这可不像你。他们什么时候找上你的？"

他们？盛霈敏锐地捕捉到他话里的关键词。

符世熙微仰起头，拍了拍身边的地板，温声解释道："我也是最近发现的，有船一直跟着我的船。起先以为是巧合，后来遇见的次数多了，才发现不对劲。前阵子家里打来电话，说进小偷了，船上也被人翻了，我猜测他们可能在找东西。"

盛霈在符世熙身边坐下，问："找什么东西？"

符世熙无奈道："不知道。昨晚刚回南渚，就被人带到这里来了，把我往这里一丢，给点儿水，给点儿吃的，没人和我说话。"

他心态好，调侃道："你还是头一个。"

盛霈一想就知道那些人在找什么。他微微侧头，问："你这几个月找到更路簿了？"

符世熙愣了一下，道："你怎么知道？我偶然间得了一本，打算送到博物馆去。他们在找更路簿？啧，为本书把我弄这儿来，是什么人？"

"不知道。"盛霈懒懒地往墙上一靠，说，"我也有一本。"

符世熙顿了顿，不解地问："你也在找更路簿？"

"有点儿用处，偶尔看看还挺有意思的。是复刻本，借来瞧瞧，原本不在我这里。"

符世熙在黑暗里看了眼盛霈，想起关于他的传言，叹了口气道："我说你不好好打鱼，在海上闹腾什么？你为了什么？"

盛霈言简意赅道："找人。"

符世熙语气古怪地问："找人？"

盛霈"嗯"了声，没多提，起身在这空荡荡的房间里转了一圈，边走边说："门底下一个小口，顶上一个通风口，一个监控。啧，这儿还有个厕所，条件还真好。"

背后的人花了这么大的力气把他带到南渚，难道只为了一本更路簿吗？盛霈想不通，一时间陷入了死胡同。

符世熙坐着没动："我找一晚上了，没别的出口。要那小册子，给他们就是了，干吗非得把人关起来？这行事作风，和强盗似的。"

盛霈转了几圈，就地躺下了。他把眼一闭，懒声道："我睡会儿，昨天晚上在船上晃了半宿，没休息好。"说完，自顾自地睡了。

符世熙："……"这人有没有一点儿被绑架的自觉？

盛霈这一觉睡了四个小时，再醒来时，符世熙靠着角落睡着了。房间内仍是漆黑一片，似乎故意消磨他们的耐心。

他没睁眼，想着这件古怪的事。事情有点儿不对劲，若是要更路簿，为什么把他们绑来却不出现？把他们关在这里，更像是拖延时间。

可为什么要拖延时间？盛霈隐隐觉得自己漏了什么东西。

思绪游移间，屋内忽然有了点儿动静。小口的方向发出点儿声响，饭菜的香气散开。

盛霈倏地上前，趴下往小口看去，只看到一只戴着手套的手，没有留下任何可用信息。他们太谨慎了，绝不只是为了一本更路簿而已。

"吃饭了？"靠在墙角的男人被这动静惊醒。

盛霈舒了口气，随口应了，把推进来的饭盒往角落一放，两个人摸黑吃饭，时不时地说几句话。

符世熙端着碗，温声说："昨晚和中午的饭菜都不错，要不是这房间没开灯，我还以为做客来了。"

盛霈吃了几口菜，笑了一下说："这厨子还是三沙人，他们可不够小心。"

符世熙动作一顿，问："三沙人？我说呢，这饭吃起来还挺合口味。盛二，你说他们为什么把房间弄得这么黑？"

"省电。"盛霈张口就来。

符世熙轻笑一声道："原本我一个人还挺紧张的，你一来倒是感觉好点儿了。总感觉我们能从这里出去。"

被关起来的两个人，一个比一个轻松。

吃完饭，两人聊起海上的事来，一说就是几个小时，外面始终没有声响，屋内始终一片漆黑。

符世熙平躺在地上，问："盛二，你说现在什么时间了？"

盛霈答："晚上 10 点。"

更准确地说，是晚上 10 点 27 分。

他手上空荡荡的，腕表早已被收走，但他脑内却像有一座时钟，嘀嘀嗒嗒，永不停止，即便是黑暗也无法动摇他的意志。

盛霈没再出声。他安静地躺在一侧，暂时躲进自己的世界。

他在想山岚，想他的招儿是不是已经平安到了洛京，会不会也在想他？或许不会，她失踪了那么久，现在应该被家里人包围了，没有时间想他。

盛霈微叹了口气，公主哪有良心？

符世熙躺得好好的，身边的人忽然叹起气来，他来了点儿聊八卦的兴致："盛二，想女人了？"

盛霈轻"啧"一声，道："别胡说。"话虽这样说，唇角却翘了起来。

符世熙继续说："从一开始在船上看见那个女人，我就知道你会喜欢她。我说你在海上那么多年，怎么就没个女人，原来喜欢这样的。"

盛霈问："哪样的？"

符世熙闭着眼，脑海中浮现出那双清冷如冰雪的眼睛，她看过来的时候，像南海起了风，浪潮即将翻涌。

"看起来脾气不好。"他委婉地说。

盛霈忍不住低笑一声，胸膛微微振动。半晌，他停了笑，说："她是我见过脾气最好的人。"

"你认真的？"

盛霈低声道："我只见她发过一次脾气，只有一次……"

只有一次，是他们回到猫注岛的第一晚。

那天晚上两人好好地在床上说着话，公主也不知道哪儿来的脾气，忽然把他赶出了房门，连着第二天都没什么好脸色。盛霈现在都没想明白，那晚到底是怎么惹她生气了。后来没怎么哄，她自己又好了，变成原来的模样。

"只有一次？"符世熙反问道。

盛霈想到这儿，揉了揉眉心，说："我惹她生气了。总说我做什么？无聊得很。说说你，明年该三十了吧？家里人不催？"

"怎么不催，催我别干这行了，早点儿回去继承家业。我能继承什么家业？原本学的那些手艺也没法儿挣钱，还不如在这海上，至少快活，没人管。"

"我记得你学艺术的？学的什么？"

符世熙轻声应道："美术。"

盛霈闻言，挑眉问道："学美术的跑来开船了？"

符世熙说："也是机缘巧合，现在的日子也挺好。就是希望以后别遇到这些意外了。说到这个，你有办法出去吗？"

"暂时没有。"

盛霈上船前，身上是带着追踪器的。后来上了船，浑身上下就连鞋底他们都没放过，全部被搜罗走了，也不知道后来猫注岛的战士们追上来没有。

这帮人，说是来了就给他刀，结果刀的影子都没见着，可见没什么信用。

"睡了。"盛霈随口说了句，"明儿再说。"

符世熙诧异道："又睡？"

盛霈心想可不是吗？在岛上他没有一天能睡好，睁开眼、闭上眼都是山岚，她的唇、她的发、她的体温、她的味道，日夜缠绕着他，能睡着就不是男人。

"不睡你想干什么？"盛霈反问。

符世熙叹了口气道："真是服了你，睡吧。"

漆黑的屋内再一次陷入沉寂。

只不过这样的沉寂只持续了三个小时。

凌晨3点，门忽然从外面被打开。盛霈瞬间睁开眼，身体紧绷了一瞬，他推了推边上的符世熙，低声喊："符哥，醒一醒。"

符世熙一惊："怎么了……"

话没说完，门口进来两个蒙面男人，一声不吭地架起符世熙往外带。盛霈上前一步，手臂往符世熙身前一挡，问："你们要什么？"

符世熙咽了口唾液，道："我会配合你们，但你们要说出需求。"

来人用力架住符世熙，并不和盛霈交谈。盛霈小臂收紧，眼看就要动手，忽然听得一声闷响，房间内忽然有了光。

那层玻璃墙面亮起，对面的景象映入盛霈眼中——

正正方方的房间里，灯光映出惨白的墙面。房间正中央放着一把空椅，角落里拴着两条狼狗，一左一右，正"吭哧吭哧"地喘着气。

盛霈忽而生出一股不好的预感。

果然，下一秒，一个女人被推进了房间。

她蒙着双眼，微微踉跄了一下，侧耳听角落的动静，而后被人带在位置上绑好，坐在正中央的椅子上对着盛霈的方向。

原本该回洛京的人，出现在了这里。

盛霈瞳孔微缩，猛地转身拽住架着符世熙的其中一人，一拳挥过去，身体像一张弓紧绷起，他狠狠把人压在地上，咬着牙问："你们到底要干什么？"

另一人慌忙往外喊了一声，门口又涌进几个人企图制伏盛霈。符世熙被趁乱带了出去，房间内打成一团。怒火中烧的盛霈难以压制，几个人加起来都打不过他一个。直到房间内响起一道声音："盛霈，松手。你们都出去。"

平和的声线，用了变音，难辨性别和年龄。是昨晚和他通电话的人，也是那天在船上和赵行联系的人。

盛霈倏地抬头，看向监视器的方向，定定地看了几秒。他侧头盯着玻璃，视线直直地穿过墙，看向山岚，她微微收紧了手，只一瞬，又松开。

她说过的，她怕狗。这些人是怎么知道的？

是……小风？

盛霈松开拳，微微一挣，将身后的两个人甩开。他喘着气，用拇指撇去唇角的血渍，盯着山岚，问："你们迟迟不说要什么，原来是什么都不想要。"

他是他们的筹码，是她回洛京的拦路石。

房内安静了一阵。那人忽然笑了一下，说："果然是盛霈啊。别急，我们聊聊。"

"我要和她说话。"盛霈充耳不闻，只盯着对面的人。

"可以。"对面的人显得很好说话，笑道，"只有一句话的机会，你可要想好说什么了，别让自己后悔。"

盛霈双眼微微泛红，他有无数话想问她，想问她为什么不走，想问她怕不怕，想告诉她他就在这里。但话到了嘴边，他又什么都不想说。不想让她看见他，不想让她听到他，这样她就不会动摇。

"聊什么？"盛霈嗓音干涩，目光紧紧地落在山岚身上。

那人似乎有些诧异，道："不说了？啧，和聪明人说话虽然省时省力，但也少了点儿趣味。那我就直说了，沉船有眉目了吗？"

"只确定大概区域，近南沙一带。以月光礁为中心的地方暂时没发现沉船，你想找的那本更路簿在南渚，放在我的银行保险柜里，路线和内容可以写给你，你若是不信，我找人送来。但我想，你应该用不到，有关沉船地点的线索你比我知道得更多。"

那人"哦"了声，道："比我想的少。盛霈，我很好奇，你家境优越，军校出身，履历丰富，怎么偏偏到这海上来了？"

"三年前，我战友陈山牺牲，临终遗愿是找到他弟弟陈海。陈海在三年前加入赵行的探险队，一共五人，得知沉船线索后出了海，于当年夏天失踪。我为了找他来到南海，找沉船也是为了找人。"

对面问一句，盛霈便答一句，知无不言，直至对面没有问题可问。

那人叹气道："你知道的，我不会做什么。这样有问必答的模样，可不是你的作风，我知道你在海上的称号。"

盛霈注视着山岚。她只是安静地坐在那里，没有挣扎，没有呼喊，和任何时候都一样。没人知道她在一片漆黑中看到了什么，或许是云，或许是海。

此时此刻，他忽然冷静下来。她不是什么都不顾的性子，不会随便丢下一切就跟人到这里来。他可以相信他的招儿，就像她相信他一样。

"有点儿无聊。"那人咕哝了一句，切断了和盛霈的联系。

另一个房间内。

"你都听到了。"那人语气里颇有些遗憾，"他没什么话和你说，有点儿可惜，你有话想对他说吗？"

山岚的神经微微紧绷，身后那两条狼狗"吭哧吭哧"地喘着气，时不时地叫两声，每一声都让她心头发颤。她忍着生理上的不适，和他对话。

"我答应过小风，帮他找姐姐。"山岚轻声道，"我会做到的。"

只一句话，那头忽然静了下来。山岚久久没有听到回声。

楼上房间里，男人侧头冷冷地看了眼身侧的少年，说："真把她当成你姐了？我是怎么和你说的？你给我出去。"

小风垂着头，不吭声，也不动。半晌，他低声喊："哥……"

"出去！"男人厉声呵斥道。

正僵持之际，门忽然被推开，来人急道："哥，外面来人了！看起来像是特警，我们要立即离开！"

男人微眯了眯眼，问："哪里来的人？"

他们明明确保所有"尾巴"都被甩掉了，那两人身上没有任何追踪器，警察怎么会知道他们在这里？

"哥，晚点儿再说，我们先走！"

男人低骂了一声，甩下通讯器大步朝外走去，侧头看了眼小风，说："还不跟上？等等，你腰上是什么？"

小风一愣，道："二哥……不是，盛霈送我的腰包。"

男人问："上船前检查了吗？"

小风彻底怔住，喃喃道："没有……"

下一秒，腰包被扯下，"哗啦"一声响，包里的东西尽数倾倒而出。一众杂乱的航海探测工具中，追踪器安安静静地躺在其中。

他们的行踪是怎么暴露的，不言而喻。

"姐？"男人轻嗤一声，头也不回地离开了房间。

小风呆呆地看着被踩碎的追踪器，心想，她知道了。

门口的人反复催促，一声声令人神经紧绷。小风最后看了一眼监视器，她和两条狗被关在房间里，她明明会害怕，却告诉他，她会帮他找到姐姐的。

他红着眼睛，快步跟了上去。

五分钟后，关押山岚的房门猛地被撞开，她下意识地侧头去听，还没听清脚步，来人忽然蹲下身，解开她手上的绳子，他的指腹冰冷，微微颤抖。

山岚忽然松弛下来，抿唇笑了一下，轻声喊他："盛霈。"

凌晨4点，天光沉沉。

救护车停在废弃的高楼下，警笛声响彻街道，安静的夜晚在抓捕与逃亡中展开，只不过这些暂时与盛霈无关。

盛霈站在救护车后，双手环胸，紧盯着坐在上面的女人。她蜷缩着腿，捧着杯水，正小口小口地喝着。几缕黑发从她略显苍白的颊边散落，视线低垂，看医生，看地，看哪儿都行，就是不敢看他。

盛霈盯了半晌，移开视线，看向她身侧的人，问："符哥，没事吧？"

符世熙被人拉出去打了一顿，这会儿正拿着冰袋冰敷。他轻"嗞"一声，道："你和人打架下狠手了？他们可都还在我身上了，要不是警察来得快，说不准我得交待在这里。"

盛霈调侃了几句，问起正事："他们不是为了更路簿来的。符哥，你仔细想想，最近你还遇见什么事了？"

符世熙一怔，问："不是为这个？"

盛霈轻嗤道："他们压根儿不想要，噱头罢了。"

符世熙蹙眉思索片刻，忽然道："大概一个月前，我联系海警截了一船货，还是常见的货，专盯着沉船的那类，让我撞见了。"

盛霈微眯了眯眼，问："地点？"

符世熙说："月光礁附近，东西应该送南渚文物所去了。难道和这件事有关系？其余事我想不到了。"

"或许是。"盛霈微顿，"等警察抓到人，就知道他们要干什么了。"

两人说了几句，护士过来打断了他们，他们要送符世熙去医院，顺便确认山岚是否需要做进一步的检查。

"我没事。"山岚摇摇头道。

盛霈瞥她一眼，忽然上前，小臂弯曲往她腰间一圈，稳稳地揽进臂弯，另一只手熟练地去抱她的腿，腰腹用力，把人往肩上一放。

"坐稳了。"他丢下一句话，抱着她直往路边走。

山岚一呆，她坐在盛霈肩上，将底下微乱的场面看得一清二楚，还好此时是晚上，不然所有人都能看到她坐在盛霈肩上。

路边停着辆车，驾驶座探出个脑袋来："二哥！"

徐玉樵忙下车去开后座的门，见到盛霈就说："先前他们执行任务不让我进去。嘿，二哥，我们这招不错吧，是山老师想的！"

盛霈把人往后座一塞，视线在她略显无辜的面上停留一瞬，说："老实待着，我和小樵说点儿事。"

他反手关上门，和徐玉樵走到车头，后座只能看到他半截身影。从山岚的角度看过去，徐玉樵给盛霈递了根烟，男人顿了两秒，接了过去。

"怎么回事？"

盛霈咬着烟微微低下眼，薄唇微动，凑到火苗边，火舌卷上烟芯，辛辣的味道顿时散开，烟雾模糊了男人的面容。

徐玉樵又开始认错："二哥，我去机场把人拦回来的。昨天一早，小风拿着封信来找我，说你有危险，只有山老师能救你，我没多想，就跑机场拦人去了。"

盛霈瞥他一眼问："没人拦你？"

"拦了，怎么没拦……"徐玉樵有点儿不好意思，声音微微变弱，"机场好多人拦我，军区的人说你没事，但我这不是不放心吗……后来山老师登船走了，他们才告诉我，昨天在海上跟丢了，岸上的人也没看到你。"

他轻咳一声说："虽说别的岛上还没开港，要上岸一定是往南渚去。但南渚没等到人，你要是被关在船上去了深海可怎么办？"

盛霈嗓音淡淡地问："小风是怎么回事？"

徐玉樵三言两语把事情说了："山老师知道追踪器带不上船，半路让我偷偷塞小风的腰包里了。她说他喜欢这个腰包，别的不带也会带这个，他们就是根据这个找到这里的。怎么样，二哥，我说她能救你。"

盛霈没再说话，只沉默着抽完了烟，他轻吐一口气，问："机场发生了什么，具体和我说说。"

徐玉樵老老实实地说了，还不忘看一眼盛霈的脸色。男人不见憔悴，只眉眼间带了点儿倦意，狭长的眼耷拉着，从神情看不出喜怒来。

徐玉樵挠挠头，试探着说："二哥，这不是好事吗？"

在徐玉樵看来，心爱的人愿意为了自己留下来，还愿意冒着生命危险来救他，要是自己，心里早就乐开花了，不乐开花也感动得说不出话来。

盛霈没提山家的事，只道："买两张今天下午去洛京的机票。"

徐玉樵一愣，问："两张？二哥，你也去？"

不怪徐玉樵诧异，这三年，盛霈除了南渚和海上，几乎没去过别的地方。就算偶尔离开，也是为了找更路簿，回洛京更是头一回。

盛霈轻"嗯"了声，说："去酒店，其余明天再说。"

说完，两人上车。

山岚悄悄收回视线，又不动声色地往边上挪了一点儿。可临开门，盛霈忽然转身坐上了副驾驶，后座只有她一个人。

她怔了一瞬，不知怎的，心口发闷。

这样的情绪有点儿陌生，平日里她也会因没有铸出满意的刀而低落，

217

但这次有一点儿不同。她似乎有一点儿委屈，就像小时候，她抱着湿漉漉的小猫咪回到家里，却留不住它，只能将它送去别处。

盛霈将窗户降到最低，由着风往里灌，吹散他身上浓郁的烟味。

"招儿。"他往后看了一眼说，"系好安全带。"

后座昏暗的影遮掩了女人的神情，那道纤细的轮廓隐在暗中。半晌，她轻轻地应了一声。

车子一路向酒店疾驰而去。其间，徐玉樵叨叨地说着小风的事："这是在演电视剧吗？还往你身边安插个人，气死我了，白对那小兔崽子好了！二哥，你说这海底下究竟有多大魔力，引得那么多人往这里钻，我想不通。"

盛霈没说太多沉船的细节，随口应了两句，时不时地回头看一眼。一路上她都很安静，不知在想些什么。想起房间里的那两条狼狗，他微蹙了下眉。

盛霈订的是间套房，正好三个房间，最大的那个留给了山岚。徐玉樵极有眼色，一到酒店就溜进了自己的房间，留下山岚和盛霈两人。

盛霈烧完水回来，山岚站在落地窗前。

她初到南渚时，还未曾这样仔细看过这座城市。南渚仍在沉睡中，高楼林立，华灯已熄，台风过后的城市似乎格外寂静，无际的夜幕如同巨大的玻璃罩子，将这座海滨城市收拢。这座城市之外，有美丽神秘的海域，有上下一心的军民，有守卫着这片疆土的每一个普通人。

还有盛霈。

"饿不饿？"低低的男声自身后响起。

男人高大的身影映在玻璃窗上，他就站在她身后。

山岚说了句"不饿"，又安静下来，似乎在等些什么，可身后的人问完那句话没再开口，只是看着她。她转身看着他轻声道："盛霈，今天我该回去了。"

盛霈喉结滚动，半晌，从嗓子里挤出个"嗯"来，也不说话，也不走开，只是堵在她身前，不让她进，也不让她退。

"我想睡觉了。"她垂下眼，躲开他暗沉沉的目光。

盛霈往前一步，抬手去抚她鬓边的那缕发丝，才一靠近，她偏头躲开，不让他碰，乌溜溜的眼看过来，盯着他。

盛霈顿了顿，问："我惹你生气了？"

山岚不说话，只是看他。

"招儿。"盛霈低声喊她名字，"为什么不走？"

虽然他们现在是安全的，但之前的风险两人都知道得一清二楚。如果小风没将腰包带上船，或者提前被发现了，又或者救援没能及时赶到这里，山岚极有可能回不了洛京，这件事带来的后果他们都知道。

这不像山岚的行事风格，她不该为了他冒这么大的险。

山岚和盛霈对视着，他眸光灼灼，将她和南渚的夜一同拦在身前。她没回答他的问题，只道："盛霈，我的刀丢了，下船他们没还给我。"

盛霈视线下移，看了一眼她的脚踝，说："我去找回来。等早上办完事，我带你去文物所看那把海里捞上来的刀，下午回洛京去。"

"不用找了。"

盛霈抬眸看她，道："我能找到。"

山岚摇头说："我要新的。"

盛霈盯着她微绷着的小脸看了片刻，也不知道她是在和谁赌气，"不高兴"三个字明晃晃地写在脸上。刚抱她那会儿还好好的，路上他说了什么让她不高兴了？

"给你买新的。"他压低声音，不厌其烦地问，"怎么不高兴了？"

山岚凝视他片刻，说："前座舒服吗？"

盛霈微怔，甚至反应了一会儿才明白她在说什么。他忍了忍，到底没忍住，唇角止不住地上扬，忽而伸手，一把抱起山岚，让她半坐在手臂上，直直往她的房间走，转眼就把"咕嘟咕嘟"冒着烟的水壶忘在了脑后。

身下的小臂鼓着，臂肌如山一般起伏，山岚稳稳地坐在上面，由他抱进房里，放在床上。

从半开放性的客厅进入隐秘性更高的房间，气氛似乎有些不一样了。山岚坐在床沿，垂着眼看蹲在身前的人。

盛霈握着山岚纤细的脚踝，拇指停留在微凉的肌肤上，摩挲了下，低声说："招儿，如果有下一次，你还会来，对吗？"

山岚忍着小腿侧泛起的痒意，轻声道："我说过，我们之间怎么结束，我说了算。在那之前，你由我负责。"

盛霈守护这片海域，守护身边的每一个人。他孑然一身，风雨里往来，随时为他人停留。这一点和山岚全然相反。她自小便只做自己该做的事，从不为谁停留，不为谁越界，但那样的山岚是山家的山岚。如今的她，挣脱出桎梏，只做自己想做的事。

山家的"山"，和山岚的"山"，可以是不同的"山"。一如山栀，她有她的刀，有她的江湖。

山岚想，她也守护着一片海域。这片海域如旷野，如云霞，如深山的铁矿。盛霈就是她的海域。

盛霈沉默半晌，忽地笑了。他倾身往前，手臂摁住柔软的床，将她拢在身前，宽阔的身躯如山一般压下。山岚随着他的动作往后退，每退一步他便进一步。直到床头，她被抵在枕头上，再也无法后退。

暗淡的灯光下，男人奋拉着眼看她，眸光微暗，视线逐渐往下，低声说："身上有烟味，怕你闻了不舒服所以坐前面，不是生你的气。"

山岚抿唇，堵在胸口那点儿细小的情绪缓慢在他的体温中融化。眼看他要亲下来，她忙伸手挡住他，说："不亲，你……唔！"

话没说完，他唇往下压，重重地在她唇上咬了一口，利齿儿几乎要刺穿那层薄薄的皮，他的舌长驱直入往里探。她的后颈被托住，感受到温热的掌心紧贴着脑后，指尖没入黑发。热意在昏暗的房内不断升腾。

山岚没闭上眼，目光直直望进盛霈如海潮般的眼眸里，他每往里探一点儿，眼神就更暗一点儿，直至夜幕铺天盖地地向她袭来。

今天从见到山岚那一刻起，盛霈就知道，此生往后，他们两人之间再没有第二个结局。流亡的航道上，她是海间的灯塔，他是迷航的船只。

往后，只要她轻轻说一句"走"，他的桅杆上便立刻挂满了帆篷。*

窗外，南渚的天渐渐泛白，屋内的夜却正在降临。

---

* 我为你造船不惜匠工，我为你三更天求着西北风，只要你轻轻说一声走，桅杆上便立刻挂满了帆篷。/ 饶孟侃《走》

下

怯喜 著

北京燕山出版社

第六章  招儿与小狗

> 盛霈看她绷着的小脸半晌，没忍住笑了。
> 他的公主是可爱鬼，什么模样都可爱漂亮。

早上9点，徐玉樵打着哈欠从房间里出来，和从山岚房里出来的盛霈打了个照面，他一呆，愣在原地。

"二哥，你……你睡里面了？"他说得磕磕巴巴的，眼睛瞪得溜圆。

盛霈瞥他一眼，没搭理他这话，懒声道："吃完早饭和我去趟警局，然后自己玩去，爱上哪儿上哪儿。"言下之意，别打扰我们。

徐玉樵怎么会不懂，支支吾吾地应了。

两人到警局时，门口正停下几辆警车，警察押着几个人下来。之前这些人都戴着头套，没人跟盛霈说过话，唯一喊的那句盛霈没听清，这会儿仔细一瞧，这些人竟然是外国人。

负责这起案件的是赵队长，猫注岛那边提前和他沟通过，凌晨的抓捕行动也是他配合特警组织进行的。听说盛霈来了，他亲自下楼见了一面，毕竟这件事关系到山岚，这可是他找了大半个月的人。

赵队长问："山岚怎么样？事情的具体经过我都知道了，她很机敏，但也很冒险，幸好事情没出差错。"

盛霈道："她没事。我听说你是山岚失踪案件的负责人，我来是有点儿

情况想说。"

赵队长当即点头道："你说。"

盛霈将当日和山岚说的猜测说了："你们事后应该去调查过，不知道有没有找到什么线索？"

赵队长倒是愣了一下。这盛霈对案件不熟悉，人也不在南渚，是怎么猜得这么准的？

"你的猜测和我们当时想的一样。"赵队长微微放低了声音，"我们再去林子里，只找到拖拽的痕迹，除此之外没有任何线索。"

在山崇说出新的证词后，赵队长第一时间带人去搜查了观海崖，又去调查当日是否有落单的人，但那山太大，他们还是未能发现可疑人物。

赵队长道："案件只是暂时中止调查，我们没有放弃。具体的细节不方便透露，如果山岚回忆起什么细节，务必通知我们。"

盛霈应下，瞥了一眼正在登记的那几个嫌疑人，问："都是黑户？"

赵队长叹了口气说："背后的人很谨慎，这些人语言不通，有的连字都不识，估计查不到多少有用的信息。"

盛霈没多问，离开警局回了酒店。

回来时他是一个人，徐玉樵开着车去朋友那儿玩了。套房内很安静，山岚还没起床，盛霈扫了眼时间，打算掐着点去喊她。

房间里，山岚正陷在梦里，她回到了小时候。

那是一个雨日，她背着书包走在最前，经过云山脚下时，还没走近，狂吠声便传来，抬头偷偷看一眼，正对上那几条大狗的眼睛，它们正虎视眈眈地盯着她，爪子不断地往前扑腾，被脖子间的链子拽住。她的心像是一面被不断敲击的小鼓，"咚咚咚"地跳个不停。

没有人发现山岚脚步放慢，手心攥出了汗。她轻轻吸了口气，正想一鼓作气跨过这段恐惧不断蔓延的路，忽然，那几条狗的面容有了变化。那凶神恶煞的面庞像是幻境被缓慢拉扯，游移变幻，最后竟变成一张张熟悉的面容，那几张狗脸，忽然变成了盛霈的模样。

他眉梢仰起，勾着唇对她笑——

"汪！"

"……"山岚心想，这绝对是个噩梦。

风雨过后，南渚的街道热闹起来。

街边的茶餐厅人满为患，人们左一句右一句地大声攀谈，恨不得把这些天的烦闷一股脑儿都倒完。

盛霈对高档餐厅没什么兴趣，带着山岚七弯八拐地进了条小巷，在最里的一家米粉店前停下，他记得那天在岛上她说好吃。

店里开着空调，凉丝丝的。墙上的电风扇像个老头，慢悠悠地摇头晃脑，吹散夏日的黏腻。服务员上了两大碗米粉便溜达到一边看手机去了。

"睡得不好？"盛霈看了眼对面的山岚问。

她肤色白，眼底淡淡的青色极其显眼，更不用说她从坐下到现在都没正眼看过他，视线一对上他就躲。

山岚握着勺子，难得生出这样复杂的心情。她含糊道："就做了个噩梦。"

盛霈微顿，想起昨天那间房里的两条狼狗，不动声色地蹙了下眉，小风的事他还没仔细和她聊过。

"梦见狗了？"

山岚微抿着唇，小声说："算是吧。"

什么叫"算是吧"？盛霈挑了挑眉，看样子这梦境别有意味。

"招儿，小风的事……"他顿了一下，想起在那间房她说了一句话，隔着玻璃，他没能听清，"那会儿……那人和你说了什么？"

山岚慢吞吞地应："说你没话和我说，问我有没有话想和你说。我对他说，我答应过小风一件事，依旧会做到。"

"你答应他什么事？"

山岚忍着心里细微的不适，抬眼看盛霈，仔细瞧了一会儿，他是正常人类的模样，头下面也不是狗脖子。她轻舒一口气，道："他的秘密，不能和你说。"

盛霈轻"啧"一声，公主的原则还真多。

他继续道："他是坐陈船长的船来的，这件事多少和陈船长有点儿关系，这些警察会去调查，或许能找到什么线索。小风原名侯风，他的身份没有问题，当时上猫注岛他们都审查过，信息都是真实的，具体情况可能有出入，这几天小樵会去小风的老家问问情况。"

山岚听了半晌，听他安排这安排那，就是没提自己。她忍不住问："你回猫注岛吗？"

盛霈瞥她一眼，薄唇微弯，笑道："公主，我捏捏你，行吗？都要走了，我不用力，捏一下不疼，好不好？"

山岚静静地看着盛霈。今天他理了发，剃了胡须，下颌线清晰而干净，眉眼疏朗，往日的松散退去，深色的眸一眨不眨地看着她。他像是回到了少年时代，眼神里满是不羁，脸上挂着笑，自然而诚挚。

山岚忍不住想，如果自己在少女时期遇见盛霈，是否会对他心动？或许会，又或许不会。但至少，现在会。

她抬手抚过耳边的发，微微侧头，用脸颊对着他，轻声道："捏吧，不要太——啊，你好用力。"

盛霈捏着她软乎乎的腮帮子，唇角止不住地上扬，这么乖的公主可难得一见。他捏了半天，再想换一边捏时，山岚清凌凌的眼看过来，只一眼，他轻咳一声，收回手，道："我不回猫注岛，送你回洛京。"

山岚微怔，问："不是送我到机场吗？"

盛霈说："不放心，这一路乱七八糟的事太多了，我就该寸步不离地守着你。别说海上，岸上也得寸步不离。我不多待，等14号你们那个什么祭祖大典结束我就回去。不用担心，我在山脚下随便找个地方就成。"

山岚没应声，安静地吃米粉。

南渚的米粉和洛京的米粉不一样。洛京的米粉带着黏稠，仿佛这股黏稠能让你跟这片土地连接在一起。南渚的米粉更清爽，韧而有嚼劲，夏日里吃起来有股淋漓的气势，但换作冬日，不免又想念洛京的米粉。

9月里，洛京已甩开了夏，渐渐入秋。再过阵子冬雪便如期而至，到了该回家的时候。盛霈这三年都没回过家，这一次回洛京他也不打算回去，办完该办的事，他会再回到海上。

不过或许今年冬天，他会回到洛京。盛霈想。

吃完午饭，山岚从拎包里掏出那顶枯巴巴的帽子。在猫注岛，临上船前她将行李交给了徐玉樵，昨晚他全须全尾地还了回来，她的帽子一点儿都没被压坏。

盛霈拎着包，原以为她拿什么宝贝，结果一看，是拿这顶蔫了吧唧的帽子。眼看她戴上这顶绿黄的帽子，他没忍住说："招儿，给你买新的。"

山岚乌黑的眼珠子瞥过来，自顾自地戴好，并不理他，径直往小巷外走。他叹了口气，不紧不慢地跟上去。

巷口停了辆越野车，不知道盛霈从哪儿弄来的车。

"带你去文物所瞧一眼。"他将行李放到后座，打开副驾驶的门，"提前和负责人沟通过，他们正好在找这方面的专家，指不定还能给你找个活儿。"

山岚盯着车，有点儿心痒痒。她扫了一眼，说："盛霈，我想学车。"

盛霈顿了顿，想起她在海上一边吃鸡蛋，一边看操船的模样，这不慌不忙的性子跑去开车也不知道是个什么模样。不能深想，深想他有点儿犯怵。

盛霈迟疑一瞬，应下："等我回去教你。"

山岚得到满意的答案，这才上车坐好。

文物所离他们不远，从街道开出去过两个红绿灯，再拐两个弯就是，他们到的这会儿文物所还没下班，时间正好。负责人接到电话，忙不迭地赶到办公楼下，见山岚时，她正在看宣传栏，盛霈站在一旁，有一搭没一搭地和她说着话，一只手撑着伞，给她遮阳。

"山老师！"负责人提声喊，脸上止不住地笑。

盛霈眉梢微挑，他说怎么早上打电话一问就答应了，原来负责人认识山岚，听这称呼，还挺热切。

负责人小跑过来，自我介绍过后伸出手，笑道："山老师，我个人是您的忠实粉丝。有幸去云山参观过，您年初出的那把刀太漂亮了，就在我家搁着！听说这次交流会出了意外，我们那小圈子还一直担心您，现在可算放心了。"

山岚弯唇笑了一下，刚想回握，盛霈忽然赶在她之前一把握上负责人的手，道："多谢您帮忙。外头热，我们进去聊？"

"对对对，先进去。"负责人领着他们去茶水室喝了杯水，又打了个电话，道，"山老师，我们现在就过去，您去掌掌眼。"

山岚第一次来南渚的文物所，负责人一边带路，一边给他们介绍，说着说着，他话锋一转，又说到刀剑上来。盛霈可算听明白了，这人是个刀剑迷。

"山老师，这次发现的沉船是唐以后的，受台风影响，专家组还没过去，但我们对打捞上来的部分物品做了初步的检测。就说这把刀，是把唐刀！"

山岚微征，问道："唐刀？什么形制的？"

负责人说："是唐横刀，破损很严重，几乎都是铁锈和缺口。山老师，我们想请您打一把复制品，还原这把刀本来的模样。"

山岚眉眼微凝，道："等成分分析出来，或许我可以试试。"

唐刀是唐朝时期特有的刀类，分为四种形制，分别为仪刀、障刀、横刀、陌刀。为抵御游牧民族的入侵，唐朝锻造出了杀伤力极大的陌刀，因陌刀工序繁复，现已失传。如今只存有仪刀与横刀的复制品。

山岚研究唐刀多年，走访过数位刀剑大师，无数次更改配方，也没能还原当时陌刀的工序，她每年都在尝试。偶尔会复制几把唐横刀，数量极少，却极精湛。

两人一来一往，盛霈插不上话，只能盯着山岚看。他看着她那截后颈，几缕毛茸茸的碎发贴在颈后，摸起来柔软而又脆弱。夜里，他捏着那截颈子，指腹往下摩挲，顺着发根再往上，亲过她潋滟的眉眼和柔软的唇，他记得那里的温度和触感。还没亲够，她就靠在他的胸前睡着了。

山岚极少用这样的睡姿，以往她总是睡得安分又平整，直愣愣地躺着，也不喜欢转身，更别提愿意睡他怀里。盛霈在暗中盯着她柔软的面庞看了许久，最后什么都没有做，什么都没有想，安静地抱着他的公主一同入睡。

等盛霈从绮丽的夜回过神，山岚已进了他们的检测室，正聚精会神地盯着屏幕看，边上围了几个人，看神情都有点儿兴奋，就差把"崇拜"两个字写脸上了。

这是盛霈第一次这么直观地意识到，山岚在她的领域里是无人不知、无人不晓的大师，这是她二十三年日夜浇铸出的成果，每一步都带着苦。

山岚出来时，门口不见盛霈的身影。她探头往走廊瞧了一眼，他正倚在楼梯口接电话，神情淡淡，颇有些无奈，走得近了，听他笑说："别告诉星星，就留几天，免得她大老远跑回来。"

说话间，盛霈抬眸看见山岚。他又说了两句，很快挂了电话。

"结束了？"盛霈迈着步子迎上来。

山岚点头道："等他们把具体资料传过来，我们先去机场。"

盛霈想起刚才的电话，解释道："我妹夫的电话。我这几年没联系家里，他一直想把我逮回去。星星就是上次和你说的那个小妹妹。"

山岚微顿，古怪道："她叫盛星？"

盛霈一挑眉，问："小尼姑还认识娱乐圈里的人？"

山岚生出点儿奇妙的感觉来，轻声说："我在几年前见过她，她和你生得不像，比你漂亮。"

盛霈："？"他怀疑自己听错了，山岚见过盛星？

山岚解释道："她演过一部电影，在里面演一位刀客，不知谁托了爷爷来找我，让我去教她几手。她很聪明，几天就学会了，虽然力道不足，但吓唬人足够了。"

山岚说着说着，忽然明白了。难怪当时山桁支支吾吾的，不肯说明白。原来盛星是她未婚夫的妹妹，她从未将两人联系一起，毕竟她连自己的未婚夫长什么样、叫什么都忘了。

盛霈轻"啐"一声，说："那丫头从来没和我提过，小东西真没良心。"

山岚忍不住又往盛霈脸上瞧。她记得盛星的模样，明艳漂亮，一双眼睛跟泉水一样干净灵动。盛霈呢，黑乎乎的，总是懒散的模样，眉眼也不像，他看起来像是外头捡来的，还是从雨日的山林里捡来的。

山岚忍不住说："盛霈，你像小狗。"

盛霈一惊："骂我？"

山岚抿着唇不说话，他在她梦里可不是小狗，而是凶神恶煞的大狗，梦醒了才能窥见他眼底的柔软，勉强算是湿漉漉的小狗。

"行，小狗就小狗。"

盛霈看她绷着的小脸半响，没忍住笑了。他的公主是可爱鬼，什么模样都可爱漂亮。

盛霈上前，自然地牵住她的手，指间捏着她纤细的手指，时不时地用力夹两下，又用指腹去钩她的掌心，她一动不动，由着他玩。

他笑起来，说："走了，我们去机场，回洛京。"

南渚机场人来人往。人潮中不时有人回头往山岚身上看，她对这些视线视若无睹，自顾自地捧着奶茶喝，圆子都被她藏到腮帮子里，一口气嚼碎了咽下去。

她作为山家继承人出门，身边从来都是前后一堆人围着，极少会去这些小铺子里。今天她才看了一眼，盛霈就去排队了，还硬把她捞过去选，每一种口味都和她解释得清清楚楚的，真以为她成日不下山。

"好喝？"盛霈饶有兴致地看她喝奶茶。

山岚瞥他一眼，不说好喝，也不说不好喝，慢吞吞地都喝完了，自然地伸手递过空杯，等着人来接。

盛霈把杯子接过去丢了，问："还想吃什么？"

山岚眨了眨眼睛，说："想去坐按摩椅。"

盛霈："……"果然是山里下来的小尼姑。

等山岚一圈折腾下来，飞机也到了，两人准备登机前往洛京，暂时与这片海域告别。盛霈抬头凝视长空，这一路，再也没有人能阻挡她回去。

飞机到洛京时，天色已暗。随着机身向下滑落，山岚看向窗外。底下灯火点点，灯光连成无数的线，交错纵横地点亮着这座城市。远远地，她瞥见昆羔山脉，辽阔的沙漠一望无际，宛如起伏的海波。

"我们到洛京了。"山岚轻声说。

盛霈眉眼轻松，懒洋洋地往窗口瞥了眼，道："直接送你回云山？"

山岚闻言，转头瞧了他一眼，乌溜溜的眼里藏着点儿情绪。她眨眨眼，说："盛霈，你和我一起回去。"

盛霈："？"

没等他问清楚，飞机已降落，急冲和嘈杂的声响打断了两人的交流。

待飞机平稳降落后，他们一前一后离开了机舱。盛霈拎着包跟在山岚身后，视线始终落在她身上。他似乎对这片土地没有任何想念，对它的变化也没有好奇。

两人一路安静地往外走，眼看就要走出机场楼，盛霈问："招儿，谁来接你，你……"他的话忽地止住。

夜色下，楼口齐刷刷地站满了人。乍一看居然有五六十个，除了前面的女人，几乎个个都是身材壮硕的大汉，正目光灼灼地盯着他，眼神冷凝，几乎要将他吃了。

盛霈一顿，忽然明白了山岚眼底藏着的那点儿意思。她出门回来原来都是这个迎接规格。

"乖……招儿！"山桁咽下他私底下的称呼，难掩激动地喊了一声。

山岚慢吞吞地走到山桁跟前，握住他布满皱纹的手，轻声道："爷爷，我回来了。"

山桁紧抿着唇，点点头。他的孩子回来了。

"师妹！"

"师妹。"

两道声音同时响起。

山岚看向一旁的山崇和山岁，弯唇对他们笑了一下说："师兄，师姐。我没事，我们回云山去吧。"

山桁道："好，我们回家去。招儿，这位是？"

山桁的视线扫向盛霈，上下打量了一眼，心想难道这就是救招儿的那个年轻人？瞧着还挺英俊的。

山岚看向身后的盛霈，他一直安安静静的，没打扰他们说话，这会儿见山桁问，也不应声，只等她介绍。

山岚思及他的身份和姓氏，想了想，道："他是……我的保镖。"

盛霈："？"情人变保镖？

山桁恍然："怎么称呼？"

山岚眼看盛霈要张嘴，抢先一步道："他姓汪，你们叫他小汪就行。"

盛霈："？"

云山屹立洛京数百年，盛霈还是头一次来。车驶过云山脚下，一路往上，郁郁葱葱的树群在风中簌簌作响，隐隐可见半山腰的灯火辉煌。

作为山岚的保镖，盛霈有幸和他们坐同一辆车。他坐在副驾驶，眉眼懒散，手肘半搭着窗沿，吹着夜风，饶有兴致地看着山间夜色，感觉还挺新奇。

后座，山桁正在问山岚这段时间是怎么过的。在电话里山岚没说太多细节，听山桁问起救她的人，看了一眼前座，应："是一个船长，平时住在岛上，打鱼为生。"

山桁一听，直觉不对："你在岛上住哪儿？"

"住在他家里。"山岚如实说，"他把自己的房间给我睡了。平时生活也由他照顾，他对我很好。"

男人无端地对一个素昧平生的女人好，能为什么？

山桁瞧了一眼山岚，他家这个姑娘自小心里只有刀，除了刀什么也不想。未婚夫逃婚了也不见她难过、生气，转头就去看新刀，这次打电话回来居然主动提起和盛家解除婚约的事，这里头一定发生了什么。

车里还有外人，山桁没多问，只问了几句海上的生活，便提起祭祖大典的事来。

"招儿，距离祭祖大典还有四天。"他神情微凝，语气沉重道，"那日推你下崖的人，或许会再次对你出手。"

提起这件事，山岚和山桁同时沉默下来，因为他们都清楚，凶手就在山家，极有可能是她的师兄和师姐，他们都变成了无法信任的人。

山桁沉默片刻，忽然喊："小汪。"

车内一片寂静，无人应答。

山桁纳闷，又喊了一声："小汪？"

盛霈："……"他暂时没习惯自己的新名字，没反应过来。

盛霈轻咳一声，道："在，您有事尽管吩咐。"

山桁道："这四天，你要寸步不离地跟着山岚。她的院子里有空房，你就住她隔壁，有事随时联系我。"

盛霈心想还有这样的好事儿？他一口应下："我一定保证她的安全，您放心。"

山桁点头，又暗自打量了一眼盛霈的体格，听山岚说对方是军人出身，身手应该差不了，他微微放下心来。其间山岚一直没出声，直到车在山家古宅停下，她道："爷爷，这些天不用看得太紧，看得太紧就没机会了。"

山桁微怔："什么机会？招儿，你不会想……"

"爷爷，一直守不是办法，要给他们机会。"山岚望向深深的宅院，眸光冷静，平淡地说出了自己的想法。

山岚练垂虹刀法多年，懂得往来间一味地防守只会不断暴露自己的弱点，被人步步紧逼的滋味不好受，转守为攻方为上道。过程中，她要有十足的耐心。

山家食堂有固定的用餐时间，这个点还亮着灯是奇事。

以山岚为首，人群鱼贯而入，安静有序地在自己的位置上坐好。乍一眼望去，乌泱泱的一片，竟有近百人，他们坐在那儿，等着山岚动筷子。

山岚看了餐桌一眼，忽然望向某个方向。半晌，她起身对着不远处的那人温声道："你过来。"

这百人动作同步，齐刷刷地朝着山岚看过去的方向看去——那里坐了个男人，黑黢黢的，说是小师妹的保镖，可看这身板，估计连他们都打不过。

盛霈神色松散，没什么表情，他睁开眼皮子，慢悠悠地环视一圈，扫过这些不善的眼神，而后视线一转，看向山岚，起身径直朝她走去。

灯光下，高大的男人神色淡淡，越过人群，穿过无数视线，迈着步子向她而来，视线始终望向她。两人在近百人的食堂里，旁若无人地对视着。

餐桌上，山崇不动声色地蹙了下眉。另外两个师兄对视一眼，心想这下有好戏看了。山岁随意地瞥了眼盛霈，不怎么感兴趣。

山岚朝一边挥手，说："这里加一把椅子。"

用人不管这桌上的暗潮涌动，手脚麻利地添了把椅子，还极有眼色，就放在山岚边上。按规矩，这桌除他们兄弟姐妹五人外，旁人都坐不得。可山岚这么做，谁都没胆子去拦。

"这几天都和我一起吃。"山岚轻声道。

盛霈盯着她柔和的眉眼，想去摸摸她的脑袋，但当着这么多人的面，他到底是忍了，只对她笑了一下。他坐下扫了一眼，每桌饭菜倒是都一样，吃惯了海鲜，忽然看到这些家常菜他还有点儿不适应，给她剥了半个月的虾练就的技能，现在倒是派不上用场了。

正想着，忽然听得一道温和的男声："汪先生，这段时间辛苦你照顾小师妹了。我以茶代酒，敬你一杯。"

盛霈抬眸，看向对面气质温和的男人。这大概就是她嘴里常提的师兄。

"客气。"他随口应道。

正想回礼，却发现他的餐具里正巧少了一个杯子。山岚下意识地将手边瓷白的杯子移到盛霈边上，杯口的茶水微摇晃，她忽地想起来此时他们在山家，他以保镖的身份进的门。

"我没喝过，再拿一杯来。"山岚神色平静，没有一丝慌乱。她不紧不慢地吩咐完，温声道，"吃饭吧，师兄。"

随着山岚拿起筷子，食堂内渐渐有了动静。他们这桌却出乎意料地安静，这在平时很难见。两个师兄憋着一颗八卦的心，一会儿看看盛霈，一会儿看看山崇，山岁对这些没兴趣，自顾自地吃饭，直到山崇问："招儿，那天到底发生了什么事？"

山岚停下筷子，神情微微凝滞。她抿起唇，眉眼间有一丝茫然，慢吞吞地应道："我记不太清了，只记得刚练完刀，刚喘口气就掉下了崖。"

山岚从来都是冷静克制的，他们从未见过她脆弱的模样，两个师兄心疼不已，顾不上看好戏，开始训人。

"山崇，你哪壶不开提哪壶，吃你的饭。"

"招儿，你吃你的，别管他。"

山崇欲言又止，他也心疼山岚，但他更想问她是否真的是被人推下去的，如果是……他不动声色地扫视了一圈，他唯一能确定的就是他没有做。

会是谁呢？这个问题山崇想了无数次，仍旧没有答案。

一餐饭下来，盛霈可算见识到了公主的待遇。她慢慢吞吞的，也不管别人，自顾自地吃着，等吃饱了喝过茶水，放下筷子，到此为止，都没人离开食堂。直到她带着他离开，跨出食堂大门，身后才有了动静。

山家古宅是旧时建筑，庭院深深，一重又一重，古朴之中无一处不精致，建筑、庭院、湖水、光影，每一处都有讲究。

山岚穿过园子，迈上台阶，朝最顶上的院落走去。清冷的月光倾泻在宽阔的长台阶上，斜斜的树枝落下影子，望着这一前一后的男女，心想他们怎么不说话。

"盛霈，你是不是不高兴？"

山岚忽然停下脚步，眸光安静地看过去。

盛霈挑了挑眉，就这么站在落后两格的台阶上和她对视。这会儿他可算不用忍了，抬手摸摸她的脑袋，调笑似的问："你说谁不高兴？盛霈还是小汪？"

山岚注视他片刻，慢吞吞地伸出手，用小拇指去钩他的指尖，小声道：

"我不是故意的，委屈你一下。"

女人清凌凌的眼毫无防备地看着他，眸光柔软，语调绵绵，像在撒娇。

盛霈舔了舔唇，往上迈了一步，低头靠近，温热的气息与她交融。他压着声问："招儿，在这里接个吻，算大逆不道吗？"

山岚眨了眨眼睛。其实她也有点儿想接吻，他总是让她很舒服。

"嗯。"她点头。

盛霈忍不住弯起唇，像个呆子。

盛霈正要靠近，忽然听到一阵脚步。他一顿，微微拉开距离，朝下看去。不一会儿，台阶下走出个人来，是山崇。

山崇抬眼看，微微有些愣怔。山间清清淡淡的月色如白雾，极轻地拢在那对并肩而立的男女身上。向来清冷的女人眉眼柔和，和那男人近在咫尺，她却不躲也不避。

山岚和这个男人关系不一般。他们都能看出来。

山崇微微攥紧了拳，复又松开，温声道："师妹，师傅让我给汪先生送点衣服，既然遇见了，我就不上去了，你注意休息。"

山岚微微颔首道："辛苦师兄。"

盛霈微微挑了挑眉，这对师兄妹相处还挺有意思，一个恪守礼教，从不往线外越一步；一个无知无觉，照旧当她的公主。

"谢了。"他几步迈下台阶，从山崇手里接过衣服。

山崇松开手，礼貌地对他点头，极有风度地先离开了，一如他以往的作风，温和谦逊，从不令人为难。

盛霈还挺感慨，这活得多累。还是他的招儿好，有什么说什么。

隔天一早，盛霈被敲门声吵醒，声音不轻不重，还没家里的小猫咪挠门的动静大。他睁开眼往边上一瞧，早上4点半，天都没亮。

"等会儿。"男人嗓音微哑，带着点点睡意。

山岚站在门外，仰头看着黑沉沉的天，心像是气球不断往上飘，想见到盛霈，想让他陪她去练刀，想每一天都这样过。

"吱呀"一声响，旧式木门从里面打开。男人眉眼倦怠，面庞上带着水汽，睁开眼瞥她一眼，低声道："真是一天都不肯休息，一早就要去练刀？嗞——"

一声闷响，盛霈忽然被山岚抵在木门上。他垂眼，去看她乌黑晶亮的眸，一只手下滑揽住她的腰，懒懒地笑了一下说："干什么，投怀送抱？"

山岚仰着一张芙蓉面，眼睛一眨不眨地看着他。

半晌，她温声问："要不要接吻？"

灰蒙蒙的夜里，点点的暖光从门内洒出。木门前朦胧人影交叠，山岚踮着脚，一只手握着刀，另一只手捧着男人的脸，闭眼亲得认真，却时不时地听得他的唇齿间泄出的几声轻笑。

山岚不满地睁开眼，盯着他问："笑什么？"

盛霈眉梢带笑，握住她的腰一把把人抱起来，顺手带上门，调侃似的笑："学了那么久，只学会咬人？"

山岚小声道："你才是小狗。"

两人再出来时是 10 分钟后。山岚微低下头，用手背贴了贴自己酡红的脸颊，还有点儿发烫。盛霈落后她一步，神情轻松，还欲盖弥彰般地往脸上戴了副墨镜。

"盛霈，天还没亮。"山岚回头看他，欲言又止。

盛霈瞧了眼她的小表情，问："怎么着，还不许戴墨镜了？山老师，保镖都是戴墨镜的，知道吗？"

山岚顿了顿，说："你本来就不白，再把眼睛挡了，天一黑我就找不到你了。"

盛霈："？"他轻"啐"一声，又想往她脑袋上敲，碍于在山家的地界上，他忍了，那一百多个彪形大汉，他可打不过。

此时山家还很安静，沿路点着灯火。偶尔遇见早起扫落叶的铁匠，见了山岚都喊一声"小师妹"，再冲盛霈点点头。盛霈以为只是与他们擦肩而过，哪知道山岚会停下来，轻声问对方最近的工作做得如何，是否遇见什么困难，她再细细解释，提出几种方案。

这么一圈下来，走出山家天光已亮。

盛霈看了眼时间，这就 5 点半了。难怪她每天那么早起来，不光要去练刀，还要挨个检查作业，检查完了还要批改，留下一句"我下午来看"，多吓人。

"招儿，你们这儿扫地怎么排？"

"按辈分轮换。除了我以外，大家都同住在一个院子里，只有我是一个人。小时候我会偷偷跑去和师姐睡，周末偶尔会去爸爸妈妈那里住。"

盛霈还挺诧异，他几乎没听山岚提过她父母。今天听她这么说，他们关系似乎还不错。

山岚轻飘飘地看他一眼，说："他们经常来看我，我们和普通的家庭有点儿不一样，但差得也不多。比如……他们不喜欢我的未婚夫。"

盛霈提醒她："前未婚夫。"

山岚慢悠悠地移开视线，走入山道。她背对着盛霈，弯唇笑了一下说："对，前未婚夫。爷爷已经在处理登报解除婚约的事了，很快就能办完。"

盛霈轻哼一声道："你爷爷眼光不行。"

山岚欣然同意："你说得对。"

盛霈忍不住弯唇，说："就该见报，这种事就得说得清清楚楚，免得大众有误会。特别是你们那个圈子，都得让他们知道。"

山岚附和道："极有道理。"

盛霈原本看不上这种老派古板的作风，多大点儿事，还要见报，这都什么年代了。但换到山岚身上，他恨不得去买个热搜，让所有人都知道。

盛霈问："招儿，你和你那前未婚夫，用不着再见了吧？"

山岚陷入沉思，这该怎么回答？

云山的最高峰位于左侧，出了古宅沿着小路一路攀爬而上，约莫二十分钟，视野渐渐阔朗，平坦的峰顶显露眼前。

9月中旬，洛京已入秋。山里气温低，峰顶晨风猎猎。山岚轻嗅了嗅，清冽的空气和着晨露，干净而清爽，和咸湿的海风全然不同。

山顶只有她一个人的身影，盛霈藏在远处。

她如常般抽出刀，深吸一口气，静立片刻，忽而迎风而动，招招式式都熟记于心，已练过千次万次，衣袖充盈了风，如白帆鼓动。

不远处的林间，盛霈拿着望远镜盯了山岚片刻，转而看向草木茂盛的林间。他像是回到以前出任务那会儿，隐匿了自己的身形，藏在暗处观察四周的动静。

半个小时下来，人影没看见一个，倒是看到不少小动物。松鼠甩着大尾巴飞快地爬上高耸的松树，地洞里钻出来的野兔竖着耳朵蹦蹦跳跳，当然，其中最可爱的还是他的招儿。

盛霈收回往远处望的视线，重新看向山岚。她有一阵没练刀了，今天练得比往常久，这会儿正沉溺其中，刀光如幻影般闪过虚空，直至朝阳初升，橙红的云霞铺满天边。

山岚终于停了下来，她喘了口气，拭去额间的薄汗，忽而往前一步朝下看去。远远看去，她的身影在风中摇摇欲坠。

盛霈心头一跳，径直从高处跳落，朝她奔去。敏捷的身影如海中霸主，急速朝着崖顶前行。下一阵风还没吹到，他已然伸手，猛地将山岚拉了回来。

山岚微怔，下意识地回头。束带散开，长发散落，露出她白皙的面庞来，清冷的眉间里带着一丝愣怔。

"怎么了？"

山岚松开抵住刀颚的拇指，刀身回到刀鞘。刚刚差点儿就往盛霈身上招呼了。

盛霈定定地看了她一眼，往她站着的方向看去。崖边开着一丛白色的小花，正迎风摇晃，露水从花瓣上滑落。他松了口气，喉结上下滚了滚，问："看花呢？"

山岚轻"嗯"了声，牵着他一起蹲下身，指着这丛小花说："我小时候来的时候它就在这里，年年落年年开，它是和我一起长大的。"

盛霈侧头看她。她蹲在那儿，那么小一团，乌黑的眼安静地看着寥廓的自然，天天来也看不厌，始终对周围充满着新奇感，像个没长大的孩子。

"招儿，小时候会觉得孤独吗？"

山岚看过来，对上他的眼睛。半晌，她点头道："会，但我喜欢孤独。"

山岚喜欢这样的时刻，只有她和天地，和自然。她能听风，看雨，赏雪，似乎只有这些时刻，她才是自己。

盛霈注视着她，眸间印着初升的阳光。他道："这样很好。下去吃饭？"

山岚抿唇笑起来说："嗯。"

许是盛霈跟得太紧，这一整天山岚周围都没有出现异样的情况，上午她去检查了这阵子新出的刀的品质，下午带着人去铁房巡视一圈，忙完已是月上枝头。

"新的一批矿石明天运到，你们准时派人在山下等，明早师兄会和你们一起去……"山岚正在仔细叮嘱明天的安排，周围站了一圈人。

盛霈懒懒地倚在不远处，眸光浅淡地盯着人群里的山岚。公主回到山家还是公主，只是不怎么爱笑，从早晨忙到夜晚都是平静的模样，不疏离却也不亲切，旁人对她又敬又怕。

不一会儿，山岚说完话，人群散开，她转头下意识地找他的身影。盛霈站直身体，微抬了下手。她双眸微亮，迈着快步朝他走来，一走近就对他笑，小声喊他的名字："盛霈，我们下山去吃饭。"

盛霈看着她唇角的笑，心头柔软。

"不去食堂了？"

山岚点头道："我喜欢和你吃饭，就我们两个人。"

盛霈一顿，舔了舔唇，心思又开始活络起来，但碍于自己保镖的身份，他只能忍着去牵她、亲她的冲动，应了声"好"。

云山地处洛京郊区，山下不如以往热闹。这些年山下的不少住户陆续搬走，剩下的多是些上了年纪的老人家，年轻人很少。但因为云山上有山家这个大户人家在，下面的铺子还算有生意做。夏日也有热闹的时候，一旦入了秋，人便少了，等到了冬日，铺子主人多半就都收摊回家蹲着。

山岚指着不远处几家店说："我们五个经常到那里去吃夜宵，老板都认得我们。你想吃什么？"

盛霈以前没来过这地方，最多是路过。他思索片刻道："去你最喜欢的店。"

山岚站在原地没动，侧头看他。半晌，她指尖微动，朝他伸出手。

盛霈挑唇笑起来道："当保镖待遇比以前好。"说着，他将眼前白皙柔软的手攥进掌心，牢牢地牵在手里。

山岚不紧不慢地朝着角落里一个路边摊走去，感受着手里的力道，她想原来自己喜欢这样的亲密接触，不喜欢和别人，只喜欢和盛霈。

路边摊的老板和山岚也是多年的老熟人了，抬头一见是她，笑眯眯地说："山老师回来了？哟，这回还带来了个……朋友？"

这两人手牵着手呢！

老板眼睛发直，让他看见什么八卦了！他们底下这群人，从山岚小时候就跟着打趣，喊她"山老师"。久而久之，山岚和他们都习惯了，喊久了还挺亲昵。

山岚抿唇笑了一下说："嗯，他来山家做客。"

老板轻咳一声，故作淡定道："先坐下先坐下，我给你们盛点绿豆汤垫垫肚子，其余还是老样子？"

山岚点点头，轻声道谢。

这小摊子只在路边支了张小桌，路灯悄悄照亮这一隅。山岚仰头朝四周看去，夜幕被群山围成一个小圈，风声簌簌作响，上弦月如一柄弯刀，两头尖而翘，像笋尖尖。

"盛霈，你喜欢吃笋吗？"她忽然问。

盛霈顺着她的视线往上瞄，忍不住笑起来说："我们那时出任务还经常挖野笋吃，生吃味道也还行。"

山岚收回视线看向他说："我想知道你以前的事。"

盛霈没正儿八经地和人说过自己，有些生疏："怎么说呢，我想想。家里情况你都知道了，说说别的，我们院里那几个男孩儿，一个比一个皮，上天下地什么都敢干。我不是什么乖小孩儿，和你这小尼姑不一样。

"上初中、高中那会儿年轻气盛的，总和人打架。你们学校肯定也有这样的男孩儿，你想想他们，其实我和他们没什么区别，唯一的区别可能是我打架厉害点儿。最有意思还是以前出任务那会儿，以后和你细说。"

他懒懒散散的，说得漫不经心。

山岚闻言，眨了眨眼睛，说："我不喜欢那些男孩子。"

盛霈笑起来，问："为什么？"

山岚仔细想了一下理由："他们打架的原因很幼稚，打架没有章法，平时很吵闹，但我不讨厌吵闹。"

盛霈："……"所以是讨厌他们打架没有章法吗？

山岚不常回忆高中时期的事，那些记忆很平淡，因为师兄们常跟在她身边，同学们都不敢靠近她，生怕不小心就被人拎去揍了。

"盛霈，我没有朋友。"她忽然说。

盛霈微怔，看着她纯粹、专注的眼睛，短暂地沉默了。在海上的时候

238

他就知道，山岚是一柄孤刀，走的这条道路注定是孤独的，她或许有家人、有同门，但她离俗世太远，仿若是天外之人。

他曾猜想过，她身边或许没有朋友。不仅是因为她性子安静清冷，实在是她过于坚定，从不动摇、从不退缩。朋友能带给她的情绪价值有限，她在这方面需求极少。可真当她这样不痛不痒地说出来，盛霈却觉得心间酸涩，他的招儿明明那么好。

半晌，盛霈低声问："招儿想要有朋友吗？"

山岚抿抿唇，轻轻点了下头说："想的。上学的时候，她们会一起逛街、唱歌，还一起做头发，做指甲，这些我都喜欢。师姐不喜欢这些，她很少下山，把大部分时间都用在山家的事上，比我更努力去做好。"

盛霈轻舒了口气，说："我也可以是招儿的朋友。"

山岚闻言，乌溜溜的眼微微睁大，问："你也和我一起做指甲吗？"

盛霈："……"

他沉痛道："可以。"

山岚眨巴眨巴眼，心又变成了一只气球，双眸亮晶晶地看着盛霈，又露出点儿傻里傻气的感觉来。盛霈心想，做个指甲怎么了？要是她喜欢，穿裙子都行。

"面来啰！"老板端上热腾腾的面条，笑道，"还是和以前一样，一个鸡腿，一个荷包蛋。另一份也一样。"

这一顿晚餐，只有盛霈和山岚两个人，还有冒着热气的路边摊和安静矗立的路灯。

隔天，9月12日，离山家祭祖大典还有两天。

早晨7点，山崇一行人在山家广场做完早操，陆续走向食堂。不知是谁先说了一句"小师妹的保镖"，山崇朝大门口看去。前日见到的那个男人拎着包，正走出山家大门。守门人指了个方向，和他说了些什么，不一会儿，他消失在了门口。

山崇微顿，把人招来一问，才知道盛霈完成任务离开山家了。边上几个师兄弟见人走了倒是嘀咕了几句。

"我还以为他和小师妹关系不一般呢。"

"小师妹都回来了，是该走了，在家能出什么事？"

"我看当时就是意外，警察还查我们查了那么久，要不是意外，小师妹回来早说了，你们说有没有道理？"

"是这个理。行了，咱吃饭去。"

这一整天，山岚如往常一样，早上去收了新到的矿石，再去检查这一批次的刀，下午进了铁房，直到太阳落山才出来，其间始终不见盛霈的身影。

晚饭后，山桁当着众人的面确认了山家祭祖大典的流程。说完，他慢悠悠地扫了一圈，难得地开起玩笑来，说："后天就是祭祖大典，务必准备好每个环节，招待好来的客人，日后这山家可不归我管啰，过完后天我就收拾东西玩去，天天见你们，可烦死了。"

底下一阵哄笑，几乎所有人都在看山岚。小师妹回来了，想来祭祖大典不会再有意外。

人群中，山岚不似以往，只安静地站在那里。她弯起唇，浅浅地对他们笑了一下，仿佛她已经得到了那个位置。

山桁打趣完，让他们五人留一下，其余人便散了。

"老大、老二，你们配合默契，早上亲自去确认每一个节点。山崇细致，负责安排客人的吃住行。山岁自小礼数好，明儿你去藏书阁给祖师爷上一炷香。至于山岚，你去照着吉时请刀。之后你们爱干什么干什么，就当放假了。"

新刀是山桁近年所铸，准备赠予下一任继承人。请刀的仪式向来由山家嫡传弟子来完成，即便如此，山岚从小到大请的刀也寥寥无几，能让她请的刀不多。

山桁吩咐完，摆摆手让他们散了。两个师兄不知去忙什么，眨眼就不见了人影。只剩下山崇、山岁、山岚三人，一同朝着院门走去。

寂静中，山崇忽然问："招儿，汪先生他走了？"

一旁的山岁也看过来。

山岚"嗯"了声，说："他回南渚去了。他平时靠打鱼为生，保镖不是他的本职，最近海上很忙。"

"你们……"山崇欲言又止。

山岚静静地看过去，眼里藏着疑惑，似是不懂他的言下之意，澄净的目光让山崇问不出剩下的话。他轻轻摇了摇头，只道："回来就好。"

山岁问："招儿，那天到底发生了什么？"

他们三人关系本就更为亲密，此时没有外人，山岚犹豫着道："那天在崖顶似乎……似乎有人推了我一下，但当时风很大，我对那里环境不熟悉，又刚练完刀，也可能是我踩空了。我记不清了，师姐。"

山崇和山岁闻言都皱起眉来。

"真的有人推你？"

"那山家……或许不是山家的人。"

山岚说："警方和我联系过，他们说崖顶的山石有所松动，没找到有人推我坠崖的证据，我想应该是我失足，毕竟他们让你们回来了。"

山崇沉吟片刻道："不排除这个可能。招儿，暂时不想这件事，先准备祭祖大典，这两天我去你院子里住，你一个人我不放心。"

山岁点头说："我也陪你。"

山岚微有些诧异："其实不用……"

"以前也不是没在一个院子住过。"山崇笑了一下，温声道，"招儿虽然长大了，但永远是我们的小师妹。"

山岁去牵山岚的手，轻声说："这样我们放心。"

山岚终是没拒绝。

走到院子门口，山崇和山岁先回房取东西，她独自先回了住处。

今夜没有月光，夜空灰蒙蒙的。微凉的空气里飘浮着香气，桂花香气扑鼻，石阶上散落碎月般的花瓣，点点金黄让山岚想起在猫注岛看到的落日。盛霈会在做什么？山岚第一次尝到思念的滋味。

不知不觉，她回到院子。院门口亮着两盏灯笼，灯笼外壳的样式是山桁早年请大家来做的，里面装的是灯泡，仿作烛火的模样，随风晃出光影来。

推开门，院子里一片昏暗。山岚环视一圈，如以往的每一个日夜，忙完回到院子里，准备明天的工作，日复一日，少有改变。

这里与海上不同。海上的日子总是充满了意外，令人忍不住生出遐想。

山岚垂着眼，拿出钥匙打开房门，推开门跨过门槛，脚尖刚落地，边上忽然横过一只手，紧紧地将她拽进了怀里。鼻息间是海域的味道。深远，辽阔。

她微呆："盛霈？"

男人低下头，鼻尖蹭了蹭她的额头，懒散地笑了一下说："等你半天了，再不回来我就要出去抓人了。"

"不是明天早上偷偷回来吗？"

山岚趴在他怀里，双手自觉地搂上他的脖子。

盛霈在暗中挑了挑眉，凑到她耳边低声说："趁着你们吃饭时间上来的，没人看到我。至于为什么回来……"他笑道："招儿猜猜？"

山岚在暗中定定地看他一眼，还真配合他玩起这略显幼稚的游戏来。她慢吞吞地说："我猜你饿了。"

盛霈："？"

他轻"啧"一声，收紧了掌心。可不是饿了吗？一猜一个准。

屋内没开灯，两人无暇顾及半掩的门。过了一会儿，院落里响起脚步声，来人似乎怔了一瞬，加快步伐，喊："招儿？"

是山崇。

山岚一顿，立即松手从盛霈身上滑落，连拉带拽地把盛霈弄到矮柜前，开门把他往里重重一推，毫不留情地关上了柜门。

盛霈："……"瞧瞧这翻脸不认人的模样。

矮柜内狭小拥挤，盛霈委屈地躲在这儿。矮柜旁边的供桌上，供着一座神龛，神龛里亮着一盏幽幽的小灯，灯光透过矮柜镂空的侧板照进矮柜。他侧头一瞧，和祖师爷的小像打了个照面。

威风凛凛的祖师爷手里拿了把迷你刀，刀尖正对着他，似乎下一秒就要戳过来了。盛霈心想，行吧，委屈就委屈了。

山岚抚平凌乱的发，迅速开了灯，朝门口看去："师兄？"

山崇推开门，看见山岚，松了口气，道："我见你屋里没开灯，门却开着，以为你出了什么事，没事就好。"

山岚倒了杯水给他，应道："没事，刚到。师兄没回去？"

山崇抬眸看她一眼，半晌才开口说："今天我在师傅那里听说了一件事，想单独问你，所以返回来找你。"

"什么事？"

"师傅说你要解除婚约，真的吗？"山崇注视着她问。

山岚缓慢地眨了眨眼，温声应："真的。"

山崇闻言，缓缓地舒了口气，他像是放下了什么包袱，说："招儿，有一件事我一直没告诉你。其实，我见过你未婚夫。"

山岚微征，古怪地问："你见过他？"

山崇没察觉她眼底的异样，迟疑一瞬，道："当时你还在读初中，我和两个师兄商量着去看看你的未婚夫到底是什么样的人。于是有一天，我们偷了师傅的照片去找人。结果到了他们学校附近，正好看见他，和照片上一模一样。"

"他在干什么？"

"他在挨打，这个男人很弱，没两下就被打倒了。"

山崇继续说："他边上还站了一个女孩子，我听围观的人说，他抢了别人的女朋友，别人找上门来算账，还说这样的事不是第一次了。"

他看着她认真道："招儿，你的未婚夫他不守男德。"

山岚："……"

似乎是怕山岚不信，山崇不遗余力地描述着当时的细节，这和他平时处世的方式大相径庭，君子如他也会在背后提起他人的不是。他比画着道："并不是一对多，对方只有一个人，他一直在单方面被打。"说着说着，他忽然对上山岚清透的眼。她安静地看着他，瞳孔里映出他激动的面庞。

山崇停下来，微微涨红了脸道："招儿，我不是那个意思。只是想和你说，他配不上你，你值得更好的人。"

山岚不在意他说的话，只问："你记得他的长相吗？"

"长相？"山崇回忆片刻，"当时我们把照片还回去了，我对他的长相印象不是特别深，长得应该还算周正。"

那就是没记住。他没认出盛需来。

山岚轻声道："我知道了，辛苦师兄告诉我。"

山崇欲言又止，和她对视片刻，含糊地说了声"回院子"便匆匆地离开了。最终他仍是什么都不敢说，哪怕今天之后他再没有机会。

山岚见他离开，合上门回到矮柜前，打开柜门，身形高大的男人躲在柜子里显得有些委屈。一双长腿屈着，整个人别别扭扭地塞在小小的空间里，柜子门打开，也不出来，就这么懒懒地瞧着她。

"你不出来？"山岚蹲下身问。

盛霈抵着柜壁，头一偏，对上她黑溜溜的眼，语气凉凉道："你这个师兄还有那么一点儿风度，我可没有，那男人不配与你相提并论。"

山岚抿唇笑了一下，朝他伸手，说："你先出来。"

盛霈不动，只是盯着她，不爽地问："你问他长相干什么？"

山岚不应声，手又往他身边伸了点儿。盛霈瞥了眼横在他跟前的手，小小的一只，白皙的掌心朝上，纹路清晰交错，指腹泛着点儿红。

他也不知道生什么气。闷了一会儿，牵住她柔软的手钻出柜子。

山岚温声道："盛霈，我们不了解当时的情况，或许他是有什么原因才不还手的，不一定是他打不过。"

盛霈更不爽了："你向着他说话？"

山岚在心里叹了口气，无奈道："知道了，不说。你去二楼房间里待着，师姐和师兄今晚住在我院子里，别让他们听见声音。"

盛霈闻言，微微眯了眯眼，反问道："住你院子里？"

山岚说："师兄说他们不放心，就住两晚，到后天祭祖大典结束。你吃晚饭了吗？"她一边说，一边牵着他往楼上走。

盛霈还想着她那前未婚夫的事，想起山岚说他白净又英俊，忍不住伸手摸了摸自己的脸，这皮囊也不差，就是黑了点儿，但黑也黑得俊朗。

"招儿，我长得怎么样？"盛霈没头没尾地问。

山岚轻飘飘地瞥过去，轻声问："你知不知道楼上没开灯？"

盛霈："？"又拐弯抹角地骂他？

二楼暗沉沉的，只从楼梯口透出几缕光线。两人都是谨慎细心的人，为了避免影子映照在窗上泄露秘密，只能暂时让盛霈在这儿躲着，还不能开灯。

山岚叮嘱完，就自顾自地走了，也不管他。盛霈轻哼一声，心想山崇那小子要是敢上二楼，看他不把人丢海里去。他悄无声息地往房间里走，连风都没察觉他进去了。

这是盛霈第一次进山岚的房间，他环视一圈。山岚住的院子很大，她选的房间却不是最大的。不大不小，空间适中，够她一个人用。中式的家具和摆设，房间中央的拔步床气派大方，还未走近便闻到它淡淡的香味，和她身上的味道一样。

不过这房中最多的还是刀。

盛霈虽然知道山岚爱刀如命，她的房里必然少不了刀，但连床边也挂了两排刀，看起来还是有那么一点儿吓人。他忍不住想，万一以后在床上惹公主生气了怎么办？她随时拔刀架在他脖子上可还行？

当盛霈胡思乱想时，院子里忽然有了动静。他无声地移到窗侧往下看了一眼，山崇和山岁两人正往山岚的住处走，手里还拎了东西。

不一会儿，楼下有了声响。

“招儿。”山崇拎着几盒卤味和小食进门，笑问，“你看我和你师姐带什么回来了。咦，桌子都收拾好了？”

山岁自然道：“招儿不会忘。”

他们三人因着年纪相近，从小就生活在一起。每每山崇和山岁一起来找山岚，三人一定会在小桌上聚一餐，这件事已成了习惯。

山岚去隔壁小厨房取了碗筷和杯子，山崇把小桌搬到院子里，山岁将带来的酒放在桌上，没一会儿，三人一同坐下。

庭院间，秋意洒落，酒香渐渐弥漫。

山崇给山岚添满酒，只给山岁倒了一半，温声道：“岁岁明天去给祖师爷上香，可不能喝太多。招儿请刀不妨事。”

盛霈在二楼听得格外不爽。怎么他的招儿就不碍事了？不是得去请刀吗，听起来就是件大事。

山岁闻言，对山岚道：“别听师兄的，你酒量不好，少喝一点儿，当心起晚误了吉时。”

山崇说：“不会。吉时在晚上，怎么会误？”

“晚上？”山岁有些诧异，“距离上次吉时是在晚上有多少年了？我记得那次招儿还哭鼻子了。”

山崇忍不住感慨道：“那时候招儿还是小姑娘，还没开始跟着师傅学本事，应该只有四岁，就那么一丁点儿大，像个洋娃娃。”说着，手上比了个高度。

山岚说：“是四岁。本来是该由爸爸去请的，他离家出走了，只能我去。祠堂很大、很空，可上面又很挤。”

山岁轻“啧”一声道：“这形容，阴森森的，换谁不哭？”

祠堂里空荡荡的，挤的地方只有一处，便是放山家历代牌位的地方。

说起小时候的事，山崇的情绪显而易见地高涨，滔滔不绝，一杯接一杯，但好歹有理智在，没喝太多。

"那时候日子多好，没有干扰。岁岁还总打瞌睡，几个师兄吵，招儿还瞪我们，说是瞪，更像是撒娇。招儿，那时候是我们不好，不该不带你玩，但师兄们不是故意的，只是怕你不小心伤着。"

山岚轻声应："我知道。"

山崇和山岁对视一眼，微微叹了口气。他们其实都清楚，一起长大的又怎么样？山岚从小就和他们不一样，所以他们带着山岁却不敢带山岚，山岚要是哭了或是受伤，最后他们都要受责骂。因为她是嫡系，而他们不是。他们要承山家的恩，世世代代。

夜色落满了院子，今日没有月亮，天灰蒙蒙的一片，只有庭院内的点点灯火打在小桌上，照出他们各异的神情。山岚一口饮尽杯中的酒，随手放下酒杯。一声轻响，山崇和山岁都看过来。

这秋夜里，她的眼眸像温柔的月光。她没看他们，只是看着这山间夜色，温声说："师兄，师姐，我当上家主以后，你们想做什么就去做什么，以后山家不会再收养孩子了。"

山崇怔住，问："这是什么意思？"

山岁神情复杂，解释道："招儿的意思是，要改革山家，传统模式将在下一代进行变革，以后山家没有嫡系了。"

山崇问："那山家的产业怎么支撑？"

山岚弯唇一笑说："师兄，除山家以外，这世界上还有很多人。别的企业是怎么招人的，我们就怎么招人，只是条件和标准不一样。一开始或许会很难，但路会越走越宽。时代在前行，山家也需要前行。"

说起未来，山岚眸光熠熠。只一瞬，她又恢复那安静的模样，道："今天不说这个，我们喝酒。"

短暂的沉寂后，三人默契地不再提起这个话题，聊起这阵子山岚在海上的事来，说起岛上的生活，山崇和山岁都还挺感兴趣。

转眼时间就到了凌晨。

山岚搁下筷子，起身道："我早上要进山采矿，先睡了，师兄师姐也早

点儿休息。师兄，你让他们留一间铁房给我。"

山崇无奈地说："怎么刚回来就要忙，多休息两天。"

山岚说："之前打的新刀丢在海上找不回来，有想改进的地方，正好有阵子没上手了，我想找找手感。"

山崇叹了口气道："拿你没办法，进山注意安全。"

山岚走后，山崇和山岁没多留，又聊了几句，两人便各自回了房。

院落逐渐安静下来，屋里的灯一盏盏熄灭。山岚绾着半干的长发从浴室出来，还有点儿不习惯用吹风机，住在岛上头发洗完不用吹，海风吹一吹很快就干了。

清凌凌的眼环视一圈，没有盛霈的身影。山岚也不找他，自顾自地掀开帘子上床，刚坐上床沿，床外映出一道黑影，来人将帘子一掀，盯着她瞧。山岚对上男人沉沉的眸，无辜地眨了眨眼。她慢吞吞地问："为什么这么看我？"

盛霈定定地看她片刻，忽然俯身凑近，鼻尖几乎凑到她脸上，却在即将碰上的前一秒停住。他的鼻翼微微翕动，轻嗅了嗅。清淡的酒气弥漫，和着淡淡的香。

"就你喝得最多。"盛霈直起身，拉开和她的距离，指腹点了点她的眉心。

山岚闭上眼，脑袋顺着他的力道往后仰。她捂住额头，嘀咕道："我还以为你要亲我。"

盛霈哼笑一声，放下手，视线下移，落在她嫣红的唇瓣上，轻飘飘地说："我不和小醉鬼接吻，上去躺着。"

山岚今晚喝得不少，但没醉，处于微醺的状态。这会儿酒意上来，她难得有点儿兴奋，却也听话，自个儿爬上床，掀开薄被往床上一躺，平平整整的，还不忘捏正被角。

"躺好了。"

山岚乌黑的眼看着他，又乖又纯。饶是盛霈打定主意今晚不上她的床，被她这么看一眼也有点儿禁不住，抬手关了灯，只余一盏幽幽的壁灯。

山岚眼睛一眨不眨地看他，小声问："盛霈，你想躲在床上吗？"

盛霈轻"啧"一声，趴在床边，手往床沿一撑，开始算账："你还有事没交代清楚，现在说说？"

"什么事？"她瞧着有点儿不情愿。

盛霈眯着眼，问："问你那个前未婚夫长相干什么？"

山岚拧着眉心思索片刻，说："没干什么，就问问。万一哪天你们打起来，我都不知道你打的是谁，这多不好意思。"

盛霈："？"小醉鬼真喝醉了，开始胡言乱语。

山岚乖乖地说："还有什么没交代清楚？我都告诉你。"

幽暗的光下，她的模样清丽又朦胧，眼里又像含了一层盈盈的水，这汪水逐渐漫出来，快要将他淹没。盛霈不去看她雪白的颈子，转了个身，背对着她。

不到一秒，她柔柔地喊："盛霈，我要看你。"

盛霈耳后的肌肤燃了一层火星，他没动，喉结上下滚了滚，半晌，低声说："等会儿让你看。"

山岚也不闹，温暾地"哦"了声，又问："问完了吗？"

盛霈安静片刻，问："请刀怎么请？"

山岚细数道："沐浴焚香，去祠堂磕头，背一遍祖训，再将刀拿出来，很快就结束了。只是不能错过吉时，只能我一个人去。"

"小时候怎么哭鼻子了？"他放轻了声音问，"招儿那时候害怕吗？谁给你擦的眼泪？"

小时候，她的小时候……山岚觉得有点儿困，慢慢闭上了眼。许是柔软、熟悉的床给了她安全感，又或许是盛霈。山岚放松了身体，像躺在水里，缓慢地回忆着："其实我不是因为去祠堂害怕才哭的，我一点儿都不害怕。盛霈，我悄悄告诉你，你别告诉别人。"

盛霈低声应："不告诉别人。"

山岚小声说："那时候，爷爷和叔叔伯伯们都在和爸爸吵架。他们想要爸爸妈妈再生个男孩，爸爸不想要，他说只要有招儿就够了。每天吵每天吵，我问妈妈，他们不喜欢招儿吗，她就哭了，所以爸爸想带我们走。他们想带我走的，是我不想走。

"去祠堂那天，爸爸妈妈刚走了一个星期。我很想他们，但我不能说，不能哭，不能被人看到，他们会告诉爸爸妈妈，所以我在祠堂里偷偷哭。我不想让他们回来，想让他们快乐。"

小小的山岚曾想，她会让所有人知道，她什么都能做好，山家并不需要另一个继承人，她也不需要一个为此出生的弟弟。

"刚开始练刀的时候我也想他们，练刀很苦很累，我都忍住了，哭的时候也可以练刀，闭着眼也不担心伤到自己。但现在很好。"

山岚断断续续地说着，声音轻轻的，整个人像被棉花包裹住。

从小到大，她从没想过另一种可能性，不去想如果她跟着父母走了，人生会是怎么样，不去想不练刀、不打铁她还能做什么。她什么都不想。

慢慢地，她变成了云山上的一块顽石。

说完半天，盛霈没反应。山岚忍不住睁开眼，去看他宽阔的背影。男人沉默片刻，忽而起身，小臂越过她的床侧，幽暗的壁灯被他摁灭，室内骤然陷入黑暗。

"盛霈？"她喊他。

盛霈低低地"嗯"了声，说："我陪招儿躺会儿，哄你睡觉。想不想听故事，我很会讲故事。"

山岚往边上挪了一点儿，给他让出位置来。她在暗中摇头，说："不想听故事。"

盛霈躺下，伸出胳膊，边上毛茸茸的脑袋自觉地枕上来。他侧过头，亲了亲她的额头，问："那招儿想听什么？"

山岚想了想，说："我想知道你有没有喜欢过别人，小时候，上学的时候，毕业之后，在海上的时候。"

盛霈低笑一声说："在岛上怎么说的，不是说不需要知道吗？"

"我就问问。"山岚不高兴了。

盛霈一见她的脑袋要挪走，立马把人一搂，说："没说不告诉。一不高兴就要跑，跑什么？床就那么点儿大。"

山岚静了片刻，忽然闷声说："你好凶。"

"……"

盛霈有点儿想笑，心想公主怎么喝醉了都那么可爱，但碍于床边还架着刀，他诚恳道歉："我错了，不该凶招儿。"

山岚满意了，吩咐道："说吧。"

盛霈极坦然地说："没喜欢过别人。除了妹妹，幼儿园连女孩手都没牵过，更别说长大以后了。我那会儿不喜欢女孩，觉得可烦了，想着要是有个人成天管我，追着我念念叨叨，估计我活不过一天就被烦死了。"

山岚"咦"了声，稀奇地感叹道："可是你很听话。"

盛霈："……"可不是吗，能不听公主的话吗？

他继续说："小时候不懂，长大后有了意识，身边也有人恋爱的，但就算我想也没时间。当时为了打架还特意去报了个班，天天被人拎着揍。"

山岚在暗中眨眨眼。原来他真的总是挨打，打不过别人。

"你打不过别人吗？"

盛霈轻咳一声，说："后来居上知道吧？我不耐烦使什么套路，直来直往的。我那兄弟，招数一套一套的，我懒得和他玩，吃点儿亏就吃点儿吧，谁让我是他哥。"

山岚想起山崇的话，忍不住问："盛霈，如果是你，你喜欢的人有男朋友了，你会去抢吗？"

盛霈说："别说有男朋友，有未婚夫我不都抢过来了？"他轻哼："你那未婚夫，不就变成前未婚夫了吗？我凭本事抢的。"

说到这里，他还有点儿得意。他本事多大啊，公主都能抢过来。

"……"山岚憋了一会儿，说："还是睡吧。"

清晨7点，被云雾笼罩的云山缓慢苏醒。

院子里，山崇推门而出，迎面吹来一阵清冽的山风。这里的院落地势高，一眼望去，雾茫茫的山峰尽收眼底，灰与绿大片交杂在一起，雨淅淅沥沥地下，水滴沿着屋檐坠入水缸，晃出圈圈涟漪。

山崇难得在这个点出门，今明两天日子特殊，他们不用上早课。正想去喊山岚，忽而看到山岚的房间有了动静，她戴了顶帽子，背着竹筐，里面装着工具，手里还拿了把小锤子，一副准备出门的模样。

"招儿，山里下雨了。"山崇温声劝她，"雨天山路湿滑不好走，改天再去吧，不急着这一天。"

山岚抬眼看过来，帽檐藏起那双清澈的眼。她道："去练刀的时候走过一遍，小心一点儿就好，师兄放心。"

山崇虽这么说，但其实也没抱希望她会真的不去，连雪天她都坚持去练刀，更别说这雨日了。实在是去矿山的路不好走，他放心不下。

他无奈道："千万注意安全。"

山岚点头道："早中饭不用等我。"

说完，她自顾自地出了院子，没往大门的方向，直接绕过宅院从后门往山里去，眨眼便没了身影。

山崇去隔壁敲了敲门。山岁的房间安安静静的，没什么动静。

"这么早就去藏书阁了？"他有些诧异，但也没多想，撑起伞往食堂去。

很快，院子里彻底安静下来，只听得滴滴答答的雨声。屋后闪过一道身影，如虚影一般藏进雨幕中，追着山岚而去。

林间雨雾弥漫，高耸的树木遮掩光线。放眼望去，那道白色的身影在雾中若隐若现。

盛霈不敢离山岚太近，隔了一段距离。尤其今天还下了雨，她为了不使人起疑，照旧穿了白衣，山雾几乎将她的身形隐匿，他需要打起十二分精神。

"雨天还走这么快，也不怕摔。"盛霈咕哝了句，悄无声息地跟了上去。

跟了一段路，他深刻感受到了公主随心所欲的性子。她自如地走在陡峭的山中，不但走得快，还喜欢走捷径。一个不注意，她就抓着山石边垂落的藤蔓一个轻跃，瞬间迈上了小山坡，偶尔兴致来了，停下来看看花，摘几株药草，时不时地还喜欢摘了帽子听雨。

盛霈原本思考过，背后的人为什么不在山家动手，现在算是明白了——山岚对山家环境太熟悉，在这样的环境下动手是件吃力不讨好的事。她还不喜欢走固定路线，一个人走走停停，上蹿下跳的，路线难以预测。

这一走就是一上午，直到雨停她才停下来。

此时已是中午，山岚放下竹篓，拿了工具在地面敲敲打打，一时间林间都是"叮叮当当"的声音。

盛霈懒洋洋地倚靠在高树上，手里拿了个饭团，一边咬，一边看她。她一个人在山里倒是开心，这里敲敲，那里敲敲，敲累了就停下来，蹲在一边捡落在地上的花，缠成一个花环往帽子上一圈，整个人便有了颜色。

盛霈耷拉着眼，静静地看她玩了半天才肯坐下来。

簌簌雨声中，山林间，一个坐在树下，一个躲在树上，两人各自吃着饭团，没有任何交流，不说话，不对视，只是同样听着雨，看着雾。

约莫过了半个小时，雨雾渐渐散开，视野阔朗。盛霈仰头看了眼透亮的天，微眯了眯眼，偏生就这么巧，下午雨停了，这下背后的人不一定会再出来。

如盛霈所料，回去的路上没有任何意外。和来时一样，这山林里除了他和小动物外，只有山岚一个人的身影。

远远地，山岚望见山家古宅，再往近处看，一座高耸的塔立在眼前，那便是山家的藏书阁，祖训和手札都藏在那里。

山岚背着竹篓踏入后门小道。门口坐了个小孩儿，正杵着脑袋打瞌睡，听见声音，一个激灵，忙睁开眼，迷迷糊糊地喊："师姐！"

山岚看他脸上睡得红扑扑的印子，问："今天守门的师兄呢？"

"师兄被喊去前面帮忙了。"小孩揉了揉眼睛，小声道歉，"我不小心睡着了。"

山岚摸摸他的脑袋，轻声说："回去睡吧，我找人来看，先把门关上。今天除了我，还有人从这里出去吗？"

"中午以前没有，后来我睡着了，没看见。"他闷着声，有些愧疚。

山岚说："不碍事，回去屋里睡，师兄问起就实话实说。"

小孩摇摇头，睁大了眼："我现在不困了，就在这里守着。师姐，你快进去吧，前院好热闹。"说起热闹，他双眼亮晶晶的，像得了什么新玩具。

山岚温声道："师姐还有点儿事，你帮师姐去看看好不好？这里交给别人守，等你看回来，来铁房告诉我。"

到底还是个小孩，被山岚这么一哄，就眉开眼笑地跑去看热闹了。

山岚看了眼身后空荡荡的林间，自顾自地去了铁房，这一待就是两个小时，等再出来已是晚饭时间。

门刚推开，她听得一声喊——

"师姐！"

是下午看门的小孩儿。

他见山岚出来，咧嘴一笑，叽叽喳喳地说："师姐，下午来了好多客人，前院很热闹。师兄和师姐们都在，我们还去藏书阁玩了，里面有好多好多书，在塔上看我们家的院子好大好大，我和师兄们……"

此时天色已晚，长廊亮起明黄的光。山岚带着这小孩绕过一条条长廊，往食堂的方向走，听他滔滔不绝地说着下午热闹的景象。

"到了，吃饭去吧。"山岚送他到门口。

小孩仰起脑袋看她问："师姐，你不去吗？听师兄们说今天的菜可好吃了，客人们也都在呢。"

"师姐还有事，你们不用等我。"

山岚说是有事，不过是个借口。今天山家难得这么热闹，她去了，大家难免有拘束，这个时候她还是回院子里去，那间黑漆漆的屋里还有人在等她。

山岚回到住处，屋内漆黑一片，推门进去找了一圈，没看见盛霈，又晃去二楼，始终不见他的人影。

"跑哪儿去了？"她嘀咕了句，转而去了厨房。

盛霈趁着夜色，彻底把山家摸了一圈。这么大一家子，居然只有大门口有摄像头，这地方宅院虽大，大部分的房间却并不住人，多用来放材料，其余的房间都闲置了。今晚山岚要去祠堂请刀，盛霈又去了趟祠堂，刚摸到附近，便见门口守着两个人，他没急着进去，转而去食堂找人。

待到了食堂，他偷偷摸摸看了一圈，谁都在，就他的招儿不在，上哪儿去了？

盛霈忽而想到什么，怔了一瞬。一转眼，他消失在茫茫夜色中。

位于高处的院落点着灯，盈盈的灯光透过灯纸洒落。盛霈悄无声息地进了山岚的屋子，自觉地往二楼走，才踏进房间，若有若无的香味便萦绕在鼻尖，鲜而香，带着某种道不明说不清的温情。

"招儿？"他低声喊。

屋内光线昏暗，玻璃窗前窗帘紧闭。不远处，角落处的桌上亮着一盏小小的灯。方方正正的一张小桌摆在榻上，桌上放了两碗面，热气氤氲。

昏黄的光下，是她安静柔美的面容。

山岚朝他招手。

盛霈哪儿用得着她招手，手刚抬起来人就过去了，在她对面坐下，扫了眼桌上卖相极其一般的面条。

他顿了顿，问："你做的？"

山岚轻轻"嗯"了声，说："面条烟了。"

盛霈抬眸看着光下的美人。她似乎懊恼没掌握好时间和火候，垂着小脸，看起来有些闷。

"我喜欢吃烟的。"

盛霈端起碗，筷子熟练地一卷，快速将面条送入口中，没有一丝迟疑，嚼得却不快，还仔细尝了尝味道。他一本正经道："招儿，你听过一个词叫'青岚'吗？"

山岚慢吞吞地挪过碗，瞅他一眼，说："和我一个名字。"

盛霈张口就来："对，和招儿一个名字。这个词的意思是初夏的第一阵微风，青是初夏的颜色，岚是自由的风。你做的面就是这个味道，像淡淡的青，味道自由鲜活，是我吃过最好吃的面。"

山岚："……"一听就是胡说八道的。

她当然知道盛霈是哄她高兴，但心情却前所未有地好。她小声说："我还放了虾和蛋卷，虾都是我剥的。"

盛霈翘着唇角，大口吃完面，不但面吃了个精光，连点儿汤底都没留下。等他的碗空了，山岚才吃了一点儿。

盛霈瞅着对面慢条斯理地吃着面的山岚，心想着自己要是山家的人，这小皇帝慢慢吞吞的，他指不定急得要篡位，这么一想还觉得挺有意思。

"招儿，问你件事。"盛霈说起正事，"当时在南渚，那群人拦着你不让回洛京，是为了那手札。那手札放在哪里？"

盛霈仔细想过这件事，既然背后的人知道手札在山家，最简单直接的办法就是进山家偷走手札。没来山家之前，他以为山家守卫森严，毕竟那么大一个家族，但今晚这么一摸索，他发现事情和他想的不太一样。

山岚道："在藏书阁。"

盛霈说："那也不难找。他们费了这么多心思不让你回来，一定是没在藏书阁找到手札，得到家主之位是他们唯一的办法。"

话说到这里，他们都很清楚——山家和背后的人有牵扯。

盛霈停顿片刻，抬眼看了眼山岚，道："招儿，他们想要那个位置有很多办法，却选了最极端的方式。我猜测他们和山家有仇怨，或者和你有私仇。”

山岚垂着眼，轻声应：“我不关心这些。明天我们将他找出来交给警方，再拿到手札给你，这件事就结束了。至于是因为什么，我不想知道。”

盛霈知道山岚是个什么性子。她自小在山家复杂的环境下长大，和最亲密的人有竞争关系，极难对他人产生信任。但他们兄弟姐妹五个的感情却出乎意料地好，出了这事，她不可能内心毫无波澜。

盛霈点到为止：“先吃饭。”

吃过饭不久，山岚去洗了澡，出来换了身山家统一的制服。长长的褂裙雪一样白，金色的纹路在领口若隐若现，制作极其精美。

盛霈第一次见她穿这身衣服。上上下下，哪儿都好看，不愧是他的招儿。

山岚看他一眼，说：“我走了。”

盛霈点头道：“你走你的，我去屋顶上陪你，不会让人发现。”

这是山岚第二次在夜里请刀，第一次她四岁。那时的她独自跪在这偌大的祠堂里，风像冰块一样凉，她慢吞吞地背着祖训，想起离开的爸爸妈妈。

以后没有人哄招儿睡觉了，床上也不暖和了。她小小的身子冻得冰冷，想起父母的离去，想起往后孤身一人，忽然有点儿难过，没忍住就哭了。

第二次她二十三岁。她匍匐在祠堂时，有人在屋顶陪着她。他的视线始终落在她身上，让她不再感觉到冷，以后也再不会冷。

这一夜，盛霈始终守在窗边盯着院子。

从山岚请刀回来，山崇和山岁的房间便熄灯没了动静，整整一夜，院子里静悄悄的。

直到4点多，天色还暗沉，山岚先有了动静。床侧的壁灯亮起，被子里传出点儿窸窸窣窣的声音。

“盛霈？”她在喊他。语调轻轻柔柔，粉糯糯地黏糊成一团。

盛霈几步走近，刚掀开帘子，就对上她乌溜溜的眼，她眉眼间哪还有清冷，明明满是娇憨，一双眼正迎着他。

他低声问：“醒了？”

山岚不说话，只是眼睛一眨不眨地盯着他。她有点儿想被摸摸头，但是不想说。

盛霈见她睁着圆眼的模样，挑了挑眉，俯身轻点她的眉心，压着笑问："这么看我干什么？不认得了？"

山岚下意识地闭上眼。他的指腹温热，带着薄薄的茧子，刮擦过她的额头，往后移去，抚过鬓边的发，而后轻揉了揉她脑后的发，宽厚的掌心让她觉得放松。

盛霈瞥了眼一脸舒适的山岚，心想和那只小猫咪似的，摸一摸就满足了。

这么想着，他俯身把人一抱，从被窝里捞出来放在臂弯上，径直往浴室走，边走边说："早上我会一直在你身边，崖顶你爷爷也有安排，这次不会让你摔下去。"

山岚搂着盛霈的脖子，轻轻蹭了蹭。

浴室里满是她的味道。盛霈松开手，放她在微凉的洗手台上坐下。他微低下眼，视线和她相触。她盈盈的眸看着他，小脸半仰，安安静静的模样惹人心生怜爱，任谁都想不到这样一个女人会提着刀。

半晌，盛霈轻笑一声问："以前没见你黏人，今儿怎么了？"

"你要回去了。"山岚说。

盛霈眉眼间的笑意收敛，这两天他刻意不去想这件事，以前没有她的时候，他怎么都能活，但现在一想到日后会见不到她，日子似乎就变得难熬。

"入冬前，我会找到船。"盛霈低声承诺道。

山岚盯着他深色的眸看了半晌，仰起脸，唇在长了胡楂的下巴上亲了亲，说："知道了，你出去。"

盛霈："……"用完就翻脸不认人。

他无奈道："我去大门那儿等你。"

山岚也不看他，自顾自地开始洗漱。盛霈倚着门瞧了一会儿，悄无声息地离开了这个院子。

凌晨4点半，山岚提着刀出门。

半个小时后，山崇和山岁相继起床，在院子里打了个照面。

山崇看了眼天色，问："今天这么早？"

山岁平静地点头道："去一趟藏书阁，昨天进了那么多人，我再去检查一遍东西有没有丢。"

山崇说："我去找师傅说点儿事。"

这对师兄妹简单地交流了两句，前后脚离开了山岚的院子。

此时天色尚暗，沉沉的天色如暗潮朝着这座山涌来。

山岚如往常一般到了崖顶，却没急着练刀。她在一块山石上坐下，迎着风，望着不远处的洛京。这座城市还未醒来，耸立的高楼在风中沉默，边缘的昆羌沙漠卷起黄沙，天际泛出点点光亮，灰白与棕黄交错。

今日的风比前几日大，一如她在南渚观海崖练刀的那一日。山岚静静地望着树林摇晃的山间，缓慢收回视线，拔出了刀，一招一式和以往没有任何区别，她全身心地投入其间。

约莫过了四十分钟，不远处的树林里忽然有了动静，盛霈看向那逐渐走近的男人，微眯了眯眼。山崇来这里做什么？

盛霈盯着靠近的山崇。山崇在离崖边还有一段距离的位置停下，只远远地看着山岚，看了近十分钟，他静悄悄地沿着原路离开。又过了十分钟，林间闪出一道人影来。

崖顶，天光透亮。山岚随着风停下最后一个动作，微微舒了口气，身体却依旧紧绷着。忽地，她身后有了响动。余光间，她瞥到熟悉的身影逼近。那只手重重地推向她，重复上一次推她的动作，没有半点儿犹豫。

山岚侧头，眼前的画面变换成了慢镜头，她分不清耳侧的风是南渚的风还是洛京的风，只能顺着风的轨迹转身，紧紧扣住这双有力的手。

山岚对上一双凌厉的眼，她轻声喊："师姐。"

第七章 家主与船长

她的铁在岛上，
等了她二十五个日夜。

9月14日，农历八月初八，上午9点整，山家祭祖大典正式开始。

山桁立于祠堂中央，目光缓缓扫过小广场上乌泱泱的人群，他们排列成整齐的队伍，神情肃穆，齐齐对着祠堂，点燃的香弥散至半空。阳光下，每个人的面容都清晰可见。这些都是山家的子孙，大部分是他看着长大的孩子。

山桁眼神微动，看向左侧。山岚安静地站在那里，双手捧着新刀。

在这片寂静中，他忽然想起五岁的小山岚。小姑娘娇娇软软的，白玉似的惹人疼，那样小的身躯里藏着这样大的力量，一步步走到现在，竟然已经过去了十八年。

今日之后，她便是山家家主。

山桁忍着心里冒出来的那股复杂的情绪，对着前方一挥手，祠堂两旁的大鼓被敲响，"咚咚"的声音如军鼓般急促。沉闷的声音飞越祠堂，最终落在一间茶室内。

茶室静谧，光线柔和，一派岁月静好的景象生生被人打破。

山岁神情冷漠，盯着跟前的男人，说："你没走。"

盛霈俯首闻着手里的茶水，闻言漫不经心地打量起她，随口问："你和山家有仇，还是恨招儿？"

盛霈说话时始终观察着山岁的表情，在听到山岚的名字时，始终冷漠的女人神色有了细微的变化。她别开脸道："她姓山，恨山家和恨她没有什么不一样。"

盛霈一挑眉，道："你是被山家收养的，却恨山家。两个可能，第一个，和山家有世仇，一开始你就是被人送到山家来的；第二个，你和山家有积怨，被人收买或是有把柄在别人手上。你猜我觉得是哪个？"

山岁眼睫微动，不看他，也不再开口。

盛霈也不管她，懒懒地倚靠在宽大的椅子上，没个正行地跷着二郎腿，自顾自地说："你送她的那把小刀，她一直带在身上。她被我救上来的时候，把自己的那把刀当作谢礼送给我了，你送的那把她当宝贝似的藏着。"

山岁微微收紧了手。

盛霈继续道："她说小时候只有师姐陪她练刀，说师姐比她聪明，说你们去山里，你会牵着她的手，说……"

"闭嘴！"山岁咬了下唇，斥道，"我不想听这些！"

话音落下，茶室一片寂静，只剩山岁微微急促的呼吸声。

盛霈打量着山岁的神色。他确认了自己的猜想——她从一开始就是别人的人，只是被送到了山家。

许久，祠堂的方向响起号声，震耳的声音响彻整个山家大院。

等号声结束，盛霈扫了眼腕表——9点半，半个小时了，山崇该过来了。

三个小时前，他们在崖顶抓了个现行。

那时山崇没走远，听到那么大的动静他又折返回来，惊疑不定地看着眼前的场面，一时间不知道发生了什么。

山桁什么都没说，暂时将人交给了盛霈和山崇。

山崇需要在祭祖大典上露面，结束最重要的交接环节才能过来，毕竟今天的主角不是他，是山岚。

盛霈没等太久。不多时，茶室的门被敲响，盛霈打开门，山崇眉眼不见喜意，反而有一分凝重，待看到面无表情的山岁时，他叹了口气。

"岁岁，你这又是何苦？为了这个位置，值得吗？"

山崇从没想过会是山岁。他们虽一起长大，但他毕竟是男孩，很多事是她们两个女孩之间的秘密，加上两人一起练刀，她们几乎形影不离。

山岁闻言，嘲讽一笑，道："为了这个位置？这个位置算什么，山家又算什么，山家最虚伪的人就是你。"

女人明艳凌厉的面容对着山崇，字字句句都像是冰锥子往他心里戳。

山崇怔在原地，好一会儿都没缓过神。他不明白，为什么山岁在一夜之间就变了模样？

盛霈瞧瞧这个，瞧瞧那个，给山崇倒了杯水，说："她恨山家，你只是其中之一，不用太惊讶。"

"岁岁，你……"山崇欲言又止。

山岁讽刺道："你以为当年继承人选拔你是靠实力赢的？那位置是我不想要，想看你怎么和招儿斗。结果呢，明里你说不争，暗里做的事以为没人知道？"

山崇压着怒意反问："我做什么了？"

山岁怪异地看他一眼，说："在招儿回来之前，你猜我在山家看见谁了？那个人你也认识。"

山崇微蹙了下眉，问："谁？"

盛霈快速扫了眼山崇，心想这人也是心大。

山崇估计都想不起来自己在醉酒时还干过这么一件事，要不是赵行和他们说了内情，任谁都会觉得山崇觊觎那个位置。实则他不过是自欺欺人罢了，如今的山崇早已看清现实，认清自己。

"赵行。"山岁丢下两个字。

山崇被这个名字震得发怔，自从三年前赵行拿了地图出海去，他便再没有听说过赵行的消息。有一年，他去赵行家里问，他家也只说不知道。

山岁瞥见山崇的脸色，笑了一下说："有胆说，没胆认？你不知道吧，招儿也知道这件事，她知道你把地图给了赵行，让他去找那把垂虹刀了。她心软没和爷爷说而已，你真当自己瞒得好？"

"我……我当时只是……"山崇想起往事，微微涨红了脸。

其间，盛霈一直没说话。他静静地看着这对师兄妹交锋，与其说是交锋，不如说是单方面碾压，山崇对此心里有愧，半点儿反驳的话都说不出，反叫山岁反客为主了。

这么一来二去，山崇半天才想起要问山岁的话。他质问道："为什么要害招儿？"

提起山岚，山岁又不开口了。

茶室内茶香氤氲，山崇正低声细数这些年他们是怎么过来的，阳光透过窗棂洒落在地面上，映出长长的光影。山岁想起在崖顶的那一瞬。

那时天际满是霞光，她对着山岚清透漆黑的眼，心跳几乎停拍，她没想过会这样面对山岚，更不敢看她的眼神。

山岁竟有些害怕，害怕看见什么呢？或许是害怕看见她受伤的眼神，又或许是害怕看见自己。

可她什么都没看见，山岚像平常一样轻轻柔柔地喊自己师姐。

在那些人涌上来之前，山岚问了她一句话："师姐，是非做不可的事吗？"

山岁忍着酸涩的泪意，和她说："是。"

山岚静静地看了她一眼，慢慢松开了手。

山岁以为山岚会再说些什么，可是山岚没有再开口，只是转过头去，看着初升的朝阳。

在山家近二十年，山岚是她最喜欢的孩子。她常常想，山岚如果不是山家的孩子该多好，和她一样是被捡来的多好，可是世事皆由不得她想。自从那人得知山家还有一份手札，便接连催促她，生生耗了两年，他失去耐心，这才一步步走到今天这个局面。

那时候，招儿在想什么呢？山岁闭上眼，藏起自己的情绪。

半晌，沉寂的茶室里有了声响。

山岁道："南渚的事和今天的事我都会承认，但我有一个条件，只要你们答应我，我现在就去警局自首。"

山崇微怔，问："什么条件？"

上午 11 点，山家祭祖大典正式落下帷幕。小广场上弥漫着药草的味道，香火燃烧至最底，红绸布在空中飞扬，地上残余的鞭炮碎片尚未收拾，一派热闹。

山桁的面上满是笑意，正在和老朋友们寒暄。

山岚提着刀独自站在一侧，安静地看着这一切——爷爷笑得一脸褶子，师兄们凑在一起商量着晚上要喝酒喝到睡着，山家其他人也满脸笑意，广场上挤挤攘攘的，热闹得像在过年。

以后山家是她的了，山岚想。

出神间，身侧忽然响起一道喊声，带着点儿小心翼翼。

"小岚儿？"

山岚侧头看去，一个和她爷爷差不多年龄的老人家站在那儿，神情古怪，欲言又止，似乎有话想和她说。

山岚抬脚靠近，轻声问："您是？"

盛老爷子轻咳一声，他呼风唤雨大半辈子，面子都在山家丢尽了，多好的姑娘啊，盛霈那个傻狍子迟早得后悔。盛老爷子在心里重重哼了声，对着山岚他又露出笑来。

盛老爷子道："我是盛霈的外公，今天受邀来山家观礼，还有就是商议登报解除婚约的事。小岚儿，这报纸你想怎么登就怎么登，不用顾及那臭小子，我迟早把他抓回来，到时候亲自压着他来山家请罪。"

山岚一呆，盛霈的外公？她抿了抿唇，不知道该说什么，说他要抓的人不但在山家，还被她骗得晕头转向吗？这么一想，她还有点儿心虚。

山岚温声应道："这桩婚事当初本就不是他的意愿，我也一样。盛爷爷，不瞒您说，我有喜欢的人了，解除婚约不只是盛霈一个人的责任。"

有喜欢的人了？盛老爷子心里一个"咯噔"，心想这下好了，到手的媳妇真丢了，但小姑娘有喜欢的人了，他总不能厚着脸皮再让人等。他难掩失望，却道："是盛家失约在先，这件事我一定会给你们一个交代。小岚儿，今天是你的好日子，爷爷不说这些，恭贺你心想事成。"

山岚弯唇一笑说："谢谢您。"

待忙完祠堂的事再回茶室，已是半个小时后。

山岚走到半路，正遇见匆匆而来的山崇。他垂着眼，也不知在想什么，埋头走路压根儿没看见人。

"师兄。"她停下来喊他。

山崇急急停住脚步，定定地注视着她，神色复杂。半晌，他忽然道："招儿，师兄曾做过一件错事。"

山岚像小时候那样，认真问："师兄改了吗？"

山崇眸光微暗，说："当然，师兄不会再做错第二次。"

山岚微仰着头，和山崇对视着，目光安静地落在他面上，轻声说："师兄，和师姐一样，你可以和我争，和我抢，这不是什么丢人的事情，人都是要为自己斗争的。没有什么天生应该的事，我可以，你们也可以。

"师兄，你错在将山家的秘事告诉了别人。"

山崇茫然了一瞬，问："赵行？"

山岚颔首道："他在海上遭遇意外，为了活命，将山家秘事和手札都说了出去。师姐是为了那手札。"

山崇不知其中的弯弯绕绕，山岚暂时不打算仔细解释。她只问："师姐呢？"

说起这事，山崇情绪低落。他道："汪先生带她去警局了，她说愿意自首，但是……"

山岚侧头，看向落满晴光的庭院。昨日还下着雨，这山林间满是雨雾，今日天便放了晴。她望着这片秋景，慢吞吞地接话道："但是，她不想再见我。"

山崇错愕道："你怎么知道？"

山岚说："去吃饭吧，下午还要去趟警局。"说完，她转身离开，脚步和以前一样，不紧不慢，在这长廊中缓慢如秋光划过。

午后，盛老爷子在山家用了饭，又和山桁商量了登报的事，不管人家说什么，他都好声好气地受着，心里却把盛霈骂了一百遍。

这小兔崽子，自己倒好，一走了之！委屈都是他受的，一把年纪了还要看人脸色。

一等交涉完毕，双方达成共识，盛老爷子便健步如飞地离开了山家，他可不想再受山家的冷脸了，这一百多号人，个个看他没什么好脸色，像是要将他吃了！

盛老爷子暗骂，都是盛霈造的孽！

也是无巧不成书，待车开到云山山脚，他竟真看见了盛霈。

盛老爷子揉了揉眼睛，紧紧盯着路边那个黑黢黢的男人，这不是他家的兔崽子是谁？他连忙道："停车！"

路上的盛霈对此毫无知觉。他扫了眼时间，离飞机起飞还有三个小时，得抓紧时间再去看招儿一眼，这么想着，他加快脚步往山上走。

直到身后传来一声怒吼——

"盛霈！小兔崽子，给我站住！"

盛霈："？"

盛霈听了一耳朵，觉得声音耳熟，转身一看，居然是他外公。他第一反应就是要跑，这都抓他抓到这儿来了！

盛老爷子一看就知道盛霈要干什么。他立马喊："别跑了！你那婚约取消了！"

盛霈闻言，忽地停下脚步，不但不跑了，还迎上去没心没肺地喊了声"外公"。

他看了盛老爷子一眼，笑道："身体不错啊，硬朗又精神。我不在，您少生不少气吧？这就对了，我就该少在您面前出现。"

盛老爷子气不打一处来，刚想说山家的事，忽然一看盛霈，又一看云山，这地界能有什么事？不就是山家吗？

他狐疑地问："你到这儿干什么来？"

盛霈这会儿心情还不错，双手环胸，挑了挑唇说："这不是看您着急，上山给您找外孙媳妇来了吗？"

盛老爷子："？"

他盯着盛霈问："哪家的姑娘？"

盛霈顾及着山岚还没登报解除婚约，没细说，只道："人家家里最好的姑娘，让我给骗来了。"

盛老爷子："……"

这地界除了山家，还有哪家？山家除了山岚，还有什么姑娘？

盛老爷子疑心这小兔崽子是不是哪根筋搭错了。他执掌盛氏船运近四十年，看到盛霈这副模样，又想起山岚说有喜欢的人，还想不出来这是怎么回事就见鬼了。

盛霈问："您上这儿干什么来？"

盛老爷子憋了一肚子的脏话都变成了坏水，他和蔼一笑道："山家是洛京的望族，今儿他们家祭祖，我受邀观礼来了。"

为了不使盛霈怀疑，他又道："你的婚约解除也有大半年了，这事早点儿和人姑娘说清楚，误会就不好了。"

盛霈眉梢一挑，道："您放心，年前我就把人带回家。"

盛老爷子笑得眯了眼说："好，外公等着！"心里却想：你要能把人带回来，我就不姓盛！

山岚从警局出来时，天色已暗。

她微仰着头，眼前夜空清透，星子点点散落四处，和以往洛京的夜没什么不同，她却想起南渚的夜空来。那里的天更为清亮、辽阔。

他应该到南渚了，她想。

下午盛霈走得急，她要去警局不能送他，最后由山崇送他离开的，也不知道下次再见是什么时候。

山岚回过神，接她的车早已停在门口。

上车后，山崇自然地提起盛霈。他温声道："下午我送汪先生到机场，加了联系方式，也对他表达了感谢，他说会对山家发生的事保密。"

山岚只点了点头，没说话。

山崇窥着山岚的神色，试探着说："招儿，岁……山岁的事师傅说他会解释，你不用操心，客人们不会知道内情。"

山岚轻声应："知道了。"

山崇见她兴致不高，担心她因为山岁的事心里不舒服，便没再开口。

车内安静下来，一路无言。直到山岚的手机开始接连振动，信息一条接着一条，"嗡嗡嗡"响个不停，惹得山崇多看了一眼。

山岚垂眸看屏幕，全是盛霈的信息。

走之前，他硬是加了她的微信才肯走，明明自己连手机都不怎么用，还要来加她的，说什么要每天给她发信息。

她慢吞吞地点开。

"到了。"

"招儿在做什么？回家了？在吃饭？在食堂还是在自己屋里？"

"南渚的天热得慌。"

"小樵接我去吃饭。"

"走了，想你。"

盛霈叽里咕噜地发了一堆，似乎也不需要她的回应，自顾自地把这事都说完了，还不忘加一句"想你"。

山岚静静地看末尾两个字，眨了眨眼睛，心想这么快就想她了，她养的小狗好像有点点黏人。

她抿抿唇，回复："知道了。"

此时，南渚。

徐玉樵开着车，叨叨这几天的事："二哥，我去仔细打听了，小风的身世一点儿问题都没有。听他老家邻居说，这小孩是船上抱下来的，那会儿只有两三岁，说他妈在船上病死了，当时说是娘儿仨一起上的船，他爸不在。"

盛霈一顿，问："他还有兄弟？"

徐玉樵摇头道："是个姐姐，谁的船也没打听出来，十几年前的事了，说只有小风他爷爷记得。现在他爷爷不在了，没处可问了，我回头再托人打听打听。这次去就带回来几张老照片，就搁前头。"

盛霈拿起照片看了几眼。没什么特别，大多是小风小时候的照片，多是在海边玩，那时照片像素不高，有几张看不清楚。

徐玉樵说完正事，冒出点儿不一样的心思来，揶揄道："二哥，这趟回洛京，感觉怎么样？"

盛霈随口应："办正事去的。"

徐玉樵懒得拆穿他，问："山老师那边还顺利吗？"

盛霈闻言，侧过头瞥他一眼，反问道："这么关心她？"

徐玉樵讪讪道："这不是当时把人截回来，我不好意思吗？当时我还在心里为你不值，哪知道她不但留下来了，还愿意去救你。二哥，以后我打心眼儿里尊重她。"

盛霈哼笑一声说："回头带你去云山长长见识。还有，这事和你没关系，是她自己的决定。"

徐玉樵认真地反思道："当时我爸妈就是觉得我性格不够沉稳才让我跟

266

着你。这么几年，怎么一点儿进步都没有？别人一说我就信了，还经常冲动行事……"

盛霈微顿，从中听出点儿别样的含义来。他把照片一放，眯着眼问："你又干什么了？"

徐玉樵"嘿嘿"一笑："晚点说，晚点说。"

盛霈正要再问，手机"嗡"地振动了一下。

"知道了。"

来自山岚回复的信息。

盛霈："？"

知道什么了就知道？他巴巴地说那么多，就回他一个"知道了"？盛霈轻"啧"一声，有点儿头疼，本来就绷着张小脸不爱说话，成日里那么忙，这以后哪儿有时间搭理他。

盛霈越想越不得劲，又给山岚发消息："晚上干什么了？"

他就这么巴巴地捏着手机等了一路，那边一点儿动静都没有，想着有点儿气，随手把这破破烂烂的手机往后座一丢，不搭理了。

徐玉樵纳闷道："二哥，你干什么呢？"

盛霈懒散地靠在座椅上，吹着咸湿的风，不说话。等到了吃饭的地方下车把门一摔就走人，看起来火气大得很。

徐玉樵摸不着头脑，下车锁了门，正要去追，却见盛霈又折返回来，神色不明地看着后座。

他一愣，问："忘东西了？"

盛霈下巴微昂，道："打开。"

徐玉樵依言解锁，眼看盛霈打开后座车门在后座摸了半天，又摸出那个破手机来，先是仔细看了好一会儿，才装回兜里。

"走了，愣着干什么？"盛霈随口问。

徐玉樵："……"

这会儿山岚在干什么呢？她正在发呆。

在车上回了一条信息手机就没电了，只能等着回家，回家还没吃上饭，山桁就派人来叫她，山桁见了她第一句话就是——

"招儿，后天登报。"

山岚呆了一下，缓慢地想起还有登报解除婚约这件事，她慢吞吞地问："报纸上怎么写的？有他的名字吗？"

山桁说："当然有，说得不清不楚的怎么行？得让大家伙儿都知道是谁逃婚了，而且盛家就这么一个男孩儿，圈里人没有不知道的。"

山岚一顿，终是没说什么。

山桁瞧了眼她微微发闷的小脸，心想这是又有什么心事，难不成是想到南渚那个船长了？他轻咳一声，哄道："乖宝，今天是好日子，别想那些人。走，爷爷带你去藏书阁，把祖辈留下来的东西交给你。"

山岚想了想，问："爷爷，老祖宗留下的手札在哪儿？"

山桁闻言瞪圆了眼，胡子一吹，竟露出几分心虚的神色来，说："纸都要烂光了，看那个做什么？"

山岚眨了眨眼问："手札在爷爷这里？"

山桁："……"这么容易就被发现了。

山桁和山岚两人大眼瞪小眼半晌，他先败下阵来，苦恼道："那都是爷爷小时候的事了，爷爷今年都多大了，七八岁的事情谁记得！"

说到后半句，他还理直气壮起来。

山岚乌溜溜的眼看着他，心想自从这次她从南渚回来，爷爷似乎变得不一样了，对她比以前更亲密，有时候像个小孩。

山桁挠了挠自己花白的发，拄着拐杖在房间里晃了几圈，嘀咕道："爷爷小时候调皮，那时藏书阁不让随便进人，我就偷摸着进去，想偷点儿什么出来跟兄弟们显摆，偷什么都显眼，最后看了半天，偷了一封信出来。那会儿就破破烂烂的，可不是我弄坏的！"

山岚说："爷爷拿给我看看。"

山桁企图为自己辩解："后来爷爷当上家主，特地找人去修复了，但是呢……喀，有部分损坏太严重，复原不了，只有一半能看。"

山岚静静地看着他。

山桁无可奈何道："爷爷去拿就是了！"

山桁一直遭不住山岚这么看他，那双乌溜溜的眼珠子干干净净的，直看得他心虚，那会儿小丫头一边练刀，一边哭，他都狠心没看，一看就要心软。他嘀嘀咕咕的，钻进房间去找，翻了个底朝天，等山岚吃完饭回来总算找出来了，找得他一身汗。

"回头要是再坏，可就不关我的事了！"

山桁把手札一放，进屋躲着去了。

桌上静静地躺着一本小册子，底下是一封信。泛黄的纸张干巴巴的，写满岁月的痕迹。

山岚拿起小册子看了一眼，这是后来誊抄的部分。待看清内容，她松了口气，是出海的部分，地名和更时她看不明白，这些盛需懂。

下面的信是原稿，如山桁所说，有部分内容模糊了，看不清了。

山岚抿了抿唇，收起小册子和信封，现在科技水平不一样了，或许能修复好，改日她去一趟修复所。

山岚回到院里已近晚上 10 点。她想拿手机拍照才想起来没电了，又花了点儿时间充电，屏幕刚亮，信息又弹了满屏，一看都是盛需发来的。

"吃晚饭了。"

"今儿吃得还不错。"

"晚上心情好，还喝了点儿酒。"

"小尼姑，你说说都知道什么了？"

"又不理我？"

"行，不理我就不理我。"

隔了一小时，他继续发。

"晚上住酒店，明儿回船上了。"

"海上没信号你知道吧？再找我可就没人了。"

"？"

"我说你这小尼姑，是不是故意气我？"

似乎想表达自己的生气，盛需连着发了几个气鼓鼓的小猫咪不理人表情包，最后一张脸上写着三个大字：自闭了。

山岚从头翻到尾，抿唇笑了一下。

想起正事，她简单地回了两句，将册子上记载的内容拍下来发给盛需，最后又回了句："手机放着充电，我去洗澡。"

盛需不知道在做什么，暂时没回复。山岚等了五分钟，上楼进了浴室。

南渚酒店，健身房。

男人神色淡淡，戴着耳机在跑步机上跑步，眼睛望着南渚沉沉的夜色，对旁人的交谈声充耳不闻。晶亮的汗水覆满紧实的胸膛，动作起伏间，劲瘦的腰腹也随之扭动，往下是线条流畅的两条长腿。但最惹眼的，还是他的容貌。

不远处有人正在议论——

"这种身材和那种健壮的肌肉男不一样，他身上的肌肉是流动的，穿上衣服一点儿都看不出来。"

"他这长相，可以当男模去了。"

"寸头还能这么帅，又痞又酷，绝了。"

"又痞又酷"本人正在生闷气，那没良心的女人，他才走了不到一晚上就不搭理他了，总不能后悔要把他甩了吧？

盛霈一滞，也不想跑步了，只想给她打电话。他微喘了口气，从跑步机上下来，拿毛巾随手擦了擦颈间的汗，带着一群人的视线快速离开健身房，等到了电梯拿出手机一瞧。

她回复了。

盛霈翘起唇，原来是手机没电了，回家饭都没吃就去给他找手机，刚充上电就给他拍照，这是想他想得不行了。

这么一会儿工夫，盛霈眉梢、眼角都挂了笑意。

回到房间，徐玉樵正在拆刚到的外卖，瞥了眼盛霈的神色，纳闷地问："遇见什么好事了？刚刚还臭着张脸，不就去了趟健身房吗？"

盛霈眉峰微挑，道："洗完澡陪你吃点儿。对了，明早你将全国发行的报纸都买一份回来，一份都别漏。"

徐玉樵一口应下。

盛霈想着山岚忙了一整天都没好好休息，他也不惦记着打电话了，让她早点儿休息，他就委屈一点儿，和徐玉樵喝点儿酒，准备迎接没有她的第一天。

翌日清晨，迎来没有山岚的第一天。

盛霈陷在被子里，还没睁眼，就被徐玉樵的嚷嚷声吵醒了："二哥，报纸都买回来了，我给你丢这儿了。"

盛霈："！"

房间内，徐玉樵一脸古怪。床上、地上铺满了报纸，密密麻麻的，热闹得很，看盛霈这神色和架势不像是翻报纸，倒像是在点钞。他耳边"噼里啪啦"一阵响，时不时脸上还飘来一张报纸，纳闷地问："二哥，你都要把报纸翻烂了，找什么呢？"

盛霈上上下下、左左右右、里里外外地把这些报纸都翻了个遍，硬是没找到半点儿和山岚有关的新闻，更别说解除婚约的公告了。

难不成只在洛京本地的报纸登？

盛霈盯着一地的报纸看了片刻，忽然觉得自己有点儿傻，去问问山家人不就行了，非得一份份去翻。话虽这么说，手却很诚实地拨通了朋友的电话。

"帮我个忙。"盛霈开门见山道，"发一份今天在洛京发行的报纸的扫描件给我，回去请你吃饭，挂了。"

那头："？"

谁啊这是？

盛霈打完电话，又陷入纠结。

找招儿问呢，就显得他特别着急，沉不住气；找山家其他人问，他认得的人又不多，想来想去居然只能找山崇问。

"小樵，问你件事。"盛霈忽而抬头，盯着徐玉樵问。

徐玉樵："什么事？"

盛霈沉默半响，说："如果你有急事，但只能找你的情敌问，这事你是问，还是不问？或是等一段时间？"

徐玉樵郁闷道："你想问山老师的事，不知道找谁问，只能找师兄？一段时间是多久，10分钟？"

盛霈："……"这么明显？

徐玉樵真诚建议道："二哥，你从昨晚开始就不对劲了，情绪多变，还急吼吼的，也不知道急什么。要我说，你先去洗个澡清醒一下。"

"……"

盛霈把被子一掀，进浴室洗澡去了。冷水兜头而下，盛霈不可抑制地想起他的招儿。

山岚达成所愿，这几日或许心情不错。但她依旧会每日去练刀，处理每日要忙的事，从这头走到那头，直到走遍整座山家宅院。她从早忙到晚，当上家主之后或许会更忙。

在山家的山岚，每个人都对她有寄托，上至山桁，下至那么小的孩子。

盛霈见过山岚忙碌的一天，她做事不徐不疾，慢条斯理地处理好每一个细节，从不给人添麻烦，只是她不怎么笑。他想看到她笑，想看她自由、不被束缚的模样。

水滴滑过男人的眉骨，顺着凌厉的棱角往下。盛霈喉结滚动，心头的躁动慢慢消减，他知道自己在躁动些什么，忽然的分离让他不安于留在南渚，想回到她身边去。

他太心急了。

盛霈轻舒一口气，放缓紧绷的神经。

半个小时后，浴室门打开。

盛霈挂着条浴巾出来，神情懒散，随手擦了擦身上的水渍，眉眼间已不见那点儿焦虑，和平常一样，一副万事不起波澜的模样。

徐玉樵正吃饱躺着刷手机，见他出来，打量一眼，咧嘴笑起来说："二哥，要我说你就直接问，扭扭捏捏的不像你。"

盛霈挑眉道："你倒是了解我。"

徐玉樵颇有些自得地说："那可不，快三年了，多多少少也有些了解。"

盛霈这会儿也不着急了，一边吃早餐，一边琢磨着怎么和山崇开口。昨天下午山崇送他到机场，临走前两人加了微信，说有事联系，没想到这一天来得这么快。

琢磨了半天，一个字都没打出来，扭扭捏捏不像个男人。徐玉樵说得对，这不像他。

盛霈这下也算想明白了，把和山崇的聊天界面一关，找他的招儿，又开始叽里咕噜地给她发了一堆。

"起来了，吃早饭。"

"我吧，差使小樵办了件事。"

"让人把报纸都给买了回来。"

"结果看到了什么？"

"什么都没看到。"

"小尼姑，你说说，登报登哪儿去了？"

这个点，山岚应该在检查功课，等她看见再回复也不知道多久之后了，盛霈这么想着，又把手机丢一边去了。

不就是登个报吗？他早晚能看到。

盛霈抬起眼皮，瞥了眼徐玉樵，说起正事："昨晚什么事没说？趁早交代了，别让我自个儿发现。"

徐玉樵"嘿嘿"一笑，说："二哥，我们船上那厨师不是要退休了吗？我正巧遇见个条件合适的，就是……"他朝盛霈挤眉弄眼。

盛霈微顿，问："女人？"

"二哥，你放心，人绝对没问题，不但没问题，还厉害得很。这女孩原来学咏春的，咏春拳你知道吧，厉害着呢，况且咱船上不会出那种事。山老师在咱船上不是也好好的吗？你带出来的人，你还不放心？"说着，徐玉樵声音减弱。

"怎么越说声音越小？"

徐玉樵想起山岚说的话，有些丧气地说："那天在岛上，山老师说台风回港那天，或许有人想刻意阻碍你们回南渚，我说肯定不会是我们船上的人。虽然可能是巧合，现在想起来我又不确定了。"

盛霈闻言，微眯了眯眼。

那天船上可不只有他们的人。

"先说正事。人家好好一姑娘，怎么想跑船上当厨师？"

说起这个，徐玉樵又来劲了："你记得赵队长吧，就是当晚带队来救你的那个刑警，她是赵队长的表妹。这件事还是赵队长拜托我的，说她就想当个厨子，不想学咏春了，才逃回来的，这不是怕被抓回去吗？正好带出海躲躲。"

盛霈轻"啧"一声，净给他找麻烦。

他道："既然这样，这次出海新招一些人，都招妇女，合同和手续都给我办齐了，回去把船舱分成两部分，洗浴间也是，具体怎么安排你知道。"

徐玉樵回："我知道！正好有几个兄弟想去远洋货轮上干，这次真是赶巧了，我去安排，二哥你放心！"

徐玉樵说干就干，转眼就没人了。

盛霈也有事要办，穿戴整齐，走之前还不忘戴上墨镜，出门看了眼手机，山岚居然回复了。

"明天登报。"

"盛霈，明天过后我不会再理你。"

盛霈："？"

倚在电梯里的男人瞅着这句话，有点儿不爽。登报就登报，怎么还不理他了呢？是她未婚夫逃婚，他可没逃婚。

"……"好像也有……

盛霈几乎不会想起这段往事，那时他和家里闹翻了，外公曾提过这段婚事，说是小时候定下的娃娃亲，那女孩是干什么的？他想不起来，当时他一句话都听不下去，丢下一句"这婚谁爱结谁结"，就跑了。

往后八年，他极少回洛京，即便回去也是陪妹妹们过年。

盛霈揉了揉眉心，心想回头上人家里道个歉，想着想着他又绕回来，明天之后怎么就不理他了呢？

他"啪嗒啪嗒"打字。

"哪儿惹你不高兴了？"

"信息发太多你嫌烦？"

"还是催你登报你不高兴了？"

"我就是看那人不爽，没别的意思。"

"知道了，不烦你。"

盛霈也不知道自己哪儿来这么好的耐心，公主说什么就是什么，人都说不理他了，他还巴巴地凑上去。

"脸皮多厚啊你？"他自言自语了句，出门办事去了。

盛霈先是去了照相馆，问能不能修复那儿张看不清的照片，又跑了趟警局，问问赵队长他表妹的事，最后去了南渚博物馆，找专家一起确认山岚发来的那段路线，这么忙下来，天就黑了。

南渚的夜带着潮热，时不时还来一场阵雨，恼人得很。

盛霈站在屋檐下看雨，等着徐玉樵去接那个女孩儿，他们一块儿吃个饭，把事谈妥了，暂且就这么定下来。

南渚的雨和洛京的也不太一样，噼里啪啦的，说下就下，一点儿都不含糊。洛京的雨可就麻烦了，先让你闷得透不过气来，汗黏糊了一身，雨才不紧不慢地下来，好不容易等雨停了，天又变得雾蒙蒙的，看哪儿都看不分明，南渚这时候的风却极清爽。

"招儿，南渚下雨了。"

"我的公主在忙什么？"

山岚收到短信时，才刚从文物修复所出来。

这里的负责人是她爷爷的朋友，知道她想修复手机还跃跃欲试的，只不过他们也不能保证能修复好。

洛京是晴日。山岚仰头看了会儿月，对着月亮认认真真地拍下一张照片，发给盛霈，想了想，低头打字："在想你。"

他是这样说说给她听的，她也应该告诉他，她在想什么。

发完信息，山岚提着裙摆上了车，接下来一段时间她会很忙，南渚文物所将那把唐刀的资料传了过来，希望她尽快复原这把刀。

山岚想，什么时候复原完，什么时候理盛霈。

南渚，餐馆内。

徐玉樵一脸尴尬地和边上的人解释："我二哥平时不这样，他可正经一人了，你就当他喝醉了。"

黄廿廿笑眯眯地应："行，我知道。小樵哥，我们的船什么时候出海啊？"

徐玉樵叹气道："明天早上，你这从没出过海的，我们都做好头几天自己做饭的准备了。一旦晕船可不好受。"

黄廿廿说："你放心！我一定不会晕船，我从小什么都不晕，过山车什么的都是小菜一碟。"嘴上说着话，眼珠子却滴溜溜地往盛霈身上瞧。

她早听说海上有个不怕死的男人，在她的印象里，这样的男人应该冷戾又不苟言笑。可对面这人，盯着手机看个没完，嘴都要咧到眼角了，看起来有点儿傻，居然还是徐玉樵看起来靠谱。

两人不管盛霈，继续聊起天来。

盛霈盯着手机看了许久，把山岚拍的那张月亮设置为屏保。每看见一次，他都能听见一次她说的"在想你"。

因着山岚早上的一条短信，盛霈回酒店又开了间房，把徐玉樵一个人丢在隔壁。

他要和公主说话，谁都不许听。

此时是晚上9点，盛霈把自己往沙发上一摔，盯着和山岚的对话框发起呆来，明明只要按下键，那么简单的事，他却做不到。

他又回到岛上那夜，怀里是她柔软的身躯，唇上的啃咬生涩而温柔，耳侧刮过岛上深而旷远的风，他听见深海鲸的呼喊，听见自己的心跳。

那时她听见了吗？

盛霈想，下次要让她听见。

正发着呆，来自山岚的对话请求忽然跳了出来。

盛霈一顿，立即按下接听，耳朵动了动，全神贯注地听着那头的动静。起初没声音，后来窸窸窣窣一阵，又一阵，她软和的语调才慢悠悠地飘了出来。

她轻轻地喊他："盛霈。"

盛霈闭上眼，沉沉地舒了口气。

这颗跳动不安的心，在她简简单单的一声喊中彻底静下来，盛霈抬手遮住眼，挡住顶上的光，让自己陷入黑暗里。

他低声喊："招儿。"

山岚慢吞吞地应了，说："我在擦头发，今天有点儿累，不太想吹头。在海上风一吹就干了，山上的风有点儿冷。"

盛霈挑起唇，问："今天招儿做什么了？"

山岚说："早上去崖顶练刀了，用爷爷锻的新刀，下山吃饭的时候制定了新规，以后不用等我吃饭了，大家好像不怎么习惯，照旧在等我，慢慢会改好的。上午选了新送来的矿石，下午收到南渚文物所传过来的资料，锻刀的材料少了几样，师兄帮我去找，找到就开始复原那把刀。大概要二十天。"

盛霈叹气道："真是一刻不得闲。晚上干什么去了？"

"去文物所了，想修复手札的其余部分。我要吹头发了，你可以按静音。"

山岚擦干净长发，开始吹头。

盛霈才不会按，吹风机轰轰的，似乎暖风透过电流吹到他耳侧，耳朵

276

里被这柔软温暖的风填满。

他想，他也是一片海域，海面吹着的风，叫岚。

山岚吹干长发已是20分钟后，其间电话那头一直安安静静的，她眨眨眼，试探着在屏幕上敲了敲。

盛霂忍着笑，说："敲门呢，等着我来开？"

山岚"嗯"了声，拿着手机往窗侧走，问："盛霂，明天我解除婚约的事要登报了，你有话想和我说吗？"

说起这事盛霂就头疼，他想了一整天都没想出来哪里惹着她了，最后想来想去竟想到自己那个婚约上。那天在山下，老爷子怎么说的？他说早点儿和人姑娘解释清楚，别让人误会了。难不成是这件事？

盛霂轻咳一声，道："招儿，有件事吧，我一直没机会和你说。啧，也不是没机会，是我没想起来，我应该告诉你。"

"你说。"

盛霂沉默一阵，莫名有点儿心虚："我们家除了我爸妈，其实是特别包容的家庭，所以我根本没想到定娃娃亲这种事还能轮到我头上。但这事我也是十八岁才知道的，我外公啊，怕我起逆反心理，把这事怪到人家姑娘头上去，所以等我成年了才和我沟通。但是……但是我那会儿和家里吵架了，我不乐意留在洛京，就上学去了。"

山岚温声问："你的未婚妻是什么样的女孩？"

盛霂闻言，立马从沙发上坐起来，斥道："什么未婚妻？我没有未婚妻！外公说大半年前就和人说好不作数了，就是我回头得去道个歉。至于是什么人，我更不知道了，他说的时候我压根儿没听，一点儿没听着，长什么样我都不知道。

"我清清白白的！"

山岚问："如果没有当年的意外，你也不用出海，你会和她结婚吗？"

会吗？盛霂也说不清。他的人生走到现在，在一次次岔路中，他被命运裹挟去往未知的方向，他不知道如果能重来，会不会再一次选择同一条路。

盛霂低声应："我不知道，我从来没想过自己会有喜欢的人，遇见你之前，我没考虑过爱这件事。"

山岚安静片刻，轻声道："我知道了。去睡吧，盛霈，晚安。"

盛霈微顿，试探着问："那明天还理我吗？"

"……"

盛霈的手机显示对方已挂断。

盛霈："？"

盛霈把手机一丢，拧着眉想刚刚说的话，哪句没说对来着？这是理他还是不理他？不理他可得把他憋坏了。

正纠结着，手机振了一下。

盛霈立刻把手机捡回来，她发了一条语音，他点开听："一路顺风，盛霈。"

盛霈："？"

他记得在猫注岛那会儿，隔天他要出海去找人，她也是这么和他说的，让他一路顺风。那次是分离，这次是什么？

但她还愿意和他说话，应该是愿意理他的意思。

盛霈认真分析了一波，心满意足地洗澡去了。

隔天，港口。

晴空洒落大片阳光，盛霈懒懒地躺在甲板上，边上还有只猫。

他闭着眼，耳边是叽叽喳喳不停的讨论声，都是徐玉樵新招来的人。好家伙，个顶个地能说，还说起日后这船上的发展来。别说，这些阿姨销售的路子比他还灵光，以后做生意都不用愁了，他负责打鱼就成。

他心里算着时间，心想买个报纸怎么那么慢？

今早盛霈本来打算自己去买报纸，哪知道港口一个电话说临时检查，把他喊走了。说完事已是半个小时后，徐玉樵还没回来。

"二哥！过来帮个忙！"

是新来的厨师在喊他，一点儿不怕生。

盛霈起身，往下瞧了一眼，姑娘大包小包地买了不少菜，这个量今天吃不完，明儿就得坏。

他居高临下地说："天热，菜明儿就坏了。"

黄廿廿应："坏不了！不是有冰桶吗？让我先用两天。小樵哥说了，打着鱼要明天了，正好。"

盛霈："……"这个叛徒。

盛霈和几个船员帮着拎上了船，除了菜、肉，还有不少水果，倒是挺能买，花的可都是他的钱。

黄廿廿第一次上船，新奇又兴奋，趴在栏杆上左瞧右瞧，又喊："二哥！从这儿跳下去会受伤吗？"

盛霈："？"

他眉眼一抬，说："你看过奥运会吗？而且谁想不开往下跳？"

黄廿廿嘀咕道："说不准哪个傻子就乐意。"

盛霈没耐心和这性子风风火火的姑娘聊天，心想也就徐玉樵能和她说上半天，这么想着，徐玉樵就出现了。他用力挥手，喊道："二哥！都买到了！"

盛霈几步迎上去。

徐玉樵刚跨上船，手里的报纸就被抢走了。他瞧着盛霈着急的模样，好心问："二哥，找什么呢？我帮你找。"

盛霈头也不抬道："用不着。"

山家，山家，山家……找到了！

盛霈把报纸折叠几下，仔细盯着那条声明看，上面写着：洛京云山山家与洛京盛氏船运交好百年，于十七年前缔结婚约，今因男方盛霈逃婚三年不归，无法履行婚约，经两家协商，友好解除婚约，自后婚嫁两不相干。

"……"

徐玉樵好奇地问："二哥，你揉眼睛干什么？"

盛霈盯着这条声明看了数遍，仔仔细细，一字一句，就差没把眼睛粘上去了。漫长的沉寂后，他把报纸一丢，走到甲板，望向宽阔的海面。

她说，明天之后不会理他。

她说，你的未婚妻是什么样的女孩？

在猫注岛，她沉静的目光静静地落在他的脸上，告诉他，她以后没有未婚夫了。因为她未婚夫弃她而去，不知归处。

其间，她给了数次暗示，他一点儿都没察觉。

盛霈沉沉地吐了口气。他问自己：盛霈，你是傻子吗？

那些小白脸、纨绔子弟、外面到处是女人的乱七八糟的消息是什么人传出来的？盛霈咬牙，心想回去都给抓来丢海里。

短暂的沉寂后，船上的人忽而听得"扑通"一声响。刚刚还在甲板上的盛霈不见了踪影。

徐玉樵目瞪口呆，二哥想不开跳海了？

黄廿廿瞪圆了眼睛，大喊："真有傻子往下跳！快来看哪！"

盛霈："……"

"你们说，二哥怎么了？"

徐玉樵几人躲在船舱内，几颗脑袋齐齐探出来，望着坐在甲板上的盛霈。

男人沉默地坐在船头，指间夹了根烟，遥遥望着层层翻涌的海浪，不说话，不搭理人，像是被海风吹成了石头。

他这样魂不守舍的状态有几天了，怪吓人的。

黄廿廿对此印象深刻："从那天跳海爬上来之后就这样了。小樵哥，二哥怎么想不开跳海了？总不能是真傻了吧？"

说起这件事徐玉樵就来气，他一拍黄廿廿脑袋道："你那天喊这么大声干什么？还在港口呢！多丢人啊，这是丢的二哥一个人的脸吗？我们全船的脸都让你丢完了！"

黄廿廿嘀咕道："我这不是没见过傻子吗？哪知道他真跳啊。"

徐玉樵算了算日子，说："这都一个星期了，还是没魂的模样。要不咱回猫注岛歇两天再出海？"

黄廿廿兴奋道："真去猫注岛啊？"

徐玉樵点头道："把船员们送回南渚，我们坐别人的船回去。坐补给船去南渚，在那儿出港，怎么样？"

"行！我还没去过！"

许是提到猫注岛，徐玉樵忽然想到什么，往船舱喊了一嗓子："招儿！"

话音刚落，几乎要在船头风化成石头的男人倏地回头。

徐玉樵被这冷冰冰的视线一刺，磕磕巴巴地改口道："不是，小招！小招呢，把小招抱来！"

船上的人连忙去找那只三花猫。

说是找，不如说人人都知道它在哪儿，往渔网边走两圈就找到了。这小家伙又在扒拉上面的漏网之鱼，见人来也不躲，舔着胡须等着抱。

徐玉樵一把搂起重得像只小猪的小祖宗，嘀咕着要减肥了，几步走到甲板，往盛霈边上一丢，跑了。

三花猫蹲坐在盛霈身边，歪着脑袋看他，似乎在问他有什么烦恼。

盛霈咬着烟，侧头和小猫咪对视一眼，指腹往唇边捻了捻，拿着烟往空了的烟盒上一摁，熄灭了烟。

烟雾散去，三花猫的眼珠子更为清晰，乌溜溜的一双，像招儿的眼睛。

盛霈瞧了一会儿，往甲板上一倒，双手交叠托着后脑，就地躺下，懒洋洋地喊了句："招儿，一块儿来。"

偷听的黄廿廿耳朵一动，问徐玉樵："这猫子到底叫什么？"

徐玉樵叹气道："这事说来话长。本来它是叫招儿，后来二哥有了个……有个什么呢，有个相好？好像不对，就喜欢的人吧，也叫招儿，就给这猫改了个名字叫小招。你想想，不然以后那姑娘上船，一整船的人都叫她小名，多尴尬啊。"

黄廿廿狐疑道："居然有人喜欢二哥？"

徐玉樵："……"他压低声音教训道："你不能因为二哥一时冲动就对人下判断，傻子能当船长啊？再说了，有这么帅的傻子吗？"

"……"这不就有一个？

正说着话，边上走出一人，问："都不干活了？"

盛霈的大副见不得他们在这儿说废话，把人都赶回去，让盛霈一个人在那儿发呆，毕竟失恋了，再多发呆几天都成。

人群散开，盛霈的耳边终于清净了。

"这可怎么哄？"他自言自语道。

三花猫迈着步子往他小腹上一躺，摊开雪白的肚皮晒起太阳来，尾巴一甩一甩的，对主人的心思毫无所觉。

盛霈闭着眼，想起和这三花猫一起被赶出房门的那晚。

她是在那一晚知道的。他说了自己的家庭情况，于是被她连人带猫赶了出去，第二天也没个好脸色。

他想了一周，没想明白。这世间事怎么能巧成这样？

早知道，早知道……

早知道他高中就去把人骗来，哪用得着再等八年？这下把人惹生气了，也不知道什么时候能哄好。

盛霈叹气道："给你笨得。"说着，大掌揉上小猫咪的脑袋，有一搭没一搭地和它聊着天——

"你说你妈这会儿在干什么呢？

"肯定忙，也不知道累不累。

"你说她想不想我？

"肯定想我，我都这么想她了。

"来，今儿给你开小灶，让你也听听声。"

盛霈从兜里拿出手机，打开和山岚的对话框，入眼就是他没发出去的信息，远海没有信号，不管他发什么她都收不到，但他还是想发。

往上翻了好一会儿，界面停在那条语音上。他点开，云一样柔软的嗓音飘出来。

"一路顺风，盛霈。"

"……"可不是顺风吗？他都想回洛京抓人了。

盛霈一把薅住小猫咪，把它往上一扒拉，盯着它圆溜溜的眼睛问："你是不是也想她？过段时间我找到船，带你去找你妈。"

小猫咪满脸无辜。

小猫咪又有什么坏心眼儿呢？

盛霈忽而振作起来，他去认错，怎么着都行，只要她别生气、别难过。这些天，他心里想得最多的其实是在猫洼岛的那一晚。

他反复想，那晚山岚在想什么？最不愿意想的，是她会因此而难过。

盛霈知道，山岚不会因为未婚夫逃婚、未婚夫认不出她而难过，她只会因为这个人是他而难过。

为什么偏偏是他呢？

盛霈扯了扯唇角，这场从天而降的婚事，到最后他们两个人谁都逃不开。是他的就是他的，没有偏偏。

"走，晚上带你钓大鱼。"

盛需拎着三花猫起身，平时走哪儿都要人抱的猫在他手里倒是乖巧，任由他拎着，尾巴在空中慢悠悠地晃。

徐玉樵一见盛需进来，三两句把事说了："二哥，出来一周了，是该歇歇，明儿我们回岛上去？"

盛需这一周还算勤快，把这个月该挣的钱都补回来了，还是自己一分都不留，让徐玉樵发给大家伙儿。这会儿听他这么说，没拒绝，确实自己也有阵子没回猫注岛了。

"行，回去吧。正好办件事。"

盛需单手插兜，摸到兜里的烟盒，指腹在盖上摩挲一瞬，忍了没再抽。

岛上的日子稀松平常。

盛需带着猫一天到晚躲在家里，徐玉樵偶尔过来看一眼，见人还活着没，黄廿廿有时候也跟着过来凑热闹。

这一天吃过晚饭，两人又来了。

徐玉樵指着屋后那片地说："这地一阵子没管，都给晒蔫巴了。还好二哥人缘好，岛上的邻居时不时地就来看几眼，不然就死完了。"

黄廿廿狐疑地左顾右盼，问："哪有邻居？"

岛中居民房大多毗邻交错，唯有盛需，给自己选了块四处无人的地方，自己待着还挺安逸，这会儿正抱着猫在吊床上晃。

"这么憋下去，人都憋坏了。"

徐玉樵忍不了了，几步走过去，大刀阔斧地。

盛需正闭着眼想山岚，边上忽然冲过一人，张口就来："二哥，不就是失恋吗？一回生二回熟，回头我给你介绍两个！"

盛需："？"

他睁开眼，瞧着眼前这张脸，问："有公主那样的？"

徐玉樵纳闷道："你这要求也太高了，给我五座山头也养不出山老师那样的女人，你就非得给自己找罪受？"

盛需轻哼一声道："我乐意。除了她，我谁也瞧不上。"

徐玉樵蹲在那儿扯了半天，最后被三花猫一爪子挠走。临走前才想起来自己过来干什么，大声喊："二哥，你要找的人回来了！"

吊床上的人摆摆手，示意自己知道了。

盛霈拿出手机，继续给山岚发信息。这阵子她虽然不理他，到底没拉黑他，他一个人说话也挺有意思。

洛京云山，铁房内。

山岚将铁块丢进炉内，擦了擦额头冒出的汗，没来得及喝口凉水，手机"嗡嗡"振动起来，叮叮咚咚一阵响。

一听就知道是盛霈。除了他，没人敢这么吵她。

在海上，一有网他就发信息。什么都发，有时候是南海的天、南海的水，还有他捞上来的鱼，有时候絮叨这些天干什么了，偶尔还抓着小猫咪入镜，企图让她理他。

山岚不紧不慢地喝了口水，点开语音条。懒散的男声荡在闷热的铁房内——

"招儿，干什么呢？

"我猜猜，不是在铁房，就是在想你的刀。

"岛上这两天挺凉快。啧，说起这事我想起来，你那头长发我还没洗过，下回让我试试，一定洗得干干净净的。

"我带着小招乘凉呢。小东西，叫一声给你妈听听？

"哟，咬什么，又不是招儿。

"只有招儿能咬。

"你名儿早改了，忘了？

"……"

山岚白到清透的脸侧漫上浅淡的红，抿了抿唇，关掉语音，接下来的几条也不想听了，说了一堆就是没正经话。

看了眼火，她坐下翻前面的信息。没一会儿，门口响起脚步声，浅淡的人影斜斜地照进铁房。山岚抬眸看去，是山崇。

山崇无奈地说："怎么这么着急？以前两三天的进度压成一天，当心肌肉酸痛。今天早点儿回去，师兄给你看着。"

山岚没应声，只是静静地看他。

山崇和她一起长大，哪能不知道这是什么意思？他不再多说，直接说明来意："警局那边传来消息，山岁认罪了，南渚那次也是她做的。至于原因……她说是嫉妒。"

山岚垂眸，对此不置可否。她清楚地知道，山岁并不嫉妒她。从小到大，多是山岁陪伴她，保护她，山岁并没有嫉妒之心，却也从不向他们敞开心扉。

"我知道了，谢谢师兄。"

山岚当上家主，依旧用以前的称呼喊他们。

山崇道："师兄回去了。"

山崇没多留，他已退回到自己原来的位置，不再奢求。离开铁房，他径直下了山，晚上他约了人见面。

9月下旬，洛京的天逐渐转凉。

这时候云山脚下的街道不如夏夜那般热闹，放眼望去，不少小摊不见了，只余几家生意好的店铺。山崇往烧烤店里走，刚进门，黑炭一样的人朝他招手，就坐在角落里，一眼就看见了，惹眼得很。

"山崇！这儿！"赵行使劲挥手。

山崇在他对面坐下，温和一笑，道："三年不见你，你看起来倒是比以前轻松多了，日子过得不错？"

赵行给他倒酒，边倒边说："别提了，可太惨了！当年也不知道着了什么魔，我就是运气好，不然命也得搭进去。这事多亏小师妹和盛霈，嗯……我是不是说错话了？"

山崇怔了一瞬，问："盛霈？"

这个名字在山家极不受欢迎，尤其是前些日子登报之后，还有人在木桩子上刻盛霈的名字，日日夜夜在那儿揍。

赵行讪讪地说："我也是刚知道。我看见报纸都傻眼了，谁能想到这么巧啊，我以为真是小师妹的保镖，没想到是未婚夫。难怪在岛上不睡觉，还说什么守门……"

想起在岛上当着"未婚夫"本人的面说坏话，赵行就觉得尴尬，难怪两人瞧着还挺配，原来都是洛京人。

"怎么解除婚约了？岛上两人还好好的呢。"赵行百思不得其解。

山崇正色道："你想的盛霈长什么样？"

赵行一听，心想这是什么问题？他老老实实地形容了一下，把获救的情况告诉山崇，说着说着还有点儿纳闷："哎，山崇，当时在岛上小师妹可是当着盛需的面说要解除婚约的，我看他还挺高兴，这事是不是有点儿古怪？"

山崇认真地问了情况。半晌，他叹了口气，半是无奈半是好笑地说："这两个人互相不认识，不知道他们之间是未婚夫妻的关系。"

赵行瞠目结舌："那怎么办？"

山崇笑道："既然报纸那么发，说明小师妹知道这件事。她有自己的打算，随他们去，好事多磨。"

赵行瞧他，问："你放下了？"

山崇温声应："放下了，她一直把我当师兄看待，从没有过别的心思。而我顾虑太多，瞻前顾后，我们不合适。"

赵行说："放下就好。我今儿约你，是想和你道个歉，当时在岛上我把出海的前因后果都告诉小师妹了，没给你添麻烦吧？"

山崇把杯中的酒一饮而尽，说："我自己做的事，我做得就没有说不得。我和师妹谈过，已经过去了。"

赵行说："那就行。来，喝酒！"

酒过三巡，两人有一搭没一搭地聊，多是聊这些年洛京的变化，直到山崇问他这些年在海上怎么过的。赵行一听这话就想倒苦水，他醉醺醺地说："可算有地方说了，在家我都不敢和我爸妈说实话。趁着这会儿，我可得好好和你说当年出海的事。当年啊，我们……"

赵行絮絮叨叨的，跟倒豆子似的说个没完，直说到那场超级台风："当年的台风可真大啊。那年说起来也古怪，我记得我在岛上没几个月，好像又刮过台风，不知道多大。这一来一去，船怎么就不见了呢？哪有这种怪事……"

赵行说着说着，忽然顿住。他睁大眼："难不成被台风吹走了？吹回来，又被吹走了？"

山崇一愣，道："怎么可能，那是多少年前的船了，怎么可能还在海上？会不会是当时你们看错了？"

赵行忽然激动起来："不可能！不行，你带我去找小师妹，现在就去！"说着，就踉踉跄跄地跑出去了。

山崇忙付了钱去追人，边追边喊："慢点儿！"

半个月后。

这日一早，山岚接到文物所打来的电话，说他们找到办法修复手札模糊的部分了，只是需要仪器辅助，目前最先进的仪器在南渚。

"南渚？"山岚微怔。

负责人道："对，在南渚，我们可以直接将这份手札寄到南渚文物所，预计一周就能出结果。"

山岚沉默片刻，道："不用寄，我正好有事要去一趟南渚。"

南渚文物所托她复原的唐刀已在昨日完工，本想快递过去，现在看来似乎亲自去一趟更为合适。

山岚喊来山崇，直接道："我要去南渚办一件事，这周劳烦师兄替我看顾山家，大约一周就回来。"

山崇应下，问："什么时候走？"

山岚轻声道："今天。"

南渚的天气和洛京天差地别。

山岚从文物所出来便热出了一身汗，她仰头看烈日炎炎的天，摸了摸自己空荡荡的头顶，心想她没帽子戴了，会给她做帽子的人也不在身边。

想到盛霈，山岚不由得弯起唇角。她有二十五天没见他了，一有信号他就给她发信息，日日不厌倦，也不生气，偶尔问为什么不理他，巴巴地认两句错，装起可怜来。

负责人将车开出来，喊她："山老师！这边！"

在文物所聊天的时候，山岚说起自己要去猫注岛，负责人当即便说他在港口有认识的人，给她找艘安全的船。赶巧的是，今儿正好补给船离港，山岚可以坐补给船到猫注岛，这一路都顺得很，这会儿负责人送她去港口。

"山老师，您上那岛干什么去？哎，对了，我听说那儿有种特殊的铁矿，您是不是找矿石去的？"

山岚望着澄澈、碧绿的天。半晌，那双盈盈的眸弯成月亮，她笑着应："对，去找铁矿。"

她的铁在岛上。

等了她二十五个日夜。

晚霞中，渔船航行在清透见底的海面上。洁白的燕鸥上下环绕在渔船两侧，其中有只胆大的还飞到船舱里偷鱼吃，长长的尖嘴一张，叼起鱼就跑。

船上的人都一副见怪不怪的模样。

这两天他们没正经干活儿，跟着盛霈走别的航线。在海上开了两天，偶尔下个网，也不知道盛霈在找什么，找了几天没找着，准备回岸上休息去了。

"小樵哥，他们坐补给船回去？"黄廿廿指了指船上的船员问。

徐玉樵"嗯"了声，道："今天补给船到港，你要想你哥也可以回去看看，我和二哥过几天来接你们。"

黄廿廿忙摇头道："不不不，我才不回去。海上多好玩啊，还能和阿姨们打牌，可有意思了。"

徐玉樵瞧她一眼，心想这是还没遭过罪。等哪天遇见大风大浪，在船上晃个一晚上，指不定第二天就跑了。

"这鸟和我们一路哎！"

黄廿廿在甲板上嚷嚷，声音传到驾驶室内。

盛霈正跷着二郎腿看书，闻言动作微顿，他记得救招儿那天，她也是指着燕鸥问，为什么海鸟和他们一个方向。

如今已是10月，连国庆假期都过了。

他和招儿认识多久了？算算日子，差不多两个月。这两个月不过洛京的短短一夏，蝉却过完了一生。

盛霈的心静了没多久，又泛起燥意来。二十五天没见她，有时候想她想得耐不住了，反复点开那条语音听，听到浑身燥热，闭上眼就是她乌黑的眼、雪白的肤，只好去洗澡，洗完澡那点儿思念都下不去，最后只能去甲板吹海风，吹着吹着，他又觉得能忍了。

不过二十五天，他在海上似待了三年。

面对山岚，他比面对这片海域更为耐心。

"二哥，靠岸了。"驾驶员提了一句。

盛霈回神，遥遥望了眼港口的补给船，道："注意位置，别卡着。这阵子可能要辛苦你们跟着我空跑一阵，回头多捞几网，钱都补给你们。"

驾驶员闻言，板起脸还有点儿不高兴："二哥，和我们说这话也太见外了。谁不知道我们船上的船员工资高，就上个月那些，都够这个月了，我们跑惯了，你别拿我们当外人。就说船上那么多新同事，我们都可注意了，不能给我们船丢脸。"

盛霈哂笑道："知道了，你和兄弟们回去休息几天，跑船也成，注意安全，有事给我打电话。"

说话间，渔船速度减缓，稳稳地停在港口。

船员们拎着行李排队挨个下船，一些人去了旁边的补给船，余下的人留在猫注岛，或是搭别人的船去南沙。

盛霈望着来往的人群，神色淡淡。分分合合都是常态，都习惯了那么多年，怎么现在就习惯不了了？

徐玉樵回头催他："二哥，走了！"

盛霈懒懒地应了，拎着猫下船，慢悠悠道："招儿，我们回家去，晚上吃点儿什么？下碗面吧，方便。"

徐玉樵和盛霈不同路，走出半天才想起来这几天的菜还在自己手上，于是把装菜的塑料袋往黄廿廿手里一塞，道："我得去趟庙里，你去追追二哥，指不定能追上。"

黄廿廿干脆道："我不去！"

徐玉樵才不管她，问："你不是会咏春吗？怕什么，别怕！二哥打不过你！"

黄廿廿："……"

她是会咏春没错，但也是半吊子，不然好好的，跑出来干什么？况且，最近她发现盛霈和她想的不一样，他居然不是那么傻，正经起来还有点儿怵人。

黄廿廿苦闷地拎着一袋子菜，追人去了。

说是追人，哪里追得到，那人手长脚长的，一会儿就没了身影，喊都喊不回来。

此时，小屋内，山岚捏着从屋顶偷来的钥匙，慢吞吞地在屋里转了一圈，看看这儿，看看那儿，最后停在盛霈的房间里，望向窗沿。

那里坠着一串风铃，正随风摇晃，发出叮叮当当的脆响。

那天小风将风铃给她后，她又将这串风铃给了徐玉樵，托他挂回盛霈的房间里。这么多天过去，它依旧在这里听风看雨。只是这屋里的人来来往往，从不停留，或许风铃也会觉得孤独。

山岚凝视片刻，侧头不紧不慢地解下发带，顺了顺散落的长发，拿出藏了一路的簪子固定好。红艳艳的珊瑚簪子在黑发间亮得惊人。

也不知道他什么时候回来。

山岚待在原地想了一会儿，准备去看看外面的地。刚迈出房门，她的余光瞥见一道人影。

隔着玻璃，男人的身形清晰可见，短短的发茬像是刺猬身上的刺，尖锐又凌厉，底下却是柔软的，眉眼间松松散散的，没什么表情，小臂肌肉鼓起，指间捏着小猫咪的后颈。小猫咪一脸认命的模样，也不挣扎。

待走近了，他五指一松，那猫忙不迭地蹿走了，也不知扎到哪个草丛里去了。

山岚抿唇一笑，正准备推门而出，忽而听得脆生生的喊声："二哥！二哥，二哥你慢点儿，等一下！"

她的脚步顿住，视线越过盛霈，望向他身后。

不是齐芙，是另外一个女孩子，齐肩短发，白净清秀，一双眼水汪汪的，看见盛霈似乎有点儿紧张。

盛霈转头幽幽地看向黄廿廿，黄廿廿顶着这吓人的目光咽了口唾液，想起自己在码头上大喊盛霈傻子的事，磕磕巴巴道："二……二哥，小樵哥让我给你送东西。"

盛霈瞥了她一眼，接过那袋子菜，随口道："谢了，你……"

话还没说完，黄廿廿一溜烟儿跑了，边跑边喊："我认得路！我走了！"

盛霈："？"

他深觉自己近日脾气好，不然像这样一惊一乍的早被他丢海里了。

盛霈看了眼袋子里的蔬菜和肉，两三天的量，吃完正好能出海去，想到这事他加快脚步往屋里走。男人低着头，从兜里拿出钥匙，钥匙对准孔插入，缓慢转动，"咔嚓"一声轻响，钥匙卡在锁孔间，无法转动。

盛霈一顿。锁坏了？门被反锁了？

他放慢动作，小心翼翼地拔出钥匙，走至窗侧往屋里看，空荡荡的，他走时什么样，现在就还什么样，看不出异样。

盛霈微蹙了眉，手指收拢，放至嘴边。

一声清脆的鸟叫响起，三花猫不知道从哪个树丛里跑出来，脑袋上还顶着叶子，圆溜溜的眼盯着他。

一人一猫对视一眼，他看向它常进出的洞。

三花猫极其上道，甩着尾巴一钻，进去了。他耐着性子等了片刻，纳闷这猫半天都不叫唤一声，遇见坏人总知道要叫的吧？不会叫难道不会跑？

盛霈思考不过一瞬，立即翻到屋侧的窗边。他警觉地看着打开的窗户，那串风铃正在摇晃。他离开前，明明关好了所有门窗，窗不可能是自己打开的。

此时，屋内。

山岚抱着钻进来的小猫咪，低头朝它比了个噤声的手势，纤长的手指摘下它脑袋上的碎叶，往下挠了挠它软乎乎的下巴。

三花猫舒服地眯起了眼，早把盛霈抛在了脑后。

山岚逗了会儿猫，放它出了房间。她静静地坐在床沿，慢悠悠地数数，待数到"五"，窗台上忽然出现一截小臂，轻按住用力，他整个人便跃进了房间。

盛霈刚落地，身后就绕上来一双手。他的身体瞬间紧绷起，整个人进入防御状态，直到闻到日思夜想的味道，那双手缠绕过他的脖颈，指腹轻动，摸上男人颈间的凸起。

"盛霈，她是谁？"山岚温声问。

女人柔软的声音像深海之中海妖的吟唱，缓慢却坚定地将他环绕，她的气息贴上来，手往上轻抚他的下巴。

半晌，她一声轻笑："好像瘦了，因为想我？"

山岚攀着盛霈，下巴贴上他温热的颈。

正疑惑他怎么不说话，身前的男人忽而转身，铁一样的小臂扣住她的腰，重重地将她推在床上，身躯紧跟着压上来，深色的眸暗得不像话。

盛霈眼睛一眨不眨地盯着眼前的女人。小得一手就能遮掩的脸，白生生的，水盈盈的眸正瞧着他，含着丝丝笑意，长发微微散开，像海底盛放的珊瑚。

她故意的。

一声不吭，只身跑到岛上。

"她是谁？"山岚又问，亲他刺人的下巴。

盛霈微微咬紧后牙，盯了她片刻，倏地低头咬上柔软的唇，大掌上移扣住纤细的腕子，前胸下压，将她牢牢地固定在身下。

整整二十五天没见他，来了也不问他，不问猫，偏偏问个不相干的人。

盛霈胸腔的那颗心剧烈跳动着，一下、一下，几乎要破胸而出，唇齿间的动作直接而凶狠，再没有半点儿柔情。

山岚眉心浅蹙，舌根被他舔得发麻。脑后的黑发散落，簪子早已滑落在床侧。她微微挣扎了一下，才一动，他更用力地咬上来，咬完嘴巴咬脖子。

唇上得了空，山岚软着嗓子，在他耳侧说："我想抱你，别抓着我的手。"

盛霈急急地喘了口气，沾染了情欲的眸在她面上停留一瞬，松开手往下，往她轻薄的衣服里探。

山岚喘息着问："她是谁？"

盛霈一顿，低着嗓子应："黄甘甘，二十二岁，南渚人，原在邻市练咏春，嫌苦嫌累，逃回家了，托她表哥赵队长找到我的船，避避风头。"

"哦，是新来的厨师。"山岚记得盛霈和她提过一句。

她雪白的面颊染上嫣红，却故作镇定地和他对视，轻声问："她做的饭好吃吗？是不是比我的好吃？"

盛霈轻吸一口气，反手关上窗。唇松开这截脆弱的颈往下，他边亲边笑："正尝着呢。"

山岚一呆，道："我不是说这个。"

指腹捏着女人的软肉，盛霈含糊着道："不记得，什么味道吃了就忘。招儿的不一样，哪儿都……嘶！"

盛霈正咬得起劲，忽然被她揪住耳朵。他不怎么高兴地抬眸，和她商量道："晚点儿再教训我，行吗？"

烟雾般的晚霞散落一地，岛上光线渐暗，各家各户燃起灯火，唯有盛霈的小屋始终没亮灯。

晚上8点，小屋打开了窗，一室燥热和着淡淡的烟雾渐渐飘散。

盛霈赤着上身倚在窗侧，嘴里咬了根烟，点点猩红在暗中若隐若现，视线垂落，落在安静睡着的女人身上。薄薄的毯子盖在不着寸缕的躯体上，雪白的肩头在昏色中白得晃眼，让人瞧着眼热，黑发如海底最茂盛的海草森林，最美的盛景是海潮涌起时。

不能再看下去，盛霈别开脸。

盛霈神色淡淡地望着夜色，看了片刻，视线又移回她身上，捉着她的小手亲了亲手背，再放回去。

这么抽了大半根，身后忽然有了动静。山岚裹着毯子坐起身，下巴轻靠在他肩头，视线望着窗外晃动的椰林，轻声问："我能抽吗？"

盛霈瞥她一眼，心想什么都好奇。

想归想，手却递了过去。

那花瓣似的唇张开，抿住带着咬痕的烟头，腮帮子往里一陷，烟燃到了底。盛霈松开手，看她乌溜溜的眼。他忍不住笑，问道："然后呢？"

她慢吞吞地张嘴，刚吸进去的烟雾又吐了出来，压根儿没过肺。

盛霈凑过去亲了亲她的唇角，笑问："什么味道？"

山岚舔了舔唇，又仔细感受了一下嘴里的味道，摇摇头，诚实道："一点儿味道都没有，也不呛人。"

盛霈自顾自地笑了一阵，仰起头看爬上半空的月，几口整整齐齐的牙印印在他肩头，往下还有，简直没法儿看。山岚瞧了一会儿，有点儿不好意思。

"招儿，我是不是让你难过了？"盛霈转过头，望进她干净的眼睛里，"那晚在房间里，你在想什么？"

同样是在猫注岛的夜晚，那时她一个人，此时不是。

山岚裹紧毯子，脸颊蹭着他的后颈，轻声说："想你小时候的模样，和现在一点儿都不一样。最近我问爷爷要了寄过来的照片，你的照片一直到十八岁，十八岁之后那边就没再寄来了。"

盛霈挑唇笑了一下说："我人都跑了，哪来的照片？"

笑意不过一瞬，他低着声，又问了一遍："是不是让你难过了？"

山岚抬眸，乌黑的眼安静地看他近在咫尺的面容，微微凑近，亲亲他的下巴，又收回来贴着他的颈。半晌，她抿唇笑起来说：“没有难过。如果我能逃，我也逃。”

山岚这会儿心情不错，难得算起以前的账来，伸手往他耳垂一捏，不紧不慢地问：“盛霈，师兄和我说的话你还记得吗？”

“……”他有一种不好的预感。

果然，下一秒——

“师兄说，你抢了人家女朋友挨打呢，你抢谁女朋友啦？怎么还挨打，又不还手，是不是心虚？”

挨打？

盛霈这辈子就挨过一个人的打，他不想说，丢人。

他一见山岚眨巴着眼还要问的模样，把人抓过来一顿亲，视线掠过娇艳的红唇，低喘着问：“继续还是去洗澡？”

刚问完，又被踢下了床。

盛霈轻“嘶”一声，控诉道：“谁欺负谁？”

山岚轻飘飘地瞥他一眼，自顾自地进了浴室。

人刚走，门口忽然探出一只脑袋来。滴溜溜的猫眼往盛霈身上看，看到男人胸腹间的牙印，有些好奇，歪着脑袋打量起来，一派无辜的模样。

盛霈挑眉，问：“耍流氓呢？往哪儿看？”

三花猫舔了舔下巴，甩着尾巴出去找山岚了。

盛霈轻“啧”一声，这猫，看他不够还想去看他老婆。他起身几步逮住这只贼心不死的小猫咪，教训道：“公主洗澡我都没看过，轮得到你吗？”

他冷哼一声，随手扯了件短袖穿上，逮着猫去了厨房。

盛霈这会儿心情好，哼着小曲儿，打开那一大袋子的菜，准备做几道拿手菜。洗菜刀的时候，还想着公主这次怎么没带刀来。

刚刚在屋里，他把人摸了个遍都没找到刀，以至于摸的时候还挨打了。别说，他还挺怕哪儿不顺公主意了，她就拿出把小刀来吓唬他。

他挑唇哼笑一声，多摸一会儿怎么了？还咬人。

盛霈平时自己吃饭不怎么讲究，偶尔在徐玉樵家吃，偶尔和战士们凑个热闹，自己吃顶多做两个菜，拿瓶啤酒，听个广播就觉得挺有意思。但今晚不一样，菜一个接一个地做，恨不得把桌子填满。

徐玉樵来的时候，正撞见这场热闹的宴席。他瞪大眼巴巴地看着餐桌，连手里的西瓜都忘了放下，朝厨房里喊："二哥，今晚怎么这么多菜啊？我们能凑热闹不？"

盛霈："？"谁又来打扰他和公主？

"廿廿，快来！"徐玉樵朝在外面逗猫的黄廿廿招手道。

黄廿廿闻言，犹豫了一下，走进来一看，好家伙，这比他们四五个人吃得都多。她悄声问："这是有客人？"

可左瞧右瞧，没看见人啊。

正疑惑着，浴室门忽而打开了。两人齐齐看去，呆了几秒，同时移开眼，涨红了脸对视一眼，火速低下头。

徐玉樵捂着眼睛喊："山老师，非礼勿视！"

山岚眨了眨眼，低头看自己，穿得好好的，吊带裙一直遮到脚踝，微湿的长发散开，带着水汽的香弥散开来。

乌溜溜的眼扫过两个低着头的人，她也不说话，自顾自地出门吹海风去，脚步声"啪嗒啪嗒"地走远了。

徐玉樵脸还红着，一溜烟儿地跑进厨房喊盛霈。黄廿廿呆在原地咽了口唾液，傻子家里居然还会长妖精？

"二……二哥，你去看看山老师吧。"徐玉樵低着头，一句话说得磕磕巴巴的。

盛霈一顿，来不及问怎么了，把锅铲一放，出去找人了。

徐玉樵如释重负，喊："廿廿！进来帮忙烧个菜。"

黄廿廿还发着愣：这么个大美人居然会看上盛霈？

屋外，椰子树间的吊床上，山岚安静地看着清透的天，海风簌簌吹过，垂落的长发随着吊床的晃动轻晃。听到熟悉的脚步声，她侧头看去。

盛霈定定地看了眼，顿觉头疼。

她倒是不害羞，虽说穿了件吊带裙，但细细的带子什么都遮不住，雪白的肤上满是深深浅浅的痕迹。她皮肤白，这些印子更是显眼。

这弄得他倒是像个畜生了。

"招儿，给你拿件披巾。"盛霈蹲下身瞧她，耐着性子哄。

山岚慢吞吞地移开视线，说："不要。"

"为什么？"

山岚自顾自地晃着，指尖指着天一点一点，看起来像是在数星星，数了一阵才想起来他在边上，丢给他一个字："热。"

"给你开空调。"

"闷。"

盛霈算是听明白了，她就是想这么穿。他绷着脸想了片刻，转身进了屋，好半天，又出来喊她："招儿，进来吃饭。"

山岚"哦"了声，下床吃饭去了。她喜欢和盛霈一起吃饭。

走到餐桌前坐下，山岚微微睁大了眼。这黑漆漆的晚上，徐玉樵和黄廿廿两人脸上还戴了副墨镜，且一眼都不往她身上看。

盛霈拎几瓶冰啤酒放下，言简意赅道："吃饭。"

徐玉樵和黄廿廿一个字都没说，拿起筷子就吃，紧张得不像是自己想留下来，倒像是被逼的。

山岚瞄瞄这个，瞄瞄那个。这会儿屋内没开空调，只开着顶上小小的电扇，慢悠悠地转着，海风吹来也凉丝丝的，倒是不怎么热。她摸摸自己干透的长发，静静想了片刻，进屋去了。

人一走，徐玉樵和黄廿廿松了口气。

徐玉樵掩饰不住八卦的心，压着声音问："二哥，你和山老师和好了？怎么还让人家过来找你？"

盛霈瞥他一眼，轻哼道："我就没失过恋。"

徐玉樵"嘿嘿"一笑，说："那你们这算是定下来了？这次你回云山，一定去过山老师家了吧，她家里对你印象怎么样？"

"……"哪壶不开提哪壶。

这事盛霈烦着呢，他不耐烦地抬眼说："吃你的。"

徐玉樵也不和他计较，转而和黄廿廿说悄悄话："这就是和你说过的，二哥喜欢的人。可厉害了，你猜她干什么的？"

黄廿廿一本正经地分析道："看那个气质，一看就不是普通人家出生的，特别是那个眼神，就是那种'你们都算个屁'的感觉，对吧？"

徐玉樵点头道："有道理！"

盛霈：“……"

"然后再看肤色，肯定不是南渚的。"黄廿廿拧着眉思索道，"样子又长这么好看，不会是什么大明星吧？"她越想越觉得自己猜得对："二哥在海上生活，他们也没什么认识渠道。唯一的可能是大美女来海上拍戏，然后两人认识！"

徐玉樵竖起大拇指，忍不住说："绝了！"

黄廿廿摆摆手，一脸谦虚地说："不瞒你说，我这人从小就被夸逻辑思维能力好，还特别喜欢看侦探小说，这点儿程度难不倒我。"

盛霈没理这两个"小学生"，正准备进屋去看一眼，山岚出来了，身上披了件薄薄的外衫，长发绾起，除了纤长雪白的颈，其余地方都遮严实了。盛霈瞥了眼桌上的两个人，心想下回绝不让他们再进门，公主怎么能受委屈？

山岚重新坐下，轻声道："把墨镜摘了吧。"

徐玉樵立马摘了墨镜，可算憋死他了，"嘿嘿"一笑，问："山老师，你怎么到岛上来了？回去事情办得顺利吗？"

山岚微微颔首道："顺利。来南渚办点事，顺便来岛上，岛上生活很舒服。"

盛霈："？"这下他可不爽了，什么叫"顺便来岛上"？

"这样啊。"徐玉樵偷偷瞄了眼臭着脸的盛霈，这么一句话就不高兴了，他偷着乐问，"你留多久啊，着急回去吗？后天我们正好出海去，还没看过我们自家船捕鱼吧？可有意思了，你一定得亲眼看看。"

山岚不紧不慢地应："不着急回去。"

盛霈一顿，抬眼看向山岚，雪白的小脸，轻声细语地和别人说着话，有问必答，和对他完全是两副面孔。

"那敢情好啊，出海转转去！"徐玉樵盛情邀请山岚，还朝着盛霈挤眉弄眼：够兄弟吧？

黄廿廿在一旁听得发蒙，忍不住问："仙女，你真是老师吗？"

山岚眨眨眼，看向黄廿廿，问："'仙女'是在喊我吗？"

清冷出尘的美人一旦犯起迷糊来，瞬间从云端跌落到了尘世，让人怜爱又心疼，黄廿廿就是这么想的。她悄悄看了眼山岚的脸，有点儿想捏。

黄廿廿一脸真挚地瞧着她说："当然是喊你，这里就一个仙女。"

山岚想了想，应："你也是。"

呜呜呜，不光是仙女，还是小天使。

黄廿廿忍不住看了眼盛霈，黑黢黢的，人还不聪明，对仙女倒是挺好，剥这剥那的，就差没喂饭给她吃。

黄廿廿本就是自来熟的性子，又对山岚极有好感，拉着椅子往她身边凑，叽叽喳喳地聊起天来。

"仙女，你真是老师啊？"

"不算是，只是很多人这么喊我。"

"那你是干什么的？"

"打铁的，顺便卖刀。"

这个答案山岚说了无数次，别人的反应大多相同，黄廿廿也一样，但不同的是，她似乎格外激动——

"啊！真的吗，真的吗？好酷啊！"

"那你抡起锤子能揍扁二哥吗？"

山岚闻言，眼珠子转了转，悄悄落到盛霈脸上，他就跟没听到她们说话似的，一边和徐玉樵搭话，一边给她夹菜，动作无比熟练。

"我不在铁房外抡锤子。"

"啊……"

黄廿廿看起来还有点儿遗憾，但下一秒她就听山岚补充："我可以用刀，不用刀我可能打不过他。"

黄廿廿瞪圆了眼。

两人还真要打架啊？

盛霈这下也不装模作样了，抬手就往她眉心一点，训道："胡说什么？我什么时候打过你？切磋都没有。"

山岚捂住脑门，乌黑的眼珠子定定地看着他。明明什么都没说，却像是在撒娇。

盛霈一秒就投降："招儿没胡说，我不说话。"

山岚满意了，继续和黄廿廿聊天。她很喜欢这个活泼的女孩，和山家的人都不一样，这女孩像春日枝头的山雀，叽叽喳喳的，有点儿可爱。

一顿饭下来，数山岚喝得最多。她数了数，手边空了三个酒瓶，还想拿第四瓶，手往边上一摸，没了。

"盛霈。"她软着嗓子喊他。

盛霈也不是时时刻刻都惯着她，他管不了公主，还管不了别人吗？当即看了眼徐玉樵，眼神冷飕飕的。

徐玉樵一个激灵，起身道："山老师，我们先回去了，我和廿廿有点儿事没做完，对吧，廿廿？"

黄廿廿知道徐玉樵什么意思，但她有点儿不乐意，刚想拒绝，那冷飕飕的眼神落到她这儿了，她顿时清醒，说："对，你们慢吃。"

盛霈说了句"等会儿"，转身去厨房拎了个袋子出来，对徐玉樵道："小樵，这袋子给你妈的，正好带回去。"

徐玉樵接过袋子，应完拉着黄廿廿飞快地溜了。

山岚见两人走了，澄澈的眼往盛霈脸上一瞧，把外套脱了，露出雪白圆润的肩头，纤纤的指节往桌上一敲，慢条斯理地吩咐人："还要喝。"

雪白的小脸上染着红，乌黑的眼倒是亮晶晶的。胸前白晃晃的一片，看得盛霈眼热。

"喝完了。"盛霈怕她不信，还打开冰箱门让她看。

山岚探过头，仔仔细细地将冰箱上下看了一遍，确实没有了，瞧着桌上空荡荡的啤酒瓶，小脸微闷，她还想喝。

盛霈摸摸她的发，俯身问："带你玩个好玩的，想不想去？"

"玩什么？"她慢吞吞地问，问完还要凑过去亲人。

盛霈冷不丁被亲了一下，舔了舔唇，余留在他唇齿间的酒意顺着这个浅淡的吻进了他嘴里。他盯着人看了片刻，一声不吭地收了桌上的空酒瓶往外走。

山岚跟着他往外走，步子轻轻的，迈得很小，一段路能走上大半天。等她走到外面，盛霈已经用酒瓶在地上摆好了阵形——整整齐齐的三角形，瓶子间隔着相同的距离。

山岚蹲下身，小小的一团，托着腮，好奇看着盛霈又摘了颗椰子下来，视线紧紧地跟着他，最后看他走过来。

盛霈笑着蹲下身，捏了捏她微烫的耳垂，问："喝醉了？"

盛霈眼前的小脑袋晃了晃，澄亮的眼乖乖地看着他，半天，嘴里冒出一句："没有，就是高兴。"

盛霈轻抚着她鬓边的发，低声问："高兴什么？"

山岚安静地看他，黑白分明的眼睛里映着小小的倒影。许久，她抿唇笑了一下说："看见你。"

"玩吗？"

山岚点点头，接过他手里洗干净的椰子，沉甸甸的一只，又瞄了瞄远处的酒瓶，新奇地问："用椰子和酒瓶当保龄球玩吗？"

盛霈笑了一下说："对，岛上都这么玩。试试？"

山岚起了点儿兴致，仔细看了眼距离，对准方向，没怎么犹豫，用力向前一掷，椰子直直朝着酒瓶滚去，"砰"的一声闷响，紧跟着"丁零当啷"一阵脆响，清脆的玻璃声像南海水体忽然碎开。

瓶身带着月光滚远了，咕噜噜地停在黑暗里。三角形的阵形顿时被打散，瓶子全倒了。

山岚望着前面无一立着的瓶子，眨了眨眼，感叹道："好简单啊！"感叹完还要提建议："盛霈，我应该多喝几瓶，这样能玩得久一点儿，不然不好玩了。"

山岚又蹲成一团，仰着脑袋看他。

"……"怎么会有人学什么都这么厉害？

盛霈耷拉下眼，视线落在她莹白的小脸上，许是酒意上头，她脸上的红晕渐渐弥散，几乎要染红脖子，颈间的印子刺激着他的神经。

他哑声道："带你玩个不一样。"

"什么？呀！"她忽然被人端了起来。

此时，椰道上。

徐玉樵拎着袋子，觉得不太对劲，这袋子重得要命，还叮叮咚咚的，盛霈往里面放了什么？停下来打开袋子一看，他纳闷道："他送那么多冰啤酒给我妈？"

这人有礼貌吗？

第八章 ✦ 深山与海域

盛霈是骑士，她就爱骑士。
盛霈是恶龙，她便爱恶龙。

在岛上的两天生活，和山岚来时所想完全不同。

想象中，她每天吃好睡好，早上慢悠悠地练个刀，下午在凉席上打个盹儿，到了晚上太阳落下海面，她坐在盛霈身上出去逛，吹海风，回家还能摘半斤樱桃，轻松、舒适的一天就那么过去。

但事实是，她和盛霈躲在小屋里厮混了整整两天。

盛霈汗涔涔的上身什么都没穿，腰腹上几道鲜明的划痕，昨儿没好的牙印今天又深了一圈。

"你是不是故意的？"

山岚正晃着小腿玩儿，雪白的小脸上酡红未消，闻言，那双漆黑的眼睛开了，轻飘飘地瞧他一眼，而后一闭，脑袋往被子里一缩。

她不想看见他，也不想和他说话。

被子底下的人静了片刻，忽然探出头来。乌溜溜的眼瞧着盛霈，藕白色的手臂又往他脖子上绕，等搂紧了，才贴着他的脸轻声道："我想和你散步，吹海风，在云山我总是一个人。"

这话说得，多可怜似的。

在云山，公主能是一个人吗？前呼后应的，那么多人围着她。

盛霈当然知道这是哄他的，但一想到她在山家没什么笑容，他的心又软成了一摊水，亲亲她的唇，低声道："抱你去洗澡。"

山岚懒懒地往盛霈身上一靠，不动了，小腿在他的臂弯里，又开始晃荡，当公主真好。

等洗完澡，吃过饭，猫注岛的天黑透了。夜空下海风微凉，海面淌着星光，正是散步的好时刻。

山岚一踏出门，海风便拂过来，闭上眼静静地吹了会儿风，缩在小屋两天的苦闷渐渐散了，连带着和盛霈说话的语气都好了不少。

"我要坐你肩上。"

山岚下巴微抬，指尖往男人宽阔的肩膀上一指。

盛霈瞧她一眼，她眼眸水润晶亮，看起来精神还挺好。他自觉地走到边上蹲下，待她坐稳了，起身慢悠悠地往外走。

他轻笑一声，问："上面的风特别凉？"

山岚不说话，轻晃着腿看遥遥的夜色，指尖揪着盛霈短短的发茬。他刚洗过澡，出门时还带着水汽，走出来海风一吹，全没了。

她喜欢坐在他肩膀上。

走到海岸边，四周渐渐明亮起来。宽敞的道路两旁椰树林立，散步的人三三两两，还有人骑着自行车环岛骑行，不远处音乐声若隐若现，有人在跳广场舞。这里的日子一眼就能看到头。

云卷云舒，潮起潮落。

忽地，山岚被沙滩边的动静所吸引，那侧传来齐齐的口号声。

"盛霈，他们在干什么？"

她微微睁大眼，望着礁石边重重叠叠的人影。

海潮推来巨大的浪花，翻滚着往他们身上砸，浪潮几乎要吞噬他们，这上下起伏的身影却不为所动。沙滩上站着个人，左右走动，正大声说着话。

盛霈淡淡地往那头扫了一眼，应："岛上的战士们在训练，在浪头里做俯卧撑。你往哪儿看呢？"

那边的人可都没穿上衣，个个都肌肉健硕。

山岚闻言，眨了眨眼睛，低头看向底下的男人，又想起他和"前未婚夫"争风吃醋的模样来。她问："我不能看他们吗？"

盛霈不悦道："哪儿好看了？"

山岚仗着他看不见，抿唇浅浅地笑了一下，故意慢吞吞地应："他们保家卫国，怎么都好看。"

盛霈轻"啐"一声，现在就想把她揪回屋里去，让她看看到底谁好看，但又怕她生气，只能忍着。

"走了！"他一转身，走得离礁石滩边远远的。

山岚弯着唇，坐得高高地吹着海风，有一搭没一搭地和盛霈说着话，偶尔还戳戳路边的矮椰子树。

一路走，一路都没人来和盛霈搭话。大家只是站得远远的，眉眼带笑地瞧着亲密无间的两人。

咸湿的海风裹挟着清冽的水汽，山岚深深地吸了口气，从这昏沉的两天里挣脱出来，脑袋清醒不少，总算想起正事。

"盛霈。"她用了点儿力气揪他的耳朵。

盛霈懒声应："又看见什么好看的了？"

山岚不理他这话，轻声道："赵行和我说了件事。他说当年出海，发现那艘船的前后刮过两场台风。"

盛霈脚步一顿，迅速回忆那年的天气情况。

太平洋上台风频发，间隔不久的台风多的是，算不上稀奇事，但发生在看见那艘船的前后，却有那么一点儿奇怪。

之前那场是超强台风，之后那场呢？盛霈仔细回忆片刻，似乎是场强台风。

山岚低头，杵杵他的脸，问："有想到什么吗？赵行还说是风把船吹来，又把船吹走了，是不是有道理？"

盛霈沉默片刻，忽而笑了，说："他说得没错。"

他脚步一转，换了个方向走。

"我们去哪儿？"

"带你看珊瑚去。"

隔天，盛霈的渔船一早就开始忙活。

船员们搭船回来，陆续上了船，检查的检查，休息的休息。其中黄廿廿最为起劲，正在检查他们从南渚带回来的蔬菜瓜果，心里还惦记着山岚。

"小樵哥，山老师呢？"黄廿廿跑到甲板往码头看，没瞧见人。

徐玉樵看了眼时间，说："快到了吧，都到点要开船了，二哥从来不迟到。别看了，外头热得慌。"

这边黄廿廿在着急，那边盛霈倒是不紧不慢的。

"风铃也带上，挂船舱里。

"招儿，带哪条睡裙？这条太透，这条太短，啧，都不行，拿件我的短袖给你当裙子，再穿条短裤就成。

"再给你装点儿零食。

"招儿是酒鬼，再带点儿酒。"

山岚："……"

盛霈一个人走进走出，来回往复乐此不疲，转眼就把山岚带来的小拎包塞得满满的，恨不得把家都搬到船上。

山岚抱着猫坐在一边，一人一猫的眼珠子都瞧着他，瞧了一会儿，她温声提醒道："盛霈，时间快到了。"

盛霈还在扒拉那点儿家底，翻着翻着，问她："还有个拍立得，玩不玩？也不知道谁送的，从来没用过。"

山岚眨眨眼，接了过来。

盛霈捣鼓了一番，总算收拾得满意了，他们三个出发往码头走。山岚和猫走在前头，盛霈拎着箱子跟在后面，远看还真像个保镖。

船头一群人探着脑袋看热闹，一脸八卦，交头接耳——

"那是二哥啊？见鬼了。"

"二哥对象在哪儿找的，我怎么找不见？"

"这白得都要反光了，二哥和人家在一起不别扭吗？"

"你说天一黑，人家姑娘能看见二哥吗？"

船头一阵哄笑，徐玉樵也憋不住笑，可笑够了却开始教训人："你们一个个的，比二哥还黑，还好意思说二哥？而且你们没看见二哥什么样？"

说到这事，船上笑得更厉害。

"二哥用起防晒来了！"

"还戴帽子和墨镜，原来是要俏。"

"哈哈哈！"

徐玉樵笑骂道："赶紧回去！船要开了！"

船上的笑声压根儿止不住，顺着海风吹到山岚耳朵里，她静静地听了一会儿，告诉盛霈："他们在笑你。"

盛霈哼笑道："他们嫉妒我。"

山岚眨眨眼，抿唇笑起来。

两人上船时，人群已散开。盛霈把行李拎到船舱里就上驾驶室去了，他是船长，开船时可不能不在。

山岚打量着这艘灯光诱捕渔船。因着各部门都在忙活，徐玉樵也不在，黄廿廿见缝插针，凑到她身边，还给她找了顶帽子，黄澄澄的。

"山老师，听小樵哥说你头回上二哥的船？"黄廿廿指着船上一排排灯泡，解释道，"除了船首和船舷，船底下也有呢，我数过了，上百盏灯泡！晚上亮起来可壮观了，捕鱼的时候你一定得看看。"

山岚仰着脑袋，好奇地打量着灯泡，轻声道："我听盛霈说过，鱼有趋光性，他们在晚上捞鱼。"

"怪傻的。"黄廿廿总结道，"不游快点儿都得被捉走。"

"对了，山老师，和你说个秘密！"黄廿廿一笑，露出两颗小虎牙来，神秘兮兮地凑到山岚边上悄悄了几句话，说完又开始笑。

山岚呆了一下，问："真的？"

黄廿廿点头道："真的，全船的人都看见了！"

两人正说着话，汽笛声响起，渔船缓缓离港，立在码头的小战士朝他们挥了挥手，黄廿廿也用力挥起手来。驾驶室门口，盛霈一边和驾驶员说话，一边往船头看，待看到那顶黄澄澄的帽子时，眯了眯眼。

谁的帽子都往头上戴？

盛霈瞥了眼黄廿廿，往下喊："小黄，厨房都收拾好了？"

黄廿廿："？"

这船上的人都亲切地喊她"廿廿"，就盛霈一个人喊她"小黄"，跟喊小狗似的。他才是狗！一条大黑土狗！

305

黄廿廿闷声道："山老师，我回厨房了。"

山岚遥遥和盛霈对视一眼，温声道："我和你一起去，再去船舱看看，你晚上住在哪儿？通铺还是双人间？"

"我睡双人间，但我一个人住。阿姨们嫌双人间没窗户，闷得很，更乐意住在通铺里，晚上风吹过来还挺凉快。我们这里分男女通铺，两边都有锁，是二哥让人改造的，生活很方便。这儿的船员性格都好，阿姨们叽叽喳喳地能聊天，整天都热闹，生活比我想的舒服多了。"

山岚问："我能和你睡吗？"

黄廿廿一呆，不确定地问："和我睡？那二哥呢？"

山岚轻声道："我不和他住，你说了，分男女通铺，我不过去。你要是习惯一个人，我可以住通铺。"

黄廿廿忙摇头道："可以的！"

于是，盛霈眼睁睁地看着黄廿廿带着山岚走了，连个影子都看不见，更别说黄帽子了。他又臭起张脸来，怎么谁都和他抢老婆？刀和他抢，猫和他抢，这小厨子也和他抢。

不高兴。

海上的天说变就变，早上天还晴着，下午就噼里啪啦下起雨来，晴一阵雨一阵。

阿姨们不用开船，都歇着，但船上好不容易来个漂亮姑娘，她们你一言我一语，围着山岚问起话来，一点儿不怕她眉眼间的那点儿疏离。

就没有阿姨不能聊天的人。

"小姑娘，多大了？"

平时凶巴巴的阿姨这会儿和蔼可亲得很，语气柔得能掐出水来。

徐玉樵在边上偷听了一耳朵，用手肘推推盛霈，纳闷道："二哥，阿姨们怎么换了副面孔？平时那股凶劲呢？怎么光对我们那么凶？"

盛霈耸着肩，懒懒地倚在栏杆上，视线一动不动地停留在人群中间的山岚身上，她倒是脾气好，挨个回答问题，对他怎么就没那么好脾气？

"谁敢凶我老婆？"盛霈随口道。

徐玉樵："……"你还是跳海吧，腻歪死了。

山岚对着方才问她年龄的阿姨笑了一下说："我二十三了，是洛京人。"

阿姨"哎哟"了声，连连摆手道："那盛二年纪太大啰！你还是小姑娘，怎么就看上个跑船的？多辛苦啊，还得你大老远来看他。"

盛霈："？"谁年纪大了？

山岚老实道："他对我好。"

阿姨一副恨铁不成钢的模样："你这样子，谁都会对你好。盛二这个小伙子还不正经工作，钱都不挣。小姑娘，跟着他没饭吃！要饿死的呀！"

盛霈："？"这是谁的船？谁网的鱼？

山岚抿唇笑着说："我可以养他，我挣很多钱。"

阿姨"哇"了声，"啧啧"摇头道："这怎么行呢，人家讲有钱还包个小白脸，盛二黑得哟，这不是浪费钱吗？"

盛霈："……"他比小白脸差哪儿了？

海上阵雨没个规律，接连下了几场，云层散开，终于放了晴。霎时，天地间一片澄亮。

盛霈的脸却一直阴沉着，眼睛瞧谁都冷飕飕的，还故意找点儿活给他们干，连黄廿廿都不放过，让他们忙得团团转，然后一个人找山岚去了。

"晚上不和我住？"

盛霈一来就算账，把山岚堵在甲板上，也不怕别人看。

高大的身躯挡在眼前，他的气息扑面而来。碍着她看海了。山岚揉着小猫咪的下巴，慢吞吞地应："你是船长，不能带头破坏规则。你说的，船长有绝对权威，但也要遵守规则。"

盛霈："？"他什么时候说的？

盛霈否认道："我没说过。"

山岚静静地看他一眼，漆黑的瞳仁盯着他，似乎他再否认她就要把他丢下海了。

"是我说的。"盛霈屈辱地说。

山岚弯唇，指着天际划过的燕鸥，轻声道："盛霈，我漂在海上的那两天，经常看见它们，成群结队的，时不时就贴近海面抓鱼。有一次，有一只燕鸥误以为我是鱼，飞下来啄我，但它很笨。"

盛霈一顿，侧开身子看天，说："没听你说起过。"

山岚在海上的那两天，她从未仔细和盛霈说过，说起来不过是一些常人难以想象的苦，没人比盛霈更明白了。

盛霈记得那天山岚的模样。她的身上除了皮肤被泡得皱巴巴的，并没有太大的伤口，想来那只笨燕鸥没有啄伤她。

山岚弯起眼说："我用刀把它吓跑了，若是刀再快一点儿，它可能会被我伤到。除了燕鸥，还有很多鱼来看我的热闹。"

山岚在海里的时候时常想，或许小鱼看到她也惊慌失措，凑在一起叽叽喳喳地问这个庞然大物是什么东西，奇形怪状的，为什么会漂在海里，会不会也变成鱼。

在许多时刻里，她昏昏沉沉几乎要晕过去。每当这时，耳边似乎又冒出了叽叽喳喳的声响，她能感受到腿侧、腰间细小的触碰，有小鱼大着胆子从她身侧钻过，也有别的什么好奇地过来嗅她，那样灵动、鲜活。

海洋里的生命提醒着她要活下去。它们曾给了她许多力量。

盛霈挑了挑眉问："还敢看你热闹？今儿晚上把它们都捞起来，让它们看你热闹。我一个个找它们算账。"

山岚抿唇笑道："你好坏。"

盛霈："？"

他往山岚边上一坐，动手点点她的眉心，问："谁批评我不正经打鱼的，哪儿坏了？你说说哪儿坏了？"

山岚不和他斗嘴，和小猫咪一起望着海面，不知看到了什么，她忽然睁大眼，小猫咪也昂起脑袋来。

盛霈迎着阳光抬眼望去，微眯了眯眼。

水面之下，有一道灰影缓慢地游动着，巨大的身躯像沉默的礁石，脊背弓起，起伏间带起层层海浪。忽地，深海巨兽跃出水面，翻起的水花让船微微摇晃。庞大的身躯灵动非常，在空中三百六十度翻了个身，露出银白色的肚皮来，不等人看清，它重重地砸入海里，周围泛起巨浪。

动静吸引了船上其他人。船员们纷纷跑到甲板上看热闹。

"二哥，它们这么早就回来了？"

"这才 10 月，几头啊？"

他们叽叽喳喳地讨论着。

山岚扶着栏杆往下看，几乎要探出上半身，她第一次这样近距离地看见鲸鱼，它的身躯几乎和船一样庞大。

"这是座头鲸。"盛霈一手把山岚捞回来，指着下面的大家伙道，"它们有洄游期，夏天去冷水海域，等天冷了就回热带海域过冬，性格比你好多了，就是有点儿吵。最喜欢唱歌，游到哪儿唱到哪儿，海里头最吵的估计就是它们。"

山岚眨眨眼，忽然道："盛霈，它听见了。"

盛霈正盯着山岚，闻言挑了挑眉问："听见什么？"

山岚说："你说它坏话。"

盛霈闻言微愣，转头一看，那大家伙居然朝着他们的渔船来了，他轻"唑"一声，往驾驶室喊："停船！"

为避免伤到这头鲸鱼，渔船停在了海面上。

几乎就在船停下来的瞬间，这头座头鲸灵巧地钻出海面，对着盛霈的方向猛地一滋水，盛霈下意识地转身，将山岚紧紧抱在怀里。座头鲸专门对着盛霈一个人下了场大雨，下完就甩着尾巴扬长而去，独留下还在发愣的盛霈。

"哈哈哈！"

"噗，过来就为了滋二哥，不会把二哥当成虎鲸了吧？"

"小点儿声！哈哈哈哈！"

船上又笑成一片。

海域内的狩猎随处可见，有的生物有一些特殊习惯。比如座头鲸经常殴打虎鲸，还经常阻碍人家狩猎，游过来打一顿不算，还把人家的猎物放跑。有研究表明，有的座头鲸远远地听到虎鲸的声音，便飞快赶来揍虎鲸一顿，再大摇大摆地离开，别提多嚣张了。

嚣张的盛霈，遇上嚣张的座头鲸，这结果还是挺明显的。

盛霈一抹脸，水滴滴答答地往下落，他说不上来这会儿是什么感觉，让一头座头鲸给欺负了，这还是头一回。

他低头一瞧，对上一双乌黑的眼。她眼睛睁得圆圆的，一见他看下来，这双盈盈的眸便弯成月亮，瞧着他笑，水都滴她脸上了也不躲，探手来

309

擦他脸上的水。

"疼不疼？"山岚轻轻柔柔地问。

那些人都笑他，只有招儿心疼他疼不疼。他整个人都热腾腾的。

盛霈甩了甩头，盯着她的眼睛挑唇笑了一下，说不疼，又凑到她耳侧低声问："招儿陪我去换衣服？"

这副语气，一听就知道他想做什么。

山岚慢吞吞地从他怀里钻出来，说："不要。"

这种时刻，盛霈显得极有耐心，眼皮子一掀，正想说什么，忽然瞥见海面的那道弯，怔了一瞬，说："招儿，看海面。"

山岚一探头，正对上那极美、极静的一幕。澄净的阳光下，五彩斑斓的彩虹弯成浅浅的一条，安静地横在海面，座头鲸换气时喷出的水汽缓慢消散，散落到晃动的水体之上。不远处，鲸往更深的海底潜去。

"是彩虹。"她轻声说。

山岚想拍下来，返回去拿盛霈早上送她的相机。

盛霈见人一走，干脆扯了衣服，拧了把水，重新穿回去，惹得其他人又是一阵哄笑。他瞥他们一眼，轻哼道："没见过英雄救美？"

徐玉樵咧嘴一笑，打趣道："这不刚看见吗？"

当着那么多人的面，还有阿姨在，要给盛霈一点儿面子。

黄廿廿推了推徐玉樵，徐玉樵没反应。她憋了一会儿，终于憋不住了。这两天她从徐玉樵那儿听说了不少八卦，问山岚显得她没礼貌，但又遏制不住自己的好奇心，忍不住问盛霈："二哥，我能问你件事吗？"

盛霈正在找猫，随口问："干什么？"

黄廿廿说："我听小樵哥说，山老师原本有未婚夫，然后又解除婚约了。是因为你们俩在一起了吗？"说完，她咽了口唾液，感觉是一场刺激的三角恋！

徐玉樵："？"关我什么事，提我干什么？！

盛霈闻言，动作一顿，抬眸看向好奇的人群，不紧不慢地说："这事没人比山老师更清楚了，我替你们问问。"

那一侧，山岚刚走出船舱，就被人堵在门口。高大的身躯像渔船上的鲸，将烈阳挡在身后。

山岚半仰着脸看他。

盛霈懒散地倚在一边，眼睛盯着她，双手环胸，态度极其嚣张，嗤笑道："听说你未婚夫逃婚了？不知好歹的东西。"

山老师的未婚夫逃婚了？！

黄甘甘诧异地睁大眼，小声对徐玉樵说："原来是未婚夫逃婚了，难怪能看上二哥。估计是对男人心灰意冷，然后碰上意外，遇见个勉强可以的，就算了？"

徐玉樵："……"不如你去写小说。

山岚冷不丁地听盛霈提起这件事，对上周围人好奇的眼神，反应了一会儿才明白他的意思，好脾气地配合他，慢悠悠道："对，还挺巧，他也姓盛。"

盛霈挑眉道："是巧，叫什么？"

山岚一心想着去拍彩虹，乌溜溜的眼往他面上一瞧。见他堵得死死的，不让她出去，干脆把他往边上一推，道："叫盛不需，谁不配谁就是。"

"……"

山岚说完就走了，站在船头拍彩虹拍得专心，就留一个背影和一堆目瞪口呆的目光给他，这感觉，仿佛那头嚣张的座头鲸又回来滋了他一身水。

徐玉樵磕磕巴巴地问："二哥，这是什么意思？"

黄甘甘用看傻子的眼神看盛霈，不可思议地问："二哥，你就是山老师的未婚夫啊？"

盛霈不耐烦和他们唠这事，丢下一句："没见过逃婚被抓回去的？这不就看见了，大惊小怪，开船了。"说完，上驾驶室去了。

这一天，可谓船上最八卦的一天。人人都嘀嘀咕咕地说着两人的事，阿姨们看盛霈的眼神更古怪了，人嘛，还算俊，脑子好像不太对头。

从白昼再到黑夜，平凡又热闹的一天缓慢过去。

天暗下来许久，到了吃饭时间，船舱内却不见盛霈和山岚，黄甘甘也不敢问，只能老实吃饭。

此时，盛霈房间内。

陈旧的风扇像卡了壳的发条，停在原地"嗡嗡"卡了半天，"咔嚓"一声响，晃晃悠悠地转过脑袋，点点凉风吹不散房内的热意。

山岚微拧着眉，咬唇攀着盛霈，几次要从他身上滑落，又被他扣着腰捞回去。她轻吸一口气，问："不能去床上吗？"

盛霈低着声，笑问："床上去哪儿？那么丁点儿大的地方，你会撞到，本来就有点儿呆，再撞坏了怎么办？"

"我要去洗澡。"山岚热得不想说话，别开头不看他。

盛霈一见人绷起小脸，忙不迭地哄道："我去厨房给你做好吃的，不管黄廿廿，她不会做洛京菜，我给你做。"

山岚不理他，从他身上滑下来，转身走了。

公主这一气就是一晚上，盛霈想找人也没处找，进不去隔壁通铺，只能时不时地问黄廿廿几句。

"她在干什么？"

黄廿廿正和阿姨们打牌，不耐烦地应："不是几分钟前刚问过？在玩相机，这里拍拍，那里拍拍。"

他又问："心情怎么样？

黄廿廿答："挺好的，时不时就冲我们笑。"

盛霈听了心里还有点儿酸，对他一天也就笑那么一两次，怎么对别人就经常笑？越想越气，干脆去船头蹲着。

三花猫正蹲那儿吹风，听到动静，歪头看他一眼。

盛霈屈腿一坐，懒着嗓子和猫聊天："你妈又不理我了，我也没欺负她。是没欺负她，肯定没有。"

三花猫甩着尾巴，沉默以对。

盛霈继续念叨："捕了这网鱼，除了驾驶的人，就让其他人搭船回去。我们出去找船，找到船带你回洛京去。

"招儿，以后想住哪儿？

"住云山还是住别的地儿？"

三花猫对盛霈还是有点儿感情的，这男人絮絮叨叨的，它也没甩着尾巴溜了，要换作别人，它宁可去看鱼，也不愿意在这里听。

近凌晨，他们到了鱼点。

渔船上的人开始忙碌，船尾下舢板的下舢板，下网的下网。舢板上亮着一盏小灯，他们向海面散开，船上百盏灯泡一同亮起，霎时亮如白昼。

盛霈这会儿忙着指挥他们，没注意山岚从底下上来了。

山岚站在舱内，安静地看着这艘闪耀的渔船。辽阔、深沉的海面上，这小小的一艘船像聚集了无数星子，海底的鱼会被灯光诱惑，朝他们游来，却不知道，在它们周围早已筑起天罗地网，几千米长的渔网不动声色地将它们围拢，只待盛霈一声令下。

山岚看了片刻，拍下这一片小星空，只属于这艘船的小星空。

黄廿廿在厨房生了火，跑出来看了几眼，对山岚道："捞上来的第一网鱼，第一条给小招那个小祖宗，接下来就是我们拿一盆自己炖汤喝。"

山岚温声道："你做的饭味道很好。"

黄廿廿眼睛一亮，问："你喜欢吗？你爱吃什么，我不会的可以学，我做菜特别有天赋，比打咏春厉害多了。"

山岚抿唇一笑，说："喜欢。"

盛霈忙完下来一看，一眼就看到她又对着人笑，笑得眼睛都弯了，本来就长得跟花儿似的，这一笑更显娇艳。

那头黄廿廿叽叽喳喳地说："我们合个影吧！"

眼看山岚拿起相机，盛霈长腿一迈，径直走到两人身后，迅速看向镜头，"咔嚓"一声轻响，镜头定格。

黄廿廿吓了一跳，问："二哥，你从哪儿冒出来的？"

盛霈瞥她一眼，眼神中的含义不言而喻：识相的应该快点儿走开，年纪轻轻的干点儿什么不好，偏要打扰人家谈恋爱。

山岚专心地等着照片出来。

机器"嗡嗡"吐了一阵，成形的相纸被吐了出来。

山岚晃了晃相纸，仔细看了好一会儿，眨眨眼又看，这古怪的反应引得边上的黄廿廿凑过头来瞧。

沉默片刻，黄廿廿忽然发出一声爆笑——

"二哥黑得融到了背景里，根本看不清！

"嘻嘻嘻，只有我们两个人。"

盛霈："？"这什么年代的相机？

隔天，天蒙蒙亮，海鸟已经起床了。洁白的鸟儿慢悠悠地扑扇着翅膀，出海捉鱼吃，半路看见两艘渔船停靠在一起，探头好奇一瞧，也不知他们在干什么。

"小樵，盛二呢？"男人纳闷地往甲板处张望，"我把人给他带回去，他连出都不出来？没礼貌！"

这个男人正是开渔日那天，载盛霈和徐玉樵一程的船长。

也是赶巧，这两天他正好在海上，盛霈联系他载人一程的时候，他几乎没想就答应了，举手之劳而已。

徐玉樵笑着递了盒烟过去，说："哥，二哥在忙正事呢。这两天刚好他对象来了，所以……你懂吧？"

船长翻了个白眼道："我不懂！"

和现在的年轻人说话可真累，话说得不清不楚就算了，还非得加一句"你懂吧"，他懂个屁！

徐玉樵说："我陪你说两句，改日让二哥请吃饭。"

船长也不是非要见盛霈，一口应下："行。"

甲板上人来人往倒是热闹，船舱角落里安安静静的，盛霈坐在那儿，神情冷淡，也不知道谁惹他了。

山岚抬着他的下巴，正在刮胡子玩儿。她手上功夫极其精细，不但精准，而且动作极轻，几乎没有感觉，任谁都看不出来她这是第一次刮胡子。

山岚时不时地抬眸看他，问："还不高兴？"

从昨晚黄廿廿笑他开始，他就不高兴，明明白白地表现在脸上，除了山岚谁也不搭理。今早也是，刚起床就耷拉着眼，一脸困倦，谁喊都没反应。黄廿廿只好老实地和徐玉樵交代了昨晚的事，最后两人商量出来的办法是去喊山岚。

山岚上来时，他刚洗完脸打算刮胡子。她一见这样的手工活就生出一股新奇劲儿，干脆抢了盛霈的活儿。

"哪儿不高兴了？"盛霈不承认。

山岚瞧他一眼，温声道："在船上的男人里面你最白啦，丢进人群我一眼就能认出来，和我也很般配。"

山岚说的是实话，盛霈的肤色顶多算铜色，和黑只沾一点点边，只是站在她身边就显得格外黑。这两天阿姨们嘀嘀咕咕地说他们不般配，黄廿廿又这么明晃晃地嘲笑他，他就是心里不舒坦，别的也没什么。

盛霈盯着她问："般配吗？"

山岚停下动作，眼睛一眨不眨地盯着他，眉眼间带了点儿稀奇的意味。她问："盛霈，你在撒娇吗？"

盛霈微微仰头看她雪白的面容，喉结滚动，半晌，滚出个"嗯"字。

山岚蹲下身，哄小孩儿一样牵着他的手，柔软的指腹轻轻地摩挲着他的指节，似是要扫去他面上的冷硬。她语调软得不像话："昨晚我看见船上亮起灯，夜空下小小的船只像灯塔一样亮着光，那些鱼儿都往船边来。那时候我想，我也是鱼，在洛京看不见我的海域，看不见我的灯塔，只想回到海里去，就算被网网住也没关系。

"所以我来见你了。"

盛霈的心剧烈跳动起来，他说："还想听。"

山岚弯唇笑起来，盈盈的眸里盛满温柔的光芒，继续道："从前深山里住着一位公主，有一天她意外落海，被一条恶龙救起。这条恶龙在海上横行霸道，小鱼们都怕他，说公主要被恶龙吃了，他可不管别人怎么说，把公主带回了家，给她睡最软的贝壳床，给她最大、最亮的珍珠，最后送她回家。公主却不想走了。"

盛霈垂眼盯着她，喉间干涩，问："为什么？"

山岚眨眨眼，小声说："因为她喜欢这条恶龙，不仅因为他是整片海域最英俊、最强大的生物，还因为他在公主面前不是恶龙。"

"那他是什么？"

"是公主的爱人。"

盛霈是骑士，她就爱骑士。

盛霈是恶龙，她便爱恶龙。

"招儿。"盛霈低声喊她。

山岚轻声应了，低头亲亲他的指节，起身继续做手里的活儿，神情专注，眼睛里流淌出柔和的光芒，一点点将盛霈淹没。

他要窒息了。盛霈想。

山岚拿着湿毛巾将男人锋利的下颌擦得干干净净，还站着欣赏了一会儿，她果然做什么都厉害。

"陪我去吃饭。"她捏捏盛霈的耳朵。

盛霈这会儿心里鼓鼓的，高兴得要命，甚至想再跳进海里游一圈，一股脑儿地把那些乱七八糟的话都忘了。

公主说了，他是海域上最英俊的男人。盛霈翘起唇。

早上9点，渔船朝着月光礁附近开去。这路线最近他们来回跑了不知道多少趟，这会儿也不用干活，都去船舱里歇着，聊天的聊天，看电视的看电视。

盛霈在驾驶室忙活，山岚三人在底下玩。他们一边打牌，一边聊天。

黄廿廿纳闷道："小樵哥，二哥在这条线上跑来跑去是干什么？我看你们一个都不问，你们不好奇啊？"

徐玉樵瞥她一眼道："有些事可不能好奇，是要出问题的。你看看昨天晚上不就惹事了，当着山老师的面，能这么笑二哥吗？"

平时盛霈从不管他们说什么，说了点儿过分的，他也不介意，什么都不在乎。但这两天情况不同，山岚在这里，她千里迢迢从洛京到这海上，盛霈不想让她听这些。

黄廿廿讪讪道："这不是我的问题，是相机的问题。像素本来就不高，拍出来还暗，又是晚上，昨天我们那地方还背光。我这不是没忍住吗……

"山老师，我们说的话你别放心上。其实二哥可好了，他……他大方！不但大方，还……还……"

黄廿廿和山岚大眼瞪小眼，半天没想出第二个优点来，正想再憋一个，就听山岚道："王炸。"

"……"好嘛，压根儿没听他们在说什么。

徐玉樵"哧哧"笑道："山老师是什么人你知道吗？天上的人可不会因为这点儿事生气，二哥就喜欢这样的。"

黄廿廿叹气道："我以后不说二哥了。"

徐玉樵瞧她这失落的模样，说："不是好奇二哥在干什么吗？其实我们船上的人都知道，只是从不往外说，二哥对我们放心，我们得对得起这份信任。"

"他在干什么？"

"找船，找人。"

徐玉樵慢悠悠地洗着牌，和黄廿廿说起这三年盛霈在海上的事来。两人没注意山岚悄悄离开了。

山岚顺着船舷到驾驶室找盛霈。刚到门口，听见他和驾驶员在商讨航线，说礁盘的位置，说晚上在哪儿过夜，说明天的天气。

她探头看了眼，他低头看着卫星云图，手里不知道拿了什么东西，脚下躺了一只猫，正呼呼大睡。白天热，三花猫多数时间都躲在阴影里睡觉。出海时间久了，摇摇晃晃的船一点儿碍不着它。

山岚才看了一眼，盛霈倏地转过头来。看见是她的一瞬，他下意识地将手里的东西藏了起来。

"晚点儿说。"盛霈丢下一句，出去找山岚。

他把人拉进阴影里，看着这张水嫩白净的小脸，抹去她额间的汗，挑着唇笑问："打牌输了来找帮手？"

山岚如实道："想见你。"

盛霈："……"

这一天天的，刚说完情话才多久，这又来了。听得他心痒痒的，只想把人藏屋里去玩点儿别的有意思的事。

盛霈干脆把人带进驾驶室里，让她看个够。

三花猫不知什么时候醒了，眯了条缝瞧山岚，瞧了一会儿，"喵喵"叫着要睡她腿上，也不管盛霈冷飕飕的眼神，自个儿爬上去找了舒服的位置窝好。

盛霈坐在一边，和她解释航线的事："手札的路线我和南渚的专家老师研究了一下，由于山栀没怎么出过海，她的记载方式和渔民们有很大的差别。这些天那位老师一直在复原这条路线，前天发来一张地图。"

盛霈拿出那只破巴巴的手机，点开图给山岚看。

"你看这里，山栀当年确实经过了月光礁，但只是经过，没有穿越。那附近暗流太多，舟子避开了这块区域，它们继续往南，朝着这个小岛去，就是那天我们去过的小岛，婶子请我们吃了顿早饭。"

山岚点头道："我记得，那天我开船了，附近的地图我看过，都记住了。"

"……"提起这一茬，他又有点儿生气。

盛霈继续说："顺着这个岛往东，那一片有暗流，但这暗流时有时无。

手札上记载，山栀的船在那里迷失了方位。"

山岚微怔，道："赵行说他们在回航的那天也迷失了方位。"

盛霈"嗯"了声，说："那道暗流正巧经过那日我们回岛的航线，又遇上暴风雨，所以那天船翻了。专家说附近或许有磁场影响，具体原因暂时不能确定。今晚我们在岛上过个夜，第二天我和小樵借艘小船出海，你在岛上玩两天，正好黄廿廿在，你们一块儿。"

山岚看他一眼，没应声。不说好，也不说不好。

山岚虽然不说，但盛霈懂她的意思，换成其他事，他一定会答应她，但这件事不行，这样的事他不想她再经历第三次。

盛霈就当没看见山岚的眼神，说："我的事说得差不多了。走，陪你下去打牌，我们打他们，轻轻松松。"

山岚缓慢地眨了眨眼睛，没继续这个话题，转而慢吞吞地问："你手里刚刚藏什么了？让我看一眼。"

"……"脑子好使就算了，怎么眼神也那么好使？

盛霈轻咳一声，转移了话题："没什么，下去喝点儿绿豆汤解解暑。"说着，他拽着她进船舱喝绿豆汤去了，免得她再问。

"不能告诉我吗？"山岚跟着盛霈进厨房。

盛霈刻意不看她的眼神，随口应："逗猫棒，逗着小招玩儿的，你不信就去上面找，角落里就放着。"

山岚抿了抿唇，忽然说："公主今天不想和恶龙说话。"说完，跑了。

盛霈："？"

这一日，渔船直直地往月光礁的方向而去，经过时转了个弯，开向那日他们停留的小岛，从日暮到入夜，海风带来湿润的水汽，船开始减速。

"要下雨了。"山岚仰头看着天，喃喃自语。

此时盛霈在驾驶室内，黄廿廿在厨房捣鼓晚上吃的，徐玉樵也不知道上哪儿去了，山岚独自站在船头。

高高的桅杆上是沉沉的天，没有星星。山岚想起那一日小风和她说的传说，桅杆上有一颗星星的时候，要丢一团饭团入海，祈求女神保佑他们。

思绪起伏间，汽笛声响起。

船靠岸了。

山岚遥遥望去，这不大不小的码头里还停着一艘船。这艘船比他们先到，正在卸货，似乎是补给船。补给船下人影摇晃，人群交错往复，山岚在其中看见了一个少年。少年似有所感，忽然昂起脑袋朝着她的方向望来，一如那天去往南渚的渔船上，他们隔着黑暗无声地对视。

渔船靠岸，海风吹散夜雾，码头的景象映入眼中，清晰无比。

刚下船，盛霈在这岛上的朋友迎了上来，朋友有阵子没见盛霈了，还挺想他的，两人撞了下拳，叙起旧来。

那人笑问："这阵子忙什么？"

盛霈递了根烟过去，自个儿没抽，头一偏，看向边上的船，随口应："老样子，这个月的补给船？"

男人道："对，说过阵子又要刮台风了，怕船来不了，提早来了，送的东西不少。我出来帮个忙，正好等你来，住的地方给你准备好了，条件还过得去。正好这阵子岛上的小渔村里没什么人，上南沙去了，就问他们借了几间房。"

"船开到了？"

"到了，就在另一头的小码头停着。"

盛霈道了声谢，笑着和他说了几句，转头去找山岚。

船员们放下行李就去补给船帮忙卸货了，黄廿廿和徐玉樵在船上的厨房里捣鼓晚餐，小猫咪蹲在船头看热闹，一派寻常的景象，就是不见山岚。

盛霈回船上找人，找了一圈不见人影，最后拎着正吹风的三花猫问："你妈呢？"

三花猫扑腾了几下，"喵喵"叫了两声，被放下来后灵活地蹿下船，往补给船溜去。那处海岸有一片阴影，阴影里正站着两个人。

盛霈微顿，环视一圈，藏到了树后。两人不轻不重的交谈声清晰地传到他耳朵里。

"姐。"

这一声"姐"，小风喊得极其艰难。

山岚静静地看着他，少年垂着头不敢看她，一如初见时。那时他也是这样低着头，向她道歉，一晃两个月过去了。

她轻声问："你怎么在这里？"

小风没应声，胡乱抹了把眼睛，从背后拿出把小刀来，他拿着刀，刀背朝向山岚，说："刀还你。"

盛霈看得眉心一跳。

他看到小风拿刀差点儿就冲出去了，这女人倒好，别说躲了，站在原地动都不动一下，也不知该说她胆子大，还是说她傻。

"不要了。"山岚说。

小风一怔，下意识地道："刀一直在我这里，我没用过。姐，我听二哥说过，这把刀对你很重要。"

山岚垂下眼，看向这柄小刀。

这把刀陪伴她五年，即使在这么昏暗的环境下，她仍能描摹出它的形状、纹路、刀颚处的标志。

想起山岁，她忽而心情低落。

"不重要了。"

小风呆呆地收回手，以为她再也不会原谅他了，眼眶又酸涩起来，闷声闷气地道歉："姐，对不起。"

山岚问："为什么要这么做？"

小风低声说："他们家救了我和我姐姐，不然我们也和妈妈一样，早就死在海里了。我要听他的话，才能找到我姐姐。"

"我回去了。"山岚平静地问完，平静地听完，然后转身离开。

小风独自站在黑暗里，他没回头看她，只是手里紧紧捏着这把小刀。

山岚走到亮处，脚边上忽然躺了只猫。

小猫咪故意碰瓷儿，脑袋在她小腿上蹭来蹭去，软乎乎黏人得很。她瞧了一会儿，才俯身抱起来，边上就忽地横过一只手，把猫拎走了。

盛霈盯着她训道："又乱跑。"

她无声地看过来，漆黑的眼珠不似先前亮晶晶的，神色平静，一点儿不见在船上时的轻松和愉悦，一瞧就是有了心事。

盛霈轻"啧"一声，莫名不爽，这两天刚把人哄高兴，可让这臭小子一弄，又都白费了，哪壶不开提哪壶，好端端地提起那把刀来。

他往下一蹲，拍拍肩，道："上来。"

山岚视线落下，从他俊朗的面庞往下，落到宽厚的肩上，静静看了片刻。她熟练地坐上男人的肩，凌空而起，坐得高高地看向大海。

"盛霈，明天是阴天。"

山岚仰头看沉沉的天，下午开始天就阴着。

盛霈说："明天有雾。三沙有个公众号，上面每天都会更新天气，各个港口、海域、岛礁、渔场的气温和风力，还有海域浪高、水温，什么都有。"

山岚垂下眼，揪着他短短的发茬，说："你不看公众号，你手机里什么都没有。我早上偷偷看了，连照片都没有。"

有的只是未曾发出去的信息。

山岚第一次知道，没信号的时候，他也在给她发信息。

盛霈轻笑道："我自个儿给你看的，那不叫'偷偷'。怎么没照片？你没看见屏保吗，这张还是有声音的屏保，没发现？"

"有声音？"

山岚慢吞吞地问，从兜里扒拉出盛霈的手机来。

"兜里装两个手机，也不嫌重。"

山岚不理他，也不怕自己摔了，两只手都在研究盛霈的屏保，长按也不会动，声音开到最大也没反应。

"没有声音。"她闷声说。

盛霈忍着笑，问："那天晚上招儿给我拍了月亮，还给我发了信息，还记得自己发了什么吗？"

山岚当然记得，老实道："在想你。"

盛霈翘起唇，问："听见了吗？"

山岚微呆："什么？"

盛霈说："声音。这是每当我看到这张屏保时，耳边听到的声音。"

"……"

山岚抿了抿唇，默不作声地藏起手机，一只手去摸他扎手的短发，接着往下摸他棱角分明的侧脸，最后停在凌厉的下颌线，问："现在可以接吻吗？"

盛霈脚步一顿，转了个弯进了小树林。

船舱内，黄廿廿看着小桌上吃得差不多的饭菜，昂头去瞧，纳闷道："他们都吃完回去了，二哥和山老师去哪儿了，怎么还不回来？"

徐玉樵一点儿不着急地说："急什么，船上那么多人怎么谈恋爱？好不容易抓住机会，当然得避开人做点儿别的事。"

黄廿廿翻白眼，吐槽道："你这什么思想？"

徐玉樵轻哼一声说："你懂什么，别天天往山老师身边凑。你没看到山老师来了之后，小招的地位都下降了吗？更何况我们。"

"二哥是那样的人吗？"黄廿廿话说出去一秒，就蔫了，"就是这样的人！"

船上两个人嘀嘀咕咕的，一点儿碍不着盛霈。

盛霈正牵着山岚的手，七弯八拐地摸去了上回婶子的家里，照旧进了院子一声喊，人就出来了。

妇人照旧说的是南渚方言，脸上笑眯眯的。

山岚跟着盛霈叫了声"婶"，然后收获一堆水果，盛霈笑着说了几句话，让她在小院子坐会儿，他进去厨房做几个菜。

小院子和先前一样，边上种植着花草、蔬果，昆虫的鸣叫声完全不输山里，院里的水缸正在蓄水，淅淅沥沥地响，清凉的海风拂过，她的心渐渐安静下来。

山岚没仔细想过山岁的事，山家人怕她难过，从不在她面前提山岁。到了南渚见到盛霈，她忘却了所有烦恼，只想和他在一起。

和他一起的日子，每天都快活。

想到这里，她拿出盛霈的手机，点亮屏幕便是那晚洛京的月亮，原来他看到这张照片时在想她。

山岚静静地看了片刻，打开相机。

这手机破破烂烂的，像素差得很，连前置摄像头都没有，她摸索着位置，对准自己"咔嚓"一声响。

盛霈端着菜出来时，她正坐在那儿剥葡萄吃，白玉糕似的手指纤长，动作慢条斯理，不像是在剥葡萄，反倒像是在把玩宝石。

"招儿，先吃饭。"

他进去拿出来两大碗饭，两双筷子。

山岚捧起碗，瞧了眼桌上的菜，都是洛京的口味。黄廿廿是南渚人，做的晚饭是南渚的口味，盛霈今儿特地来这里借了厨房。

"明天我不可以一起去吗？"山岚鼓着腮帮子，重新提起这件事。

盛霈瞧她一眼，说："山家继承人失踪了不够，你还想山家家主也失踪？山家那么多人，我可打不过。"

山岚说："小樵说你们会带着卫星电话，没有信号的地方也能用。一落地就会联系别人来接你们，很安全。"

"？"这就全给他卖干净了？

盛霈轻"啧"一声，和她讲道理："海上那么多意外，你看小风今天在这儿，都不用想他是干什么来的。我们到哪里，那些人就追到哪里，说明有危险。"

山岚也讲道理，乌黑的眼满是认真："所以我要保护你。"

盛霈逗她："你刀都没有，怎么保护我？"

山岚一呆，想起小风要将刀还给她的事，抿了抿唇，不说话了，埋头认真吃饭，瞧着小脸发闷。

盛霈弯唇一笑，不知道从哪儿变出个小玩意儿来，往山岚跟前一放，说："你早上看见的东西，本来想你走的时候送给你。"

山岚微怔，问道："这是什么？"

桌上放着一柄小刀，陈旧的棕色上泛着划痕，刀锋锐利，刀柄精美，刻着古老的太阳纹路。这是一柄骨刀。

"硬度好高。"

山岚顾不上吃饭，仔细地研究起这柄小刀来。

盛霈看她眉眼间的新奇，心也鼓胀起来："这是鲸骨刀，航海时代的杀人利器，几百年了，保存得不错，勉强算个古董。猫注岛上有人家里藏着这西洋玩意儿，你先前在海上丢了一把刀，这把刀就当是我找回来给你的。"

山岚上看下看，翻了个面继续看，直到看够了才抬眼看盛霈，眼睛亮晶晶的："人家为什么愿意给你？"

盛霈挑眉道："因为我是恶龙。恶龙懂吗？横行霸道，我说要，人家就得给。"

山岚抿唇笑起来，认真藏起小刀，继续吃饭，还特别给面子地给盛霈夹了一筷子虾，然后说："剥给我吃。"

"……"行吧，谁让她是公主。

等吃完饭，山岚哪儿还记得那点儿不高兴，牵着盛霈的手去岛礁边散步，偶尔停下来去翻贝壳，螃蟹见了她就跑。海风中，她黑发散落，回眸看他的时候眸里都是莹亮的光，眸子藏不住她的雀跃，走路就差没跳起来了。

盛霈任由她拽着他的手晃来晃去，笑问："就这么高兴？"

山岚用力点头，晃了一会儿，忽然跳上一块礁石，她站得高高的，正对着海面，抬起双手拢在嘴边，大声喊："盛霈——"

盛霈就站在下面，被她喊得一哆嗦。他无奈道："不就在这儿吗？"

她喊："盛霈——"

猎猎海风带着她的喊声翻越小岛、海域，升到空中，攀爬至云层，缓慢去往最为宽广、阔朗的世界。

那是哪里？或许是世界的尽头。

盛霈半仰着头，安静地注视着夜色下如海妖般美丽的女人，她用尽全身力气喊他的名字，似乎要让整面大海听到。

"在这儿。"他应得散漫又认真。

山岚眨了眨眼睛，又喊："盛霈——"

"在这儿。"

盛霈话音落下，喊得起劲的山岚忽然踮起脚尖，大声道："洛京云山山家与洛京盛氏船运交好百年，于十七年前缔结婚约，今因男方盛霈逃婚三年不归无法履行婚约，经两家协商，友好解除婚约，自后婚嫁……呀！"

盛霈一把把人抱下来，扛在肩上往回走，步子迈得极大，轻嗤道："一会儿就让你看看，到底相不相干。"

山岚趴在他的背上还挺高兴，晃着腿提醒他："你什么时候去云山请罪呀？爷爷一直在等你。"这语气里的欢快，连边上经过的螃蟹都听出来了。

盛霈一点儿没犹豫地说："回洛京当天就去。"

山岚无辜地问："那你叫盛霈还是叫小汪？"叫"盛霈"进不去山家的门，叫"小汪"或许还有那么几分可能。

"……"

他沉默几秒，咬牙应："小汪。"

昨夜下了雨，今早的天雾蒙蒙的。

放眼望去，四处茫茫一片，岛上树木在海风中若隐若现，大片浓雾弥漫，若不是潮声阵阵，真令人有错觉置身陆地。

盛霈和徐玉樵忙了近一个小时，看时间不过早上6点。

徐玉樵擦了把汗，问："二哥，我们上哪儿吃早饭？昨天廿廿在岛上玩疯了，肯定起不来。那丫头第一次见土地这么肥沃的岛，说今天还要跟着去采蜜。"

盛霈望了眼天色，道："去婶子家里，你先去。"

徐玉樵极懂，"嘿嘿"笑了一声，跑了，跑远了才回头冲他喊："我去帮婶子干点儿活儿，等你和山老师一起吃！"

盛霈笑骂道："赶紧走！"

临去找人前，盛霈去冲了个澡。山岚爱干净，不论什么时候都是干净整洁的，尤其是那头长发，宝贝似的养着。不洗干净，他都亲不到人。

山岚和黄廿廿就住他们隔壁屋。昨晚她没和他睡，溜走了。

盛霈洗完一推门，正巧遇见山岚开门，她也刚从浴室出来，用毛巾慢吞吞地擦拭着黑发，看见他，乌黑的眼瞧他一会儿，又移开了。澄净清透的眼，像是夏日荷塘露出的尖尖一角。

盛霈看了片刻，去屋里搬了把椅子出来，接过她手里的毛巾，摁着她坐下，随口问："早上又去练刀了？连刀都没有，还闲不下来。"

山岚说："捡了根小树枝，一样可以练。"

盛霈挑唇笑道："把头发擦干再带你去吃早饭，吃完送你回来，我和小樵就出海去了，最多三天就回来。东西都带好了，现在有海事卫星移动系统，还能用卫星电话给你打电话，不怕找不到我。"

上一次两人流落荒岛纯属意外。那时盛霈找山岚急红了眼，哪儿顾得上那么多，又突遇暴风雨，船一翻什么都丢了，这次他和徐玉樵做了万全的准备，计划A行不通，还有计划B。

山岚不再提要跟去，只慢吞吞地点了点头。

盛霈没几下就擦干这头长发，说是擦干，只不过把发上的水汽都吸走，剩下的等海风一吹就干了。

"走了，吃早饭去。"他捏捏她的脸。

话音刚落，房门忽然打开，黄廿廿手忙脚乱地穿着防晒衣，忙不迭地

325

喊："还有早饭吃？等我一起！"

盛霈瞥她一眼，说："小樵说你起不来。"

山岚闻言，微抿了抿唇，有点儿不好意思，小声说："我洗澡把她吵醒了，明天去你房间洗。"

盛霈挑眉，心想让你不和我睡。

黄廿廿严肃否认道："不是山老师把我吵醒的，是我自己饿醒的！这不重要，重要的是现在赶紧去吃饭！"说完，丢下两人自己先跑了。

"……"这是有多饿？

盛霈牵着公主又软又小的手，问："你们昨儿晚上干什么了？凌晨还见你们屋亮着灯，嘻嘻哈哈的，小孩儿似的。"

山岚眨眨眼道："廿廿问我们是怎么谈恋爱的，问我为什么喜欢你，又聊了别的事。她好奇心重，确实像小孩儿。"

盛霈轻哼一声说："不光她，你也像个小孩儿。"

山岚不情不愿地应："我不是小孩儿。"

盛霈眉梢微挑，把她扣进怀里，一桩一桩地数："要坐别人肩上、虾和螃蟹要人剥、不能提别的女人，一提就……嗳，干什么？"话还没说完，耳朵先被揪住了。

盛霈低头往她脑门一亲，说："我就喜欢这样的。"

两人黏糊着到了婶子家，徐玉樵二人正在地里帮着干活，婶子在屋里烧早饭，她这小屋好些日子没这么热闹了，她眉开眼笑的，瞧着心情极好。

"平时她一个人会觉得孤独吗？"山岚轻声问。

盛霈弯腰拿了把小锄子，闻言道："招儿，这世间绝大多数人都是普通人，他们困于尘世的烦恼，凡人都免不了七情六欲。"

山岚蹲下身，白皙的手指杵了杵泥土，如水的眸静静地看着他，问："你也是普通人吗？在这里也会感到孤独？"

盛霈一笑，说："当然是。我也是个俗人。"

山岚低着头，眼睫如蝶翼似的微微颤动。不一会儿，沾着泥的指头弯曲，钩住男人的拇指，她小声说："以后不会孤独了。"

她嗓音轻轻的，像海雾一样落下，对他说："你不会，我也不会。"

不远处，黄廿廿掏了掏耳朵，又看看沉沉的天，问："小樵哥，你刚刚听见别人说话了吗？"

徐玉樵刻意大声道："哪里有人，不就两条狗？"

盛霈的目光淡淡地扫过来，两个人又安静下来，不说话了。黄廿廿此刻深深明白了徐玉樵的话，人家谈恋爱他们去掺和什么？这不是自找没趣？

一群人热热闹闹地吃完早饭，盛霈和徐玉樵准备出海去。

走之前，盛霈再三确认山岚没跟上来，一步三回头，不知道的还以为多舍不得。

"二哥，不就去两天？"徐玉樵纳闷道，"之前二十五天不都过来了？"

盛霈轻"啧"一声说："不看牢了，一转眼你就能在小船上看见她。你山老师这人，嘴上说不去，心里就一定惦记着。"

徐玉樵挠头道："听起来和我侄子一样。"

盛霈挑了挑眉，懒声应："可不是吗？成天关在山里的小尼姑对这个世界可太好奇了，哪里都想去，什么都想看。"

徐玉樵倒挺理解的："山老师不是一直在山上吗？其实就和我们一直生活在岛上差不多。上了岸什么地方都想去，只要落了地，到处都是新鲜事。二哥，你肯定不懂我们，你在城市里浪荡惯了才到这海上，心态大不一样。"

盛霈安静地听着，有一阵没反应。

徐玉樵笑问："怎么样，二哥，是不是后悔了？现在回去把山老师带来还来得及，我们做了那么多准备，铁定不会出事。"

盛霈不但在西沙做了准备，还在南沙附近派了船，他们上次流落的那个岛上也停了盛氏的船，力求做到不管他们被暗流卷到哪儿都有人来捞。

盛霈催他："走快点儿。"

不但没后悔，还想快点儿跑了，生怕山岚追上来。

徐玉樵："……"这个铁石心肠的男人！

海上雾气弥漫，可见度不高，他们用的小船上没有定位系统，盛霈认得海上的路，徐玉樵上了船睡一觉都成。等船开出去一段距离，徐玉樵回头一看，笑了，喊道："二哥，山老师真追到码头来了！"

盛霈叹气，到底没狠心不看她。他减缓船速，回头看向那雾茫茫的一片，她站在码头，一身白衣几乎要融入雾里，看不分明神情，只是纤弱的一道身影，让人无端生出怜爱与不舍。

盛霈看了片刻，忽而吹了声响亮的口哨。清亮的哨声穿透海雾，顺着风抵达码头，那人影站了一会儿，转身往回走，步子迈得慢慢的，看得人着急。

等那身影完全不见，盛霈才重启往前航行。

此时，岛上。

山岚慢吞吞地往回走，黄廿廿在不远处等她，正蹲在地上和岛上的小狗玩儿。山岚没走出几步，忽然有人喊她："姐！"

是小风的声音，听起来似乎很着急。

山岚循声望去，小风跑了一路，额头上都是汗，见了她也没来得及喘口气，就说："姐，有人跟着二哥他们！"

山岚微顿，问："把我带去南渚的人？"

小风来不及细说，喘着气急促道："是我哥他们，他们也在找船，虽然他们目的不同，但不知道碰见会不会起冲突。从二哥的船从猫注岛开出来，他们就跟着他，怕他发现不敢靠太近，前后换了三次船。"

山岚盯着小风焦虑的眼神，问："为什么告诉我？"

"我知道我做错了。"小风鼓足了一腔勇气，一口气说完，"第一次在船上见到你，我躲着没出来；第二次我把你骗去了南渚。姐，我不想做错第三次了。"

初见山岚时的愧疚一直压在小风心底，后来他陷入挣扎，再到昨天他又看见山岚，想起她被抓时说的一句话。

她答应过他，会帮他找姐姐。

"因为想找到姐姐，所以听他的话？"山岚轻声问。

小风用力地点头，他没多说，只道："姐，我知道我哥他们想干什么。他不光想找到当年的船，还要找到垂虹刀。"

山岚诧异道："他要垂虹刀？"

不知是否是天意，正在此时，山岚的电话响了。这通电话来自南渚文物所，前些日子山岚托他们修复的手札终于有了结果。

10分钟后，另一艘小船载着山岚、小风和黄廿廿驶离小岛。船上，黄廿廿看着陌生的少年还有点儿不放心。

"山老师，我们可以相信他吗？"她小声问，"这船连个定位都没有，这天气什么都看不见，会把我们带哪儿去？”

山岚还没应声，少年别扭又生硬地回答她：“我会开船，我哥教过我的。他和二哥一样厉害。”

黄廿廿憋了一会儿，没忍住：“可现在你是要背叛你哥。”

小风闷声道：“他再这样下去，会越错越多，我不想看见他再继续错下去了。而且这件事本来就和二哥没关系，二哥什么都没做错。”

山岚安静地看着下载下来的图片，手札上记载了山栀出海的前因后果，以及她获救之后发生的事。如今的一切，都源于明朝年间的那次出海。

黄廿廿忧心忡忡道：“山老师，我们不通知二哥可以吗？总觉得他知道了会生气，说不定还会牵连我！”

山岚轻声应：“他知道了会立即返航，不会让我跟去。如果这件事和山家没关系，我可以留在岸上等他回来，可这件事是山家的事，我是山家家主，应该由我来解决。廿廿，你不该跟来的。”

听到山岚说到自己，黄廿廿又理直气壮起来：“我会咏春！我可以保护你，你们都出海去了，我不想一个人留在岸上。”

小风认真道：“我准备了氧气瓶和救生衣，不会让你们有事的。”

原本瘦弱的少年似乎一夜之间长大了，他试图用自己的方式去对抗前十六年所看到的世界，试图从改变自己开始。

海上雾气弥漫，一前一后的小船看不到彼此，他们在浓雾中听着汽笛声，注意信号随时准备避让，这一路下来近 5 个小时，他们终于接近暗流。

午后，日光渐强，云层飘散。海上的大雾渐渐散了，视野变得清晰。

徐玉樵原本正嗑着瓜子，有一句没一句地和盛霈聊天，接近暗流，船摇摇晃晃的也碍不着他，正说着话，他余光一瞟，呆住了，瓜子壳落了一船。

他磕磕巴巴地喊：“二……二哥！小船跟着我们，山老师在那里！”

“？”什么玩意儿？

盛霈急忙停船，起身往远处眺望。

不远处，坐在船头乖乖往他这儿看的人不是山岚是谁？似是知道他要生气，她也不说话，就安安静静地坐在那儿。

盛霈轻“啞”一声，又气又恼。

已经接近暗流，总不能把人赶回去。他停在原地，等小风刚把船开过来，便几步走到船尾，一把把她抱了过来，铁一样的手箍着她的腰。

盛霈恶声恶气地问："瞎跑什么？"

山岚眉眼间一派无辜，小声说："没瞎跑，我就是和廿廿一起出海转转，刚巧遇到你了。盛霈，这叫缘分。"

盛霈："……"你管5个小时的海程叫缘分？

"老实站着，别动。在海里不许瞎跑，抱着我，一会儿和我一起下水，别想自己溜。"

盛霈往山岚身上套安全绳，再次确认她身上的氧气瓶装置，一字一句地叮嘱着，说完盯着她乌溜溜的眼珠子看。

平时高高在上的公主这会儿显得乖巧，她乖乖地应："我知道了。"

盛霈压着火气，瞥了眼边上的小风，这小孩儿倒是不躲不避，眼神直直地和他对视，看得人心烦。一早他就不喜欢这小孩儿，第一眼就觉得这孩子倔，这下好了，把他老婆也倔过来了，净会给他找事儿。

那头徐玉樵倒是挺高兴，正在和黄廿廿念叨："你别紧张，就跟潜水似的，被暗流裹挟也别怕，抓着绳子，我在前头带你。"

黄廿廿悄悄看了眼盛霈，没吱声。在这当头，傻子才去触盛霈的霉头。

盛霈闻言，往徐玉樵处看了眼，说："那小孩儿，你也给我看着。一个个的，都瞎跑什么？"教训了一圈，最后回到山岚头上。他伸手点了点她的眉心，问："刚刚和你说的记住了？"

山岚顺着他的力道往后仰，也不躲，只嘀咕道："要被你推下去了。"说完，又抬眸乖乖看他，点点头。

这是哪儿学的？还撒娇卖痴。

盛霈训人归训人，到底自己动手把这些人身上的装备检查了一遍，说："一旦出现问题，立即按下紧急按钮，里面有定位装置，附近的船会赶过来。"

最后他看向小风，问："你说你哥跟着我，人呢？"

小风摇摇头说："我不知道。自从……上次过后，他不让我参与这些事了，昨天是我偷偷跟来的。"

盛霈微顿，他注意到小风一次都没有提过他哥的名字，从来都是以

"他"或是"我哥"代替。

他和山岚对视一眼，她微微摇头。

盛霈拽了拽绳子，朝徐玉樵挥了下手，一只手搂紧山岚的腰，迅速跳入汹涌的浪潮里，巨大的冲击力无情地将他们分开，两人眨眼间消失在了海面。

船上，黄廿廿咽了咽口水。她有点儿腿软："小樵哥，不……不会出事吧？"

徐玉樵摆摆手道："不会，今天天气还行，海浪不高，我们查了天气出来的，只要没下雨刮风，没什么大事，走了。"

说完，他一把拎起小风把人往海里一丢。小风身上的绳子一个带一个，瞬间三人都落了海，黄廿廿连叫都来不及，耳边便只剩气泡声。

冰冷的海里，盛霈反手抓着绳子，破开庞大的阻力，将山岚一点点往自己身边拉，片刻后，那道白色的影朝他游来，像一只灵活的海豚。盛霈伸出手，用力一捞，把人紧紧抱在怀里。

很快，涌动的暗流裹挟着两人向前方涌去。

第一缕晚霞落到透亮的海面，澄澈的绿色镜面沾染上点点橙红，海鸟乘着海风，鸣叫着掠过海面，回家路上还看见两个傻子在游泳。

盛霈跃出海面，抹了把脸，一只手去提溜边上的人。下一秒，美人鱼钻出水面，摘了潜水面罩，没扒拉稳，还呛了口水。

"急什么？"

盛霈拍拍她的背，拂去她额间的水渍。

山岚攀着他的肩，往四周看了眼，周围是茫茫的海面，唯有前面有一座小小的岛礁，上面空荡荡的，没什么特别的。

她抿抿唇，问："我们是不是没找对地方？"

盛霈耐着性子把她的小脸擦干净，顺了顺粘在一起的黑发，才看了眼前面，说："先过去看看。"

这座小岛礁看着近，但真游起来还挺远。两人游了近20分钟才到岸上，盛霈托着山岚上岸，问："累不累？先吃饭，冷不冷？冷就把裙子脱了。"

山岚摇摇头。

正逢日落，海风带着点点凉意。盛霈看了眼此时自己所在的位置，用卫星电话发了条短信出去，海上暂时没看到徐玉樵，他尝试着打了个电话，那边没接。

盛霈拿过小风给山岚准备的防水背包，打开一看，除了必备物品，居然还有速食盒饭、巧克力。他拿了盒速食出来，笑道："还是小孩儿，带体积这么大的东西在身上。不过两天，不算累赘，我给你热。等找个大点儿的岛，捉鱼给你吃，这岛礁什么都没有。"

山岚顺开长发，向后看去，高低不平的岛礁面积三四十平方米，除了石头什么设备都没有，没有任何生活痕迹。盛霈随口道："以前老渔民出海，虽然什么设备都没有，但对能过夜的礁盘了如指掌，带着口锅就能下来睡觉。船上摇摇晃晃的，睡着不舒坦。"

趁着盛霈在捣鼓晚饭，山岚起身在周围转了一圈。底下的路凹凸起伏，她小心翼翼地往中间走，待走到岛礁中央，她怔了一瞬。

"盛霈！"她提声喊。

盛霈听见声，立刻放下东西往她身边跑。她少有这样高声喊他的时候，每一次这么喊，他的心跳就会加速，怕她又遇见意外。他几个跳跃，停在她身边，下意识地去牵她的手，略显紧张地问："怎么了？"

山岚指着岛礁中央有水流动的小口，新奇地问："这是什么？"

盛霈这才分出心神关注别的，顺着她指的方向往下看。这居然是个活水口，像是岛礁下面破了个洞，海水从底下涌出。

"站远点儿。"

盛霈让山岚往后，自己蹲下身，手臂往洞里探，甫一入水，他蹙了下眉，这水流似乎不太对劲。

山岚抿抿唇，忍不住去抓他另一只手，生怕他被底下的洞给拽走了，抓得紧紧的，差点儿没把人抓疼。

盛霈笑了声说："没事儿。"

山岚问："下面是什么？"

盛霈仔细感受片刻，道："这底下的水和岛礁下的水不是一个流向，是自下而上的，这个洞或许通向别的地方。当年手札上记载的位置确实是这里，但后来船沉了，山栀得救了，她醒来时是在渔船上。船沉没后发生了什么，她也不清楚，最重要的是这几百年，地貌或许有变化。

"招儿，我下去看看。你在这儿等着，你吃完饭我就回来。"

盛霈看向山岚，正想再哄两句，却见她点点头，自己乖乖吃饭去了，还提醒他戴好氧气瓶和面罩。

这会儿瞧着倒是挺乖的。盛霈弯唇笑了一下，亲亲她的额头，把腰包里的卫星电话拿出来，叮嘱道："半个小时后我没回来，你就拨通通讯录第一个号码，很快就有人来找我们。"

山岚垂着眼，握紧电话，应："知道了。"

盛霈心里有些诧异，自她跟出海被逮住，自己说什么她应什么，一点儿不像先前什么都好奇的模样。原以为还要费点儿时间哄她，但她却出乎意料地安分，多的话一句都不用说，这倒让他不习惯起来。

"真乖乖等着？"他又问了一遍。

山岚捧着饭盒，乌黑的眼往他脸上一瞧。半晌，她轻声道："就在这儿等你回来。"

盛霈微松了口气，起身穿戴装备，在腰间绑好收缩绳，最后将绳子交到山岚手里，独自一人钻入那道仅容一人通过的小口。

盛霈走后，山岚在原地静了几秒，然后便在小口边的礁石上坐下，就坐在这里等他回来，哪里都不去。

山岚吃饭出了名地慢，不光在山家有名，现在连盛霈船上的人都知道了。这会儿她也慢吞吞的，一口一口，细嚼慢咽，可等她全部吃完了盛霈还没回来，手边的绳子只剩短短的一截，他再往前，她就会失去他的行踪。

夕阳洒落海面，放眼望去，天与海的交界逐渐模糊，粼粼的波光闪动着，渐渐地，她似乎看到一点影子。山岚迎着光，微眯起眼，定定看了几秒，发现那居然是艘小木筏，前面用了块布做了帆，用渔网固定着，正顺着风朝她而来。

等木筏近了，有人抬起手臂朝她挥手。

"山老师！"女孩子的声音兴奋又清亮。

山岚起身往岸边走，看到木筏上的三个人。徐玉樵他们都在，一见她就问："二哥呢？怎么不见二哥？"

山岚将人带到岛礁中央，指着那小口，说："他下去二十分钟了，还没回来。"

"下……下去了？"黄甘甘目瞪口呆道，"这底下不就是海？"

徐玉樵看她一眼，纳闷地问："难道你认为岛都是漂在海上的？底下可是岩石，估计下面有另外的水源。得了，既然二哥下去了，我们就在这儿等他，吃饭吃饭，饿死我了。山老师，我们还抓鱼了，从附近岛上带了树枝过来，够生一顿火的，你要不要也来点儿？"

徐玉樵他们被冲到了不远处的一座无人岛上，他收到盛霈的短信，便自力更生现搭了个小木筏，又捡了不少树枝带着，就想着这顿，黄甘甘又是厨师，两人一拍即合，甚至还觉得调料带少了。这一唱一和，像是野营来了。

山岚轻声道："我吃过了，你们吃吧。"

山岚平时说话便轻轻柔柔的，这会儿轻声细语的，两个人都没多想，自顾自地捣鼓起来，只有一直沉默的小风走到她身边。

"姐，你是不是担心二哥？"小风试探着在她身边坐下。

山岚轻轻地"嗯"了声，说："他们一直这样相信着他，所以风里雨里都跟他去。我也相信他，但是……"她止住话，不知道该怎么表达。

这感觉对她来说陌生又熟悉，似乎是有点儿心疼，但更多的是担忧和不安。

小风垂着头，低落地说："我也一直相信我哥，所以他说什么我就做什么，但是他自从出海，就跟变了一个人似的。姐，一个人为什么会忽然改变？"

山岚微顿，低声问："那年还发生了什么事？"

小风有些茫然，回忆着那年发生了什么，待想到某处，他喃喃道："那年叔叔去世了，是叔叔把我和姐姐带回岸上的。"

山岚想起手札里的内容，刚想说话，忽而听到一些动静，她倏地朝着小口看去，那处的水流变得急促，冒出一串泡泡来。下一秒，盛霈忽然钻了出来，水花散开，冷不丁溅了山岚一身。

她不闪不避，定定地坐在原地。直到他看过来。

盛霈甩了甩满头的水，按着石头往上一撑，水"哗啦"落下一地，看到眸子一眨不眨地望着他的山岚，他弯唇一笑。

"看我看傻了？"盛霈调笑似的问。

山岚抿了抿唇，雪白的小脸似乎有些紧绷，瞧了好一会儿，慢吞吞地伸出手，冲他说了一个字："抱。"

盛霈的心霎时软了。他也不管自己是不是湿漉漉的，就这么把她抱进怀里，当着这么多人的面亲了亲她的唇角，低声道："没事，别怕。"

咸湿的海水味在舌尖弥散开，他的温度透过湿淋淋的布料传到她肌肤上。彼此的心跳在这瞬间变得清晰而缓慢，山岚收紧了抱着他的手。

夕阳落幕，最后一缕光束顺着海面蔓延至岛礁，落在静静相拥的两人身上，此时此刻，天地间只剩下风声。

盛霈抱着山岚哄了好一会儿，等她松开手，才对那边"装死"的两人道："下面有出口，通向一座小岛，但那岛看起来不太对劲。"

徐玉樵轻咳一声，问："怎么不对劲？"

盛霈微微蹙了下眉，说："光线不好，看不清，那里的磁场有问题，指南针失灵，而且卫星信号覆盖不到。"

"覆盖不到？算地下还是水下？"徐玉樵直嘀咕。

盛霈说："我们先上那座岛，这岛礁不安全，一涨潮，这里就会被淹没。我通知最近的船，让他们过来。"

天很快就要暗了，一行人加快动作，戴好装备，依次钻进了洞口。当最后一抹光消失时，茫茫海上再无踪影。

半个小时后，一艘渔船停在岛礁处。年轻的男人站在驾驶室往外眺望，那岛礁上空无一人。他问："确定是这里？"

边上的中年男人疑惑道："我们失去了小风的位置，定位显示他最后出现的地方是在这里，然后他的定位标记就消失了。"

"消失了？"男人起了点儿兴致，说，"你跟我下去，其余人留在这里。"

夜幕降临，两个男人一前一后下了船，上了岛礁后看到盛霈他们留下的痕迹，最后停在那小口边。

"这……这是口井？"中年男人拿着手电筒往那处照，诧异道。

男人蹲下身，伸手沾水尝了尝味道："海水，不是井。看来下面有东西，他们一定往下去了，去拿装备。"

"我们也下去？"

这黑黢黢的洞不知道通往哪里，多吓人啊。

男人瞥了他一眼，说："换两个水性好的来，你去船上待着。遇见意外情况，你知道该怎么处理。"

中年男人点头道："知道，我去喊人。"说完，忙不迭地跑了。

男人盯着洞口看了片刻，想起小风那个傻小子，轻笑一声，说："还算有点儿用，就是太笨，总是被人骗。"

岛礁下，漆黑的通道冗长、狭窄，只能往前，无法后退，窒息感极其强烈，对第一个往下的人来说，前路皆是未知。如果是条死路，他可能再也回不了头。

盛霈戴着探照灯游在最前面，往后依次是山岚、小风、黄廿廿以及徐玉樵，一行人在深水里前行20多分钟，终于到了出口。

出口处就是另一座岛屿。乍一看岛上树木稀疏，没有任何人生存的痕迹，是座极小的岛。盛霈第一个上岸，回身接山岚，她浑身湿漉漉的，摘了面罩脸色有些苍白，在幽冷的探照灯下更显纤弱。

"怕不怕？"盛霈扯开背包，拿了条极薄的毯子披在她身上，问。

山岚摇摇头，仰起脸看着他说："你第一次下来的时候怕吗？"

盛霈弯唇一笑，低声解释道："底下水是流动的，一定会有出口，如果没有，绳子在你手里。有招儿在，我怕什么？"

这20多分钟极其漫长，她在水道内能看到他三番五次回头看她。

山岚抿抿唇，往他颈侧蹭了蹭，湿漉漉的侧脸蹭来蹭去，把两人弄得黏糊糊的。许久，她的情绪缓和下来。

这边两人安静地黏糊着，另一边就显得吵闹。

黄廿廿三人依次和饺子出锅似的上了岸，摘了面罩她就咋咋呼呼地喊："不是我说，下面也太吓人了！像末日世界一样，什么声音都没有，左右都被包围的感觉绝了，我以后可能看不了海难片。"说着，她打了个寒战。

徐玉樵抹了把脸上的水，拿出手电筒往岛上照了照，喊盛霈："二哥，我们现在是在南沙吧？这岛看起来像暗礁，我们不能倒霉成这样吧？"

黄廿廿一听，忙竖起耳朵问："倒霉？什么倒霉？"

徐玉樵四处打量着，解释道："这种暗礁根据潮汐变化而变化。涨潮时它是潜在水下的暗礁，退潮了就变成了小岛，现在是退潮的状态，等涨了潮还得被淹。说起来这水下通道也太古怪了，二哥，你刚刚摸了没，像是珊瑚。"

盛霈牵着山岚过来，指着黑沉沉的海道："这一片底下都是珊瑚礁，小型渔船尚且进不来，更别说大型渔船。这么浅的航道估计就一个人的小船能进来。我们的船过不来。"

徐玉樵叹气道："我就知道。怎么说，先往里走？"

盛霈眼皮子一睁，冷冷地看向小风，这少年一直安安静静的，也不多话，盛霈顿了几秒，说："把身上的东西摘了。"

小风微愣，下意识地说："什么东西？我身上……"他忽地止住话，脸色发白。

小风想起什么，把腰包和背包都打开，一股脑儿地往地上倒，看得徐玉樵直心疼，这都要弄湿了，干脆凑上去捡，顺便教育小孩儿："你这么大年纪了，不知道在岛上要节约物资吗？找东西归找东西，怎么这么暴力？"他嘀嘀咕咕地唠叨着。

小风充耳不闻，最终在背包夹层里找到了放在他身上的定位器。他愣愣地看着手里的定位器，嗓音干涩道："姐，我……我没有……"

盛霈看着脸色煞白的少年，说："你被你哥骗了。你说他们跟着我，说错了，他们一直跟着的是你，知道你会去找山岚。他们计划中最关键的就是你。"

小风紧咬着唇，拳头攥得死紧。

盛霈瞧着他，心想小孩儿就是难弄。他指了指洞口，说："我故意让你跟来，为的就是把人抓个现行。一会儿要抓你哥了，你打算怎么办？"

这下小风再傻也知道盛霈的意思了。

他哥早知道他想干什么，故意让他听见那些计划，而盛霈知道他哥不会让他这么轻易地跟过来，所以将计就计。

他就是个傻子。

小风揉了揉眼睛，说："我帮你们。"

徐玉樵听得迷迷糊糊的，问："抓谁？"

盛霈挑了挑眉，把准备好的一捆麻绳往地上一丢，说："抓和我们过不去的人。整整两个月，忍到现在算我脾气好。"

徐玉樵睁大眼问："二哥，你知道是谁？"

盛霈随口道："八九不离十，这次从洛京回来到南渚，出海前我去找了趟赵队长，他应该已经在着手调查了。"

这么几句听下来，小风有点儿恍惚，总感觉自己的智商出了问题。

黄廿廿不知道前因后果，听得一头雾水。

徐玉樵知道内因，但也有点儿蒙，去看山岚，结果看她一脸淡定，似乎也都知道的样子，不由得嘀咕，人和人之间的差距怎么这么大呢？

盛霈和徐玉樵分完工，看向山岚问："想不想玩儿？"

山岚静静地看他一眼，忽然从脚踝处抽出那把锋利的鲸骨刀，意思是她不但要玩儿，还想用小刀玩儿。

盛霈轻"啧"一声，揉了把她湿漉漉的发，笑道："还说不是小孩儿？去洞口蹲着，看见人上来了，就把刀往他脖子上一架。"

山岚眨眨眼，到洞口蹲好了。

那边四个人蹲着准备绑人，黄廿廿不想参与这么危险的活动，干脆生火去捣鼓点儿吃的出来，不能浪费食物，这些可都是大海的馈赠。

南沙纬度低，刚上岸那会儿还觉得冷，现在就热得发汗，海风吹过来热意消减，他们身上几乎都干了。山岚拿下小毯子往后面一递，盛霈接过去收好，重新打理起她的长发，动作不紧不慢，一点儿看不出来他们是在抓人。

徐玉樵没忍住，说："二哥，你能正经点儿吗？我们可是准备绑人，你这个样子，看得我有点儿紧张。"

盛霈瞥他一眼问："紧张什么？

徐玉樵说不上来，就是心里没底。这气氛一点儿都不严肃。

盛霈不管他，修长的手指没入山岚长而柔软的发，直到将它们打理得从头至尾每一处都顺畅柔滑，他才满意地松开手。

正当他欣赏时，洞穴口忽然有了动静。水面变得浑浊，有气泡不断涌上来。

盛霈看了眼徐玉樵，徐玉樵和小风对视一眼，两人拿着麻绳随时准备动手，那洞口的动静越来越大，忽地，一颗脑袋从里面钻了出来。来人才探出水面，骤然对上四双眼睛。还没反应过来，脖子边上忽然横了把小刀，彻底僵在那儿。

盛霈眼角眉梢带了笑意，懒声道："招儿的办法好用。"

这不，人才露了个头，就被吓住了，都不用他动手。

盛霈把人一提溜，往边上一推，徐玉樵和小风上手把人五花大绑，然后继续等下一个。这么一连串下来，他们足足绑了三个人。

再等就没有了。

盛霈看了眼山岚。山岚看向对面被捆成一团的三个人，拿着刀打量了一下，似乎在比画些什么，他们脸上的潜水面罩都没摘，虽然看不清面容，但能听见他们急促地喘着气。

忽地，她的视线停在某个方向。

只见黑暗中有什么东西"咻"的一声飞了过去，正好卡在三人的腿边，仔细一看，居然是把小刀。

"唔唔唔——"

离刀最近的那人开始扭动。

山岚眨眨眼，无辜道："哎呀，手滑了。"而后极有礼貌地问："后面还有人来吗？"

那人忙不迭地摇头，连身体都在晃动，水甩了另外两人一脸。他正支支吾吾地说着话，忽然被人撞了一下，撞他的是他们三人中间最冷静的那个，第二个上岸的。

徐玉樵在边上看得直摇头，唉声叹气道："瞧瞧，二哥都把山老师带成什么样了。山老师以前多正经一人啊，说话温声细语的，素质又高，典型的知识分子。这才和二哥在一起多久，就变成这样了。"

说这话的徐玉樵俨然忘了当时山岚是怎么用刀抵着陈船长，把人硬生生吓得往海里掉的。

黄廿廿翻了个白眼，道："你管得着吗？美女爱干什么干什么。"

徐玉樵讪讪的，不说话了。他就不该在黄廿廿面前说山岚的不好。

盛霈翘着唇捏了捏山岚软软的脸，他的公主多可爱啊，出海这么两趟，不但会欺负人了，还学聪明了，挺会吓唬人。

"小风，你哥是哪个？"盛霈懒散地指了指那三个人，悠悠道，"去摘了面罩我看一眼，都认识那么久了，这样说话怪没礼貌的。"

小风沉默片刻，径直走向第二个上岸的男人，他和那双熟悉的眼静静地对视片刻，抬手摘了那人脸上的面罩。

一张熟悉的面庞出现在众人眼前。

他向来温和的面容此刻冰冷阴沉，冷静的眼看着盛霈。

徐玉樵一时没反应过来，手里拿着的螃蟹掉在地上，脑袋发蒙地看着眼前的男人，喊："符……符哥？怎么会是你？"

小风没出声，又摘了另外两人的面罩。一瞧，都是熟人。两人是符世熙船上的副手，他们一群人互相认识。

徐玉樵彻底愣在那儿，不知怎的，他忽而想起那天在猫注机场山岚对他说的那些话，那时他说二哥船上的人不可能有问题。

可那天，符世熙和小风也在船上。

徐玉樵忍不住想到开渔日那天，那天也是符世熙将小风带上船的。原来从一开始他们就认识，他故意将小风送到盛霈身边，陈船长不过是个幌子。后来他们遇见山岚，得知山岚的身份，所以小风的目标从盛霈换成了山岚。

符世熙微喘了口气，甩了甩脸上的水汽，直直地看向盛霈，问："你是什么时候知道的？"

盛霈起身走到符世熙前面，垂眸看了他一会儿，俯身抽出地上山岚的小刀，随口应："在南渚，你和我一起被绑的那天。"

符世熙静了片刻，忽然笑起来，说："果然是盛二。"

这笑意转瞬即逝，退去温和的面容之后，他的脸上只剩淡漠。

符世熙看了眼站在山岚身侧的少年，淡声说："你和你姐一样没用，一件事都办不好。家仇是这么报的吗，给仇人通风报信？"

小风攥着拳，反驳符世熙："山岚姐不是我的仇人。"

符世熙嗤笑一声，重新看向盛霈，问："船呢？我找我的船，你找你的人，按理说这件事和你没关系。"

瞧瞧，这态度嚣张的，不知道的还以为他才是绑人的人。

盛霈眸光淡淡，却语带笑意："没关系？我以后的女儿姓山，你说这事和我有没有关系？"

山岚呆了一下。

为什么忽然说到女儿，他们会生女儿吗？

符世熙微蹙了下眉，看向盛霈边上的女人。她和初见时有些不同，和山岁形容的那个人并不像。

"我只想找到船。"他缓和了语气，"在南渚也没打算对你们动手。"

盛霈闻言，抬脚踢了踢山岚边上的小风，对他说："在你老家找到你几张照片，找人修复了一下，你腰上有什么东西？"

昨晚在岛上，盛霈收到了修复过后的照片。照片上是小风光着身子在沙滩上跑，画质仍是不清晰，但隐约能看到他腰上有一团模糊不清的痕迹。盛霈立即想起徐玉樵说的话，小风从不和他们一起洗澡。

小风怔了一瞬。他看向符世熙，低声喊了句："哥。"

符世熙没出声，只是看着小风。

片刻后，符世熙眼看着小风撩起衣摆，露出了腰上的文身，那是一个类似于海马形状的标志，顶端像是人的侧脸。

山岚垂下眸，看向他腰间的文身，垂落的眼睫微微颤动一瞬，轻声道："小风，那把刀，是你姐姐做的。"

他身上的海马文身，山岁刀上的酒樽标志，合起来是个"侯"字，是侯家的族姓象形字，是他们家的族徽。

"什么？！"小风没立即反应过来，"那把刀？是姐你带着的那把？"

这把刀他就带在身上。

数个夜里，他躺在甲板上，对着月亮仔细看这把刀，看刀的纹路，海风吹来的时候，他想起山岚，又想起自己的姐姐。

小风喃喃道："可是，二哥说是你师姐送的。"说着，他忽然想起听山岚说过的山家往事，紧张地问："姐，是你们家收养了我姐姐吗？她为什么不来找我？"

山岚安静地注视着彷徨的少年，说："她是被符家送到山家的，从一开始就有人告诉她，山家是害死她族人的凶手，是你们母子三人流离失所的原因。明朝年间，我的祖先山栀出海，是受了朋友委托，她的朋友姓侯。"

手札上完整记载了山栀当年出海的原因。

明代后期，因沿海地区倭寇、海贼猖獗，加之海上走私贸易屡禁不止，沿海居民苦不堪言，朝廷征剿无法平定，于是颁布禁海政策。山栀的侯姓好友在这样的环境下，仍偷偷走私，却被朝廷发现，在朝廷问罪前，冒着风险将家中妇孺和所有财产送上了船，再托付山栀，护送他们到安全地带。可流年不利，他们在海上遇见了海贼。

山岚移开视线，看向符世熙，道："那海贼头目姓符，他死在山栀手里，死在垂虹刀下。和山家有仇的，不是山岁，也不是小风，是你。"

符世熙听到这里，轻笑一声说："我和山家没仇。山栀出海恰好遇见海贼，这是不是太巧了？她和海贼早就有了勾结，图谋侯家财产罢了。侯风，当年救你和你姐，也是凑巧，我父亲看到你和你姐身上的文身，认出你们是侯家后代，这才发了善心救你们。

"你姐姐被山家人送进了监狱。事到如今，你还相信山岚说的话？"

符世熙盯着小风，眼神沉静。

小风下意识地往山岚身侧躲，他抿抿唇，小声说："我不相信你。不管当年事实真相怎么样，山岚姐从来没害过我。"

符世熙气笑了，反问道："我害过你？"

小风道："是你们把我姐送到山家的。"

一直没出声的盛霈挑了挑眉，看来这小孩儿还没笨到底，带回去教一阵子还有救。不过这件事还真是一团乱。盛霈没打算一直在这儿对峙下去，他道："小樵，你和小黄在这儿看着，我去岛上转一圈。小孩儿，你也跟来。"

小风埋着头，跟着山岚和盛霈走了。

黄廿廿听得目瞪口呆，好半天才合拢下巴，指着那三人的背影，小声和徐玉樵说："小樵哥，你看这像不像一家三口？"

想起小风这倒霉孩子，徐玉樵摇头道："不像。"

"哪儿不像？我看像。"

徐玉樵煞有介事道："要是二哥的孩子以后这么笨总是被人骗，不是二哥被丢下海，就是小孩被二哥丢下海。"

黄廿廿："……"怎么偏偏就和海过不去呢？

第九章 ❄ 山岚与盛霈

初见时她看中的铁，经她锻造，经风吹雨打，

成了世界上最锋利、最孤傲的刀，

是她的刀。

　　这座小岛虽然看着面积不大，走起来还是有段距离。礁石嶙峋，草木稀疏，只石头缝里零星长出了几棵树，在夜风里簌簌发颤。

　　盛霈拎着强光手电筒走在最前面，腰间拴了根绳。绳子的另一头握在山岚手里，或快或慢，全由山岚掌控。

　　身后两人正轻声说着话。

　　小风闷声道："姐，你记得我和你说过的传说故事吗？桅杆上的星星是女神的化身的故事。其实当年，我妈也经历了这样的事。"

　　山岚记得这个故事。

　　他揉了揉眼角，继续道："我们家很穷，我一生下来就没见过我爸，后来我妈不知道从哪里听说，我爸在东南亚，就想带着我们去找他，可是她没钱，就带着我们偷偷躲上了船。那是一艘货船，特别大。运气不好，她在船上发了高烧，姐姐怕她死掉，就去找人帮忙。可是船长不想救她，还想把她赶下船，符叔叔帮了我们，最后我妈还是病死在船上了。是符叔叔带我们回了南渚。"

山岚问："你和你姐姐身上都有文身吗？"

小风说："嗯，我妈说是家族传统。可我爸这么穷，哪来的家族？"

"当年你们家还有人活下来。只是过了那么久，再去找仇人的后代无异于大海捞针，更别说复仇。唯一能做的恐怕就是延续这个传统。"

对侯家来说，这段恩怨早已是往事。

在船上，符世熙的父亲认出他们是侯家的后代，便动了向山家复仇的念头。当年山栀杀了海贼一伙，而现在山家却是屹立洛京数百年的望族，他们符家算什么？只是海上的渔民，沧海一粟。

这其中，符家有一丝对这两个孩子的怜悯吗？

或许是有的。

人生百态，有的人能放下仇怨，只想过普通日子；有的人碌碌一生，临死都无法忘怀这家破人亡的怨恨，一代又一代，将这本该消弭在海底的往事和纠葛又翻了上来。

小风低下头，小声说："符叔叔给我们找了领养人，他经常带着我哥来看我，我长大后他来得少了。我记得是十岁的时候，我哥一个人来看我，问我想不想和他出海。后来我才知道符叔叔去世了。"

"符世熙为什么想找到船？"山岚问。

小风摇头道："我哥一开始根本不想找船。他喜欢画画，想出国进修。但那时候符叔叔欠了巨额赌债，负担不起我哥的学费和生活费。"

连生活都过不下去了，哪来的资本谈喜欢，谈自由？

"符叔叔以前也想过找船，但这海这么大，去哪里找？因为欠债，他走投无路，把唯一的希望寄托在了海上，说海里有祖先留给他们的财富。于是，他一趟趟出海，身体越来越差，不到一年就病死了。他最后的遗愿，就是想让我哥找到那艘沉船和船里的财宝。

"其实我哥也很苦。为了还债，他一直在外面打工，连画都不画了。但这么辛苦，一点儿用都没有。符叔叔去世后，只剩下阿姨，阿姨身体也不好，每天念叨着符叔叔最后的心愿，我哥这才下定决心出海去。"

日复一日，符世熙早已忘记自己原本的模样，忘记学画画的自己，回忆里只剩下病床上父亲的嘶喊。真要说仇恨，其实算不上，只是世事裹挟，令他们变了模样。

小风闷声说完，问起山岁："姐，我姐姐……她是一个什么样的人？"

山岚轻声说："她很聪明，天赋高，能吃苦，虽然不爱说话，但是很细心。她一直惦念着你。"

小风眼眶酸涩，许多年过去了，他几乎要想不起姐姐的模样，只记得在货轮上，她紧紧抱着他，告诉他不要害怕，告诉他姐姐会保护他。

可现在他长大了，该怎么保护姐姐？

"姐，我姐她……"小风不知道该不该问。

山岚似乎知道他想问什么，说："她被符世熙骗了，受他胁迫，罪名应该会减轻。你可以去洛京看她。"

小风低声道歉："姐，对不起。"

盛霈走在最前，其间一直安安静静的，没说话。待走到某处，他忽然停下，用手电筒照向出现的石洞。这石洞横在岛中间，不大不小。

盛霈往后瞥了一眼，道："行了，到时候把符世熙往警局一丢，把该交代的都交代了，法院知道怎么判。小风，把你的手电筒亮起来。招儿，你过来。"

他朝山岚伸出手。她和这小孩儿嘀嘀咕咕半天，一路上都没搭理他。

山岚站在原地不动，搓了搓手里的绳子，见盛霈被搓得要往她身边来，才迈开步子迎上去，唇边露出个浅浅的笑来。

盛霈挑眉，又使坏，等她走近，把她拦腰抱住。

盛霈半蹲下身，微微侧开头，拍了拍肩，说："坐我肩上。这石洞有点儿古怪，你拿手电筒看看顶部，害怕就下来。"

山岚怎么会害怕？她最喜欢坐肩膀了。当即就搂着盛霈的脖子往上一坐，顺手薅了一把他刺刺的发茬，跟摸小狗似的，还捏捏他耳垂，下指令："出发。"

盛霈："……"恶龙变成了公主的坐骑。

石洞不是很高，从地面到洞顶三米左右。进入石洞口，海风"呜呜"地吹来，咸湿的风里带着热意，洞顶的水"滴答滴答"往下落。滴答的水声和着海风的呜咽，一听还有点儿吓人。

"这石洞，怎么会那么潮湿？"

盛霈低沉的声音回荡在空旷的洞里，回声却不明显。他照了一圈四周的模样，岛上植物稀疏，这石洞里倒是长满了爬藤，密密麻麻都是绿色植物，和洞外荒凉的景象形成鲜明的对比。

盛霈微仰起头，问："招儿，上面是什么？"

山岚正仔细观察着，幽冷的光照过黑漆漆的洞顶，她慢吞吞地应："都是植物。咦，里面藏着贝壳和海螺。盛霈，洞里为什么会长这些？"

小风想了想，说："姐，小樵哥说涨潮时这岛就被淹没了，可能是那时候留下来的，退潮了就留在了这里。"

盛霈问："够得着吗？"

山岚尝试着伸手，离洞顶还有一段距离。她摇头道："够不到。盛霈，这爬藤里好像还有鱼骨。"

强光照过缠绕的爬藤，照出森冷的骨骸，这石洞里满是生命的印记，超乎他们的想象。

盛霈闻言，忽而舒了口气。他继续往前走，步子迈得很慢，一行人穿越这个山洞，丈量着从入口到出口的距离，最后返回入口。

山岚坐在盛霈肩上不想下来。她问："盛霈，我们找到船了吗？"

盛霈挑唇笑了一下，说："找到了。"

此时此刻，他的身心无比轻快，或许他最终找不到陈海，但这是他能为陈山做的最后一件事，他践行了自己的诺言。

山岚也弯起唇，她看向南海清透的夜空，温声道："找不到垂虹刀也没关系，我找到了更重要的东西。"

盛霈挑眉问："是什么？"

湿润的海风拂过发梢，山岚低下头，正对上盛霈漆黑的眼眸。她含着笑意，嗓音轻软道："我的铁。"

"铁？"盛霈追问。

山岚不再开口，她闭着眼，哼起轻轻柔柔的小调，顺着海风、夜月，越过旷远的海域，飘向云端。

盛霈一行人回到原地，那三个人还绑在一块儿，挤在一起没出声。

黄廿廿正在捣鼓火堆，徐玉樵下海抓了几条鱼，一见他们回来，立马嚷嚷道："二哥，回来得正好，我抓着乌贼了，快烤熟了。"

鲜辣的香味渐渐散开。

徐玉樵还挺自豪："还好我带调料了。"

"找着船了吗？"他说完吃的才问起正事。

盛霈俯身小心翼翼地放下山岚，随口应："找着了，晚上不方便，等天亮了再去看。岛上估摸着没东西，都在水里。"

话音落下，符世熙倏地看向盛霈。

徐玉樵睁大眼问："我们脚底下？"

"算不上，只能说一半一半。这附近珊瑚礁多，水深不到哪儿去，明天我们下海去看一眼。潜水队应该也快到了。"

这趟出海，盛霈可花了盛老爷子不少钱，又是安排船，又是安排设备，还专门找了潜水队。

徐玉樵点头道："要真有东西，就通知文物所来打捞，私人打捞可犯法。"说着，他往某个方向看去。

符世熙盯着盛霈问："船就在这里？"

盛霈斜眼看向他，对徐玉樵道："把他松开。"

徐玉樵一呆，看看盛霈，又看看符世熙，沉默几秒，把人松开了。

符世熙神情复杂地看着盛霈。当年救盛霈不过是举手之劳，他没想到他们之间在三年后还会有这样的纠葛，也没想到盛霈真的能找到船。

"招儿，吃点儿东西，我去说几句话。"盛霈摸了摸山岚的发。

山岚抬起小脸，火光映着乌黑的眼，她盯着他看了片刻，忽然拿出那把鲸骨刀，往他跟前一递。

盛霈笑道："我会打不过他？"说着，还瞥了眼符世熙的身板。

符世熙没应声，跟着他单独走到了一处礁石旁。

海潮攀爬着礁石，海风猎猎而过。两个男人沉默地站在礁石边，谁都没有开口。许久，盛霈打破了沉默："符哥，等天亮船到了，我会亲自送你去警局，还你三年前救我的那一命。"

符世熙顿了顿，说："在南渚那晚，我没想对她做什么。"

盛霈望着沉沉夜色，说："我知道。你若真想做什么，在船上就做了，用不着等到南渚，你大费周折，不过是想拦住她。只是你运气不好，台风天各个岛码头不开，船没处可去，在海上会被海警发现，只能往南渚走。"

符世熙轻舒一口气道："那次台风，仿佛是天意。我也在赌，赌她会不会为你留下来，结果出乎我的意料。"话说完，又是一阵沉默。

半晌，盛霈低声问："为什么？"

符世熙转头看向这片他停留了近八年的海域，海风扫过他显得冷淡的眉眼，他说："我不知道自己还能做什么。画画吗？这不可能了。家里欠着债，母亲每天念叨着祖辈的仇怨、父亲是怎么病倒的，还有那笔财宝。

"我当时只想离开家。可到了海上，我又能做什么？打鱼为生？我从来没喜欢过这片海，只是想赚钱还清家里的债。可还清了债又怎么样，我再也回不去以前的生活了。我的人生……"

他喃喃道："我的人生，似乎只剩下那么一个目标，就是找到当时的沉船，去亲自看一眼我父亲为之付出生命的传说是不是真的存在。"

符世熙说着，忽而笑了一下："有了盼头，日子好过了不少。有些事情还挺有意思，山岁、小风，还有你们，都挺有意思。"

盛霈静静听了一阵，说："回去吧，明儿就能见到船。"随即转身往回走，走了几步，身后响起轻轻的脚步声。

盛霈加快步子回到火堆旁，才走近，山岚便望过来，乌溜溜的眼一眨不眨地盯着他看，像是在看什么宝贝。

盛霈弯唇笑起来，调笑似的问："这么紧张？跟小狗护食似的。"

山岚拍了拍边上的石头，示意他坐下，等人坐下了，再把攒着的虾和螃蟹都递过去："给我剥。"

盛霈："？"他就这么点儿用处？

早上5点，天光熹微。平静的海面泛起层层浪，碧蓝色卷着白尖，阵阵浪潮像温柔的风，树叶的摩挲声唤醒崭新的一天。

山岚枕着盛霈热烘烘的怀抱。天刚透了点儿光，她就被热醒了。

"醒了？"头顶落下一道略微低哑的男声。

山岚没睁眼，往他颈边蹭了蹭，等蹭舒服了，小声说："盛霈，我做梦了，不知道是不是噩梦。"

盛霈低头，瞧了眼她雪白的小脸，小脸舒舒服服地拱在他脑袋边，眉眼轻松，看起来不像是害怕。

他摸摸她的脑袋，问："梦见什么了？"

山岚慢吞吞地回忆道："梦见一片冷海，和南海的玻璃水不一样，那片海又冷又暗，是蓝黑色的，有点儿像你的眼睛。很冷，一点儿都不温暖。"

盛霈微顿，问："你掉进去了？"

怀里的人摇摇头，忽然抬头看他，乌黑的眼睛得圆溜溜的，说："我是海里的小鱼！"

盛霈和她对视片刻，勾唇一笑，低头亲了亲她的眉心，笑道："你不是海里的小鱼，是美人鱼，美人鱼也是公主。"

山岚接着回忆梦里的景象："我身边有无数条小鱼，它们和我不一样，游得很快，朝温暖的海域去。只有我慢吞吞地摆着尾巴，一点儿都不着急。"

"招儿不想去温暖的地方？"盛霈抵着她的额头，轻声问。

山岚抿着唇，安静地想了片刻，道："应该不想，我在梦里感觉很平静，什么都没有想，只是安静地看着它们从我身边经过，然后我睡着了。"

盛霈低笑，问："恶龙没来找你？都把公主丢冷海里头去了，他却不知道在哪儿睡大觉，罚他亲公主两下。"

山岚捂住盛霈的嘴，不让亲。盛霈黏糊糊地凑过去，压根儿不要脸。两人在角落喁喁私语，没吵醒其他人。

这处角落位于高处，昨晚海水涨潮，淹没了低洼处，他们便寻了高处过夜。符世熙背靠冷硬的礁石，屈着腿，静静地看着角落里的两人。那时在南渚，这两个人明明分处两室，却心意相通，那是他从未有过的体验，或许以后也不会再有了。

符世熙轻舒一口气，瞥了眼自己被绑住的手脚，尝试着起身松松筋骨，站稳后望向阔远的海面，这海他看了许多年，闭着眼都知道它的模样。

有点儿无聊。这么想着，符世熙漫不经心地收回视线，途中他瞥见什么，忽然顿住，缓慢睁大眼，难以置信地看着眼前的画面——

岛屿中央，静静地躺着一艘绿色的船。船身早已被植物入侵，翠绿色的植株牢牢地占据着它们的领地，折断的桅杆剩下半截，孤零零地立在海风中。这艘船像是长在了岛上，和岛屿融为一体。远看只会以为它是座小岛，根本不会以为它是船，只有离得近了，才可窥见其中的奥秘。

真的是那艘沉船？符世熙一时间不敢信。

"看见了？"懒散的男声自身后响起。

盛霈走到符世熙身侧，指向安静盘踞在岛中央的船身道："昨晚我们进入山洞，其实就是进入了船体，里面空荡荡的，什么都没留下，只剩了这副躯壳。如果说船有生命，它已经在这儿待了几百年，余下的只有骨架。"

符世熙说："这不可能。我找了那么多年，前几年这里什么都没有。或许赵行说得对，可能是那场超级台风把它带到了这里。"

盛霈眸光淡淡，问："见过赵述岛的滨珊瑚吗？"

符世熙微怔，喃喃道："滨珊瑚……那块珊瑚是台风的杰作。"

"是，就是因为台风。赵述岛的那块巨大滨珊瑚是凭空出现的，当时岛上居民百思不得其解，好端端的岛上怎么会多出这么大一块石头？后来才知道，是因为当年一场特大台风，它原本小头朝下，大头朝上，安安稳稳地待在水里，谁也见不着。那场台风，将它翻了过来，它变成小头朝上，大头朝下，这才露出水面来。"

符世熙盯着眼前这座小岛，问："你是说，这座岛原本是朝向水底的？因为上个月的超强台风，吹得它翻了个个儿，它才翻身露出水面来？"

盛霈"嗯"了声，说："这样才能解释它为什么时有时无。这座船岛底下是珊瑚礁，礁石将它困在这块区域，岛尖朝下时，它没入海底没人看见。等台风将它翻上来，岛底卡在珊瑚礁上，岛尖朝上露出水面，又因潮汐变化，涨潮时岛身被淹没，能看见它算是运气好。当年赵行运气不错，看见它了。"

符世熙愣怔许久，轻声说："或许大自然不想让我们找到它，才这样费尽心思地把它藏起来。这比大海捞针还要难。"

盛霈眉梢一挑，道："可不是吗？费了我那么大的劲儿。我估摸着东西都掉水底下了，说不好还有尸骨，运气好或许能找到点儿什么。几百年了，这海底的东西就算没烂完，也被海水冲走了。快退潮了，我打算去底下看看，你去不去？"

符世熙收回视线，问："你放心我？"

盛霈古怪地看他一眼，说："只要我们家山老师不和你待在一块儿，我就放心。难不成把你丢这儿，我自个儿下去？"

不可能让老婆一个人。他肯定得把老婆揣兜里。

符世熙定定地看他片刻，忽地笑了，说："我从认识你那天起，根本没想过你会是这副模样。我以为你会是风，不甘于为谁停留。"

盛霈挑眉道："听不懂。"说完，找老婆去了。

岛上条件有限，山岚正蹲在石头上用漱口水漱口，脸上用湿巾擦得干干净净的，白皙的小脸比晨光还要亮。盛霈蹲在边上饶有兴致地看了会儿。

　　"一会儿我和符世熙下去看看，你待在这儿盯着他们。"他指了指睡得东倒西歪的徐玉樵和黄廿廿。再边上，小风缩成一团靠在离山岚最近的地方，跟着符世熙来的那两个人也睡得挺好，哈喇子都流出来了，哪像被绑的模样。

　　山岚鼓着腮帮子点头。她还在漱口呢，不能说话。

　　盛霈帮她绾起长发，低声道："招儿，这次我能和你一起回去了。以后，我在哪儿，你说了算。"

　　三年了，他的海上时光即将终结。盛霈难以形容现在的感觉，说轻松吗？那是昨晚的状态，现在看到山岚，在她身边，他反而觉得疲惫。原来他也是人，并不是无所不能。他想停在他的港湾里，避过世间的海潮。

　　山岚闻言，侧头看他。男人面容倦怠，深色的眸在微光下映出琉璃之色，瞳孔间藏着她的身影，他就这样安静地注视着她。

　　山岚擦干净唇角，抬手轻抚他的侧脸，温声道："回去我们不住山家，住只有我们两个人的家，好不好？"她一如初见时，眸光水盈盈的，温柔又安静。

　　盛霈闭上眼，蹭了蹭她小小的掌心，哑声应："好。"

　　日出时，潮水退却。盛霈和符世熙下岛搜寻，其余人陆续醒来，移到平地，准备解决吃饭问题。

　　黄廿廿打着哈欠生火，嘀咕着："别说，这日子比船上难过。"

　　就这么一个丁点儿大的破岛，什么都没有，还没他们船上热闹。

　　徐玉樵正给那两人松绑，闻言不由得翻了个白眼，道："谁愿意流落荒岛？我们这样的还算条件好，以前日子更不好过。"

　　山岚安静地坐在一边，纤纤指间却转着小刀，刀身灵活地在她手间翻转，时隐时现。她的视线一会儿飘到这儿，一会儿飘到那儿，直把人看得汗毛直立。

　　那两人讪讪道："樵哥，这符哥都和二哥达成共识了，我们也不干什么。你让……让那什么……刀就别拿在手上了。"

　　徐玉樵轻哼一声道："二哥都管不了的人，你让我管？"

　　"……"

在这诡异的气氛下，黄廿廿捣鼓出了早餐。

相较于烟火缭绕的礁石边，另一边的盛霈和符世熙就显得有那么一点儿可怜，他俩拿着根树枝戳戳这儿，戳戳那儿，石洞里的水还时不时地往下滴。

符世熙打量着长满植物的石洞，扒拉开厚厚的植株，朝墙侧摸去，入手是湿滑的木头质感，厚重的船木仍然坚韧。与其说这是石洞，不如说是船洞。他长舒一口气，心情复杂道："如果不是周围有珊瑚礁，这船早就沉入深海了。找沉船无异于天方夜谭，我爸找不到，我也找不到。"

盛霈正用树枝扒拉角落，闻言随口应："运气这回事说不准，老天不让你找到，你能怎么办？"

符世熙道："你运气不错。"顿了顿，补充："各方面。"

盛霈挑了挑眉，说："这话说得好，我爱听。"

两人有一句没一句地说了会儿话，待寻到某个角落时，符世熙忽然喊："盛二，过来看！这里有东西。"

位于出口处的角落里，符世熙艰难地拿出被植株缠绕的背包，手背还被植物刺了几下。他随意地甩了甩手，把包递给盛霈："肯定是你要找的人留下的。"

这沉船里出现了现代登山包。包的主人是谁，除了当年赵行一行人，不作他想。许是经年没人动它，背包的拉链难以拉开。盛霈耐着性子，试了一次又一次，符世熙在边上看得还挺急，换成是他，拿把刀就给划拉了，还拉拉链。

"刺啦"一声响，拉链拉开了。即便是防水的背包，在海里泡了三年，除了不可分解的，里面的东西也都烂得差不多了。

盛霈将包里的东西倒了出来，手机、打火机、手电筒、钥匙。除此之外，他还在内层找到了一张身份证和银行卡，身份证是背面朝上。

盛霈盯着这张身份证的背面，一时间竟不敢翻过来看。

符世熙忍半天了，忍不住拿过他手里的身份证，往上一翻，身份证主人的身份信息暴露在他们眼前，正是盛霈要找的陈海。

盛霈怔忪片刻，看着身份证上陌生的男人。他很年轻，面目清秀，和他哥哥一样，笑起来的时候颊边有两个小小酒窝，这兄弟俩长得很像。

盛霈没见过陈海，他们素未谋面。但盛霈却知道他，陈山总提起自己的弟弟，说他们是怎么一起长大的，说弟弟喜欢做什么，想考什么样的大学，将来的梦想是什么。

陈山说，弟弟喜欢冒险，以后想当一个探险家。

盛霈安静地擦干净陈海留下的所有东西，拿起背包，对符世熙道："走吧，去岛上别的地方看看。"

符世熙点头。

这时候什么都不必说。

半个小时后，盛霈和符世熙回到水洞附近，那洞口还冒着水。正当他们说话时，远处忽而有了动静。

"二哥！有船来了！好多小船！"

盛霈眯起眼，往远处眺望，狭窄的航道间，一艘艘舢板正朝他们划来，每艘舢板只坐了两个人，这里航道狭小，这是能经过的最大的船了。

"潜水队到了。"

徐玉樵松了口气，说："没想到还挺顺利，昨天来，今天就能回去。二哥，你算得真准，就两天。他们能找到这儿，还挺厉害。"

"二哥，我们一会儿能下水吗？"徐玉樵跃跃欲试。

这话一出，不光黄廿廿，连山岚都看过来。

盛霈看见山岚那双乌黑的眸子，心情好了不少，长臂一展，把她搂到怀里，笑问："招儿也想下水玩儿？"

山岚凝视他片刻，忽然说了句不相干的话："盛霈，我们明天就回洛京。"

盛霈微怔，问："怎么这么急？"

山岚移开视线，说："前阵子，爷爷说他想出远门玩儿，说如果有人要找他，要抓紧时间。不然，找不到他，没人同意我们的婚事。"

盛霈的手微微收紧，盯着她问："回去就结婚？"

山岚没敢和他对视，含糊地"嗯"了声。

这下盛霈哪儿还顾得上烦闷，当即松开手，单手把上衣一挖，几步走到岸边，道："我先下去看看底下的水况，等着！"说完，"扑通"一声响，又跳下海了。

黄廿廿："……"见鬼了，傻子又跳海了。

听到全过程的徐玉樵目瞪口呆，忍不住问山岚："山老师，这么大的事，你们家就这么原谅二哥了？"

山岚慢吞吞地应："没。"

徐玉樵："？"

"我骗他的。"

近一个小时的搜寻后，一组潜水队在左侧珊瑚礁下发现了散落的沉箱——厚重的木箱卡在礁石缝间，被铁链紧紧裹住。无声的海水流动中，眼前的画面变得光怪陆离。

艳丽的珊瑚礁下，腐朽的木板散落。交错的木板和礁石搭成了海底世界的高架桥，鱼儿们甩着尾巴穿行其中，对遗落的木箱视而不见，这里已然成了它们的游乐园。

潜水组观察过后，认为这些极有可能是那船上遗落的物品，立即向周围发出信号。附近的人朝这处集聚，记下地点后陆续上了岸。他们的任务是确认这处确实有沉船和遗落的宝物，打捞可不归他们管，这是文物所的事。

岸边陆续有人冒头。黄廿廿直到脱下潜水服，还念念不忘看到的海底世界，五彩斑斓的珊瑚像是瑰丽的梦境，让人流连忘返。

她兴奋道："小樵哥，这底下也太美了！"

徐玉樵瞧黄廿廿没见识的模样，道："咱们猫注岛也有这么漂亮的地方，上回二哥带山老师去玩了。对吧，二哥？二哥？嗯？二哥呢？"

他找了一圈，没找见人。这人上哪儿去了？

黄廿廿朝着海面努努嘴，羡慕道："肯定没上来，还在下面玩。"

徐玉樵费劲地脱了装备，想起这两个月，还挺感慨："你说这世事还真奇妙，二哥和山老师，这两个八竿子打不着的人居然是未婚夫妻，更妙的是两个人互相不认识，居然还能在这海上遇见。"他说起来还是觉得不可思议："遇见就算了，山老师居然还真能看上二哥。也不是，话不能这么说，咱二哥也不错。"

黄廿廿说："幸好山老师在海上漂流那两天没出什么意外，要不然哪儿还有以后。"

说到这里，她忽然沉默下来。

她有阵子没练咏春了，自从逃回家来就没再练过拳，头一天睡到自然醒的时候还有点儿蒙，以为自己还在武馆里。她也说不上讨厌咏春，只是更喜欢当个厨子，自由自在的，没人管还快活。现在的日子多好啊。

徐玉樵瞧这丫头闷闷不乐的表情，问："想什么呢？"

黄廿廿叹气道："我在想，我要是和山老师一样掉下海了，肯定活不过几个小时。小樵哥，你说我是不是得强身健体？"

徐玉樵难得正经道："当然，万事还是靠自己。"

这两年，徐玉樵过分依赖盛霈，前阵子盛霈说要回去，他马上变得惴惴不安，翻来覆去地想原因，根本原因还是不踏实，自己没真本事。

黄廿廿托着腮，想了片刻，忽然道："小樵哥！我以后教你们练咏春吧！就当强身健体了，这样我那几年的时光也没有白费。"

徐玉樵："……"感觉以后船上的日子不太好过。

岛上的人闹哄哄的一片，海底却寂静无比。

山岚潜入海底，像被巨大的玻璃缸包围。她似乎是鱼缸里的鱼，睁着眼新奇地打量着周围的世界——珊瑚像盛开的艳丽的花儿，缤纷的鱼儿灵活地藏入礁石内，只探出脑袋来看他们，眨眼又缩了回去。

盛霈回头，指了指前方，那是潜水队员发现沉箱的方向。

山岚侧过头，无声地注视着他。他如海一般蔚蓝的眼多数时刻浓郁得像是黑，需要极仔细地观察才能看出深藏的颜色，此时在清透的水底，他的眼如同这片海域充满柔情。那片柔情从来只对她展现。

她在水里对他点点头。如鲨鱼一般灵活的男人朝前游去，一只手紧紧地牵着她。无声、沉静的海底，两道身影静静相依，如同深海里的鱼，往更远、更深的地方潜去，直到抵达数百年前的沉箱前。

陈旧、腐败的景象出现在眼前，历史的厚重感扑面而来，让人忍不住屏住呼吸。山岚和遗落的木箱对视着，它们像是被历史遗忘的珍珠，在海底沉睡数百年，其间有无数生命从它们身侧经过，直至今日，盛霈在被遗忘的一隅找到了它们。

垂虹刀会在这里吗？这或许已经不重要了。

"啊，还是自家船上舒服！"

一声闷响，水汽"砰"地往外冒，气泡"咕嘟咕嘟"响。黄廿廿开了瓶冰可乐递给山岚。

山岚抿唇喝了一口，凉丝丝的感觉一直从舌尖蹿到胃里，她感受了会儿，回头看周围的船。来时就他们两艘孤零零的小船，回去时大船小船纵横交错，看起来像是开了个船队，即将去征服这茫茫大海，乍一看还挺威风。

他们准备回南渚，中途去猫注岛歇一夜。

海警会来接管符世熙一船人和小风，盛霈上岸后需要配合调查，他们至多在南渚留一天，便回洛京去。

黄廿廿颇有些不舍地问："山老师，你和二哥还会出海来吗？"

山岚浅浅笑了一下，温声道："会的，他喜欢这片大海。山里闷，他待不了多久就厌了，一定会往外跑。"

刚走到甲板的盛霈："？"趁他不在就说他坏话？

盛霈藏着没过去，甚至还往后退了点儿，想听听她还能说出什么来。他还是头一回知道，在公主心里自己是这么个形象。

果然，黄廿廿一听就皱起眉。

"这么容易就厌了？"她大怒，"男人就是这样，得手就觉得没劲了！山老师，你千万不能对他太好。要我说，不能那么早结婚，结婚一点儿劲都没有，会变得不幸！"

山岚眨眨眼，应："好。"

盛霈："？"人家说什么了就应好？

黄廿廿又问："山老师，那他成天往外跑不回家，你怎么办？"

山岚还真仔细想了想，慢吞吞道："看我的需求，如果他满足不了，那就换一个，换到……啊！"

山岚话没说完，脑门被敲了一下。她闷着脸仰头，果然看到黑着脸的盛霈。山岚才不怕他，还好脾气地和他"讲道理"："盛霈，你不是嫌自己黑吗？不能生气，一生气就显得脸更黑了。"

黄廿廿捂着嘴忍住笑，一溜烟儿跑了。这两人拌嘴她才不掺和。

盛霈盯着山岚看了片刻，开始算账："谁和你说我天天往外跑了？谁刚刚说回去就结婚？还有，你什么需求我没满足？"

话说到这里，他又轻佻起来，尾音拖得长长的，一副浪荡模样。

山岚摸了摸自己的脑袋，眼珠子往他脸上一瞧，也不说话，视线慢悠悠地飘到海上，看天看云看海，就是不看盛霈。盛霈拿她没办法，长臂一展，小臂牢牢地抱住她的腰，再把人一扛，飞一样穿过甲板进入船舱，把人直接扛自己屋里去了，动作快得不像是扛了个人。

山岚没挣扎，还自己找了个舒服的姿势。

一进屋，"砰"的一声响，盛霈顺脚把门一踢，反手锁上，再把人往床上一放。山岚找了个角落窝着，一脸无辜地瞧着他，还问："大白天的，你想干什么？外面很多人在等你。"

盛霈盯着这张雪白的小脸。长得倒是漂亮，现在还会装无辜了，可他偏偏就是吃这套。

半晌，他率先举白旗，放轻语气道："是我不好，又敲招儿脑袋了，敲疼没有？过来我看看，是不是太用力了？"盛霈说着，自己先笑起来。

这女人一开始就这样，可以摸摸头，可以点点眉心，就是不能敲脑袋。因为那头宝贝头发谁都不能弄乱。

山岚看着他说得认真："不许敲我的头。"和以前一样，小脸也绷得紧紧的。

盛霈挑了挑眉，道："到底是关系不一样了。以前不但不能敲脑袋，还不能抱你，不能捏你，什么都不让。我认错了，原谅我没有？"

认错的人还挺嚣张。

山岚勉强点头。见她点头，盛霈屈膝往床上一扑，高大的背影覆上来，狭小的单人床彻底没了空间。他把人堵在角落里，开始算账，一件一件来。

"我怎么就在山里待不住？"

这是第一件。

山岚慢条斯理地整理着自己的头发，半晌，轻声道："盛霈，你不喜欢山家，我知道的。所以我愿意和你一起住外面，这是小事。"

盛霈一顿，看着她没出声。山岚说的是事实，他们都知道。他这样自由不羁的性子，可以接连几年不回洛京，不回家，世上又有什么能困得住他？云山不能，山家也不能。

盛霈松下微微紧绷的神经，低声问："招儿，你喜欢住那儿吗？"

山岚喜欢云山吗？答案是肯定的。她生在云山，长在云山，是这座山孕育了山家。但是山岚不想继续住在那里。

"喜欢，但是我不住在山家。"山岚如实道，"其他人也是，我想让他们把生活和工作分开，目前这样紧密的方式给人的压力太多了。"

盛霈微怔，问道："以后他们都不住山家？"

山岚点头说："他们自己选，想住在外面的人，山家会给他们一笔安家费。想继续住在山家的人，我会按岗位来提升薪酬。"

盛霈听得眉心直跳。

在洛京这个地方，给近一百人安家费，他老婆到底有多少钱？但转念一想，山岚自己都不住山里，凭啥吐槽他在山里待不住？

"故意欺负我？"盛霈扬起眉梢反问道。

山岚眨眨眼，她说的是实话，怎么就成欺负他了？

盛霈也不知道满意没有，换第二件事继续算账："早上怎么和我说的？让我早点儿回洛京去结婚，一听小黄忽悠就变卦了？"说着他还有点儿气，一捏山岚的脸："又欺负我？"

山岚无辜地看着他，解释道："如果爷爷不同意怎么办？我可想和你结婚啦，现在就想，但是不行呀。"听听这语气，是人能说出来的话吗？多么幸灾乐祸，就跟看别人热闹似的。

到底是自己老婆，他忍了。

问到最后一个问题，盛霈又把衣服一拨，动作间脊背弓起，他像深海的鲸，蛰伏在暗处伺机而动，带来强烈的逼迫感。

山岚微顿，不满道："你勾引我。"

盛霈疑惑："脱个衣服就算勾引你？"

山岚用看傻子的眼神看他一眼，解释道："我说的不是这方面的需求，你不能总想着……呀！"

船到猫注岛时正逢日落。远远地，他们望见橙色光晕下洁白的警船。海警早已等在码头，整齐的队列肃穆、安静，见他们一行人靠岸，海警便上前带走了符世熙一船人，盛霈和山岚需要配合问话，便留在船上，其余人先行回家。

两人再下船时，天色已暗。晴夜疏朗，海风阔朗，卷过相依的身影。

山岚抚过被风吹乱的长发，抿抿唇，轻声问："小风以后会怎么样？符世熙和山岁都不能照顾他，他以后会一个人吗？"

盛霈嗤笑一声道："说是小孩儿，都十六了。不过，他这个笨脑袋指不定又会被人骗，不用操心他，小樵回头会去接他。"

山岚微怔，睁大眼问："你让他留在船上吗？"

盛霈见不得她瞪圆了眼睛的可爱模样，一瞧就想上手捏。这么想他就这么做了，捏捏她的腮帮子，再把人往怀里一搂，笑道："这个年纪留在船上干什么？让小樵抓他去上学，上完了学再说。"

山岚："……"居然还要上学，听起来好像有点儿可怜。

盛霈瞧着山岚有些不可思议的模样，挑眉问："上学还不好？以前不觉得，出海这两年我总想起上学那段日子来。"

山岚想了想，如实道："我不喜欢上学。"

盛霈："？"这话像是他说的才对。

盛霈问："为什么不喜欢上学？"

山岚瞧他一眼，漆黑的眼眸在夜里也显得莹润晶亮，而后慢吞吞地说："因为上学的时候没人为我打架。"

盛霈："……"

得，说来说去又绕回到打架的事上来。什么抢了人家前女友又挨打，真是，现在人看见什么就传什么，也不知道真假就到处瞎说。

盛霈沉默一阵，头一回和人提起这丢人的事来，难得说话不爽利："那时候吧……我不懂事。"

山岚瞧他，道："现在也不懂。"

盛霈："？"他心胸宽广，不和公主计较。

"那段时间，我妹妹没拍戏在家待着，但那小丫头一天天的，总往别人家里跑。我不乐意，那是我妹妹，又不是别人妹妹，但我贪玩，在家待不住，就带着那小丫头一起出门，结果有一回把她带电玩城去了，那会儿她刚上初中。现在说起来我也是浑，把一小姑娘往电玩城里带，后来被我那兄弟逮住了。是为了妹妹挨打，不是抢人前女友。"

盛霈想起年少时那段稀里糊涂的时光，颇有些怀念，那时的他怎么会想到自己日后会停在这片海域上，也不会想到会遇见山岚。他弯起唇，搂过她亲亲鬓角，说："明儿陪你回家去，等见过爷爷，我去看房子，就在山脚下找。招儿想住什么样的，大平层还是别墅？"

山岚眨眨眼，看他兴奋的模样，没忍心给他泼冷水，温声应："不想住别墅，用不到那么大的空间。"

"知道了，回去就看房。"

盛霈沉浸在能天天和公主一块儿睡觉的喜悦里，哪儿还记得自己有可能连山家的门都进不了这件事。

盛霈牵着山岚回到家时，几缕灯光像银河滚落，照亮屋前一隅。

大门敞开，三花猫卷着尾巴缩在台阶上打盹儿，听见动静也不看他们，自顾自地呼呼大睡，还吹着海风，好不惬意，就差边上再多只猫陪它了。

"小樵来了吗？"山岚往厨房里一瞧，回头看盛霈，眼睛亮晶晶的，"今天是不是可以喝酒？"

盛霈轻"啧"一声，这小酒鬼，又惦记着喝酒。他往屋里走，随口应："明天我们要走，今晚他铁定要灌我，不灌醉我不会罢休。"

山岚好奇地问："你酒量好吗？"

她没见过盛霈喝醉的模样，他在她面前极少喝酒，就算喝也喝得少。

盛霈哼笑道："就他们也想灌醉我？"说着瞥了眼山岚好奇的眼神，笑道："来一百个招儿都灌不醉我。"

山岚："……"她不想变成这种奇怪的单位。

盛霈刚放完大话，还没走到厨房，门口忽然蹿出三颗脑袋来，笑得一个比一个阴险："二哥，小樵喊我们来吃饭。"

这黑黢黢的三颗脑袋，都是岛上的战士，听说盛霈要离岛归家了，便提了点儿水果和酒来看他，顺便吃个饭，再顺便把他灌醉。

盛霈轻"啧"一声，原来在这儿等着他呢。

厨房里的徐玉樵听到动静，几步出来，对着盛霈咧嘴一笑，道："二哥，今天你就歇着，厨房有我和廿廿。"

盛霈瞧瞧这个，又瞧瞧那个，知道今晚自己是躲不过了，但气势上不能输。

他一挑眉，捉着山岚的手摩挲片刻，凑到她耳边道："晚上让你看看，我一个人把他们都喝趴下。"

　　山岚正要说话，忽而听得一阵齐喊——

　　"嫂子！"整齐的喊声，震耳欲聋。

　　山岚呆了一下，有一瞬的错觉以为自己回到了山家，近百号人对着她喊"师妹"，听一次耳朵能"嗡嗡"半天。她抿抿唇，温声道："你们好，先进来坐会儿，吃点儿水果。盛霈，去倒水，再去借两把椅子来。"

　　再自然不过的语气让对面三人愣了一下，二哥能这么听话吗？

　　这样的想法刚在他们脑袋里过了一瞬，盛霈已经去水壶边倒水了，他眼神淡淡地看过来，意思很明显：快听我老婆的话坐下。

　　"喀，坐坐坐。"

　　"嫂子，你不用管我们。"

　　"对，嫂子，我们带椅子了，就放门口。"

　　一时间小小的屋子里热闹起来，客厅里欢声笑语，厨房内烟火气息弥漫，暖光透过门沿，照在蜷缩的小猫咪身上，缓慢融入海风里。

　　几个男人凑在一起，一聊就是一宿。时间被他们拽入大海，谁也不在意。

　　夜月高悬时，山岚送黄廿廿回了酒店，原本盛霈硬要跟来，又被那四个人拉回去了，非说他是要逃，最后只好让三花猫跟着。

　　小猫咪也是天降一口锅，它正睡得香，还在做梦就被人拎起来了。

　　山岚再回来时，几个人面红耳赤的，正谈着这几年在猫注岛、海域、船上的事，一个比一个能说。盛霈喝了不少，这会儿耷拉着眼，神情松散，状态松弛无比，正听他们说话，听到有意思的地方，他便笑起来，像升起的帆篷，自由而旷远。

　　她静静地看了片刻，独自回了房。

　　凌晨，山岚是被热醒的。

　　夜里清凉，窗户开了一道窄窄的缝隙，风铃顺着海风叮当作响，忽地，夜色下横过一截小臂，"砰"地关上了窗。

　　"盛霈？"山岚睁眼去看，只看到漆黑一片。

　　男人的手紧紧地箍着她，微热的气息裹挟着酒气，不住地往她颈侧

蹭，嘴里含糊地念叨着话，一个字都听不清。

山岚清醒了点儿，捧住他的脸不让他乱动，问："喝醉了？"

"没！"盛霈不承认，这会儿倒是口齿清晰了。

山岚叹了口气，只好捧着他热乎乎的脑袋，耐心哄："渴不渴？我去给你泡杯蜂蜜水，恐怕明天会头疼。"

盛霈深深地吸了口气，去亲她微凉的耳根，低声说："不会头疼，我没喝醉。老婆，你想不想我？"

黑暗中，山岚愣怔片刻。

刚刚盛霈喊她什么？

醉鬼哪知道她在想什么，只知道老婆没推开他，可以继续亲。盛霈一边耍流氓，一边去摸空调遥控器，刚刚进房间明明没那么热，抱着她却越来越热，明明她身上是凉的。

"老婆，你不想我？"

盛霈见她没反应，下巴在她脸上蹭了两下，忽而张口用力往她脸上咬了一口。这里平时捏来圆圆的，像汤圆一样软和，他早就想咬了，只是不敢。

山岚还在"老婆"两个字里没缓过来，猝不及防就被咬了。

她绷起脸，用力把他往边上一推。沉得很，还差点儿没推动。

山岚卷过薄薄的被子，把自己一裹，闷声道："今天你自己睡……呀！盛霈你好重，你是小狗吗？为什么还咬人？"

盛霈刚被推开，又缠着抱上来了，没脸没皮的，只知道喊"老婆"。

盛霈哼笑一声，手不安分地往被子里钻，含糊道："我是小狗，招儿最怕小狗。你怕不怕？小狗要来咬人了。"

山岚："……"幼稚鬼，还耍流氓。

这么胡闹了一阵，两人身上都出了汗。窗外风声猎猎，玻璃上氤氲出雾气，热意在房内升腾。

盛霈握着山岚细腻紧实的腰，喘着气在她耳侧问："在云山二十五天，除了拍月亮那天，还有没有想我？"

黏黏糊糊地缠了半天，原来是想问这个。

山岚脑海中一片混沌，一时听到簌簌风声，一时听到海潮翻涌，沉缓、冷峭。一晃神，风铃开始晃动，她迟钝地想，明明没有开窗。

"招儿。"他低声喊着，唇往下去。

山岚眉心微蹙，忍着身体泛起的潮意，轻声应："想了。"

她一字一句，说得清晰——

"早上练刀，忙完一整天，我会进铁房。铁房里很热，像在南沙，我会听你说话，听你和海风的声音，一点儿都不孤独。"

山岚去牵他的手，指尖滑过他温热的掌心，小声说："盛霈，每一天我都想你。因为每一天都想你，所以我来海域见你。"

屋内静了一瞬，盛霈停住动作。他带着湿淋淋的唇来亲她，哑声问："怎么不带刀？"

山岚睁开眼，莹润的眸里含着水意，似倦似欢，眼睛里的水几乎要溢出来，她什么都不说，只是看着他。

山岚想，他就是她的刀。

初见时她看中的铁，经她锻造，经风吹雨打，成了世界上最锋利、最孤傲的刀，是她的刀。

山栀有垂虹刀。而她，有盛霈。

山岚抬起藕白的手臂，如海妖一般将他紧紧缠住，告诉他："我有刀，你知道的。盛霈，我能打出最好的刀吗？"

"不是有了？"

他低笑一声，不让她再有力气说话。

这一晚，风铃不停地响，一时轻，一时重，吵得连小猫咪都没睡好，它甩着尾巴上了屋顶，眼不见心为净，连耳朵也不想要了。

这里还有小猫咪未成年呢！没礼貌，它想。

隔天是晴日，风潮都缓慢，云也不徐不疾。

清透如玻璃的水体不停荡漾，螃蟹举着爪子横行霸道，忽地一声闷响，汽笛声响起，船即将起航，小螃蟹一溜烟儿跑了。

海面一如往日平静安逸，船上却很"热闹"。

徐玉樵趴在船头，吐了个昏天暗地。昨天晚上倒是喝舒坦了，第二天起来就头昏脑涨，更别提还要坐船，这晕晕晃晃的，船开没多久他就趴边上吐了。

黄廿廿简直没眼看。她又去偷瞧盛霈，好家伙，在那儿装大爷呢。

甲板阴影处坐着两个人。更准确地说，是山岚坐着，盛霈不要脸地躺人家腿上，肚子上还睡了一只猫，乍一看懒洋洋的，还挺岁月静好，可一听他说话就来气。

山老师轻柔地问："会不会太重？"

那不要脸的说："还没小猫咪挠人有力气。"

"这样呢？"

"老婆，你身上好香。"

"这里还有人。"

"看不见，听不见。"

听听，这说的是人话吗？

黄廿廿观察了近一周，总算是发现了，盛霈平时挺酷、挺正常一人，遇见山岚就浑身不对劲，一会儿当一只湿漉漉的小狗，一会儿当一头横行霸道的鲨鱼，就跟精神分裂似的。

男人啊，深不可测。

黄廿廿摇摇头，跑了。

渔船挂满帆，一路朝南渚而去。机票是第二天早上的，他们今晚住在南渚。

这一晚，盛霈难得没来纠缠山岚，上隔壁房间找徐玉樵谈心去了，黄廿廿趁机溜进山岚房间串门玩。

"山老师，我能去云山玩吗？"

黄廿廿眨眨眼，企图撒娇，盛霈那样的都能撒娇，她肯定也行。

果然，山岚温声应："盛霈说小樵要在南渚办证，可能需要两周。你如果有时间，明天可以和我们一起回去。"

黄廿廿兴奋道："真的？"

山岚弯唇笑起来，说："真的，盛霈他不一定能进得了山家，你可以住在我院子里。我让人带你去逛洛京。"

嗯？有八卦！

黄廿廿竖起耳朵。她充满求知欲地问："二哥怎么不能进山家？是因为婚约的事吗？山老师，后来我们在报纸上看到了，你们都解除婚约了，还能在一起吗？"

山岚想了想，道："有点儿难，我爷爷很生气。"

黄廿廿心想，这出好戏她一定不能错过。

盛霈回来的时候，和神情莫测的黄廿廿擦肩而过，她的眼神中饱含着他看不懂的情绪，直把他看得心慌。

盛霈一进门，直奔山岚面前，神情严肃地问："那丫头和你说什么了？"

他还记着黄廿廿说不能早结婚，山岚还答应了，这会儿又指不定怎么在背后编派他。真是，一个不注意就让她钻了空子。

山岚无辜地摇摇头，催他道："去洗澡，我要睡觉了。"

一说到洗澡，盛霈可就不困了。他盯着公主雪白的小脸看了会儿，轻哼一声，心想明天就看不到黄廿廿了，今晚他就不和她计较了。

第二日清晨，越野车停在南渚机场口。

盛霈把门一关，朝徐玉樵道："送到机场就行，回去吧。不是，你怎么也带箱子了？"

黄廿廿正去后座拿箱子。

他眉心一跳，眼看山岚要去帮她，他下意识地接过箱子，接完才反应过来不对。

黄廿廿下巴一抬，挽着山岚，耀武扬威地说："山老师邀请我去山家做客，下了船你管不着我！"

盛霈："？"他想和老婆安静待两天，怎么就那么难？

从南渚到洛京，盛霈憋了一路的气，最后还是山岚过来亲亲他才好了，也不知道谁才是小孩儿。

和南渚的晴日不同，洛京是雨天。飞机还没落地，窗户便结满了蛛网般的雨痕。

盛霈淡淡扫了眼雨雾朦胧的天，缠绵的雨带着冷意，瞬间将人从夏日带到了冷秋。近11月的洛京，快入冬了。冷意透骨，把黄廿廿冻得直哆嗦。

"山……山老师，山上会更冷吗？"

黄廿廿紧紧裹着大衣，企图听到否定的答案。

盛霈嗤笑一声，刚想话说，山岚轻飘飘的眼神就看过来了，他不情不愿地闭上嘴，心里还有点儿不高兴。

怎么净欺负他？明明他才是她最爱的宝贝。

山岚道："家里有暖气，若是想进山玩儿，要多穿衣服。这里昼夜温差大，晚上山里更冷，尤其是雨天。"

呜呜呜，还是南渚好。黄甘甘瑟瑟发抖。

"你师兄到了吗？我让人开了车。"盛霈扫了眼时间，正好。

山岚不紧不慢地往出口走，轻声应："没和他们说，你送我们回去。盛霈，你明天再来山家。"

盛霈挑了挑眉，把认真走路的人抓过来牵着，道："我说了当天就去，等不到明天。这事一天没着落，我都不踏实。"

山岚还想再说，就听盛霈道："走了，我见着人了。"

三人刚走到门口，忽而瞥见一列跑车，乍一看有七八辆，颜色一辆比一辆骚气，粉的、黄的、绿的，就差贴满钻石了。

几个男人凑在一块儿嬉笑着。

忽而，其中一人看过来，先是一愣，而后喊："二哥，这儿！"

盛霈："……"他就让开辆车，没让全开来。

盛霈随意地挥了挥手，低头问山岚："想坐哪辆？去挑个顺眼的颜色，送你回家。"

山岚眨了眨眼，还没看完，听见有人笑问——

"二哥，你女朋友啊？真漂亮。恭喜啊，我们可都在报纸上看见了，你那婚约可算不作数了，晚上和哥儿几个庆祝庆祝？"

盛霈不耐烦地轻"啧"一声，牵着山岚走过去，扫了扫几双好奇的眼睛，还有点儿头疼，介绍道："山岚，云山山家的当家人。"

人群一愣，都有点儿蒙。交头接耳的议论声响起——

"云山山家，不就是未婚妻吗？"

"不是都解除婚约了吗？"

"姓山，这姑娘我听说过，前几年圈子里好几个人去追过，人家一个都没看上。"

"行了，下着雨呢。二哥，先上车。"有和盛霈关系好的，眼看他脸色不对，忙打断他们。

盛霈攥紧山岚的手，问："选好了吗？"

山岚随手一指，指了辆明黄色的。这颜色在灰蒙蒙的天里最显眼，一眼就瞧见了。

盛霈见她选完车，当即就带着她上车了。不想听他们在那儿烦，什么话都往外说，惹他老婆不高兴。

云山离机场有段距离。其间，山岚轻声细语地和黄廿廿介绍洛京的历史、景观、美食，但说到吃的，她不怎么说得上来。她鲜少去洛京的馆子吃饭，应酬都是山崇去，她最多在山脚吃顿饭。

吃喝玩乐这方面，盛霈最懂，有一搭没一搭地帮山岚补两句，说了好些洛京特色。

黄廿廿听了一路，忍不住问："山老师，你在洛京逛过街吗？你平日里穿的衣服像是定制的，和现在的潮流不太一样。"

山岚诚实道："只去过一次。"

盛霈："？"小尼姑过的是什么日子？

黄廿廿听了觉得心酸，当即便道："山老师，这两天我带你去逛街吧？什么街拍、网红店，我都带你试一遍！"这种事难不倒她这个冲浪青年。

山岚温声应："当然好。"

盛霈这下又不爽了。前阵子才说和他当好朋友，还要约会，逛街，做头发，染指甲，这没几天，转头就找了别人，把他抛到脑后。

午后，跑车的轰鸣声响彻云山，震耳的声响不但让山家其他人纳闷，还惊动了山桁。

前几年，洛京一群公子哥曾开着跑车来这儿订单子，说是订单子，其实只想见山岚。接连来了几天，山桁不耐烦，定下规矩跑车不准上云山。

今儿不但上来了，还快到家门口了。想来想去，能让底下人放行的只有山岚。

于是，一大家子人乌泱泱地出去了，只见利箭般的超跑冲破云雾，直直停在他们眼前。

这几十号人堵在门口，黄廿廿还吓了一跳，却见前头两个都淡定地下了车。

"小汪？"山桁上下扫了眼盛霈，确实是小汪。

盛需轻咳一声，正准备开口，却听山岚道："爷爷，有一件事我说谎了。其实在南渚，是他救了我。"

山桁微眯了眯眼，发觉不对。好端端的，瞒着这事干什么？

山岚和山桁对视一眼，抿了抿唇，轻声解释道："他不叫小汪。他姓盛，叫盛需，三年前他……"

"招儿，过来。"山桁语气严肃，打断她的话。

"……"

一阵沉默后，山岚默默地走到山桁身边。黄廿廿左看右看，也跟上去了，心里冒出点儿窃喜来。

盛需怎么会不清楚山桁的意思。他正色道："山爷爷，这桩婚约是我的责任。今天来是为了……"

"回家。"

山桁冷冷地看他一眼，没有再给他说话的机会。

人群乌泱泱地来，乌泱泱地去，转眼便只剩盛需一人。最后，"砰"的一声闷响，门彻底在他眼前合上了，他连老婆的背影都没见着，人就不见了。

盛需："……"还不如当小汪，当什么盛需。

在云山的日子悠闲而忙碌，悠闲的是黄廿廿，忙碌的是山岚。一个成天在山里疯玩，天天念着要去采蘑菇；一个成天待在铁房里，一天到晚忙得脚不沾地。

一眨眼，几天过去，秋雨连绵多日的洛京终于放了晴。

"山爷爷，今天就让山老师和我出去玩吧？"

黄廿廿叽叽喳喳地围在山桁身边。这些天她和老爷子倒是相处得不错，毕竟山家现在就他们两个闲人。

山桁捧着茶盏，瞥她一眼，道："不成，你和盛家那小子是一伙的。"

老爷子想，指不定是要把他的乖宝骗下山去见那个臭小子。他的乖宝傻乎乎的，除了刀什么都不懂，这不，才去南渚一趟就让人给骗走了。难怪他第一天看盛需就不怎么顺眼。

黄廿廿瞪大眼解释道："我和二哥，呸，我和盛需不是一伙的！"

她可太无辜了。

"山爷爷，我在二哥船上工作不到一个月，除去那些休息的日子，话都没怎么说过！而且，二哥这人不爱和我们说话。"

黄廿廿板着脸，似乎和盛霈一伙是多伤害人的事。

山桁状似不经意地问："盛霈在船上对你们怎么样？"

黄廿廿托着腮，认真想了想，说："二哥是船长，在专业上能力出众，他对那片海域了如指掌，就没有他找不到的鱼，但他打鱼自己不挣钱，卖了鱼的钱都分给船上的人。"

"哦？"山桁似乎起了点儿兴致，但心里却想，这是个傻子。

黄廿廿继续说："我一开始觉得这人是傻子，忙活来忙活去什么都没得到，你说为点儿什么呢？海上生活不方便，就算有意思吧，可这都三年了，他还待在那里，不是傻子是什么？后来，我听我们船上一个副手说，二哥是好家庭出身的人，来这海上其实是为了找人。"

黄廿廿三言两语把事说了："这次去找那艘船，山老师和我们一起去的。山老师好像也要找东西，说是找刀，叫什么我忘了。"

山桁一愣，忽然想起山岚问他要手札的事来。难不成是为这？

"这么一说是不是更傻了？

"那么大的海，上哪儿找个不知所终的人啊。不过山爷爷，别的不说，二哥对山老师是真好。他平时不怎么和我们聊天，话也不多，只干活，但山老师一来，二哥便成天说个没完，嘴里除了山老师还是山老师，给我们都听烦了。

"而且……"

黄廿廿欲言又止，不知道该不该说。

山桁瞧她一眼，道："说吧。"

黄廿廿小声道："山老师和二哥在一起的时候，她笑得最开心，和平时对我们温和的笑不一样。怎么形容呢，本来山老师看起来是仙人、纸人，但是和二哥在一起她就像……像活过来了一样。"她说完，吐吐舌头。

话音落下，小院里一阵沉默。

山桁放下茶盏，无声地注视着云山。他曾想，他的乖宝未曾拥有过童年时光，她从不曾当过一个小孩。日后，他希望有人能令她展颜。至于那个人是谁，并不重要。

山桁摆摆手，道："廿廿，今日你和你山老师出门玩儿吧，就说是我说的。"

黄廿廿在心里比了个"耶"，一溜烟儿地跑去找山岚了，然后当着山家一众师兄弟的面把人带走了。

洛京是个令人醉生梦死的繁华地。山岚一个洛京人居然要黄廿廿带着出来玩，果真是小尼姑下山来了。

小尼姑下山，先去做什么呢？

黄廿廿早有打算，先是拿着山岚的黑卡刷了一整座商场，又美滋滋地去做了个全身按摩，临走前还央着山岚烫了个一次性的卷发。

这么一折腾，天已经黑了。

黄廿廿对着大美人垂涎欲滴，忍不住冒出个念头来。她试探道："山老师，想不想去酒吧玩？"

山岚眨了眨眼，点头道："想。"

黄廿廿咽了口唾液，有点儿紧张，她捂着自己的小心脏，仗着盛霈不在，大着胆子将山岚带进了酒吧。

夜场灯光幽暗，人群攒动。四周投来暧昧不明的视线，都聚集在某一处。

夸张到什么程度呢？山岚刚在吧台坐下，左右便围上来七八个男人，还有三四个女人，都是来请她喝酒的，但他们动作再快也没快得过调酒师。英俊的调酒师递过来一杯浅粉色的鸡尾酒，温声道："这杯酒叫'全场瞩目'，送给全场最受瞩目的女士。"

山岚喜欢喝酒，她抿唇笑了一下说："谢谢。"她本就明艳不可方物，笑起来更是顾盼生姿。

很快，吧台边越来越热闹，黄廿廿挡都挡不过来。这么热闹的动静，酒吧顿时传遍了，说底下来了个尤物。

酒吧二楼的栏杆前倚着个男人，他凉凉地扫了眼喝闷酒的盛霈，道："二哥，你这都几天了？这个不行就换一个，值得把自己弄成这副模样吗？"

盛霈懒得和他解释："你不懂。"

男人轻哼一声，往底下扫了眼，扫到某处时停下，笑道："二哥，真是个美人，难得一见。来看一眼？"

盛霈是什么性子，这会儿不管谁来了都别想让他多看一眼。

"别烦我。"他倒了杯酒，自顾自地喝着。

这些天他没见着山岚也就罢了，山桁居然还不让他们俩联系，说是有一个月考验期，这才几天他就要疯了。

盛霈展开手臂，重重往沙发上一躺。

他闭着眼睛想，干脆今晚偷偷潜入山家，反正他进出轻而易举，谁也不会发现。心念一动，他立马来劲了。

盛霈起身，利落道："有事先走了，改日请你吃饭。"

男人这下也不乐意了，好不容易回来喝个酒，当即把盛霈扯回来，指着下面道："你就看一眼，说不定看一眼就不想走了！"

"啧，看什么，不就是……"盛霈余光瞥过，忽而顿住。

女人一袭丝绒长裙，暗绿色映出游离的碎光，长裙的叉一直开到腿根，露出雪一样的肌肤。蓬松的卷发衬着那张艳丽又清纯的脸，矛盾的气质交错令人移不开眼。

不知调酒师说了什么，她弯唇笑起来。盛霈盯着那玫瑰色的唇角，眸光微暗。

男人一瞧盛霈发着怔的模样，笑起来说："我说怎么着……哎，二哥，你上哪儿去？这么急啊，小心被轰开。"

盛霈大步迈下台阶，径直往吧台走去。这冷着脸低气压的模样，不像是去找女人，倒像是去打架。

男人一笑，朝卡座那几个兄弟道："来看热闹，二哥看上了一姑娘。我就说，有什么闷的，再找一个不就行了。"

"真的？"

"假的吧，二哥那女朋友他惹得起？"

一群人凑过来瞧了半天，忽而有人纳闷道："你们眼睛坏了？这不就是二哥女朋友吗，换个衣服就认不出来了？"

"……"

一群人大眼瞪小眼，看了半天，还真是。

"啧，这下有热闹看了。"

吧台边挤着一群男人，盛霈忍着把这些人掀翻的脾气穿过人群，挡开这些妖魔鬼怪，直接伸手往山岚腰上抱，还没碰到，被一只纤细的手强硬地拦住。

山岚扣住男人的手腕，下意识地回头，看见男人，她呆了一下。

"盛霈？"

盛霈垂着眼，盯着她看了片刻，掌心不退反进，直接拦腰把人一扣，穿过吵闹的大堂，往后巷去。

"盛霈，廿廿还在。"山岚提醒他。

只见盛霈往二楼一挥手，指着吧台道："帮我看着人。"

顶上传来几道笑声。

"知道了，二哥。"

"二哥，你放心去。"

后巷寂静、荒凉。这里的酒吧是复古式建筑，后巷也装饰成老旧的模样，老旧的路灯和涂满画的水泥墙，带着清冷之感。一门之隔，里面是纸醉金迷，这里无人问津。

昏黄的光淡淡地照下来，影子也显得寂寥。可偏偏这里有两道影子，紧密地缠在一起。

盛霈抱着山岚，往墙上一抵，垂眸扫过她娇艳的妆容，低声问："和廿廿在这儿玩？喝酒了？开心吗？"

明明才几天不见，倒像是过了几个月。这日子，比在海上还难熬。

山岚盯着他漆黑的眸，轻声说："我有点儿想你。"

她不回答他的问题，只说想他，偏偏他就吃这套。

盛霈恶狠狠地咬了口她的唇角，问："晚上回去吗？"

山岚微蹙了下眉，没推开人，如实道："要回去，爷爷管得严。但他已经不生气了，今天还让我和廿廿下山玩儿，明天我去找他谈谈。"

说起这事，盛霈有点儿烦闷。他舔了舔唇，道："不用，我外公明天就到，明早和我一起去山家。这件事不会拖到下个月。"

山岚抿唇笑了一下，捏捏他微热的耳朵，用新奇的语气说："今天廿廿带我玩儿，我们买了很多衣服，下午还去按摩了。盛霈，按摩好舒服，我想天天有人给我按摩。"

话这么说着，她乌溜溜的眼乖乖地看着他。

盛霈哪儿还顾得上酒吧的事，收紧拢在山岚腰间的手，哑声道："我也会按摩，找个地方给你按按？手艺不好不收钱。"

山岚摇头道："现在不想按。"

盛霈轻"啧"一声，又不爽了，开始算酒吧的账。

"酒吧好玩吗？"他盯着她，眼神凶恶，像只猛兽。

山岚不怕他，抬眼认真打量了他一眼。昏暗的光线下他轮廓凌厉，短短的发茬贴着头皮，干净又利落，神情有些冷硬，眉头拧着，一副不爽的模样。

山岚温声问："这几天是不是不开心？"

盛霈望进她她柔软的眼眸里，这片汪洋大海瞬间淹没了他，明明刚才还憋着气，现在这股气全散了。这样深沉、辽阔的海域，容纳了他所有糟糕的情绪。

他低头，埋在她颈侧深吸一口气，半响，低声喊："招儿。"

山岚垂着眼，轻轻摸了摸他刺刺的脑袋，轻声说："如果在这里不开心，可以再回到海上去。南渚离洛京不远，我会去找你。"

盛霈沉默一阵，说："不是因为这个。"

山岚耐心地问："因为什么？"

盛霈喉结微滚，低声道："不想让他们看见你。"

山岚微怔，无奈地笑了一下说："那就不让他们看。小招呢？我想去看看它，它在洛京还习惯吗？"

"……不问我，就问只猫？"盛霈更不爽了，和一只猫争风吃醋起来。

山岚哄他道："那你怎么才能开心？"

盛霈一顿，正经道："我想给你按摩，给你按摩我就开心了。我这人就是这样，充满奉献精神，小尼姑真不想试？"

她把人一推："你还是不开心吧。"

这一晚，不管盛霈怎么缠着人，山岚和黄廿廿最后还是回去了，还不让他送，他这一气又是一晚上。

373

回卡座的时候，那群人都看着他笑，一个个不怀好意地开始起哄——

"二哥一个人回来的？"

"哟哟哟，还臭着张脸。"

"啧，二哥不行啊。"

盛霈随手扯起个什么物件，往他们身上一砸，语气不耐烦地说："滚蛋。"砸完，自己又闷头坐下了。

边上的男人给他倒了杯酒，笑道："二哥，不是我说你。这都回洛京了，好歹捯饬捯饬，瞧瞧你这样儿，像是不知道哪儿来的破落户，也就这张脸还能看。"

盛霈："？"他扫了眼自己，短袖短裤，不挺正经的吗？

男人嫌弃地捏了捏盛霈的短袖，问："哪儿买的？"

"路边摊，十块钱三件。"

"这裤子也是。二哥，你这鞋，从沙滩上回来的？还有这手机，现在什么年代了？"

盛霈："？"用个破手机都不行？

男人说着拿过手机左右翻了翻，嘀咕道："连个密码都没有，什么软件都没，二哥，你是活得多没劲啊……啧，我算是看出来了。"

不知翻到什么，男人的语气忽而暧昧起来。

盛霈掀开眼皮子，语气不爽地问："又干什么？"

从头到脚都被说了个遍，这也不行那也不行。只有招儿不嫌他，到哪儿都把他当宝贝，只关心他在洛京是不是不开心。盛霈深吸一口气，他又想她了。这种想念难以言说，似乎身躯都变得空虚起来，亟待什么来将他填满。

他变成了空玻璃缸，他的海水流走了。

男人把手机往他手里一塞，倒是不阴阳怪气了，反而感慨起来："你这副模样，人家都能看上你，确实有那么点儿真爱的意思了。"

盛霈斜眼看他，说："废话，我们山老师最爱的就是我。"说完，他低眸看手机。

屏幕里是一张照片，像素很低，模糊的画面里，他的公主对着镜头笑，眼睛弯成一道细细的月，唇边的弧度像小船，雪白的小脸哪儿还有刚才风情万种的模样，只剩下天真和娇憨，只对他显露。背景是婶子家的小院，果藤懒洋洋地缠绕在她身后，夜雾弥漫。

盛霈就盯着这张照片看了半夜，直到散场还在那儿低着头，他们都懒得说他，把车钥匙丢给司机就随他去了。

司机问："先生去哪儿？"

去哪儿？盛霈攥紧手机。他想去云山，去见山岚，想抱她亲她，想感受她身上的温度，想每时每刻都抱着她。仿佛只有这样，他这颗躁动不安的心才能静下来。可是他只能偷偷去，山家的大门并不对他敞开。

再等一天，盛霈告诉自己，只等最后一天。

"回家。"

盛霈低声道，视线又落下去，看着屏幕里的女人。

隔天上午10点，洛京机场。

盛老爷子被拽得差点儿摔跟头，拿起拐杖就往盛霈背上敲："你这小兔崽子！这会儿急有什么用，早干吗去了！

"不是逃婚吗？让你能！现在好了，还得觍着张老脸去求别人！你外公我就没这么丢过人！"

这一顿骂下来，盛霈挨了好几下，他也不躲，甚至回过头来，盯着老爷子说："外公，要不您再打重点儿？"

盛霈越想越觉得有道理，把上衣一拽，赤着紧实的后背对着盛老爷子。

盛老爷子："……"这小兔崽子真疯啦？

盛霈催人："外公，您抓紧时间，越重越好，要那种一看就让人心疼的效果。您这要是打好了，说不定明年就能抱孩子玩儿了。"

盛老爷子："？"那他就不客气了！

一个小时后，云山。

盛老爷子和紧闭的山家大门面面相觑，半晌，盛老爷子没好气地瞪了眼盛霈，又瞥了眼身后的人，立即有两人上前压住没穿上衣的盛霈。男人赤裸的背间红痕遍布，伤口肿胀，乍一看竟有些狰狞可怖。

盛老爷子犹豫片刻，问："会不会吓到小岚儿？显得我们家风气不好，动不动就打人，要不，你还是把衣服穿上？"

盛霈："？"那他老婆怎么心疼他？

"不穿，就这样进去。最好让那百号人都见着了，免得以后再和我过不去，人家心里都憋着气。"

盛老爷子定定地看了眼盛霈。他们家三个孩子，一个比一个固执。盛霈这个孩子从小到大有多骄傲他不是不知道，除了两个妹妹，没见他为谁低过头，现在连自尊心都放下了。

"外公，敲门去。"盛霈抬抬下巴，开始催人。

盛老爷子理了理领子，轻咳一声，一脸严肃地敲响了山家的大门。一次没人理，两次没反应，到了第三次，那总算开了条缝。

门里探出颗小脑袋来，是个小孩儿。小孩儿瞧瞧盛老爷子，又瞧了眼他身后被压着的盛霈，忍不住睁大眼，然后回头使了个眼色，又转过来问："您找谁？"

老爷子微俯下身，温声道："我来找山岚。"

盛霈闻言，挑了挑眉。他家老爷子这招聪明，不说找山桁，而是找山岚。毕竟逃婚这件事受影响最大的是山岚，不是其他任何人。

小孩儿又回头看了眼，片刻后，对盛老爷子说："您请进。"

山家大门缓缓打开，乌泱泱的人群整整齐齐地排列在门口，正虎视眈眈地盯着他们。不知道的还以为是什么帮派。

这齐刷刷的视线盯得人头皮发麻。

盛老爷子硬着头皮，对他们点点头。

走进大门没几步，山崇匆匆迎上来，他看见盛霈愣了一下，转头对盛老爷子道："让您久等了，师傅在会客厅等你们。小师妹还在铁房，恐怕要晚些时间来见你们。"

"不碍事，让她先忙。"盛老爷子整个人像浸在春风里，说什么都笑眯眯的。

山崇带着他们去山家正堂，用余光看了眼开门的小孩儿，小孩儿接收到山崇的眼神呆了一下，反应过来后立即跑去铁房找人。

铁房内，山岚绾着发，袖子挽至手肘处，纤细的手握着一柄尚未成形的刀，身前站了两个男人，正在交错敲打刀身。热腾腾的炉边满是叮叮当当的声音，偶尔夹杂两句慢吞吞的指导声。

正忙碌着，门口忽而传来喊声，小孩儿大声喊："师姐！师姐，师姐！

大事不好了！你快跟我来。"

这么一喊，两个师兄都笑起来。

"这小师弟，一直咋咋呼呼的。"

"师妹，或许有急事，这里交给我们。"

山岚问："出什么事了？"

小孩儿叽叽喳喳地说："你的保镖来了！他还挨打了，是被人压着来的，师兄让我来找你。师姐，你去吗？"

盛霈来了？

山岚忍不住起身，顿了片刻，看向手里的活儿，轻声道："等这里结束我再去，你先……帮师姐去看看。"

小孩儿眨眨眼道："知道了！"他应完就跑了。

山岚道："继续。"

正堂内一片肃杀，夹杂着微不可闻的议论声。众人的视线停在盛霈的背上，他们都是干活的人，都知道这伤口是实打实的，不是做做样子，再狠点儿就皮开肉绽了。

山桁装作没看见，笑眯眯地说："老盛今日怎么过来了，又到我这儿来讨茶水喝？你打个电话，我让人把茶叶送过去就行了，不必这么麻烦。"

盛老爷子沉声道："山兄，我今日来，是带我们家这个不争气的小子来向小岚儿道歉的。虽说我们两家婚事已解除，但必须给她一个交代。"

山桁在心里轻哼一声，又装模作样的，烦人得很。

山桁瞥了眼盛霈，悠悠道："小汪啊，我们又见面了。听说你是在海上开船的？什么时候回去啊？"

盛霈一顿，和山桁对视一眼，道："山爷爷，我在南渚的事已了，日后会留在洛京，哪儿都不会去。"

"哦？什么事啊，方便讲吗？"

昨晚山岚回来，将盛霈出海的事都说了，从三年前出海再到这次的两个月，事无巨细。包括符、侯两家和山家的恩怨。山桁今日问盛霈，只是想听听他的说法。

盛霈闻言，简单道："受人之托，替我兄弟找亲人。"

山桁抬眼，仔细看了眼盛霈，问："就这样？"

377

"就这样。"

山桁上下将人打量了一番，又瞟了眼盛老爷子，心想这个孩子倒是和盛老头不一样，没有生意人的精明，更多的是真诚。

"崇儿，去把招儿喊来。"

山桁到底松了口，毕竟是山岚喜欢的人。

山崇闻言，神色颇有些古怪，看着盛霈欲言又止，半晌才道："招儿在铁房忙，说晚点儿过来。"

山桁一愣，用眼神指了指盛霈，问："和她说了？"

山崇尴尬地点点头。

"……"

堂内响起细碎的笑声。

山桁轻咳一声，忍住上翘的嘴角，一本正经道："你听到了，招儿在忙。你要是不急，就在这儿喝口茶水。"

盛霈反应平静地说："不急。"

约莫过了一个小时，堂前有了些许动静。众人齐齐转头看去，雪白的裙摆晃过门槛，山岚抬脚进门，神情沉静，步伐似乎和平时无异。

山崇怔了一瞬，他瞥见山岚那双纤细的手。

平日里，山岚只要从铁房出来，便会回院子里清洗，再换一身干净的衣服。今日情况紧急，她虽是爱干净的性子，却连手都来不及洗。白皙的指间粘满铁屑，手背上划出几道黑色的印记。

盛霈几乎是在瞬间便对上了她的眼神，她进门第一件事就是找他，待看清他的模样，她似是呆了一下。那双盈润的眼注视着他，视线缓慢地扫过他裸露的脊背。像是慢镜头，她的眼睛渐渐注入海水，越来越满，似乎下一秒就要溢出来。

她的眼睛红了。盛霈的心无端地发起慌来，酸涩感冲上嗓子眼儿。他压根儿顾不上堂内那么多人，看到她红了眼睛的瞬间就迎了上去，直接牵着她出了大堂，将众人抛在脑后。

堂内寂静无声，都有点儿没反应过来。

小师妹这是怎么了？总不能要掉眼泪了吧？

山桁也慌乱了一下，乖宝怎么了？他一时间想跟出去看看，但又怕真把人惹哭了。他们多久没看到山岚哭了，这小丫头只有小时候刚练刀那会儿哭过，长大后没见过她掉一滴眼泪。

山崇犹豫着喊："师傅，不然……"他扫了眼堂内众人。

山桁勉强回过神，一挥手，道："你们去忙吧，别在这儿聚着了。从另一扇门走，以后别在她面前提这事。"

等人群散开，山桁忐忑地问山崇："我是不是做得太过了？招儿她……她会不会怪我？"

"不会，这又不是您打的。"说着，山崇瞥了眼假装自己不存在的盛老爷子。

山桁一想也是，对着盛老爷子唉声叹气道："老盛啊，看看你，这下弄得两个孩子都不高兴了。多大岁数了，怎么还动手呢？"

盛老爷子凝重道："山兄，你别多想，就算这两个孩子日后没有交集，我们同样也会上门来道歉。你看现在，我们是不是重新商量一下婚事？"

说到这个，山桁又不乐意了："你也知道，山岚刚当上家主，山家正逢变革，近一年她都很忙，恐怕暂时没有这时间。若是两个孩子愿意，可以先商量订婚的事，你看呢？"

盛老爷子连连摇头道："这就是你的眼界不够长远了。"

山桁在心里轻哼，面上还装得淡定，假装问："怎么说？"

这两个老头互相打太极，山崇也没打算继续听，先行离开，顺便扒拉走在堂门口企图偷听的黄甘甘。

长廊下，盛霈盯着山岚泛红的眼圈，心里泛出密密麻麻的疼痛，似乎他真的变成了鱼，被围网上的倒刺所扎。

"我不疼，别哭。"

他喉间干涩，一时间竟不知道怎么哄人。

山岚紧抿着唇，去看他背后红肿的伤口，好半晌，轻声问："谁打你的？是你自己想挨打的吗？"

盛霈在这当口怎么可能说谎？他甚至后悔挨这场打，大不了厚着脸皮多来山家几次，平白无故惹她哭做什么？他从没见过她掉眼泪，当即便承认了："我让外公打的，为了让你爷爷消气，还想让你心疼。"

盛霈紧攥着她的手，去亲她微凉的额头，低声道："我做错了，招儿。

你可以生气，可以不理我，别哭。"

山岚红着眼牵他回院，一句话都没和他说。盛霈一时间说话也不是，不说也不是，整个人无比烦闷。

进了院子，山岚指了指椅子。盛霈自觉地坐下了，视线还粘在她身上。

山岚从屋内拿出一个小小的医药箱。他们做这行的多少都会受伤，或是有职业病，每个人都备着一个医药箱，以备不时之需。

"转过去。"她轻轻地说了三个字。

盛霈一动不动地盯着她看了片刻，她眼眶里的泪水总算没了，只是眼尾还泛着红，瞧着有点儿可怜。他的喉结上下滚了滚，没说话，转过了身。

山岚垂着眼，小心翼翼地处理伤口，问他疼不疼，他直说不疼，甚至还笑，说这是他受过最轻的伤。

盛霈顿了顿，低声道："招儿，我看好房子了，离云山不远。以后每天我送你去练刀，再送你去山家，晚上来接你回家。"

山岚忍着鼻尖的酸涩，问："那你呢？"

"帮我外公管船厂也行，和朋友合伙开个俱乐部也行，多的是路子。实在不行，你在山家给我找个职务，我工作能力多强啊，别人可招不到我这样的员工。"他笑道，"你爷爷不是说过吗？'男子无才便是德'，只要能哄你高兴，做什么都行。我天天围着你，什么都不干我都高兴。"

他想逗山岚笑。但她闷着脸，不笑也不说话。

"但你不喜欢，对不对？"山岚低声问。

盛霈叹了口气，牵过她洗得干干净净的手，认真和公主讲道理："招儿，世上没有多少人能够随心所欲，没道理到了我这儿就成了例外。"

山岚抿抿唇，小声道："我想你是个例外。"

她想盛霈自由自在，想他和在海上时一样，想他是一阵风，不被任何东西束缚，包括她。

盛霈弯唇一笑，调侃道："别人以后看不上你老公怎么办？笑他没工作，或者上不了台面，不觉得丢人吗？"

山岚摇头道："什么工作都不丢人。"

盛霈看着她，心想世界上怎么会有这样的人？有时候在云端不可及，有时候却又干净得想让人将她藏进海贝里，放进温暖的海湾，孕育出世上最纯净、美丽的珍珠。

"知道了。"他抵着她的额头，低声说。

山岚这才愿意抱他，藕似的手臂缠上来，轻声问："我们的房子在哪里，晚上我就可以去住吗？"

盛霈微怔，问："晚上就想去？"

她乖乖地应："嗯。"

盛霈的心大抵融化得不剩下什么，这会儿就算山岚说要天上的星星，他都得去摘来。实在摘不下来，就把妹妹骗来玩几天，他妹妹也是一颗星星。

"我们去见爷爷？"盛霈放轻了语气问。

山岚埋首在他颈侧沉默片刻，摇了摇头。

刚刚还不觉得丢人，这会儿缓过来忽然觉得有点儿不好意思，差点儿当着那么多人的面掉眼泪，她又不是小孩子了。

盛霈忽地一笑，说："那我带你跑吧。小尼姑，'私奔'听过吗？家里人不同意的亲事，一般男女双方会约定好私奔。"

山岚："……"

她松开手，问："你是傻子吗？我是山家家主，为什么要和你私奔？不同意你就无名无分地跟着我。"说着她忽然还高兴起来："养个男人而已，比私奔简单多了。"

盛霈："？"

这是一个寻常的冬日清晨。

早上天还没亮，满大街都是"哗哗"的扫地声，干巴巴的落叶被一股脑儿地扫进垃圾桶里。但说寻常，却也有一点儿不寻常。这一天的报纸卖得特别好。

时隔三个月，解除婚约的山家和盛家居然重新联姻了。

不过，说是联姻也不对，因为报纸上特地强调，男方痴恋女方到了一定程度。这报纸一出，盛霈的朋友圈一片欢声笑语，笑盛霈居然也有这一天，这一整天他的电话就没停过。

盛霈也不烦，因为他这小破手机承受不了这么多信息，响了一阵就自动关机了，他也懒得管，准备去接山岚吃饭。

现在他去山家可谓大门敞开，无人阻拦。大家伙儿见了他还客气地喊一声"妹夫"，这称呼乍一听有那么一点儿不习惯，向来都是别人当他妹夫，但听久了就生出一点儿亲切感，路上遇见还能聊一阵儿——

"妹夫来了，又来接师妹？"

"是啊，接她去吃饭。"

"听说妹夫的工作定下了？"

"差不离了。"

"那敢情好，只是别太忙了，多陪陪师妹。"

"不忙不忙，闲活儿。"

这么唠了一路，总算到了山家的更衣室。

正是下班的点，通常这会儿山岚不是在更衣室，就是在来更衣室的路上，若是有事，她会提前发消息，小尼姑从不让他操心。

山岚有自己的更衣室，盛霈不但能进去，还有钥匙，他轻车熟路地打开门一瞧，他的公主正在换衣服。站在那儿的女人穿着浅色长裙，正往身上披大衣，见他来了只是瞧他一眼，乌黑的眼眸水灵灵的，让人忍不住想亲。

"都要下雪了，还穿裙子。"盛霈轻"啧"一声，忍不住念她一句。

她又看过来，他走过去逮着人亲了一口。山岚嘀咕了句"凉"，一点儿不留情地把人推开了。

盛霈也不和她计较，拿过围巾把她的小脸裹得严严实实的，只露出鼻子和眼睛来，再把人往怀里一搂，出门去了。

山岚把手往他口袋里放，问："晚上吃什么？"

盛霈瞥了眼胸前的脑袋，心情还不错，懒声道："家里有菜，去外面吃也成。最近去的餐厅有喜欢的吗？再吃一两个月，整个洛京的餐厅都吃遍了。"

山岚想了想，说："回家去。"

"行，回家去。"盛霈低头，跟亲宝贝似的又往她脑门上一亲，"过年是带你去南渚住两天，还是留在这儿看雪？"

山岚微仰起脸，盈润的眸盯着他，问："和廿廿他们一起？"

盛霈弯唇一笑，道："对，带你去船上过年。过年那阵子钱最好挣。"

"为什么？"她好奇地问。

"南渚人的习惯，逢年过节不怎么出海，大多留在家里。这时候出海的船少，鱼也少，价格就贵。我那时候总挑着年节多出几趟海，让船上的人多挣点儿钱，在海上也挺有意思。有一点，就是得留在海上过年。"

山岚抿了抿唇，用力握住他温热的大掌，轻声道："今年我和你一起在海上过年。那么多人陪爷爷，他不会孤独。"

盛霈瞧了眼公主，心想又想哪儿去了？总说得他多可怜似的，但老婆心疼他，他想不开才多解释，当即便应下了。

山岚和盛霈去南渚那日，洛京下了雪。纷纷扬扬的雪花看着就令人生出寒意，盛霈有些年没这么看过雪了，在洛京待了才几个月，就看了四五场。

以前他没觉得雪天多讨厌，毕竟妹妹们还挺喜欢。但现在有了山岚，说是公主，但比谁都能吃苦。雪天的山路多难走，她一天不落地去崖顶练刀，还带一把扫帚，给自己扫雪。他看了几天，看不下去了，先偷偷摸摸起床去扫雪，再回来接她。

小尼姑进山的时候可稀奇了，新奇地问："盛霈，为什么崖顶没雪了？是不是神奇的自然现象发生了？"

盛霈心想，可不是吗？《走近科学》都能拍五集。

这么偷着扫了两天，在第三天被山岚逮住了。

他才到山脚，原本该在家里睡觉的人出现在了他眼前，轻飘飘的眼神往他脸上一看，不用问他就自己全交代了。

最后还是老样子，公主自己扫雪。

盛霈想到这儿，不由得伸手点点她的眉心，轻哼一声道："不听话。"

山岚正在研究新的图纸，没搭理他，抬手把脑门上的手一扒拉，转过身不让他碰到。但盛霈是什么人？越不让碰，越来劲。

"小尼姑，飞机上不让工作。一会儿空姐就来喊你了，你得配合人家工作对不对？"

经过的空姐悄悄瞥了眼盛霈，心想这男人长得挺俊，怎么说话就这么不着调？飞机还没起飞呢。

山岚一顿，慢吞吞地收了图纸，老实坐着不动了。

盛霈勾起唇，心满意足地往她边上凑，低声问："招儿，爷爷催你没有？他上周还打电话催我，让我赶紧给山家开枝散叶。"

盛霈也不怕让人听到，继续道："我认真想过了，你年纪还小，这事我们过两三年……不行，五六年再说。要是爷爷问起来，你就说我身体不好。"

山岚："……"

空姐："……"

山岚抬手往他嘴上一捂，不让他再胡说，温声道："飞机要起飞了，你在自己位置上坐好，别打扰人家工作。"

盛霈："？"他哪儿打扰人家工作了？

想法才冒出来，空姐立即俯身，对他温柔一笑道："先生，请您在自己的位置上坐好，系好安全带。"

盛霈："……"

这么气闷了一路，总算到了南渚。

南渚的气温和洛京相比，可谓一个天一个地。

飞机一落地，盛霈就把大衣脱了，眼看山岚也有样学样，他一把揽过她，教训道："一会儿冷一会儿热容易感冒，上车了再脱。"

即便是隆冬时节，在南渚穿件毛衣都算穿得多。

这会儿山岚还披着一件厚厚的羊绒大衣，没走几步就热得出了汗。她抿抿唇，轻声道："我不想穿。"

盛霈摸摸她的额头，还真出汗了。

"那脱一半。"

山岚："……"

山岚从小到大还没被人这么管过，山家谁敢管她？她成年后连山桁都管不了她，何况盛霈。

"不穿。"

公主把衣服扯下来往他身上一丢，快步走了。

盛霈轻"啧"一声，拿她没办法，只好又追上去哄人，还得把她的手攥在手心里，似乎这样就能把体温传给她多一点儿，更多一点儿。

徐玉樵一早等在门口，见人出来就笑了。

这两人还是老样子，一个瞧着安安静静的不想说话，另一个人自顾自地凑上去也不嫌人烦。

"山老师！二哥！"

徐玉樵按了下喇叭。

盛霈随意地摆了下手，打开车门先让山岚上车，放完行李刚想坐上去，里面的人飞快地伸手，"砰"的一声把门关上，留下他一个人在外面。

盛霈："……"

徐玉樵憋着笑，说："二哥，坐前头吧，正好咱聊聊天。山老师也不爱说话，你让她静静。"

盛霈在原地站了几秒，黑眸往公主脸上一扫，她无辜地看他一眼，忽然躺下了，意思是：后面满员了。

盛霈忍了忍，没忍住，笑了声说："傻不傻？起来坐着。车开了当心掉下去，还说自己不是小孩儿。"

徐玉樵一路叽叽喳喳的，还不住地往盛霈脸上看，边看边感叹道："二哥，你还真白了不少。别说，看着有点儿陌生。"

盛霈吹着海风，舒服地眯起眼，说："可不吗？不白点儿走到哪儿都像山老师的保镖。我人在她边上站着，还有人敢上来搭话。"

徐玉樵哈哈大笑道："那你不是得气死？"

盛霈双手环胸，刻意提高声音说："能气好几天，有的人忙得连饭都不回家吃，还得我上山陪着，还不哄我几句。"

徐玉樵又笑："我瞧着你这日子过得不错，脸上就差写'舒心'两个字了。哎，二哥，你现在忙什么呢？"

"自个儿猜。"

这哪儿猜得到？徐玉樵猜了一路都没猜出来，最后也不猜了，他非要知道这干什么？谁和盛霈玩这么幼稚的游戏。

正逢年节，港口很热闹。渔船倒是不多，人群乌泱泱地挤了一片，都是赶着来买新鲜海货的，你一言我一语，热闹得很，山岚即便听不懂南渚话都探出头去瞧。

"手给我。"盛霈把后座的门打开，牵着公主下车。

徐玉樵本来站着看船，听到声音往后瞥了一眼，心想这就算不是公主也被宠成公主了，就没见二哥和山老师红过脸。

"二哥，我们这趟不回猫注岛，直接往南沙去，回程再去岛上待两天。你看怎么样？"

盛霈懒散道："你是船长，你说了算。"他这几天只想和他老婆在一起，不想管船上任何事。

徐玉樵咧嘴一笑，道："行。对了，二哥，我给你和山老师单独留了一个房间。不用经过通铺，这样就方便了。"

盛霈一挑眉，欣慰道："长大了。"

徐玉樵闷声笑说："那当然。"

两人正说笑，忽而听得一声中气十足的喊声，震得人耳朵疼："山老师！山老师！山老师！我在这里！"

山岚抬眼望去，看见站在船头朝她挥手的黄廿廿，不由得弯唇笑起来，松开盛霈的手，自己先往船边去了。

"啧，瞎跑什么？"

盛霈伸手一把扣住她的手腕，把人拉回来，她还有点儿不情愿，那双勾人的眸子不住地往他脸上瞧。

"刚下飞机，跑了几次了？"

"三次了，老实待着。"盛霈凶归凶，怀里的人还没反应，他就先哄起人来，"这码头人这么多，你又听不懂这儿的方言，身上还没带刀，丢了怎么办？得把刀带着。"

山岚这回出来压根儿没带刀，盛霈这个不要脸的说的是他自己。

"那我们上船去吧。"山岚伸出小指，在他掌心划拉两下。

盛霈无奈道："知道了，一会儿就上去。这里有个小市场，之前一直没时间，这次想带你逛逛，逛市场还是上船？"

山岚眨眨眼说："逛市场。"

盛霈哼笑道："瞎着急。"

最后两个人黏黏糊糊地去逛了市场回来，拎满了大包小包才上了船——盛霈负责拎，山岚负责上船。

"山老师！"

黄廿廿极其热情地冲过来，想给山岚一个拥抱。还没抱到人就被徐玉樵拉开了，也不看看二哥那眼神，都要冻死人了还往上凑。

徐玉樵轻咳一声道："廿廿，山老师他们还没吃饭呢。"

黄廿廿一拍脑袋，拉着山岚往船舱走，边走边说："我都做好了，在洛京学的那几个菜我们这里的人还挺喜欢的，他们……"

叽叽喳喳的声音渐渐离得远了。

盛霈问："这丫头不回家过年？"

徐玉樵叹气道："前阵子给他们放了五天假，她回去待了一天，第二天就跑出来了。先是去找赵队长，又嫌人家里的小孩子烦，跑岛上去了。二哥，你那房子不是空着吗？走的时候你说交给我，我就给廿廿住了。"

盛霈："？"

这下可好，老婆抢走还不够，还要来抢他房子。

船上的生活盛霈再熟悉不过，但什么都不用做的日子还挺少见，这会儿他懒洋洋地躺在甲板上，总觉得少了点儿什么。左摸摸右摸摸，摸了半天才发现少了只猫。

小招让他留在洛京了，家里没人就抱到云山上去了。不得不说，这猫儿在海上作威作福惯了，在山里居然也要称大王，天天戴着个小铃铛巡视山家。更古怪的是，山家那帮壮汉看见它居然喜欢得不得了，一口一个"小猫咪"地叫，时不时还得凑上去亲一口，看得他头皮发麻。

"没有猫，总不能老婆都没有。"盛霈喃喃了句。

他没动，就这么躺着，躺了半天才出声喊："招儿？"

船上那么多人，人传人这么一传，在船尾的山岚很快就知道盛霈在船头找她了。她还怔了一下，他自己怎么不过来？山岚起身，急匆匆地跑过船舷，一路小跑到船头，见盛霈好好地躺在甲板上，还挑唇看着她笑。

"你没事吗？"她轻声问。

说话间，她已经走到他身边蹲下了，还探手摸了摸他的额头。

盛霈深色的眸盯着她，说："有事，刚出门一天你就不理我。大过年的，我一个人在船上吹冷风，可不可怜？"

山岚微呆，愣愣地问："这风冷吗？"

盛霈："……"撒娇听不出来？这笨尼姑。

"陪我躺会儿。"

盛霈把人一拽，霸道地让人躺在他胳膊上，还不许挣扎。

山岚抿抿唇，老实躺下来。

两人靠在一起，安静地看着澄澈的天，丝丝缕缕的云划过大片晴空，晴空下是透明的海水，海风温热。

"招儿，我遇见你那天，也是晴日。"盛霈忽然说。

山岚轻轻地应了一声："我以为自己活不下去了，但是你身上好烫，比南渚的阳光还要烫。和鱼不一样。"

盛霈侧过头，看着山岚的侧脸。她不光眉眼似山水，连侧脸看起来都像一幅静默的画作，是内敛却又磅礴的山水画，藏着不可预测的力量。

他转过身盯着她，低声问："当时为什么跟我回岛？"

那时，盛霈以七星铁为借口将她留下。可两人上岛后，山岚对这铁的兴趣又没有那么大，不急不忙地在岛上转了两天，似乎不是为了那块铁。

山岚侧眸，对上他的眼。半晌，她温声道："为了铁。"

盛霈一顿，问："真的？"

山岚诚实道："真的，但是……"

她静静地看着一脸紧张的男人，抿唇笑了一下说："但不是为了七星铁，我在海里便看中了一块铁。那时我想，用这块铁铸就的刀一定是世界上最锋利的刀。盛霈，我和你说过，我进高原看过藏刀。我去得巧，那位藏刀传人正在打一把新刀，委托人想给他的孤刀找个伴。

"我当时想，或许我也是一柄孤刀。

"可是，我看见了迄今为止最想要的铁。"

盛霈低眸看她，看她弯着玫瑰般的唇伸手来拥抱他，听她轻声在他耳侧说："后来，我发现你不是铁，我也不是刀。"

"那是什么？"他低声问。

山岚弯起眼睛说："你是海域里最自由的风，是公主的恶龙，是山岚最最最喜欢的人。你是盛霈。"

"最喜欢，是多喜欢？"

"我不告诉你。"

"那你听我说——"

300万平方千米的海疆上，我看见海上大雾弥漫，我听见你的声音。

番外一　盛霈的工作日志

（一）船长日记

9 月 16 日，20×× 年。

天气多云转阵雨，东南风转偏东风 4 级，气温 29 ~ 30 摄氏度，北部海域浪高 0.7 ~ 1.3 米，水温 28.0 ~ 30.2 摄氏度。

见不到老婆的第二天，无心打鱼。

今儿看见报纸了，费这么大的劲就等来这玩意儿。

果然登得明明白白，公主的未婚夫姓甚名谁写得一清二楚，但我怎么就这么不得劲呢？可能因为那个人和我同名同姓，我看了半天，觉得自己没睡醒，去海里清醒了好一会儿。海水没上来的时候，我像是看见了你。

我的招儿一定是生气了，不然怎么不理我，发了几十条信息都不回。

今天的午饭不好吃，新来的厨师手艺还没招儿好。我想吃你做的面，以后招儿不想打铁了可以去开面馆，保证火遍整个洛京，我就在门口给你拉客，想想这日子也不错。你怎么还没理我？

下午他们喊我打牌，没劲儿，不想去。

想你了，看看月亮吧。

怎么才去驾驶室说了句话天就黑了？招儿这会儿应该在食堂里，也不知道吃什么，我照旧吃那些，没意思。等吃完饭，你应该慢吞吞地在小广场上溜达一圈，再回自己的小院，回去一定会想我。

现在就去发信息。先认错，认完错再说想你。

招儿，甲板上不凉快。他们都看我笑话，只有小招陪着我，它和你一个名儿，就当你陪着我了。这么大的风，适合把你的长发吹干，软软的，还滑，想到一阵子都摸不着，又不高兴了。

烦。大半夜的下什么雨。甲板都没处坐，晚上还让不让我捞鱼了？

9 月 19 日，20××年。

天气晴，东南风转偏北风 4 级，气温 28 ~ 31 摄氏度，西北部海域浪高 0.8 ~ 1.4 米，水温 28.5 ~ 30.0 摄氏度。

见不到老婆的第五天，无心打鱼。

招儿，和你说件好玩的事。一年前我救过一只海龟，从海里捞上来的，肚子里全是塑料，脖子也被划伤了，可怜巴巴的，我就带回岛上去了。放在池子里养着，涂了一阵子药，伤口好得差不多了，肚子里的塑料也吐了个干净，我估摸着把它送回海里去，结果它还不想走了，我和小樵只好找战士们帮忙，这才把它送回海里去。

海龟有个习惯，它们会回出生地产卵，不管多远都得回来。结果你猜什么着？今年 6 月，它回西沙产卵来了，我正好在那岛上，在沙滩上又看见那龟了，稀奇的是它还认得我，还带我去它产卵的地儿，像是让我给它看孩子似的。

连龟都有返乡的习惯，我怎么就不惦记着家里？不过那是以前，现在我可惦记了。

今天晚上月亮特别圆。

招儿说想我了，心情好点儿了，睡觉。

9 月 24 日，20×× 年。

多云有雷阵雨，西南风转偏北风 4 级，气温 27 ~ 31 摄氏度，西北部海域浪高 0.5 ~ 1.7 米，水温 29.5 ~ 30.5 摄氏度。

见不到老婆的第十天，无心打鱼。

早上碰见熟人了。

虾船上都是虾，花虾、芦虾、大头虾、厚壳虾。我问他买了点儿花虾找人给你寄去，花虾只有深海里头有，就是你喜欢吃的那种。应该把我自己打包寄过去，不然没人给招儿剥虾，我说得有理吧？

在船上好一阵子了，还跑了几趟月光礁。

累了，回猫注岛继续想你。

在岛上也不怎么得劲，去菜地里松松土，浇浇地，小招去泥地里滚了一身泥，拎着它洗澡还不乐意，还想咬我，没良心的小东西。

天黑了，就坐在窗户边上抽烟。风铃叮叮当当地响。

你喜欢的那颗螺问我话呢，问你怎么还不回信息，问你是不是把我抛弃了，说你也没良心。

烟也没味道，烦，睡了。

睡不着，想你。

9 月 29 日，20×× 年。

天晴，东南风 5 级，气温 28 ~ 31 摄氏度，东北海域浪高 0.7 ~ 1.3 米，水温 27.5 ~ 29.5 摄氏度。

见不到老婆的第十五天，无心打鱼。

今儿出海遇见一对新人来拍婚纱照。是对小年轻，看起来挺般配的。婚纱照是下水拍的，还挺浪漫，也不知道你喜不喜欢，指不定还要拿刀架我脖子上拍，想想怪有意思的。

想和你拍婚纱照，他们又得嫌我黑得见不着人了。

别说，戴帽子和墨镜还真好点儿，比涂那个什么防晒霜有用。

这都十五天了，怎么还不理我？

发了几百条微信，一条都不见回，不回就算了，朋友圈都不发一条，什么都见不着，再不理我逮你去了。

晚上吃饭的时候又不高兴了。

小黄捧着手机笑个没完，小樵问她笑什么，她说是山老师前阵子给她推荐的小说，正好在海上看。小尼姑还会看小说了？

看就看，凭什么理她不理我？

老婆，我错了。

我想你。

盛需找到工作的那一天，洛京下了第一场雪。

走出邮局，碎雪点点落下，清冽、冰冷。盛需仰头看澄亮的天色，今天是周末，天气也不错，适合他和公主约会，这么想着，他上车准备去云山逮人。

山岚似乎不给自己休息日，成天往云山跑，别人都有周末，她一个当家主的倒是什么都操心，上至山家的未来，下至一周谁值日，这像话吗？

改明儿找山崇聊聊去，盛需打定主意，一脚踩下油门，抓人去了。

到云山时不过9点，盛需进了山家，拐过几个弯，去铁房看了眼，没人，转而去他们的工作室，结果也没见着人，他们都忙着，没注意到盛需来了，最后是一小孩儿拽住了他的衣袖。

"姐夫。"那小孩儿喊他。

盛需一挑眉，俯身看这圆头圆脸的小孩儿，捏捏他的脸，笑道："还挺乖。怎么了，有事找姐夫帮忙？"

小孩儿轻咳一声，在他耳边悄声说了句话。

盛需一顿，问："他们在客堂？"

小孩儿点点头说："来客人一般都在客堂，师兄们都在。姐夫，你要去找师姐吗？我可以带你去。"

盛需摸摸他的脑袋说："不用，你忙你的。姐夫认路。"

小孩儿瞧他一眼，心想也不是，他还想看热闹。总觉得自从盛需来了山家，他们这地方比以前热闹多了，好玩儿。

"好吧，那我走了。"他一步一回头，颇有些不舍。

盛需见人一走，眸光暗下来，顺着记忆里的路线到了客堂。客堂门口守着人，见他来也不知道该不该拦，对视一眼把人放进去了。

客堂内，热茶的香气飘散开。

坐在山岚身边的男人三十岁上下，样貌清俊，白皙的面庞上一双多情的桃花眼，正笑盈盈地看着山岚说："早听说洛京有位大师，今日一见果然不同凡响。不瞒您说，为了复原这把刀，我拜访了海内外所有刀剑专家，都没找到合适的……"

盛霈站在角落里听了两句，怎么听怎么不爽，怎么着，海内外的人都找完了才来找招儿，要他可不乐意接这活儿。

山崇和两个师兄对视一眼，没出声。他们看向山岚。

山岚在有关于"刀"的事上脾气好得不得了，压根儿没多想，只轻声问："这图纸是哪儿来的？"

男人道："我们祖上有个极有名的将军，当时他就是拿着这把刀击退了倭寇，我爷爷时不时地就提起来，每每说得心潮澎湃。下个月就是我爷爷七十大寿，我想给他一个惊喜。刀是做出来不少，但我看着总觉得少了点儿什么。"

山岚垂眸认真看了眼图纸，片刻后起身离开，把一群人丢在客堂。男人错愕地看着她的背影，一时不知道她是什么意思。

山崇已经习惯了，一般这种事的后续都是由他来洽谈。

山岚没管后续的事，只是专注地盯着图纸看，脚下的路她走了二十多年，闭着眼都能摸清整个山家。不过今日，她才走出几步，身后忽然伸出一只手，熟悉的力道握上她的腰，另一只手顺势拿走她手里的图纸。低低的嗓音落下来："不看路？"

山岚一抬眼，对上他微暗的眼眸。

她弯唇笑起来，似是怕被里面的人发现，小声说："盛霈，下雪了。明天我想堆雪人玩儿。"

盛霈耷拉着眼，看她水亮的眸，问："今天忙吗？"

山岚看向他手里的图纸，想了一阵，道："我……"

"知道了，带你去玩儿。"盛霈自说自话，把图纸往自己兜里一放。

山岚微微瞪圆了眼，伸手去抢图纸，边抢边说："这把刀形制特别，你先还给我。"

盛霈霸道得很："不还。走了，去约会。"

山岚就这么被他带下山了。

雪日里，山岚看着沿途寂寥的冬景，不知道这大冷天的能去哪里约会，想起盛霈工作的事，不由得问："工作定下了吗？"

盛霈手搭着方向盘，闻言看了她一眼，笑着应："定下了，招儿想不想猜猜是什么？猜对了实现你一个心愿。"

山岚回头看他，眨了眨眼，温声道："你放在家里的单子我都看见了。你昨晚还偷偷看自行车。"

盛霈："……"这傻姑娘怎么这么实诚？

他道："骗人会不会？假装自己猜出来，不就能骗个心愿回去吗？多好的事，下回记着了。"

山岚极其自然地应："不用骗。"

盛霈一愣，还没说话，她自顾自地解释道："你一直都是这样做的，不用骗我就能实现我所有的心愿。"

盛霈静了片刻，心痒痒的。要不直接开车回家算了，直接在床上待一整天。但想到小尼姑成日里看什么都新鲜的模样，还是忍了。

车一路开，最后停在洛京的繁华地带。

盛霈停完车出来的时候，山岚正安静地看着人来人往的商区，这样的雪日，许多姑娘穿着漂亮的衣裳在建筑前拍照，个个肤白腿长。她垂下眼，看自己厚厚的大衣，也有点儿想换裙子穿。现在家里的衣服都是盛霈安排的，每周都有新款送来，她每天换都换不完，就是没有短裙。

盛霈攥住她温热的小手，顺着她的视线扫了眼，问："看什么呢？"

山岚如实道："看美女。"

盛霈："……"倒是挺诚实。

"好看吗？"

山岚点点头说："我也想换裙子，要那么短的。"她在自己大腿上比了个长度，比完就乖乖地看着盛霈。

盛霈说："天儿冷，回家穿。"

山岚不说话，只是用乌黑的眼眸看着他，小拇指轻轻钩上他的掌心，看起来要多乖就有多乖。

现在山岚已经熟练地掌握了对付盛霈的方法。虽然逗凶也能达到目的，但没卖乖来得快。

盛霈和她对视几秒，败下阵来，叹气道："和谁学的坏毛病？以后要生个女儿，你们都这样瞧我，我还活不了了？"

山岚弯起唇角，轻声说："我也喜欢女孩儿。"

两人说了几句话，盛霈便带着山岚去店里买了套小短裙，配一双小靴子，柜姐还极其热心地给山岚编了个发型，化了妆，她眨眼就从仙女变成了妖精。

盛霈盯着她瞧了一会儿，心想不如回家吧。

"看电影去。"

他把她从柜姐那儿抢回来。

商场内温度适宜，山岚穿着短裙也不觉得冷，她一只手端了杯奶茶，另一只手被盛霈攥在掌心，眼珠子滴溜溜地转。

山岚看了一圈，说："好多小朋友。盛霈，那是我高中校服，我以前不喜欢穿校服，但每天都穿。"

盛霈轻"啧"一声，道："不喜欢上学，不喜欢穿校服，我们俩得换换。你那些高中同学还联系吗？"

山岚摇头道："他们怕我。"

她的同学都被师兄们吓走啦！

盛霈翘起唇说："他们是傻子。招儿猜猜看是什么电影？"

山岚配合地猜："爱情片？"

"不对。"

"喜剧片？"

"错了。"

"灾难片？"

"也不是。"

盛霈低头凑近她，气息撩过她白玉似的耳垂，低声道："恐怖片。你害怕的话就抱我，我抱你也行，进去了选一个。"

山岚："……"她才不怕呢。

今天是周末，影院里挺热闹。上午的场次人不是很多，VIP厅人更少，检票后盛霈径直去了最后一排。山岚第一次见能躺着看的影厅，这儿看看，那儿看看，新奇得很，这好奇的可爱模样惹得盛霈又凑过去亲她。

"以前来看过电影吗？"

山岚抿抿唇，小声嘟囔道："我又不是真的小尼姑，学校里也会组织看电影，偶尔会和师兄、师姐来。"

盛霈闻言，顿了顿，去看她的脸色。

说起山岁，她神情平静，态度自然，似乎没有被那件事所影响。前阵子小风来了洛京，山岚带他去探望了山岁，他出来的时候眼睛红红的，大抵是哭过了。盛霈就没见过这么爱哭的男孩子。

盛霈没提山岁，笑问："都看什么了？"

山岚来影院看过的电影不多，她老老实实地回答："看过一群羊跑来跑去的动画片，还有过年一群人跑来跑去的贺岁片，大家都在笑，我笑不出来。再大一点儿看过校园电影，还有你妹妹演的，其他的也没什么。"

盛霈："……"还说自己不是小尼姑。

盛霈听了一会儿，觉得不对劲："招儿，你看过恐怖片吗？"

山岚眨眨眼，诚实地摇头道："但我觉得我不会害怕，这种感觉就像高中的时候我觉得自己一定是个天赋异禀的厨子一样。"

盛霈："？"他忽然有点儿头疼，后悔选恐怖片了。

小尼姑上回有这样的想法时差点儿把山家给点着了，这回……盛霈左看右看，心想应该没什么事。

10 分钟后，电影开场。

盛霈原本躺得好好的没去闹山岚，想着她第一次看，别把她吓着了。但没几分钟，他脖子上忽然多了一只冰凉的小手，差点儿吓得他一哆嗦。此时，屏幕上的女人浑身湿透，披着一头长发从门缝间爬来，姿势怪异，苍白的皮肤在昏暗中显现出一种奇异的颜色，像是从冷海里捞出来的。

与此同时，那只小手顺着他的脖子往上，捏住他的耳垂，微凉的气息钻入他的耳郭："盛霈，我好像有点儿害怕。"

盛霈："……"不瞒你说，我也有点儿害怕。

盛霈不动声色地看了眼周围，有的女孩儿已经躲男朋友怀里去了，有的男人也窝在女人怀里，还有两个男人抱在一起瑟瑟发抖，最中间的两个女孩儿一边吃东西，一边笑……什么样的都有。

但就他这儿事态古怪，也不知道公主是不是故意装鬼吓他。

盛霈一把攥住她冰凉的小手，侧头看她，她黑密的长睫蝶翼似的颤抖着，嘴上说着害怕，眼神却不住地往屏幕上瞄，每看久一点儿她攥着他的手就紧一分。

这劲儿越来越大了。

盛霈忍着疼，把她扒拉进怀里，低声道："不怕，离我近点儿。"

山岚攥紧他胸前的衣服，眼睛只睁开一点点去瞄屏幕，这感觉对她来说也很新奇，心脏"咚咚"直跳，和知道盛霈失踪时的感觉又有点不一样，兴奋又刺激，想看又害怕，只好把脑袋埋进他怀里。

没多久，山岚忽然在暗中听到了一些暧昧不明的响动，微微呆了一瞬，去看声音的来源——下方一对情侣正紧紧地拥抱在一起，两颗脑袋几乎要融为一体。她恍然，原来盛霈想看恐怖片是因为这个。

作为一个负责任的未婚妻，山岚觉得自己有必要满足未婚夫这个小小的要求，于是悄悄去看他。

盛霈皱着眉，看神情，似乎情绪复杂，不像是要接吻的样子。

"你想亲我吗？"山岚认真问。

盛霈一顿，耳边传来的声响轻细，语气正经得像是要干什么大事。他垂眸和她对视一眼，亲了亲她微凉的唇角，问："电影好看？"

山岚点头。虽然她有点儿害怕，但是想看。

盛霈安抚她："现在不亲，看电影吧。"

山岚满意地缩回他怀里，心想鬼身上都是水，肯定凉丝丝的，盛霈怀里很暖和，这么想着，她的小手又往他脖子下钻。

盛霈："……"像是看了个 4D 的恐怖片。

一场电影看完，盛霈发现山岚做什么都认真，连恐怖片都细心研究，还摸摸自己的长发和脸，和电影里的鬼对比起来。

"盛霈，我也可以扮鬼。"

这是山岚最后给出的影评。

盛霈看着她眼底的兴奋，没给她这个"新奇大发现"泼冷水，还配合道："你想不想扮？晚上回家陪你玩。"

山岚眨眨眼道："我想从浴缸里爬出来。"想了想，又补充道："要开那种蓝色的灯，地上湿漉漉的。"

"行，吃饭去。"再说下去不活了，盛霈想。

两人吃过饭，盛霈带着山岚去游戏城玩了一圈，又溜达着买了几个包，在路过美甲店时山岚犹豫了，她一会儿看自己的指甲，一会儿想着还要进铁房干活，最后恋恋不舍地走了，准备回家。

暮色四合，冬夜的雪越发大了。

温暖的车厢内，山岚饶有兴致地拆着盲盒，盛霈安静地开着车，偶尔看她一眼，脑子里盘算着回去做点儿什么吃。这阵子相处下来，盛霈深觉山岚好养，虽然吃饭慢吞吞的，但她不挑食，什么都吃，也不浪费食物。他两个妹妹就不这样，一个比一个难养，刚想到这里，他忽而听山岚说——

"盛霈，我爸妈让我们明天回家吃饭。"

山岚语气轻轻软软的，和平常一样没什么起伏，像是和他说明早她想吃面条。

盛霈猛地踩下刹车，转头盯着她。

山岚抬眸瞧他一眼，无辜地问："怎么啦？"

盛霈看了眼路况，重新启动车子，问："你爸妈喜欢什么？他们知道婚约的事吗？明天吃中饭还是晚饭？"

山岚想了想，认真道："吃晚饭。他们喜欢和别人交流一些种树、种地、养家禽的想法，他们还上过农业频道呢。"

盛霈微顿，问："他们现在在乡下？"

他去山家的时候听人提过一嘴，说山岚的爸妈在乡下研究一些种植方法，听起来复杂得很，不是单纯种地的。

山岚点头道："他们在乡下有一个研究室，和一些科研所和大学都有对接项目，很热闹。这两年我去看他们，还总是找不到人。"

盛霈心想听起来比小尼姑还古怪，怪不得是一家人。

他沉吟片刻，说："知道了，明早送你上山之后我去办点儿事。下午忙完给我打电话，我来接你。"

回到家抖落风雪，山岚去洗澡，盛霈进厨房，两人分工明确。

山岚进浴室之前还特地来找他，白皙的手指扒着门框，乌黑的眼瞧着他，叮嘱道："一会儿来浴室找我。"

盛霈眉心一跳，头疼道："招儿，我们家没有蓝色的灯。"

山岚才不管："反正你要来。"

盛霈叹气道："知道了。"公主想玩什么都得陪着。

他趁着这会儿烧了两个菜，等到炖汤的时候，掐着点去了浴室，见里面灯还亮着，他还敲敲门，提醒道："准备好了吗？"

"再等两分钟。"她的声音和着水花声响起。

盛霈耐着性子说："注意别滑倒了。"

没人理他。

两分钟后，浴室的灯忽然灭了，不再有水声响起。他等了10秒，不紧不慢地打开了门，宽阔的浴室内，唯有浴缸边打着一束光，是手机的手电筒。

盛霈忍着笑往里走。室内满是暖意和湿润的香气，就算有鬼，也是个艳鬼。

"招儿？"他出声喊。

平静的浴缸忽然有了动静，一颗漆黑的头颅跃出水面，湿冷的长发盖住面庞，冷光下纤细的手臂抬起，弯曲的指节扣住浴缸边缘，慢慢地，她抬起上半身。

盛霈："……"

他忍了忍，实在没忍住，走过去把人抱起来，拿着浴巾一裹，斥道："鬼也是要穿衣服的。"

山岚还沉浸在角色中，忽然被人抱起来了。

"啪嗒"一声响，灯光大亮。盛霈撩开她的黑发，露出那张雪白的小脸来，擦干净水滴，对上她莹润的眸，哼笑道："好玩吗？"

山岚在他的语气里后知后觉地生出点儿不好意思来，别扭地别开脸，小声应："我饿了，换衣服吃饭，你出去。"

盛霈没松手，抱着她收拾完，直接拎去餐桌上吃饭。

山岚从这一天的约会中缓过神，转眼又是清冷安静的模样，朝着盛霈伸出手，掌心摊开，道："图纸还我。"

盛霈问："那男人叫什么？"

山岚微怔，问："哪个男人？"

"给你图纸的男人。"

"啊，那个男人。"山岚顿了顿，认真回忆着他的模样，想他介绍时说的话，"他好像姓周，是师兄的朋友介绍来的。那把刀有点儿意思，我以前没见过这种样式，"

说到刀，她的眼神里有了光彩，亮晶晶的像是捕捉到了星星。

盛霈瞧了她一会儿，把图纸还她，这个回答他挺满意，看她这模样就是没仔细听那人说什么，光惦记着刀了。

"认真吃饭，吃完再看。"

"哦。"

隔日，洛京苍茫一片，厚厚的积雪覆盖屋顶，从高楼望去，像是海雾弥散，令人有回到海上的错觉。

天才蒙蒙亮，山岚就被弄醒了。微凉的指节刮过她的脸颊，将她从温暖的被窝里拎起来。

"盛霈？"她下意识地喊。

盛霈轻"嗯"了声，俯身将她抱起，径直朝客厅走去，怀里的人搂着他的脖子蹭了蹭，轻声问："几点了？"

"还早。招儿，看窗前。"

他将她放在沙发上，拿着毯子裹好。

山岚慢吞吞地打了个哈欠，睁开迷蒙的眼，昨晚盛霈闹得晚，她还有点儿困，但这点儿困意很快便消散了。

透亮的玻璃窗前立着两个小小的雪人。一个雪人脸上黑乎乎的，另一个雪人手里拿着一柄鲸骨刀。圆头圆脑，乌黑的眼圆溜溜的。

它们正安静地看着她。

（二）打工日常

12月15日，20××年。

上班第一天，洛京的雪积了厚厚一层。

公主和我住了一阵，都学会赖床了，但赖得不熟练，哪有人赖床只赖一分钟，怎么骗都骗不住，多亲几口还要被踢下床。

大冬天的崖顶都是雪，都没处下脚。

我见了心想今儿总能休息了吧？好家伙，公主不知道从哪儿拎出把扫帚来，把大衣一脱就开始扫雪，说两句还得挨骂，只能忍着。等扫完雪，练完刀，再把她送到山家，走之前抓着她亲了一口，山家门口两个小孩儿看着我们笑。

笑吧，尽管笑。我有老婆，你们没有。

收拾完公主，骑着车上班去了。

也不知多少年没骑自行车了，在冬天骑着别有一番感觉，雪粒子簌簌往下掉，空气干巴巴的，闻得久了总觉得自己没了嗅觉，闻什么都没味道。到了单位，还没说话，手里先被塞了一袋热奶。

听带我的老师傅说，单位每天早上都给我们发牛奶，热乎乎的甜奶，大家伙儿喝得还挺起劲儿。喝完了再慢悠悠地泡壶茶，抓上一把干果，再领活儿出门去。

第一天上工，老师傅分配报纸给我，说先熟悉熟悉路。

分配完，几个大爷凑过来打听，年纪轻轻的怎么当邮差来了，这活儿现在没有年轻人干，就没几个钱挣，能养活家里吗？我笑说我老婆养我，让我干喜欢的事，这事就不错，天天在外面跑，但心情却很好，就跟在海上似的。

大爷又问，你以前干什么的？

我说跑船的，他说那难怪呢，去吧去吧。

邮局在城西，离云山近。

单位负责城西的胡同片区，这年头订报纸的人家也不多了，灰白色的胡同连接着小小的四合院，家家户户门口早已没有贴对联的习惯，在雪天瞧着有几分寂寥。这胡同名字还挺好听，叫灵犀。

大爷大妈们热心得很，时不时就得往我手里塞点儿东西。晃悠了一圈，这地方什么店都有，大早上的还没开门，下回送信时就能见着了。

第一天上班，跟退休似的。

骑自行车也没费多大力，留着力气晚上和公主玩儿。

走了，下班接老婆去。

12月19日，20××年。

上班第五天，洛京的雪停了。

早上4点，我悄悄地从床上爬起来，借着光往床上看，她安安静静地钻在被子里，睡姿和昨晚一样，一动都不动，家里三个属她最乖。

小招四仰八叉地睡在床边。

这小家伙，明明给买了"别墅"，偏偏不住，困了就叼着自己的小床跑到床边来，也不知道谁惯的。

亲了亲老婆，出门扫雪去。

我偷着扫了两天雪，她没发现。

公主每天一丝不苟地检查一遍，没发现脚印，没发现小动物，地上更没有其他痕迹，好奇心都留着研究为什么没雪了。

能让你发现吗？

刚这么想着，就看见老婆了。

明明出门那会儿还躺在床上，这会儿怎么就到山脚了？

你上这儿来干吗？我问。

公主站在熹微的晨光里，小脸比雪还白，眼珠子瞒过来。再看了两眼，我实话实说，把偷着扫雪的事都交代了。

不许你扫，她说。

能说什么，只能应好。

哄完老婆再去上班。

今儿是周五，单位里也没什么喜气。老师傅给我派的工作是整理信件，整理完了再去送。听老师傅说以前通讯不方便，有的人习惯了写信，但是几十年了，地址多有变迁，单位里多的是没人接收的信件，实在找不到人就得退回去。

老师傅说，下午再找最后一趟。

我说行。

下午洛京放了晴，街上的雪化了，再去胡同感觉不一样。沉暗的胡同忽然亮堂起来，连带着我心情也好了。带着信找了一圈，经过其中一条胡同时，遇见一群小姑娘，也不知道堵人家门口干什么，我随口问了一句，说是这儿有家文身店，店主长得俊，特招人。

俊？能有多俊？

摸摸自己的脸，白了不少，我也俊得很。

带着信件挨个儿问了左右邻居，都说不知道人去哪儿了，没有联系方式。这么大个洛京，找个人可不容易，但再难能比在海上难吗？这儿问不到，就上人家以前的单位问去，说不定还有什么联系方式。

忙活一下午，天黑了。

公主打电话来，柔柔地问，盛霈你在哪儿？一看时间，离下班的点过去了两个小时，她早就下班了。

我说现在就去接你。

她问，你是不是还在外面？

我把送信的事说了，说最后问到的地址在城南，打算周末自己去一趟。她说今天送去吧，我陪你一起去。

于是，大冬天的，两个傻子骑着自行车去送信。

"你说说你，好好的车不坐，偏要坐自行车。"

盛霈瞥了眼跃跃欲试的山岚，又瞧着他们单位的小破自行车，但到底挨不过她几眼，准备犯傻，四轮的不开开两轮。

盛霈低着头，用围巾把她的小脸裹得严严实实的，再把她大衣的扣子扣到最上一颗，叮嘱道："晚上风大，脑袋藏好了。"

山岚乖巧点头。

盛霈叹了口气，扶起自行车坐稳了，等着她坐上来。没一会儿，轮胎一重，背后贴上一颗脑袋，藕似的手自觉地缠上他的腰，躲进他热乎乎的口袋里。

盛霈瞧她的兴奋劲儿，不由得想笑，问道："以前没坐过自行车？"

山岚坐在后座，用和以往不同的视角看街道。

树似乎变矮了，路灯昏黄的光洒落下来，在冷风中天也显得萧瑟。她如实道："没有，以前我们五个回家，都是家里的车来接。平时师兄们怕我出意外，不让我和陌生同学玩。但是……"她说着说着，忽然卖起关子来。

盛霈："？"都是在哪儿学的这些招数？

盛霈用力踏着自行车，冷风迎面而来，这么吹了一阵，情绪缓和下来，轻哼道："瞧见没，我工作多辛苦，天天吹着冷风。吹冷风就算了，老婆还欺负我。"

山岚蹭蹭他宽厚的背，抿唇笑道："以前有个学长约我去操场看星星，也是这样的冬天。因为那时操场上人少，不会有人注意到我们。"

盛霈一口气堵在嗓子眼儿，下不去上不来。

"你去了？"他不爽地问。

山岚"嗯"了声，刚"嗯"完，身前的男人不知道又发什么脾气，把车一停，转过头来，夜色里漆黑的眼盯着她，问："你去干什么？"

"看星星呀。"山岚无辜道，她就是想看星星。

盛霈继续问："好看？"

他们停在没有路灯的路段，昏暗的夜里他的神情晦涩不明。

山岚压下想弯起来的唇角，小声道："不好看。走到操场上一看没有星星，我就回去了。"

盛霈俯身，揪着她的脑门重重亲了一口。

"就是想欺负我。"

山岚捂住额头，推开他的脸，说："没有。快骑车，我肚子饿了。"

冬夜里，盛霈踩着车，后座的山岚轻晃着脚，偶尔抬眼看看天，多数时候把脸藏在他身后躲避寒风，他身上好暖和。

到城南时，盛霈在路边买了个甜番薯，两人一人一半，他搂着她，道："来了也不一定能找到，就一个地址和名字，去单位问也是碰运气。"

山岚啃着甜丝丝的番薯，呼出热气，含糊道："你又开始找人啦？从洛京找到南渚，回来了也不忘找，从城西找到城南。"

盛霈不似山岚般慢吞吞的，几口就把番薯吃了，空出手捻过她唇角的痕迹，笑道："也不麻烦，就是费点儿时间。那么多人碌碌一生，哪有时间做自己喜欢的事。我呢，运气好，老婆愿意养我。等发工资了，带你去玩。"

他说起发工资，眉眼轻松，眼底满是笑意。

山岚鼓着腮帮子看他，说是她养他，但盛霈压根儿不用她的钱。他自己有投资理财，偶尔心情好，还帮盛老爷子忙项目，挣得可不比她少。

她配合地问："去哪儿玩？"

盛霈想了想说："周边的小镇子，当地有不少节日活动，我找个好玩的，提前和你说，你把时间空出来就成。"

两人说着话，到了目的地。

盛霈得到的地址是个旧小区，一眼望去楼里没几户人家亮着灯。楼道里漆黑一片，盛霈牵着山岚到二楼，敲了敲门。

没一会儿，屋内有了动静。

盛霈神色自然，山岚却有些惊异，她问："有人怎么不开灯？"

盛霈低声道："他们那个年代的人，节省惯了。我下午去胡同问，邻居们说收件人六十多岁了，原本在胡同住着，后来儿女把房子卖了，不知道去处，这地址还是我去她前头单位问来的。再加上信封的款式很旧，不是近十年的款式，字体看起来有十几年功底，我猜测是她年轻时相识的朋友。这封信或许对她很重要，不想这么轻易退回去。"

山岚没出声，只是攥紧了他的手。

片刻后，门后传来苍老虚弱的声响："谁啊？"

盛霈立即说明来意，说自己是邮局的，将信封上的内容大声说给她听，问她是不是收件人。话音刚落下，门从里面打开了，是个老婆婆，她点亮门口的小灯，眯着眼打量他们，而后返回去戴了副眼镜出来，接过信件。

"请进来喝口热茶。"她捻过信封边缘，没急着打开。

盛霈笑道："时间不早了，我们不打扰您休息，确认您签收了信件我们就回家去了。您若是回信，记得更改地址。"

老婆婆看了两人一眼，点点头说："多谢你。"

她没关门，迈着极慢的步伐回去，再出来时手里拿了两颗糖，说是给孙儿准备的，分给他们吃。

盛霈没拒绝，大声道："您关好门，我们回去了！"

两人走到楼下时，听得楼上响起关门声。

山岚下意识地仰头看二楼，那漆黑的屋内忽然亮起了灯，那老婆婆此时或许在看信件，也不知道是谁的信。

"盛霈，你说会是谁的信？"

盛霈剥开糖纸把糖递到她唇边，见她舌头卷进糖果，猜测道："朋友或是情人，总之是许久不曾联系的老相识。又或许是别的，年轻时的工作单位，都有可能。"

山岚含着糖果，指节穿过他的指缝，温声道："盛霈，你真好。和我初遇时的你一样好，我又喜欢你多一点儿了。"

"只有一点儿？"盛霈捏捏她的脸问。

山岚弯着唇，慢吞吞地说："像大海一样，雨水落下来也只有一点儿。每天都多一点儿，积少成多。"

"满了怎么办？"

"不会满。"

她想，永远都不会满。

如果每个人的人生里都有一个无限值，那盛霈就是她的无限值。

（三）孕期日常

4月1日，20××年。

天晴，气候适宜，春天花儿都开了。

今天是愚人节，早饭刚端上桌，公主看我一眼，慢吞吞地抿了口水，最后轻飘飘地说，盛霈，你要当爸爸了。

我笑说，想了多久来过这个愚人节？

公主没说话，吃完早饭照常上班去了。

我起先没多想，把她送到云山，发现她没上崖顶练刀，直接进山家去了。认识公主有三年了，除了海上那段时间，她一天没落下过练刀的事。

这是头一回。

我心想不对，返回家里找了一圈，最后在浴室里找到两支验孕棒。她没藏也没丢，就这么直接地放在洗手台上。

今天是愚人节没错吧？

她是骗我，还是没骗我？

盛霈盯着手里的验孕棒，大脑有一瞬的呆滞，呆滞过后是漫长的空白。公主怀孕了，公主怀孕了，这怎么可能呢？如果是他还正常点儿。

她说，盛霈，你要当爸爸了。

这话是真的。

盛霈抹了把脸，起身打开冷水，冷静了 10 分钟，然后换衣服出门，请假，预约医生，再开车去山家接人。

这一路，盛霈偶尔抬头看天。

春风和煦的普通日子，他和千万人一样奔波在路上，心头忐忑不安，与凡人没有任何区别。

山岚总觉得他和旁人不一样。

其实没什么不一样，他只是运气好，真的只是运气好。

盛霈深吸一口气，踩下油门朝云山疾驰而去。他心急，一路车速都快，上山这会儿大家见怪不怪，除了盛霈没人敢这样开车上云山。

到了山家一问，山岚去铁房了。

说话的人还没说完，就见眼前的男人风一样地掠走了，路上的人见着他都吓一跳，这么着急忙慌的，出什么事了？

此时，铁房内。

山岚调试着炉温，听山崇安排今天的日程，才听了个开头，门口一声闷响，原本该去上班的男人出现在她面前。山岚丝毫不惊讶，瞧着他紧紧盯着她却又不敢靠近的模样，弯唇笑起来，轻声道："师兄，今天的日程安排到下午。"

山崇应下，自觉先行离开，在经过盛霈时，见他忽然踉跄了一下，连忙扶住他，问："没事吧？怎么出了这么多汗？"

盛霈微顿，道："没事。"

山崇诧异地看他一眼，又看向含笑的山岚，见他们不像是吵架的样子便松开了手，走远了也没听到什么动静。

山岚静静地注视着盛霈，见他迟迟不动，便张开手臂，温声道："过来，我抱抱你。没事儿，你过来。"

盛霈喉间干涩，艰难地吞咽了一下，忽而迈开步子，大步走到她跟前，小心翼翼地将她拥入怀中。

山岚摸了摸贴着她脖子的脑袋，轻声问："是不是吓到了？"

他不说话，只是埋首在她颈侧喘息着。

山岚没催他，仔细地把他的头发摸了一圈，小声说："头发长长了，回家我给你剃。现在回家去？"

盛霈缓了一阵，抬头盯着她的小脸看。半晌，他道："我们先去医院。"

山岚乖乖点头说："知道了。"

4月2日，20××年。

晴转多云，我要当爸爸了。

医生说，我要当爸爸了。我和公主的宝宝。

高兴完有点儿不爽。

不爽不爽不爽，我的老婆。

我不想上班了，想天天跟在她身后当小尾巴。但是公主不乐意总是看见我，说我晃得她心烦，下午把我赶走了。

坐在门口抽了根烟，冷静片刻，并没有好很多。

山家的一位伯伯过来点了根烟坐下，问，和招儿吵架了？

我说没有。

他说别不好意思，婚姻就是这样，需要经营，但有困难千万别找山家人商量，在我们眼里，只有你错，招儿不可能错。

我笑了一下，说您说得有理。

他感叹道，招儿和你在一起过得开心。小姑娘以前像是冰雪做的，长得像冰雪，性格也像，不爱和他们说话，喜欢一个人安安静静的，但比谁都努力。其他孩子乐呵呵地满山跑、休息的时候，她都在练习，一直在练习。

招儿苦啊，他叹气，好在熬出头了。

我问他，招儿有压力吗？

他说肯定有，招儿像他们山家打出来的刀，坚定不移，前路越难，她越稳固，也不知道像谁，不像父母，不像山栖。

我笑说，可能像山栀。

他瞪大眼，说有道理。

抽完两根烟，我说回去上班了。他朝我挥挥手，说注意安全。

走到山脚，我忽然想起来，车忘在门口了。

6月23日，20××年。

小雨，气温上升，洛京的夏天来了。

公主肚子里的宝宝三个月了。

今天一早，她和爷爷说了这个消息。爷爷高兴得想摆上半个月的宴席，好让所有人都知道山家有后了。我问招儿是不是能休息半个月，他说，我做不了她的主，你去问她。

我问公主，这半个月陪陪我吧，行吗？

她说你怎么这么黏人，宝宝和你一样黏人怎么办？我说不怕，我能收拾他。最好是个女孩儿，我的小珍珠。

珍珠是小名吗，她好奇地问。

我说对，是宝宝的小名。

她说，是个男孩儿也叫珍珠吗？

我不说话了。

我不想要儿子，我要小珍珠。但我不告诉她。

这半个月带公主去散心了，怕她晕船想吐，没去南渚，带她去城南看了看园子。我告诉她，我认识的一个人在这儿有园子。

她问是本地人吗？

我说不是，是洛京人，在灵犀胡同开了家文身店。原本他是胡同里最英俊的男人，我去了之后就不是了。

她怀疑地看着我。

我说我白成这样了，哪里不英俊？

她没说话，过来亲了亲我。

城南、城北地玩了半个月，又得回去上班了。想退休，想让老婆也退休。

9月19日，20××年。

天晴，空气干燥，洛京要换季了。

公主肚子里的宝宝六个月了。她的肚子鼓起一个小球，爷爷不让她再进铁房了，每日跟在她身后唠叨，然后挨了骂，最后和我告状，说管管你老婆。

我说我不敢。

他说没出息！

我笑笑。

今天下了班去接公主，和平常一样说起工作的事，说最近邮局来了个新人，咋咋呼呼的，跟黄廿廿一样。

她看我一眼，问是女孩子吗？

我后悔了，不该说新人的事。只能硬着头皮应，是女孩子。

她点点头，摸了摸肚子，和往常一样看书。

车上常年放着书，她上下班偶尔看几眼，一个月能看两三本，这么积年累月的，家里的书快堆满了。

我问，晚上想吃什么？

她说想吃火锅，我说行，回家煮。她不想在家吃，而是想去外面，说吃完还想去看电影，我想了想，找了家人少的火锅店。

结果不巧，遇见那咋咋呼呼的新人了。洛京这么多火锅店，怎么就能遇见？

我当着新人的面，问你是哪位？

新人纳闷，说我是你一个单位的，我说不好意思我有点儿脸盲，然后牵着公主走了，也不管别人是不是骂我有病。

你没有礼貌，公主娇娇地说。

听这语气，没不高兴。

我笑着过去亲了亲公主，说明天给新人带点儿喜糖。

喜糖是爷爷定的，这半个月里每天发糖，到现在家里还有一堆，上次带去单位分了一次，这次遇见新人，干脆再全部发一次，也算没浪费这点儿糖。

12 月 25 日，20××年。

大雪，洛京变得冷冰冰的。

公主肚子里的宝宝九个月了。预产期在下个月，我很紧张，连着失眠了几天。

今天，和公主过圣诞。给她买了新戒指，是她最喜欢的红宝石，上个月托人在拍卖会上拍下来的，她对我笑，说像又结了一次婚。我听了，心里说不上是什么感觉。想每天都给她送戒指，想每天她都这样笑。

哄她睡了，看见她越来越大的肚子，有点儿烦躁。

这九个月不想她再经历第二次，医生说她肚子里有两个孩子，所以肚子才会那么大。旁人听了都高兴，我却害怕。在阳台上坐了半宿，抽了大半包烟，刚想回去，忽然看见她坐在客厅的沙发上，安安静静地看过来，不知道待了多久。

她喊，盛霈，你过来。

我说等等，回房换了身衣服，出去抱她。

怎么醒了？我问她。

她看着我，柔声问，你睡不着吗？

我说外公那儿有个项目有点儿棘手，不碍事，抱你回去睡觉。她牵着我，小声告诉我，肚子里的宝宝很喜欢我，每次看见我，就会变得调皮一点儿。

我说，招儿，以后不生了。

她抱着我，说知道啦，你别怕。

我想说我不怕，但我说不出口。

只想这个冬天快点过去。

1月15日，20××年。

天晴，洛京的雪停了。

这一天，我的两个孩子出生了。

我没去看他们，只是等着公主醒来。护士告诉我，小珍珠是妹妹，哭得很大声，哥哥没哭，很安静。

护士说，一会儿把他们带过来。

我说再等等。

等到下午，洛京接连多日的阴天忽然过去了，阳光洒进窗户。窗外的枯枝似乎没再那么萧索，我掌心的手忽然动了，她用力牵住我。

公主睁开眼看我，眼睛乌黑明亮。她抬手摸我的脸，问你哭什么？

我不说话。

她说，盛霈，你亲亲我吧。

我亲了亲她。身体像是不能动弹，起不来，只想抱着她。

她像以前一样抱着我的头，用最温柔的语调说，盛霈，你知道我爱你的，对不对？她说，我最爱你。

我说我知道。

她说，我想看看珍珠。

我说再等等吧，你多抱抱我。

她叹气，又亲了亲我。

我想，此生能成为盛霈，成为被她爱着的盛霈，大抵是我这辈子最幸运的事。下辈子，我仍想当盛霈，再遇见她。

（四）爸爸日常

7月2日，20××年。

暴雨转多云，又是一年夏天。

我的小珍珠和贝壳今年三岁了。

小珍珠真可爱，咿咿呀呀的，她说爸爸是世界上最英俊的男人。哥哥今天看起来又不高兴，也不知道像谁。

下午暴雨，雷声震天响。

小珍珠一点儿都不怕，趴在我肩上叫，兴奋得不得了。哥哥似乎有点儿怕打雷，抱着小招躲到了自己的小床上，我一回头人就不见了。

哥哥自从会走路，眼里压根儿没有我这个爸爸。

没有就没有了，可偏偏公主喜欢他。

哼。

但凡雨天打雷，山岚一定会回家。

今天也一样，贝壳躲去床上没一会儿，她就回来了。

门口一阵响动，盛霈把小珍珠交给阿姨，上前接过山岚的包，见她湿漉漉的模样，微蹙了蹙眉，低声道："下次我去接你。"

说完，他进浴室拿了条毛巾出来。

山岚拿毛巾匆匆擦了擦长发，小珍珠看见妈妈早已挥起小手，葡萄般的眼睛亮晶晶的，一口一个"妈妈"地喊。

"乖乖，妈妈抱。"

山岚抱过乖乖软软的女儿，亲亲她的小脸，看了眼盛霈。

盛霈无奈道："他不理我，但凡打雷连珍珠都不理，开门进去哄他他还要发脾气。我觉得那小子就是故意的，想骗你回来。"

山岚摸摸小珍珠的头发，问："妈妈去看看哥哥，爸爸抱你好不好？"

小珍珠也喜欢爸爸，扒着妈妈的脖子黏糊了一会儿，便晃着小手往盛霈怀里扑，指着玻璃窗嘀嘀咕咕的，又要去看雨。

盛霈抱过小姑娘，看着山岚往房间里走。

这一哄肯定又是一天。

山岚悄无声息地走进房间，小床上窝着小小的一团，他怀里还抱了一个娃娃，小招蹲在一旁盯着他，见到山岚，它"喵喵"叫。

听见动静，那小身影动了动。待看清是山岚，他乌黑的眼顿时亮了，把娃娃一丢，朝她伸手道："妈妈！"

这精神劲儿，哪有害怕的模样。

山岚眨了眨眼，没去抱他，在小床边蹲下，慢吞吞地问："贝壳，爸爸说你发脾气了，真的吗？"

贝壳长得像山岚，雪白的皮肤，精致的五官，看起来就是迷你版的她。只是两人的气质不像，山岚的安静让人平静，他的安静惹人心疼。

这会儿小王子耷拉着眼，小手揪着衣服想了想，小声道："嗯。"

"为什么发脾气？"山岚温声问。

贝壳不说话，又伸出手来想要抱，见妈妈只是看他，并没有要抱他的意思，他嘴一瘪，作势要哭，可眼泪都在眼眶里了，妈妈还是不抱他。

"我想妈妈。"他委屈地说。

山岚轻声问："贝壳不喜欢下雨天吗？"

之前盛霈问过他，但贝壳不开口，像是揣着什么秘密。一到雨天，他就变成忧郁的模样，打雷了还要往床上躲，这样的情况持续有一个月了。虽然他比小珍珠黏人，但像这样也少见。

贝壳含着眼泪和山岚对视许久，他揉揉眼睛，耷拉下脑袋，轻声说："妈妈，你掉进大海里了，大海好可怕。有大鲨鱼，嘴巴好大好大，雷打在它身上，它不疼。我不喜欢下雨。"

山岚微怔，问："贝壳做噩梦了？"

小王子委屈巴巴地点头，倔强地伸出小手，问："可以抱抱吗？"

山岚上前抱起这团小小的人，拍拍他的背，哄了一会儿，带他出去找了盛霈。那父女俩还凑在窗前看雨。

"盛霈。"她喊他。

盛霈愣了好一会儿，她多久没用这个语气喊他名字了，凡是这么喊，公主必定是生气了。他放下小珍珠，让她自己爬着玩，起身迎上去，问："怎么了？"

他瞧了眼躲在山岚怀里的贝壳。小家伙背对着他，一副不想看到他的模样。

盛霈心里犯嘀咕，难不成这臭小子告他状了？但是他是天下第一好爸爸，天天陪着两个祖宗，有什么可告状的？

山岚问："你和他们说什么睡前故事了？"

盛霈："……"

他轻咳一声道："也没什么，就是说我出海那三年，珍珠最喜欢听这个，巴不得自己就能开船。贝壳和平时一样，不说话，应该也是喜欢的。"

山岚抿着唇，轻声把事说了："他做噩梦了，不敢告诉我们。"

盛霈瞥了眼贝壳，心想每天一早见他闷着脸，就问是不是做噩梦了，小家伙都摇摇头，原来是只能和妈妈说，不能和自己说。

"爸爸抱你？"他摸摸贝壳的小脑袋。

小王子扒着山岚的脖子，乌溜溜的眼抬起来，瞧了一会儿，见爸爸是真心实意想抱他，勉强同意了。

盛霈说："我和他说会儿话，你去换身衣服。"

她进门时裙摆都湿了，到现在都没来得及顾上自己。

小珍珠见爸爸抱着哥哥走了，朝山岚摆摆手，悄声喊："妈妈，妈妈，你快过来。我和你说个小秘密。"

山岚在地毯上坐下，低头问："什么小秘密？"

小姑娘生得像盛霈，性格活泼爱闹，和她哥哥一样爱观察人，但是哥哥是悄悄观察，她胆子大，谁也不怕。

"哥哥不怕打雷。"她眼睛睁得大大的，说完就捂上了小嘴。

山岚轻声应："妈妈知道，哥哥说是因为想妈妈了。"

哪知小珍珠摇摇头，说："不是！"

山岚呆了一下，问："是哥哥的秘密吗？"

小珍珠撇撇嘴，小声道："他生爸爸的气。爸爸讲故事，哥哥想去玩，爸爸说我们小，哥哥就生气了。他说妈妈好骗，骗妈妈。"

山岚："……"

小家伙弯弯绕绕的，也不知像谁。

另一边，盛霈和贝壳面对面坐着，他双手环胸，盯着小家伙看了会儿，问："故意骗妈妈回来的？因为妈妈心软，对不对？"

贝壳揪着小猫咪的毛，不说话。

小猫咪卷着尾巴瞧两人一眼，安然睡觉。

盛霈和两个孩子相处的时间比山岚久，更了解他们心里那些弯弯绕绕，以前这小家伙明明不怕打雷，这个月却忽然害怕了。他一想就是有猫儿腻，可偏偏山岚每次都愿意回来，这小家伙越来越嚣张。

"贝壳，你喜欢在下雨天出门吗？"盛霈问他。

贝壳摇摇头。他爱干净，不喜欢弄得湿湿的。

盛霈说："妈妈丢下一堆工作回来哄你，回来衣服和头发都湿了，她很辛苦，你知道吗？为什么骗人？"

贝壳低着头，眼睛慢慢红了。他不是故意骗妈妈的，他就是想去玩，和爸爸、妈妈，还有妹妹一起。

"我想坐船，爸爸。"贝壳小声说，说着说着开始掉眼泪，"你和妹妹玩坐船，我也想玩。"

盛霈："……"妹妹玩的是假船，你想玩的是真船。

"你有没有想过，爸爸为什么不答应？"

盛霈到底没狠心凶他。

贝壳摇摇头，小手揉着眼睛。

盛霈放缓语气道："因为在海上很辛苦，你和珍珠很有可能会生病。爸爸不能让你们生病，生病很难受，对不对？等你们长大了，爸爸一定带你们出海玩。"

贝壳抽噎着点头道："妈妈也一起。"

盛霈给他擦眼泪，低声说："是爸爸不好，没和贝壳说清楚，不哭了，过来爸爸抱。"

这么闹了一通，父子俩总算和好了。

盛霈牵着贝壳到山岚面前道歉。

"妈妈，我错了。"小王子垂着脑袋，睫毛还湿漉漉的。

山岚蹲下身，温声道："妈妈原谅你。但妈妈也想和贝壳道歉，因为工作忙，都是爸爸陪你们，所以贝壳不敢和妈妈说想出去玩，对不对？"

贝壳抿着小嘴，忍着眼泪道："爸爸说，不能让妈妈生气。"

山岚亲亲他的小脸，轻声说："妈妈不会生你们的气，也不会生爸爸的气。你们都是妈妈的宝贝。"

盛霈在一旁听着，心里有点儿酸。

这话只能借着他儿子听到，不爽。

10 月 15 日，20××年。

天晴，秋天到了。

两个小祖宗上幼儿园一个月了，问就一个字：爽！

除去工作日，周末把两个宝贝往云山一丢，或是丢星星那儿，我老婆就又是我一个人的了。

今天周末，想和公主在家里玩一天。但公主不乐意，她说要去看星星新上映的电影。我更不乐意，星的电影什么时候不能看，非得周末去？我不同意。

最后公主说，打一架吧。

我能和老婆打架吗？显然不能。

这么闹了一阵，公主勉强同意在家陪我玩。玩了一整天，最后我被公主踢下了床，我们出门吃饭去，顺道去逛逛街。

高兴，希望周末有五天！

盛霈牵着山岚下楼，走在路上随手和遇见的邻居打招呼，神色懒懒散散的，眉眼间满是餍足，这会儿见谁都心情不错的模样。

"晚上想吃什么？"他侧头问。

山岚拢着披风，认真地想了想，说："有点儿想吃烧烤，还想喝冰啤酒，还想出海玩。好久没出去了。"家里有两个小家伙，她和盛霈的时间都留在家里了。他们两人的时光都少得可怜，更别说出门了。

盛霈微顿，问："想去南渚？"

山岚点点头。

盛霈只是说了句"知道了"，然后开车带她去了夜市。夜市热闹鲜活，放眼望去皆是烟火气，山岚吃得撑撑的，还喝了两瓶啤酒，还想再喝，盛霈把酒拿走了，牵着她去江边散步。

秋夜里，江边人影寂寥。

风里带了寒意，水面倒映着这座钢铁城市的缩影，五彩斑斓。

盛霈握着她温热的小手，问："招儿，下个月忙吗？听山崇说最近单子不少，这个月比平时下班晚一小时。"

山岚"嗯"了声，转了个身，面对着盛霈倒着走，晃着他的手，温声道："下个月没那么忙，最忙的时间过去了。外公那儿呢？"

自从家里有了两个小祖宗，盛霈便辞了邮局的工作，多数时间留在家里，偶尔接点儿项目，项目跨度时间长，一年也做不了几个。今年两个孩子上了幼儿园，盛霈便又回邮局上班去了，日子过得还挺舒适。

"不忙。"他看着前方的路，将她护在身侧，"等你有空了，我们出海去，不带两个孩子，让他们烦爷爷去。"

现在山家最闲的就是山桁，山岚掌管着山家绝大部分的事，她父母研究栽培技术比她还忙；盛霈和父母关系一般，不常来往；他外公愁着家业没人继承，忙得脚不沾地……算来算去最闲的只有山桁。

山岚闻言，眨了眨眼，问："只有我们两个吗？"

盛霈低声应了，微微攥紧她的手，盯着她的眼睛说："我有个心愿一直没实现，这次正好合适。"

山岚好奇地问："是什么？"

盛霈收拢掌心，弯起唇角道："是秘密。"

11 月 17 日，20×× 年。

天晴，洛京已入冬，而我们要往南渚去了。

临走前一晚，送两个宝贝去山家。

公主陪着他们坐在后面，小珍珠问，妈妈，你和爸爸一起出去工作吗？公主不擅长说谎，说，你问爸爸。于是，两个小家伙都看过来。

我说，爸爸妈妈出去挣钱，回来就能给你们买大玩具。

小珍珠眨着那双葡萄般的眼睛问我，不能带我和哥哥吗？

哥哥也看我，不说话，和公主一样，只用那双乌黑的眼睛看我。

我叹了口气，疲惫道，爸爸好想带你们一起。这话一说出口，两个小家伙的眼睛都亮了，我话锋一转，说，但是给我们钱的人说，工作要有工作的态度，就像珍珠和贝壳去上学，上课的时候不能三心二意，对不对？

小珍珠和贝壳对视一眼，忽然问山岚，妈妈，爸爸以前都不工作，他是不是挣不来钱呀？这次去挣钱听起来好困难的样子，妈妈你真辛苦，爸爸好笨。

我：……

这两个没良心的小东西。

公主听了，第一次对着两个孩子皱起眉。她说，爸爸在家里照顾你们，比妈妈更辛苦，如果爸爸妈妈都不在，你们可以自己睡觉，自己吃饭，自己玩吗？

小珍珠垂下脑袋，说爸爸对不起。

贝壳看了眼公主，去亲亲她的脸，也说爸爸对不起。

瞧这小家伙，心眼儿可真多。和爸爸说对不起，反而要去亲妈妈。

出了这么个插曲，小家伙们不再惦记着跟我们出去，走之前还一人过来亲了我一下，尤其是贝壳，被他亲一下可难上天了。

我说，爸爸妈妈会想你们的。

他们点点头，乖乖走了。

到了南渚，小樵在那儿等我们，还有他姑娘。

前两年小樵和小黄结婚了，生了个小姑娘，瞧着怪可爱的。我问黄廿廿呢，他说在船上，孩子一会儿送猫注岛去。

这两人也不怎么带孩子，成天在海上疯。

一个月回几次猫洼岛，日子过得也挺好。

南渚阳光正好，海风温热。

"二哥，我女儿，可爱吧？"

徐玉樵这得意劲儿和当初的盛霈一模一样。

盛霈和安全座椅上的小姑娘对视一眼，俯身笑道："我是你盛叔叔，这是给你带的礼物。来，拿着玩儿。"

盛霈拿了个小兔子娃娃出来。

小姑娘甜甜地对他说"谢谢"，开开心心地和兔子小姐说起话来，也不用人陪，自己玩得开心，看起来乖得不行。

盛霈还有点儿嫉妒，悄声对山岚说："我们家的怎么没这么乖？"

山岚抬眸看他一眼，实话实说："因为你宠珍珠，宠了珍珠又要对贝壳一视同仁，所以他们不怕你。但牵扯到我，他们也怕你。"

这是实话，家里两个孩子怕山岚多一点儿。

虽然妈妈看起来更心软，但似乎生起气来更吓人，他们害怕妈妈生气。因为一旦惹妈妈生气、难过了，爸爸就会变得很凶。

盛霈轻哼一声说："你是我老婆，谁都不能欺负。"

徐玉樵听得牙酸，这都多少年了，二哥怎么还这模样？这两人就跟刚认识那会儿似的，一点儿都没变。

徐玉樵拎了两袋小吃给盛霈，说："二哥，山老师，我们直接往港口去，船都准备好了，摄影团队已经等着了。"

摄影团队？山岚好奇地看过来。

徐玉樵一慌，说漏嘴了，下意识地看向盛霈。

盛霈神情自然地解释道："去拍三沙的，正好搭小樵的船，昨晚和我提过一句。"

山岚没多想，趴到窗边吹海风，偶尔张嘴吃几口盛霈喂的小吃，时间慢慢悠悠地过去，一个晃神，车便到了港口。

刚下车，山岚听到熟悉的喊声——

"山老师！"

是黄廿廿在喊她。

山岚许久不见黄廿廿，很想念她。山岚扬起唇朝船上挥手，来不及等盛霈，先上了船，这次没被他逮住。

这边盛霈刚和徐玉樵说了句话，一转头老婆没了。他轻"啧"一声，对徐玉樵道："管管你老婆。"

说起这个，徐玉樵苦着一张脸说："二哥，你是不知道，我们船上现在人人都会咏春。然后他们去别的船跑活，一个传一个，再这么下去整片海都会咏春了！你认识的那个海警小兄弟还特地让人送了一面锦旗来，说我们弘扬传统文化，值得鼓励和表扬，然后廿廿更起劲了。这事儿这阵子传到她师傅耳朵里，她还回去学了点儿新招数，我哪儿敢管她。"

盛霈挑了挑眉，打趣道："我们果然是兄弟。"

徐玉樵幽幽地叹了口气，抱着女儿上船了。

半个小时后，汽笛声鸣起，渔船起航了。

山岚戴着帽子，静静地倚在船头看这片海。这些年的日子像梦一样，这一切都是从这片海域开始的。燕鸥挥着翅膀划过天际，阳光穿透玻璃般的海水，海风拂过她的面庞。

出神间，忽而有人喊她。

"招儿。"

山岚下意识地转头，看清盛霈的模样，怔了一瞬。几步之遥，男人穿着黑色礼服，整齐挺括，深邃凌厉的面容退去松散和不正经，正看着她。

他的西装口袋上，别着两枝玫瑰。

是他们当年婚礼选用的花。

"怎么穿成这样？"山岚有点儿呆。

盛霈上前一步牵住她的手，指腹缓慢摩挲着掌心的小手，垂眸在她指间停留一瞬，低声说："我想再向你求一次婚。"

话音落下，他忽然单膝下跪。

男人半仰着脸，如深海一般蔚蓝色的眼睛注视着她，似是有些紧张，他的喉结上下滚动着，好半晌才道："我在这里遇见了世界上最好的人。

"她安安静静的，不爱说话，看起来像花儿一样漂亮，却有着钢铁一般的心。她是我见过最勇敢，也最温柔的人。她和世界上的任何一个人都不一样，给了我这世上最珍贵的东西，我……我很珍惜。"

盛霈艰难吞咽着，微微哽咽。

盛霈正想再说话，山岚忽然蹲下身，用海一样温柔的眸光看他。

他深吸一口气，继续道："我的前半生像一艘船，流离在颠簸的海面上，直到遇见你，我才发现原来我可以归航，可以停靠。山岚，我是船，是海域，是恶龙，是你手中的刀，也是盛霈。你需要什么，我就是什么。

"这一生，我想永远停泊在你身边。你愿意和我再一次相遇吗？"

山岚抿着唇，抬手摸了摸他发红的眼尾，轻声应："我是被你救上来的。如果没有你，或许有别人，但这一切依旧会发生。"

她想，他们终将相遇，在世界的每一个角落。

"盛霈，我愿意和你再一次相遇。你呢，愿意和我结婚吗？"

盛霈红着眼，拿出准备的戒指，又一次戴在她纤细的指上。这些年，他送了她数不清的戒指，每一次的心情都像是第一次。

此生，此生。

他想时间没有尽头，想时间在某一刻暂停，想被世界遗忘，想和公主永远停在时间的缝隙里。

盛霈将她拥入怀中，哑声告诉她："我愿意。"

不远处，徐玉樵戳了戳拿着婚纱的黄廿廿，提醒道："廿廿，你该出去送婚纱了，别哭了。"

黄廿廿哭得满脸泪水，闻言瞪了徐玉樵一眼，手忙脚乱地拿着婚纱出去，走到跟前还没说话，又"哇"的一声哭了，那头的气氛顿时热闹了起来。

徐玉樵叹了口气，多大的人了，简直没眼看。但不知怎的，他的眼睛也有点儿酸。

11 月 18 日，20××年。

天晴，东南风转偏北风 4 级，气温 27 ～ 30 摄氏度，东北海域浪高 0.5 ～ 1.9 米，水温 26.5 ～ 28.5 摄氏度。

我出海那时想，公主穿上婚纱该是世界上最美丽的模样，可后来我发现，她每一天都是最美的模样。

戴完戒指，她问我好看吗？

我亲亲她的手指，说好看。

她换上婚纱，站在我面前，温声喊我的名字。

我问她，想不想下海拍婚纱照？她说好。

我们跳进大海，就像初遇的那一天，紧紧牵着手。我在海底睁着眼，想看清她的模样，看她朝我游来。隔着潜水镜，她亲了亲我。

她和我说话，说了三个字。

海流从我耳边汹涌而过，海鱼钻入海底，斑驳的光洒落海面。我应该听不见的，但是我却听见了。

听见她轻轻柔柔的声音。

听见她说，我爱你。

我看着她温柔的眼神，看纯白的裙摆像珊瑚一样盛放。这一刻，我想亲她，想和她沉入海底。

于是我摘掉面罩，再去摘她的。

我紧紧抱着她，用力地亲吻我的新娘。

曾经我想，公主是最不通世俗的人，她的一生都系于刀上，没有什么能让她驻足停留，七情六欲、爱恨嗔痴都与她无关。

我曾想，她立于顶峰，山止川行。

她是神明降落，那样高、那样宽广的天地、海域皆没有她的光束。因为她的光束照射在我身上。

她年年岁岁告诉我，不是这样。

她不想立于峰顶，不想山止川行。

那她想做什么呢？

我抱着她浮出海面，擦去她脸上的海水，遮住南渚的烈阳。我问她，你想做什么，想去哪儿？

她弯着唇角对我笑。她说，我什么都不想，现在的日子是我从未想过的好，不能再想，不能再贪心。她说，她有了最好的一切。

我告诉她，往后漫长岁月，永远这样好。

她侧过头，看向粼粼海面。

她说，盛霈，起风了。

起风了，船该归航了。

（五）家庭日常

1月26日，20××年。

洛京的雪深得踩不到底。

今年的冬天冷得出奇。

听说北方的湖都冻住了，电视上随处可见冰晶剔透的雾凇，小珍珠和贝壳睁着眼珠子看得目不转睛。

爸爸，我要这个！小珍珠指着电视喊我。

我看了一眼，问她，荷包蛋要什么形状？

小姑娘歪着脑袋看了眼哥哥，说要星星形状的，说哥哥你吃蛋蛋吗？贝壳摇头，说不吃，然后爬起来找妈妈去了。

两个小家伙今天起得早，公主还睡着。

我几步走过去，一把捞起这小不点，看他用那双和公主一模一样的眼睛看我，还没说话我就心软了，想放他进去找妈妈。

让妈妈再睡一会儿，我说。

贝壳说，让妈妈也看电视。

我和他说了两句话，小家伙睁大眼，一眨不眨地盯着我，问真的吗？

我说爸爸什么时候骗过你？

贝壳忽然伸出小手抱我，小声说，爸爸去叫妈妈。

我：……

行吧，得此殊荣。

我放下贝壳，看他小步子迈得稳稳地去找小珍珠，两人凑在一起嘀嘀咕咕地说悄悄话，然后小珍珠的眼睛也亮起来。

懒懒地瞧了会儿，我进门喊公主。

屋外雪簌簌落下，屋内她的呼吸声轻得像雪花。

我走过去，看她安静的睡颜，多少年了，睡觉还是这个姿势，规矩又平整。

招儿，我低声喊，亲亲她的眼睛。

几点了，她含糊着问，不想睁开眼。

我没说时间，重复了一遍和贝壳说的话。

公主睁开眼，湿漉漉的眸映着我的倒影，她和两个孩子一样，眼睛睁得大大的，问我，真的吗？

我亲亲她的唇角，说起床。

公主干什么都麻利，除了打理这头长发。

趁着她刷牙、洗脸的工夫，我捧着她柔软的黑发，慢吞吞地梳着，像那年在海上，笨拙地替她绾着发。

招儿，我看向镜子。

镜子里的人鼓着脸刷牙，一张小脸对着我，眨了眨眼睛。

我说给你钓最大的鱼。

那清冷的眉眼慢慢地弯起来，最后弯成一道月牙儿。

三位祖宗在外头吃早饭，我收拾行李。

一切准备就绪，我们出发北上，去看那一片冻住的冰湖。两个小家伙头一回出远门，脑袋贴在窗户上不想挪开。

公主温温柔柔地和他们说话，说看久了会眼睛疼。

贝壳乖乖地收回视线，说不看了，要和妈妈聊天。小珍珠一听哥哥和妈妈聊天，她也要聊天，于是三个人说起幼儿园的故事。

十几个小时的路程，小珍珠和贝壳睡着了。

公主走过来，贴近驾驶座，温热的侧脸贴贴我的下巴，问我累不累。我说不累，亲一口就成。

她亲了两下，亲完不忘亲亲两个宝贝。

路上湿滑，中途休息时给轮胎装上了防滑链。

两个小家伙被眼前的冰天雪地迷花了眼，鼻尖冻得通红，还想去捡地上的冰块玩儿，我一手一个，全给拎起来了。

好玩儿不，我问。

兄妹俩对视一眼，齐齐摇头。

我轻哼一声，都给丢车上，这么冷的天也瞎跑。

拎完两个小的，往边上一看，大的不见了。

我一顿，打开车门问两个小家伙妈妈哪儿去了，他们摇摇头说不知道，贝壳装得挺正经，小珍珠偷笑被我发现了。

头疼，我又返回去找公主。

转了一圈，最后在一块石头边上把她抓住了，训斥的话还没说出口，她双眼亮晶晶地说，盛霈，这里有矿石。

我咽下话，看了眼散落的几块石头。

瞧着是没人要的，便拿了个袋子都装上，再拎着她回去。正想说话，她娇娇地靠上来，冰冷的手往我腰上钻，说好冷啊。

行吧，说不得骂不得，抱着她回了车上。

两个小家伙也要抱抱，都挤上来，抱成一团。

到冰湖时，是晚上 11 点。

盛霈下了车，瞥了眼湖上的帐篷，对山岚道："都是来冬钓的，在帐篷里吃，在帐篷里睡。"

山岚看冰湖上一盏盏河灯似的帐篷，瑟缩了下，问："他们不冷吗？"

"冷。"盛霈攥住她的手试试温度，"穿得多，带电瓶用取暖炉，还能煮个火锅，再不行喝口酒，这么下来冷不到哪儿去。"

山岚往前走了两步，厚厚的冰层像大地一样平实。她紧紧扶住盛霈的小臂，蹦跶了两下，除了有点儿滑，感觉和在地上差不多，蹲下身想去触碰冰面，被他拽回去了。

"回车上，明天来搭帐篷。"

他们是开房车来的，吃住都在车上。

小珍珠和贝壳早在床上睡得呼呼响。

隔天清晨，盛霈被小小的惊叹声吵醒了。

两个小家伙不知什么时候醒了，挤在窗前，脸贴在玻璃上，呆呆地看着外面，大半个身子在被子外面，也不嫌冷。

他没吵他们，就静静听他们说话。

小珍珠："像公主住的地方。"

贝壳："妈妈才不喜欢这里。"

小珍珠："为什么？"

贝壳："没有石头，没有刀，也没有爸爸和我们。"

小珍珠："哥哥，我好像有点儿冷。"

贝壳板着一张小脸，去拿妹妹的外套，刚转身，一只大手把他塞回了被子里，热乎乎的。他听见小珍珠喊爸爸。

"嘘，不要那么大声。"贝壳捂住妹妹的嘴，"妈妈还在睡觉。"

小珍珠后知后觉地捂住小嘴巴，眨巴着眼睛看盛霈，说："爸爸，外面好漂亮呀，树雪白雪白的，我想去滑冰！"

盛霈瞧着小姑娘，懒声道："自己穿衣服。"

小珍珠立马看向贝壳道："哥哥帮我。"

贝壳看看爸爸，又看看妹妹，决定帮妹妹。

山岚下车的时候，盛霈正在搭帐篷，两个小的蹲在他边上，听得认真，帽子、围巾还有手套一样不落，就差没裹成一团。

盛霈拿着工具，随口道："贝壳，带着妹妹走远点儿。这是冰钻，爸爸要用冰钻在冰面上打两个洞，一个用来钓鱼，另一个用来干什么？"

小珍珠托着小脸蛋，摇摇头。

贝壳想了想，认真道："放灯泡！"

盛霈挑眉，揉揉儿子的脑袋："给你讲的故事还记得。这个洞用来放诱鱼灯，爸爸说过，鱼有趋光性。"

小珍珠歪头看盛霈，问："爸爸有吗？"

贝壳纠正妹妹道："爸爸不是鱼。"

刚纠正完，就听盛霈笑道："爸爸也有。"

贝壳一呆，问："为什么？"

小珍珠嘟囔道："你好笨啊，哥哥，是妈妈呀！"

山岚抿住唇，薄薄的面皮慢慢红了。

金色的阳光照下来，不远处，男人俊朗的眉眼染上一层淡淡的光亮，唇勾起，像在南海的烈日下，吹着海风。

番外二  另一个世界的她与他

山岚六岁这年暑假，家里来了个小客人。

她和师兄师姐们难得不用上早课，去大厅里端端正正地坐着，准备迎接师傅口中的客人。这个年纪的孩子哪儿坐得住，坐了一会儿就开始说悄悄话。

大师兄："听说是个男孩，和我们一样大。"

二师兄："来我们这里学本事吗？"

山崇："不是，是来当客人的。"

男孩子们叽里咕噜地讨论着，女孩子们也说着悄悄话，但话题天差地别。

山岁看了山岚安静的小脸一眼，问她："手还痛不痛？师姐晚上陪你一起睡好吗？给你讲故事。"

山岚摇头，小声说："不痛了，我能自己睡觉。"

山岁摸摸她的小手。

不一会儿，山桁带着小客人回来了。坐在椅子上的孩子们都没憋住，

昂起脖子往外看，只见山桁身后跟了个小男孩，英俊白净的小脸绷着，无精打采的，注意到视线，他无聊地看过来，扫了一圈，又低下头去，一副不想和他们玩的模样。

师兄们对视一眼，看来小客人不是很热情。

山岁不在意地看了眼，正想和山岚说话，却见她慢慢睁大了眼，乌黑的眼珠子里藏着惊讶，像是看见了吓人的东西。

"怎么啦？"山岁小声问。

山岚眨了眨眼睛，悄悄和师姐说："师傅说骗来给我当丈夫的。"

山岁："……"她看向小客人的眼神顿时充满敌意。

山桁轻咳一声，介绍道："这是来我们家做客的小客人，以后在生活上你们要多照顾他。还有，他和招儿住一个院子。"

什么？！师兄们不满地竖起耳朵，凭什么和招儿住一个院子！

"我叫盛霈。"盛霈昂起头，双手插兜问，"谁是招儿？"

不一会儿，其中一个小姑娘爬下椅子，慢吞吞地走到他面前，仰起雪白的小脸和他对视。

盛霈低头看她两秒，说："你几岁了？"

她像小公主一样漂亮，眼睛像宝石。

山岚想了想，伸出小手，藏起中间三只手指头，只剩圆圆的大拇指和小小的小拇指，比了个"六"。

"我叫山岚。"她认真地说。

这样，小盛霈和小山岚就算正式认识了。

盛霈起初对小公主没什么好奇心，她和这山里的孩子一样，只是更安静、更漂亮。他不知道怎么和这样的女孩子相处，便把她当成同住屋檐下的妹妹。住了几天，他发现小公主起得比谁都早，山里的鸡都没起床，她的院子里就亮起了灯。

这日一早，盛霈提前起床，躲在门口。不一会儿，山岚开门出来，她努力迈开小腿，越过门槛，手里握了一把长长的刀，往外走去。

盛霈等了片刻，悄悄跟了上去。

天尚未明，山路难行，山岚却如履平地，轻松爬到山顶。晨光下，小公主一脸严肃，她在崖边站定，平复片刻，抽出了长刀。

盛霈躲在一旁，睁大眼睛往外看。

忽然，她动了，小小的手臂牢牢地握着那柄长刀，动作不快，每一个动作都清晰，刀刃随着她的动作翻转，面向天光，似乎想要劈散天边层层叠叠的云。

"这招叫太虚纤翳。"他耳边响起一道轻轻的嗓音。

盛霈回头看去，看见了山桁。他正注视着不远处那个小小的孩子，看她认真挥动着对她来说过于重的长刀。

很快，山岚的动作有了变化。盛霈愣愣地看着，看刀尖落下银光，天际云层翻涌，逐渐散去，露出浅浅的白色，一阵山风拂过，一片落花落在刀尖。

山桁一笑，说："这两招叫明河翻雪、杏花疏雨。"

崖顶晨风猎猎，她的身躯随风而动，刀式的变化越来越快，她几乎要融入背后的重重山林。

山桁告诉他，这是"山澹渡影"。

渐渐地，她慢下来，招式逐渐变得精妙，身后浓云散去，光束透过云层，静静地落在山间、崖上，浅金色的光落在山岚身上。

盛霈看见她瞳孔里的光束，像是看见了一道彩虹高悬于天际，她停下来，手腕翻转，眨眼便将刀收入刀鞘。

他忍不住问："这些又叫什么？"

山桁得意一笑，道："这套刀法叫'明虹收雨之收雨六式'，意为'刀光所至，明虹收雨'。这六式分别叫太虚纤翳、明河翻雪、杏花疏雨、山澹渡影、光波万顷、垂虹望极。"笑完，他沉默下来。

山桁的神情逐渐变得认真，他说："盛霈，这是山家最有天赋的孩子，她会受很多苦。"

盛霈看向崖顶的山岚，她正喘着气，仰头看日出。

在山里的日子百无聊赖。头一个月还过得去，盛霈早上看山岚练刀，下午和那群男孩子往山里跑，爬树、打野兔、捉山鸡，样样都学会了。

这日午后，他们又钻到林子里玩捉迷藏。

夏日的阳光照下来，热腾腾的。盛霈躺在树干上，跷着腿，绿茵间光

429

斑摇晃，晃得他眼睛疼。他睁开眼，去瞧底下几个伙伴，瞧了一圈，没看见山岚。他后知后觉地发现，总是没有山岚。

小公主在干什么？盛霈想了一会儿，灵活地爬下树，跑进山家大院找人，找了一圈，他在铁房里找到了她。

夏日温度高得吓人，尤其是铁房。

在"叮叮当当"的锤打声中，打铁师傅们满身汗，热得说不上话来。在炉子边，蹲着一团小小的身影。她穿着雪白的裙子，露出两只细细的胳膊，小手里握着一个小铁锤，正学着师傅们敲敲打打，仔细看，那两只胳膊不是软绵绵的，线条流畅，是有力量的手臂。

盛霈看了一会儿，喊她："招儿。"

男孩子的嗓音干净清冽，带着夏日午后的懒。

山岚别过头，乌黑的眼看着他，看了一会儿，她转过头，继续敲着铁块。他没走开，坐在门口等，可在门口也觉得热，便躲到更远的阴影里。

铁房里，大师傅笑着问山岚："小招儿，哥哥喊你，不出去？"

山岚绷着小脸摇摇头，更用力地打铁。等打完，已是半个小时后。小姑娘放下锤子，跑去洗干净手，来不及擦干，就匆匆跑出去。师傅们笑，说招儿着急去找哥哥。

山岚跑出铁房，踮起脚四处看了看，没看到盛霈，她失望地垂下眼，慢吞吞地往前走，哥哥和师兄们一样，不会等她。她沉浸在自己的思绪里，没注意脚下的路，撞到一团紧实的小人儿，眼看要被绊倒，一只手将她抱住，她摔在了他的身上。

"摔疼没有？"盛霈揉揉眼睛，看着身上的小姑娘。

她睁着一双乌溜溜的眼睛，呆呆地看着他。

盛霈在这儿等了半天，都睡着了。他打着哈欠，给她擦擦脑门上的汗，问："你师兄们都在玩儿，你怎么不跟着去？铁房里热死了。"

"我要打铁。"她软绵绵地应。

盛霈抱着她起来，掸掸裙子上的灰尘，牵起她的小手，说："现在打完了，我带你去玩儿。捉迷藏没意思，你想玩什么？"

山岚抿抿唇，攥着哥哥温热的手指，小声问："玩什么都可以吗？你都会带我去吗？不会嫌我麻烦吗？"

"嗯，什么都可以。"

"我想去抓娃娃！"她双眼亮晶晶地看着他。

"那我们偷偷跑下山。"

山岚点点脑袋，唇角悄悄弯起来。

这年秋天，山岚开始上小学。她每天背着小书包，去盛霈房门口等他起床，时间久了，盛霈干脆不关门，让她自己进来。

"哥哥，要去上学了！"小公主来催他。

偷偷玩了一晚上游戏的盛霈眯着眼，懒懒地应了声，刷牙洗脸，打着哈欠准备拎书包，手刚伸出去，一只凉凉的小手握上来。

盛霈睁眼，看了眼山岚，入了秋还穿着小裙子。

"今天下雨。"他指了指地上混着泥水的水洼，"会弄脏裙子，这条裙子招儿不是很喜欢吗？"

这条裙子是山岚的妈妈买的，山岚特别喜欢。她闷着小脸想了好久，问他："那你等等我好吗？"

盛霈拿起她的书包，说："就在门口等你。"

山岚乖乖地换了裤子和外套，再牵他的手，小手温温热热的。他牵着她去吃饭，吃完一起下山，在山脚分开。

"哥哥，我走了！"她用力和他挥手。

盛霈摸摸她的脑袋，转身上了车。车里，师兄们看他的眼神很危险，活像是抢了他们什么珍贵的宝贝。

大师兄："为什么小师妹只和你说再见？"

二师兄："她只喊你哥哥。"

山崇："她不喜欢别人动她头发。"

盛霈懒得搭理他们，眼睛一闭，开始补觉。

这天盛霈有事回了趟家，再回到山家已是傍晚。

雨幕笼罩山头，他甩了甩脑袋上的雨滴，往院子里走，路过正院，发现大厅里灯火通明，静悄悄的。他往厅里走，看见门口蹲着几个人，垂头丧气的，看起来很不安。看了一圈，没找到山岚，刚想问她去哪儿了，里面走出个人，垂着脑袋，怀里还抱了一团小东西，浑身都湿漉漉的。

"淋雨了？"盛霈皱起眉。

小姑娘不说话，他凑近一看，原来抱着一只小奶猫，正可怜巴巴地叫唤着，她抱着它不肯放。

他问山崇，山崇说爷爷不让养，招儿舍不得，正伤心呢。

盛霈抱起山岚，对山崇说："让他们把饭送到院子里来。"

雨越下越大，两个孩子被送回了小院。盛霈擦干净湿漉漉的山岚，看了眼她怀里的猫，问："我能养吗？我不是山家人，它跟着我姓盛。"

小姑娘抬起头，眼圈发红。

"哥哥想养。"盛霈说，"我去找爷爷。招儿自己能吃饭吗？"

山岚用力点头，说能。

盛霈回来的时候，山岚被阿姨带着洗了澡，换了身干净的衣服，她在他的屋里等他，手边是一把长刀。听到声音，她看过来，漆黑的眼珠子像星星一样闪耀。

盛霈问："招儿，吃饭了吗？"

小姑娘点点头，眼睛还红红着。

"拿刀干什么？"他点点她的眼角，和她说悄悄话，"我妹妹说，女孩子要大声哭，不可以忍着。"

山岚抿着唇，认真说："我会好好练刀的，不给你添麻烦。"

盛霈一愣，这两者之间有什么关系？

小姑娘说完，蹲到角落里去看小猫咪。它在舔牛奶，舔得脸上都是奶，眼睛水汪汪的。

许久，盛霈看到她转过头来，雪白的小脸上慢慢露出一个笑，她说："哥哥你也来看。"他走过去蹲下，杵了杵小猫咪的脑袋。

"它叫什么名字？"他问。

山岚："你说跟你姓。"

盛霈："叫盛小招吧，怎么样？"

小姑娘闷起脸，半晌，说："好吧。"

山岚十四岁那年，盛霈参加高考。小姑娘长成了少女，高挑纤瘦，在人群中站着，像是哪来的小明星。她和家长们一样，等在校门口。

少女眸光沉静，远离人群。片刻后，校门打开，第一个考生飞快地冲出校门，满脸笑容，之后不断有人出来，家长们迎上去，围住又散开。

山岚忍不住踮起脚去看。不一会儿，她看见一个少年。少年懒懒地搭着别人的肩，眉眼轻松，一点儿不像是刚参加完高考的，有几个女孩子和他说话，他随口应了几句，勾唇笑了一下。

山岚慢慢地站回原地，不再看校门口。

盛霈的几个同学正商量着去哪儿吃饭，他听着，没什么意见，头一歪，忽然瞥见一道身影，雪白的裙子，漆黑的长发。

他站直身体，道："我不去了，你们去。"说完，快步挤出人群。

"招儿？"盛霈习惯性去揉她的发，手刚伸出去，她躲开，不让摸。

"什么时候来的，不是说不用来吗？"

少女睁着眼看他，慢吞吞地说："你和同学们去吃饭吧，我回家了。"

盛霈轻"啧"一声，把她拽回来，问："干什么？惹你生气了？"

她不说话，只是别开脑袋。

近傍晚的光柔和少许，和着初夏的微风洒落。

盛霈瞧着她闷着的小脸，没逗她，慢悠悠地跟在她后面，双手交叠撑在脑后，随口道："前阵子看了条新闻。"

从他的角度看去，少女白玉般的耳朵藏在黑发间。

他继续道："1992 年，一艘货船在太平洋沉没，这艘船上载了上万只小黄鸭玩具。它们经北太平洋暖流向北进入极地环流圈，穿过白令海峡，穿越北冰洋，来到北大西洋，缓慢向南漂流。它们一直在走，2007 年时到达爱尔兰海岸。有人称它们为'鸭子舰队'。"

话音刚落，那耳朵动了动，露出一点儿白。她在听他说话。

盛霈懒懒一笑，说："看新闻的时候小招也在，它也想去航海，和鸭子舰队一样。以前船上还有水手猫，招儿知道吗？"

山岚摇摇头。

他趁机一捏她的脸，笑问："知道它们干什么的吗？"

"抓老鼠。"她乖乖地应。

盛霈挑眉道："脑袋还挺灵光。"

山岚："……"猫猫不都喜欢捉老鼠吗？

她挡开他的手，摸摸自己的脸，不知道有没有红，才这么想，肩上忽然搭上一只手，他温热的气息拂过："小招说它也想抓老鼠。我是它家长，应该满足孩子这个请求，有道理吧？等你放假，我们去海上玩儿。"

少女"噌"的一下转头，鼻尖擦过他的下巴，睁大眼问："去哪里的海？"

盛霈摸摸下巴，慢了半拍，回答她："南海。那里的水和你的眼睛一样漂亮，像玻璃，清透干净。"

山岚下意识地闭起眼睛。

放暑假的那天，山岚没去食堂吃饭。师兄们找不到她，山岁说她一回家就回院子里了，说要整理行李，准备出去玩。他们一听就知道，一定是和盛霈出去玩。除了盛霈，谁也叫不动他们铁打的小师妹。

小院二楼，山岚坐在柜子上，晃着小腿看盛霈收拾行李。少年比谁都了解她，收拾起来又快又好。她看了一会儿，问："盛霈，你有喜欢的女孩子吗？"

他没抬头，随口应："不喊哥哥了？"

不知道从什么时候开始，山岚不再喊他哥哥。

山岚点头说："我喜欢喊你的名字。"

盛霈一笑，反问道："我可以有喜欢的女孩子吗？"

晃着小腿的少女呆住，好一会儿，她茫然地问："为什么不可以有？"

他起身，走到她面前，和她视线齐平，认真问："招儿允许我喜欢别的女孩子吗？山下的人，随便哪一个，都可以？"

她抿着唇，回答不出来。

盛霈看她片刻，揉揉她的发，低声道："晚上早点儿睡，明天出发去看大海。要真想去铁房，过来喊我。"

这一晚，山岚失眠了。

从洛京到南渚，初夏变成了盛夏。

码头，盛霈牵着裹得严严实实的山岚，朝一个人招招手，喊了声"哥"。不一会儿，那黑黢黢的人走过来，替他们拎起行李，顺便叨叨两句海上的情况，看盛霈牵着一个小姑娘，问住几间房，盛霈说一间，带着妹妹。

上了船，山岚躲在阴影下往外看。码头上的渔船热热闹闹地排成一排，模样瞧着都很不一样。看了一会儿，盛霈回来了，他把她往里带了点儿，问："看什么呢？"

山岚指指外面的船说："好多船，都不一样。"

盛霈道："那些大船基本上去远海。那是冷冻灯光诱鱼围网船，边上的是冷冻延绳钓渔船、冷冻杂渔具渔船……各式各样的，什么船都有。往北边，冷一点儿的地方，还有捕鲸船，他们远洋航行，去公海捕鲸，和'志愿者号'常有冲突。"

山岚听了会儿，问："我们坐的是什么船？"

"虾船，专门捉虾的。"

山岚第一次听说虾船。

不一会儿，船上开始放炮，放完起锚，船向南航行。这时候阳光太烈，盛霈拉着山岚躲在船舱里，吹着小小的风扇，懒散地躺着，心想这小姑娘更安分点儿就好了。

她正在玩他的睫毛，小脸凑得近近的，脸颊被晒红。

"好玩儿？"他懒声问。

她嘟囔道："我想出去看海。"

盛霈说："热呢，没太阳了再去。"

船开出 100 海里，日落了。山岚迫不及待地跑到船头，趴在栏杆前往下看，透明的水体流光四溢，映着天际几抹粉紫色的云霞。抬头，几只洁白的燕鸥飞过。

"盛霈，像一块玻璃。"她探出身体，似乎想用手触摸到这片海域，"你来——呀！"

有力的手臂揽住她的腰，把她抱回甲板。她一转头，对上少年不太好看的脸色，乖觉道："我吹吹风。"

盛霈垂眸看她两秒说："晚上自己剥虾。"

"我不要。"山岚不想答应，见他冷着脸，补充了一句，"哥哥，你给我剥，好不好？好不好？"

盛霈轻"啧"一声，弹她额头，说："又撒娇。"

她抿唇笑起来道："没有。"

虾船和渔船不同，船上多是机械化处理。船上十几张网，二十四小时运作，自动撒网收网，赶上鱼虾多时一天能收六网。等收了网才开始手工作业，选出不同种类的虾和鱼，分门别类。

山岚搬了把小板凳坐在船舱里，和阿姨们一起挑虾。

盛霈抓了只皮皮虾，往她手上一丢，她手疾眼快，反手接住丢进筐里，抬头看他一眼，一副"你真笨"的模样。

"招儿，好玩吗？"他蹲下身问。

她点点头，小声道："很多虾我都没见过。"

盛霈说："你吃过，你只是不知道它们叫什么。"

少女闻言，呆了一下，想摸摸自己发汗的额头，觉得有些不好意思，和他说："以后我就记得了。"

盛霈捉住她的手，说："别摸，都是腥味。"

大部分船上都是这样的味道，腥臭味久久不散。船舱里多数时候都是潮湿的，一网一网的虾来来去去，每一天都过着相同的日子，枯燥而单调。偶尔船员们会拿着鱼竿钓鱼，也算是解闷打发时间，毕竟海上没有信号，他们的娱乐活动有限。

这日晚上，他们坐在甲板上吹风。明日船就返回南渚，他们短短几天的海上生活便结束了。

山岚抱着膝盖，脑袋靠在盛霈的肩上，轻声问："他们会觉得寂寞吗？海上的生活好像比山里的更无聊。"

盛霈仰头看着天上的星，应道："会。"

山岚慢吞吞地"哦"了声，又问："这里的海底有鲸鱼宝宝吗？纪录片上说，座头鲸在赤道附近的海域养宝宝，平静温暖，没有天敌。"

盛霈忍不住笑："什么时候偷看的？"

"来的前一天晚上，我睡不着。"她老老实实地交代道，"看了好几集呢。我还想看大白鲨。"

"这里没有大白鲨。"

"我知道。"小姑娘嘀嘀咕咕的，一副遗憾的口吻。

盛霈转过身，替她梳理被风吹乱的长发，语调温和道："以后再一起去别的地方，温带浅海、极地冰雪，都可以一起去看。"

"嗯。"她用力点头，头发又散开了。

山岚在十八岁那年，孤身前往藏区。几个师兄拦不住，只好联系在外的盛霈。盛霈没留在洛京上大学，这件事当时在山家引起很大的震动，但山岚没说什么，他们也不好有意见。

山岚到扎木镇那天，下了雨。路两旁山峦起伏，山顶盖着白雪。密林间云雾缭绕，空气中是松枝燃烧的味道，她轻嗅了嗅，心情疏朗。

到了镇上，她戴上帽子去找旅馆。旅馆老板娘说还剩最后一个单人间，这阵子是旅游旺季，她运气好，正好碰上一个客人退房，不然只能去挤多人间。

山岚拿出地图，问老板娘进山区的路线。老板娘说这地方车开不进去，只能骑马。

山岚问完路线，回房准备睡个午觉。和着天然的白噪声，她在雨幕间缓慢睡去，紧握着手里的长刀。这一觉睡得沉，以至于敲门声响起的时候，她以为自己还在山家。

山岚睁开眼，天已半暗，雨还没停。她悄无声息地走到门后，静静地听了两秒，问是谁，门口的人沉默一瞬，低沉沉地冒出一个字："我。"

是盛霈，山岚迟疑着打开门。

门打开，几个月未见的男人穿着黑色冲锋衣，眉眼困倦，懒懒地看她一眼，随口道："没房间了，床借我躺会儿？"

山岚问："你怎么在这儿呀？"她有点儿心虚，她没和他说这件事。

盛霈言简意赅道："凑巧路过。"

山岚："……"

盛霈进了房间，打量了眼破破烂烂的环境，倒是还算干净，一张大床，她刚躺过，床单上还有温度。再看这不听话的小姑娘，被他当场逮住，有点儿呆，乌溜溜的眼睛望着他，手里握着刀。

"刀给我。"他伸出手道。

山岚不想给他，一动不动，握得更紧。

盛霈垂眸看了她片刻，无奈一笑，说："我什么时候凶过你？拿来，先

在边上放放，和我说说话。"

山岚抿抿唇说："我不是故意的。"说着，交出刀去。

盛霈接过刀，看到她掌心里的印子，不知她把刀握了多久。他心疼地拉她的手开始揉，边揉边问："明天什么打算？"

"去山里。"她看着他的眼睛说。

盛霈点头问："多一个人麻烦不？"

山岚摇摇头。

"行，带上我。"

盛霈没多说，放下东西洗了把脸，和她出门吃饭。雨太大，他们没在外面逗留，吃饱就跑回了旅馆。

回到房间，洗过热水澡，屋里渐渐暖和起来。山岚趴在窗前听雨声，雪白的小腿在盛霈眼前晃个不停，他看了会儿，移开视线，闭上眼假寐，连夜赶过来，路上根本没心思休息。

"盛霈，我不想穿拖鞋。"公主叫他了。嗓音轻轻柔柔的，又在撒娇。

盛霈用鼻子哼了声，认命地下床抱她，把她抱回床上。她发起呆来，揪着被子不知道想什么。

"想什么？"他低声问。

她摇摇头，又呆了会儿，茫然地问："我们一起睡觉？"

盛霈勾唇一笑，故意逗她："再过两年你就到可以结婚的年纪，知道吗？等那时候我们天天一起睡觉。"

她想起来，这是她未来的丈夫。

"你要和我结婚吗？"

她忽然爬过来，脸离盛霈很近，乌黑的眼珠子和六岁那年一样，干净剔透，像是世界上最昂贵的宝石。

盛霈和她对视，问："招儿不愿意？"

山岚静了片刻，轻声问："你不想和喜欢的人结婚吗？"

盛霈闭上眼，语气自然地说："我想，但她才十八岁，没到年龄。"

隔天是阴天，空气微凉。

山岚收到盛霈的短信下楼，看到门口的男人，他垂着眼，手掌轻抚着面前的白马，唇间窃窃私语。

"盛霈。"她喊他。

盛霈抬头，招招手说："过来，你的马儿。"

他牵了两匹马，一黑一白。她的是白马，看起来比黑马更为健壮。

山岚的心情显而易见地高涨，她和漂亮的白马打了招呼，蹭了蹭它，熟练地跨坐上马，不用盛霈帮忙。

镇子上人多，他们把速度放得慢，等人越来越少，山岚忍不住提速，烈风中，她回头喊："跟上来！"

"来了。"盛霈慢悠悠地应。

细密的松萝林间，轻盈的白马驮着美丽的少女，她雪白的面庞上带着珍珠般美丽的笑，黑发在风中飞舞。

盛霈无声一笑。

骑了一阵，林间忽然下起大雨。山间雾气遮挡前路，两匹马被拴在树下，紧靠在一起，低头吃着青翠的草料，雨滴滴答答地落下，没淋到任何人。

马肚子下，山岚蹲成一团，抬头好奇地望着肉嘟嘟的马肚子，热气拱到鼻息间，她忍不住打了个喷嚏。

"马肚子下还能躲雨呀。"她小声惊叹道。

盛霈与她咫尺之遥，"嗯"了声，说："在藏区，马算是交通工具，下了雨就往马肚子底下躲。还有牦牛，雪光照眼睛的时候，牧民就扯下牦牛毛当眼罩用。"

山岚一眨不眨地盯着盛霈，忽然问："你喜欢的人是我吗？"

盛霈一顿，问："我表现得这么不明显？"

山岚"哦"了声。

"'哦'是什么意思？"他问。

狭小的空间里，两人挤成一团，马肚子下蒸腾起热气，两双眼睛对视着，湿漉漉，含着热意。

山岚说："就是'哦'的意思。"

说完，她忽然贴近盛霈，柔软的唇飞快地在他唇上碰了碰，一触即离。她扭过头，小声道："我同意了，允许你喜欢我。"

图书在版编目（CIP）数据

软刀 / 怯喜著 . — 北京：北京燕山出版社，
2022.11
ISBN 978-7-5402-6646-2

Ⅰ . ①软… Ⅱ . ①怯… Ⅲ . ①长篇小说－中国－当代
Ⅳ . ① I247.5

中国版本图书馆 CIP 数据核字（2022）第 179244 号

软刀

作　　者：怯　喜
出 品 人：一　航
选题策划：航一文化
出版统筹：康天毅
责任编辑：邓　京
特约编辑：丁娓娓
封面设计：解　石
版式设计：林晓青　解　石
出版发行：北京燕山出版社有限公司
地　　址：北京市丰台区东铁匠营苇子坑138号C座
邮政编码：100079
发行电话：（010）65240430
印　　刷：湖南天闻新华印务有限公司
开　　本：880mm×1230mm　1/32
印　　张：14
字　　数：444 千字
版　　次：2022 年 11 月第 1 版
印　　次：2022 年 11 月第 1 次印刷
书　　号：ISBN 978-7-5402-6646-2
定　　价：59.80 元（全二册）